W0383474

rororo

Charlotte Winter, Jahrgang 1966, ist promovierte Historikerin. Unter anderen Namen hat sie schon zahlreiche Romane geschrieben, die in anderen Epochen angesiedelt sind. Dies ist ihr erstes in der Vorgeschichte spielendes Buch.

Charlotte Winter

Die Herrin der Pferde

Historischer Roman

Rowohlt Taschenbuch Verlag

Veröffentlicht im Rowohlt Taschenbuch Verlag,
Reinbek bei Hamburg, August 2009
Copyright © 2008 by Rowohlt Verlag GmbH,
Reinbek bei Hamburg
Umschlaggestaltung any.way, Hamburg,
nach einem Entwurf von PEPPERZAK BRAND
(Abbildung: PEPPERZAK BRAND; Getty Images;
The Gallery Collection/Corbis)
Satz New Caledonia PostScript (InDesign)
bei hanseatenSatz-bremen, Bremen
Druck und Bindung CPI – Clausen & Bosse, Leck
Printed in Germany
ISBN 978 3 499 24682 1

1.

Der Ruf der Dunkelheit

1.

So zärtlich lag der silberne Dunst des Spätsommers über allen Dingen, so weich strich der Wind über die Ähren, dass keiner der Menschen am Grund des Tals in diesem Augenblick an Schmerz zu denken vermocht hätte – oder an den Tod.

Auch die junge Elin, die sich aufrichtete und die Augen beschattete, um über das wogende Korn zu blicken, das sich an ihre Hüften drängte, fühlte nichts als ein Gefühl vollkommenen Glückes in sich, das ihre Brust weitete. Tief sog sie den Duft des warmen Staubes ein, in den sich ihre nackten Zehen drückten, das feine Aroma der Blumen, die hier und da zwischen den Getreidehalmen wuchsen. Was für ein Tag, dachte sie und brach einige der leuchtenden Blütenkelche ab, um sie sich in die Flechten zu stecken, zu denen sie ihr Haar gebändigt und um den Kopf gewunden hatte wie eine Krone, eine, die so golden war wie das Korn und ebenso schwer. Was für ein vollendeter Sommertag!

Die Rücken und Köpfe der anderen Schnitterinnen tauchten im Feld auf und versanken wie nickende, pickende Vögel in einem eifrigen Rhythmus. Alle Frauen des Dorfes waren an diesem Tag auf den Feldern, um die Ernte einzubringen. Sie fiel reichlich aus dieses Jahr, und alle dankten den Geistern dafür aus tiefstem Herzen. Der letzte Winter war hart gewesen, und nicht viele von den Alten und Kindern hatten ihn überlebt; Mordech hatte sie geholt mit seinem schwarzen Hungergesicht.

Diesmal aber konnten sie der Kälte mit Hoffnung entgegenblicken. Selbst wenn der Herr auf dem Hügel seinen Anteil geholt hatte, würde noch genug bleiben für das Dorf und seine Menschen.

Elin blickte zu der Erhebung nahe beim Fluss, die den Ausgang des Tales und die Ebene davor beherrschte und einen langen Schatten auf ihre Felder warf. Über ihrer Kuppe thronte eine abweisende Mauer aus Palisaden auf einem hohen, mit Steinen befestigten Rundwall. Dahinter verbarg sich das Haus des Herrn, seine Ställe und die Unterkünfte seiner Leute. Denn er hatte Männer dort oben, viele Männer mit Schwertern, die er fütterte und versorgte. Die wir füttern, dachte Elin mit einem leisen Hauch von Missbilligung. Und auch diese Mauer haben wir für ihn errichtet, mit unserer Hände Arbeit. Keine der Hütten im Dorf, die aus Holz oder lehmverputztem Flechtwerk errichtet waren, kein Garten, kein Anwesen besaß eine Befestigung, die dieser auch nur ähnlich war. Lediglich dichtes Weidengeflecht, mit Dornen gekrönt, schützte ihre Gärten vor Wildfraß und sie selbst im Winter vor hungrigen Wölfen.

«Kind, schaffen!», knarrte eine Stimme in der Furche neben ihr. Dort arbeitete die alte Anwin, war schief wie ein vom Wind gezauster Wacholderstock und hielt nicht inne und schaute nicht hoch, obwohl der Schweiß ihr von der runzlig gefurchten Stirn troff. Anwin erzählte manchmal Geschichten von wilden Horden, die plötzlich am Horizont eines Dorfes auftauchten, erschlugen, wen sie fanden, anzündeten, was sie erreichen konnten, und Frauen und Vieh mit sich schleppten. Schlimmer wüteten sie als Mordech, der Winterdämon.

Als junges Mädchen hatte Anwin mehr als einen solcher Überfälle erlebt. Doch Elin kannte derartige Gräuel nicht. Dafür eben sorgt der Herr auf dem Hügel, sagte Anwin. Seine Pfeile und Äxte schützten die Bauern, im Gegenzug gaben sie ihre Ernte her. Der Herr herrschte über einige Dörfer, und seine Herrschaft war erträglich. Er nahm nicht mehr

Korn und Männer, als er brauchte, bestrafte streng, aber nach den Gesetzen, die sie kannten, und trieb es nicht zu wild, wenn er nicht gerade betrunken war. Darin waren sich alle einig. Er brachte die Opfer an der Quelle, um die Geister milde zu stimmen. Und wenn sie nach Blut verlangten, war er es, der das Opfer wählte und die Tat auf sich nahm, damit sie nicht auf dem Dorf lastete. Wer außer ihm hätte den Mut besessen, mit den Dämonen zu ringen? Die Alten etwa? Nein, sie brauchten ihn alle, den Herrn auf dem Hügel.

Hätte Elin laut ausgesprochen, dass seine Festung in ihr eher Unbehagen als Dankbarkeit weckte, wären die Dörfler ihr vermutlich mit erschrockenem Schweigen begegnet oder schlicht mit Unverständnis. Sie hätte ein mitleidiges Kopfschütteln geerntet und dann wieder diese vielsagenden Blicke, die sie schon kannte und die besagten, dass die Tochter von Crudd nun einmal ein wenig wunderlich war. Ameisen hatte sie im Kopf, diese Elin, fanden die Leute, irgendetwas Eigenartiges, das ihre Gedanken unruhig machte. Was für Ideen sie immer ausbrütete, kaum dass man nachkam! Und sie verdrehten die Augen gen Himmel, um anzudeuten, dass es das Mitdenken auch nicht verlohne.

Solche Blicke war Elin gewöhnt. Schon immer hatte es geheißen, Crudds Elin wäre anders, schon, als sie noch nicht begonnen hatte, ihre Fragen zu stellen. Aber was konnte sie dafür? Weder ihre schlanke Biegsamkeit noch ihr schmales Gesicht mit den so überraschend intensiven, bernsteinbraunen Augen, noch ihre schimmernde Haarfülle, die ihren Hals schmal wie einen Blumenstängel erscheinen ließ, kamen ihr selbst bemerkenswert vor. So war sie eben. Dass in ihrem Schritt ein Tanzen lag, eine Leichtigkeit in ihren Bewegungen, die der Beweglichkeit ihres Geistes entsprach, das bemerkte sie nicht. Und ihre seltsamen Gedanken – Elin zuckte mit den Schultern. Zugegeben, niemand außer ihr wäre auf die Idee gekommen, ein wildes Tier zu zähmen.

Was im Wald lebte, war gefährlich, so hatten sie es gelernt. Es gehörte zu Mordech und den wilden Geistern, denen nur wenige sich ungestraft stellten. Im letzten Winter, als die Wölfe bis auf ihre Schwellen vordrangen und die Wildschweine versuchten, ihre letzten, verzweifelt gehüteten Vorratsgruben aufzuwühlen, hatten sie es wieder schmerzhaft erfahren. Feind oder Futter, so teilte ihr Bruder Idris alles, was lebte, ein. Er war ein leidenschaftlicher Jäger und streifte lieber stundenlang durch die Wälder und übte sich im Schießen, als sich auf dem Feld zu plagen. Im Winter hatte er sogar einmal einen der Wölfe angeschleppt, die sich nächtens bis an ihre Hütten vorgewagt hatten. Tief befriedigt hatte er den blutenden Kadaver an den Hinterfüßen aufgehängt, um ihn zu häuten. Elin, die trotz der beißenden Kälte herausgekommen war, um dem Tier fasziniert die Hand auf die Schnauze zu legen, die Weichheit seines Fells zu spüren und in seine Augen zu blicken, die so geschweift und schillernd waren wie ihre eigenen, hatte er nur angeschnauzt, sie solle verschwinden.

Feind oder Futter, oder gar Diener der bösen Geister! Elin schüttelte den Kopf. Wer hatte je behauptet, dass das Gesetz sein sollte? Und in welche Kategorie hätte sie das junge Fohlen einordnen sollen, das verletzt am Grund der Grube umherstolperte, die sie im nahen Wald beim Brombeerpflücken entdeckt hatte? Seine verzweifelte Mutter wich nur widerwillig, als sie die Gegenwart der Menschenfrau bemerkte, doch helfen konnte sie ihrem Kind nicht. Elin hatte sich dennoch lange nicht näher gewagt, mit klopfendem Herzen und immer in Erwartung, das Tier würde sich vielleicht verwandeln, und aus dem schönen Schädel mit den braunen Augen bräche mit einem Mal Mordechs Fratze hervor, oder die böse, pfeifende Stimme eines Waldgeistes begänne unter dem Schnauben zu erklingen, eines Waldgeistes, wie er die Menschen in die Irre führte, die darauf in der Wildnis verschwanden und nie mehr gefunden wurden. Doch nichts geschah. Das Tier wieherte nur ein letztes Mal und galoppierte davon.

Wie hatte das Kleine den edlen Kopf geworfen und nach seiner Mutter gerufen! Wie nervös war es Elin ausgewichen, als diese sich schließlich ein Herz gefasst und sich vorsichtig an einigen Wurzeln hinabgelassen hatte, und was für ein köstliches Gefühl war es gewesen, als das scheue Tier endlich nach vielem Zureden seine Furcht überwand, stillhielt und vertrauensvoll seine so überraschend weichen Nüstern in ihre Hand drückte. Wie warm sein Atem gewesen war, weicher als der Sommerwind. Elin hatte sich auserwählt gefühlt bei der Berührung, die sie noch immer in ihrer Hand zu spüren glaubte.

«Kind, schaffen!» Das war wieder Anwin. Sie räusperte die Worte rau heraus, ohne einen Augenblick in ihrer eigenen Arbeit innezuhalten.

Elin seufzte und machte sich wieder daran, mit ihrer Sichel das Korn zu mähen. Die kupferne Schneide war bereits stumpf und schartig geworden und machte ihr Mühe. Sie riss die Büschel mehr ab, als dass sie sie schnitt, und ihre Finger schmerzten. Dabei verfluchte sie Idris, der es nicht für nötig gehalten hatte, sie ihr zu schärfen. Immer war er nur mit seinen Waffen beschäftigt, und wenn sie sich bei ihm beschwerte oder um etwas bat, zuckte er nur mit den Schultern und ließ sie stehen. Aber all das zählte heute nicht. Heute Abend wäre sie zu Hause bei ihrem Pferd, diesem seltsamen, wunderbaren Wesen. Sie hatte dem Vater einen Platz im Schafstall für es abgetrotzt und ihm dort eine Ecke eingerichtet, mit frischem Heu und einem Eimer Wasser, und dort würde sie es großziehen, egal, ob Idris ausrief, ein Pferd habe in einem Stall nichts verloren.

Das verwundete Bein des Fohlens sah schon viel besser aus, nachdem sie ihm einen Umschlag mit zerstampfter Arnika gemacht hatte. Der Riss verheilte gut, und man bemerkte kaum noch, dass das Tier hinkte. Und wie es auf sie zukam, wenn es sie schon von weitem erkannte! Wie es leise wieherte, als wollte es sie begrüßen! Da konnte Idris noch so oft behaupten, dass wilde Tiere nicht zum Menschen gehörten, dass die gefährliche Geisterwelt in ihnen lebte, Elin fühlte doch, dass es anders war. Sie spürte mit dem kleinen Hengst eine tiefe, beglückende Verbundenheit. Sie hatte sogar begonnen, ihm leise all jene Gedanken mitzuteilen, für die es im Dorf und in ihrer Familie kein Ohr gab. Nicht bei ihrem Vater, der so gut wie nie mit ihr sprach und sie nur manchmal aus der Ferne mit den Augen verfolgte. Und nicht bei ihrem barschen Bruder, der voller Verachtung für alles war, was nicht mit Männerdingen zu tun hatte. Oder mit ihm selbst.

Ob es anders wäre, wenn ihre Mutter noch lebte? Unwillkürlich hielt Elin wieder inne. Ihre Mutter war bei ihrer Geburt gestorben. Sie hatte gar keine Erinnerung an sie und konnte sich nicht recht vorstellen, wie das wäre: ein lächelndes Gesicht, über das ihre geneigt, zärtliche Gesten, ein Lied, das sie abends in den Schlaf wiegte.

«Schaff was, sag ich!»

«Ist ja gut», murmelte Elin und bückte sich erneut. Bald betäubte die harte Arbeit ihre Gedanken, und so arbeitete sie zügig weiter bis zum Abend, der sich in düsterem Rot auf den Horizont legte. Endlich richtete sie sich auf und lächelte dem Mädchen zu, das unermüdlich hin- und hergelaufen war, um die von ihr geschnittenen Ährenbündel zu den Karren zu bringen, wo sie gebunden und aufgehäuft wurden. «Schluss für heute», sagte sie.

Die Kleine lächelte zurück und runzelte dann die Stirn. «Blutest du?», fragte sie und stellte sich auf die Zehenspitzen, um mit dem Finger eine Stelle an Elins Halsbeuge zu bezeichnen.

Die tastete nach der angegebenen Stelle. «Nein, nur ein

Mohnblatt», stellte sie dann fest und drückte es dem Mädchen auf die Stirn, wo es zu deren Entzücken kleben blieb.

«Iiih», kreischte die Kleine fröhlich und sprang davon. Elin raffte das letzte Büschel Korn selbst auf und trug es zu den Karren, wo sich schon die Frauen versammelt hatten.

Sie legte ihre duftende Last obenauf, sang dabei leise vor sich hin und machte, als sie zurücktrat und sich die Halme von ihrem Kleid klopfte, ein paar leichte, selbstvergessene Tanzschritte.

«Du hast wohl noch nicht genug gearbeitet, dass du noch tanzen kannst?», fragte eine neckende Stimme.

Elin schaute zu der Gruppe gleichaltriger Mädchen hinüber, die sich ins Gras hatten sinken lassen, mit Tüchern die verschwitzten Gesichter trockenrieben und die geschundenen Glieder räkelten.

«Vielleicht denkt sie an was Schönes», schlug eine andere Stimme anzüglich vor.

Ihre Gefährtinnen kicherten und forderten Elin auf, sich zu ihnen zu setzen. «Gleich kommen die Männer, Elin.»

«Pah, der ist doch keiner gut genug.» Das war Ullan, die so sprach und die Lippen schürzte. Sie nahm es Elin übel, dass die meisten der Burschen im Dorf sich zuerst nach ihr umdrehten, ehe sie sich einem der anderen Mädchen zuwandten. Dass sie damit bei Elin auf keinerlei Interesse stießen, ja, oft nicht einmal bemerkt wurden, hatte Ullan seltsamerweise nicht versöhnen können.

«Was willst du denn», rief eine andere gutmütig, «hast doch deinen Uris.»

«Lang genug hat sie ihm schöne Augen gemacht», warf eine dritte ein und wurde dafür mit einer Handvoll Stroh beworfen.

«Hab ich nicht!»

«Hast du wohl!»

Elin, die die Neckereien und der Klatsch wenig interessierten, nutzte die Gelegenheit, allein den Heimweg anzutreten. Mit den Gedanken war sie bereits weit voraus, im braunen Dämmer des Stalls, wo ihr Pferd ihr entgegenwiehern und sie voll warmer Freude begrüßen würde. Heute wollte sie ihm den Verband abnehmen und morgen früh würde sie sehen, ob es eine längere Strecke laufen konnte. Sie hatte sich vorgenommen, ihm eine Art Geschirr zu basteln, ähnlich, wie es die Ochsen trugen, wenn sie die Wagen zogen, nur leichter, zierlicher. Das musste doch zu machen sein? Im Geiste durchsuchte sie die Ledervorräte, die sie besaß, und suchte nach einem geeigneten Stück, um die Riemen daraus zu schneiden. Daran wollte sie das Tier herumführen. Die anderen würden lachen, aber das war ihr gleich.

Ein Schwarm schwarzer Krähen flog auf, als sie über die Felder lief. Elin klatschte laut in die Hände und scheuchte die Tiere in wirrem Flug in den Himmel, der nun rasch dunkler wurde. Schon hatte der Schatten des Hügels den Waldrand erreicht und verschmolz mit ihm. Die niedrigen Hütten des Dorfes waren kaum mehr auszumachen, wie die Rücken schlafender Kühe im hohen Gras duckten sie sich hinter den Weidenzäunen. Hie und da stieg ein dünner Faden Rauch aus den Feuerstellen. Wie warm es noch war! Die Grillen zirpten so laut, dass die Luft davon zu beben schien, wie die Haut eines lebendigen Tieres.

Elin blieb einen Moment stehen, um all dies auf sich wirken zu lassen. Wie schön doch alles war.

«Sei gegrüßt bei der Erdmutter, Elin.»

Die Worte kamen so unerwartet, dass sie zusammenzuckte.

«Sei gegrüßt, Uris», antwortete sie dann erleichtert, als sie den Jungen bemerkte und hinter ihm das Paar Ochsen, das gelangweilt mit den Schwänzen schlug, um die Wolken von Mücken abzuwehren, die sie umtanzten. «Du bringst die Zugtiere?», stellte sie fest.

Er nickte und strahlte übers ganze Gesicht. «Und den

letzten Wagen zieh ich selbst», erklärte er und spannte seine Armmuskeln an. «Siehst ja, wie stark ich bin.» Erwartungsvoll schaute er in ihr Gesicht.

Elin nickte zerstreut. Wagen ziehen, überlegte sie. Ob ihr Pferd das wohl auch könnte? Sicher, noch war es zu jung und zart. Aber es würde einmal ein Hengst werden wie die, welche die wilden Herden anführten. Das waren große, starke Tiere. Ja, überlegte Elin, und ihr Herz schlug bei dem Gedanken. Es würde sicher einen Wagen ziehen können, wenn sie es nur dazu bringen könnte, ruhig und geduldig zu werden. War das möglich bei einem Pferd? Ein Räuspern riss sie aus ihren Überlegungen. Verwirrt stellte sie fest, dass Uris noch immer vor ihr stand. Hatte er irgendetwas gesagt, vom Tanz heute Abend? Sie wusste es nicht mehr.

«Sie warten draußen schon auf dich», sagte sie zerstreut, hob die Hand zum Gruß und ging weiter.

Enttäuscht schaute Uris ihr nach. Nicht einen Blick hatte sie ihm geschenkt, nicht ein Lächeln! Was interessierte es ihn, ob die anderen Mädchen auf ihn warteten! Wie sie ihn behandelt hatte! Pah! Er spuckte auf den Boden. «Ja, geh nur heim!», rief er ihr nach. Er musste die Stimme ein wenig heben, da sie schon ein ganzes Stück gegangen war. «Wirst schon sehen, was dich dort erwartet.»

Etwas in seiner Stimme brachte Elin dazu, sich umzudrehen. Uris' Gesicht war verzerrt. Mehr noch erschreckte sie aber das feindselige Glitzern in seinen Augen. Etwas an der nackten Boshaftigkeit, die sie dort entdeckte, berührte sie für einen Moment und bewirkte, dass sie zutiefst erschrak.

Sie hat mich angesehen!, dachte Uris in trotzigem Triumph. Endlich hat sie mich angesehen.

«Was meinst du?», fragte Elin und ärgerte sich, dass ihre Stimme dünn klang. Was sollte es schon geben, das war doch nichts als das wirre Gerede eines unreifen Jungen, der sie ärgern wollte.

«Wirst schon sehen», wiederholte Uris hartnäckig. Eine Weile starrte er sie an. Dann, als hätte er es sich überlegt, gab er den Ochsen die Peitsche und trieb sie hastig und ohne weiteren Gruß davon.

Mit offenem Mund blickte Elin ihm nach. Was war geschehen? Die Grillen, bemerkte sie in diesem Moment. Die Grillen waren mit einem Mal verstummt. Und ohne dass sie wusste, warum, begann die Angst in Elin aufzusteigen wie die Abendschatten aus den Wiesen.

2.

Bela betrachtete die Axt in seinen Händen. Die Schnürung, sie hatte sich ein wenig gelockert. Die kupferne Klinge saß nicht mehr fest genug am hölzernen Griff. Er trat von dem Haufen Äste zurück, die in handlich zurechtgehackten Stücken zu seinen Füßen lagen, und schickte sich an, die Sache in Ordnung zu bringen. Auch die Schneide gefiel ihm nicht mehr so recht, überlegte er und fuhr nachdenklich mit dem Daumen darüber. Eine unebene Stelle riss ihm die Haut ein wenig auf. Er saugte den herausquellenden Blutstropfen fort und schüttelte den Kopf. Er würde mit Orin, dem Schmied, darüber reden müssen. Die Aussicht darauf gefiel ihm, denn er mochte den Mann, und er mochte seine Hütte, wo die geheimnisvollen Brocken lagerten, die Orin zu diesem seltsamen, glühenden, beinahe lebendig wirkenden Metall zu schmelzen vermochte, aus dem er dann seine Kupferklingen hämmerte. Ein Leuchten trat in Belas Augen, als er lächelte.

Er lächelte oft und gerne, man sah es an den blassen Streifen, die die Lachfältchen in seinem ansonsten braungebrannten Gesicht zurückgelassen hatten. Seine Augen waren grün, seine dunklen Haare, gebändigt von einem Lederband um seine Stirn, hingen ihm teils in Locken, teils in Zöpfen bis auf die Schultern herab. Leder hatte er auch um seine sehnigen Unterarme gewunden. Als er sich damit über die Stirn wischte, wurde es dunkel vom Schweiß. Er würde etwas trinken gehen, beschloss er. Nein, besser: Er würde Orin einen Becher mitbringen, und sie würden sich zusammensetzen und über sein Handwerk sprechen, wie Bela es liebte.

Manche im Dorf hielten Abstand zum Schmied und sagten, er ringe in seiner düsteren Schmiede mit den Geistern. Anders sei es nicht möglich, dass er das widerspenstige Metall beherrsche, das ja nichts anderes war als die Knochen der Erdmutter, die ihr an geheimnisvollen, ja sündhaften Orten entrissen wurden, ein Frevel, für den sicher ein Preis zu zahlen war. War es nicht so, dass nur die Allerstärksten, die Besten, zu Schmieden erwählt wurden und dass die letzten Geheimnisse eines Schmiedes nur an seinen Schüler und Nachfolger weitergegeben wurden in einer Zeremonie, bei der niemand sonst zugegen war?

Nachts fand sie statt, wenn der Himmel so schwarz war wie Schmiedeasche, ohne Mond, ohne Zeugen. Die Neugierigsten wollten ein Glühen gesehen, das heller war als jedes Feuer, und einen Schrei gehört haben, der nicht von einem Menschen kommen konnte. Am nächsten Morgen dann trug der neue Schmied dieselben sichelförmigen Narben auf beiden Wangen wie der Alte. Sie zeichneten ihn fürs Leben und schmerzten gewiss monatelang. Doch niemals sprach einer darüber, wie er sie empfangen hatte. Auch Orin nicht, dessen mondförmiges Gesicht die Narben entstellten, als trüge er eine Maske, die ihn für immer von den anderen entfernte.

Bela hätte viel darum gegeben, diese Zeichen zu empfangen, die die Schmiede zu etwas Besonderem machten. Doch als Junge war er nicht erwählt worden. Der Schnellste war er gewesen und der klügste Kopf, aber die Alten hatten sich für den mit den stärksten Schultern entschieden, dem breitesten Nacken und der unerschütterlichsten Ruhe. Bela betrachtete seine Arme. Was half es, dass sie heute an Kraft keinem nachstanden und die Frauen ihm hinterherschauten, wenn er mit seinen breiten Schultern und den schmalen Hüften durchs Dorf ging, mit dem leichten, lässigen Gang des Läufers.

Immerhin hatte er Orins Freundschaft und die Gastlichkeit seiner Hütte, zu der er es ihn oft zog. Wer weiß, überlegte Bela, vielleicht treffe ich dort sogar einen jener Fremden, die von Zeit zu Zeit vorbeikommen, um Erz anzubieten und andere Dinge. Orin pflegte von ihnen seine Vorräte zu kaufen, soweit er nicht alte Klingen reparierte und verarbeitete. Es waren seltsame Männer, diese Reisenden, ganz anders als die Bewohner des Dorfes, schon ihre Gestalt, ihr Gang und der Blick ihrer Augen verrieten, dass sie keine Bauern waren. Sie schienen andere Götter zu kennen als die Erdmutter und ihre Geister, und sie hatten Dinge gesehen, die man sich hierzulande nicht einmal vorzustellen vermochte.

Die meisten Dorfbewohner wollten davon gar nichts hören. Bela aber zog es immer besonders zu Orin, wenn er eine dieser Gestalten des Weges kommen sah. Einer hatte ihm einmal etwas zu halten gegeben, das beinahe aussah wie das Schulterblatt eines Tieres, doch war es gewellt gewesen, glatter und dünner. ‹Muschel› hatte der Händler es genannt und erklärt, es sei die Schale eines Tieres, das den Schnecken ähnlich sei, dabei lebe es aber in einem Wasser, das tiefer sei als der See, größer als der Wald, beinahe so weit wie der Himmel und kein Ende besäße.

Als Bela die Augen aufriss in dem vergeblichen Bemühen, sich diese Ungeheuerlichkeit vorzustellen, hatte der Fremde gelacht. Bela aber hatte in jener Nacht seltsame Träume gehabt. Und er hatte bedauert, dass der Mann am anderen Morgen schon wieder fort gewesen war. Für die meisten im Dorf lag jenseits des Waldes das Geisterreich, eine Ödnis und Nacht voll unendlicher Schrecken. Bela aber ahnte, dass es dort noch etwas anderes geben musste. Und er mochte Orin, den Schmied, weil auch der darum wusste.

Ja, er würde Orin besuchen. Mit Schwung hieb er die Axt in ein Stück Holz, wo sie stecken blieb, und rief zur Hütte hinüber. Dort lag sein Vater, alt und zu schwach, um noch laufen zu können. Als keine Antwort kam, ging er hinein. Wie meistens lag sein Vater dicht bei der Feuerstelle, eingewickelt in ein Fell, kaum mehr als ein mageres Bündel, das auch im Sommer stets fror. Er hatte die Augen geschlossen und schlief. Dabei atmete er mit offenem, zahnlosem Mund. Bela bückte sich und rückte fürsorglich die Holzschale mit der Grütze näher an das Lager heran, dann zog er ihm das warme Fell bis ans knochige Kinn und strich ihm über die Wange, die hart und runzelig war wie Borke. «Alles in Ordnung?», flüsterte er. Da schlug sein Vater die Augen auf. Bela zeigte ihm das schadhafte Beil. Der Alte schnalzte mit der Zunge. «Da lob ich mir die guten alten Steinklingen», meinte er. Seine Stimme war rau und brüchig. «Die hielten noch was aus.»

Bela lächelte. Sie hatten dieses Gespräch schon oft geführt. «Ja», erwiderte er. «Aber die alten Beile ließen sich nicht reparieren, kaputt war kaputt. Und hieraus», er hob die Klinge vors Gesicht und wendete sie hin und her, «wird im Handumdrehen wieder eine ebenso gute Axt.» Sein Vater schloss die Lider, zum Zeichen, dass er sich ergab. Aber um seine Lippen spielte ein Lächeln. Er nahm die Hand, die Bela ihm reichte, und hielt sie.

Da hörte Bela in der Ferne Gebell.

Er horchte auf. Die Hunde hatten angeschlagen, draußen auf der Wiese am Bach. Sie klangen so aufgeregt. Ob sie einen Hasen aufgestöbert hatten? Er entzog sich dem schwächer werdenden Griff seines einschlafenden Vaters und ging zur Tür. Gegen die tiefstehende Sonne musste er die Augen zusammenkneifen. Da war ein Mann am Waldrand, stellte er fest. Er ging geduckt, nein, er rannte. Ob das Edek war?, überlegte Bela, ob er keinen Erfolg bei der Jagd gehabt hatte? Vielleicht jagten die Hasen ja ihn? Bela grinste und wollte schon einen lauten Pfiff ausstoßen und winken. Doch nein, das war nicht Edek. Mit angestrengt gerunzelter Stirn beobachtete Bela die Bewegungen des Mannes. Das war überhaupt niemand, den er kannte. Ein Fremder. Ein Händler vielleicht? Für einen Moment keimte frohe Erwartung in ihm auf. Aber warum ging er dann nicht auf dem Weg? Unwillkürlich griff Bela nach seiner Axt. Er spürte die Gefahr, noch ehe er sie begriff. Mit dem Instinkt des Jägers nahm er sie wahr. Ein Schauer lief über seine Haut. Dann sah er es: Der Fremde war nicht allein gekommen.

Jetzt lösten sich aus dem Schatten zwischen den Bäumen noch andere Umrisse. Bela konnte vier, fünf, sieben Männer ausmachen, und es wurden immer mehr. Sie alle rannten in geduckter Haltung auf das Dorf zu. Noch waren sie so fern, dass er ihr Keuchen nicht hören konnte, nicht das Klirren der Waffen, die sie in ihren Händen schüttelten. Denn es waren Waffen, Bela erkannte sie nun deutlich: Äxte, Keulen, Schwerter sogar, lang und unheilverkündend. Er sah ihre struppigen Haare im Wind fliegen, sah den Helm, der den Kopf des Anführers zu einer Dämonenfratze machte, sah ihre ledernen Umhänge wehen und das Stampfen ihrer fellumwickelten Füße, die sie unerbittlich nähertrugen, Schritt um Schritt. Er sah den Ausdruck konzentrierter Kampfeslust in ihren Gesichtern, die Zähne in ihren aufgerissenen Mündern. Wie hypnotisiert stand Bela da und starrte.

Sie werden uns töten, dachte er. Und für einen Moment rief diese Erkenntnis keinerlei Echo in seinem Inneren hervor, so als wäre dies etwas, das sich fern von ihm abspielte, wie unter Wasser in einer anderen Welt, die ihn nicht berührte. Dann brandete für einen Moment die Angst wie eine heiße Welle über ihn, nahm ihm den Atem, löste seine Glieder auf und spülte die Kraft hinaus. Zitternd stand Bela da, mit offenem Mund, unfähig, einen Laut von sich zu geben. Krampfhaft schloss er die Faust um seine Axt und versuchte, wieder zu sich zu kommen. Das Hundegebell brach abrupt ab. Ein hohes, ersterbendes Quieken ertönte, dann blieb es still. Dann endlich kam der Zorn wie eine Woge, die Bela erfasste, hochhob und vorwärtsschleuderte.

«Edek!», schrie Bela. Er brüllte die Namen seiner Nachbarn, seiner Freunde. «Vater! Orin!» Längst war er unterwegs, rannte zwischen den Hütten hindurch, rief seine Warnung in jeden Eingang, jeden Winkel. Er nahm sich nicht die Zeit, zu sehen, wie auf den Gesichtern der Menschen das aufleuchtende Begrüßungslächeln der Verwirrung wich und dann dem Begreifen, während er rief und gestikulierte. Bela blieb nicht stehen, um zu sehen, wie Frauen in die Hütten rannten und wieder herauskamen, ihre Kinder an sich gepresst und wild um sich blickend auf der Suche nach einem Fluchtweg. «Nach Osten, nach Osten!», brüllte Bela ihnen zu und winkte in die Richtung der Felder, die auf der anderen Seite des Dorfes lagen. «Lauft bis zu den Hügeln!» Dabei hoffte und betete er, dass die Krieger, die aus der Abendsonne auf ihn zugerannt kamen, allein wären.

Orin trat aus seiner Hütte und starrte ihn an. In seiner Hand hielt er die Zange, in der das Schmiedestück noch immer glühte. Bela hielt inne; er sah das Rot des Kupfers im Luftzug aufzucken wie ein noch pochendes Herz im aufgebrochenen Kadaver eines erlegten Rehs. Dann überzog es sich mit Grau. «Fremde», keuchte er, «Schwerter.» Er sah das Erstaunen in Orins Augen, aber auch den Funken, der darin aufglomm. Keiner im Dorf besaß ein Schwert, kaum einer hatte je eines gesehen. Bela aber war sich sicher, dass Orin wusste, wie sie aussahen, vielleicht sogar, wie sie gefertigt wurden. Wusste er auch, wer sie trug? Es blieb Bela keine Zeit zu fragen. Das hohe Kreischen der Frauen, die in einer wilden Gruppe auf die Felder zugerannt waren, verriet ihnen, dass auch auf dieser Seite des Dorfes Angreifer gelauert hatten. In Panik kamen die Flüchtenden zurück zu den Hütten, Weiber schrien, Kinder weinten. Bela hob eines auf und drückte es der Nächstbesten in den Arm, trieb sie an, schrie und winkte. «Vater!», brüllte Bela, «Vater!»

Auf dem Weg zu seiner Hütte am Dorfrand war er nicht mehr allein. Andere standen an seiner Seite, Männer, Alte, Knaben, bewaffnet wie er, mit Äxten, Sicheln, hölzernen Heugabeln, Messern, Scheiten. Sie blickten wie er, entschlossen, verzweifelt. Sie hatten keine Wahl mehr. Dort brandeten Tod und Vernichtung heran. Hinter ihnen lag alles, was sie besaßen, ihr Besitz, ihre Familien, ihr ganzes, bislang so friedliches Leben. Sie verschlossen ihre Ohren gegen das Weinen ihrer Frauen und vergaßen ihre eigene Angst, die ihnen die Gesichter verzerrte. Edek neben ihm bleckte seine Zähne wie ein in die Enge getriebenes Tier.

Dann waren die Fremden da. Mit ungeheurer Wucht prallten sie auf die Reihen der Dörfler.

«Hrrraaaaaaa!», brüllte Bela und hob seine Axt. Metall klirrte auf Metall. Dumpf ächzten die Getroffenen. Bela hieb mit der Klinge, trat, stieß beiseite. Als er für einen Moment Luft holte, schaute er auf und schrie: «Vorsicht!»

Edek neben ihm fuhr herum, als er den Anführer mit dem Helm auf sich zustürmen sah. Er hob seine Keule und rannte los.

Einen Wimpernschlag lang stand er ganz still. Dann sank er lautlos in sich zusammen, ein blutiges Stück Fleisch, das schwer im Gras aufschlug. Fassungslos sah Bela Edeks Blut auf den grünen Halmen leuchten, sah die abgeschlagene

Hand, den Hals, aus dem es pulsierend spritzte. Bela blinzelte. Was für eine Klinge war das, die Knochen schnitt wie Gras? Es blieb ihm keine Zeit, darüber nachzudenken. Schon war der nächste Krieger heran. Mit Wucht parierte er den ersten Schlag, holte aus voller Hass und schlug zu. Blut sprühte ihm ins Gesicht, er brüllte. Zorn und Triumph, Furcht und der rasende Wille zu leben wurden eins.

Irgendwann wurde ihm bewusst, dass die Luft nach Rauch roch, dass es knisterte und prasselte und Schauer von Funken auf seine blutverschmierten Arme niedergingen. Aus den Augenwinkeln sah Bela seine Hütte, aus deren Dach bereits die Flammen schlugen. Vater, dachte er, doch es war nur noch das leise, ferne Echo eines Gedankens. Er war kein Sohn mehr, war kein Mann, nur ein Ding, das auswich, ausholte, sich drehte, zuschlug. Er hörte seinen eigenen keuchenden Atem, er dröhnte in seinen Ohren und verriet ihm: Noch lebte er. Er lebte noch immer, auch wenn um ihn herum alles unterging, wenn Orins Gesicht vor ihm auftauchte, rund wie der Mond, mit neuen Malen, aus denen das Blut glühend herabrann. Wenn auch der Schmerz fast unerträglich wurde, der sich irgendwann, irgendwie, ohne dass er den Schlag hätte kommen sehen, in seinen Leib fraß. Das Dorf hinter ihm brannte, die Felder vergingen, seine Welt zerfiel.

Bela bewegte sich, er kämpfte, ihm war, als befände er sich in einem Fiebertraum. Er sah den Kopf des Ebers auf dem Helm seines Gegners und dessen Zähne, die bedrohlich und hungrig neben den Wangenknochen des Mannes hervorragten und nach ihm schnappten. Die Bestie wuchs und brüllte; Mordech öffnete sein Maul, um ihn zu verschlingen. Bela holte Atem und schrie ihm seinen Hass entgegen. Er hatte aufgehört zu denken, als er seine Axt mit beiden Händen packte und sich duckte, um dem Hieb dieses Schwertes auszuweichen. Dann wurde es finster.

3.

Atemlos kam Elin beim kleinen heimatlichen Hof aus gestampftem Lehm an. Ihre moosgedeckte Hütte lag an der Ostseite, ein langgestrecktes Oval, mit dem Eingang im Süden. Der Nordteil diente als Stall für das Vieh, das ihnen im Winter die kalten Winde vom Hals hielt und die Wohnstube mit seinen warmen Dünsten füllte. An die Nordseite des Platzes grenzte der offene Unterstand mit der Kochstelle. Dort stand auch ihr Webstuhl, für den es in der Hütte selbst zu düster war. Er bestand aus zwei starken Balken mit einer Querstange, von der herab die mit Steinen beschwerten Kettfäden hingen. Daran schlossen sich der große und der kleine Speicher an, die beide auf Stelzen standen, damit kein Getier an das Getreide herankam. Im Westen lagen die Wintergruben, in denen der Frost ihnen die Vorräte frischhielt, bis sie aufgebraucht waren, sowie das Erddepot für den Hafer, der sich darin zwei Jahre lang hielt. Daneben hatten sie den Garten angelegt, wo Linsen wuchsen, Erbsen und Kräuter, Brombeeren, die das Weidengeflecht des Zaunes üppig umrankten, und Wurzelgemüse.

Ein würziger Duft drang von dort zu Elin. Aber da lag noch etwas anderes, Salziges, übelerregend Metallisches in der Luft, das alles andere überlagerte. Es war schon beinahe finster, nur die Glut der Kochstelle warf einen schwachen Lichtschein auf den Hof. Immerhin hat Idris sie nicht ausgehen lassen, dachte Elin. Oft genug kehrte sie an einen kalten Herd zurück, denn die Männer scherten sich nicht um das Feuer. Dann hatte ihr Bruder also doch noch Erfolg bei der Jagd gehabt! Die letzten Tage war er meist missgelaunt aus dem Wald zurückgekehrt. Nun erkannte sie auch, an die Wand der Hütte gespannt, das Fell des Tieres. Es musste ein Reh gewesen sein, der Größe nach, dachte Elin und trat näher, um es zu betrachten. Da begannen ihre Beine zu wanken. In diesem Moment, als hätte er ihre Ankunft gespürt, kam ihr Bruder aus der Hütte. Mit einem Blick auf seine Schwester ging er hinüber zu einem dunklen Haufen, den Elin jetzt als aufeinandergestapelte Fleischbrocken erkannte. Nun roch sie das schneidende Aroma von Blut. Und es würgte sie.

Idris klatschte in die Hände und trat in die Dunkelheit, woraufhin das Knurren eines Hundes hörbar wurde. «Kusch», rief er und trat nach dem unsichtbaren Angreifer. «Verdammtes Vieh.» Seiner Schwester wandte er noch immer den Rücken zu. «Jetzt führ dich nur nicht auf», begann er dann aus heiterem Himmel: «Wir brauchen das Fleisch. Vater sagt das auch.»

Er wandte halb den Kopf und schielte nach ihr, die immer noch reg- und wortlos dastand. «Hab heute wieder kein Glück gehabt, und der Herr vom Berg verlangt seinen Teil, das weißt du. Hat doch keinen Sinn, ein Schaf zu schlachten, wenn man ein wildes Tier nehmen kann. Eh, Elin?» Er hatte sein Messer gezogen und arbeitete schwer an etwas, das vor ihm lag. Dann holte er aus.

Elin sah etwas Helles durch die Luft fliegen. Unwillkürlich fing sie es auf; es war der Schweif ihres Pferdes, lang und fein. Ein wenig Blut klebte an den Spitzen. Als sie ihr Gesicht hineindrückte, konnte sie noch immer den Geruch des kleinen Fohlens wahrnehmen. Da schluchzte sie auf.

«Nun führ dich bloß nicht ...», wollte Idris eben wiederholen, als sie sich schon auf ihren Bruder stürzte und mit den Fäusten auf ihn einschlug.

«Du hast es umgebracht», schrie sie gellend. «Du hast es getötet.»

Idris hob lässig die Hände, um sich vor ihren Schlägen zu schützen. Er tänzelte ein wenig hin und her, schließlich, als sie nicht ablassen wollte, verlor er die Geduld, holte aus und versetzte ihr eine schallende Ohrfeige, die sie beinahe von den Füßen fegte. Elin hielt überrascht inne.

Idris grinste. «Siehst du», begann er. Da sprang sie ihm mit den Nägeln ins Gesicht.

«Heh, bei Mordech», fluchte Idris überrascht und rief nach dem Vater, der herbeieilte, um das Mädchen zu bändigen. Elin wand sich in seinem festen Griff und schimpfte und fluchte, was das Zeug hielt. Crudd schüttelte seine Tochter.

«Still», donnerte er, «wirst du wohl still sein!»

Schließlich ließ Elin erschöpft den Kopf sinken. Oh, sie hätte ihn nie wieder heben mögen! Ihr Haar hatte sich gelöst und hing ihr ins Gesicht wie ein gnädiger Vorhang, der ihr den Anblick des ausgespannten Felles ihres Lieblings ersparte. Nun endlich kamen die Tränen.

Idris nickte seinem Vater zu, der sie losließ. Schluchzend sank Elin in sich zusammen. In ihren Händen hielt sie noch immer den Schweif, den sie verzweifelt streichelte. Kaum, dass sie die Worte hörte, die ihr Vater und Idris zu ihr sagten. Dass der Herr auf dem Hügel ein Fest gab und dafür seinen Anteil an der Jagd verlangt hatte. Dass Idris heute nichts erlegt hatte. Aber dass sie ja ein Jagdwild im eigenen Stall stehen hatten und es gegen jede Vernunft gewesen wäre, ein nutzloses Tier leben zu lassen, um ein Schaf dafür zu opfern, das sie im Winter noch brauchen würden. Elin hörte es, sie verstand es, sie wusste, es gab nichts dagegen zu sagen. Und doch waren da der Schmerz in ihr und ein tiefes Gefühl des Verlustes.

Fleisch füllte den Magen. Fleisch ließ Menschen überleben. Fleisch gab die Kraft, selbst Mordech zu trotzen. Aber dieses Pferd war mehr für sie gewesen als Fleisch.

Feind oder Futter, echote es in ihr. Hattest du erwartet, etwas Neues schaffen zu können? Ja, rief eine Stimme in ihr, laut und entschieden und hoffnungsvoll. Ja, warum nicht, warum sollte es das nicht geben dürfen? Sie hatte etwas gespürt in diesem Tier, die Anwesenheit eines anderen Geistes, freundlich, verständig, dem ihren verwandt. Ob es vielleicht auch gute Dämonen gab, die der Erdmutter dienten? War dieser Hengst einer davon? Elin wusste, sie war allein mit diesen Gedanken, keiner würde sie verstehen, aber war das nicht immer so? Jetzt lag dort ein hässlicher Haufen Fleisch, und sie fühlte sich einsamer denn je.

«Komm, auf», sagte ihr Vater und fasste sie am Arm, um sie derb auf die Beine zu ziehen. Als sie unwirsch seine Hand abschüttelte, gab er ihr einen Schubs in Richtung Herdstelle.

Elin riss die Augen auf, als sie begriff. «Nein», keuchte sie. Das war zu viel, niemand konnte das von ihr verlangen. Niemals würde sie das Fleisch ihres Pferdes zubereiten und nie davon kosten. Sie wandte sich um und starrte die beiden Männer an. Dann verschränkte sie entschlossen die Arme.

Idris nickte dem Vater zu und verdrehte die Augen. «Habe ich es dir nicht gesagt? Also gut», fuhr er an seine Schwester gewandt fort, «ich werde Anwin bitten. Dafür hilfst du mir, den Anteil des Herrn auf den Hügel zu bringen.»

«Aber …», wollte Elin einwenden.

«Vater muss Uris bei den Karren helfen», kam Idris ihr zuvor.

Dagegen gab es nichts zu sagen; bei jeder Ernte war es so. Ihr Vater tat die schwere Arbeit ausnahmsweise mit Eifer. Er liebte es, dabei zu zeigen, welche Kraft noch in ihm steckte. Zu gern spannte er sich neben Uris in den Karren und zog. Und meist fand sich bei der anschließenden wilden Feier dann auch für ihn ein Mädchen, das mit ihm in die Büsche ging, um sich noch einmal beweisen zu lassen, was für ein Mann er nach wie vor war. Elin saß in diesen Festnächten meist alleine zu Hause.

Ihr Vater war verstummt. Elin bemerkte den Blick, mit dem er sie betrachtete. So hatte er sie noch nie angesehen, so voll neuerwachtem Interesse und einer unterschwelligen

Gier. Sie konnte seinen Blick förmlich über ihren Körper wandern fühlen. War es die Aussicht auf eine Nacht des Trinkens und der Tänze, oder woher kam der seltsame Glanz in seinen Augen?

«Was starrst du mich so an?», murrte sie und strich sich unbehaglich fröstelnd über die nackten Arme.

Idris stieß Crudd an, der noch immer mit diesem seltsam hungrigen Lächeln seine Tochter betrachtete. Da erwachte er aus seinen Gedanken. «Dann mache ich mich auf den Weg», brummte er, mit einem Mal verstimmt und froh, von ihnen fortzukommen.

Betroffen sah Elin ihm nach, aber sie kam nicht dazu, über sein Verhalten nachzudenken. Idris hielt ihr bereits die hölzerne Steige hin, auf der in große Blätter eingewickelte Fleischbrocken lagen. Sie schauderte, als sie mit den Armen durch die Tragschlingen fuhr, und das nicht nur, weil die Brocken sie kühl wie Froschhaut berührten. Auch Idris belud sich und übernahm die Führung. Er marschierte so rüstig voran, dass Elin kaum folgen konnte. Die Fackel in seiner Hand fauchte im Abendwind.

«Was hast du es denn so eilig?», protestierte sie, während sie so gut es ging hinter ihm herstolperte.

«Ich will schließlich noch zum Fest», gab Idris zurück. «Ist nicht jeder so ein Sauertopf wie du.» Er lachte.

Elin verzog das Gesicht. «Mir sind die Männer nun einmal lieber, wenn sie nicht betrunken herumlaufen», erklärte sie. Dann blieb sie stehen. Dort vor ihr, unter dem Funkeln der Sterne, erhob sich ein Umriss, der schwärzer war als die Nacht. Und auf seinem Gipfel brannte etwas, das heller leuchtete als die Sterne, röter und unruhiger auch: die großen Fackeln am Tor der Festung.

Auch Idris blieb stehen und wies mit dem Kopf dorthin. «Hinauf geht's», verkündete er und fragte mit einem Mal ungewohnt freundlich: «Kannst du noch?»

Elin nickte. «Es ist nur …», begann sie, und ihr Blick wanderte wieder zum Hügel. Er hatte Männer dort oben.

«Schnell hin, schnell zurück», sagte Idris und lächelte ihr zu. Er lächelte nicht oft. Trotz allem, was geschehen war, war Elin in diesem Moment dankbar dafür. Idris war ein grober Klotz, rau und egoistisch, aber auch stark und zäh, und er war ihr Bruder. In einer dunklen Nacht wie dieser konnte sie sich keine bessere Begleitung vorstellen. Sie war froh, ihn an ihrer Seite zu haben.

«Ja», stimmte sie ihm zu. Ihr wurde ein wenig wohler. Was sollte ihr an Idris' Seite geschehen? Und wenn sie zurück waren, würde sie dieses Jahr selbst einen Becher trinken und ein wenig tanzen. Elin liebte den Tanz, das selbstvergessene Drehen. Wenn keine Hände nach einem griffen, die man abwehren musste, konnte es wunderbar sein. Vielleicht vergäße sie dann sogar für eine Weile den Kummer über ihr Pferd. Und wenn sie ein neues fände? Mit einem Mal, wie ein Licht im Dunkeln, war der Gedanke da. Wenn sich einmal eines in einer Grube verfangen hatte, dann konnte das wieder geschehen. Vielleicht konnte man nachhelfen. Unwillkürlich begann sie, vor sich hin zu summen. So folgte sie ihrem Bruder bei dem steilen Aufstieg.

«Bald sind wir da.» Idris' Stimme bebte leicht.

«Ja», erwiderte Elin zerstreut. Von der fiebernden Erwartung, die seine ganze Gestalt durchdrang, bemerkte sie nichts.

4.

Als Bela zu sich kam, war es Nacht. Für eine Weile glaubte er, er läge im Schlund Mordechs, wo ewige Feuer brannten und die Schreie der Sterbenden widerhallten, während ihnen das verwesende Fleisch von den Rippen tropfte. Es dauerte eine Weile, bis er begriff, dass die Feuer nicht vom Atem eines Untiers stammten, sondern sich mit lautem Prasseln durch die Hütten seines Dorfes fraßen. Eben stürzte knirschend ein weiteres Dach in sich zusammen, und brennendes Stroh wirbelte mit der heißen Luft in den Nachthimmel, um in sachten Bögen wieder herunterzutrudeln. Das ganze Dorf war so erhellt, jedes Heim eine Fackel, die Luft dazwischen wie zähflüssig vor Glut.

Die Schreie waren von jenseits der glühenden Wände zu ihm gedrungen und erstarben nun einer nach dem anderen, sie gingen unter im Krachen, mit dem die Balken niederbrachen. Und der Gestank kam von seinem eigenen versengten Fleisch und Haar.

Mühsam kroch Bela ein Stück fort. Er tastete kühle Blätter, dann Fleisch, ebenso kalt wie das Gras. Als er sich auf den Ellenbogen stützte, erkannte er das Gesicht von Mela. Sie war Orins Schwester gewesen und hatte ihn immer besonders freundlich begrüßt, wenn er bei dem Schmied zu Besuch war. Nun lag sie da, die Beine weit gespreizt, die Kleider heruntergerissen, ihre Kehle zerfetzt, als hätte ein Tier sich darin verbissen. Sie war tot.

«Vater!», rief Bela. Er blickte nach seiner eigenen Hütte, konnte aber nichts erkennen als eine flimmernde Wand aus Hitze. Er versuchte aufzustehen, fiel aber auf die Knie und blieb so eine Weile hocken, wie ein Hund auf allen vieren, mit hängendem Kopf. Aus seiner Seite rann Blut. Es fühlte sich warm an, als er hinfasste. Nicht so kalt wie Mela, dachte er. Ich bin noch am Leben. Noch lebe ich. Er hob den Kopf in den Nacken und stieß einen Laut aus, beinahe wie ein Wolf, der den Mond anheult. Doch keine Stimme, weder eines Menschen noch eines Tieres, antwortete ihm.

Bela wusste nicht, wie viel Zeit vergangen war, bis es ihm gelang, einen Streifen von seinem zerfetzten Hemd abzureißen und um seinen Leib zu wickeln, wie oft er ohnmächtig wurde, als er den Verband anzog, so fest er konnte. Er erinnerte sich nicht mehr, wie er zu der Stelle gelangte, wo sein Heim gewesen war, ob auf seinen Füßen oder kriechend wie ein Hund, und wie oft er dabei zusammenbrach. Als er dort angekommen war, richtete er sich mühsam auf. Hier war nichts mehr, nichts als Asche. Er fand einen Stock und stocherte damit darin herum. Holzasche, weiß und wirbelnd, darunter etwas Hartes. «Vater», flüsterte Bela. Er griff nach dem Amulett um seinen Hals und küsste es. «Möge die Große Mutter dich in ihren Schoß aufnehmen. Möge dein Geist heimkehren zu unseren Feldern und uns schützen …» Da hielt er inne. Es gab keine Felder mehr. Es gab kein uns mehr. Nichts war übrig, um es zu beschützen. Der Geist seines Vaters würde heimatlos bleiben, all die Geister würden das, die heute in die Nacht gegangen waren. Kein Ahnenpfahl stand mehr vor den Hütten, um sie zu leiten und ihnen eine Wohnstatt zu sein. Niemand würde ihnen eine Mahlzeit oder einen Trank hinstellen. Eine Weile suchte Bela im angekohlten Gras nach den Resten des geschnitzten hölzernen Pfostens, der seine Hütte beschützt hatte, einst, vor wenigen Stunden. Doch er fand sie nicht mehr. Da wandte er sich ab.

Seinen Weg durch das, was einmal das Dorf gewesen war, nahm er wie ein lebender Toter. Manchmal, wenn noch Gesichtszüge erkennbar waren, konnte er es nicht lassen und neigte sich über eine Leiche, murmelte einen Namen, schloss blicklos gewordene Augen. Es ging über das Fühlen hinaus; es fügte dem Schmerz, der schon so übergroß war, keinen weiteren mehr hinzu, seine Verzweiflung, dachte er, konnte tiefer nicht werden. Bis er Orin entdeckte.

Der Schmied lag am Eingang seiner Hütte. Seine Beine waren nur noch Stümpfe, abgebrannt bis fast hinauf zum Knie, und wiesen auf die Schwelle. Sie qualmten noch leise. Orins Gesicht leuchtete unter all dem Ruß und den Wunden weißer denn je. Neben ihm ging Bela ein letztes Mal in die Knie und verharrte einen Augenblick. Leb wohl, Freund, dachte er. Geh und nimm deine Geheimnisse mit dir. Er hob die Hand, um Orin zum Abschied über das Gesicht zu streichen.

Mit einem Schrei taumelte Bela zurück. Orins Hand war hochgeschossen und hatte sich um sein Handgelenk geschlossen. Und die Augen des Schmiedes standen offen. Seine Lider flatterten, während Bela sich ungläubig neben ihn hinkauerte, und sein Mund öffnete und schloss sich in hilfloser Qual, ohne ein Wort hervorzubringen. Schließlich kamen doch Laute heraus. Und als Bela seinen Schreck und seinen Ekel überwand und sich dicht über ihn neigte, spürte er an seinem Ohr einen Hauch und verstand: «Töte mich.»

Er löste Orins Linke von seinem Gelenk, nahm sie zwischen seine Finger und drückte sie ratlos. «Freund», flüsterte er, und Tränen traten in seine Augen. «Alter Freund.» Für einen Moment war ihm, als träte ein Erkennen in den Blick des Schmiedes. Orin schloss kurz die Augen und lächelte leicht. Doch gleich darauf begann der Schmerz seinen Körper wieder zu schütteln, ein Beben ging über sein Gesicht und ließ seine Lider erneut zucken wie die Flügel eines Falters, der in die Flamme flog.

Hastig schaute Bela sich um. Seine eigene Axt hatte er verloren, aber nicht weit von dem Schmied lag die Leiche eines Mannes, der zu ihren Angreifern gehört haben musste. Mit zusammengebissenen Zähnen ging er zu ihm und musterte den Körper, der von zahlreichen Wunden entstellt war. Das zottige Haar lag ausgebreitet um den Kopf, der Lederumhang war ihm zum Kissen geworden und ließ den Oberkörper nackt. Bela wollte schon nach der Kupfernadel greifen, die ihn auf der Brust zusammenhielt und ein eigentümliches Muster in Form zweier miteinander verschlungener Hirschköpfe zeigte, als er innehielt. Die Faust des Toten umklammerte noch immer eine Waffe. Bela blinzelte mit seinen vom Rauch geröteten Augen. Es war ein Schwert. Rasch, gierig griff er danach. Als er es hochhob, bemerkte er, dass die Klinge geborsten war. Nur noch ein zackiger Stumpf hing am Griff, nicht länger als die Handspanne eines Mannes. Enttäuscht hielt Bela sie vor sich, versuchte, Gewicht und Form in seiner Hand zu fühlen, aber die Waffe war aus der Balance. Schon wollte er sie verärgert von sich schleudern, da hielt er inne. Das Stück, das geblieben war, war spitz und scharf. Für seine Zwecke würde es genügen. Er wandte sich Orin zu, der dalag, ohne etwas von seiner Umwelt zu bemerken. Schwer ließ sich er sich neben ihm nieder, und lange zögerte er, ehe er die Klinge hob. «Leb wohl, alter Freund», flüsterte er dann und ließ sie niedersausen in seine Kehle.

Blut quoll heraus wie flüssiges Metall aus Orins Ofen. Noch einmal riss der Schmied die Augen auf, noch einmal zuckte sein Körper, dann entspannte er sich. Bela fuhr ihm mit der flachen Hand über die Lider, um sie zu schließen. Den Blick auf die schwelenden Stümpfe, die von Orins Beinen geblieben waren, vermied er. Dann legte er das besudelte Schwert auf des Gefährten Brust. Auch geborsten war es noch als schöne Arbeit zu erkennen; es war ein würdiges Geschenk für einen Schmied. Als er Orins Hände nahm, um sie über dem Griff zusammenzulegen, fiel etwas aus den schlaffen Fingern seiner Rechten. Es war ein lederner Beutel. Das eingebrannte Zeichen zweier ineinander verschlungener Hirschköpfe verriet ihm, dass der Schmied es im Kampf seinem Gegner entrissen haben musste. Neugierig wog Bela es in der Hand, es war schwer. Um seine Öffnung war ein Band geschlungen, auf das eine Reihe von Schmuckperlen aufgefädelt waren. Zehn Kugeln zählte er schließlich, als er es freigenestelt hatte und ausspannte. Neun davon waren aus Kupfer, die zehnte, graue, aus einem Material, das er nicht kannte. Ratlos drehte Bela sie zwischen seinen Fingern umher. Er wusste nicht, was sie war oder bedeutete, aber er hatte das deutliche Gefühl, einem Geheimnis auf der Spur zu sein. Orin hatte das Säckchen gewiss nicht umsonst bis in den Tod umklammert gehalten.

Neugierig fuhr Bela in den Beutel, brachte jedoch nichts weiter zutage als eine Handvoll rotbrauner Steine, die er enttäuscht wieder zurückfallen ließ. Dann fiel ihm etwas ein, und er holte sie ein weiteres Mal hervor, drehte und wendete sie im Licht, betrachtete sie nachdenklich und gründlich. Er hatte sich nicht getäuscht, das war Erz, kein Zweifel. In diesen Steinen ruhte der Geist des Metalls, den die Schmiede erweckten. Aber es war keines von denen, die er bei Orin gesehen hatte.

Noch einmal raffte er sich auf und ging zu dem toten Feind hinüber. Er stieß mit dem Fuß im hohen Gras herum und gegen den Arm des Mannes, bis er gefunden hatte, was er suchte: die Spitze des zerbrochenen Schwertes. Wieder sah Bela im Geiste den Angriff vor sich, er sah Edeks Gesicht, groß und verzerrt, sah, wie seine Hand durch die Luft trudelte, gemäht wie ein Blatt, und die Fontäne, die aus seinem Hals schoss. Ein Metall, das Knochen durchschlug wie dünnes Holz, war es das?

Nachdenklich fuhr er die Klinge entlang. Ja, sie war anders, so viel konnte er selbst im unruhigen Licht der brennenden Feuer erkennen. Ihr Farbton, der Glanz ihrer Oberfläche, die Bruchkanten. Er hieb sie gegen ein Stück Holz, dann gegen einen Stein und schnitt sich dabei ins Fleisch. Fluchend riss Bela einen weiteren Fetzen von seinem Körper und umwickelte damit seine Hand, um die Schneide besser fassen zu können. Er wollte ausprobieren, ob sie wirklich so hart war. Mit letzter Kraft hob er sie hoch und ließ sie auf den verhassten Kopf seines Gegners niedersausen. Der kupferne Helm gab nach, die Klinge drang tief in den Schädel ein. Mit verzerrtem Gesicht zog Bela sie wieder heraus und wischte sie mit den Resten des blutigen Stofffetzens sauber. Im flackernden Licht von Orins brennender Schmiede sah er ein schemenhaftes Bild seiner selbst in der Klinge. «Was bist du?», flüsterte er.

5.

Ich bringe das Versprochene», sagte Idris am Tor. «Der Herr erwartet mich.»

Elin wunderte sich über die Ruhe und Selbstverständlichkeit, mit der er die Wachen ansprach. Ihr selbst erschienen die Männer mit ihren Helmen aus Leder, auf die sie Tierzähne und Krallen genäht hatten, höchst furchteinflößend, beinahe wie Geister Mordechs selbst. Aber Idris, erinnerte sie sich, hatte diese Bewaffneten von jeher bewundert. Wenn sie in Gruppen vom Hügel herunterkamen, entspannt schlendernd und doch wachsam, miteinander derb scherzend und dabei nervös wie ein Wolfsrudel, dann hatte ihr Bruder stets am Wegesrand gestanden, um sie zu beobachten. Er hatte ihnen kleine Handlangerdienste geleistet, wann immer er konnte. Auch das Fell des Wolfes damals hatte er ihnen gebracht. Es war kein Geheimnis im Dorf, dass Idris, Crudds Sohn, sich brennend wünschte, einer der Krieger auf dem Hügel zu werden. Die anderen hatten ihn oft deswegen verspottet.

Aber es war ja durchaus schon geschehen, dass ein besonders guter Jäger, ein besonders kräftiger Mann, ein Junge, dessen Geist wilder war als der der anderen, dort aufgenommen worden war. Man munkelte allerdings, dass sie harte Prüfungen für diejenigen bereithielten, die zu ihnen gehören wollten, Proben, die nicht jeder überlebte, und dass der einen hohen Preis zahlte, der statt eines Bauern ein Krieger sein wollte. Genau wusste man es nicht, denn wer dort oben hingehörte, der sprach mit den Dörflern nicht mehr.

«Hier entlang», klang es ihnen rau entgegen.

Idris nickte; er schien sich bereits auszukennen, während Elin mit großen Augen um sich blickte. Etwas wie dies hier hatte sie noch nie gesehen. Der gesamte Boden der Höhe war glattgestampft, alle Fundamente, die sie erblickte, waren aus Stein, die Wälle mit Stein verkleidet, das Holz darauf dick und schwer, Planke schloss sich an Planke. Da gab es keine windschiefen Flechtwerke, bröckelige Lehmfüllungen oder Grassoden. Alles war gerade und exakt gearbeitet. Und kein einziger Garten, kein Feld, kein Baum unterbrachen die symmetrischen Linien der Anlage, fast schien es, als wäre sie kein Teil der Natur. Was für ein machtvoller Wille musste dies geschaffen haben! Elin war beeindruckt.

«Idris?» Unwillkürlich flüsterte sie.

Aber ihr Bruder winkte ab. «Dort vorn ist die Halle», sagte er nur.

«Halle?», fragte Elin. «Was ist das, eine Halle?»

Als sie wenig später durch eine Tür traten, öffnete sich vor ihnen der größte Raum, den Elin je gesehen hatte. Höher als ihre niedrigen Hütten, so hoch wie zwei Männer beinahe, erhob sich das Dach auf den Wänden, die einen langen Raum fassten und in seiner Mitte eine beinahe ebenso lange Tafel aus schwerem Holz. Sie schien aus einem einzigen großen Stamm gearbeitet worden zu sein, mindestens so mächtig wie der, der oben rußgeschwärzt als Dachbalken angebracht war. Am Tisch saßen in zwei langen Reihen die Krieger des Herrn vom Hügel. Er selbst erhob sich bei ihrem Eintreten am Kopfende. Hinter ihm an der Wand erkannte Elin die Köpfe erlegter Tiere. Ein Hirschgeweih spreizte sich über einem Schädel, ein Wildschwein zeigte seine Hauer in den bloßen Kiefern, ein langer, schmaler Totenkopf schien einem Wolf gehört zu haben, denn er bleckte ein furchterregendes Gebiss. Größer als die anderen ragte der mächtige Kopf eines wilden Pferdes hervor.

Elin wandte den Blick ab und machte sich daran, die schwere Steige vom Rücken abzulegen. Angelegentlich beschäftigte sie sich mit den Riemen, um die vielen Blicke nicht bemerken zu müssen, die auf ihr ruhten. Sie wünschte, Idris käme zurück und nähme sie bei der Hand, damit sie verschwinden könnten, fort von hier, zurück zu den vertrauten Gesichtern des Dorfes, zu dem Lachen der Kinder, zum Fest.

Hier gab es keine Kinder, keine Musik, nur das raue Männerlachen und das Murmeln der vielen fremden Stimmen. Elin war erleichtert, als sich eine Frau mit einer Kanne in der Hand an ihr vorbeidrückte, um an den Tischen nachzuschenken. Also bin ich nicht das einzige weibliche Wesen hier, dachte sie und lächelte ihrer Genossin zu. Die aber schritt mit unwirschem Gesicht an ihr vorbei zur Tafel, wo sie mit lautem Hallo begrüßt wurde.

Die Kanne, die sie hielt, war aus Kupfer, ebenso wie die Becher der Männer, verschwenderisch blitzte das Metall auf der Tafel. Nicht einmal die Teller waren aus schlichtem Holz, wie drunten im Dorf, oder aus Tonzeug. Metall schmückte das Heim des Herrn ebenso, wie es seine Krieger bewaffnete. Elin wusste, in den nahen Bergen gab es einen Ort, wo Männer es für ihn schürften. Was er nicht selbst benötigte, das verkaufte der Herr, und man sagte, dass er seltsame Schätze dafür erwarb. Von Vasen mit Menschenfiguren darauf hatte sie reden hören. Allerdings wagte sie nicht, die Augen zu heben, um sich danach umzusehen.

Elin errötete, als sie hörte, was die Zecher dem Mädchen zuriefen, und heftete ihren Blick ganz fest auf den Boden. Die Hände hinter dem Rücken verschränkt, drückte sie sich an die Wand. Das Holz des Türrahmens gab ihr ein wenig Sicherheit. Mit allen zehn Fingern hielt sie sich daran fest.

«Da bist du ja», dröhnte schließlich eine tiefe Stimme, die unzweifelhaft dem Herrn dieser Halle gehörte. Denn alles verstummte, als sie sich erhob.

Leise, verhuscht und undeutlich hörte sie ihren Bruder antworten:

«Hast du gebracht, was ich von dir gefordert habe?»

Oh Erdmutter, dachte Elin, was für eine Stimme. Ich gebe es zu, auch ich hätte mich nicht widersetzt. Nie mehr werde ich dich deshalb beschimpfen, Bruder. Aber jetzt bitte Idris, bitte verneige dich, verneige dich rasch, und dann gehen wir. Dieser Mann macht mir Angst.

Idris räusperte sich und rief dünn, aber vernehmlich: «Elin, komm her!»

Erschrocken hob sie den Kopf. Herkommen, sie? Wollte er, dass sie das Fleisch nach vorne trug? Sie deutete darauf, nickte, als er nur ungeduldig winkte, und suchte ungeschickt, sich die Steige wieder auf die Schultern zu hieven. Als es nicht gelang, da sie zu nervös war, verfiel sie schließlich darauf, sie hinter sich herzuziehen. Das Ding war schwer und sperrig, und der Weg an all den Männern auf ihren Schemeln vorbei bis zum Kopf der Tafel kam ihr endlos vor.

Endlich war sie da. Der Herr des Hügels aber würdigte das Fleisch des Pferdes keines Blickes. Er langte über die Steige, die Elin wie einen Schutz vor sich aufgerichtet hatte, und griff ihr unters Kinn. Lange starrte er sie an.

Elin erstarrte vor Schreck in seiner Gegenwart, blickte auf zu seinen sehr roten, vollen Lippen über dem Bart, sah jede

Pore seiner Haut, die fleischige Nase, endlich die winzigen, blassen Augen, die fast verschwanden unter den Brauen, die so fuchsrot waren wie das Haar des Mannes. Er hatte einen mächtigen, breiten Schädel, einen feisten Nacken, über den sein borstiges Haar in einem langen Zopf fiel, und dichtbehaarte Hände, von denen eine genügt hätte, um Elins Hals damit zu umschließen. Als sie den Kopf abwenden wollte, spürte sie die Härte seines Griffs. Auf seiner Brust, dicht vor ihren Augen, ruhte ein Amulett. Es dauerte eine Weile, bis Elin begriff, dass sie einen gebogenen Knochen vor sich sah, blank und glänzend, gehalten in einer Fassung aus echtem Gold. Das Blut gefror ihr in den Adern. Es war der Kieferknochen eines Menschen. Unwillkürlich erinnerte sich Elin an die Opfer, die der Herr vom Hügel im Dorf ausgewählt und mit sich genommen hatte. Sie versuchte sich an die Namen zu erinnern. Einer der Namen musste zu diesem Knochen gehören. Doch keiner blieb haften, nur ein Wirbel von Gesichtern entstand in ihrem Kopf und wollte nicht stillhalten.

«Sehr gut», sagte der mächtige Mann derweil, an Idris gewandt. «Komm morgen wieder. Dann kann sie gehen. Und danach», er grinste Elins Bruder an, während er mit der anderen Hand beiläufig über ihre Wange strich, «kannst du bleiben und mir dienen.»

Elin riss die Augen auf. «Idris?», flüsterte sie. «Bruder?» Ihr Gehirn arbeitete rasend schnell. Hatte ihr Bruder sie hierhergelockt? Hatte er von Anfang an vorgehabt, sie diesem Mann zu überlassen? War sie der Preis, den er für seine Aufnahme auf dem Hügel zu zahlen hatte? Sie erkannte die Zusammenhänge, doch noch wollte etwas in ihr es nicht glauben. Etwas wehrte sich gegen diese Erkenntnis, wehrte sich dagegen zu verstehen, was hier geschah und bald weiter geschehen würde. Ihre Gedanken überschlugen sich. Nein, das war nicht denkbar, war nicht vorstellbar, nicht einmal in der

Phantasie, das durfte und würde nicht geschehen. Nicht einmal wütend wurde sie, nichts anderes hatte Platz in ihr als die Furcht, dass er gleich gehen und sie allein lassen würde. Dass nichts mehr zwischen ihr und – diesem hier stehen würde.

Elin spürte, wie ein Beben in ihr aufstieg und ihren ganzen Körper erfasste. Sie stand nicht mehr sicher auf ihren Beinen, fühlte nichts mehr in ihren Armen, keine Kraft, keine Energie. Es war, als wäre sie aus Wachs. Sie öffnete den Mund, um zu schreien, doch es kam nur ein Quieken heraus.

Oh Göttin, dachte sie, oh Mutter, oh nein, nein, nein, es ist geschehen, es wird geschehen. Sich freiwinden, diesen Mann zurückstoßen, fortlaufen. Doch der Raum begann zu wanken. Vor ihren Augen verschwamm alles. Der Griff des Herrn vom Hügel war hart wie Fels.

«Nein», brachte sie schließlich wimmernd hervor.

Aus den Augenwinkeln bemerkte sie, wie ihr Bruder den Blick senkte, sich rasch verneigte und sich dann abwandte. «Idris!» Ihre ganze Kraft und Verzweiflung lagen in diesem Schrei.

Doch ihr Bruder zuckte nur kurz zusammen und rannte beinahe aus dem Saal, ohne sich umzusehen. Das Gelächter der Männer folgte ihm. Und Elin blieb zurück, im Griff des Mannes hängend wie eine junge Katze, die gegen die Wand geschleudert werden sollte.

Da bekam sie etwas zu fassen, den Henkel eines Bechers. Sie packte zu und warf ihn ihrem Peiniger ins Gesicht. Der ließ überrascht los, um sich den Met aus den Augen zu wischen. Diesen Moment nutzte Elin, um sich zu ducken und loszusprinten. Lauf, dachte sie, lauf, lauf so schnell du kannst. Doch da stolperte sie und schlug hart auf dem steinernen Boden auf.

Lautes Gelächter brandete auf, während der, der ihr ein

Bein gestellt hatte, genüsslich seinen Fuß unter den Tisch zurückzog. Elin spürte den lähmenden Schmerz in ihren Knien, das Brennen ihrer Handflächen. Sie fühlte eine Hand auf ihrem Hinterteil und sprang wie gestochen wieder hoch. Blindlings schlug sie die zudringlichen Finger weg und hastete weiter in Richtung Ausgang. Die Männer längs der Tafel machten sich einen Spaß daraus, nach ihr zu greifen, sie zu schubsen, bis sie taumelte, oder ihr Dinge in den Weg zu werfen. Manche leerten ihre Becher über Elin, wie sie es mit dem Herrn getan hatten. Andere langten nach den Zipfeln ihrer Kleider, die bereits tropfnass waren. Elin kümmerte sich nicht darum, sie rannte, getrieben von den Berührungen wie von glühenden Eisen. Sie bemerkte nicht einmal, dass keiner ernsthaft versuchte, sie aufzuhalten, dass es ein Spiel war, das die Männer mit ihr spielten. Sie sah nur den Eingang, das rettende schwarze Viereck, dahinter die Stille, die Dunkelheit, die alle Angst und Schande auslöschen würde. Doch als sie die Tür fast schon erreicht hatte, schloss sie sich vor ihr.

Verzweifelt schrie Elin auf und warf sich dagegen. Jemand stimmte ein Lied an, andere fielen ein. Der Erste stand auf und zog das Mädchen in seine Arme, wirbelte sie, die sich kaum auf den Beinen halten konnte, in einer wüsten Drehung einige Schritte weiter, übergab sie dem Nächsten. Der senkte seine Lippen auf ihren Hals, ehe er sie freigab, dem Nächsten, der ihr das Kleid von den Schultern zerrte. Der Lärm übertönte das scharfe Reißen des Stoffes ebenso wie Elins gellende Schreie.

Ihr Haar löste sich und hing in triefenden Locken über ihr Gesicht, ihre Kleider rissen in Fetzen unter den gierigen Griffen, die von ihrem Körper Besitz nahmen. Lippen, Zähne, Finger hinterließen ihre Spuren auf Elins Haut. Sie stolperte und schlug um sich, immer zielloser, immer kraftloser. Längst hatte sie aufgegeben, ihre Blößen zu bedecken. Mit der flachen Hand schubste ein Mann sie zum nächsten. Ihre Schreie verebbten zu einem Schluchzen. Elin konnte nicht mehr kämpfen. Sie fasste keinen klaren Gedanken mehr, da war nichts, woran sie sich in diesem Wirbel des Grauens halten konnte. Sterben, dachte sie nur, vergehen. Fliehen von hier in den Wahnsinn. Und sie schloss die Augen.

Da wurde es mit einem Mal still um sie. Elin kam zur Ruhe. Sie hustete, keuchte, begann, ihre schmerzenden Glieder wieder zu fühlen. War es endlich vorbei? Ein Funken Hoffnung glomm in ihr, als sie die Augen öffnete. Dann wurde ihr klar, dass sie wieder an ihrem Ausgangspunkt stand. Sie sah den kaltlächelnden Blick des Herrn vom Berge und begriff, dass es keine Hoffnung gab. Es hatte eben erst begonnen.

6.

Lange stand Bela da und rührte sich nicht. Ascheflocken umwirbelten ihn, ein Feuer nach dem anderen brannte nieder und verglomm. Als er zu sich kam, raffte er den fremdartigen Beutel, dazu das Klingenfragment, umwickelte beides mit einem Stück Leder, das er vom Umhang des Toten trennte, barg es unter seinem Hemd an der Brust und machte sich wankend auf den Weg. Wohin, das wusste Bela nicht. Er spürte nur mit jedem Schritt den Schmerz in seinen Lenden, und er fühlte das warme Blut unter dem Verband hervorrinnen.

Als er an der letzten Hütte vorbeikam, erstreckten sich vor ihm rauchende Felder, in denen schwarz die Umrisse verbrannter Leiber lagen. Bela blieb nicht mehr stehen. Würde er anhalten, das spürte er, dann hätte er nie mehr die Kraft, sich wieder zu erheben. Und er wollte nicht sterben. Denn unter der Schwäche, unter den Schmerzen und der Verzweiflung glomm es in ihm. Die Flammen ringsum mochten verlöschen, Bela aber brannte. Er brannte vor Hass. Er schwor sich bei jedem torkelnden Schritt, diese Nacht zu überleben. Und eines Tages jenen Männern gegenüberzustehen. Dann aber würde er nicht unvorbereitet sein und nicht wehrlos. Er würde sie töten, jeden einzelnen von ihnen. Diesen Eid leistete er in dieser Nacht, und er besiegelte ihn mit dem Blut, das aus seiner Seite tropfte.

Ohne sich umzublicken, ging er über den heißen, noch qualmenden Boden, weiter bis zu den Hügeln, bis zum Waldrand, zwischen den rauschenden Stämmen hindurch, dorthin, wo immer öfter Ranken nach ihm griffen und seine unsicheren Füße über morsche Äste stolperten, an Wurzeln hängenblieben und in Haufen modernden Laubes versanken. Zweige schlugen nach ihm, Brennnesseln peitschten seine Waden. Bela hieb auf sie ein, er trat und holte aus, er fuhr angstvoll herum. «Harrrrrrrrh!», schrie er seinen unsichtbaren Feinden entgegen. Er ging immer weiter, bis der Himmel über ihm sich in ein mildes Blau verwandelte, das die Finsternis fortschmolz. Bis die unsichtbaren Vögel in den Ästen zu schlagen begannen und mit ihrem Gesang den Wald erfüllten. Bis ein Rauschen und Plätschern seinem dahintreibenden Geist verriet, dass Wasser in der Nähe sein musste. Mühsam lösten sich Belas blutverklebte Lippen voneinander. Ächzend sah er sich um. Es dauerte eine Weile, bis er begriff, dass er bereits mit einem Bein in dem Bachlauf stand. Bela neigte den Kopf und starrte lange das durchsichtige Band an, das rasch unter überhängenden Blättern und nickenden Gräsern dahinfloss, so als wüsste er nicht, was damit zu tun wäre. Endlich streckte er die Hand aus und ging vorsichtig in die Knie. Der Schmerz in seiner Seite flammte auf. Schon berührte seine Hand den kalten, unendlich weichen Wasserspiegel, dann drückten seine Knie sich in die feuchte Erde, die unter seinem Gewicht nachgab. Nur noch ein Stück, sagte er sich, ich muss mich nur noch vorneigen, dann habe ich es geschafft und kann mein Gesicht im blauen Wasser kühlen, meine Kehle benetzen. Es war nur noch ein winziges Stück. Im selben Moment wanderte die Sonne über die Spitzen der Bäume und warf einen Strahl auf das Wasser. Die Oberfläche blitzte auf wie die Schneide eines Schwertes.

Da brach Bela zusammen.

7.

Das Erste, was Elin sah, als sie wieder zu sich kam, war ein Schlund voller Tentakel, und es dauerte eine Weile, bis sie begriff, dass es das behaarte Ohr des Herrn vom Hügel war, der schwer auf ihr lag. Nur langsam wurde ihr klar, dass sie auf dem Rücken lag, eingeklemmt zwischen dem Tisch und dem schweren Leib des Mannes, der auf ihr lastete. Ein lautes Schnarchen verriet ihr, dass er eingeschlafen war. Mit dem Bewusstsein kamen die brennenden Schmerzen am ganzen Körper zurück und mit diesen die Scham. Mit all ihren verbliebenen Kräften stemmte sich Elin gegen den mächtigen Torso, der ihren Oberkörper auf den Tisch presste und sie beinahe zu zerquetschen drohte, erreichte aber nur, dass der Kopf des Mannes zur Seite rollte und seine Nase sich in ihre Wange bohrte. Erschrocken hielt sie inne und lauschte mit offenem Mund, doch sein Atem veränderte sich nicht. Ihr Peiniger schlief fest in seinem Rausch. Sein stinkender Atem strich über ihr Gesicht. Angeekelt wandte Elin den

Kopf ab, soweit sie konnte. Was sollte sie nun tun? Würde sie hier sterben? Ihre Glieder fühlten sich an wie zerschlagen, ihr Kopf dröhnte. Mühsam erinnerte Elin sich: an die Hand, die brutal ihr Haar zurückgerissen hatte, an den Strahl von Met in ihrem Gesicht, die lachenden Rufe: «Trink!» An die Faust an ihrer Kehle. Und sie hatte getrunken, gekeucht, gehustet und geschluckt, bis sie zu ersticken glaubte. Elin hob vorsichtig den Kopf. Die ganze Halle drehte sich vor ihr. Als das Bild wieder klar wurde, fiel ihr Blick auf den Schädel an der Wand. Drohend hing er über ihr mit seinen blanken Knochen. Es war ein Pferd, sie erkannte es wohl an der länglichen Form und den Zähnen. Seine Augenhöhlen waren groß und schwarz, aber nicht leer.

Etwas saß darin. Und es sprach zu Elin. Sie hörte es so deutlich wie ihren eigenen Atem. «Töte ihn», sprach das Pferd.

Und Elin verstand. Sie streckte den Arm aus, um die weichen Nüstern zu streicheln, das seidige, elfenbeinweiße Fell. Aber das Tier wich vor ihr zurück. «Töte ihn.»

Elin nickte. Ja, das war es, was sie tun musste. Es kam ihr ganz selbstverständlich vor. Ihre Hand sank zurück auf die Tischplatte, tastete umher, stieß scheppernd gegen Teller und Pokale und fand etwas. Hastig griffen ihre Finger danach. Es war ein Messer. Elin nahm es, so fest sie konnte. Dann betrachtete sie den Hals des Mannes, dicht vor ihrem Gesicht. Er war so nahe, dass sein Bild beinahe verschwamm. Aber deutlich erkannte sie die blaue Ader, die dort unter der rotkörnigen Haut pulste, stark und stetig, so deutlich, dass sie fast glaubte, sie hören zu können. Mit einem Mal erregte das Zucken einen unerträglichen Widerwillen in Elin. Sie hob die Klinge und stieß mit aller Macht zu.

Das Metall durchdrang die Haut, und fast sofort begann das Blut zu strömen. Elin drehte es in der Wunde herum, als hätte sie gelernt, was zu tun war, mit dem böswilligen Instinkt desjenigen, der töten will. Dann zog sie das Messer zurück und schaute zu, wie aus dem kleinen Spalt in diesem mächtigen Körper alles Leben entwich.

Der Herr vom Hügel regte sich bei Elins Stoß, seine Hand fuhr zum Hals und tastete das Blut. Sein Oberkörper richtete sich auf. Mit seinen boshaften kleinen Augen starrte er das Mädchen an, das seinen Blick unverwandt erwiderte, während ein Blutbrunnen ihm die nackte Brust rot färbte. Der Herr vom Hügel öffnete den Mund. Aber was immer er sagen wollte, es gelang ihm nicht. Es kam nicht mehr heraus als ein Röcheln. Ein lautes Schnarchen antwortete ihm vom anderen Ende des Tisches. Und ehe er ganz zu sich kommen oder irgendein Zeichen geben konnte, sank er wieder herab.

Mit einer schnellen Bewegung wich Elin dem sterbenden Körper aus. Geduckt hinter den Tisch, betrachtete sie ihren Feind. Er lag auf dem Boden. Eine schimmernd schwarzrote Pfütze breitete sich um ihn aus. Auf Elins Gesicht erschien ein Lächeln. Dann wandte sie sich der Halle zu. Über die Tischplatte hinweg erspähte sie das Chaos aus umgestürzten Pokalen, Metpfützen und abgegessenen Tellern. Manche der Männer lagen auf der Tafel, andere darunter. Aber alle schnarchten friedlich vor sich hin. Nur einer von ihnen bewegte sich im Schlaf und stieß dabei einen Becher um, der laut schepperte.

Elin richtete sich auf. Ein Schmerz fuhr ihr scharf durch den Unterleib, und sie musste sich an der Tischkante festhalten, um nicht wieder hinzustürzen. Eine Weile atmete sie schwer, dann hatte sie sich daran gewöhnt. Er ist tot, dachte sie, tot, tot. Und ich lebe. Der Gedanke wirkte wie ein kühlender Verband, wie ein belebendes Bad. Ja, ein Bad würde sie nehmen, um das Blut fortzuspülen, seines und ihres. Aber erst würde sie fortgehen von hier. So schnell wie möglich. Sie hatte den Herrn vom Hügel getötet. Damit war ihr

Leben verwirkt. Denn wer immer im Dorf einen anderen tötete, der wurde erwürgt, erschlagen und ins Wasser geworfen, dreifach sühnte er seine Tat, damit die Rache mit ihm starb, so wollte es das Gesetz.

Aber Elin wollte nicht sterben, sie wollte nicht büßen. Sie spürte keine Reue über ihre Tat, nur düsteren Triumph.

So rasch, wie ihre schmerzenden Glieder es erlaubten, machte Elin sich auf den Weg. Sie drückte sich an der Wand des Saales entlang, dem Ausgang zu, vorbei an umgestürzten Schemeln, weggeworfenen Knochen und schlafenden Männern. Hie und da erkannte sie in dem Gewirr von Gliedern auch das schlafende Gesicht einer Frau. Dann erreichte sie die Tür und fand sie unbewacht. Hastig tastete sie sich die dunklen Wände entlang, bis ein Windzug ihr verriet, wo der Hof lag.

Im Freien angekommen, atmete sie erst einmal tief durch. Ein durchsichtig grauer Morgenhimmel spannte sich über den Hof. Die Sonne war nicht aufgegangen. Jetzt erst bemerkte sie, wie sehr ihre met- und blutgetränkten Kleiderfetzen und Haare stanken. Da regte sich etwas auf dem Hof, und Elin trat zurück in den Schatten.

Aber entweder hatte man sie nicht gesehen, oder man hielt die junge Frau nicht für beachtenswert, denn Elin blieb unbelästigt. Trotzdem wagte sie es nicht, einfach durch das Tor zu marschieren, an dem zwei Krieger mit Spießen in der Hand Wache hielten; unschlüssig drückte sie sich eine Weile zwischen zwei leeren Karren herum. Es war ihr klar, dass sie nicht mehr allzu viel Zeit hatte, bis die Männer den Tod ihres Anführers entdecken würden. Dann würden sie nach ihr suchen. Elin schaute an sich herab, an den vor Blut starrenden, verräterischen Fetzen, die sie kaum mehr bedeckten. Ich hätte mir einen Umhang nehmen sollen, dachte sie dumpf, von einem der Männer dort drinnen. Und ich hätte das Messer loslassen sollen! Mit Schrecken bemerkte sie, dass sie die Klinge noch immer in der Hand hielt. Nach kurzem Zögern steckte sie sie in ihren Gürtel. Es war zu spät, um über das, was sie getan oder nicht getan hatte, zu klagen.

Wohin sollte sie gehen? Elin wusste es nicht. Zurück ins Dorf, das war unmöglich. Sie konnte ihnen nicht noch einmal unter die Augen treten. Sie dachte an den lüsternen Ausdruck, mit dem ihr Vater sie zuletzt betrachtet hatte, ihr eigener Vater. Hatte er gewusst, was sie erwartete? Ullan fiel ihr ein und ihre ewige Eifersucht. Sie würde voller Schadenfreude sein, überlegte Elin bitter. Und sie wäre wohl nicht die Einzige. Dieser Hass in Uris' Augen gestern – wie viele gab es wohl, die ihr so nachgeblickt hatten, voller Groll, dass sie nie von ihr beachtet worden waren. «Ja, geh nur heim», hörte sie es immer noch in ihren Ohren gellen. Ob auch Uris schon gewusst hatte, was ihr dort bestimmt war?

Sie konnte die Kommentare ihrer Nachbarn im Dorf schon hören. Da geht Crudds Elin, na, das war ja nicht anders zu erwarten, so seltsam, wie sie immer schon war. Das musste ja übel enden. Und Anwin würde ihren verschrumpelten Greisinnenkopf schütteln und streng blicken.

Elin atmete tief durch. Nein, dorthin nie wieder. Aber wohin dann? Da erhob sich hinter ihr ohrenbetäubender Lärm und schnitt den Faden ihrer Gedanken ab. Männer schrien, Stühle polterten, und Elin kroch verschreckt weiter in ihre Deckung. Mit dem Rücken an der Palisadenwand schob sie sich von dem Aufruhr fort. Plötzlich ertasteten ihre Finger Fels hinter sich. Ein eisiger Hauch wehte sie an und ließ sie schaudern. Elin wandte sich um.

Der Wall war an dieser Stelle unterbrochen von einer Kuppel aus gewachsenem Fels, die sich wie eine Nadel aus der Erde erhob. In ihrer Mitte öffnete sich ein Spalt, hoch und schmal, aber weit genug für einen Menschen, wenn man sich zwischen den zackig zerklüfteten Rändern hindurchwand. Elin zögerte nur einen Augenblick. Als hinter ihr der Ruf: «Wo ist sie?», erklang, zwängte sie sich in den Spalt hinein.

Ich werde erst einmal hierbleiben, beschloss sie, vielleicht, dass später … Im selben Moment glitten ihre Füße aus. Mit einem leisen Aufschrei stürzte Elin.

8.

Der Boden unter ihr war glatt und steil. Ehe sie zu sich kam, rutschte sie bereits abwärts, unterbrochen von kurzen Stürzen. Zwischen ihren vergeblich Halt suchenden Fingern glitten blasser Farn, Wurzelwerk und schließlich nackter, feuchter Stein hindurch. Elin fiel. Endlos, wie es ihr schien.

Der Aufprall schließlich war weicher als befürchtet. Und direkt vor Elins Augen öffnete sich ein Spalt im Fels, hinter dem sich ein leuchtendes Stück Himmel zeigte. Sonnenbeschienenes Gras blitzte silbern darin auf und wogte sacht im Atem einer Brise, die nicht bis zu ihr hereindrang. Sehnsüchtig schloss sie die Augen. Da, sie konnte sogar Korn rauschen hören. Elin hob den Kopf. War es möglich, dass sie sich so nahe bei den Feldern befand, war sie bis an den Fuß des Hügels gestürzt?

Hoffnungsvoll begann sie, sich aufzurichten. Im spärlich einfallenden Tageslicht erkannte sie, dass es einen einfacheren Weg gegeben hätte, hier hinabzugelangen. Roh zugehauene Tritte einer Holzleiter führten hinauf in den Felskamin, und ein baumelndes Lederseil, das nach wenigen

Metern in der Dunkelheit verschwand, verriet Elin, dass schon andere vor ihr hierhergekommen waren, ohne sich vollkommen zu zerkratzen und aufzuschlagen.

Elin klopfte sich die feuchte Erde von den Händen und Knien. Erdig und modrig roch es in dieser Höhle. Doch da war noch eine andere, süßlichere Note, die immer deutlicher wurde. Elin bückte sich, um ihren Rocksaum zu heben und daran zu riechen. War es das Blut an ihren Kleiderfetzen? Da bemerkte sie etwas, das aus dem Erdreich ragte. Sie trat dagegen. Mit einem leisen Schrei wich sie zurück. Es war ein großer Knochen.

Wie versteinert starrte Elin ihn an. Kaum, dass sie sich zu bewegen wagte. Nur ihre Augen wanderten herum und entdeckten mehr und mehr von dem, was den Boden der Höhle bedeckte: gebogene Rippen, Wirbel, aufgereiht wie Perlenketten, Hüftschaufeln, Kniescheiben, Schädel. Manche waren alt und vergilbt, an anderen hafteten noch Fetzen schwärzlichen Fleisches, von dem der unangenehme Geruch ausging. Elin wagte kaum zu atmen, während ihr langsam bewusst wurde, dass sie sich an einem Ort befand, an dem sie niemals hätte sein dürfen. Allen Lebenden war er verboten. Nur dem Herrn vom Hügel allein war es gestattet, die Heilige Grotte zu betreten, ihm, seinen Gehilfen und den Opfern. Elins Herz klopfte so rasch, dass ihr schwindelte, und es schien ihr, als kröche die Dunkelheit mit jedem Schlag weiter auf sie zu.

Sie wusste, dass diejenigen, die der Herr im Dorf auserwählte, zunächst an die Quelle geführt und gereinigt wurden. Dort fand die erste Zeremonie statt, und dort empfingen die Ältesten später auch den Kelch mit dem Blut der Opfer, den sie auf den Feldern darbrachten, damit die Erdmutter ihren Anteil erhielt. Von der Quelle fort aber wurden sie in diese Höhle gebracht, von der noch niemand je zurückgekehrt war. Man munkelte im Dorf, dass man auch den Herrn und seine

Gehilfen nie hätte aus der Höhle hätte zurückkehren sehen. Sie gingen hinein, aber sie kamen nicht wieder heraus; die es beobachtet hatten, beschworen das. Und es blieb ein Geheimnis, wie sie trotz ihres Verschwindens in der Unterwelt wieder auf den Hügel gelangten. Anwin selbst hatte zu bedenken gegeben, ob es nicht jedes Jahr ein neuer Herr wäre, den die Göttin ihnen brächte, nachdem der Alte zu ihr eingegangen sei.

Elin, die an die Leiter dachte, schnaubte abfällig. Sie wusste nun, wie der Herr wieder in seine Halle kam, ein und derselbe, Jahr um Jahr. Nein, nicht mehr derselbe, fiel es ihr ein. Denn ich habe ihn getötet.

Leise schaudernd streifte sie mit einem raschen Blick eine Feuerstelle. Angeschwärzt von den Flammen, lagen aufgeschlagene Schädel darin, in denen das Hirn gekocht worden war, daneben Oberschenkelknochen, abgeschabt und aufgebrochen, um an das Mark zu gelangen. Elin würgte es. Sie wagte einen vorsichtigen Schritt, fort von dieser Stätte, dann noch einen. Dort hinten war der Ausgang, der Eingang vielmehr, durch den die Opfer und ihre Schlächter zu verschwinden pflegten. Sie kannte ihn und wusste, wohin sie kommen würde. Jeder im Dorf kannte den Ort. Noch niemals war jemand durch ihn ins Freie getreten. Einen Moment zögerte Elin. Als sie zu der Feuerstelle zurücksah, entdeckte sie etwas, das ihr wie ein Zeichen erschien. Dort, neben dem Steinrund, inmitten der schauerlichen Überreste, lagen in einem aufgezurrten Lederbeutel ein Pyritknollen und daneben der handliche Feuerstein, mit dem sich daraus Funken schlagen ließen. Damit wurde hier wohl das Feuer für die schauerlichen Mahlzeiten entzündet. Aber für Elin bedeutete der Fund ein Stück Sicherheit für ihre Zukunft, von der sie ahnte, dass sie sie nicht im Schutz einer Gemeinschaft verbringen würde. Ohne zu überlegen, griff sie nach dem Beutelchen, zog es mit Hilfe der Lederschnüre zu und hängte es sich an den Gürtel. Hinter dem Durchgang ins Freie leuchtete der Himmel verlockend blau.

Was würde geschehen, wenn sie den heiligen Bann brach, der über der Pforte lag? Würde nicht Mordech sein feuriges Maul nach ihr öffnen? Elin schüttelte den Kopf und hob schützend die Arme vors Gesicht. Sie taumelte, stolperte. Dann hatte sie den entscheidenden Schritt getan.

Elin stand im Freien, Wind spielte in ihrem Haar, die Grillen zirpten. Bienen summten zwischen den Mohnblüten umher. Die Sonne, die nun vollends aufgegangen war, ließ die Stoppeln auf dem Feld, das sie gestern abgeerntet hatten, wie Gold erglänzen. Elin schloss die Augen. Die Erde öffnete sich nicht, um sie zu verschlingen. Alles, was sie spürte, war die Wärme des Sonnenlichts auf ihren Schultern. Da endlich quollen Tränen aus ihren Augen. Elin schluchzte leise auf. Sie widerstand dem Drang, laut zu jubeln, zu schreien aus Leibeskräften und ihnen allen entgegenzuschmettern: Seht mich an, ich bin hier, ich habe getan, was noch niemand getan hat, und ich lebe. Nur in ihrem aufgewühlten Inneren zitterte der Triumph.

Aber wohin, wohin nun? Eine Weile stand sie nur da und starrte auf das ferne Dorf, als gehöre es einer fremden Welt, ein Traumgebilde, das vergehen musste, sobald sie versuchte, es zu berühren. War dort wirklich noch alles genau so wie gestern, wo doch hier, bei ihr, alles, alles anders geworden war? Ratlos blickte sie sich um. Da hörte sie ein Wiehern.

Am Waldrand im Norden stand die Herde, sieben, acht Tiere. Elin entdeckte sofort die Leitstute, ein elfenbeinweißes Tier mit gesprenkelten Flanken. Sie standen ruhig da, und während der Wind ihre Mähnen flattern ließ, war es Elin, als blickten sie erwartungsvoll zu ihr herüber. Wieder ertönte ein Wiehern, auffordernd diesmal. Elin schluckte und nickte. Sie zog ihre Fetzen fester um sich und machte einen Schritt auf die Pferde zu.

Die Leitstute beobachtete sie mit spielenden Ohren. Als Elin ein Stück herangekommen war, wieherte sie leise und setzte sich mit den anderen in Trab. Sie floh nicht, brach nicht aus. Langsam und stetig, als sei ihr das Ziel wohlbekannt, führte sie ihre Herde nach Norden, im Schatten des Hügels, entlang an Dornengestrüpp und niedrigen Haselgehölzen, in Richtung Berge. Und Elin folgte ihnen.

II.

DER GEIST
IN DEN WÄLDERN

9.

Bela öffnete die Augen. Er hatte nicht erwartet, dass er einen weiteren Tag am Leben sein und sich durch die Wälder schleppen würde, wie er es wieder und wieder getan hatte – wie lange schon, das hätte er nicht zu sagen vermocht. Seine Wunde blutete nicht mehr, der Verband war verkrustet und so hart, dass er ihn nicht abzuziehen wagte. Aber Bela machte sich nichts vor, sie stank so sehr, dass er es selbst kaum ertrug. Dicke Fliegen umsurrten ihn so hartnäckig, dass er sie nicht mehr vertreiben konnte, und die Schwäche fraß an seinen Gliedern.

Um ihn herum wuchsen Beeren im Überfluss, aber er hatte nicht einmal Appetit. Nur Wasser trank er, wann immer er es bekam, in großen, gierigen Zügen, die das Feuer, das in ihm brannte, dennoch nicht löschen konnten. Wenn die Flammen sich teilten, traten Menschen hervor, Gesichter, die seine Träume beherrschten. Edek lief lachend über blutrote Wiesen und schleuderte einen erlegten Hasen durch die Luft, dessen Läufe nur so schlenkerten. Aber es war kein Hase. Bela kniff die Augen zusammen, Schweiß trat ihm auf die Stirn. Es war eine Hand, ein lebendige, krabbelnde Menschenhand, aus deren Stumpf das Blut nur so spritzte. Mela lachte. Breitbeinig stand sie da und hob ihre Röcke. Langsam, lasziv, mit beiden Händen, raffte sie den Stoff und schob ihn ihre weißen, nein, schwarzen, nein weißen Beine empor. Es begann zu qualmen, und unter Rauch und Feuer schob sich aus ihrem Schoß das Haupt des Helmträgers und grinste Bela kopfüber an. Mela schrie unmenschlich auf. Bela presste die Fäuste auf die Augen, doch es half nichts, noch in der funkenstiebenden Finsternis hinter seinen Lidern sah er die Gestalt seines Vaters sich zusammenfalten und schwarz vergehen ohne einen Laut. Sein vertrautes Lächeln wurde zu Asche.

Wenn Bela erwachte, liefen ihm die Tränen über das Gesicht.

Er war krank, er wusste es. Das Fieber tötete ihn von innen, es wütete in ihm wie die Dämonen seiner Erinnerung. Es verzerrte die Gegenstände vor seinen Augen, seine Erinnerung und selbst den Fluss der Zeit. Kaum, dass er noch seinen Namen zu nennen vermochte. Und auch, was er in diesem Moment vor sich erblickte, schien ein Trugbild des Fiebers zu sein, eine gaukelnde, ihn narrende Hoffnung, nicht die erste, die ihm erschien und sich auflösen würde, wenn er danach griff. Dennoch nahm er all seine Kräfte zusammen und kroch darauf zu, zog sich den Felsen hoch und starrte über seinen Rand.

Dort unten lag ein See, dunkel und friedlich, ein klares Auge im Wald, das in den Himmel blickte. Der See war umgeben von einem dichten Gürtel aus Schilf. Deutlich konnte Bela das rötliche Gras erkennen, dort, wo die tückischen Sumpfzonen lagen. Krüppelige Weiden krallten sich in den Grund und erhoben sich mächtiger dort, wo der Boden fest war und die Spuren verrieten, dass hier das Wild zur Tränke kam. Sie senkten ihre langen Zweige ins Wasser. Alles schien miteinander vertraut und geborgen.

Gegenüber jedoch, am anderen Ufer, nein, davor noch, aus dem See selbst, erhoben sich runde Dächer, schwebend über dem Wasser, dicht an dicht gedrängt. Ein Palisadenring umgab das Dorf. Dahinter stieg Rauch auf und zog in feinen Säulen zum Himmel. Sie spiegelten sich im ruhigen Wasser des Sees, nicht dicker als die runden Balken, auf denen die Hütten errichtet waren, die dort über dem Wasser schwebten.

Oder waren auch dies Spiegelbilder, und die Hütten schwammen, segelten einfach nur in der Luft, Geistergebilde? Verwirrt und ungläubig blinzelte Bela die Erscheinung an, die vor seinen fiebertrockenen Augen einfach nicht deutlich werden wollte. War es schon so weit, war er endlich jenseits aller Horizonte angekommen, dort, wo die Toten lebten?

Gerade, als sich Bela in seiner Erschöpfung das fragte und spürte, dass in ihm kaum noch Widerstand war gegen das Totenreich, als er sich bereit fühlte, seine Aufgabe zu vergessen und seine Wanderung zu beenden, hörte er Kinderlachen über den See schallen. Mit verschwimmendem Blick entdeckte er ein rennende, rangelnde Schar, die eifrig über eine Leiter vom höher gelegenen Plateau einer Wehrplattform über die Palisade und an dieser hinab zu einem Bootssteg kletterten, eine geflochtene Reuse schwenkend, sich stoßend und kabbelnd und kichernd, um sich auf eines der schmalen Boote zu stürzen, die an einem der äußersten Pfähle angebunden lagen. Eine Frau trat aus einem der niedrigen Hütteneingänge und rief etwas, die Kinder winkten fröhlich. Auch die Frau hob die Hand zu einem Gruß. Mit der anderen hielt sie ein Tuch vor ihrer Brust zusammen. Sie lehnte sich gegen den Türpfosten.

Da hielt es Bela nicht länger. Mit letzter Kraft erhob er sich, richtete sich über dem hochgelegenen Seeufer auf und winkte mit beiden Armen. «Hier! Hier!», schrie er und winkte dazu wie ein Wahnsinniger. «Hier bin ich!»

Schwindel erfasste ihn, der Schweiß lief ihm über die Stirn. Blinzelnd versuchte er, das verschwimmende Bild des friedlichen Dorfes festzuhalten, das vor seinen Augen verschwamm. Seine Arme griffen in die Luft. Er schwankte und fiel. Bela hörte den erschrockenen Schrei nicht mehr, mit dem drüben sein Sturz quittiert wurde. Er spürte nicht einmal mehr, wie das Wasser sich um ihn schloss, als er wie ein Stein in den See stürzte.

10.

Wenigstens bin ich nicht allein, dachte Elin. Sie drang mit jedem Schritt tiefer in die Wildnis vor, und das Einzige, was sie besaß, waren ein paar schäbige Gewandfetzen und ein Messer. Sie hatte keine Sichel dabei, kein Werkzeug, keinen Umhang, keine Körbe, Schlingen, Wasserschläuche, keinen Proviant, kurz: nichts, was ein Reisender sonst mit sich führte. Keiner wusste, wo sie war oder hinwollte, winkte ihr zum Abschied nach oder segnete ihren Weg. Niemand auf der ganzen Welt erwartete sie. Und dieser Gedanke zog ihr das Herz zusammen.

Aber die Pferde. Das konnte, das durfte kein Zufall sein, an diesen Gedanken klammerte Elin sich mit aller Kraft. Das Pferd in der Halle hatte zu ihr gesprochen, diese Herde hier hatte sie gerufen und aufgefordert, mit ihnen zu gehen. Vielleicht waren sie Boten der Heiligen Mutter. Aber auch wenn sie Mordechs Gehilfen waren: würde sie eben hinter ihnen her in sein Maul stolpern. Es war Elin gleich.

Wie eine Schlafwandlerin war sie der kleinen Herde gefolgt, den ganzen ersten Tag lang, weit über jede Erschöpfung hinaus, immer in der Furcht, sie aus den Augen zu verlieren. Anfangs hatte die Angst vor dem, was in ihrem Rücken lauerte, sie angetrieben und all ihre Kräfte mobilisiert. Als sich aber keine Verfolger zeigten und es mit jedem Wäldchen, jedem Bachlauf und jeder Kuppel, die sich zwischen Elin und ihre Heimat schoben, unwahrscheinlicher wurde, dass die Krieger vom Hügel sie noch aufspüren würden, blieb nur noch die Sorge, nicht von den Tieren abgehängt zu werden.

Die Pferde zogen nicht schnell, und sie legten häufig Pausen ein, in denen sie grasten. Aber Elin war bald zu schwach, selbst bei diesem Tempo mitzuhalten. Das Blut lief ihr in dünnen Fäden die Beine hinunter, ihr missbrauchter Körper schrie nach Ruhe, und ihr leerer Magen verkrampfte sich schmerzhaft. Verzweifelt war sie schließlich, als sie nicht mehr konnte, in die Knie gesunken, bereit, notfalls weiterzukriechen. Stattdessen war sie fast sofort auf dem weichen Moos eingeschlafen. Ihr letzter Gedanke lautete: Jetzt habe ich auch sie verloren.

Doch am anderen Morgen wurde sie von einer weichen, warmen Nase geweckt, die zart über ihr Gesicht fuhr. Elin lag ganz starr, erst vor Schreck, dann, als sie langsam begriff, was vor sich ging, vor lauter Ehrfurcht, während das große Tier über ihr stand und sie ausgiebig beschnupperte. Zum ersten Mal sah sie die mächtigen Hufe und die zähen Muskeln der Beine so dicht vor ihrem Gesicht, und sie begriff, dass sie ohne weiteres davon in Grund und Boden gestampft werden könnte. Dennoch fürchtete sie sich nicht, ja, sie genoss die beinahe zärtliche Berührung sogar. Für einige Momente verschwammen ihre Gedanken, und sie fühlte sich wieder zurückversetzt in ihre Hütte.

Eben war sie aufgestanden und als Erstes zu dem Hengstfohlen im Stall geeilt, hatte die zudringlichen Schafe zurückgestoßen, die blökend danach verlangten, gemolken zu werden, und ihre Arme um den Hals des kleinen Hengstes gelegt, um ihn dann nach draußen zu führen in die Sonne. Auf dem Hof hatte sie ihm Gras hingeworfen, extra für ihn im Morgentau geschnitten, und ihm – mit einem ängstlichen Blick auf die Hütte, damit die Männer es nicht bemerkten – danach einige ihrer kostbaren Karotten gegeben, an denen noch die frische Erde hing. Dankbar hatte sich die Pferdenase dafür in ihre Hand gebohrt. Dann hatte ihr Vater nach dem Frühstück gerufen. Idris, eben erwachend, hatte hinter der Hüttenwand gegrummelt, ein Nachbar auf dem Weg zum Feld einen Gruß über den Zaun gerufen. Elin hatte ihn fröhlich erwidert …

Da riss der heisere Ruf einer Wildkatze Elin aus ihren Träumereien. Sie setzte sich auf und musterte angstvoll den Horizont. Dort waren keine Hütten, kein Garten, kein schützender Zaun und kein vertrautes Gesicht, keine Spur menschlicher Anwesenheit. So weit sie blicken konnte, reichte der Wald. Dicht und dunkel wie der Pelz eines Bären zog er sich über die Hügel. Leichter Nieselregen fiel aus einem bedeckten Himmel darauf herab, sie bemerkte ihn erst jetzt. Fast tat er gut auf ihrer brennenden Haut, die noch von den Kratzern und Flecken der Misshandlung übersät war. Durstig leckte sie über ihre Lippen und schmeckte altes Blut. Elin schauderte.

Aber der Tag war warm. Sie selbst hockte auf einem Gelände, auf dem Gras und Kräuter eine zähe, aber löchrige Matte bildeten, aus der überall mit Flechten bedeckte Steine herausragten. Lange starrte Elin auf die zitternden, rötlichen Gräser, ob sich irgendwo dahinter der Kopf einer Wildkatze versteckte, doch sie konnte nichts entdecken, und der Ruf wiederholte sich nicht. Die Gelassenheit ihrer vierbeinigen Gefährten beruhigte sie schließlich; das wilde Tier musste weit genug entfernt sein. Mit einem Seufzer richtete Elin sich auf und tat einen ersten Schritt. Ihr Rücken schmerzte, ihr Schoß brannte, ihre Kleider waren feucht. Sie fühlte sich elend und ohne Kraft. Sie ließ sich wieder hinsinken. Liegen, nur einfach hier liegen und noch ein bisschen ruhen.

«Gleich», murmelte sie, als sie den auffordernden Stoß in die Seite spürte. «Ich komm ja gleich.» Und wieder glaubte sie für einen Moment, daheim zu sein und gleich die nörgelnde Stimme ihres Bruders zu hören, der verlangte, dass sie ihm den Proviant für seinen Jagdausflug fertig machte. Sie drehte sich auf die Seite und grummelte vor sich hin: «Immer musst du mich hetzen.»

Die Leitstute ging einige Schritte weiter und begann, vernehmlich Gras zu rupfen. Elin setzte sich endlich auf, und das Tier wich nicht zurück. Als das Mädchen allerdings die Hand nach ihr ausstreckte, wieherte sie leise und entzog sich, langsam, Schritt für Schritt, nicht auf der Flucht, eher, als wollte sie sie locken. Die anderen Herdenmitglieder folgten gehorsam, und so rappelte auch Elin sich endlich auf.

Sie nahm die Wanderung wieder auf, hinkend, aber stetig. Hie und da pflückte sie sich eine Handvoll Beeren oder neigte sich zu einem Wasserloch hinab, um wie die Pferde daraus zu trinken. Wie diese folgte sie gehorsam ihrer Führerin, ohne darüber nachzudenken, wohin die Reise sie bringen würde. Im Guten wie im Bösen, dachte sie, am Ende dieses Weges leiten die Pferde mich zu meinem Schicksal. Schließlich gelangten sie an den Fluss.

Er war breiter als die Gewässer, die Elin kannte, und er floss schnell. An dieser Stelle wirkte er hellgrün, beinahe leuchtend, trotz der Wolken, die er widerspiegelte. Die Uferbänke waren aus hellem Kies, und zahlreiche weiße Streifen zeigten, wo das Wasser über verborgene Felsen rauschte. Wo es ruhig floss, war der Grund gut zu erkennen. Es schien nicht tief zu sein. Aber in der Mitte schwoll die rasche, leise rauschende Strömung an wie ein bebender Muskel.

Die Pferde wateten eines nach dem anderen und ohne zu zögern ins Wasser, ganz, als kennten sie den Weg. Etwa in der Mitte verloren sie den Grund und begannen, mit nickenden Köpfen zu schwimmen, fassten aber rasch wieder Tritt. Tropfend, mit triefenden Mähnen, kamen sie am anderen Ufer wieder heraus, auf einer breiten, unter ihren Hufen knirschenden Geröllbank, nur wenige Meter von der Strömung abgetrieben. Elin blieb allein zurück.

Zaudernd ging sie am Ufer auf und ab und starrte auf die Wasserfläche, die ihr Geheimnis nicht preisgeben wollte. Sie suchte sich einen Stock, fand nach langem Suchen einen und stocherte damit probeweise hierhin und dorthin, tastete sich

Schritt für Schritt vor und zog sich doch, als ihr Sondierungsgerät auf einmal tief eintauchte, hastig wieder zurück. Sie hatte die Kraft und die Kälte des Flusses an ihren Waden gespürt. Die Strömung schien ihr schnell und tückisch zu sein. Und was, wenn sie an die Stelle kam, an der die Pferde den Grund nicht mehr hatten erreichen können? Sie war kleiner als die Tiere, wo diese keinen Halt fanden, war sie erst recht verloren.

«Was glotzt ihr so?», schrie sie schließlich in hilfloser Wut zu den Tieren hinüber und stieß mit dem Fuß einen Stein ins Wasser. Tränen der Wut und Verzweiflung traten ihr in die Augen. Ihr war der Weg versperrt. Sie musste zurückbleiben, allein. Schließlich ließ sie sich nieder. Jetzt bin ich so lange hinter euch hergelaufen, dachte sie trotzig, da könnt ihr auch einmal mir folgen: Kommt zurück. Sie blickte reglos und stur vor sich hin, in der Hoffnung, dass die Tiere verstanden: bis hier und nicht weiter.

Die Leitstute wieherte nervös. Sie trabte am Ufer auf und ab und rief hinüber. Schließlich aber, als sie begriff, dass Elin keine Anstalten machte, ihnen nachzukommen, wandte sie sich ab. Die großen Blätter der Uferpflanzen raschelten, als sie hindurchging, um schließlich zwischen die Erlen und niedrigen Weiden zu treten. Die anderen Tiere folgten ihr. Fassungslos starrte das Mädchen ihnen hinterher. Dort ging alles, was sie auf dieser Welt noch an Halt besaß. Es mochten nur Tiere sein, wilde Tiere. Aber was sonst hatte sie noch? Und waren sie nicht gut zu ihr gewesen, hatten sie geleitet, ja geführt – bis hierher? Warum ließen sie sie jetzt zurück? Erschrocken sprang sie auf.

«Heh!», rief Elin, «heh, wartet auf mich. Ihr könnt mich doch nicht einfach alleine lassen.» Nervös folgte sie der Herde ein Stück am Ufer entlang. Sie konnte ihre Angst vor dem fremden Nass nicht überwinden. Schließlich aber, als die weiße Stute vom Strom abbog und im Gehölz verschwand und Elin eines der Pferde nach dem anderen aus den Augen verlor, schlug die Panik über ihr zusammen. Ohne weiter nachzudenken, rannte sie in die Wellen, dass es um sie herum nur so aufspritzte. Bald reichte es ihr zu den Knien, bald zu den Hüften. Die Temperatur des Wassers, selbst jetzt im Sommer, ließ sie nach Luft schnappen. Nur schnell, schnell wieder heraus. Ein Blick ans andere Ufer verriet ihr, dass die Pferde nicht zurückgekehrt waren. Also weiter, gegen den Sog, der mit jedem Schritt stärker wurde und an ihr zog. Mit den Armen rudernd, arbeitete Elin sich voran, Schritt um Schritt. Geröll rutschte unter ihren Zehen weg, glitschiger Schlamm ließ sie ausrutschen, wenn sie sich darin festzukrallen versuchte. Und noch immer stieg das Wasser, bis zu ihren Brüsten, ihren Schultern.

Elin reckte den Hals und schnappte nach Luft. «Na wartet», keuchte sie, «ihr werdet schon sehen.» Und mit Panik im Blick suchte sie nach einer Spur ihrer Begleiter am anderen Ufer. Würden die sie wirklich zurücklassen? Da schlug eine kleine Welle ihr ins Gesicht. Elin schnappte nach Luft, rutschte aus und verlor den Halt. Ihr nächster Schrei ging in den Fluten unter.

11.

Merendis schrie unwillkürlich auf. Sie deutete hinaus auf den See. «Kinder, schnell!» Dann besann sie sich, lief selbst zur Leiter, überkletterte die Palisade und sprang, als sie unten war, zu den Kleinen ins Boot, um nach dem zweiten Paar Ruder zu greifen.

Ihr Vater kam aus der Hütte gelaufen. «Was ist los?», rief er der aufgeregten Schar hinterher.

Merendis ruderte, so rasch sie konnte. Ihr Atem ging kurz. «Ein Mann», rief sie nur knapp über die Schulter. Ihre Stimme wurde von den waldigen Hängen verschluckt. Ein kleines Mädchen kletterte ins Heck und brüllte fröhlich, während sie gestikulierte: «Er hat auf dem Felsen herumgetanzt. Dann ist er ins Wasser gesprungen!»

«Herumgetanzt?», gab Skelt entgeistert zurück. «Wieso herumgetanzt?» Aber er bekam keine Antwort mehr. Mit zusammengekniffenen Augen beobachtete er das gegenüberliegende Ufer.

Die kleine Schar war nun an der Unglücksstelle angekommen und spähte angestrengt ins Wasser. Besorgt blickte der Mann über den See, als es plötzlich platschte und er sah, wie seine Tochter über Bord hechtete. Mit beiden Händen packte Skelt das Geländer und hielt sich daran fest. Er kannte Merendis, sie schwamm wie ein Fisch, er selbst hatte es ihr beigebracht in den langen Sommern ihrer Kindheit und wusste, er konnte ihr vertrauen. Aber der Grund des Sees war tückisch, voller Strömungen und Wirbel und Algenwälder, die sich um die Beine des Schwimmers wanden. Auch Geister mochten dort unten wohnen. Niemals durfte man sich zu sicher fühlen. Und nach einem Unbekannten zu tauchen, der auf einem Felsen getanzt hatte, das war eine ganz andere Sache als ein Badenachmittag am Ufer.

Unwillkürlich fasste Skelt nach dem Amulett, das er immer bei sich trug, und küsste es. Er fragte sich, ob der Fremde ein Geweih auf seiner Stirn getragen hatte, ob er glühende Augen und Klauen gehabt hatte, wagte aber nicht, es laut über das Wasser zu rufen. Für einen Mann wie ihn schickte es sich nicht, vor einer Schar Kinder seine Angst so offen zu zeigen. Und nun wallte das Wasser, Blasen sprudelten auf, und wahrhaftig, dort war Merendis' Kopf, das Haar glänzend vom Wasser. Und sie hielt etwas in ihren Armen.

Skelt beugte sich hinaus, so weit er konnte. Am liebsten

hätte er mit den Händen hinausgegriffen, um das kleine Boot heranzuziehen, das so quälend langsam näher kam. Nun, mit der neuen, schweren Last in der Mitte, war es völlig überladen. Merendis forderte einige Kinder auf, über Bord zu hüpfen und den kurzen Rest zu schwimmen. Lachend und kreischend sprangen sie über den Rand.

Der Mutter sei Dank, dachte Skelt erleichtert, sie lachen. Es ist ihnen nichts geschehen. Er machte sich an den Abstieg auf der Leiter, die unter seinem schweren Gewicht knirschte und ächzte, und zog die ersten tropfnassen Gestalten sicher auf den Steg. Sie dankten aufgeregt und verlegen und hielten sich in ehrfürchtigem Abstand von ihm.

Dann war das Boot heran, Holz schlug gegen Holz. Skelt griff so eilig nach seiner Tochter, als wäre sie weit fort gewesen. Mit einem Lächeln ließ sie es zu, dass er sie um die schlanke Taille nahm und wie ein Kind heraushob. Wie immer konnte Skelt sie nicht ohne Rührung ansehen. Sie hatte die schwarzen, schwerbewimperten Augen und die vollen Lippen ihrer Mutter. Nur das rotbraune Haar, dessen springende Locken nun vom Gewicht des Wasser herabgezogen wurden, die hatte sie von ihm. Verlegen fuhr er sich durch die kupferfarbenen Stoppeln, als sie ihn anlächelte und mit zärtlicher Beiläufigkeit und ganz ohne die ehrfürchtige Scheu der anderen über die Narben fuhr, die seine Wangen in dichtem Muster bedeckten. Einige der Kinder schnappten nach Luft, als sie es sahen. Nie konnten sie sich ganz an den vertrauten Umgang Merendis' mit dem unheimlichen Schmied gewöhnen, auch wenn sie wussten, dass er ihr Vater war.

«Du bist rußig», stellte sie fest.

«Du bist nass», gab er zurück und spritzte ihr ein wenig Wasser aus ihren Haarspitzen ins Gesicht, ehe er sich über das Boot neigte.

Kein Geist, stellte er bei sich selbst erleichtert fest. Dies war eindeutig ein Mann, groß und kräftig, von guter Gestalt und mit auffallend edlen Zügen. Der Schmied blickte nie ohne ein wenig Neid in die unentstellten Gesichter der anderen Männer. Konnte Merendis denn lieben, wenn es solche wie diesen gab, gegen die er aussah wie die Maske eines Dämons? Ein wenig rauer als beabsichtigt fasste er den Fremden an, der aufstöhnte. Wahrhaftig, er lebte!

«Ja», bestätigte Merendis, als hätte sie seine Gedanken lesen können. «Er ist nicht zu den Geistern gegangen.» Er warf ihr einen kurzen, schuldbewussten Blick zu, aber sie lächelte. «Es fehlte allerdings nicht viel», fuhr sie fort, «sieh!» Und sie zog Belas durchnässte Kleider beiseite, um ihrem Vater die schwärende Wunde zu zeigen, von der sich der aufgeweichte Verband gelöst hatte.

Der pfiff erschrocken durch die Zähne. Merendis nickte. «Wirst du ihn retten können?», fragte er.

«Ich weiß es nicht», bekannte seine Tochter.

Der Schmied neigte sich tiefer über den Fremden. «Vielleicht sollten wir ihn mit einem Stein beschweren und versenken», überlegte er. «Ich kenne ihn nicht.»

«Vater!», protestierte Merendis empört. «Also wirklich, manchmal denke ich …»

Aber Skelt hörte nichts mehr von ihrer wortreichen Erwiderung. Er hatte etwas entdeckt, das der Fremde sorgsam an seiner Brust geborgen trug, in Leder gewickelt und so fest an den Körper gebunden, dass die Schnürung tief in die Haut einschnitt, so als hätte der Mann Angst gehabt, es zu verlieren in seiner Schwäche. Und er hatte recht daran getan. Nicht auszudenken, wenn dies auf dem Grund des Sees gelandet wäre! Skelt griff mit zitternden Fingern nach dem Stück Metall, das ihm entgegenschimmerte, und wollte es herausziehen. Allein die Berührung jagte ihm einen Schauer durch den Leib. Er kannte Metall, sein Leben hatte er damit verbracht. Selbst Gold war schon durch seine Finger gegangen, er hatte ihm Leben eingehaucht und Form verliehen. Die Geister hatten ihm alle Geheimnisse der Zunft offenbart. Aber dies hier, er spürte es sofort, war etwas anderes, etwas Neues, etwas, das es vielleicht gar nicht geben durfte.

«Vater, hörst du mir überhaupt zu?» Merendis schüttelte den Kopf. Spielerisch, aber mit Nachdruck, klopfte sie ihrem Vater auf die Finger. «Das gehört ihm», stellte sie klar. «Lass es sein. Ich bin sicher, er wird dir alles darüber erzählen, wenn ich ihn wieder auf die Beine gebracht habe.» Damit griff sie nach Belas Füßen und begann mit aller Kraft, ihn aus dem Boot zu zerren.

Skelt kam wieder zu sich. Er lächelte schuldbewusst und fasste mit an. Sie hatte recht, und er schämte sich ein wenig. Als Schmied, der die reisenden Händler empfing, hätte er besser wissen müssen, wie man mit Fremden umging. Das Gastrecht war heilig. Niemand vergriff sich am Besitz von einem, der unterwegs war, so verlangten es die Geister. Alles wurde freiwillig gegeben. Aber bei der Großen Mutter, ein Mensch mit einer solchen Gabe war ihm noch nie begegnet, weder während seiner eigenen Wanderzeit noch all die Jahre im Seedorf. Was würde er nicht alles dafür geben, um dieses Geheimnis zu empfangen, das der seltsame Fremde besaß, obwohl ihn nicht einmal die Zeichen zierten. Dabei konnte er doch nichts anderes sein als ein Schmied. Was er wohl für sein Geheimnis verlangen würde? Die Mutter steh mir bei, dachte Skelt, während er verschnaufte und zusah, wie Merendis den zusammenströmenden Dorfbewohnern Zeichen machte, damit sie ihnen halfen, den schweren Leib die Leiter hinaufzuhieven. Ich würde ihm sogar meine Tochter dafür geben.

12.

Elin schluckte Wasser; hektisch schlug sie um sich, trat blind nach allen Seiten, ohne ein Gespür für oben und unten, erwischte den Grund, trat dagegen und wurde hinaufkatapultiert. Ihr Kopf durchstieß die Oberfläche, ihre Arme ruderten in der Luft, vergeblich nach einem Halt suchend. Die Strömung hatte das Mädchen nun erfasst, und in den kurzen Momenten, die sein Kopf die Oberfläche durchstieß, sah es die Ufer vorbeiziehen. In Todesangst schlug sie das Wasser zu Schaum. Da erhielt sie einen Stoß in die Seite, der ihr alle Luft aus den Lungen trieb.

Elin fühlte sich festgehalten und unter Wasser gedrückt von einer schrecklichen Macht. Einen Moment lang glaubte sie, ein Maul würde sich auftun, sie zerfetzen und verschlingen. Es dauerte eine Weile, bis sie begriff, dass sie gegen einen Baumstamm getrieben worden war, der unter Wasser lag, und dass die Strömung sie darunterzupressen drohte. Elin sah durch das klare Wasser den dunklen Spalt, aus dem alle Kälte hervorzudringen schien. Wäre sie erst dort festgeklemmt, würde sie ertrinken. In Panik mit den Beinen zappelnd, stieß sie schillernde Luftblasen aus. Selbst jetzt noch, den Tod vor Augen, bemerkte sie mit einem Teil ihres Wesens, wie schön sie waren. Alles geschah plötzlich sehr langsam.

Während in ihrem Kopf die Gedanken rasten und sich überschlugen, schien die äußere Welt viel Zeit zu haben. Sanft stiegen die Blasen auf, allmählich kam der Boden näher mit seinem samtigen Überzug aus Schlick, der in Wolken aufstieg, wenn Elins Füße ihn trafen. Selbst ihr Zappeln schien unwirklich langsam. Ihr Haar wolkte wie Tang um ihr Gesicht mit den weitaufgerissenen Augen, die alles sahen und doch nichts begriffen. Grund, echote es in Elins Kopf, und das Wort gurgelte wie Wasser in ihren Ohren. Grund.

Ja, sie hatte nachgegeben, aufgegeben, sich dem Abschiedsstreicheln der Strömung überlassen und den Boden berührt, leicht, federnd, weich. Und doch fest. Sie spürte es wie einen Schock und handelte im selben Moment. Elin zog sich zusammen und stieß sich ab mit aller Kraft, schoss durch das Wasser nach oben und griff zu. Sie krallte sich in die überspülte Rinde und schnappte nach Luft. Schließlich bekam sie einen Ast zu fassen, dann einen zweiten, zog sich ein Stück an der Barriere entlang dorthin, wo das Wasser seichter war, ruhiger. Der tödliche Sog, der sie gefangen gehalten hatte, ließ nach. Schweratmend lag Elin eine Weile auf dem mächtigen toten Holz, das Gesicht noch immer halb im Wasser, sie wusste nicht zu sagen, wie lange. Endlich kroch sie hinauf, saß rittlings, richtete sich auf, um sich zu orientieren, und begriff langsam, dass sie es geschafft hatte: Sie war auf der anderen Seite angekommen.

Aber wie weit war sie abgetrieben worden? Mühsam arbeitete Elin sich aufs Trockene vor und blickte sich um. Von den Kiesbänken, an denen sie die Überquerung begonnen hatte, war nichts mehr zu sehen. Das Ufer war höher an dieser Stelle und an beiden Seiten dichter bewaldet. Keine Spur mehr von der steinigen Ebene, keine Weiden und Erlen gab es hier. Selbst der Fluss schien ein anderer zu sein. Dunkler, friedlicher strömte er zwischen den hohen Bäumen dahin, nahm eine Biegung um einen moosigen, wurzelumspannten Felsen und entschwand ihren Blicken. Wo war sie?

Das Geröll ging am Strand in nacktes Felsgestein über, auf dessen Grat hohe Tannen rauschten und das ansonsten sonnenbeschienene, waldbraune Wasser beschatteten. Elin legte die Hände an den Mund, um zu rufen, hielt aber inne. Was tat sie da? Und wie sollte sie die Pferde nennen? Sollte sie ‹Hallo!› in die Einsamkeit brüllen? ‹Heda?›, den Gruß der Mutter? Die anderen würden sich krümmen vor Lachen, wenn sie sie sähen, wie sie sich die Seele aus dem Leib rief, um wilde Tiere anzuflehen. Aber die anderen waren nicht da, niemand war da; Elin war allein, zum ersten Mal in ihrem Leben völlig und vollständig allein. Sie konnte sie förmlich spüren, die Leere, die sich um sie schloss. Zwar rauschte der Wind in den Kronen, die Insekten surrten, und die Vögel spannen die vielfältigen Netze ihrer Rufe über Elins Kopf. Aber nichts davon ging sie an.

Verzagt schüttelte Elin den Kopf. Eine wie sie, das war etwas, was es eigentlich nicht geben durfte. Keine der Geschichten, die Anwin und die anderen Alten erzählten, berichtete je von einem Menschen, der allein gelebt hätte. Kein fahrender Händler hatte je dergleichen erzählt. Weil es nicht möglich war. Elin ahnte, warum es keine Berichte über solche wie sie gab: weil sie gestorben waren, einsam und ohne einen Zeugen, der von ihnen erzählen konnte. So, wie es auch ihr ergehen würde. Sie war an das Ende ihrer Schicksalsreise gekommen. Sie würde gehen, bis sie umsank, verfaulte, zu Moos wurde. Und nichts würde von ihr bleiben als die ferne Erinnerung an eine Mörderin.

«Nein!», schrie Elin. Das war nicht sie. So wollte sie nicht enden. Ihr schneidender Ruf zerriss das dichte Gewebe der Waldgeräusche, aber nur für einen kurzen Moment, dann setzten sie wieder ein. Nein! Nicht, solange noch ein Funken Kraft in ihr war. Sie würde nicht hier liegen bleiben, um auf das Ende zu warten.

Elin reckte den Kopf. Sie erwog, auf den Felsen zu klettern, um eine bessere Aussicht zu haben. Eine Rinne im Stein bildete eine Art Steg und schien fast ganz nach oben zu führen. Dort oben, knapp unterhalb der alten Bäume, war ein Plateau, und in der Wand dahinter entdeckte sie einen Spalt, eine Höhle. Mit neuer Hoffnung schleppte das Mädchen sich hinauf.

Der Anstieg war steil, aber einfacher, als sie befürchtet hatte, fast, als wäre die Rinne ein künstlich angelegter Pfad.

Oben angekommen verschnaufte sie eine Weile, ehe sie sich der Höhlung zuwandte. Es roch nicht scharf, wie sie im ersten Moment befürchtet hatte, die Hand abwehrbereit an ihr kleines Messer gelegt. Kein Raubtier hauste hier, nicht einmal ein Dachs. Elin atmete auf. Die Höhlung war tatsächlich nicht groß, wie sie feststellte, zu klein für Bären, nicht einmal halb so geräumig wie die kleinste Hütte im Dorf, aber sie besaß einen nur leicht geneigten Vorplatz, den man mit Hilfe von ein wenig Flechtwerk vom Wind abschirmen und mitbewohnen könnte, solange das Wetter gut war. Der Boden bestand aus Fels und Erde, keine Losung, keine Knochen verrieten, dass hier je ein Tier gehaust hätte. Oder ein Mensch, dachte Elin und strich nachdenklich mit der Hand über die bemoosten Wände.

Und diese Aussicht schien ihr trostreich zu sein. Was hatte sie von den Menschen schon an Güte erfahren? Feind oder Futter, erinnerte sie sich bitter, traf das nicht auch auf ihren Umgang miteinander zu? Hatte ihre Familie, ihr eigener Bruder, sie nicht eigenhändig den Bestien zum Fraß vorgeworfen? Elin reckte trotzig das Kinn. Sie verlor nicht viel, wenn sie diese Gesellschaft gegen die Wildnis tauschte. Sie würde niemanden vermissen, gar nichts. Noch einmal nahm sie die kleine Höhle in Augenschein. Ja, dies konnte der Platz sein, den sie in Zukunft einnehmen würde in der Welt, klein, aber geschützt und ganz und gar ihr eigen.

Nahe dem Eingang leuchtete Farn. Dahinter wuchs Brombeergestrüpp, das dicht mit Früchten behängt war. Gierig stopfte Elin sich die ersten in den Mund. Sie hatte beinahe vergessen, wie hungrig sie war. Nun, da der Geschmack der herbsüßen Beeren sich auf ihrer Zunge entfaltete, begann ihr Magen zu knurren, und mit dem Hunger erwachten auch ihre Lebensgeister wieder. Sie entdeckte die gelben Kappen von Pilzen im Laub und hockte sich hin, um sie zu untersuchen. Sie waren essbar. Sie waren köstlich!

Elin verließ die kleine Höhle und bewältigte den Rest des Anstieges, bis sie oben auf dem Grat stand. Der Fluss vor ihr verschwand bald in den waldigen Biegungen, in die er sich eingegraben hatte. Dicht an dicht standen hier die Wipfel von Eichen und Tannen. Als sie sich umwandte, bot sich ihr jedoch ein anderes Bild. Statt des schroffen Felsens führte hier ein steiler, mit Geröll bedeckter Hang bergab, in den sich Wildkräuter und kleine Büsche krallten.

Hinter dem Hügel endeten Wald und Gestrüpp, das Geröllfeld floss in eine weite, grüne Ebene, auf der die Gräser im Wind wogten wie ein Meer. Und dort, inmitten des hüfthohen Grases, nahe bei einem Wildapfelbaum, erblickte sie die Herde. Dort standen die Pferde und grasten so friedlich, als wären sie zu Hause.

Tränen traten dem Mädchen in die Augen. «Danke», flüsterte sie. «Danke, dass ihr mich hergebracht habt.»

Die Leitstute hob den Kopf. Ihre Ohren spielten aufgeregt, als sie in den Wind witterte. Und Elin zweifelte nicht daran, dass sie sie verstanden hatte.

13.

Orin», flüsterte Bela und stützte sich auf den Ellenbogen auf. Kein Zweifel, das vertraute Hämmern von Stein auf Metall hatte ihn geweckt, dieses Geräusch, das zu Hause so oft seine Träume durchzog, wenn er bei seinem Freund genächtigt und einen Becher Gerstenwein zu viel getrunken hatte, sodass Orin schon an der Arbeit war, wenn er endlich erwachte. Erleichtert lehnte Bela sich zurück.

Ja, das war es, er hatte getrunken, mehr als einen Schluck

zu viel wohl. Oh, was für scheußliche Kopfschmerzen er hatte! Er fühlte sich ganz zerschlagen, das kam sicher davon. Er fuhr sich mit allen zehn Fingern durch die Locken und presste die Stirn in die Hände. Als ob er mit diesen seltsamen Albträumen nicht genug gestraft gewesen wäre.

«Orin», rief er, ein wenig lauter diesmal, um das anhaltende Gehämmer zu übertönen, und schwang die Beine von der Liege. Aber sein Hals war rau, und seine Stimme klang matt, als hätte er sie lange nicht benutzt. Bela schüttelte den Kopf über sich. Neckend fuhr er fort: «Freund, mein Kopf glüht wie dein Ofen. Gibt es auch Wasser in dieser gastlichen Hütte?»

Das Hämmern setzte nicht aus. Bela blickte sich um. Und langsam sickerte die Erkenntnis in sein Bewusstsein, dass er diese Hütte nicht kannte. Der Raum war viereckig, ganz aus Holz, wie eine große Schatulle, und dunkel. Neben seiner Liege gab es noch eine weitere, jenseits einer quadratischen, mit flachen, perfekt aneinandergefügten Steinplatten ausgelegten Feuerstelle. Ein wenig Kohle glomm auf dem Stein, am Rand stand eine kupferne Schüssel. Nur wenige Gerätschaften hingen an den Wänden an groben Nägeln, darunter so ungewohnte Dinge wie eine Reuse und ein Ruder.

Nun fiel Bela auch der Geruch auf: Neben dem vertrauten Rauch des Kohlenfeuers und dem metallischen Aroma des Erzes, das nebenan geschmolzen wurde, war da ein modriger Grundton, wie von alten Pflanzen und Schlick: der Geruch des Sees unter seinen Füßen. Bela starrte die Planken an, auf denen er stand. Plötzlich wusste er wieder, wo er war. Er hatte nicht geträumt, nicht das Seedorf, nicht den Überfall, seine Flucht, gar nichts. Und das nebenan war nicht Orin.

Der Schmerz dieser Erkenntnis raubte ihm fast den Atem. Sein Gesicht verzerrte sich, und er barg es in den Händen, als er wieder auf sein Lager zurücksank. Die Frau in der

Ecke bemerkte er erst, als sie sich erhob und auf ihn zutrat. Sie bewegte sich beinahe geräuschlos. Aus den Falten ihres Kleides stieg ein Duft nach Milch und Blüten.

«Diese gastliche Hütte hat Wasser im Überfluss zu bieten», sagte sie sanft, seinen vorigen Ruf aufgreifend. «Aber in deinem Zustand rate ich dir zu diesem Tee.» Ihre Stimme war weich, ein wenig tiefer als bei einer Frau üblich, ein leises Lachen vibrierte darin.

Bela schaute auf, von dem dampfenden Tonbecher, den sie ihm hinhielt, zu ihrem herzförmigen Gesicht. «Ich kenne dich», sagte er langsam, während er ihre Züge betrachtete, den auffallend schwellenden Mund und die nachtschwarzen Augen, die ihn amüsiert musterten.

«Das will ich meinen», sagte sie, «wo ich dich schon seit dem Neumond pflege.»

«Neumond», wiederholte Bela, ein wenig ratlos. Nach dem Mond hatte er schon lange nicht mehr gesehen. Er hatte keine Idee, wie viel Zeit inzwischen vergangen sein mochte. Und er ertappte sich bei dem Gedanken, dass der Vollmond viel besser zu ihr passte.

«Ich heiße Merendis», stellte sie sich vor, als hätte sie sein Interesse bemerkt.

«Bela», entgegnete Bela, dessen Aufmerksamkeit in diesem Moment von einem Geräusch abgelenkt wurde, das er nur zu gut kannte: dem Fauchen eines Blasebalges. Er hatte sich nicht getäuscht, auch dies war nicht geträumt: Er befand sich in einer Schmiede. Von allen denkbaren Orten auf der Welt war er gerade hier gelandet. Danke, Mutter. Im Stillen sandte er ein Gebet an die Große Gebärerin von Allem. Du hast mich nicht vergessen. Merendis betrachtete ihn mit schräggeneigtem Kopf.

«Es ist gleich so weit», rief von drüben eine tiefe Stimme.

«Wo kommst du her, Bela?», fragte Merendis nun, ohne den Ruf zu beachten.

Doch dieser antwortete nicht. Unwillkürlich tastete er nach dem kostbaren Bündel, das er sich auf die Haut geschnürt hatte.

Merendis, die seine Bewegung bemerkte, ging in eine Ecke der Hütte und kam mit dem lederumwickelten Paket zurück. «Hier», sagte sie, als sie es ihm reichte. «Es war beim Anlegen des Verbandes im Weg.»

Bela nickte nur, ohne sich zu bedanken. Hastig riss er das Bündel an sich, schnürte es auf und untersuchte, eifersüchtig darübergeneigt, ob noch alles an seinem Platz war. Er würde alle Teile, jedes einzelne davon, für seinen Plan benötigen.

«Wir kennen die Gesetze des Gastrechtes», meinte Merendis ein wenig steif, als sie sah, wie misstrauisch er seine Schätze vor ihr hütete. Seit Tagen nun wusch und pflegte sie diesen Mann, flößte ihm Medizin ein wie einem Kind und streichelte ihn beruhigend, wenn er im Schlaf schrie. Sie hatte sich ihm nahe gefühlt, und sie musste zugeben, dass ihr diese Initmität ein gewisses Vergnügen bereitet hatte. Doch nun, da er erwacht war, stand sie einem Fremden gegenüber. Was sie für ihn getan hatte, daran erinnerte er sich offenbar nicht mehr. Ihre Zweisamkeit war beendet. Und Merendis fühlte, dass sie dies sehr bedauerte.

Bela bemerkte die Veränderung in ihrem Ton nicht. Erleichtert stellte er fest, dass alles da war – alles war da, sogar das Schwertfragment, und es war unberührt geblieben.

«Merendis!», erklang es von nebenan, nun ein wenig ungeduldiger.

«Ich muss ihm helfen», entschuldigte sich die junge Frau und erhob sich rasch.

Bela stand ebenfalls auf. Unsicher wies sie ihm mit einer Handbewegung den Weg und ging vor ihm her. Als sie den Nebenraum erreicht hatten, wurden ihre Bewegungen wieder zielstrebiger und energischer. Der Raum, der aus drei Wänden bestand und dessen vierte Seite sich auf den See öffnete, war vollständig mit einer dicken Schicht aus gestampftem Lehm bedeckt, wie es beim Umgang mit Feuer sinnvoll war. Heiß flirrender Rauch entwich durch den Abzug. Als der fremde Schmied, der mit dem Rücken zu ihm stand, sich bückte und einen der drei gemauerten Ofen öffnete, schlug Bela eine Wand aus Hitze entgegen. Der Schmied nahm eine schwere Holzzange, griff hinein und balancierte einen Tiegel heraus, in dem das leuchtete, was Belas Herz höher schlagen ließ: flüssiges, glühendes Metall, das Blut der Erdmutter selbst.

Bela wusste, es galt nun keine Zeit zu verlieren. Auf der zähen Flüssigkeit schwammen dunklere Stücke von Schlacke; diese mussten entfernt werden, um das reine Kupfer dann in seine Form zu gießen, ehe es an Temperatur verlor und sich nicht mehr bearbeiten ließ. Nur wenige Augenblicke blieben dem Schmied dafür Zeit. Orin hatte es ihm erklärt, jedoch ohne ihm die magische Zahl zu nennen. Bela hatte ihm aber oft dabei zugesehen, und er war nie weitergekommen als bis zur Acht, wenn er heimlich mitgezählt hatte, ehe sein Freund den roten Fluss in der Form versenkte.

Zu seiner Überraschung war es Merendis, die mit einem Haken bereitstand und mit einer routinierten Drehung ihres Werkzeugs die Schlackebrocken heraushebelte, die zischend auf den vorsorglich angefeuchteten Lehm fielen. Der Schmied musste seine Bewegung kaum unterbrechen. In einem sanften Bogen führte er den Tiegel herum und kam vor der Form zu stehen, wobei er die Worte eines unverständlichen Gebetes sprach. Merendis hob die Hände zum Gesicht und murmelte ebenfalls einen Segensspruch. Bela ertappte sich dabei, wie er automatisch dieselbe Geste vollzog. Wie oft hatte er es bei Orin schon getan!

Dann kippte der Mann den Tiegel um. Wie eine lebendige, züngelnde Schlange wand das flüssige Metall sich heraus und verschwand in der Öffnung der rechteckigen Sandsteinform, die zwischen ihnen auf dem Boden stand. Schlangenbändiger, so hatte auch Orin sich selbst oft im Scherz bezeichnet, denn er brachte die erzerne Erdschlange dazu, sich zu häuten, ihre Steinhaut abzustreifen und die neue aus Metall darunter zu zeigen. Es war ein Zauber, ähnlich dem, der das Getreide aus dem Korn trieb, der das Wasser zu Eis und im Frühjahr wieder zu segenspendendem Regen werden ließ. Deshalb waren die Schmiede die Lieblinge der Mutter. Es gelang ihnen immer wieder, sie zu versöhnen mit dem Raub, den man mit dem Erzbau an ihr beging.

Ein zufriedenes Lächeln trat auf das Gesicht des Mannes und wölbte die Narbenreihen auf seinen Wangen zu gekrümmten Sicheln. Seine weißen Zähne blitzten in dem rußverschmierten Gesicht; sein mächtiger Brustkasten, glänzend von Schweiß, hob und senkte sich nach der Anspannung. Mit einem abschließenden lauten Aufatmen trat er schließlich von seinem Werkstück zurück. Fast im selben Moment entdeckte er Bela.

Dieser wankte beinahe unter der Wucht des Blickes, der ihn traf. Dies hier war nicht Orin, der stille, blasse, zufriedene Mann, den er gekannt hatte. Dies war ein Hüne, sonnengebräunt, mit mächtigen Armen, einer Raubvogelnase und Augen über der Narbenmaske, die von flackernden, mühsam gebändigten Leidenschaften sprachen. Eine davon erahnte Bela sofort; es war die heftige, bedingungslose Liebe zu seiner jungen Gefährtin, die mit angehaltenem Atem neben ihnen stand, ganz dem Bann des Augenblicks erlegen.

Bela fühlte sich durchbohrt von diesen Augen, aber er hielt stand. Langsam richtete er sich auf und stellte sich vor den Mann. Wenn du mich hassen willst, dachte er, nur zu. Ich werde dich ebenso hassen. Ich habe die Kraft dazu, jegliche Kraft, die ich brauche. Wenn du dich messen willst, werde ich dein Maßstab sein. Wenn du mich suchst, hier bin ich. Ich bin Bela.

Der Schmied starrte ihn lange an. Dann verzog sich sein Gesicht. Seine Narben begannen zu tanzen, als er den Kopf zurückwarf und in ein dröhnendes Gelächter ausbrach. Er verstummte abrupt, als Bela ihm die Klinge vors Gesicht hielt.

14.

Elin wusste, dass der Winter ihr schlimmster Feind sein würde. Noch schien die Sonne warm, und der Wald strotzte von Beeren, aber bald schon würde die kalte Zeit anbrechen. Hier in den Bergen würde Schnee fallen, einen Mond nach der längsten Nacht, früher vielleicht, und er würde länger liegen bleiben als im Dorf. Mit Schaudern dachte Elin an die Wölfe, und wann immer sie eine Pause machte beim Pflücken und Sammeln, war sie beschäftigt damit, sich Wege auszudenken, um den Eingang ihrer Höhle zu verschließen und zu schützen. Das erwies sich als schwierig, da sich in dem felsigen Grund kaum Pfosten verankern ließen. So errichtete sie eine kleine Mauer aus Steinen, die sie mühevoll den steilen Weg hinauftrug, schichtete sie auf Hüfthöhe auf und verankerte darin starke Äste, die sie dicht mit Weidengeflecht umflocht. Und sie verdrängte die Frage, wie lange dies alles wohl den Zähnen und Klauen eines entschlossenen Tieres standhalten könnte.

Längst war sie dankbar für das Messer, das sie vom Hügel mitgenommen hatte. Fast hatte sie schon vergessen, wofür sie es das erste Mal gebraucht hatte. Nun war es ihr unverzichtbares Utensil und diente dazu, Ruten zu schneiden für die dringend benötigten Behältnisse, die sie sich daraus flocht, Birkenbast abzuschälen oder Löcher in Holz zu bohren in mühsamer, schweißtreibender Arbeit. Sie schabte damit Birkenschwamm von Stämmen, um ihn als Zunder zu benutzen, Pilze schnitt sie und Äpfel, um sie auf heißen Steinplatten zu dörren, trockenes Astwerk säbelte sie damit klein, so gut es ging. Wie oft sehnte sie sich nach einer ordentlichen Axt! Doch ihre Versuche, einen entsprechenden Stein in einen zurechtgeschnitzten Griff einzusetzen, scheiterten. Was sie auch tat, die Steinklinge verrutschte im Griff, wenn sie fest damit zuschlug. Sie müsste die Schnürung mit Birkenpech verkleben. Um dies herzustellen, fehlten ihr aber die Gefäße. Körbe halfen da nicht weiter, sie benötigte zwei Töpfe, die sowohl dicht als auch erhitzbar waren. Tonerde aber gab es im ganzen Umkreis nicht, und das Schnitzen ging mit der immer stumpfer werdenden Klinge nur mühsam voran. So gab sie es auf und verfluchte einmal mehr ihren Bruder, der daheim für das Werkzeug zuständig gewesen war. Hätte sie ihm doch nur besser auf die Finger gesehen, wenn er im Hof über seinen Reparaturen hockte, anstatt sich über ihren Webstuhl zu neigen! Jetzt stand nichts zwischen ihr und der Wildnis als diese eine, rasch stumpfer werdende Klinge.

Und meine Angel, dachte Elin, nicht ohne Stolz, und ein Lächeln spielte um ihre Lippen, denn auch dieses Werkzeug hatte sie dem abgerungen, der sie hatte vernichten wollen. Am selben Tag, an dem sie beschlossen hatte, in der Höhle zu bleiben, war sie noch einmal in den Fluss gestiegen, um sich zu waschen, gründlich diesmal. Auch ihr Kleid hatte sie ausgezogen, oder das, was davon übrig war, um es zu reinigen und die letzten Reste Blut und mit ihm die Erinnerung an alles, was vorgefallen war, daraus zu entfernen. Als sie ihr wüst verworrenes Haar strähnte, stieß sie auf etwas Hartes, Metallisches, das sich nur mühsam herauszupfen ließ. Erschrocken starrte Elin es an. Es war ein Lockenring, eine kleine

Spirale, wie sie manche gern als Schmuck um ihre Zöpfe wanden. Dieser hier war, dem ungewohnt gelben Glanz nach zu urteilen, aus reinem Gold. Er gehörte ihr nicht. Nie hatte sie so etwas Wertvolles besessen. Im selben Moment, da sie das hübsche kleine Schmuckstück staunend betrachtete, wurde Elin klar, woher es stammte: Der Herr vom Hügel musste es verloren haben. Während er auf ihr gelegen hatte, musste es sich in ihren Haaren verfangen haben und hängengeblieben sein.

Elin würgte es mit einem Mal; mit einem Schütteln, als müsste sie etwas Ekliges von ihren Fingern entfernen, schleuderte sie es fort; der Lockenring flog in hohem Bogen davon und klatschte, da sie nicht gezielt hatte, nahe dem Ufer ins Wasser. Lange blieb Elin bis zu den Hüften im Fluss stehen; die seltsamsten Gedanken gingen ihr durch den Kopf. Dann schniefte sie und watete hinterher. Tatsächlich, da lag die Spirale noch, zwischen Kieseln eingeklemmt. Elin bückte sich und fischte sie heraus. Dann stieg sie zu ihrer neuen Wohnstatt auf. Dort machte sie sich daran, mit Hilfe ihres Messers und einiger Steine das Ding zu zerteilen und für ihre Zwecke zurechtzubiegen. Sie schlug sich dabei mehrfach auf die Finger, blutete und fluchte, aber am Ende hielt sie etwas in der Hand, das einem Angelhaken ähnlich sah. Und tatsächlich fing sie am Abend damit einen Fisch, der an einem Stock über ihrem ersten Feuer briet und mit dem Zischen seines Fettes und seinem köstlichen Duft ihren schmerzhaft leeren Magen zum Knurren brachte.

Und bald schon reihte sich an einer Schnur über ihrem Bett eine ganze Anzahl von im Rauch haltbar gemachten Fischleibern, ein Vorrat, den sie stetig zu ergänzen suchte. Elin wusste, sie musste sich eilen, die Zeit lief ihr trotz aller Erfolge davon, jede Nacht veränderte der Mond sein Gesicht, jeden Tag verfärbte sich das Laub des Waldes stärker. Beim Anlegen ihres Wintervorrates arbeitete sie mit den Eichhörnchen um die Wette, die besser als sie wussten, wo die besten Haselsträucher und die meisten Eichen standen. Immer öfter kam sie an Plätze, wo von den Eicheln nur mehr die tauben Schalen lagen und in dicken Schichten unter ihren Füßen knirschten. Den nahrhaften Kern hatten andere vor ihr gefunden. Manche Haine waren regelrecht geplündert. Aber Elin gab nicht auf. Körbeweise trug sie Brombeeren, Äpfel, Pilze und Holunderbeeren in ihre Höhle, grub Wurzeln aus und sammelte das Korn der wilden Gräser, das sich ebenso mahlen ließ wie das ihres heimischen Hafers und Emmers. Frühmorgens eilte sie in den Wald, um mittags mit zerschnittenen Fingern und müdem Rücken heimzukehren. Stolz und mit wachsender Hoffnung betrachtete sie ihren anschwellenden Vorrat, der sich in Körben und Mulden türmte.

Sie überlegte sogar, ob es ihr nicht gelingen würde, einen Teil des Korns zu sparen und zurückzubehalten, bis sie es im Frühjahr aussäen könnte. Dann besäße sie ein kleines Feld, die Erde dafür wollte sie schon roden, vielleicht drunten, bei den Wiesen, wo der Boden weicher war und nicht durchzogen von Baumwurzeln, und im Herbst dann könnte sie in den Furchen ernten, und das mühsame Sammeln hätte ein Ende.

Jetzt denke ich schon in Jahren, dachte sie. Die Entdeckung machte sie ein wenig bitter, aber auch stolz. Ja, sie könnte es schaffen, sie hatte eine Chance, den Winter zu überstehen und im nächsten Jahr noch hier zu sein. Wenn sie all ihre Kraft und Findigkeit aufbot, konnte es ihr gelingen, gegen die Wildnis zu bestehen. Jeder Tag und seine Erfolge, jeder neugeflochtene Korb, jede Schnur getrockneter Äpfel bewiesen ihr das aufs neue, auch wenn niemand in ihrem Dorf das für möglich halten würde. Aber hatten die nicht ohnehin immer über ihre Ideen gelacht?

In frisch aufwallendem Zorn schlug Elin mit dem Stock nach einem Busch. Denen würde sie es allemal zeigen. Jawohl, sie konnte alleine bleiben, für immer, wenn es nötig war. Beim Einschlafen schmiegte sie die Wange in ihre geöffnete Hand und spürte der eigenen Wärme nach. Manchmal flüsterte sie auch mit sich selbst, tröstende Worte, während sie beobachtete, wie das Holz in den Resten ihres Feuers langsam verglomm und ihr Heim in Finsternis getaucht wurde. Sie versuchte tausend Frisuren mit ihrem Haar, wand es sich mal so und mal anders um den Kopf und betrachtete das Ergebnis lange im Spiegel des geduldigen Flusses, als wäre es von Bedeutung, wie sie aussah. Mir ist es wichtig, sagte sie sich, ich will hübsch für mich sein; ich habe es mir verdient.

Wenn sie es gar nicht mehr aushielt, ließ sie fallen, was sie gerade in den Händen hielt, und lief zu der Weide hinab, auf der die kleine Herde ihrer Wildpferde manchmal graste. Dort saß sie dann, mit dem Rücken an den Apfelbaum gelehnt, aß eine der säuerlichen Früchte und betrachtete die Tiere, ihre Tiere, wie sie sie im Geiste nannte, und erfreute sich an der Schönheit ihrer Bewegungen. Langsam lernte sie, die einzelnen Pferde und ihre Persönlichkeiten voneinander zu unterscheiden. Da war die elfenbeinfarbene Leitstute, der die anderen folgten, zwei junge Hengste, deren braune Flanken so seidig waren, dass sie spiegelten, und eine vierschrötige fuchsfarbene Stute mit einer Narbe am Hals, die sich stets abseits hielt und ihre Artgenossen nur mürrisch zu ertragen schien. Manchmal schnappte sie sogar nach ihnen. Elin nannte sie bei sich Anwin, nach dem alten Weib aus dem Dorf.

Daneben gab es ein weiteres Tier, dessen Grau beinahe weiß schimmerte. Die junge Stute war temperamentvoll und verspielt und eine der Ersten, die sich näher an sie heranwagten. Eines Tages trottete sie ohne weitere Umstände zu Elin, an deren stille Anwesenheit sie sich gewöhnt hatte, streckte ihren Kopf vor und stahl ihr den Apfel aus der Hand. Dabei bemerkte Elin verblüfft, dass sie nicht die typisch braunen Pferdeaugen hatte, sondern eine auffallend helle Iris besaß, beinahe wie eine ihrer Ziegen. Elin streckte unwillkürlich die Hand aus. Das Tier wieherte und lief einen aufgeregten Kreis, wich aber nicht. Nach einigem Schnobern und Kopfschütteln kam es heran und stupste Elin, die aufgestanden war, auffordernd mit dem Kopf. Die erschrak über die heftige Bewegung, die sie beinahe ins Stolpern brachte. Um nicht zu stürzen, hielt sie sich für einen Moment an der Mähne ihrer neuen Freundin fest, was diese wiederum scheuen ließ. Bald schon aber war sie erneut heran und drückte zudringlich ihre Nase an Elin.

«Ach, jetzt verstehe ich, du suchst noch einen Apfel!» Elin kicherte entzückt über ihre Entdeckung. Sie warf einen Blick in die Krone. Nur noch hoch oben hingen ein paar der gelben, saftigen Früchte. Alles in Reichweite der Pferde war abgefressen. Sie selbst hatte klettern müssen, um an ihre Mahlzeit zu gelangen. «Na schön», erklärte sie laut, fröhlich geworden durch den Klang der eigenen Stimme und das Zutrauen des Tieres, «dann werde ich dir also einen holen.» Sie wischte sich den Saft von den Händen und machte sich an den Aufstieg. Nach ein wenig Kraxelei hatte sie zwei Äpfel geerntet. «Hier.» Sie bot sie dem Tier die Hälfte des ersten Apfels an. «Und sag: Danke, Elin, dass du dich für mich angestrengt hast.»

Die Stute wieherte, zögerte und nahm dann das Apfelstück von ihrer Handfläche. Elin strahlte. Während das Pferd es krachend zerkaute, konnte sie nicht anders, als den glatten, hellen Hals des Tieres zu streicheln. Es wandte den Kopf, aber nur, um nach der zweiten Hälfte des Apfels zu angeln.

«Nein, nein, nicht so schnell», rief Elin und hielt ihn sich über den Kopf. Sie trat einen Schritt zurück. Das Pferd folgte ohne Umstände. Es duldete auch Elins Streicheln, sodass diese ihr hingerissen den Rest des Apfels überließ und auch den zweiten, nachdem sie selbst noch einmal kräftig davon abgebissen hatte. «Du bist wunderschön», murmelte Elin, während sie das Tier liebkoste, «gar nicht wie eine Ziege. Entschuldige.» Und in einer plötzlichen Aufwallung drückte sie sich an den warmen Leib des Tieres.

Das war zu viel. Sofort brach die Stute aus. Sie zog mit gestelltem Schweif und vorgerecktem Kopf einige Kreise auf der Wiese und wieherte laut und empört. Elin stand da und rührte sich nicht. Es dauerte aber nicht lange, da war die Weiße wieder da. «Du bist verfressen», stellte Elin fest, als die weichen Nüstern sie absuchten, und klopfte den in Schweiß geratenen Hals. «Nein, nein, ist ja gut, ich weiß schon, wir alle wollen essen. Ich bringe dir morgen wieder was, ja? Hast du mich verstanden? Morgen.» Sie sprach das Wort so langsam und deutlich, als könnte die Stute sie verstehen, wenn sie nur klar genug artikulierte. Das Pferd hielt inne und schaute sie mit seinen seltsamen Augen an.

«Ich werde dich Sternauge nennen», flüsterte Elin.

Sternauge wieherte sein Einverständnis. Und als wäre sie damit für den Tag genug beschenkt, nickte sie ein paar Mal lebhaft und trabte dann über die Wiese davon. Mit übervollem Herzen blickte Elin ihr nach.

Seither war Elin fast täglich auf der Weide. Manchmal waren die Pferde nicht da, dann fühlte Elin sich einsam und bedrückt. Und obwohl sie wusste, dass auch die Tiere wanderten, hatte sie in diesen Zeiten keine Ruhe und ging selbst nachts wieder und wieder hoch zum Grat, bis sie das Wiehern ihrer Gefährten hörte oder ihre dunklen Umrisse unter dem Apfelbaum erkennen konnte. Eher wollte ihr das Einschlafen nicht gelingen.

Wenn sie da waren und ihr Liebling Sternauge mit ihnen, besuchte Elin sie. Sie kam nie ohne einen Leckerbissen. Längst dachte sie nicht mehr an die Ermahnungen der Dörfler, die es für Unsinn hielten, kostbare Nahrung an ein Wildtier zu verschwenden, zumal, wenn man es nicht zu schlachten gedachte. Und das hatte Elin nicht vor. Sie gewann Sternauges Vertrauen, von Tag zu Tag mehr, einfach, weil es sie glücklich machte. Sie genoss es, wenn das Pferd sie erkannte und mit fröhlichem Begrüßungswiehern auf sie zu trabte, sie war stolz und zu Tränen gerührt, wenn sie es streicheln durfte oder ihre Zärtlichkeiten gar erwidert wurden oder wenn Sternauge sich an sie drückte und ihr juckende Stellen darbot, damit sie mit einer Distelkarde darüberfuhr – eine Idee, die Elin eines Tages spontan gekommen war, als sie bemerkte, dass Sternauge viele Kletten im Fell trug. So kämmte Elin nicht mehr nur sich selbst, sondern auch ihr Pferd. Eines Tages ging sie so weit, sich selbst und ihm eine Blüte ins Haar zu stecken. Zu Elins großem Entzücken fraß Sternauge sie sofort auf.

Elin sprach viel mit dem Tier, sie sang ihm vor, erzählte ihm ihr gesamtes, kurzes Leben. Dabei schritt sie oft neben dem Pferd her über die Weide, umspielt von den anderen Tieren, die ihre Anwesenheit so vollkommen akzeptiert hatten, dass es einem fernen Betrachter erscheinen musste, als sei die schmale Frau dort unten ein Teil der Herde, in seltsamem Einklang der Bewegungen. Vielleicht hätte er geglaubt, Elin wäre ein Geist. Und vielleicht hätte er damit gar nicht so falsch gelegen. Denn je mehr Zeit Elin mit den Tieren verbrachte, desto mehr hatte sie das Gefühl, sie zu verstehen, wortlos und intuitiv, ja mehr noch, als umrausche sie das Bewusstsein der Tiere, stieße an die Grenzen ihrer eigenen Seele und wäre dort bemerkbar als ein vielstimmiges Summen. Elin konnte es hören, über dem Murmeln des Wassers, wenn sie allein an ihrem ersterbenden Feuer lag und in die Nacht starrte. Nur seine Bedeutung konnte sie noch nicht verstehen.

15.

Skelt ignorierte die geborstene Klinge, die dicht an seine Kehle gehalten wurde. Er sah Bela direkt in die Augen und sagte: «Das ist ein Menschentöter.» Als er die Verwirrung in den Augen seines Gegenübers bemerkte, bleckte er seine Zähne zu einem Grinsen. «Hast du das Wort noch nicht gehört?», fragte er herausfordernd und schnippte mit dem Finger gegen das Metall. «Das ist ein Schwert, zumindest ein Teil davon, eine Waffe, die allein dafür geschaffen wurde, dass Menschen damit gegen Menschen kämpfen.» Er betrachtete Bela eine Weile.

Merendis machte einen Schritt nach vorne und öffnete den Mund, um etwas zu sagen. Nein, wollte sie nun ausrufen, niemals, glaub das nicht. Geh ihn nicht so hart an. Aber ihr Vater hob, ohne zu ihr hinzusehen, die Hand und gebot ihr Einhalt. «Bist du so einer?», fragte er Bela. «Ein Menschenjäger?»

«Ein Menschenjäger», stieß Bela hervor, zusammen mit einem Laut, der halb Gelächter war, halb Verzweiflungsschrei. Ja, das Wort passte, Menschenjäger waren sie gewesen, die Männer, die ohne Erbarmen auf die Hütten seines Dorfes losgestürmt waren. Was hatten sie gewollt, außer ihre Hände in Blut zu baden? Das Vieh, die Frauen, die sie mitgeschleift hatten? Das bisschen Erz, das sie raubten? War das der Grund gewesen? Es gab nichts, was die Orgie der Vernichtung, die er erlebt hatte, seinem Verstand fassbar gemacht hätte. Die Erinnerung drohte Bela beinahe zu überwältigen, und er wankte leicht.

Merendis, die wusste, wie schwach er noch war, war drauf und dran, ihm beizuspringen. Sie fürchtete die Klinge in seinen Händen nicht, ja, sie dachte gar nicht daran. Sie sah nur den Mann vor sich, der ihr so vertraut geworden war, und nicht das Flackern in seinen Augen. Aber sie wusste, ihr Vater würde sich zwischen sie werfen, Bela seinerseits konnte die Bewegung missdeuten. Und sie wagte nicht daran zu denken, was dann geschehen würde. Also blieb sie, wo sie war, doch auch sie erbebte. Skelt bemerkte es wohl. Zwei Halme, dachte er, die sich neigen im selben Wind. Doch was für ein Lüftchen ist es, das da bläst?

Endlich brachte Bela einen Ton heraus. «Dieses Schwert», krächzte er. «Ich habe gesehen, wie es die Hand meines besten Freundes vom Stumpf trennte und dann seinen Hals durchschnitt, in einem Schwung, samt den Knochen. Es hat alles niedergemäht, was ich kannte. Wodurch es am Ende zerbarst, ich weiß es nicht.» Er dachte an Orins Stümpfe, an die verkrampften Hände des Schmiedes, die alles getan hatten, den Fremden ihr Geheimnis zu entreißen. Er war sicher, dass es Orin gelungen war, diesen Menschenjäger zu erlegen und seine Waffe zu zerschmettern. Aber er hatte mit seinem Leben dafür bezahlt. Bela schloss die Augen.

Als er sie wieder öffnete, dachte Merendis: Sie sind grün, grün wie das frische Laub der Buchen im Frühling, grün, wie der See nur in seltenen Momenten ist, im Frühlicht, wenn der Nebel sich hebt und man nicht sicher weiß, ist man in dieser Welt oder noch in der der Geister. Noch nie habe ich solche Augen gesehen.

Bela fasste die Klinge fester. Mit erhobener Stimme sprach er: «Ja, ich würde töten, um sein Geheimnis zu erfahren.»

Skelt begriff. Dieser Mann brauchte ihn. Unmerklich löste sich die Spannung ein wenig, die über allen lag. Merendis wagte es vorzutreten und legte sanft eine Hand auf seinen Arm. «Du solltest dich hinsetzen», sagte sie. «Ich bringe dir einen Schluck Wasser.»

Um ihretwillen, dachte Skelt, der ihr nachsah. Nur um ihretwillen werde ich ihm vertrauen. Für eine kleine Weile. Und um ihretwillen werde ich ihn im Auge behalten. Großzügig wies er auf einen Platz am Boden und setzte sich selbst. Bela ließ sich langsam nieder, noch immer mit den ungelenken Bewegungen dessen, der einen Schmerz zu vermeiden sucht. Er hoffte, gleichmütig zu wirken. Mit gesenkten Lidern verbarg er seinen glühenden Blick.

Merendis brachte jedem von ihnen einen Becher und reichte Skelt artig den seinen zuerst, um ihn zu versöhnen und ihm zu danken für das, was sie für ein Zugeständnis seinerseits ihrer verschämten Neigung gegenüber hielt.

Während Merendis ihren Vater bediente, wandte Bela sich ab und ließ seinen Blick über die Werkstatt schweifen. In seiner Nähe bemerkte er einige Gussformen aus Sandstein, die er unwillkürlich zu sich heranzog. Eine, als er sie aufklappte, offenbarte in ihrem Inneren sechs Kanäle, die in kugelförmigen Hohlräumen endeten.

«Für Nadeln», erläuterte Skelt, als er hochschaute und sein Interesse bemerkte. «Die fertigen Spitzen werden hineingesteckt, siehst du, so, und dann in einem neuen Guß mit kugelförmigen Köpfen umfangen. Das hier», er zog eine andere Form heran, «ist für eine Harpunenspitze. Hier und hier kann ein Kern befestigt werden, der dann lose in der Form hängt. Er sorgt dafür, dass die Tülle hohl bleibt, sodass man sie auf einen Stock stülpen kann. Aber das weißt du ja sicher alles», fuhr er fort.

Bela überhörte den letzten Satz. «Das dort hinten ist eine Schwertform», sagte er und wies mit dem Becher in eine Ecke, ehe er einen Schluck daraus nahm. Herausfordernd fügte er hinzu: «Also hast auch du Erfahrung mit den Menschentötern?»

Er wartete lange auf Skelts Antwort. Der Schmied hob schließlich die Hand und wies auf den See hinaus. «Wir greifen niemanden an. Dennoch ist unser Dorf von Palisaden umgeben.» Das war alles, was er sagte. Dann fügte er noch hinzu: «Es ist lange her.»

Vergebens hoffte Bela auf eine Fortsetzung, die diesen kryptischen Satz erklären würde. Skelt schien nicht gewillt, ihn aufzuklären. Mit hochgezogenen Brauen und einem leicht spöttischen Lächeln ertrug er die intensive Musterung, der Bela ihn noch immer unterzog.

Der seufzte schließlich. Nein, er konnte zu keinem endgültigen Schluss gelangen. Dieser Mann verbarg sich vor ihm. Wohl bemerkte er das leichte Flackern in Skelts Blick, und ihm war klar, dass der längst nicht so gelassen war, wie er vortäuschte. Aber er war sich nicht sicher über den Grund für diese Unruhe. Schließlich nickte er langsam. Er hatte keine Wahl, er würde es versuchen müssen. Rasch warf er noch einen Blick zu Merendis, die sich mit einer Näharbeit nahe dem Wasser niedergelassen hatte, wo das Licht gut war. Sie nickte ihm zu, als wollte sie ihn in seinem Entschluss bestärken. Bela gab sich einen Ruck.

«Weißt du, was das ist?», fragte er und neigte sich vor. Er drehte mit einer schnellen Bewegung das auf dem Boden liegende Klingenfragment so, dass die Spitze auf ihn selbst zeigte, und schob es dem Schmied zu.

Der konnte ein leichtes Zittern kaum unterdrücken, als er endlich das Ziel seiner Wünsche wieder in der Hand hielt. «Bist du wohl doch kein Schmied», fragte er, «dass du mich so etwas fragst?» Dann vergaß er Bela für eine Weile vollständig. Er drehte und wendete das Ding in seinen Fingern, rieb es, roch daran, beleckte es, suchte es mit seinem eingerissenen schwarzen Daumennagel zu kerben, stand schließlich auf, um es bei Tageslicht zu betrachten, und kehrte dann zurück, um in seinen Vorräten zu graben. Verschiedene Brocken Erz wanderten durch seine Finger und wurden wieder fortgeworfen. Er wühlte in metallischen Perlen, staubfeinem Grus, in taub klingendem Gestein. Immer wieder schüttelte er den Kopf.

«Nein», gestand er schließlich mit einigem Missmut, als

er sich wieder hinsetzte, und warf die Klinge zwischen ihnen auf den Boden, wo sie nach einigem Kreiseln zur Ruhe kam. «Obwohl ...» Ehe Bela etwas sagen konnte, hatte er sie wieder in den Händen und begann seine Untersuchung von vorne, wobei er Unverständliches vor sich hin murmelte.

«Bist du wohl doch kein Schmied?», fragte Bela und hob eine Braue. Er lächelte, als er Skelts Gesicht sah. Ertappt, dachte er. Auch dich kann man aus der Fassung bringen. «Dass du so etwas nicht weißt», fügte er hinzu. Skelt grinste unfroh.

Merendis, die mit dem Rücken zu ihnen saß, neigte sich ein wenig tiefer über ihre Flickarbeit und bemühte sich, ein Kichern zu unterdrücken. Als es ihr nicht gelingen wollte, sprang sie auf die Füße. «Ich gehe nach den Reusen sehen», sagte sie. Dann, als wäre es ihr eben eingefallen, wandte sie sich an Bela. «Du magst doch Fisch?», fragte sie ihn und lächelte ihn so strahlend an, dass er für einen Moment ganz benommen war.

«Natürlich isst er Fisch», brummte Skelt, als sein Gast kein Wort herausbrachte. Er schob Bela die Klinge mit demselben Nachdruck wieder zu, mit dem dieser sie ihm gereicht hatte. «Also, dann verrat mir das Geheimnis.»

Jetzt war es an Bela, mit den Schultern zu zucken und ein entschuldigendes Grinsen zu zeigen. «Ich kenne es nicht», gestand er und sah im selben Moment die Enttäuschung im Gesicht des Schmiedes. «Aber ich will es wissen», fügte er hinzu. «Um jeden Preis.»

Skelts Augen leuchteten auf. «Ich will wahrhaftig kein Schmied sein», murmelte er. Und schon wieder hatte er das Stück Metall in der Hand. «Ich will wahrhaftig ... die Mutter soll mich strafen ...» Erneut verfiel er ins Grübeln. Dann blickte er Bela an. «Ich werde es herausfinden», versprach er. «Und wenn ich Tag und Nacht arbeiten muss. Was die Geister auch als Preis dafür verlangen.»

Bela nickte. Er verstand im selben Moment. Verstand, dass Skelt nicht anders konnte, als alle seine Kraft dafür einzusetzen, dieses Geheimnis zu lösen. Nicht aus Gier, nicht aus Rachedurst wie er selbst, sondern weil er war, was er war: ein Schmied. Ich hätte, dachte er, an keinen besseren Ort als diesen gelangen können. Dank sei dir, Mutter.

«Und dann?», fragte Skelt. Merendis trat wieder ein, ging über den knarrenden Boden, legte die Fische auf eine flache Schale, holte ein Messer und machte sich daran, sie auszunehmen und die Innereien in das Wasser unter sich zu werfen, wo sich plätschernd und schnappend andere Fische darum schlugen. Sie blickte nicht einmal von ihrer Arbeit auf. Aber Skelt wusste, dass sie ebenso wie er selbst auf die Antwort lauschte. Wenn auch mit anderen Hoffnungen.

«Dann», sagte Bela und verzog keine Miene, «wissen wir es beide.»

16.

Nein!», schrie Elin auf, als sie das Unglück bemerkte. Sie war unbeschwert heimgekehrt, den Buckelkorb auf dem Rücken, ein Lied summend, bis sie ihre Last abstellte und dabei zu Boden blickte: Da waren sie, unübersehbar in den Staub gegraben: Spuren, die über den Vorplatz ihrer kleinen Wohnhöhle führten, über die Steinbarrikade und hinein in das Innere, das durch die Flechtwände vor ihren Blicken verborgen war. Elin blieb einen Moment wie angewurzelt stehen. Sie lauschte, aber kein Laut war zu vernehmen. Allerdings war dort ein Stein, der immer ein wenig lose gewesen war, herabgekullert in den Staub. Und eine der

Weidenwände bewegte sich leicht knirschend im Wind. Sie verfluchte sich innerlich, dass sie die Pforte nicht besser verschlossen hatte, und packte den schweren Stock fester, den sie immer bei sich trug. Sie biss sich auf die Lippen. Eines Tages hatte es ja so kommen müssen, Tor auf oder zu. Das hier hatte die ganze Zeit auf sie gewartet.

Elin war lange ausgeblieben an diesem Tag. Erst hatte ihr Weg sie tief in den Wald geführt, wo sie die herben Früchte der Schlehe gepflückt hatte. Dann hatte sie gebadet und sich abgemüht mit einigen Schlingen, in denen sie, bislang vergeblich, Hasen zu fangen hoffte. Nicht sosehr des Fleisches wegen, obwohl sie auch das Aroma eines gutgegrillten Stücks, den saftigen Geschmack im Mund, das nahrhafte, triefende Fett und die angenehm satte Müdigkeit nach einer Fleischmahlzeit manchmal schmerzlich vermisste.

Es ging ihr mehr um das Fell, denn ihr eigenes Kleid war, zerrissen, ohne Nadel, um es zu flicken, inzwischen zu einer abenteuerlichen Robe aus geschlungenen Bändern geworden, die viel Haut und auch ihre nackten Beine freiließ. Sie hatte zwar Lein geerntet und die Stengel bereits gewässert in der Hoffnung, genug Fasern zusammenzubekommen, um sich ein Stück Stoff zu weben. Noch mehr aber hoffte sie angesichts der Kälte, die hinter dem derzeit milden Spätsommer lauerte, auf ein paar wärmende Stücke Pelz. Einige aneinandergefügt, gelocht und mit Schnüren zusammengeschnürt würden ein warmes Beinkleid, vielleicht sogar einen Umhang, ergeben, der ihr nachts als wärmende Decke dienen konnte. Denn bislang begnügte sie sich damit, tief in einen Haufen Heu zu kriechen.

Einmal hatte ihre Jagd sogar Erfolg gehabt; ein Hase musste sich in der Schlinge befunden haben, die sie nach langem Beobachten an einer geeigneten Stelle ausgelegt hatte. Aber sie hatte nur noch ein blutiges Bein davon vorgefunden. Mehr hatte der Räuber, ein Fuchs vielleicht oder ein junger

Wolf, ihr nicht von der Beute gelassen. An diesem Tag hatte Elin schneller sein wollen.

Geduldig hatte sie in ihrem Versteck gekauert, bis ihr alle Knochen wehtaten. Endlich hatte sie aufgegeben und war zurückgekehrt, um ihr Glück noch mit der Angel zu versuchen, damit es wenigstens ein Abendessen gäbe. Am späten Nachmittag bissen die Fische erfahrungsgemäß am besten. Sie hatte nur schnell die Schlehen nach oben bringen wollen. Und da sah sie es nun.

«Nein», flüsterte sie noch einmal, diesmal leiser, um ihren Gegner nicht unnötig zu warnen. Sie tastete mit der Linken nach ihrem Messer, schwang den Knüttel mit der Rechten probeweise durch die Luft und schlich dann zum Eingang hinüber. Mit einem Kriegsschrei riss sie den Eingang auf. Gerade noch rechtzeitig hob sie die Hände, um sich vor dem umstürzenden Trockengestell zu schützen, das auf sie niederging. Im Regen aus Holzteilen, Dörrfrüchten, Pilzen und Hagebutten flüchteten drei Vielfraße zwischen Elins Beinen hindurch ins Freie. Einer zog die um seine Füße gewickelte Schnur mit sich, an der noch einige arg benagte Fische hingen. Wutschnaubend fuhr sie herum und ließ ihren Stock herunterfahren. Sie verfehlte die flinken Tiere, doch trat sie dabei auf die vorbeisausende Trockenschnur und brachte das darin verfangene Exemplar zu Fall. Fauchend versuchte es wieder auf die Beine zu kommen. Diesen kurzen Moment nutzte Elin und ließ ihre Waffe auf seinen Schädel niedersausen. Sie hatte den Vielfraß nur betäubt, denn er torkelte kopfschüttelnd auf seinen vier Pfoten herum. Daher schlug sie wieder zu und wieder und wieder, mit der Kraft der Verzweiflung angesichts der Verwüstung, die sie aus den Augenwinkeln erkennen konnte. Endlich rührte sich das pelzige Tier nicht mehr, und Elin richtete sich schwer atmend auf.

Der gesamte Boden ihrer Heimstatt war bedeckt mit herumkollerndem Erntegut, vermischt mit Schmutz und Kot. Körbe waren angeknabbert und umgekippt, Gruben angegraben worden. Nun entdeckte sie auch, dass außer den Vielfraßen noch einige Marder und Mäuse gewütet haben mussten. Von Letzteren entdeckte sie mehr und mehr zwischen ihren mühsam gesammelten Habseligkeiten.

«Na wartet», zischte Elin. Ihre Wut wurde nur noch angefacht dadurch, dass sie wieder und wieder danebentraf. Wenn sie einen der kleinen pelzigen Körper erwischte, brachte das keine Erleichterung. Was für ein Chaos! So viel war verdorben und verloren. Als endlich Ruhe herrschte in der Höhle, fiel Elin völlig verschwitzt und außer sich auf die Knie und fing an zu schluchzen. Die getrockneten Apfelscheiben: angenagt und in den Staub gefallen. Die Schlehen, Eicheln, Nüsse: in alle Ecken gerollt. Selbst in der Asche des Herdfeuers lagen noch welche. Ich habe es ausgehen lassen, dachte Elin, ich bin selbst schuld. Ihr Trockengestell war zerstört, umsonst die Stunden, die sie gebraucht hatte, es auszutüfteln und aufzurichten, die Blasen an den Händen und ihre Erschöpfung. Umsonst auch die ganze Zeit an der Angel, das Präparieren der Fische. Von ihnen war nichts Brauchbares übrig geblieben. Einen hob Elin am Schwanz hoch. Er war zerfetzt, verschmutzt und angefressen. Angewidert warf sie ihn wieder hin. Und ihr Getreide: in den Staub getreten. Wie sollte sie all das je wieder einsammeln, Korn für Korn? Erneut stiegen die Tränen in ihr hoch. All der mühsame Optimismus der letzten Wochen, die Hoffnungen und die Zuversicht wurden von einer schwarzen Woge fortgeschwemmt.

Elin weinte bitterlich und lange. Sie hörte erst auf, als draußen die Sonne tief stand und die Schatten der Höhlenwände auf sie zukrochen. Sie hörte auf, weil sie leer war, erschöpft und ohne Kraft. Sie hatte keine Wahl. Nachdem sie sich das Gesicht abgewischt hatte, stand sie auf und entzündete ein Feuer. Es dauerte länger als sonst, weil ihre Hände noch zitterten. Viel Holz häufte Elin auf, Ast auf Ast, damit es hoch flackerte, und sie sortierte die saftigeren Zweige nicht aus. Je mehr es rauchte, umso besser, sagte sie sich. Soll mein Feuer hell brennen und allen verkünden, dass ich zu Hause bin. Sie beschloss, die Feuerstelle näher an die Tür zu verlegen und ihr eine andere Form zu geben: länglich und schmal, damit sie wie eine Mauer aus Hitze den hinteren Teil der Höhle abschirmte, wenn sie fort war. Dafür würde sie graben müssen und mehr Steine heraufschleppen, große, flache, schwere Steine. Aber das würde nicht heute geschehen. Heute hatte sie anderes zu tun.

Mit müden Bewegungen stand Elin auf und suchte unter den Körben diejenigen heraus, die noch brauchbar waren. Dann begann sie, Stück für Stück, wieder einzusammeln, was verstreut worden war. Einzeln nahm sie das empfindliche Trockenobst auf, reinigte es, so gut es ging, und legte es beiseite. Mit vollen Händen schaufelte sie dann Hagebutten und Nüsse, Kastanien, Schlehen und Bucheckern ein, ohne Rücksicht auf Staub und Erde. Dann setzte sie sich mit den so gefüllten Körben und unterschlagenen Beinen ans Feuer und begann, in seinem Licht zu sortieren.

Draußen war es schon lange dunkel, als Elin mit den Körben vor die Höhle trat, die das Verdorbene und Unbrauchbare enthielten. Im ersten Moment wollte sie es einfach in die Finsternis des Abgrunds kippen. Dann aber besann sie sich. Nein, sie würde ihre Feinde nicht auch noch füttern. Lieber machte sie sich im Licht einer improvisierten Fackel an den schwierigen Abstieg bei Nacht und schüttete alles in den Fluss. Sollten die Fische es haben, die hatten sie immerhin bislang gut genährt. «Hier», rief sie laut. «Die Hälfte meines Vorrates.» Und sie leerte mit Schwung die Körbe. «Mein Schweiß und mein Blut. Auf den Rest von mir müsst ihr bis zum Winter warten. Wenn ihr mich kriegt», setzte sie leise hinzu.

Dann ging Elin zurück, um das Trockengestell wieder aufzurichten. Das erwies sich bald als unmöglich, da einige der Stützen gebrochen waren und sie erst in den Wald gehen musste, um sich erneut passende Stecken dafür zu schneiden. Verzagt ließ sie alles zu Boden sinken. All die Arbeit, und nun war es umsonst, umsonst, umsonst. Aber nein. Das sollte nicht sein. Noch einmal raffte Elin sich auf. Sie kehrte die Höhle aus und betrachtete das Häufchen Dreck und Körner in einer Ecke. Dies war einmal ihre Hoffnung für das nächste Jahr gewesen. Sie beschloss, den gröbsten Schmutz von Hand auszulesen und den Rest beiseitezustellen, um ihn am Morgen bei besserem Licht zu waschen und zu sieben. Saatgut würde sie daraus nicht mehr gewinnen können. Wenn das Korn erst feucht geworden war, musste sie es rösten, damit es wenigstens noch eine Weile haltbar blieb. Nun gut, würde sie eben Grütze essen an kalten Wintermorgen; die Vielfraße hatten ihr zumindest diese Entscheidung abgenommen.

Blieb noch, die letzten Fische wegzuwerfen und die frischen Tierleichen einzusammeln. Elin fuhr sich mit den schmutzigen Fingern übers Gesicht. Ihr tat jeder Knochen weh nach dem anstrengenden Tag; sie hatte nichts mehr gegessen seit dem Morgen, und ihre Augen brannten von dem Rauch, der die Höhle füllte. Da half es auch nichts, dass sie trotzig bei der Arbeit gesungen und sich vorgestellt hatte, sie säße mit den anderen Mädchen am Tisch, und sie läsen gemeinsam Linsen oder puhlten Erbsen, wie sie es oft im Herbst taten, während sie sich in wechselnden Strophen neckten und eine von ihnen die Abendsuppe für alle kochte. Elin war allein, keine freundliche Stimme munterte sie auf, keine hilfreiche Hand griff ihr über die Schulter und verkleinerte den Haufen, der sich vor ihr türmte. Keiner würde fröhlich rufen: Das Essen ist fertig! Keiner sie trösten, keiner umarmen. Nicht einmal Anwins ungeduldiges Schnarren würde ertönen und bekritteln, was diese Elin da wieder einmal angerichtet hatte mit ihrer Gedankenlosigkeit.

Elin lächelte stumm unter Tränen. Selbst für Anwins Schelte wäre sie in diesem Moment dankbar gewesen. Aber was half es.

Seufzend nahm Elin sich den Körper des Vielfraßes vor. Aus seinem Fell konnte sie sich eine Kapuze für den Winter machen, eine Jacke, wenn sie mehr davon hätte. Zweifelnd hob sie die Mäuse an den Schwänzen hoch. Aneinandergereiht würden sie ein Stück ergeben, nicht größer als ein Schuh. Sie zog die Nase kraus. Nun, es wäre ein Schuh, sie könnte ihn mit Heu ausstopfen und mit den Haaren von Wildtieren, die sie gewissenhaft von der rauen Rinde der Bäume sammelte, wo sie hängenblieben, wenn ihre Träger sich scheuerten. Ein Schuh, der Herbst mochte ihr einen zweiten bescheren. Und wer weiß, dachte sie, vielleicht ließen sich die Vielfraße noch einmal anlocken. Sie wusste ja nun, was sie besonders mochten. Elin begann, mit dem Messer den Balg aufzuschneiden. Dann hätte sie ihre Jacke und den Schuh dazu. Und am Ende wäre alles für etwas gut gewesen.

Als die Felle präpariert waren, war der Mond bereits wieder untergegangen. Elin, die sich kleine Stücke von dem Fleisch gebraten hatte, aber trotz des Heißhungers nur mit Widerwillen davon aß, fühlte sich krank vor Erschöpfung. Sie hatte Holz auf ihr Feuer gehäuft, damit es bis zum Morgen reichte. Das hatte ihre Vorräte erschöpft. Anderntags würde sie mehr sammeln müssen für die neue Art der Befeuerung, viel mehr. Und mehr Steine für die neue Umfassung, Stöcke, um das Gestell zu reparieren und stabiler zu machen. Und mehr Nahrung, um die Lücken zu füllen, die diese Nacht geschlagen hatte. Sie würde sich noch mehr Mühe beim Angeln und mit den Schlingen geben müssen. Und sich eine Falle für die Vielfraße ausdenken. Sie musste das Korn waschen und rösten, die Felle verarbeiten, die letzten Blutspuren aus der Höhle waschen, damit nicht Schlimmeres angezogen wurde. Sie musste …

Langsam begannen ihre Gedanken zu verschwimmen, aber sie hielten nicht inne in ihren Bewegungen, wie ewig kreisende Planeten, und Elin fand trotz ihrer Erschöpfung nicht in den Schlaf. Da war ihr wieder, als hörte sie diese vagen Töne, das Rauschen am Rand ihres Bewusstseins, das Flüstern der Pferde. Die fernen Stimmen waren klarer diesmal, deutlicher, fast glaubte sie, einen Sinn in ihrem Raunen zu erkennen. Nur ein dünner Nebel-Vorhang trennte sie noch vom Verstehen. Auf den Wogen ihrer Erschöpfung trieb sie darauf zu. Unruhig wälzte Elin sich auf ihrem Lager hin und her. «Nein», murmelte sie und wusste selbst nicht zu sagen, ob sie noch wach war oder schon im Traum sprach. «Nein, ich kann nicht, ich muss hierbleiben.»

Da vernahm sie die Stimme wieder, die sie rief, und ihr war, als könnte sie es sogar hören: «Komm.»

Elin jammerte. «Es geht nicht, sie rauben mir sonst alles.»

Aber die Stimme war unbeirrbar. «Komm», sprach sie, lockte sie, girrte sie. Und Elin erhob sich. Wie eine Schlafwandlerin verließ sie die Höhle, in der das Feuer hell und heiß brannte. Der Nachtwind kühlte ihr die schweißbeperlte Stirn, als sie langsam, wie in Trance, aufstieg zum Grat. Dort unten lagerten sie, sie konnte ihre Umrisse ganz deutlich erkennen unter dem fast durchsichtig blauen Himmel: ihre Pferde.

«Da seid ihr ja», flüsterte Elin, die sie seit Tagen schon vermisst hatte. «Da seid ihr ja endlich.» So schnell sie konnte lief, nein, rannte sie bergab, und es grenzte an ein Wunder, dass sie weder stürzte noch sich verletzte. Einige der Tiere lagen um den Apfelbaum herum, die schweren Umrisse halb vom Gras verborgen, andere standen und witterten mit offenen Nüstern in die Nachtluft. Elin entdeckte Sternauge, die auf sie zugetrabt kam. Erleichtert schlang sie ihr die Arme um den Hals. «Wenn du wüsstest», flüsterte sie in das angeregt spielende Ohr der Stute. «Wenn du wüsstest, wie sehr du mir gefehlt hast.» An das große, kräftige Tier gelehnt, wurde sie sich erst richtig ihrer eigenen Schwäche bewusst. Sie hatte heute weit über die Grenzen der Erschöpfung hinaus gearbeitet, ihre Knie zitterten, und sie hätte schreien können vor Müdigkeit. Unwillkürlich lehnte sie sich an die Flanke des Pferdes und überließ ihr Gewicht der Gefährtin. Sie spürte die Muskeln unter dem Fell spielen und fuhr mit der Hand darüber. «Stark sein», murmelte sie wirr, «so stark sein wie du. Gib mir von deiner Stärke ab, Sternauge.» Und dann, sie wusste selbst nicht, was sie überkommen hatte, spürte sie auf einmal einen Impuls und fasste die Mähne der zierlichen Stute.

Sie dachte später oft darüber nach, was es gewesen war, das sie dazu getrieben hatte. Doch sie konnte es sich selbst nicht erklären. Jedenfalls zog sie sich hoch, holte zugleich mit dem Bein Schwung und saß, ehe sie es sich versah, auf dem Rücken des Pferdes. Erschrocken bückte sie sich so weit es ging nach vorne und schlang ihre Arme um den Hals des Tieres, um nicht herabzufallen.

Auch Sternauge schien im ersten Moment erschrocken. Sie tänzelte, schnaubte und warf den Kopf. Doch als sie begriff, dass es das Gewicht des Mädchens war, das sie so plötzlich drückte, wurde sie ruhiger. Elin war keine schwere Last, und sie hielt sich instinktiv so, dass sie die Stute nicht in ihren Bewegungen behinderte. Sternauge senkte den Kopf, um ein paar Büschel Gras auszureißen. Dann plötzlich, als wäre sie zu einem Schluss gekommen und hätte sich mit der Sache abgefunden, setzte sie sich in Bewegung, langsam, behutsam. Man konnte meinen, sie hätte ihr Lebtag nichts anderes getan, als ungeschickte Menschenkinder auf sich zu balancieren.

Elin fand sich rasch in die Bewegung. Sie hockte auf dem Rücken des großen Tieres und sah den Boden unter sich dahingleiten, unsicher, ob sie all dieses wirklich erlebte oder ob alles ein Traum war, den sie oben in ihrer Höhle träumte. Ehe sie sich es versah, hatten sie die Weide hinter sich gelassen und ritten unter den überhängenden Zweigen eines Birkenhains entlang. Ein Bach plätscherte durch dichten Farn hindurch, an dem das Pferd haltmachte, um zu trinken. Dann wendete sich Sternauge um und ging im Schritt zu ihrer Herde zurück. Sie hielt direkt unter dem Apfelbaum, dessen kahl gewordene Äste in den Himmel griffen. Elin legte den Kopf in den Nacken und sah Sterne an den Zweigen hängen. Und als sie sich reckte, konnte sie eine hochhängende Frucht abpflücken. Es war der letzte, einsame Apfel, der im besternten Gezweig gehangen hatte.

«Hier», sagte sie und gab ihn dem Tier, nachdem sie einmal abgebissen hatte.

Sternauge wieherte erfreut. Dankbar schmiegte das Mädchen sich an sie. Und dann, mit einem Mal, fühlte sie sich von der Freude überwältigt. Das Glück hob sie hoch wie eine Woge und trug sie sanft davon. Ohne es zu spüren, glitt sie vom Rücken ihrer Gefährtin hinab und sank ins Gras. Vergebens wieherte Sternauge und stupste den seltsamen Zweibeiner mit der Nase an; Elin rührte sich nicht mehr. Mit einem Lächeln auf den Lippen lag sie in tiefem, tiefem Schlaf.

17.

Es ist eine Mischung.» Diesen triumphierenden Satz verkündete Skelt mit allem Nachdruck, dessen er fähig war. Er lehnte sich zurück, verschränkte die Arme und betrachtete sein Gegenüber.

Bela fuhr sich erschöpft über das rußverschmierte Gesicht. Den ganzen Tag über hatte er am Ofen gestanden und den Blasebalg bedient, um die glühende Kohle darin auf die benötigte Temperatur zu bringen. Skelt hatte ihn wie einen Sklaven arbeiten lassen. Wieder und wieder hatten sie Kupferbrocken zertrümmert, zermahlen und eingeschmolzen, um bei wechselnden Temperaturen und Lufteinfallswinkeln unterschiedliche Ergebnisse zu erzielen, hatten die Menge der Kohle und die Art der Schichtung von Kohle auf Metall wieder und wieder variiert. Sie hatten danach gestrebt, Beimengungen zu entfernen und den Reinheitsgrad zu erhöhen. Als all das nicht funktionierte, hatten sie es mit verschiedenen Verschmutzungsgraden durch Schwefel oder Eisen versucht.

Sie hatten das Ergebnis gehämmert, bis sie ihre Arme nicht mehr spürten. Selbst Skelt hockte erschöpft da, und sein mächtiger Brustkorb pumpte noch immer. Sein Gesicht war schmutzig und glänzte von Schweiß. Aber seine Augen leuchteten.

Doch Bela schüttelte den Kopf. «Das kann nicht sein», murmelte er. Seine Zunge gehorchte ihm kaum noch. «Wenn wir es beim Hämmern noch einmal erwärmen würden …» Seine Hand, die das Gesagte mit einer Geste untermalen wollte, torkelte kraftlos durch die Luft wie ein verirrter Nachtfalter.

Skelt hielt es nicht im ruhigen Sitz; er sprang auf und kam zu ihm hinüber. «Ich glaube, es ist gar nicht gehämmert worden», sagte er. «Schau. Hier und hier, und diese Kante.» Damit drückte er Bela das Klingenfragment in die Hand, das in den letzten Tagen unzählige Male zwischen ihnen hin- und hergewandert war. «Ich habe lange darüber nachgedacht und bin zu dem Schluss gekommen, dass diese Waffe nach dem Guss nicht mit dem Hammer behandelt worden ist.»

Ungläubig ließ Bela das Licht der Flammen auf der Klinge spielen. «Du meinst, sie war von Anfang an so hart?» Er konnte nicht glauben, was er hörte. Er war kein Schmied, aber so viel hatte er von Orins Geheimnissen doch mitbekommen: Kupfer musste gehämmert werden, damit es brauchbar wurde. Je mehr man es bearbeitete, umso härter und haltbarer war es auch. Orins mächtige Hammerschläge hatten oft den ganzen Tag durch das Dorf gehallt und den Takt vorgegeben, in dem die anderen sich auf den Feldern bückten.

«Kupfer wird porös, wenn es abkühlt», gab Skelt zu, «egal, wie rasch und geschickt man es auch gießt. Seine Oberfläche ist immer anders als diese hier. Trotzdem glaube ich, dass dies hier Kupfer ist. Kupfer und noch irgendetwas anderes.» Er sprang auf, dabei stieß er so heftig gegen die Feuerzange, dass sie gegen den Kupferkessel schepperte, den Merendis ihnen hingestellt hatte, falls sie noch etwas Suppe wollten. Aber die beiden vergaßen über ihren Forschungen alles andere: Schlafen, Essen, den Rest der Welt.

Das Mädchen erwachte. Sie blinzelte verschlafen durch die offene Tür und sah die beiden Männer im Schein der Glut sitzen. Ein Blick aus dem Fenster verriet ihr, dass die Nacht bald vorüber sein würde. Ungläubig schüttelte sie den Kopf und zog sich ihre Decke bis ans Kinn. Die beiden waren besessen! Ihr Vater hatte im Dorf bei all seinem Ansehen immer schon als wunderlich gegolten, ein Schmied eben. Schmiede waren anders als die anderen Menschen, das brachte ihr Beruf mit sich, der sie an die Grenzen der Geisterwelt führte. Skelt war vielleicht noch einen Hauch seltsamer als der Rest, schweigsamer auf der einen Seite, besessener auf der anderen. Kein leichter Nachbar. Aber ein unverzichtbarer Mann in der Gemeinschaft.

Bela hatte sich rasch ebenfalls den Ruf eines Sonderlings eingehandelt. Nur dass die Seedörfler bei ihm nicht wussten, wie sie ihn einordnen sollten. Nicht, dass sich die Menschen nicht für ihn interessiert hätten – dafür sorgte schon seine bemerkenswerte Gestalt. Vor allem die Frauen hatten ein Auge auf ihn geworfen. Er war nicht nur groß und sah gut aus, bewegte sich geschmeidig und war geschickt, sein Gesicht gehörte auch zu denen, die sofort Vertrauen erweckten, und sein Lächeln, wenn es erstrahlte, konnte das Herz erwärmen.

Aber es zeigte sich selten, viel zu selten, dieses Lächeln. Bela grüßte zurück, wenn man ihn grüßte, aber es wurde bald offenbar, dass er sich die Namen seiner neuen Gefährten kaum gemerkt hatte. Er war freundlich zu den Kindern, die ihn sofort in Beschlag nehmen wollten, aber sein Interesse erlahmte rasch, und wenn er nach dem zweiten Mal den zugeworfenen Ring nicht mehr fing, sondern unbeachtet an seinem Kopf vorbeifliegen und ins Wasser platschen ließ, weil seine Gedanken bereits wieder auf Wanderschaft waren, dann zuckte die kleine Schar schließlich mit den Schultern und zog weiter, um sich einen begeisterteren Spielkameraden zu suchen.

Bela, das merkten sie bald, war da und war doch nicht da. Auf seine freundliche, stille Weise war er ungreifbarer als einer der silbrigen Fische aus dem See, die einem so leicht durch die Finger glitten, wenn man sie aus der Reuse holte.

Wenn er nicht gerade mit Skelt an dessen Gussöfen zugange war, saß er meist auf einem Steg an der Palisade, schnitzte an einem Stück Holz herum oder starrte auf das Wasser. Die Mutter mochte wissen, was er dort sah. Mehr als ein Mädchen hatte es schon gereizt, dort hinauszuschlendern und das Rätsel zu lösen. Sie hatten sich auf den Steg gewagt, sich bei jedem Schritt immer wieder nach ihren kichernden Freundinnen umgeblickt, verlegen gelächelt und waren bis zum Ende gegangen. Dort hatten sie sich, je nach Temperament, entschuldigend geräuspert oder ohne viel Federlesens neben ihn gehockt. Aber eine wie die andere waren sie abgeblitzt.

Merendis schüttelte den Kopf. Sie wusste nichts dazu zu sagen. Wenn sie auch ihre stillen Theorien über Bela hatte.

Eine ihrer Freundinnen, Tikla mit dem breiten, lachfreudigen Mund, war besonders erbost, dass ihr Hüftschwung, für den sie im Dorf berühmt war, bei Bela nicht das geringste Interesse erregt hatte. Wie betäubt war sie aufgestanden, als er auf keine ihrer Fragen und harmlosen Bemerkungen eingegangen war. Es hatte einige unsichere Schritte gedauert, bis ihre Hüften sich wieder wie gewohnt lasziv wiegten, wenn der Schwung jetzt auch ein wenig aggressiv wirkte, als sie auf die Schmiedehütte zuhielt. «Ich sage dir, ihm ist nicht zu trauen», verkündete sie zum Abschluss einer langen vorwurfsvollen Litanei. «Es ist etwas Böses in dem Mann.» Damit verschränkte sie die Arme vor der Brust.

Merendis, die die ganze Zeit vor dem Mahlstein gekniet hatte, richtete sich auf und fuhr sich mit dem Arm über die verschwitzte Stirn, ehe sie eine neue Hand voll Körner auf die Unterlage streute und den Reibestein fester packte. «Nun lass gut sein, Tikla», sagte sie mit einem nachsichtigen Lächeln. «Nur weil er nicht mit dir flirten wollte, muss er noch längst kein Dämon sein.» Und sie begann wieder mit ihrer mühseligen Arbeit. Es knackte hohl, als Stein über Stein fuhr und die Körner zerrieb.

«Das behaupte ich ja gar nicht», sagte Tikla und schob die Unterlippe vor. «Aber böse ist er, dabei bleibe ich. Es kann einen frösteln, wenn er so an einem vorbeiguckt.»

«Er ist nicht böse.» Merendis hielt nicht in der Bewegung

inne. «Aber ich glaube, er hat etwas wirklich Böses gesehen. Und das hat einen Frosthauch auf ihn gelegt, verstehst du?»

«Ach, immer verteidigst du ihn», schmollte Tiklis und wickelte sich die Spitze ihres Zopfes um den Finger, während sie sich in der Schmiedehütte umschaute. Ihr nachdenklicher Blick blieb auf Merendis' Rücken haften, der sich angestrengt wölbte. Da verzog sich ihr breiter Mund zu einem Lachen. «Am Ende glaubst du gar, du könntest ihn auftauen, was?», fragte sie. Und als sie sah, wie Merendis' Kopf hochrot auffuhr, lachte sie noch lauter. «Dazu reicht die ganze Glut in deines Vaters Öfen nicht», rief sie spöttisch, «glaub mir.» Damit war Tiklis hochzufrieden davongestelzt. Später hatten die Mädchen sich wieder versöhnt, und alles blieb beim Alten: Bela hockte auf seinem einsamen Posten, und Merendis sah ihm dabei von ferne zu.

Sie beobachtete ihn von ihrem Platz auf der Schmiedeterrasse aus, wo sie friedlich ihrer Arbeit nachging, auf seine Decken starrte und sich ihre Gedanken machte. Seit er gesund war, schlief der Fremde nicht mehr bei ihnen in der Hütte, sondern hatte sich hier draußen ein Lager gemacht, dicht bei den Öfen, die auch in der Nacht noch ein wenig Wärme abgaben, nahe den Sternen und den springenden Fischen. Keine Überredung hatte vermocht, ihn drinnen zu halten. Seitdem hörte Merendis seine verzweifelten nächtlichen Schreie nicht mehr. Aber sie war sicher, dass ihn noch dieselben Albträume plagten und dass er noch immer dieselben Namen rief.

«Wer ist Mela?», hatte sie ihn einmal beiläufig gefragt, als sie alle beim Essen beisammensaßen und sie ihm die Schüssel mit der dampfenden Grütze reichte.

Bela war auf der Stelle erstarrt. Sein Gesicht wurde weiß, und sein Atem ging schnell.

«Merendis!», hatte ihr Vater, der es bemerkte, sie ärgerlich ermahnt. Und auch sie hatte erschrocken die Augen niedergeschlagen und nichts anderes zu tun vermocht, als in dem dampfenden Brei zu rühren.

«Sie ist tot», hatte Bela schließlich hervorgewürgt und dann begonnen, mit wütenden Bewegungen das Essen in sich hineinzustopfen. Skelt hatte verlegen dagesessen und schließlich Merendis seine Schale entgegengereckt, damit sie sie füllte, was sie zerstreut tat. Schließlich hatten sie alle drei stumm ihr Mahl gekaut, und alle waren dankbar gewesen, als Skelt das Gespräch danach wieder auf das fremde Erz brachte. Unbeachtet von den anderen, war Merendis hinausgeschlichen.

Inzwischen war sie sicher, dass sie alle tot waren, Mela, Edek, Orin und all die anderen, nach denen er im Schlaf geächzt hatte. Etwas hatte sie umgebracht, und deshalb war Bela nun hier und verlangte nach einem Schwert, wie es sonst keines auf der Welt gab. Aber ehe er den Hass in sich nicht tötete, dachte Merendis, würde er nie zur Ruhe kommen. Sie setzte sich auf und schlang die Arme um die Knie, während sie die Männer beobachtete.

Skelt war aufgestanden und zu seinen Vorräten hinübergegangen. Nach langem Kramen zwischen den Formen und den Kästen und Säcken mit Rohlingen und Erzen kam er mit einem Dolch zurück. «Das hier», erklärte er eifrig, «habe ich einem Reisenden abgekauft. Er hat mir erklärt, wie der Schmied es gemacht hat, von dem es stammt. Es ist aus Kupfer, siehst du?» Er fuhr über die Klinge und wies auf eine Stelle hin, an der die Oberfläche begonnen hatte, sich zu verfärben. «Aber es hat einen Überzug aus einem anderen Material. Er nannte es Arsen. Ich habe ein wenig davon hier.»

Bela streckte die Finger aus und prüfte das Metall. Zweifelnd schüttelte er den Kopf. «Es ist anders», beharrte er.

«Aber weniger porös, härter.» Skelt war nicht davon abzubringen. Die Ahnung, dass er der Lösung auf der Spur war, ließ ihn förmlich vibrieren. «Und dies hier ist nur ein Überzug, keine Vermischung.»

Bela hob den Kopf. «Woher willst du wissen, dass eine Mischung besser sein wird?»

«Ich weiß es nicht», gab Skelt fröhlich zu. «Aber ich habe so eine Ahnung. Und er begann zu pfeifen, während er nach dem gesuchten Metall kramte. «Ich fühle so etwas.»

Bela blickte zweifelnd drein und blieb sitzen. «Du meinst, die Geister senden dir eine Botschaft?», fragte er. Es schwang mehr Skepsis als Hoffnung darin mit.

Skelt verzog das Gesicht, als er sich umwandte und bemerkte, dass er sich noch immer nicht gerührt hatte. «Bin ich der Schmied oder du?», fragte er. «Heh?»

Bela stand auf. Schon gut, sagte die Handbewegung, mit der er sich verabschiedete, und auch: Mach doch, was du willst. Er taumelte beinahe vor Müdigkeit, als er hinausging.

«Fall nicht ins Wasser», rief Skelt ihm nach. All seine Müdigkeit war verflogen. Arsen, dachte er. Über die Menge muss ich mir noch Gedanken machen. Aber bei allen Geistern, ich spüre es, ich fühle es, das ist die Lösung. Oder doch beinahe. Es ist eine Mischung … Er hörte nicht, wie seine Tochter Merendis leise ihre Decke wegschob und hinausschlich.

So leise war sie, dass Bela auf seinem Sitz sie erst bemerkte, als sie sich neben ihm niederließ. Der Himmel über ihnen war so schwarz wie der See zu ihren Füßen. Und in beiden leuchteten die Sterne. Es war, als gäbe es kein festes Land und kein Ende des Horizontes.

«Manchmal», sagte Merendis leise, «kommt es mir vor, als säße ich im Himmel und könnte zwischen den Sternen herumschwimmen.»

«Nie drüber nachgedacht», brummte Bela abwehrend.

«Ich glaube, dass du über vieles nachdenkst», gab Merendis zurück und fügte nach einer Weile, als sie keiner Antwort gewürdigt wurde, hinzu: «Nur nicht über die Sterne.»

Bela sagte nichts.

Merendis holte tief Luft und beugte sich zu ihm hinüber, um zu betrachten, was er in den Händen hielt. Die Mutter steh mir bei, dachte sie, ich kann seinen Duft riechen, ich träume von diesem Duft, und wenn er mich nur umarmen wollte, wäre ich glücklich, selbst wenn er dabei an die Sterne dächte oder an Dinge, die noch weiter entfernt wären. Laut sagte sie: «Ist es das, woran du all die Tage gearbeitet hast? Zeig.» Sie griff danach, und Bela überließ es ihr widerstrebend.

Im schwachen Licht der letzten Sterne drehte und wendete Merendis es in ihren Händen. «Das, das ist ein Ahnenpfahl», sagte sie schließlich, «nicht wahr?»

Bela schloss die Augen. Doch er nickte fast unmerklich. Merendis ergriff seine Hand und drückte sie wortlos. «Wir könnten ihn bei uns aufstellen», schlug sie leise und vorsichtig vor. «Vor der Hütte.» Sie löste die Hand aus seinem Griff, der unversehens fest geworden war wie das Klammern eines Kindes, und strich ihm über das Haar. «Dann hätten sie einen Ort, um zu verweilen.»

Bela schüttelte den Kopf. Aber er wandte sich nicht ab. Merendis' Hand wanderte zu seinem Nacken, seinen Schultern, die sie so oft berührt hatte, als er krank auf dem Lager lag, die so breit waren und glatt. Sie fühlte, dass er leicht erschauerte, und ihr Herz begann, schneller zu klopfen. «Sie wären zu Hause», fuhr sie leise drängend fort.

«Das geht nicht», stieß Bela nur hervor.

Merendis' Hand auf seiner Haut hielt inne. «Du meinst, weil du nicht hierbleiben wirst?», fragte sie. Sie sagte es sanft und mit einem Lächeln, obwohl ihr innerlich kalt wurde, als sie aussprach, was sie immer schon geahnt hatte. Die Hoffnung auf Widerspruch schwand mit jedem Augenblick.

Statt einer Antwort packte Bela ihre Hand und drückte sie gegen seine Brust. Merendis entzog sich nicht und wandte auch die Augen nicht ab unter seinem fast schmerzhaft eindringlichen Blick. Wie verzweifelt er aussah, wie einsam, wahrhaftig wie ein im Sternenmeer verlorener Schwimmer.

Bela las das Einverständnis in ihren Augen, ehe sie sprechen konnte. Es war, als bräche ein Damm in dem bisher so zurückhaltenden Mann. Seine Küsse und Liebkosungen kamen so überraschend und waren dabei so stürmisch, fordernd und hungrig, dass Merendis sich ihnen ergab und sich zurück auf das harte Holz sinken ließ.

Ja, ja, ja, flüsterte etwas in ihr. Endlich. Endlich hielt sie ihn in ihren Armen, endlich durfte sie ihre Hände seinen harten Rücken hinunterwandern lassen, in seinen Haaren wühlen und den Atem von seinen Lippen trinken. Endlich spürte sie seine kraftvollen Arme, die sich um sie spannten, und das Gewicht seines Körpers, als er sich auf sie senkte. Endlich konnte sie ihre Finger in seine widerspenstigen Locken versenken und ihn zu sich herunterziehen. Wie oft hatte sie sich dies schon vorgestellt. Ein Teil von ihr war erstaunt, dass es wirklich geschah.

Merendis wand sich stöhnend, als seine Lippen über ihre Brüste wanderten. Sie öffnete ihre Schenkel und hob ihm ihr Becken entgegen, erbebend, als er seinen Arm um ihre Hüften schlang, um sie ganz an sich zu ziehen, ehe er zustieß. Sie seufzte leise, als er begann, sich in ihr zu bewegen. Sie fühlte den Schweiß auf seiner Haut und sog sein Aroma ein, kostete das Salz und leckte daran wie ein Reh. Ihre Finger krallten sich an ihm fest. Oh, er wusste, bei all seinem Ungestüm, wie man eine Frau berühren musste. Sie hätte ihn ganz in sich aufnehmen, mit ihm verschmelzen, verschwinden mögen.

Ihr schwindelte. Ihr war, als schwebe sie. Sie hätte glücklich sein müssen. Und doch fühlte es sich nicht wie ein erstes Mal an, sondern wie ein letztes Mal. Und über ihr abgewandtes Gesicht liefen Tränen.

18.

Elin jubelte. Was für ein unvergleichliches Gefühl war es doch, auf Sternauges Rücken zu sitzen und über die Ebene zu jagen! Seit jener ersten Nacht, in der irgendeine Macht, der sie noch immer dankte, sie dazu getrieben hatte, die Stute zu besteigen, war sie wieder und wieder zurückgekehrt und hatte zu ihrem Entzücken das Tier willig gefunden, sie als Reiterin aufzunehmen.

Im ersten Moment war sie unsicher gewesen. Was, wenn sie all dies nur geträumt hatte? Wenn Sternauge sich weigerte oder wenn sie herabfiele und sich verletzte? Bald aber schwanden alle Bedenken und auch ihre Furcht vor dem Neuen, die Frage, ob es wohl erlaubt war, zu tun, was sie tat, ob es die Geister und die Erdmutter nicht erzürnte. Ich denke schon wie Anwin, dachte sie. Wie kann jemanden erzürnen, was so herrlich ist? Und bebt denn die Erde etwa, donnert es und blitzt? Nein! Vielmehr belohnte ein langer, goldener Herbst Elins Mühen und verwöhnte sie mit sonnigen, friedlichen Tagen. Ein schier unendlicher Altweibersommer ließ seine glitzernden Fäden über die Wiesen segeln, auf denen noch immer die Blüten standen. Der Wald verströmte abends noch immer die trockene, duftende Wärme, die er tagsüber auftrank. Der Farn war noch grün, und das Rot und Gelb der Blätter schien ewig leuchten zu wollen, wenn sie unter den Kronen der Bäume dahinritt.

Immer seltener fragte Elin sich, was die Leute im Dorf wohl denken mochten, wenn sie sie sähen, ein halbnacktes Mädchen auf einem Pferd. Sie würden sie für verrückt halten, natürlich, oder gar für ein Geisterwesen, das Mensch und Tier rätselhaft in sich verschmolz. Eine Pferdefrau, ja, und das bin ich auch, dachte Elin stolz, ein ganz neues Wesen und nur meine eigene Art.

Wie leicht und rasch man vorankam als Pferdefrau! Wege, die sie zuvor ermüdet hatten und halbe Tage kosteten, legte sie nun im Handumdrehen zurück. Den Fluss zu überqueren war ein Kinderspiel, wenn man an Sternauges Mähne hing. Und selbst ihre Sammeltätigkeit konnte sie zu Pferd ausüben. Darauf war sie gekommen, als sie eines Tages eine höher gelegene, noch prall mit Beeren behängte Brombeerhecke entdeckte und es bedauerte, sich nur den Bauch vollschlagen zu dürfen, bis ihre Finger und Lippen violett waren, ohne etwas von der Fülle für später bergen zu können. Die Süße der Früchte noch auf den Lippen, waren ihre Gedanken auf dem Rückweg ins Wandern gekommen. Das sanfte Wiegen des Pferdeschrittes befreite nicht nur ihren Körper, sondern auch ihren Geist von den gewohnten Fesseln.

Und es hatte nicht lange gedauert, bis es Elin einfiel, sich zwei Körbe zu flechten, die sie mit einer Schnur fest miteinander verband. Sie legte sie über Sternauges Hals, sodass sie rechts und links herabhingen.

Seltsamerweise hatte sich Sternauge gegen diese harmlose Vorrichtung energischer gesperrt als gegen sie selbst. Sie hatte geschnaubt und gescheut und mehr als einmal die Körbe wieder ins Gras gescheuert und sie rachsüchtig zerbissen. Elins ganze Hartnäckigkeit war nötig gewesen und einige Äpfel dazu, bis die Stute sich schließlich an die Körbe gewöhnte. Elin rieb die Vorrichtung von außen mit Pferdemist ein, damit sie den fremden Geruch verlor, und beschränkte sich lange darauf, mit leeren Körben zu reiten, bis sie Sternauge vollkommen vertraut waren. Ganz allmählich dann war sie dazu übergegangen, Beeren hineinzupflücken und wilde Wurzeln, von denen sie Sternauge getreulich abgab. Inzwischen trug die Stute auch schwerere Lasten willig. Und Elins Leben wurde leichter.

Am schönsten aber war es immer noch, ohne Absicht und Zweck einfach mit Sternauge dahinzujagen. Die Stute schien zu spüren, wenn Elin der Sinn danach stand, schon wenn sie die Weide betrat. Mit gerecktem Schweif kam sie ihr dann entgegen und trompetete die eigene Lebenslust laut hinaus. Kaum, dass Elin aufgesprungen war, trabte sie auch schon los, unterbrochen von mutwilligen Sprüngen. Sie verfiel dann in jenen trommelnden, leichtfüßigen Galopp, der Elin den Atem raubte. Nun war es an ihr, zu schreien, und sie tat es laut und lustvoll. Ja, sie lebte, mehr sogar denn je. Sie konnte sich nicht erinnern, jemals in ihrem Leben auch nur für Momente so glücklich gewesen zu sein.

Wenn sie dann außer Atem war und erschöpft, hielt Sternauge an. Elin brauchte sich nur schwer zu machen und ein wenig zurücksacken zu lassen. Die Stute verstand das Signal ihrer Gefährtin sofort und verlangsamte ihren Gang, hielt an und graste. Nur ihre lustig spielenden Ohren verrieten, dass sie noch immer den Schalk im Nacken hatte. Elin ließ sich dann ins Gras fallen und starrte in den Himmel, wo sich weiße Gebirge türmten wie das, in dem sie lebte, und manchmal Wolkenpferde dahinjagten, die nicht strahlender und leichtfüßiger waren als ihr Sternauge.

Elin musste eingeschlafen sein, denn sie kam wieder zu sich, als ein Tropfen auf ihr Gesicht fiel. Sofort sprang sie auf. Regnete es? Doch nein, der Himmel über ihr leuchtete noch immer in unschuldigem Blau. Da entdeckte sie Sternauge.

«Wie siehst du denn aus?», rief sie und musste lachen. Die sonst so strahlende weiße Stute war kaum wiederzuerkennen. Ihr Fell war stumpf und braungrau, verschmiert und verklumpt hing die Mähne, aus der es noch immer troff, von ihrem Hals. Und als Elin sich über das Gesicht fuhr, spürte sie, dass derselbe Schlamm auch auf sie getropft war, denn ihre Finger waren schmutzig.

«Na warte», verkündete Elin und schüttelte ihre Hand in Richtung Sternauge aus. «Wo hast du dich nur so zugerichtet?» Sie trat an das Pferd heran und strich ihm über den

Hals. «Dein schönes Fell», jammerte sie, während sie den Modder zwischen ihren Fingern zerrieb.

Sternauge wieherte und sprang zur Seite. Dabei schüttelte sie den Kopf und überschüttete Elin mit einem Schauer von Schlammtropfen. Die kreischte protestierend auf, bückte sich, um ein wenig Moos auszurupfen, und warf es gegen die Stute.

Die schien zu begreifen, dass das ein Spiel war, trabte ein wenig weiter und blieb dann stehen, um ihre Angreiferin nachkommen zu lassen. «Schmutziges Mädchen», schimpfte Elin und lachte, als sie sah, wie es in den Augen des Tieres listig flackerte. «Na los, zeig mir, wo du baden warst, dann verpass ich dir noch eine Abreibung.»

Sternauge antwortete schnaubend, und Stück für Stück lockte und führte sie Elin tatsächlich zu einem Wasserloch am Grund einer Mulde. Elin, die langsam Durst bekam, schaute zweifelnd hinunter. «Du hast alles aufgewühlt», meinte sie, «schau, es ist immer noch ganz grau. Ich weiß nicht, ob man das trinken sollte.» Die Pferdehufe hatten sich deutlich im Ufer abgedrückt, und das Wasser war in der Tat vom selben schmutzigen Ton wie der Boden, der es umgab. «Ich glaube …», begann Elin und wollte schon zurücktreten, da stupste Sternauge sie mit dem Kopf, und das Mädchen stolperte über den Rand. Der Grund war genauso glatt und glitschig, wie er ausgesehen hatte, und ehe Elin sich es versah, hatte sie eine Rutschpartie angetreten, die mit einem Platsch im Wasser endete.

Prustend wischte sie sich einen Schwall der ekligen Brühe aus dem Gesicht.

«Bah», protestierte Elin, deren Hände bis zu den Gelenken im weichen Schlamm versunken waren. «Das ist doch …» Sie hielt inne und wischte sich den zähen Morast vor die Augen, der langsam von ihren Fingern tropfte. Und blinzelnd begriff sie. «Sternauge, das ist, das ist … Ton.»

Ihr Herz klopfte schneller bei dem Gedanken. Ton, das hieß, Gefäße schaffen, in denen sie Wasser transportieren konnte. Endlich einen größeren Vorrat Trinkwasser oben in der Höhle, endlich Suppe kochen, endlich nicht mehr nur Gegrilltes. Schüsseln mit Deckeln schaffen, die dicht schlossen, ihre Vorräte bewahrten. Ton hieß einen Ofen bauen. Noch ehe sie all dies zu Ende gedacht hatte, lag Elin schon auf den Knien und hatte begonnen, mit den bloßen Händen im Schlamm zu graben. Sie wollte an die tiefer gelegenen Schichten kommen, wo sie festeres, transportableres Material finden würde. Denn sie war entschlossen, gleich hier und jetzt mitzunehmen, was sie tragen konnte. Was Sternauge tragen konnte, verbesserte sie sich und beglückwünschte sich dazu, dass sie die Körbe stets dabeihatte. Sie könnte sie mit einer Schicht geflochtener Schilfblätter auslegen und dann ... Elins Gedanken tanzten, ihre Hände scharrten, und bald sah sie um nichts sauberer aus als ihr Pferd.

Frau und Stute waren mit einer dichten, langsam trocknenden Schicht aus feinem Tonschlamm bedeckt, der sie unheimlich aussehen ließ, wie Geister mit blättriger Haut, denen unwirklich graue, dünne Schlangen vom Kopf hingen. Es war gar kein unangenehmes Gefühl, es war kühl und herrlich glitschig, juckte nur dort, wo die Schicht trocknete und sprang. Daher ließ sie sich von Zeit zu Zeit zurück ins Nass fallen. Sternauge, die sie beobachtete, beteiligte sich an diesen Bädern und genoss es, wenn die junge Frau sie mit Schwällen von Wasser aus ihren hohlen Händen übergoss, unter- und neben ihr wieder auftauchte und blubbernde Fontänen spuckte.

«Ich kann nicht mehr», prustete Elin schließlich und ließ sich einen Moment auf dem lauen Wasserspiegel treiben, ehe sie aufstand und auffordernd rief: «Komm, Sternauge.» Sie begann, an Land zu waten, wo die aufgetürmten Tonhaufen bereits lange Schatten warfen. «Es wird Zeit, baden können wir daheim im Fluss. Hier werden wir eh nicht sauber.» Der Schlamm schmatzte unter ihren Füßen, als sie sich mit zähen Bewegungen zum Ufer vorkämpfte. «Komm schon, Faultier.» Sie wandte sich um. Im selben Moment trat sie unter Wasser auf einen Ast und glitt aus. Es war nur eine kleine Bewegung. Sie fiel platschend auf ihren Hintern und war im nächsten Moment wieder auf den Beinen. Doch durch ihr Fußgelenk fuhr ein scharfer Schmerz, der sie sofort wieder einknicken ließ.

«Verdammt», murmelte sie, im ersten Augenblick mehr überrascht als erschrocken, und kroch auf allen vieren an Land, wo sie sich zitternd niedersinken ließ. Der Schmerz kam auf sie zu wie eine Woge, die das Licht verdunkelte. Vergebens versuchte Elin, ruhig zu atmen und gegen die Finsternis anzukämpfen. «Das kann doch nicht …», wehrte sie sich. «Ich werde einfach …» Entschlossen stemmte sie sich hoch. Undeutlich nahm sie wahr, dass Sternauge an ihrer Seite erschienen war, und sie lehnte sich dankbar gegen den feuchten Pferdeleib. «Nur einen Moment», tröstete sie sich. Doch es wollte einfach nicht heller werden. Elins Gedanken glitten ab und trieben dahin. Dann wurde es wieder lichter.

War sie nicht eben noch mit Sternauge unterwegs gewesen? Elin grübelte. Warum lag sie dann schon ausgestreckt auf ihrem Lager? Vorsichtig bewegte sie sich. Da kam ihr zu Bewusstsein, dass sie umgesunken sein musste. Sie lag auf der nackten Erde, die Wange in den feuchten Schlamm gegraben, und die Rippen schmerzten sie dort, wo sie auf einen daraus hervorragenden Stein gestürzt war. Seltsam, dachte Elin. Noch immer nahm sie nicht alles wahr. Sie blieb eine Weile, wo sie war, die Beine an den Leib gezogen, wie ein Embryo im Mutterleib, bis Sternauges aufdringliches Schnobern sie weckte.

Beschämt rappelte Elin sich hoch. Da war der Schmerz wieder, er trieb ihr die Hitze ins Gesicht und den Schweiß auf die Stirn. Aber diesmal blieb sie wach. Wie konnte das nur sein, dachte sie und schaute verzweifelt auf ihr Fußgelenk, dem wenig anzusehen war. Es pochte nur bei jeder Berührung, bei jedem Versuch, es zu bewegen. Und es schwoll an. Mit zusammengebissenen Zähnen robbte sie zu dem Tonhaufen hinüber, den sie für den Abtransport bereitet hatte, und begann, sich eine Handvoll davon auf ihren Knöchel zu schmieren. Es kühlte, ja, das tat gut. Elin schloss die Augen und genoss die kurze Erleichterung. Dann fuhr sie fort und umhüllte das ganze Gelenk samt der Ferse und bis halb hinauf zum Knie mit dem wohltuenden Schlamm. Sollte er dort trocknen. Sie konnte ihn abschlagen und neuen auflegen, wenn sie zu Hause wäre. Zu Hause. Zweifelnd schaute Elin sich um. Schon der Abhang, der den Weiher umschloss, erschien ihr mit einem Mal hoch und steil, zu steil, um ihn zu bewältigen. Dann kämen der Wald und der Fluss, die Anhöhe – sie seufzte verzagt. Wie viele Schritte lagen zwischen ihr und ihrer Höhle! Doch sie hatte keine Wahl.

«Sternauge», rief sie das Tier mit bebender Stimme, unsicher auf einmal, ob es gehorchen würde. Was, wenn ihre Freundin sie jetzt im Stich ließe.

Aber Sternauge kam. «Gutes Pferd.» Dankbar tätschelte Elin seine Nüstern. Ihre Hand verkrallte sich in der Mähne des Tieres, und eine Weile musste sie ihren Kopf an seinen Hals legen, um sich auszuruhen. «Wie soll ich dich besteigen?», flüsterte sie. Allein der Gedanke an ihren üblichen Sprung auf den Pferderücken ließ den Schmerz in ihrem Fuß explodieren. Elin versuchte, ihn nur im Stehen mit ihrem Gewicht zu belasten; es ging nicht. Sternauge, die nicht begriff, was vorging, wurde unruhig und tänzelte ein wenig. Elin, auf ihre Stütze angewiesen, hüpfte hilflos auf einem Bein neben der Stute her. Bis sie wieder zur Ruhe kam, war sie schweißgebadet.

«Also gut», sagte sie mit zusammengepressten Zähnen und

gab den Plan auf, den Ton aufzuladen. Sie würde ihn zurücklassen. Wichtig war jetzt nur, dass sie den rettenden Pferderücken bestieg. Wenn sie sich am steilsten Stück des Abhangs ein, zwei Schritte hinaufarbeiten könnte, müsste das eigentlich genügen, um von dort auf Sternauges Rücken hinüberzugleiten, beschloss Elin, nachdem sie sich eine Weile umgesehen hatte. Die Stelle war gar nicht so weit. «Gutes Mädchen, ja, so ist's brav.» Mit Drängen und Loben versuchte sie die Stute zu der Stelle zu leiten.

Sternauge war verunsichert. Sie vermisste die üblichen, selbstverständlichen Signale, die der Körper der jungen Frau ihr sonst mitteilte. Statt der zielstrebigen Bewegungen, die sie gewohnt war, torkelte ihre Freundin nun unsicher und ohne klare Richtung neben ihr her, und diese Unsicherheit übertrug sich auf das Tier, das nicht begriff, wohin sie wollte. Das Zerren, Schieben und die drängenden Laute war es nicht gewohnt. So dauerte es ungewöhnlich lange, bis die beiden da angelangt waren, wo Elin sie haben wollte. Als sie endlich am Hang stand, auf einer Höhe mit Sternauges Kruppe, bebte sie vor Erschöpfung. Nun galt es, das wehe Bein zu heben und sich hinübergleiten zu lassen. Elin schloss die Augen. Dann kam der Schmerz.

19.

Ich hab's gewusst!» Im ersten Moment zuckte Bela zusammen, als Skelt ihn mit diesen Worten empfing. Verlegen erinnerte er sich der jungen Frau, die er draußen auf dem Steg zurückgelassen hatte, mit seinem Umhang als Decke und allein. Und ein vages Schuldgefühl ergriff ihn. Wahrlich, er hatte es seinem Gastgeber schlecht gedankt, dass der ihn bei sich aufgenommen hatte.

Aber als er die Augen des Schmiedes sah, in denen er noch den Abglanz des Metalls sehen konnte, das er eben gegossen hatte, begriff er, dass es nicht um sein Stelldichein mit Merendis ging. Skelt war nicht erzürnt, im Gegenteil. Er strahlte tiefste Zufriedenheit aus. Und auch Belas Herz begann schneller zu schlagen. Konnte es wahrhaftig sein, hatte Skelt das Geheimnis für ihn gelöst, während er sich dort draußen für eine kurze Weile selbst vergessen hatte? Er wagte es kaum zu hoffen.

Doch der Schmied klang zuversichtlich. «Eine Vermischung. Ich wusste es. Ich war mir sicher», eröffnete Skelt ihm und wies auf die Gussform zu seinen Füßen. «Es hat sich problemlos verbunden und ließ sich gießen wie Kupfer.»

«Wie lange noch, bis wir es öffnen können?», wollte Bela wissen und starrte auf die Gussform hinab. Sie war aus hellgrauem Sandstein wie die anderen, mit Spuren von Ruß an ihren Enden. Seine Stimme vibrierte nun vor Ungeduld. Er kauerte sich hin und starrte das Ding an, als könne er in sein Inneres hineinblicken.

«Nur noch wenige Augenblicke», gab Skelt zurück und ging zu dem Kessel mit der kalt gewordenen Suppe, um sich eine Kelle davon zu genehmigen. Die Arbeit am Ofen hatte ihn durstig gemacht. Er bot Bela davon an, der den Kopf schüttelte, ohne hinzusehen. Achselzuckend schlürfte Skelt eine weitere Portion.

«Was hast du gegossen?», fragte Bela.

«Ein Messer», erwiderte Skelt schmatzend.

«Ein Messer?», wiederholte Bela enttäuscht. Was sollte er mit einem Messer anfangen? Laut sagte er: «Ich brauche ein Schwert.»

Der Schmied lachte dröhnend. «Eins nach dem anderen, mein Freund. Du bekommst schon noch dein Schwert. Immer langsam mit den jungen Pferden. Schmied sein heißt auch, Geduld zu haben.» Ob er wohl einen guten Schmied abgäbe, dieser Junge? Skelt dachte es nicht zum ersten Mal. Er musterte ihn aus den Augenwinkeln. Bela war kräftig. Und klug. Er hatte keine Furcht, nicht vor Geistern und nicht vor Gedanken. Aber es war etwas Unruhiges in ihm. Das konnte ein Segen sein oder ein Fluch. Skelt seufzte. Er wusste, wovon er sprach.

Schmied sein, das bedeutete, an einer Grenze zu stehen zwischen der sichtbaren Alltagswelt und einer anderen, in der man sich als Abenteurer bewegte, vorantastete, blind manchmal, aber voller Wissbegier. Die andere Welt konnte gefährlich sein, und wie jeder Grenzwächter war man für das Wohl derjenigen, die hinter einem standen, verantwortlich. Abenteurertum allein genügte nicht, um einen guten Schmied zu machen. Es brauchte Verantwortung, Selbstverleugnung und Geduld. So lehrten es die Älteren seiner Zunft.

«Wie lange noch?!» Bela ballte die Hände ungeduldig zu Fäusten.

«Jetzt», verkündete Skelt nach einer schier unerträglich langen Pause, nachdem er sich von allen anderen Gedanken gelöst hatte. Kein Schmied tat seine Arbeit unkonzentriert, und keiner gab einfach so seine Geheimnisse preis. Die Schmiedekunst war ein Mysterium und sollte es auch bleiben. Dies konnte der Junge auf jeden Fall schon mal lernen.

Endlich nahm er die Zange und zog die Bolzen, die die beiden Hälften der Gussform verbanden. Er tat dies sorgsam und, wie es Bela erschien, unerträglich umständlich. Als der eine Bolzen sich gar nicht bewegen wollte, spannten Belas Arme sich unwillkürlich an, so als müsste er selbst mitziehen, und er konnte sich nur mit Mühe zurückhalten, die Sache an sich zu reißen. Schließlich musste Skelt mit dem Hammer nachhelfen. Das Klirren ging Bela durch Mark und

Bein. Endlich fielen die Steinteile auseinander und gaben die Klinge in ihrem Inneren frei.

Da lag sie, Metall aus Stein, ein größeres Wunder als das Küken im Ei. Und wie jedes Mal empfanden die beiden Männer Herzklopfen, als sie es sahen.

Dann aber spürte Bela, wie bittere Verzweiflung in ihm aufstieg. «Das ist es nicht», murmelte er. Er war zu müde, um sich länger zu beherrschen. Er sprang auf und schrie laut und ungehemmt seine Enttäuschung hinaus: «Das ist es nicht!»

«Immer mit der Ruhe», sagte Skelt, der sich nicht irritieren ließ. Er hantierte und befreite vorsichtig das neugeborene Messer aus seiner Schale. Mit Hammer und Meißel entfernte er die Gussglocke, die noch daran haftete. Auch in seiner Stimme schwang die Anspannung mit, doch äußerlich blieb er ganz ruhig. Ein gezielter Schlag genügte, und Bela schnappte sich sofort den tropfenförmigen Brocken, der ihm über den Fußboden entgegenrollte, und untersuchte ihn genau. «Anders», wiederholte er mit Grabesstimme. «Andere Farbe, andere Oberfläche …» – er hielt inne und ritzte mit der scharfen Bruchkante des Stücks das Klingenfragment. Es hinterließ kaum Spuren. «Andere Härte», stellte er verächtlich fest und warf das Ding Skelt vor die Füße, ehe er sich selbst wieder zurück in den Schneidersitz fallen ließ. Er war so enttäuscht, dass er nicht einmal zuhörte, als der Schmied ihm erklärte, dass es zwar nicht dasselbe Material sei wie das Schwertfragment, dass es aber Gemeinsamkeiten gäbe. Als er aufgefordert wurde, es mit eigenen Augen zu überprüfen, schaute er gar nicht hin.

Er war müde. Er war am Ende. Diese letzte, vergebliche Hoffnung hatte ihm alle Energie geraubt, die er noch besaß. Die Arbeit der letzten Tage und Wochen hatte ihn ausgelaugt, die vielen, sich immer wieder als Irrtum erweisenden Versuche. Skelts Unerschütterlichkeit, an der sein verzweifeltes Leiden abprallte. Selbst Merendis' Freundlichkeit, denn so nannte er es bei sich, was sie eben noch verbunden hatte: eine Freundlichkeit. Als hätte sie ihm eine Kelle mit Wasser gereicht. Es hatte ihn erschöpft, dieses Aufwallen der Gefühle, dieses Sich-Einlassen auf einen anderen Menschen, auch wenn es nur dessen Körper gewesen war. Und er hatte nicht anders gekonnt, als diesen Körper wahrzunehmen in all seiner Schönheit und ihm zu huldigen, seine Formen nachzufahren, das Feuer darin zu wecken und die darin verborgenen Empfindungen hervorzulocken. So war er schon immer gewesen. Die Leiber der Frauen sprachen zu ihm, sie erblühten unter seinen Händen, fast ohne, dass er etwas dazu tat, wie er fand. Er hatte sich nie viele Gedanken darüber gemacht, nur genossen, was sich ihm dargeboten hatte. Wenn es vorbei war, hatte er nie viele Worte finden können. Den meisten hatte sein Lächeln auch genügt. Sie hatten ihre Tränen rasch getrocknet und sich mit Überlegungen getröstet, die ihn nichts angingen. Und wenn sich in die Art, wie sie ihn zum Abschied küssten, neben dem Bedauern auch ein wenig Mitleid gemischt hatte, so hatte er es nie bemerkt.

Merendis war freundlich zu ihm gewesen. So sehr er es gebraucht hatte, die Nähe eines Menschen zu spüren, die Wärme, den Trost des Vergessens, den nur eine Frau gewähren konnte, so sehr bedauerte er es nun. Er hatte sich verströmt, sich ausgelaugt. Dabei benötigte er jeden Funken, der in ihm war, jede Energie und alle Leidenschaft für seinen Hass.

Die Zeit verging und schluckte die letzten Spuren der Menschen, denen all seine Gedanken galten. Er sah sie jede Nacht, die Männer in den zottigen Pelzen. Sie rannten und schüttelten immerzu ihre Waffen. Er sah ihre offenen Münder, ihre Augen unter den Helmen, ihre gereckten Fäuste, die Eberzähne. Sie rannten. Wohin? Würde er sie jemals wiederfinden? Als wollte er sie mit seinen Händen festhalten, fuhr er zu dem Säckchen, das er um den Hals trug, und umklammerte es. Die zehn Kügelchen waren wie eine Spur, die ihn zu den Mördern führen würde, führen musste. Seine einzige Spur. Da hielt Bela inne. Wahrhaftig!, dachte er. Und mit einem Mal strömte seine Energie zurück.

«Deshalb bleibe ich dabei», beendete Skelt seinen Vortrag. «Es ist eine Mischung. Vielleicht nicht diese, ich gebe es zu. Nicht Arsen, da lag ich falsch. Aber ein anderes Metall ganz bestimmt.» Er schlug Bela, der wie benommen dasaß, auf den Rücken. «Vielleicht, dass wir ...»

Bela packte seine Hand. «Warte», sagte er, und seine Stimme war rau vor Erregung, «ich glaube, ich weiß jetzt ...»

Im selben Moment kam Merendis herein. Ihr Haar war zerzaust, als wäre sie gerade aufgewacht, und sie war eingehüllt in einen zu großen Umhang, in den sie sich wie ein Kind in das Kleid eines Erwachsenen kuschelte.

«Ah, Kindchen», rief Skelt erfreut, dessen Narbengesicht ein Lächeln erhellte, als er sie sah. Er machte sich von Bela los, streckte seine Hand aus und strich ihr über das Haar, was sie mit einem traurigen kleinen Lächeln geschehen ließ, trotz des Rußes an seinen Fingern. «Wieso bist du noch wach?»

Merendis schlug die Augen nieder. Ohne einen Blick auf Bela zu werfen, antwortete sie: «Schon, Vater. Ich bin schon wach. Es wird eben hell.»

«Ach ja?», antwortete Skelt und dehnte sich, dass seine Knochen knackten. Er kratzte sich ausgiebig und trat auf das Plateau hinaus, wo die ersten verirrten Vogelstimmen den Morgen ankündigten. «Tatsächlich», stellte er fest. «Dann sorgst du wohl besser mal für ein Frühstück, hm?»

Sie hatte die Decke von ihren Schultern gezogen, sorgsam gefaltet, und legte sie nun beiläufig in die Nähe von Belas Lager. Ihre Bewegungen waren langsam wie die einer Schlafwandlerin. Endlich wagte sie es, ihm einen Blick zuzuwerfen. Und beinahe stockte ihr der Atem. Bela lächelte, nein, er strahlte, sein ganzes Gesicht unter den verschwitzten schwarzen Locken war davon erhellt. Wie lebendig seine Augen aussahen, wie anders der ganze Mann! Schön war er immer gewesen. Aber nun war Merendis hingerissen. Ja, dies war Bela, der wahre Bela, der Mann, der sich so lange so gut vor ihnen versteckt hatte. Oh, sie hatte gewusst, dass er so sein konnte, zuversichtlich, heiter, gütig. Merendis verschlang ihn mit den Augen. Nun war er doch noch zum Vorschein gekommen, wie sie es gehofft hatte!

Nach seinem abrupten Weggang, der sie aus allen Himmeln gerissen hatte, war ihr so elend gewesen dort draußen. Da lag sie, allein, benutzt und zurückgelassen. Sie hatte sich eine Närrin geschimpft und gegen die Tränen angekämpft. Hatte im Geiste geflucht und es dabei nicht lassen können, den Duft aus seinem Umhang einzuatmen. Den wenigstens hatte er ihr gegeben, ihn und einen höflichen Dank, einen Dank! Ebenso gut hätte er ihr ein Messer in den Leib stoßen können. Sie war sicher gewesen, er hatte sie vergessen, ehe er das Ende des Steges erreichte. Und es hatte sie trotz der lauen Nacht gefröstelt. Aber nun sein Gesicht! Diese Offenheit und dieses Feuer! Das Glück überwältigte Merendis beinahe, und sie vergaß alles andere. Sie hätte die Arme nach ihm ausstrecken und ihn an sich ziehen mögen. Dann erinnerte sie sich, dass ihr Vater zugegen war, errötete und sprang hastig auf.

«Ich bringe euch das Frühstück», rief sie mit erstickter Stimme. Draußen hörte man sie singen.

Bela, der ungeduldig gewartet hatte, bis sie hinausgegangen war, streckte Skelt die Hand entgegen.

Ein Säckchen lag darin, aus schweißdunklem Leder, unscheinbar. «Das», sagte Bela, und er vermochte vor Aufregung kaum an sich zu halten. «Das hier solltest du dir ansehen, ehe wir weitermachen.»

«Was ist das?», fragte Skelt gemütlich und trat näher. Mit seinen dicken, schartigen Fingern grub er mühsam einen der

Erzbrocken aus dem Beutelchen und hielt ihn hoch. Stirnrunzelnd betrachtete er ihn. Die gelassene Ruhe aus seinem Gesicht wich.

«Was ist das?», wiederholte er.

Bela stand auf und legte ihm die Hand auf die Schulter. «Das sag du mir», flüsterte er. «Du bist der Schmied.»

Skelt lachte bellend auf. Aber er wandte den Blick nicht von dem Erz. «Bei Mordech und allen seinen Geistern!»

20.

Atmen, mahnte Elin sich, ein, aus und immer so weiter. Sie spürte ihre Arme nicht mehr, mit denen sie sich so fest an den Hals des Pferdes klammerte, wie sie konnte. Sternauges Unbehagen war deutlich spürbar, aber Elin hatte nicht die Kraft, darauf zu reagieren. Bitte, dachte sie inbrünstig, bitte, bitte. Und das Tier wurde ruhiger. Vorsichtig suchte es sich seinen Weg aus der Grube heraus, aber selbst an der flachsten Stelle kam es noch ins Rutschen. Elin auf seinem Rücken wurde hin und her geworfen und verbiss sich einen Schmerzensschrei. Doch endlich hatten sie es hinaufgeschafft.

Und jetzt wurde es besser. Sternauge fand Tritt und erreichte die Kante. Sie verfiel in einen gleichmäßigen Schritt, der Elin einlullte, und auch der Schmerz in ihrem Gelenk nahm langsam ab. Nach einer Weile war sie in der Lage, sich aufzurichten und an sich hinunterzusehen. Fast hätte sie lachen mögen, als sie den unförmigen grauen Klotz an der Flanke des Tieres herabhängen sah, der ihr Fuß war. Während die Dämmerung um sie herum fiel und den Weg vor ihren Augen Stück für Stück in der Dunkelheit verschwinden ließ, kämpfte sie gegen den Gedanken an, dass sie im Grunde keine Chance mehr hatte.

Wie hatte sie gearbeitet in den letzten Wochen, hatte Rückschläge verkraftet, hatte sich abgemüht und gehofft. Aber wenn sie sich nicht mehr bewegen konnte, was dann? Wenn etwas gebrochen wäre, wenn sie Fieber bekäme? Unwillkürlich stiegen ihr die Tränen in die Augen. Doch mit einer energischen Bewegung wischte sie sie fort. Wenn, wenn, wenn, rief sie sich unwirsch zur Ordnung. Verloren bin ich erst, wenn ich den Heimweg nicht mehr finde.

Aber Sternauge trug sie sicher zurück zum Fluss. Dort wollte das Pferd auf die Apfelbaumweide trotten, wo seine Herde wartete. Zum ersten Mal, seit sie miteinander ritten, stemmte Elin sich dem Willen des Tieres nachdrücklich entgegen. «Nein, Sternchen», flüsterte sie und neigte sich zu den Ohren des Tieres hinunter. «Nicht, von dort schaffe ich es nicht in meine Höhle. Wir müssen um den Felsen herum.» Heute, mit diesem Fuß, würde sie die Kletterei über die Rückwand des Grates zu ihrer Höhle nicht schaffen. Sie konnte von Glück sagen, wenn sie die Rinne hochkäme.

Sternauge hatte bereits die Witterung ihrer Artgenossen aufgenommen und strebte danach, zu ihnen zu gelangen. Elin aber blieb hartnäckig. Mit Schenkeln und Armen drängte sie das Pferd in die Richtung, die sie einschlagen musste. Immer wenn Sternauge abdrehte, gab sie das Haltzeichen und lehnte und dehnte sich, bearbeitete die unwilligen Flanken schließlich mit ihrer gesunden Ferse und drohte, bettelte und flehte dabei. Fast glaubte sie selbst nicht daran, dem so viel stärkeren Tier ihren Willen aufzwingen zu können. Aber sei es, dass ihre Entschlossenheit wirkte, sei es, dass Sternauge ihre Hilfsbedürftigkeit spürte, am Ende gab die Stute nach und trottete widerwillig mit ihrer Last um den Felsen herum.

Am heimischen Steinufer angekommen, ließ Elin sich

aus dem Sattel gleiten. Einen Moment lang zögerte sie, die Geborgenheit von Sternauges Nähe aufzugeben. Ich werde ihre Kraft brauchen, dachte sie. Sie würde nicht so leicht zu ihrem Treffpunkt auf der Wiese kommen. Blitzschnell überlegte sie, ob es eine Möglichkeit gäbe, Sternauge anzubinden. Für ihr Fohlen hatte sie so eine Vorrichtung entwickelt, damit es nicht wild im Stall herumhüpfte und die Schafe scheu machte. Wenn sie so etwas für Sternauge improvisieren könnte? Wenn sie sie dort an dem Baum mit einer Schnur festbinden würde? Dann wäre sie morgen früh noch hier, ganz zu ihrer Verfügung, und sie wäre nicht alleine.

Dann aber schüttelte sie den Kopf. Das Pferd wäre wehrlos, allen möglichen Gefahren ausgesetzt. Sie müsste ihm Futter bringen, was sie im Moment gar nicht konnte. Und vor allem würde Sternauge ihr das nicht verzeihen. Sie war ihre Freundin, keine Gefangene. Ein letztes Mal umfasste sie den Kopf des großen Tieres und liebkoste ihn. «Na, geh schon», flüsterte sie. «Ich komm schon klar.»

Sternauge wieherte und suchte in ihrem Gewand.

Elin lachte und schob sie fort. «Ich weiß, du hast hart gearbeitet für mich. Trotzdem keine Äpfel heute, tut mir leid. Ja, ja, das ist ungerecht. Aber das hole ich nach, versprochen. Bald sehen wir uns wieder.» Aufmunternd tätschelte sie die Stute zum Abschied.

Sie fühlte sich beklommen, als sie in der fast völligen Dunkelheit hörte, wie ihr Hufschlag sich entfernte. Nur das Rauschen des Flusses umgab sie noch, nur unterbrochen von den Rufen der Nachtvögel. Schließlich aber überwog die Müdigkeit, und Elin wollte nur noch in ihre Höhle. Auf allen vieren schaffte sie es die Rinne hinauf. «Wie ein Tier», murmelte sie dabei vor sich hin. «Langsam werde ich selbst zum Pferd.» Und wie ein Tier ließ sie sich, oben angekommen, schwer auf ihr Heulager fallen. Fast im selben Moment schlief sie ein.

Als Elin erwachte, stand die Sonne hoch am Himmel. Ein Gitter aus Licht fiel durch die Weidenwand auf ihr Lager und ließ die Flügel der Eintagsfliegen glitzern, die mit dem Staub in der Luft tanzten. Verwirrt blinzelte sie in den fortgeschrittenen Tag. Als sie sich wohlig noch einmal umdrehen wollte, schoss der Schmerz wie Feuer in ihr Bein, und sie erinnerte sich wieder. «Verdammt», stieß sie zwischen zusammengebissenen Zähnen hervor und setzte sich auf. Im selben Moment hörte sie das Rascheln im hinteren Teil der Höhle. Ohne lange nachzudenken, nahm sie einen Stein und warf ihn in die Richtung, aus der das Geräusch kam. Dann schnappte sie sich einen Stock und stocherte damit zwischen ihren Vorratskörben herum. Eine große Ratte suchte ihr Heil in der Flucht. Ihr Feuer war erloschen, sie sah es mit dem nächsten Blick. Nichts als kalte Asche. Ob es noch gebrannt hatte, als sie gestern nach Hause gekommen war? Elin runzelte die Stirn, auf die nach den hastigen Bewegungen Schweißperlen getreten waren, und überlegte. Sie konnte sich nicht erinnern. Alles, was sie vom gestrigen Abend noch wusste, war stark verschwommen. Aber es war ja auch gleich. Sie musste es wieder anzünden. Das Holz dazu war in einer wettergeschützten Mulde am Fuß des Felsens gestapelt. Aber erst würde sie den brennenden Durst löschen müssen, der sie quälte. Ihr Mund war wie ausgetrocknet. Sie musste doch länger hier gelegen haben als gedacht. Am Ende, überlegte Elin, und die Idee jagte ihr einen Schreck ein, war schon mehr als eine Nacht vergangen? Erst einmal würde sie trinken und sich erleichtern.

Auf allen vieren krabbelte sie die Rinne wieder hinunter. Elin verzog vor Scham und Schmerz das Gesicht. Aufseufzend erreichte sie das Wasser und setzte sich mit ausgestreckten Beinen ins flache Wasser. Wie gut das tat! Und zugleich kühlte es ihr heißes Bein. Elin blieb sitzen, bis der Tonverband sich vollgesogen hatte. Dann robbte sie ein wenig flussaufwärts und trank. Sie neigte ihr Gesicht zur Wasseroberfläche und schlürfte. Wie ein Tier, denn auf allen vieren konnte sie keine Schale mitnehmen.

So konnte sie aber auch kein Holz tragen. Diese Erkenntnis traf sie hart, als sie wenig später vor ihrem Stapel Feuerholz kniete. Mehrfach versuchte sie, sich die Arme so zu beladen, dass sie damit aufstehen und hinkend einige Schritte gehen konnte. Es gelang nicht. Sie kam auf diese Weise bis zum Anfang der Kletterrinne, aber keinen Schritt weiter. Als Nächstes versuchte sie, sich mit einem Armvoll zu begnügen, um sich mit der freien Hand auf ein langes Scheit als Stock zu stützen. Wackelig machte sie sich an den Aufstieg. Ein Schritt, ein zweiter. Die Rinne war so schmal, dass sie sich seitlich wenden musste. Ein dritter. Da glitt sie ab und geriet ins Wanken. Mit einem Schrei ließ sie die Scheite fallen, die polternd in alle Richtungen fielen, und schaffte es gerade noch, nicht abzustürzen.

Elin hockte in der Rinne und starrte auf die widerspenstigen Holzstücke, die drunten lagen. Ihr war schwindelig vor Schmerz, aber sie musste zurück, sie einsammeln, es erneut versuchen. Zwecklos, sagte eine Stimme in ihrem Kopf. Frustriert holte Elin mit ihrer Krücke aus, um den Fels zu züchtigen. Da hielt sie inne. Dieses Stück besaß sie noch. Sie würde ihre Kräfte sparen. Mit einem resignierten Seufzer ging sie wieder in die Knie. Das Scheit Stück für Stück vor sich herschiebend, kroch sie den langen Weg nach oben und legte es ab. Und jetzt zurück, sagte sie sich, das nächste holen. Von der Anstrengung pochte ihr verletztes Gelenk, der Fuß war so angeschwollen, dass sie meinte, er müsse platzen. Ihre Knie brannten, der Schweiß troff an ihr hinab. Nach dem dritten Scheit blieb Elin lange am Ufer halb im Wasser liegen und schaute zu, wie sich das Blut in Schlieren von ihren geschundenen Knien löste und davontrieb.

Wenn jetzt jemand käme, dachte Elin, und eine Steinplatte auf mich legte, ich würde mich nicht rühren. Aber niemand kam, niemand begrub sie, und es gab auch keine Hilfe. Elins Blick wanderte weiter zur Höhle. Noch vier Mal, sagte sie sich, langsam, ich habe Zeit. Und morgen wieder. Und übermorgen, wenn es mich dann noch gibt. Und ich werde nicht fragen, warum ich das tue.

21.

Das Seedorf war in einem Aufruhr, wie Bela ihn hier noch nicht erlebt hatte. Noch nie hatte er so viele Menschen zwischen den Hütten gesehen. Nicht nur die Kinder, auch die Erwachsenen waren an den Palisaden zusammengelaufen, drängten sich auf der Wehrplattform, und manche waren sogar in Boote gestiegen, um trotz des starken Windes, der dichte Tropfenschleier über das Wasser fegte, auf den See hinauszurudern, zu rufen und zu winken.

Die Gestalt, der diese Aufmerksamkeit galt, war unauffällig. Es war ein nicht sehr großer Mann mit krummen Beinen, einem steifen Fellumhang und einem hohen Hut aus rundgebundenem Schilfröhricht, von dem in diesem Moment der Nieselregen herabrann. Bemerkenswert an ihm waren allein die Kiepe auf seinem Rücken, die dichtbepackt war, und der Hund an seiner Seite, auf dessen mächtigem schwarzem Kopf seine Hand ruhte.

Was für ein Vieh, war das Erste, was Bela dachte, als er die beiden sah. Das Tier zog eine Art Schlitten hinter sich her, auf den der Händler noch mehr von seinen Waren gebunden hatte. Er stand auf eben dem Felsen, den Bela bei seiner Ankunft erklommen hatte, eine Silhouette vor den grauen Wolken, und winkte den Dörflern gelassen zu, ehe er sich an den Abstieg machte. Zwei Boote hielten auf das Ufer zu, und der Reisende, der genau zu wissen schien, an welcher Stelle man ihn erwartete, erschien dort wenig später und stieg ein.

«Pandrok», sagte Skelt, der mit Bela und seiner Tochter bei den anderen stand. Er klang erfreut und befriedigt. «Er kommt früher dieses Jahr, als hätte er geahnt, dass ich ihn brauche.» Als Bela fragend die Augenbrauen hochzog, fügte er hinzu: «Er ist genau der Mann, der unsere Fragen beantworten kann.»

Bela schaute genauer hin. Doch noch immer war von diesem Pandrok nicht mehr zu erkennen als die bizarre Silhouette. Schweigend saß er im Boot. Nur das dumpfe Gebell seines Hundes hallte über den See. Es schien, als trüge der Regen alle Geräusche besonders weit. «Aber ist er auch der Mann, dem wir unsere Fragen stellen sollten?», fragte Bela vorsichtig.

Merendis nahm seinen Arm und lehnte sich an ihn. «Pandrok besucht uns schon, seit ich ein Kind war», sagte sie. «Schau, die Perle an meiner Kette, die hat er mir mitgebracht. Ist sie nicht schön?» Sie hielt ihm das Schmuckstück vors Gesicht und ließ es dann so lange zur Seite wandern, bis sein Blick den ihren traf. Da küsste sie ihn. Er fuhr verdutzt zurück, und sie lachte.

Seit jenem Abend, da sie ihn auf dem Steg besucht hatte, hatte Merendis ihre Zurückhaltung aufgegeben. Sie zeigte sich im Dorf offen an seiner Seite und machte auch ihrem Vater gegenüber keinen Hehl daraus, dass sie fast Nacht für Nacht sein Lager aufsuchte. Die Reaktionen blieben nicht aus, der Klatsch blühte, Tiklis mühte sich vergebens, ihre Eifersucht zu verbergen, und die Kinder riefen ihr, wenn sie vorbeiging, nach: «Merendis ist verliiebt. Merendis ist verliiebt.» Jetzt aber jubelten die Dörfler aufgeregt, als Pandrok aus dem Boot kletterte und seinem Hund mit einem

Pfiff erlaubte, zu den Kindern zu laufen. Eine wilde Balgerei begann, derweil die Dorfältesten, der Würde ihres Amts entsprechend, gemessenen Schrittes dem Händler zur Begrüßung entgegentraten.

Skelt ging, um sich der Zeremonie anzuschließen. Zu Bela sagte er: «Pandrok ist der weitestgereiste Mann, den ich kenne. Wenn jemand weiß, was wir suchen, dann er.»

Am selben Abend hatte er den weitgereisten Mann in seiner Hütte zu Gast. Merendis hatte sich für diesen Anlass besondere Mühe gegeben, und so standen heute auf der Matte zwischen ihnen nicht nur die üblichen Schüsseln mit Grütze und Wildgemüse in Schmalz, sondern auch Stücke von geräuchertem Aal, gebratene Schleien und sogar ein geschmorter Reiher, den sie einem jungen Jäger abgehandelt hatte. Ein paar seiner Federn schmückten für diesen Anlass ihr kupfern schimmerndes Haar. Sie lächelte, als sie sah, dass Pandrok es bemerkte.

Auch er grinste und griff in seinen Beutel. «Das hier dürfte gut dazu passen», sagte er und überreichte ihr eine Schmuckperle, die mit einer leuchtend blauen Glasur überzogen war. Befriedigt betrachtete er, wie sie sie auffädelte, um sie dann stolz den Männern zu präsentieren. Bela nickte pflichtschuldig und fischte nach einer Gräte. Skelt sah sehr stolz aus, hob aber zugleich die Brauen, um anzudeuten, er wisse wohl, dass nichts im Leben umsonst sei und er wohlwollend auf die Forderung warte, die auf dieses Geschenk folgen müsse. Er tat es voller Ruhe, so war er es gewohnt. Alle Verhandlungen mit dem wandernden Händler begannen so. Und noch jedes Mal waren sie sich einig geworden.

Pandrok nickte befriedigt. «Schön und fleißig», sagte er dann, musterte anerkennend die Speiseschüsseln und griff in eine hinein, um sich genüsslich zu bedienen. Er wählte gesalzenen Fischrogen, den er auf einen Streifen des Fladenbrotes strich, das Merendis für den Anlass gebacken hatte.

Bela kannte diese Speise noch nicht, die Merendis eifersüchtig in einem kleinen Tiegel aufbewahrt hatte, kam aber zu dem Schluss, dass er sie nicht mochte.

Pandrok schmatzte. «Ich hoffe, dein neuer Schwiegersohn weiß das alles zu schätzen.» Er warf einen raschen Blick auf Bela.

Der errötete fast ebenso tief wie Merendis. «Ich bin nur …», begann er.

Skelt klopfte ihm auf die Schulter. «Er ist nicht mein Schwiegersohn», sagte er, aber so jovial und fröhlich, dass das ‹noch nicht› deutlich in seiner Rede mitschwang und jedem klar sein musste, dass er nichts dagegen hätte. «Er ist ein lieber Gast.»

Dankbar lächelte Merendis ihren Vater an, der ihr zublinzelte und den Becher mit Met an seine Lippen hob, der heute ebenfalls zu Pandroks Ehren ausgeschenkt wurde. Bela starrte angespannt vor sich hin.

Pandrok nickte und schwieg eine Weile, als müsste er das Gesagte, und auch das Nichtgesagte, überdenken. «Er ist kein Schmied», wandte er schließlich ein.

«Nein», sagte Bela verärgert und kam zu dem Schluss, dass er nicht nur den Fischrogen nicht mochte.

Aber Skelts gute Laune war unerschüttert. «Was nicht ist …», meinte er – eine Bemerkung, die vor allem Merendis rührte. Er dachte tatsächlich daran, Bela zu seinem Nachfolger zu machen – eine Idee, die alle ihre Träume mit einem Mal möglich erscheinen ließ! Wenn es sich so fügte, dachte sie, dann würde alles, alles gut. Gedankenverloren stocherte sie in ihrer Grütze.

Skelt ging derweil auf das Thema los. «Er hat das Talent dazu. Er versteht bereits eine Menge von Erz», verkündete er. «Gemeinsam haben wir etwas gegossen, was dich interessieren dürfte.» Damit stand er auf, um in die Schmiede zu gehen.

Bela folgte ihm voller Unruhe. Er wollte nicht, dass der Fremde das Klingenfragment zu sehen bekäme. Er gefiel ihm nicht. Nicht seine vorsichtige Art und nicht die Art, wie er Merendis betrachtete, als kenne er sie genau. Denn dabei wurde ihm bewusst, dass er, Bela, sie gar nicht kannte. Und vage fühlte er, dass das anders sein sollte. «Ich möchte nicht …», begann er, hielt dann aber inne, als er sah, was Skelt in den Händen hielt. «Was tust du?»

Grinsend hielt Skelt das Messer hoch, das er vor Tagen aus der Kupfer-Arsen-Mischung gegossen hatte. «Nie direkt auf das Ziel losgehen», raunte er. Dann marschierte er zu seinem Gast zurück und reichte ihm das Stück.

Der prüfte es lange und eingehend, ehe er sich dazu äußerte. «Eine Mischung», sagte er mit leichtem Staunen. «War das Erz verunreinigt? Ich sage dir», setzte er an und hob seine Stimme, «von mir wirst du nichts kaufen können, was nicht so rein ist, dass sogar …»

Skelt unterbrach ihn, indem er den Kopf schüttelte. «Eine Mischung, ja. Aber wir haben sie absichtlich vorgenommen.»

«Absichtlich, hm?», brummte Pandrok und warf Bela einen raschen Blick zu. Dann schaute er zu Merendis hinüber und fragte anzüglich: «Hat er noch mehr so originelle Ideen?»

Sie kicherte errötend und senkte die Augen.

«Es war meine Idee», konnte Skelt sich nicht enthalten klarzustellen. Und während Bela noch mit seinem Ärger kämpfte, erläuterte er Pandrok haarklein, was er sich überlegt und wie er es umgesetzt hatte. «Du erinnerst dich doch noch an das Messer, das du mir vor zwei Jahren verkauft hast. Das mit dem Überzug.»

Pandrok runzelte die Stirn. «Es war schon alt, und es taugte nicht viel. Ich glaube, der Schmied, der es fertigte, hat kein zweites gemacht. Ich dachte, du könntest das Kupfer zurückgewinnen und …»

«Ja, ja, ja», winkte Skelt ab, den es drängte weiterzuerzählen. Und er berichtete von seinen Versuchen, die Metalle miteinander zu verschmelzen. Bela fiel auf, dass er dabei wichtige Details ausließ, die Geheimnisse eines Schmiedes, die er nur an einen anderen seiner Zunft weitergeben würde.

Pandrok, das musste man ihm lassen, lauschte wie einer, der etwas davon verstand. Er schien sehr gut zu wissen, was man ihm vorenthielt, denn er lächelte manchmal leicht, wenn Skelt eine seiner vagen Angaben machte, ging aber darüber hinweg und gab sich zufrieden. Auch er trug keine Schmiedenarben, überlegte Bela, der ihn die ganze Zeit im Schein der Feuerglut beobachtete. Allerdings hatte er hoch auf seinem linken Wangenknochen einen dunklen Fleck, den Bela zunächst für ein großes Muttermal oder die Folge einer Verwundung gehalten hatte. Erst jetzt, während Skelt sein Garn spann, hatte er die Muße zu sehen, dass es eine Tätowierung war, eine Figur, die ein Vogel oder ein Fisch sein mochte. Ihm schien, der Künstler hatte das bewusst offengelassen. Wenn Pandrok sprach, so wie jetzt, kam Leben in das kleine Bild.

«Und, taugt es?», fragte der Händler gerade.

«Versuch es selbst.» Stolz machte Skelt eine Geste, die andeutete, dass Pandrok frei verfahren konnte. Der fuhr zunächst mit dem Finger über die Schneide, dann begann er, an einem Stock, den Merendis ihm reichte, herumzuschnitzen. Er hackte und sägte, dann nahm er einen Stein und bearbeitete die Klinge, woraufhin er sie wieder im Licht betrachtete. «Es ist gut», stellte er schließlich fest, «hart und haltbar. Liegt gut in der Hand.» Bei den letzten Worten wiegte er es balancierend zwischen den Fingern. Dann, mit einer geübten Bewegung, packte er es und schleuderte es so, dass es direkt vor Belas übergeschlagenen Beinen im Boden stecken blieb. Nach einer kurzen Schrecksekunde lachten alle. Bela, dessen Augen für einen Moment gefunkelt hatten, schloss sich an.

«Kann ich es haben?», fragte Pandrok und nahm einen bedächtigen Schluck.

Skelt wiegte den Kopf.

«Ich könnte dir zwei dafür bieten.»

Skelt verzog das Gesicht.

«Ich habe gutes Kupfer bei mir. Vom Mutterschoßberg, du kennst es.»

Skelt schaute zur Seite.

Merendis, die die Taktik ihres Vaters kannte, zwinkerte Bela zu.

Pandrok hob eben die Handflächen, um anzudeuten, dass er am Ende seiner Weisheit wäre und auf ein Gegenangebot warte, da ließ Skelt etwas zwischen die Schüsseln fallen. Es waren kleine Bröckchen Erz, die, die sich in Belas Beutel befunden hatten. Inzwischen waren sie so oft durch seine Finger gewandert, dass er sie mit geschlossenen Augen hätte beschreiben können. Und doch hatte sich ihm ihr Geheimnis noch nicht erschlossen, und weder er noch Bela hatten es bislang gewagt, das unbekannte Metall in den Schmelzofen zu legen.

«Weißt du, was das ist?», fragte er betont beiläufig, aber die Hand, mit der er zum Metbecher griff, zitterte ganz leicht. Bela hielt den Atem an.

22.

Es war das Wetter, das Elin in den Tagen nach ihrem Unfall die Muße gab, die sie brauchte. Der ungewöhnlich schöne Herbst hatte sich endgültig verabschiedet, und Regen fiel, in feinen, sprühenden Tropfen, die der Wind ihr unangenehm ins Gesicht wehte, wenn sie sich kurz nach draußen wagte, um Holz zu holen. Elin, die sich jeden Tag besser bewegen konnte, dankte der Mutter dafür, dass sie den Vorplatz der Höhle abschüssig gemacht hatte, sodass das Regenwasser abfloss, statt sich in ihrer Zuflucht zu stauen. Sie stellte ihren Holzbecher hinaus, damit er sich füllte, und blieb ansonsten auf ihrem Lager. Ihr krankes Bein schwoll stetig ab, und sie bemühte sich, die Zeit zwischen den Mahlzeiten möglichst auszudehnen, damit ihre Vorräte nicht zu sehr litten.

Sie vertrieb sich die Zeit damit, Steinklingen zu schlagen. Das hieß: Sie versuchte es. Im Grunde war sie mit der Technik vertraut. Viele der Alten benutzten im Dorf noch Steinklingen. Vor allem beim Häuten, beim Schlachten und bei der Fellbearbeitung waren sie den Kupferklingen vorzuziehen, die weicher waren und allzu oft nachgeschliffen werden mussten. Für viele war es noch immer selbstverständlich, sich bei Bedarf rasch ein Werkzeug herzustellen. Auch Elin war mit den Prinzipien vage vertraut. Aber wie den meisten fehlte es ihr an der Übung, die beim Steinschlagen so notwendig war. Die alte Anwin etwa war noch eine von denen gewesen, die nur ihre runzligen Lider zusammenzukneifen und einen Stein anzuschauen brauchte, um zu wissen, welches Werkzeug sich in ihm verbarg. «Ich schlage dann nur noch das weg, was überflüssig ist», pflegte sie mit ihrem zahnlückigen Greisinnengrinsen zu sagen. Aber die Zahl derjenigen, die dieses Wissen hatten, nahm stetig ab.

«Na, das kann ja nicht schwer sein», murmelte Elin und griff nach dem ersten Brocken, um die kreidige Hülle zu entfernen. Sie hatte sich angewöhnt, laut mit sich selbst zu sprechen. Jetzt, da sie nicht einmal mehr die Gesellschaft der Pferde hatte, lastete die Einsamkeit schwer auf ihr. Sie fluchte laut, als einer der ersten Splitter, die herumflogen, sie am Handrücken traf und einen blutigen Kratzer riss. «Verdammt, die Dinger sind scharf», stellte sie fest und sang vor sich hin, während sie immer wieder an der Wunde leckte.

«Scharf ist scharf, scharf ist scharf, scharfe Splitter, scharf ist scharf. Elin, du wirst langsam verrückt», setzte sie hinzu, als sie endlich begriff, was sie da eigentlich von sich gab. Trotzdem machte sie damit weiter, wiederholte das sinnlose Liedchen wieder und wieder und hieb im Takt auf ihr Werkstück ein. Bis ein unerwartet großer Splitter sich löste. Traurig hob sie das bearbeitete Stück hoch und fuhr über die Lücke, die in der schon gut profilierten Klinge entstanden war. «Verdorben», stellte sie fest und schüttelte den Kopf. «Ach.» Es fiel ihr nichts Tröstliches ein, und sie warf den Stein enttäuscht zu Boden.

Draußen raschelte es.

Erschrocken hob Elin den Kopf. Waren die Vielfraße zurückgekehrt? Ein rascher Blick auf das Feuer, aber das glomm, wie es sollte, und erfüllte die Höhle mit seiner Wärme und seinem vertrauten Knacken. Dennoch fröstelte es Elin, als das Geräusch sich wiederholte. Das war kein Vielfraß, es musste ein größeres Tier sein, viel größer, setzte sie in Gedanken hinzu, als sie das schnaubende Schnüffeln hörte, das ihr verriet, dass der Besucher den Platz gefunden haben musste, wo sie ihre Fische fing, und ihn interessiert inspizierte.

Langsam, eine Hand nach dem Knüttel ausstreckend, den sie immer für neugierige Nager bereithielt, robbte Elin auf den kleinen Steinwall zu, der ihre Höhle begrenzte, und presste die Nase an das Weidengeflecht, das vor Feuchtigkeit triefte. Hinter seinem grünen Gitter machte sie zunächst die vom Regen graue Wand des Waldes am gegenüberliegenden Ufer aus. Dann das Band des Flusses, über dem der Nebel wogte. Davor sah sie ihren Vorplatz, von dem Wasserbäche herabflossen und die Abfälle mit sich nahmen, die sie während ihrer Krankheit nicht mehr so sorgsam entfernt hatte wie sonst: Holzspäne, Fischschuppen, die kleine Rinne, in die sie sich angewöhnt hatte, die Birkenrindenschale mit ihrem Urin zu entleeren, solange es regnete und alles fortgespült würde. Nun verfluchte sie sich innerlich für diese Nachlässigkeit. Das Schnauben kam näher.

Das war wahrhaftig kein Vielfraß. Auch kein Wolf. Mit der Zeit konnte Elin die gemächliche, wiegende Bewegung des Eindringlings ausmachen, der unter Schulterrollen und Kopfschütteln am Ufer des Flusses auf- und abtrabte und hin und wieder witternd die lange Schnauze hob. Der mächtige, braunzottige Umriss war unverwechselbar. Es war ein Bär.

Unwillkürlich krallte Elin die Finger in die Weidenwand und spürte, wie dünn und zerbrechlich sie war. Der Schutz, den sie vor der Welt bot, war mehr symbolischer Natur. Ein wenig hielt sie den Regen ab, ein wenig den Wind, einen energischen Eindringling niemals. Sie würde dem Gewicht eines Raubtieres nicht standhalten, nicht seinen Klauen und nicht seinen Zähnen. «Bitte», flüsterte Elin inständig, «bitte lass ihn weitergehen, lass ihn dem Fluss folgen.» Sie spähte so angestrengt hinaus, dass ihre Augen schmerzten. «Geh angeln», flüsterte sie ihrem Feind zu, der nunmehr ihre Angeln entdeckt hatte und sie mit seinen schweren Pranken zerriss. Etwas von dem vielen Fischblut, das sie dort beim Ausnehmen ihres Fanges zu vergießen pflegte, schien trotz des Regens noch immer auf den Felsen zu haften, denn das mächtige Tier leckte mit genüsslichen Bewegungen die Steine ab.

«Große Mutter», wisperte Elin und hielt den Atem an, als der Bär näher zum Fuß des Felsens kam. Sie sah die Rinnsale, die zwischen seinen Pfoten hindurch dem Fluss zueilten, und konnte nicht anders, als sie bergauf zu verfolgen bis zu ihrem Vorplatz, wo noch immer ein Häufchen Eichelschalen und Sägespäne lag, dazu in einer Schale die aussortierten, fleckig gewordenen Äpfel, die sie Sternauge anbieten wollte, wenn sie wieder gehen konnte, und die leere Birkenrindenschale. Der Bär hob die Schnauze in die Luft. Elin erstarrte. War das möglich, konnte er sie riechen, zwischen all den Aromen des Waldes hindurch, sie, ihre Äpfel und den Duft ihres kleinen Feuers?

Sie kannte die Antwort nur zu gut. Idris hatte ihr mehr als einmal von Bärenjagden berichtet. Die Männer vom Hügel hatten sie manchmal gemeinsam unternommen und anstellige junge Bauern aus dem Dorf wie Idris als Helfer eingezogen. Idris hatte Wunderdinge von den Bestien erzählt, die so tapsig wirkten und doch so schnell sein konnten, so geschickt und überaus gefährlich, und Elin hatte beim Erbsenlesen am Herd den Kopf geschüttelt und darüber gelächelt, weil sie es für Angeberei gehalten hatte. Jetzt glaubte sie jedes Wort davon.

Sie hörte die Krallen über den Stein kratzen, als das Tier heraufkam. Sie sah sein Gebiss, als es gähnte, die mächtige Kraft, die in jeder seiner Bewegungen lag, hörte das schlackernde Geräusch des lose sitzenden Fells, als das Tier die Nässe aus dem Pelz schüttelte – eine Bewegung, die sie weggefegt hätte, schwächlich, wie sie war. Und sie nahm nun selbst den durchdringenden, beizenden Wildtiergeruch wahr und den schlechten Atem des Fleischfressers, der mit jedem Schnauben aus seiner Schnauze drang, die sich nun gegen ihre Birkenrindenschale dort draußen drückte und sie quer über den Vorplatz schob, bis sie kollernd im Abgrund verschwand. Unwillkürlich stellten sich ihr die Nackenhaare auf. Auch wenn sie selbst noch nie einem Bären begegnet war, ihr Körper kannte den Feind, begriff die Gefahr und reagierte darauf. Für diesen hier war sie nichts anderes als die geräucherten Fische, die Hagebutten, Eicheln, Kornschalen und auf Schnüre gereihten Pilze und die Trockenfrüchte, mit denen sie die Höhle teilte: Futter.

Elin konnte nicht anders: Sie kroch rückwärts, fort von der Weidenwand, die nun unter dem ersten, sachten Vorbeistreifen des großen Körpers erbebte. Den Knüppel hatte sie fallen lassen, nach dem Messer tastete sie nur kurz. So klein, so nutzlos erschien ihr die Klinge. Wenn der Bär so nahe wäre, dass sie sie einsetzen konnte, wäre sie bereits tot.

Feuer, dachte sie, ein brennender Scheit, vielleicht könnte ich ihn damit beeindrucken. Ich schnappe mir einen und haue ihn damit mitten auf seine neugierige Schnauze. «Ah!» Unwillkürlich schrie sie auf vor Schreck, als der Bär durch eine unerwartete Wendung mit seinem Hinterteil ein Stück der Weidenwand heftig ins Wanken brachte. Und sie schlang schutzsuchend die Arme über den Kopf. Dabei fiel ihr Blick auf das Feuer. Und voller Verzweiflung sah sie, dass eben die letzten größeren Aststücke weiß überstäubt zu ersterbender Glut zerfielen.

23.

«Hmmm», machte Pandrok und ließ sich Zeit. Als er wieder aufschaute, sagte er: «Warum fragst du nicht ihn?»

«Wozu?», konterte Skelt. «Er ist kein Schmied.» Sein Ton klang abfällig. Da half es auch nicht, dass er Bela einen beruhigenden Stoß versetzte, als dieser schneller zu atmen begann.

«Wo er es doch mitgebracht hat?», begann Pandrok erneut.

«Er hat es nicht mitgebracht», erwiderte Skelt schnell.

«Ach.» Pandrok ließ offen, ob er die Lüge glaubte. «Nun …», begann er und schwieg.

Skelt nahm sein Stichwort auf. «Ich könnte dir das Messer überlassen», sagte er.

Pandrok wiegte den Kopf.

Da neigte der große Schmied sich vor. «Ich könnte dir aber auch etwas mitgeben, was nur ein Schmied versteht.»

«Ein Rezept», flüsterte Merendis in Belas Ohr, als sie seinen verwirrten Gesichtsausdruck bemerkte. «Es ist ein Zeichen, eine Anweisung, wie zu arbeiten ist, die nur ein anderer Schmied versteht.»

Pandrok schien zu wissen, was gemeint war, denn er nickte. «Das wäre mehr wert, sehr viel mehr. Wenn ich das Messer zum Vorführen mitnehmen kann?»

Bela blickte zu Skelt hinüber, der schloss zustimmend die Lider. Daraufhin zog er das Messer aus dem Boden und reichte es dem Mann. Er musste an sich halten, um es nicht vor ihm in den Boden zu rammen.

Pandrok grinste. «Dein Wort gilt mir viel, Schmied. Du weißt das.»

«Wie das deine mir, Pandrok.» Sie hoben die Becher und tranken. Dann endlich kam der Reisende zur Sache.

Er nahm das Erzbröckchen und legte es gut sichtbar zwischen sie. «Das ist Zinn», sagte er. «Man findet es oft in Bächen, als kleine Kügelchen, die man einsammelt, ähnlich wie Gold. Man kann es aber auch schürfen. Es geschieht selten hierzulande. Aber ich kann es bekommen. Wozu brauchst du es?»

Er erhielt keine Antwort. «Nun», fuhr er fort und sog hörbar die Wangen ein. «Ich könnte dir im Frühjahr etwas davon mitbringen.»

«Im Frühjahr?», platzte Bela entsetzt heraus. Beinahe wäre er aufgesprungen. Alle schauten ihn erstaunt an, und Merendis wurde blass.

«Im Frühjahr, ja, wenn ich wiederkomme», erwiderte der Händler gelassen. «Was hat solche Eile, dass es nicht bis dahin warten kann?»

«Ich», rief Bela verärgert, «ich habe solche Eile.»

Merendis warf beim Aufspringen eine Schüssel um. Ohne sich darum zu kümmern, lief sie hinaus.

Das Lächeln, mit dem Pandrok ihr nachsah, machte Bela

noch wütender. «Geht es denn nicht schneller?», fragte er. «Hast du nichts bei dir?» Und sein Blick wanderte unwillkürlich zu dem Gepäck des Händlers hinüber, das an der Wand der Schmiede lehnte, wo er heute Nacht auch schlafen würde. Als hätte er es bemerkt, begann der schwarze Hund sich zu regen. Seine Krallen kratzten über das Holz, als er aufstand. Er schüttelte den Kopf, als wäre er verlegen. Aber aus seiner Kehle stieg ein Knurren.

«Orm, ruhig!», sagte Pandrok über die Schulter. Dann wandte er sich Bela zu. «Du kannst es natürlich selbst schürfen gehen», sagte er liebenswürdig, «und zum Berg des Mutterschoßes ziehen. Oder südlich dem großen Fluss folgen bis zu den Himmelgraten. Jetzt», endete er genüsslich, «wo bald der Winter beginnt.» Er lachte und prostete Skelt zu.

Der sagte: «Wir werden dein Angebot gerne annehmen, Pandrok.» Sein Ton war abschließend. Gleichzeitig legte er seine Schmiedefaust schwer auf Belas Knie, das sichtbar zitterte.

Bela begriff und beherrschte sich. Doch es fiel ihm schwer. Im Frühjahr! Bei der Mutter, was konnte bis dahin nicht alles geschehen. Pandrok könnte nie wiederkehren, ein Erdrutsch könnte das Dorf verschlingen, sie alle könnten gestorben sein, seine Feinde, seine – es würgte ihn, wenn er nur an sie dachte –, seine Dämonen, wären weit fort für immer. Nein, er konnte nicht so lange warten. Und doch sah er keinen anderen Weg. Skelt hatte zugestimmt, und seine Haltung zeigte eindeutig, dass er keine Debatten wünschte. Es gab nichts mehr zu sagen. Nicht jetzt und hier. Er würde später mit dem Schmied sprechen. Er musste nachdenken, eine Lösung finden. Später. Das Wort hallte wie ein dumpfer Gong in seinen Ohren. Nur langsam wich die Spannung aus Belas Körper, während er sich wieder schwer hinter seine Schüssel fallen ließ. Eine Weile aßen alle schweigend.

«Was starrst du mich so an?», fragte Pandrok, während er mit den Resten des Fladenbrotes seine Schüssel auswischte.

Bela schreckte aus seinen Gedanken hoch. Ihm war gar nicht bewusst gewesen, dass er den Fremden fixiert hatte. Rasch überschlug er, wie viel von seinen Überlegungen er preisgeben durfte. Schließlich tippte er sich mit dem Finger an die Wange. «Dies hier», sagte er. «Ich habe so etwas noch niemals gesehen.»

Pandrok lachte laut. «Und das wirst du auch so schnell nicht, mein junger Freund.» Er lehnte sich genüsslich zurück. «Wer so etwas sehen will, der muss so weit reisen, wie ich gereist bin.»

«Ach, und wie weit war das?», fragte Bela, halb aufsässig, halb mit echter Neugier.

Pandrok lächelte nachsichtig. «Hast du schon von dem großen Fluss im Süden gehört?»

«Sicher», Bela zuckte mit den Achseln. «Er liegt gleich hinter dem Gebirge.»

Pandrok lachte erneut. «Nein, nein», meinte er und schüttelte den Kopf. «Nicht dieses Flüsschen, ich meine den großen, den Mutterfluss weiter im Süden, den, der an dem himmelragenden Gebirge vorbeifließt, auf dessen Gipfeln ewig der Schnee liegt.»

Bela schüttelte den Kopf. Gewiss, gehört hatte er schon davon, gerüchteweise. Es gab Männer, die behaupteten, Männer zu kennen, die ihn bereits überquert hatten. Aber niemand wusste etwas Genaueres. Die Muschel, die er einmal in Händen gehalten hatte, die war von der anderen Seite dieser Berge gekommen.

Während er noch an die Erzählungen dachte, denen er an Orins Feuern gelauscht hatte, fuhr Pandrok in seinem Bericht fort. «Diesen Fluss reise entlang, ein ganzes Jahr, bis du an seine Mündung kommst. Dort findest du ein Meer, das sie das Schwarze nennen.»

«Ein Meer?», staunte Bela, «gibt es denn mehr als eines?»

Pandrok lachte, zufrieden, seinen Widersacher beeindruckt zu haben.

«Wenn du an seinem Ufer entlangreist, ein weiteres Jahr, dann kommst du an sein anderes Ufer.» Pandrok hatte den singenden Ton eines Geschichtenerzählers angenommen. «Und dahinter tun sich Länder auf, wie ihr sie noch nie gesehen habt. Das ganze Jahr ist dort Sommer, Kälte kennen sie nicht. Keinen Winter, keinen Schnee. Bäume haben sie dort, die man hier nicht kennt, und Früchte, so süß und duftend und wohlschmeckend ...»

«... wie Himbeeren», schlug Merendis vor.

«Süßer», verkündete Pandrok.

«Wie wilde Birnen», bot Skelt an.

Pandrok winkte ab. «Größer. Aber auch Tiere gibt es dort, die wir nicht kennen. Rehe mit seltsam gedrehten Hörnern auf dem Kopf und wilde Katzen, fast so groß wie unsere Auerochsen, mit gelben, zottigen Mähnen und Zähnen, die einen Menschen zerfleischen können. Und wenn sie ihre Stimme erheben, schallt es lauter als das Brüllen der Bären.»

Bela schüttelte den Kopf. Diese Geschichten waren zu unglaublich, um wahr zu sein. «Und von dort hast du also dieses Mal», unterbrach er den Händler, um seine Skepsis zu demonstrieren.

Der nickte gelassen. «Der Herrscher dort verleiht es einem, als Zeichen, dass man unter seinem Schutz reist und einem die Gastfreundschaft aller zusteht. Ganz so, wie es hier mit den Händlern ist.»

Dies war Bela vertraut. Der Herr eines Gebietes sorgte für Ruhe und die Einhaltung des Rechtes. Wurde ein Händler auf seinem Gebiet angegriffen oder ausgeplündert, griff er ein und bestrafte die Übeltäter. So war es, und anders war es nicht denkbar. Denn wie sonst sollte sich ein Reisender in neue Gebiete vorwagen. «Aber hierzulande wird den Reisenden ein Amulett mitgegeben, soweit ich weiß», warf er ein. Er hatte diese Ton- oder Horntäfelchen oft gesehen, die die Reisenden gut sichtbar um den Hals oder das Handgelenk trugen. Meist zeigten sie ein Bild der Großen Mutter.

«So ist es», bestätigte Pandrok. «Dort aber setzen sie es dir direkt auf die Haut. Wo jeder es sieht und es niemals verloren gehen oder gestohlen werden kann. Es ist ein Privileg, das ein Leben lang gilt. Wer dagegen verstößt, der stirbt.»

Lächelnd widmete er sich wieder seinem Essen und ließ seine Worte derweil nachwirken. Nun hatte Bela Muße zu bemerken, dass um den Hals des Händlers eine ganze Reihe von Lederschnüren mit Amuletten hing, mehr, als er je bei anderen bemerkt hatte. Viele Händler reisten nur in einem bestimmten Gebiet und tauschten an dessen Grenzen auf Handelsplätzen die Waren mit anderen, die von dort ebenfalls in ihre Stammregionen zurückkehrten. Die Waren flossen, die Menschen aber blieben in ihren angestammten Gebieten. Pandrok, das begriff Bela, war weiter gegangen als die meisten. «Du musst auf deinen langen Reisen einer ganzen Reihe von Herren begegnet sein», bemerkte Bela.

«Hhmm, allerdings», bestätigte Pandrok und fischte sich einen Fleischfetzen aus dem Gebiss.

Bela zögerte einen Moment, dann wagte er es. «Ist dir dabei jemals einer begegnet», begann er, und sein Atem beschleunigte sich unwillkürlich, «der das Zeichen der umeinandergeschlungenen Hälse zweier Hirsche trägt?»

Einen Moment war es still. Pandrok hatte aufgehört zu kauen. Er warf Bela einen schnellen Blick zu. Dann aß er weiter. «Nein», sagte er. «Nie gehört.»

Bela zitterte. Er log, der Mann log, er spürte es mit jeder Faser, jedem Glied. Da war etwas gewesen, unmerklich, kaum fassbar, doch es hatte stattgefunden. Etwas wie der Flug eines Funken, zwischen Pandrok und ihm, so kurz und heftig, dass er noch immer davon erschüttert war. Ihm schien, als schwinge es noch immer in der Atmosphäre der Hütte nach, und er wunderte sich, dass die anderen nichts davon zu bemerken schienen.

Skelt war dazu übergegangen, Pandrok nach den jüngsten Erträgen irgendwelcher Mienen zu fragen, und der antwortete behäbig, zufrieden, scheinbar ungerührt. Bela glaubte schon, es sei nur seine eigene Empfindlichkeit gewesen, die ihn aus der Bahn geworfen hatte bei der Erwähnung des verhassten Zeichens. Dann aber sah er es. Unauffällig und ganz nebenbei, während die Rechte zum Fladenbrot griff, nahm der Händler mit der Linken eines der Amulette um seinen Hals und steckte es verstohlen unter sein Hemd.

24.

Bibbernd hockte Elin da und starrte die Weidenwand an. Jeden Augenblick erwartete sie, dass der dünne Schutz zusammenkrachen und die Schnauze des Raubtieres sich hindurchstrecken würde, um nach ihr zu schnappen. Schon glaubte sie, die furchtbare Macht der Pranken zu spüren, die ihr das Fleisch zerfetzte. ‹Der Bär›, hörte sie Idris' genüssliche Stimme, ‹tötet seine Opfer nicht langsam. Er quält sie lange und frisst schon an ihnen, während sie noch leben. Manche schreien noch, da hat er ihnen die Bauchhöhle bereits aufgerissen.›

«Verflucht sollst du sein», formte Elin beinahe lautlos mit den Lippen und wusste selbst kaum, ob sie ihren Bruder oder den Bären damit meinte. Niemals, nicht in der Halle des Herrn und nicht in der Höhle der Menschenfresser, hatte sie sich dem Tod so nahe gefühlt. Die Hilflosigkeit trieb ihr die Tränen in die Augen.

Doch die Minuten vergingen, und nichts geschah. Der Bär auf dem Vorplatz rumorte lautstark und eifrig, kratzte und schleckte, warf bei seinen zudringlichen Erkundungen ihren Wasserbecher um und fegte ihn bergab, schubberte seinen Hintern an der Felswand, brachte mehrfach das Weidengitter ins Wanken, und dann, auf einmal, wurde er still.

Es dauerte eine ganze Weile, bis Elin begriff, dass das Schnobern und Schaben aufgehört hatte und nur mehr das kalte Rauschen des Regens zu ihr drang. Und noch länger, bis sie wieder in der Lage war, sich zu bewegen, und ihre Glieder ihr gehorchten. So rasch sie konnte kroch sie zum Eingang. Dort hingen einige Knäuel Bärenhaare im Gezweig und ließen ihr den Geruch des Viehs noch einmal beißend in die Nase steigen. Elin zupfte sie hastig herunter und wischte sich danach die Hände ab, als könnten selbst diese wenigen Überbleibsel ihr noch gefährlich werden. Dann nahm sie ihren Mut zusammen und presste die Nase an das Geflecht. Der Vorplatz aber, auf den sie angestrengt hinausspähte, war leer. Nach einigen weiteren tiefen Atemzügen erst wagte sie es, die geflochtenen Matten beiseitezudrücken und den Kopf hinauszustecken, wo ihn sofort die kühle Luft umfing.

Rasch erfasste sie das Durcheinander vor dem Eingang, dann sah sie gerade noch das Hinterteil des Bären, der sich gemächlich bergab trollte. Seine breiten, weichen Sohlen bewegten sich beinahe lautlos über den Fels. Nur das Schaben der Krallen war hier und da noch zu hören und bisweilen ein brummeliges Knurren, ganz so, als spräche auch er mit sich selbst. Wenig später dann war er um die Biegung des Hügels verschwunden.

Dennoch wagte es Elin kaum zu atmen. Sie spürte, dass sie noch immer zitterte. Die Gänsehaut wollte einfach nicht von ihren Armen schwinden, so lange sie auch rieb, und nach und nach erst wurde ihr bewusst, dass es sehr kalt geworden war. Das erinnerte sie an ihr Feuer.

«Ich muss Holz holen», sagte sie zu sich selbst. «Ja, das muss ich, unbedingt. Ich habe ja gesehen, wohin es führt, wenn man nachlässig wird. Du hast es gesehen, Elin.» Der Klang ihres eigenen Namens erwärmte sie wieder ein wenig. Ja, das war es! Sie musste ihre Alltagspflichten erledigen und einfach weitermachen. Sie durfte sich von diesem Erlebnis nicht aus der Bahn werfen lassen. «Holz, das ist es, was du jetzt brauchst. Jawohl, Holz. Es ist ja nicht weit. Gleich dort unten in der Mulde. Du gehst hin und wieder zurück, und dann hast du Glut und eine Fackel, die du schwingen kannst. Nur eben dort hinaus. Nicht feige sein, Elin», redete sie sich gut zu, während sie mit zitternden Knien über den Vorplatz humpelte. «Wenn die Angst dich erst einmal am Kragen hat, bist du so gut wie tot. Und das willst du doch nicht, Mädchen. Jetzt nicht mehr. Feind oder Futter, du hast es gewusst. Es trifft auf alle zu, warum nicht auch auf dich. Also hol dir schnell Holz, damit du niemals Futter wirst.»

Unter diesen Ermunterungen machte sie sich an den Abstieg. Vorsichtig schob sie sich auf dem Hintern Stück für Stück hinab. «Bestimmt war es das Feuer», sagte sie sich, «der Rauchgeruch, der ihn vertrieben hat. Er kennt den Geruch des Rauches und weiß, dass er nichts Gutes bedeutet. Alle Wildtiere wissen das, Idris hat das auch immer gesagt. Mordech hat dem Menschen als Einzigem die Macht über das Feuer verliehen, damit auch er eine Waffe besitze im allgemeinen Krieg der Reißzähne, Stacheln und Klauen. Denn Mordech liebt die Kämpfe. Und der Mensch nahm das Feuer und schuf sich Klingen daraus. Ich besitze keine Klingen, mir haben die Flammen genügt und mich gerettet. Oh Mutter!» Sie seufzte laut auf vor Glück und Erleichterung. Wahrhaftig, sie hatte Glück gehabt. Als hätte die Mutter selbst über sie gewacht und den Walddämon zurückgerufen von ihrer Schwelle.

«Du gibst das Leben, Mutter», sagte sie rasch, während sie sich wie eine Raupe fortbewegte und immer wieder misstrauisch den Waldrand musterte, «und wachst darüber. Jeder Vogel fliegt auf, jeder Halm ragt durch deine Kraft. Und auch in mir … Und auch in mir …» Sie versuchte, sich an die Worte zu erinnern, die die alte Anwin sie gelehrt hatte, damit sie sie beim Zeremoniell an der Quelle spräche. Da zerriss ein Schrei die Stille, so grauenerfüllt und menschlich, dass Elin zusammenschauerte.

«Sternauge!», flüsterte sie. Es war der einzige Gedanke, dessen sie mächtig war: ihre Stute. Irgendetwas sagte ihr, dass es sie war, die sie dort gerufen hatte. Es musste so sein: Sie spürte die Angst des Tieres in ihrem Inneren zittern, als wäre es ihre eigene. «Sternauge!» Verzweifelt schrie sie den Namen ihres Pferdes heraus. Schon war sie umgekehrt und krabbelte auf allen vieren, so schnell sie es vermochte, wieder bergan, ließ die Höhle hinter sich, strebte dem Kamm des Felsens zu. Lange war sie nicht mehr hier gewesen, seit dem Tag ihrer Verletzung nicht. Der Aufstieg war ihr mit dem lahmen Fuß als zu mühsam erschienen. Nun bewältigte sie ihn, mit zusammengebissenen Zähnen, und die Furcht tobte so grell in ihr, dass sie den Schmerz kaum bemerkte und auch nicht den Schweiß, den er ihr auf die Stirn trieb und der sich mit den Regentropfen vermischte, die ihr über das angstverzerrte Gesicht liefen. Ihre Nägel brachen, so fest krallte sie sich in den Grund, und rissen blutig ein. Elin achtete nicht darauf.

Schneller, als sie es je für möglich gehalten hätte, war sie auf dem Gipfel angelangt und richtete sich auf, mit letzter Kraft an eine der Tannen geklammert, die dort wuchsen. Vor ihr lag die Weide, und ihr Herz machte einen Sprung, als sie die vertrauten Umrisse der Herde bemerkte. Auf den ersten, flüchtigen Blick schien alles wie immer zu sein. Tropfnass, die Halme in Büscheln gebeugt vom Regen und dem lastenden Nebel, lag das Grasland vor ihr, der alte Apfelbaum reckte sich als undeutlicher Umriss inmitten der Schwaden. Alles schien friedlich.

Elin, die schwer atmete, wischte sich die nassen Haare aus der Stirn und blinzelte hinab, während sie nach ihren Lieblingen suchte. Dort war die Leitstute, da einer der beiden braunen Hengste, und dort, Elin seufzte vor Erleichterung, stand auch Sternauge nahe dem Apfelbaum. Aber warum waren sie alle so nervös? Wieso drängten sie sich so ungewöhnlich dicht aneinander? Und was hatte das nervöse Wiehern zu bedeuten, das zu ihr heraufdrang? Elin sah das Wogen des Grases am Waldrand lange, ehe sie begriff, was es bedeutete. Es zog eine schnurgerade Spur über die Weide, wie ein Kahn, der über einen See fuhr, still, aber unerbittlich. Und die Spitze dieser Spur wies zielstrebig auf die Pferde, deren Unruhe mit jedem Augenblick wuchs.

«Der Bär!», schrie Elin. Und nun sah sie die Linie seines braunen Rückens zwischen den Gräsern. Er lief unaufhaltsam auf die Pferde zu, die jetzt witternd die Köpfe hoben. Elin konnte ihren Geruch bis zu sich hinauf wahrnehmen. Sie standen im Wind und konnten ihrerseits den Bären nicht riechen.

«Heh! Hoh!», begann Elin zu schreien. Sie winkte mit über den Kopf erhobenen Armen, obwohl sie wusste, dass es sinnlos war. Sie stand zu weit fort, um irgendetwas auszurichten. Niemand würde sie hier oben beachten. Und was hätte sie schon tun sollen, um ihren geliebten Tieren zu helfen? Sie waren dort unten auf sich alleine gestellt, so, wie sie selbst es vorhin gewesen war. Wenn ich doch nur eher mit dem Steinschlagen begonnen hätte, schalt Elin sich inbrünstig. Wenn ich doch nur eine Klinge hätte, einen Speer. Doch es wäre Wahnsinn gewesen, sich allein mit einem dünnen Speer einem Bären entgegenzustellen. Hätte sie die Waffe besessen, Elin hätte nicht gezögert, damit den Abhang hinabzustürmen. Verlangend schloss ihre Hand sich um den Stamm der Tanne und rüttelte daran. Wie sie es hasste, wehrlos zu sein!

Jetzt bemerkte sie drunten den zweiten Hengst und auch Anwin, die Füchsin, die sich wie immer weiter abseits hielt von allen anderen und bislang von den Nebeln verdeckt worden war. Sie brach nun seitwärts aus, und Sternauge, Elin sah es mit bis zum Hals klopfendem Herzen, Sternauge folgte ihr bei dieser kopflosen, unsinnigen Flucht. Die Leitstute wieherte, aber vergebens.

Beide Stuten galoppierten nun in Richtung des Felsens, auf dem Elin stand, und damit direkt auf den Bären zu. Ein schneller Blick verriet Elin nur zu genau, wo die Spuren der drei sich kreuzen mussten, beinahe direkt zu ihren Füßen. Wenn sie nichts unternahm, würde sie Zeugin werden, wie das letzte Wesen starb, das ihr auf dieser Welt etwas bedeutete.

«Nein!», schrie sie und stürzte sich, ohne nachzudenken, den Hang hinunter, «nein! Lass sie in Ruhe!» Der tönerne Verband um ihren Fuß zerbrach, sie taumelte und schwankte, aber der Hang beschleunigte sie, ob sie wollte oder nicht. Und die Tränen in ihren Augen ließen sie beinahe blind werden.

Ein weiterer schriller Schrei verriet ihr, dass die beiden Pferde die Gefahr nun entdeckt hatten. An einem Schlehengebüsch hielt Elin sich fest und stoppte. Ihre Füße traten auf loses Gestein und glitten aus. Kleine Geröllmoränen polterten bergab. Elin schnappte überrascht nach Luft, griff um sich und schaffte es gerade noch, sich an dem dornigen Gezweig festzuklammern. Immer wieder musste sie nachtreten, um festen Grund zu finden. Immer wieder gab der Boden um sie herum nach.

Anwin, gefolgt von Sternauge, die die Augen in ihrer Panik verdreht hatte, preschte am Fuß des Hügels vorbei. Ihre

Hufe klackten gegen einige der Steine, die bergab ins Gras sprangen, kleine weiße Brocken inmitten des Grün. Da richtete der Bär sich auf, näher, als Elin erwartet hatte, die oben verzweifelt den Kopf nach dem Geschehen verdrehte.

Sie schrie, als er die Pranke hob. Da gab wieder der Boden unter ihren Füßen nach, und sie suchte rudernd nach Grund. Als sie sich aufgerappelt hatte und hastig um sich blickte, entdeckte sie zunächst nur Anwin, die weiter entfernt stehen geblieben war. Ihre bebende braune Flanke herab tropfte das Blut, dort, wo der Bär sie getroffen hatte.

«Du Dämon!», brüllte Elin. Sie hob einen Stein auf und warf ihn nach dem Raubtier, das sich nun der Schimmelstute zuwandte, die den Fehler begangen hatte, zu nah an das Geröllfeld heranzuflüchten, das ihr nun den Weg versperrte. Nur zögernd konnte Sternauge hier ihre Hufe setzen, und immer wieder scheute sie vor einzelnen Brocken zurück, die den Abhang herabgehüpft kamen. Da preschte ihr Verfolger auch schon heran und richtete sich auf, um mit beiden Pranken ihr Hinterteil zu umarmen. Noch einmal erklang der schrille, verzweifelte Schrei, den Elin schon einmal gehört hatte. Und er zerschnitt ihr das Herz.

«Lass sie!» Elin tobte und warf sinnlos Stein um Stein. Dabei verlor sie erneut das Gleichgewicht und rutschte samt dem Untergrund einen ganzen Meter tiefer. Ein größerer Brocken hielt ihre Schlidderfahrt auf, geriet aber selbst unter ihren Halt suchenden Füßen ins Wanken und löste sich aus dem feuchten Boden. Elin schaffte es gerade noch, sich am zäh verwurzelten Stamm eines Wacholders festzuhalten, als das Geröll unter ihr in seiner ganzen Breite nachgab. Mit einem Geräusch, das wie ein lautes Zischen begann und dann in ein donnerndes Poltern mündete, rutschte der Hang ab. Steine trafen sie schmerzhaft an der Schulter, am Kopf und den Armen. Ihr war, als zögen Gewichte sie in die Tiefe. Elin schloss die Augen.

25.

Es war still geworden in der Hütte. Die herabgebrannte Glut beleuchtete schwach die Holzwände. Bela lag stocksteif auf dem Rücken und lauschte dem Atem der Schläfer. Skelts metbefeuertes Schnarchen erfüllte den Nebenraum, wo auch Merendis ruhte. Nicht weit von ihm, nahe beim Feuer, hörte er das schnorchelnde Atmen des großen Hundes. Der Reisende hatte sich auf der anderen Seite der Feuerstelle ausgestreckt und seit Stunden nicht mehr gerührt. Belas gespitzten Ohren wäre nicht die geringste Regung des Mannes entgangen. Aber er lag still. So still wie Bela selbst, der nur bisweilen die Augen zusammenkniff, wenn sein Blick vor Müdigkeit zu verschwimmen drohte.

Doch jetzt richtete er sich auf. Sein Nachbar regte sich nicht, der Hund jedoch hob sofort den Kopf. Ehe er noch sein kehliges Knurren ausstoßen konnte, hatte Bela das Stück Reiherfleisch hervorgezogen, das er sich für diese Gelegenheit aufgehoben hatte, und warf es ihm hin. Mit lautem Schmatzen machte das Tier sich darüber her. Bela neigte sich hinab und kraulte ihm das faltige Halsfell, bis er sicher war, dass Pandrok so tief schlief wie zuvor. Dann schlich er lautlos zu dem Mann hinüber. Da lag er, mit halbgeöffnetem Mund, die Augen geschlossen. Seine angewinkelten Beine waren zur Seite gefallen, ein Arm lag quer über der Brust, wo die vielen Lederriemen, an denen seine Amulette hingen, unter dem halboffenen Hemd verschwanden. Bela presste die Lippen zusammen, aber er zögerte nur kurz. Sein Entschluss stand fest, schon seit dem Essen. Pandrok hatte etwas vor ihm verborgen, und er würde sich Gewissheit darüber verschaffen, was es war. Und wenn seine Vermutung zutraf, dann würde er den Mann zum Reden bringen. Er würde ihn zwingen, ihm zu offenbaren, wo die Männer mit dem Hirschzeichen lebten. Und wenn er ihm das Messer an die Kehle setzen müsste. Das Blut in Belas Schläfen rauschte so stark, dass er nichts anderes mehr hörte, als er die Hand ausstreckte, um nach dem Bündel Riemen zu greifen.

Er umfasste sie. Er zog daran. Langsam, wiederstrebend befreiten sie sich vom Gewicht des auf ihnen liegenden Arms und glitten ihm entgegen. Schon konnte er ein erstes Plättchen entdecken und das Motiv darauf, dann ein zweites, ein drittes kam frei. Belas Herz klopfte schneller.

«Was ich an deine Rippen halte, mein Freund, ist eine Klinge.» Pandrok öffnete die Augen erst, nachdem er den Satz zu Ende gesprochen hatte. Sein Gesichtsausdruck war freundlich amüsiert, doch seine Augen fixierten Bela mit aller Konzentration.

Dieser erstarrte mitten in der Bewegung. Innerlich verfluchte er sich dafür, sein Messer im Gürtel gelassen zu haben. Einen Moment war er unschlüssig, dann ließ er nachgiebig die Hand sinken. Aber nur, um sie im nächsten Moment mit einem Ruck nach oben zu reißen.

Pandrok stieß einen überraschten Schrei aus.

Bela warf sich von ihm fort und trat mit beiden Beinen nach seiner Waffenhand. Das Messer flog aus Pandroks Hand. Gleichzeitig zog Bela sein eigenes und schnitt die zum Zerreißen gespannten Lederriemen durch. Er prallte mit dem Rücken gegen den Gussofen, dennoch lachte er triumphierend. In seiner erhobenen Hand baumelten Pandroks Amulette, und eines davon, es baumelte direkt vor seinen Augen, zeigte das verhasste Bild der beiden umeinandergeschlungenen Hirschhälse. Obwohl Bela es erwartet, ja sogar erhofft hatte, war der Anblick für ihn ein Schock. Für einen Moment blieb er sitzen, wo er war.

Als er wieder zu sich kam, stand der Hund über ihm und entblößte sein triefendes Gebiss. Als Bela sein Messer hob, schnappte das Vieh nach seinem Handgelenk. Bela spürte die Zähne seine Haut durchdringen. Er unterdrückte einen Schrei, in dem sich Schmerz und Wut mischten, als Pandrok ihn umstandslos entwaffnete.

«Orm», rief Pandrok dann den Hund zu sich, und das Tier gehorchte, ließ von Bela ab und trabte neben seinen Herrn. «Ich höre es, wenn sein Atem nur einen Moment aussetzt», sagte Pandrok ruhig. «Geschweige denn, wenn er zu schmatzen beginnt.»

Hasserfüllt starrte Bela zu ihm hoch, während er sich das blutende Gelenk rieb. Der Reisende ging in die Knie, setzte eines davon Bela auf die Brust und brachte sein Gesicht ganz nahe an Belas heran. Dabei setzte er ihm die Klinge an die Kehle. «Und nun unterhalten wir uns ein wenig», sagte er fast gemütlich.

Bela machte eine abwehrende Kopfbewegung. Aber Pandroks Klinge drang nach. «Gemischte Metalle», sagte der Reisende. «Skelt will mir erzählen, dass es seine eigene Idee war, aber das glaube ich ihm nicht. Ich glaube», und er verstärkte den Druck auf Belas Kehle bei diesen Worten, «dass du ihm das eingeflüstert hast.»

Statt einer Antwort bleckte Bela seine Zähne in einem Grinsen.

«Das gehörnte Zeichen», beharrte Pandrok. «Woher weißt du davon?»

Bela grinste noch immer. Aber aus seiner Kehle drangen gurgelnde Laute, und langsam wurde ihm schwarz vor Augen.

«Fahr in Mordechs Schlund», brachte er mit Mühe hervor und versuchte vergebens, sich gegen das Gewicht auf seiner Brust zu wehren. Seine Hände, die nach Pandroks Kehle tasteten, wurden weggeschlagen. Sie fuhren ziellos über den Boden.

«Woher kennst du die gehörnten Männer?», beharrte Pandrok. «Wer hat dir ihr Geheimnis verraten?»

Da erfassten Belas Hände etwas Festes. «Sie selbst», gurgelte er und holte blind aus. Er hatte eine von Skelts kleineren Gussformen zu fassen bekommen. Pandrok taumelte, als der längliche Stein ihn am Kopf traf, doch er ging nicht zu Boden. Bela hatte nicht mit aller Kraft zuschlagen können. Immerhin kam er frei. Einen Moment standen die beiden Männer einander schwankend gegenüber. Ein schneller Blick zeigte Bela, dass sein eigenes Messer außerhalb seiner Reichweite lag, zwischen den Pfoten Orms, der dumpf knurrte. Auch Pandrok bemerkte es und lächelte. Spielerisch wechselte er sein Messer mehrfach von der einen in die andere Hand. Überraschend trat er dann nach Bela.

Der jedoch wich geschickt aus. Orm, der bei der Bewegung nach ihm schnappte, hieb er den Stein auf die Schnauze, den er noch immer in Händen hielt, dann fuhr er herum, denn Pandrok stürmte erneut auf ihn los. Es gelang Bela, die Messerhand abzuwehren und zu umklammern. Die beiden Männer stürzten und rollten ineinander verkrallt über den Boden der Schmiede. Bellend sprang Orm um sie herum.

«Wer hat es dir verraten?», keuchte Pandrok, der schließlich auf ihm lag und mit vor Anstrengung verzerrtem Gesicht versuchte, das in seiner Rechten erhobene Messer auf Bela herabzustoßen. Der stemmte sich verzweifelt dagegen. Fichtenreisig knackte unter seinem Rücken und verriet ihm, dass er auf seinem Lager lag. Und etwas stach ihn schmerzhaft in die Seite. Seine Augen leuchteten auf.

«Wo sind sie?», stieß er seinerseits hervor und ließ seine freie Linke ein paarmal gegen Pandroks Kiefer krachen. Der gab nicht nach, schüttelte aber für einen kurzen Moment den Kopf, als müsse er eine Benommenheit abstreifen. Diesen Augenblick nützte Bela und stemmte sich so weit gegen ihn, dass er die Hand unter den eigenen Körper brachte.

«Zinn», fauchte Pandrok und hieb ihm den Kopf auf die Nase, die krachend brach. «Woher weißt du vom Zinn?»

Bela spuckte Blut aus. «Sie haben es mir selbst verraten.» Er wand sich verzweifelt, versuchte, seine Hand zu befreien und das, was sie umklammert hielt. Aber Pandrok legte sich mit all seinem Gewicht auf ihn.

«Sie. Verraten. Ihre. Geheimnisse. Niemandem.» Pandroks Atem ging schwer.

«Mir schon!» Bela spannte all seine Kräfte an. Dann zog er das Knie hoch. Im selben Moment, da er Pandrok erschlaffen und nachgeben spürte, zog er die Rechte heraus und stieß mit aller Macht nach Pandroks Leib. Der öffnete den Mund. Doch es kam nur ein Röcheln heraus. Mit weitaufgerissenen Augen starrte er Bela an, als er auf die Seite sank. In seinem Bauch steckte das geborstene Stück des Schwertes, das Bela unter seinem Lager hervorgezogen hatte.

Schwer atmend rappelte Bela sich auf. «Sie haben es mir mit ihren Schwertern in den Leib geritzt», sagte er. Die Erschöpfung wollte ihn übermannen. Aber dann kam er wieder zu sich und neigte sich über Pandrok, der immer noch mit erstauntem Ausdruck dalag und schwer atmete. Als nähme das all seine Kräfte und seine Konzentration in Anspruch: zu atmen. Bela packte ihn am Hemd und zog ihn hoch. «Wo sind sie?», fragte er.

Da ging Orm auf ihn los. Bela fuhr herum und konnte gerade noch die Arme heben, als der Hund auch schon lossprang. Im selben Moment sackte das Tier zusammen und krachte schwer auf den Boden. Merendis ließ die Kupferstange sinken, die sie in den Händen gehalten hatte. Nur Augenblicke später hatte Bela die Klinge aus Pandroks Leib gezogen und sie im Hals des Hundes versenkt, der gurgelnd verblutete und die zitternden Pfoten von sich streckte. Erst da konnten Bela und Merendis die Augen von ihm lösen und blickten einander an, sie schwerlidrig, noch vom Schlaf und einer unklaren Traurigkeit gefangen, er schnellatmend, die grünen Augen weit offen und das Gesicht von Blut gestreift.

«Was ist denn hier los?», brummte Skelt verschlafen, der in der geöffneten Tür zur Hütte erschien und sich den Kopf kratzte. Als er begriff, was er sah, sank seine Hand langsam herab. Eine Weile herrschte Stille. Bela kam als Erster zu sich. Wieder wandte er sich Pandrok zu. Er zog ihn an den Schultern hoch und schüttelte ihn. «Wer sind die Hirschmänner?», fragte er eindringlich.

Aber der Kopf des Reisenden pendelte haltlos hin und her. Sein Unterkiefer sank herab. Seine weit offen stehenden Augen, begriff Bela, sahen nichts mehr von dieser Welt.

«Er ist tot.» Merendis leise Feststellung endete in einem Schluchzen. Mit einem Klirren ließ sie die Stange fallen.

Bela ließ Pandrok aus seinem Griff sinken. Ungläubig starrte er ihn an. «Verdammt», brach es da aus ihm heraus. Und noch einmal, laut und verzweifelt: «Verdammt!» Hilflos hieb er mit der Faust auf den Boden.

Skelt sprach als Letzter. «Du hast das Gastrecht verletzt», sagte er, leise und tonlos. «In unserer Hütte.» Unwillkürlich griff er nach seiner Tochter, die noch immer mit hängenden Armen dastand, und zog sie an sich. «Wir können alle dafür sterben.»

26.

Elin hob den Kopf, als es still um sie wurde. Nur der Regen nieselte wie zuvor. Sie blickte ins Tal. Wo eben noch ein Hang aus hellgrauen Steinen gewesen war, gefleckt von grünen, silbernen und gelben Flechten, von bunten Kissen unterbrochen und übersät mit langstieligen Blüten hier und da, gähnte nun ein scheußlich brauner, feuchtglänzender Morast. Auch sie selbst war über und über bedeckt mit dem Schlamm der vom langen Regen aufgeweichten Erde, die die Steine schließlich in einer Lawine freigegeben hatte. Und unten, am Fuß der Moräne, ragte etwas Großes, Braunes aus einem Haufen Steine. Es dauerte eine Weile, bis Elin begriff, dass es der Bär war, auf den die Steinflut sich ergossen hatte. Einige der größeren Brocken hatten ihn getroffen und erschlagen. Elin starrte lange auf die Stelle, aber das Tier regte sich nicht mehr. Seine abgestreckten Hinterbeine ragten ohne Bewegung in die Wiese hinein; es war tot.

Mit zitternden Knien stand sie auf und wischte sich so gut es ging den Schlamm aus dem Gesicht. Die weiche Erde gab nach, als sie Schritt um Schritt abwärts stapfte, und den größten Teil der Strecke rutschte sie auf ihrem Hintern. «Sternauge», murmelte sie dabei immer wieder. «Sternauge, mein Pferdchen.» Sie ließ den Blick nicht von der Stelle, immer in der Erwartung, neben dem zottigen Fell auch noch einen Fetzen graues zu erblicken, einen abgewinkelten Lauf oder das tote Haupt des geliebten Tieres. Im Geiste sah sie schon, wie sie die beschmutzte Mähne beiseitestreichelte, um sich ein letztes Mal an den weißen Hals der Stute zu schmiegen.

«Sternauge», schluchzte Elin, als sie unten ankam. Die Tränen zogen helle Spuren über ihre verschmierten Wangen. Zögernd legte sie die Hand auf den Rücken des Bären, sein Fell war tropfnass, dann schaute sie sich um. Aber nichts war zu sehen als Steine und Schlamm, die alles spurlos unter sich begraben hatten. Schließlich ging sie in die Knie und begann hoffnungslos, mit bloßen Händen in dem Schutt zu graben.

Da hörte sie hinter sich ein Wiehern. «Anwin», rief sie und sprang auf. Die alte Stute war verletzt worden, und sie schämte sich, sie vergessen zu haben. Elin schniefte und fuhr sich mit dem Arm über das Gesicht. Es würde ein schweres Stück Arbeit sein, Anwins Vertrauen zu gewinnen, damit sie sie an sich heranließe, um ihr zu helfen. Aber es war nun einmal das, was nun zu tun war. «Ist ja gut», begann sie gurrend, noch ehe sie sich umwandte. «Ganz ruhig, ich werde dir …»

Dann blickte Elin auf, und sie verstummte. Vor ihr stand nicht die Fuchsstute, sondern Sternauge. Es gab keinen Zweifel. Ihr Fell war dunkel von Regen und Schweiß, aber sie war es, lebendig und unverletzt. Noch einmal wieherte sie, und nun sah Elin auch, warum: Neben ihr im Gras lag Anwin, die mit den Hufen zuckte und wieder und wieder versuchte, den Kopf zu heben, um auf die Beine zu kommen.

«Sternauge!» Elin schrie es beinahe. Ohne Rücksicht rannte sie auf ihren Liebling zu und schlang ihm so heftig die Arme um den Hals, das die noch immer völlig aufgebrachte Stute die hellen Augen verdrehte und wiehernd zurückscheute. Nur allmählich beruhigten sich die beiden. Die Stute schob der jungen Frau die weichen Nüstern unter die Achseln. Wieder und wieder streichelte und klopfte Elin ihr den Hals, spürte ihre Wärme, sog mit bebenden Nasenflügeln den vertrauten Geruch des Tieres ein und verbarg ihr Gesicht an dem warmen Hals. Bis Anwin mit einem kläglichen Geräusch wieder auf sich aufmerksam machte.

Als sie hinschaute, drehte es Elin beinahe den Magen um. Es war nicht nur Blut, das an den Flanken der Stute klebte. Ihre Eingeweide waren aus der offenen Wunde gequollen und hatten sich während ihres verzweifelten Kampfes gegen das Sterben um ihre Hufe gewickelt und sie zu Fall gebracht. Mit jeder Bewegung riss sie sie weiter aus ihrem Leib, verursachte sich selbst furchtbare Schmerzen und brachte sie dem Tod ein Stück näher. Voll Mitleid ging Elin neben dem gemarterten Tier in die Knie. Als sie aber ihre Hand auf Anwins Kopf zu legen versuchte, schnappte die Stute nach ihr. In ihrer Agonie erkannte sie nichts mehr um sich herum. Wieder stieß sie ihr schrilles Wiehern aus. Elin, die ihre Qualen mitempfand, hätte sich am liebsten die Ohren zugehalten und wäre geflohen. Sie sah, wie Sternauge bebte.

«Es ist gut», sagte sie da und schluckte, um die Worte mit festerer Stimme zu wiederholen. Es gab nur eine Sache, die sie tun konnte, um zu helfen, und die würde sie tun. Sie würde nicht davonlaufen und die alte Stute ihrem Schicksal überlassen. Langsam zog Elin das Messer. Es war nicht mehr scharf, und sie zögerte, wo sie es ansetzen sollte. So fest biss sie dabei auf ihre Unterlippe, dass sie das Blut auf ihrer Zunge schmeckte. Schließlich war ihr Entschluss gefasst. Sie legte die Hand auf Anwins Kopf und drückte ihn nieder. «Du wirst nicht mehr leiden.» Dann stieß sie zu mit all ihrer Kraft.

«Mutter, wir danken dir und nehmen dieses Leben, auf dass es Leben gebe.» Es war das Gebet der Jäger, das sie dabei sprach, und sie hoffte, es würde Anwin dem ewigen Schutz der Mutter überantworten. Dampfend schoss das letzte Blut des alten Pferdes aus der Wunde. Ein Zittern ging über seine Flanke, noch einmal zuckten die Hufe, dann lag es still, nurmehr ein großer, verschmutzter, regennasser Haufen Fleisch.

Elin senkte den Kopf. Wasser tropfte aus ihren Flechten und legte einen Vorhang vor ihr Gesicht. Ihre Gedanken fielen mit den Tropfen ins Nichts. Wieder hatte sie getötet, wieder roch sie den Geruch des Blutes, das sie vergossen hatte. Wieder bereute sie nichts, und doch lag eine Traurigkeit über ihr, die nicht weichen wollte. Wann endlich ist die Zeit des Sterbens vorbei?, fragte sie sich. Wann kommt eine Zeit, da ich Leben schenken darf? Nichts, spürte sie in diesem Moment, wünschte sie sich sehnlicher als das.

Schwer richtete Elin sich auf. Sternauge trabte an ihre Seite und stupste sie an. Die warmen Nüstern machten ihr bewusst, wie ausgekühlt sie selbst war. Und nun erst bemerkte sie auch die zahlreichen Schürfwunden, die ihren Körper bedeckten. Ihr Fuß pochte, doch sie konnte das Gelenk bewegen, stellte sie fest, als sie langsam zurück zum Hang hinkte, und das erfüllte sie mit einem Glücksgefühl. Sternauge wollte nicht näher an den Kadaver des Bären heran. Elin aber betrachtete ihn lange und nachdenklich. Sie war erschöpft, aber sie wusste, sie durfte dem nicht nachgeben. Das Fell dieses Bären würde sie vor der tödlichen Kälte des Winters retten, als wärmender Umhang und als Bettdecke zugleich, die sie über ihr kümmerliches Lager aus Fichtenreisig und Heu decken konnte. Auch Stiefel konnte sie daraus machen, wärmend und dicht, um bei der winterlichen Nahrungssuche dem Schnee zu trotzen. Und sein Fleisch würde sie für viele Tage ernähren, für Wochen sogar, falls es ihr gelang, etwas davon zu räuchern. Klatschendes Flügelschlagen verriet ihr, dass die Raben die Toten bereits entdeckt hatten und sich für ihr Mahl versammelten. Es war Zeit, mit der Arbeit zu beginnen.

Elin wandte sich um. Ein Vogel hatte sich auf der Kruppe des Pferdes niedergelassen, beäugte sie mit schräggelegtem Kopf und pickte dann nach den schillernden Därmen. Elin zuckte mit den Schultern und ließ ihn gewähren. Auch Anwin war nicht umsonst gestorben.

Ihr Entschluss stand fest. Auch wenn es ihr vorkam, als bestehle sie einen menschlichen Toten, hatte sie doch nicht den geringsten Zweifel, dass sie es tun würde, ja, tun musste. Das Fell der Stute gäbe ein paar gute Beinlinge ab. Sie wusste, dass ihr Fleisch schmeckte.

Elin betrachtete den toten Leib. Sie würde es noch einmal mit dem Steineschlagen versuchen müssen. Zum Häuten und Fleischschneiden gab es nichts Besseres als eine Steinklinge. Sie richtete sich auf und streckte sich, dass ihre Knochen knackten. Ja, es gab viel zu tun. Bei einem Rundblick über die Wiese fiel ihr auf, dass die Herde sich beruhigt hatte und bereits wieder graste, als sei nichts geschehen. Das Rad des Lebens hatte sich ein Stück weitergedreht, und sie nahmen einfach hin, was geschehen war. So wird es auch sein, wenn ich hier liege, dachte Elin, alles wird weitergehen. Aber noch war es nicht so weit. Noch lebte sie und in ihr die glühende Hoffnung, dass es einen Grund dafür gäbe. Dass die Große Mutter noch einen Plan mit ihr hätte.

27.

«Du hast das Gastrecht gebrochen.» Skelts Worte ließ alle drei betroffen schweigen. Bela starrte den Toten an. Hatte er zunächst nur mit seinem Groll gekämpft, dass dieser ihm sein Geheimnis nicht mehr verraten konnte, so drang nun nach und nach in sein Bewusstsein, was Skelts Worte bedeuteten. Mit dem Gastrecht kannte er sich wie alle Menschen aus. Orin hatte es ihm oft genug erklärt. Es war, wie Pandrok beim Essen erzählt hatte: Der Herr eines Gebietes schützte die Reisenden, die zu seinen Handelsplätzen kamen oder das Land durchquerten, mit seinen Zeichen. Wer sie missachtete, der wurde wie jeder andere Verbrecher dem Herrn vorgeführt, der zu Gericht saß. Und Mord wurde immer auf die eine Weise geahndet: durch den Tod.

«Wer ...», begann er.

Skelt antwortete tonlos: «Die Ältesten. Sie werden uns gefangen nehmen und dann ...»

«Ich nehme alles auf mich», unterbrach Bela ihn hastig. «Ihr könnt nichts dafür. Ich allein ...»

«Nein!», rief Merendis und trat vom Kadaver des Hundes fort, den sie erschlagen hatte. «Nein!» Und sie streckte die Arme nach Bela aus, der sich nicht rührte.

Ihr Vater zog sie an sich und umschlang sie. Über ihren Kopf hinweg schaute er Bela so durchdringend an, dass dieser den Kopf senkte. Er kämpfte mit dem Zorn gegen diesen Mann, den er schätzen gelernt hatte und in dessen Händen jetzt die Macht lag, Merendis glücklich oder unglücklich zu machen. Merendis! Allein der Gedanke an seine Tochter schmerzte ihn wie ein Hieb. Die Ältesten würden sich nicht damit begnügen, den Fremden zu binden, er wusste es. Das Blut war in seiner Hütte vergossen worden. Sie alle würden vor den Herrn geschleppt werden, denn gegen ihn halfen selbst Palisaden nichts. Und wie er entscheiden würde, das wusste Mordech allein. Verzweifelt knetete er Merendis' Gewand in seinen Fingern. «Es gibt nur eine Lösung», sagte er schließlich. Die beiden jungen Leute hoben den Kopf.

Aber da war Skelt schon zu dem Leichnam getreten und drehte ihn herum. Mit ungeschickten Fingern suchte er, Pandroks Hemd aufzuschnüren. Als er begriff, was der Schmied vorhatte, half Bela ihm dabei. Skelt zog es dem Toten über die Schultern und machte sich dann daran, dessen Beinlinge zu lösen. «Da», sagte er und warf es seiner Tochter hin. Die hob es auf wie eine Schlafwandlerin und starrte ihn verständnislos an. «Wasch es», fuhr er sie an und wiederholte, als sie sich nicht rührte, barsch: «Du sollst es waschen. Sofort!»

Erschrocken raffte sie die Sachen an sich und lief hinaus.

Skelt wandte sich an Bela. «Du wirst sie anziehen», sagte er in einem Ton, der keinen Widerspruch duldete. «Dazu seinen Binsenhut und seine Trage. Ihr habt in etwa dieselbe Größe. Keiner wird ahnen, dass er es nicht ist. Ich selbst werde dich hinüberrudern und dich am Felsen absetzen. Den anderen erzähle ich, dass Pandrok früh aufzustehen verlangte. Am besten, sie sehen dich erst, wenn du am Ufer stehst.» Er redete fieberhaft und immer schneller, während er dem Toten abstreifte, was er noch am Leib trug. Alles warf er Bela hin, der sich nur zögernd entkleidete. Dann ging er hinüber zu Pandroks Lager und suchte dessen Gepäck zusammen. «Das», murmelte er, «und das hier und das», und stopfte alles in die Kiepe.

Ratlos schaute Bela ihm eine Weile zu. Dann fragte er: «Und der Schlitten?», und wies auf das Gefährt, das der Hund gezogen hatte.

Skelt zuckte mit den Schultern. «Es wird so gehen müssen», erklärte er, während er die Sachen in die Kiepe umpackte. «Sollen sie denken, der Hund ist schon vorausgelaufen. Verdammt», murmelte er, als sich einige der Säckchen nicht in die Rückentrage stopfen ließen. Entmutigt warf er sie auf den Boden. Bela hob einen davon hoch, schnürte ihn auf und wog das Erz, das darin war, in der Hand. «Willst du das hier nicht behalten?», fragte er sanft.

Skelt nahm es ihm aus der Hand und warf es in hohem Bogen über die Öfen hinaus ins Wasser. «Ich will nichts davon», rief er gepresst, «gar nichts, hast du verstanden?»

Bela nickte. «Ich wollte dich nicht beleidigen», sagte er und legte dem Schmied die Hand auf die Schulter. Erleichtert registrierte er, dass der sie nicht abschüttelte. «Trotzdem danke», sagte er.

«Ich tue das hier nicht für dich», knurrte Skelt, der dazu übergegangen war, «sondern für Merendis.»

Bela nickte. «Und was machen wir mit ihm?», fragte er und nickte in Richtung des Leichnams. «Wollen wir ihn auch versenken?»

Skelt nickte mit zusammengebissenen Zähnen. Als Merendis mit den vom Blut gesäuberten Kleidern wieder hereinkam, waren sie eben über den reglosen Pandrok gebeugt, den sie mit Schnüren umwanden und mit allerlei Steinen und dem überzähligen Gepäck beschwerten. Betroffen schlug sie die Hände vor den Mund, als sie es sah.

«Wie bekommen wir ihn über die Palisade, ohne gesehen zu werden?», fragte Bela gerade.

«Gar nicht», entgegnete Skelt. Er schob den Webteppich,

der den Boden bedeckte, beiseite und legte eine Klappe im Boden frei, die er mit Mühe öffnete. Bela sprang herbei, um ihm zu helfen. Ein schwarzes Viereck gähnte ihn an, auf dessen Grund es schwappte und rülpste. Der feuchte, faulige Atem des Wassers wehte ihn an. Merendis hatte eine Öllampe entzündet und hob sie über ihre Köpfe, sodass Bela die schwarzen Holzpfähle erkennen konnte, auf denen die Hütte stand. Dazwischen glitzerte der See.

«Die Steine werden ihn hinunterziehen», stellte Skelt fest, «und die Fische erledigen dann den Rest. Die Aale werden fett werden in diesem Jahr.»

Merendis würgte und lief hinaus, um sich zu übergeben. Bela und Skelt schoben und zogen, keuchten und drückten und schafften es schließlich, Pandrok über den Rand der Öffnung zu kippen. Mit einem lauten Platsch landete er im Wasser, das schwappte, schmatzte und sich über ihm schloss. Wenig später folgte ihm die Leiche des Hundes.

Schwer atmend ließ Skelt die Klappe zufallen und sank daneben nieder. Bela tat es ihm gleich. «Und was ist aus mir geworden?», fragte er dann.

Skelt verzog das Gesicht zu einem schmerzlichen Grinsen. «Du bist abgehauen», sagte er. «Bei Nacht und Nebel. Hast Merendis sitzenlassen.»

Bela nickte. «Wie Tikla es die ganze Zeit schon orakelt, wie?», fragte er und lachte unfroh.

Skelt hob den Kopf. «Hat sie nicht recht?», fragte er dann unerwartet scharf. «Du hattest doch nie wirklich vor zu bleiben, nicht wahr?» Sein Blick war vorwurfsvoll.

Bela errötete, aber er senkte den Kopf nicht. «Skelt», begann er, «ich habe eine Aufgabe. Glaub mir, ich bin nicht der Herr meiner Zeit. Ich muss die Männer finden, die mein Dorf vernichtet haben. Und sie besiegen. Erst dann kann ich, dann kann ich …» Er verstummte hilflos. Denn über eine Zeit, die danach käme, hatte er sich nie wirklich Gedanken gemacht.

«Dafür also das Schwert?», sagte Skelt freudlos.

Bela nickte. Da fiel ihm etwas ein. Er ging zu seinem Lager hinüber, suchte und fand das Säckchen, in dem er das Zinn aufbewahrt hatte. Er löste die Schnur mit den Perlen darum und ging zu Skelt hinüber. Der wollte abwehren, aber Bela überwand seinen Widerstand und drückte es ihm in die Hand. «Das hat nicht Pandrok gehört», sagte er, «es ist mein Eigentum. Und jetzt ist es deines.»

«Was ist es?», knurrte Skelt missmutig.

«Etwas, was nur ein Schmied versteht», sagte Bela und lächelte, als er das Interesse in Skelts Augen aufblitzen sah.

Tatsächlich hob der Schmied das Ding hoch und betrachtete es, wobei seine Augen immer größer wurden, sein Atem hastiger und seine Wangen röter. «Das ist ...», schnaufte er und griff nach Merendis' Lampe.

«Die Kugeln stehen für die Zusammensetzung, nehme ich an», warf Bela ein.

Der Schmied nickte glücklich. Seine schrundigen Finger fuhren über die Knoten, die in verschiedenen Anzahlen und Abständen die Kugeln voneinander trennten und dabei eine Sprache sprachen, die wirklich nur ein Schmied verstand. Von Temperaturen sprachen sie zu ihm, von Hitze und Luft und Dauer, von Kohlemengen und der Sorte Blasebalgdüsen, deren es bedurfte. Und Skelt verstand, was sie zu ihm sagten. Ein glückliches Leuchten ging über sein Gesicht, abgelöst von einem Ausdruck des Schuldbewusstseins, als er dessen gewahr wurde. Man sah, dass er mit sich kämpfte. Aber dann streckte er Bela die Hand mit der Schnur entgegen. «Ich kann das nicht annehmen», sagte er.

«Doch, du kannst», widersprach Bela und schob seine Hand zurück. «Am Ende würden wir es beide wissen, war das nicht der Handel? Und nun weißt du, wie so ein Schwert gemacht wird, Skelt.» Seine Stimme wurde eindringlicher, und er rutschte nah an den Schmied heran. «Ich werde die

Chance nicht ungenutzt lassen, die du mir heute Nacht gegeben hast.» Seine Wangen glühten vor Begeisterung. «Ich werde losziehen und mir Zinn besorgen. Und Kupfer dazu, so viel, wie nötig ist. «Und du schmiedest mir dann ein Schwert daraus, Skelt, bitte. Ich kenne keinen, dem ich es anvertrauen wollte, außer dir.» Nach Orin, dachte er bitter. Aber Orin war tot.

Skelt kämpfte mit der Versuchung. Was ihm da angeboten wurde, war viel. Er würde in der Lage sein, Werkzeuge herzustellen, die nirgendwo ihresgleichen hatten. Er würde ein unvergleichlicher Schmied sein, wenn er dieses Rezept besaß. Es hatte eine Zeit gegeben, da hätte er alles für so eine Chance getan, alles. Doch die war vorbei. Seine einzige Sorge im Leben war nur noch Merendis. Er drehte und wendete die Schnur in seinen Fingern. «Du wirst also wiederkommen?», fragte er. In seiner Stimme lag Hoffnung. Er hob den Kopf, als er ein Geräusch hörte.

Merendis stand angelehnt am Türrahmen. Sie hielt die Arme um ihren Leib geschlungen, und ihr Gesicht leuchtete bleich in der Dunkelheit.

«Wie lange hast du schon zugehört?», fragte ihr Vater.

Merendis aber beachtete ihn nicht. Sie schaute Bela an, voll Zärtlichkeit und Schmerz. «Und dann?», fragte sie. Bela musste nicht fragen, was sie meinte. Was würde sein, wenn er sein Schwert hätte? Und was, wenn er sie finden würde? «Und dann?», wiederholte Merendis, und die Fortsetzung der Frage lag in ihren Augen: Werden deine Gedanken jemals mir gelten?

Bela schaute sie lange an und senkte dann die Augen. «Ich weiß es nicht», flüsterte er.

Merendis trat zu ihm und legte ihm die Finger auf die Lippen. In ihren Augen standen Tränen. Belas Herz krampfte sich zusammen, als er sie so unglücklich sah. Sie war liebenswürdig und schön, sie war gut zu ihm gewesen, und es gab nichts, was er ihr vorwerfen konnte, im Gegenteil. Sollte man es nicht lernen können, so eine Frau zu lieben? An Merendis' Seite als Schmied in diesem friedlichen Dorf zu leben: Konnte man sich etwas Besseres wünschen? Ihm fiel nichts ein. Und doch war da noch eine andere Stimme, die ihm zuflüsterte, dass er sie vergessen haben würde, noch ehe er das Seeufer hinter sich gelassen hätte. Er schämte sich dafür, doch so war es. Und Merendis las es in seinen Augen.

Bela wollte schon nach ihr greifen, sie an sich ziehen und trösten. Aber sie schüttelte den Kopf. Ohne ein Wort zu sagen, stand sie auf und ging hinaus. Zurück blieben ihr ratloser Vater und Bela, den die Traurigkeit würgte. So saßen sie beide da und warteten auf die Dämmerung, in deren Schutz der Schmied seinen Gast über den See rudern würde, um ihn dort mit lauten Rufen zu verabschieden, die zwischen den Uferhängen hallen und die Bewohner des Palisadendorfes wecken würden, damit sie noch einen Blick erhaschten auf die Silhouette eines Mannes mit Binsenhut und Kiepe, der ein letztes Mal zum Abschied winkte und dann zügig über denselben Hügel schritt, auf dem er einst gekommen war.

28.

Elin warf einen Blick aus ihrer Höhle und wusste sofort, dass sie heute nicht mit Sternauge zu der Tongrube reiten würde. Raureif hing dick an den Sträuchern und Moosen. Es hatte wieder einmal Frost gegeben, und der Boden war gefroren. In diesem Jahr würde sie nicht mehr nach Ton graben können. Aus dem Vorrat, der in einem feuchten Tuch hinten in der Erde lagerte, würde sie noch ein paar Gefäße formen wie den Krug, der nun ihren Wasservorrat barg. Elin beglückwünschte sich im Stillen zu ihrer Hartnäckigkeit in den letzten Tagen. Denn ihr war es zu verdanken, dass sie nun die Ritzen ihrer Weidenwand mit einer winddichten Schicht Lehm verschmiert hatte, dass sie einige Schüsseln ihr eigen nannte, in denen sich, wenn sie auch ungebrannt waren, doch Suppe und morgens ein heißer Trank zubereiten ließen, und dass sie sogar einen kleinen Ofen besaß, in dem die Glut länger hielt als im offenen Lagerfeuer.

Elin war für den Winter gerüstet und begrüßte ihn mit einem spielerischen Atemhauch, der als silbriger Nebel in der Luft zerging. Dann verschwand sie nach drinnen, um ihren zottigen Umhang aus Bärenfell zu holen, der schwer war und ihre Bewegungen träge machte, aber sie wunderbar wärmte. Auch in ihre Schneeschuhe schlüpfte sie und setzte die mit Vielfraßfell gesäumte Kappe auf. So gerüstet, sah sie beinahe selbst aus wie ein Bär, als sie auf den Vorplatz trat und bald danach den vom Frost glatt gewordenen Felsenpfad zum Ufer hinunterkletterte. Dankbar stellte sie fest, dass der Fluss offen dahinfloss wie eh und je. Nur am Rand zwischen den trockenen Schilfhalmen hatten sich vereinzelt Eisfelder gebildet. Aber ihr Angelplatz war noch frei, und schon nach kurzer Zeit wurde ihre Geduld belohnt. Sie zog eine Forelle aus dem Wasser, die sie mit einigen geübten Schnitten ihres neuen Steinmessers tötete und ausnahm. Es war ein schlichtes Werkzeug, einfach ein Steinbrocken ohne Griff, doch es lag gut in der Hand, und die Klinge tat ihren Dienst. Elin spülte sie und legte sie in den Lederbeutel zurück, der an ihrem Gürtel hing. Dann trank sie ein paar Schlucke des eisigen Wassers und kletterte mit ihrer Beute zurück in die Höhle, um sie mit einer Handvoll Wacholderbeeren und Körnern zu kochen.

Die Brühe würde sie wärmen, das Fleisch wollte sie sich

einpacken für den Tag, und dazu noch die Dose, die sie aus Anwins Hufen gefertigt hatte, um Glut darin aufzubewahren, denn sie wollte an diesem Tag einen Ausflug machen. Heute endlich musste die Herde wieder da sein. Die Pferde hatten seit Einbruch der Kälte begonnen, weitere Kreise zu ziehen, um ihr Futter zu finden, und Elin musste auf ihre Gesellschaft verzichten. Manchmal haderte sie mit sich, dass sie es nicht geschafft hatte, einen größeren Vorrat an Heu anzulegen, wie sie es früher im Dorf selbstverständlich getan hatte, um ihre Schafe über den Winter zu bringen. Aber sie lebte nicht mehr im Dorf, sie war allein, und schon das eigene Überleben verlangte ihr alles ab, was sie an Energie und Kräften besaß. Gras in größeren Mengen zu ernten und zu lagern, das war einfach zu viel gewesen. Und Elin wusste, ein weiterer Unfall, ein weiterer Verlust ihrer Vorräte konnten nun, da der Winter da war, ihr Ende bedeuten.

Anfangs hatte diese Vorstellung sie gelähmt, und sie war während der ersten kalten Tage in der Höhle geblieben, um ihr Eigentum zu hüten, Steinklingen zu schlagen, Körbe zu flechten und an ihrem Glutbehälter herumzubasteln. Dann aber war die Unruhe über sie gekommen. Sie hatte es in der engen Höhle nicht mehr ausgehalten, die sich mit dem ganzen Gewicht ihrer Steinwände um sie zu legen und sie schier zu ersticken gedroht hatte. Es half nichts, dass sie sich immer wieder vornahm, zur Ruhe zu kommen und die Geborgenheit zu genießen, die sie sich geschaffen hatte. Elin hielt die Stille nicht aus. Selbst der Schlag ihres eigenen Pulses machte sie nervös und trieb sie um. Sie warf sich ruhelos auf ihrem Lager herum. Die Felswände schienen das Leben von ihr fernzuhalten und nichts hindurchzulassen als die Albträume und Erinnerungen, die sie regelmäßig quälten.

Also hatte Elin sich wieder aufgemacht, mit Sternauge auszureiten wie damals im Herbst.

Heute, das sagte ihr Gefühl ihr, heute würde die Stute da

sein. Sternauge und sie hatten ein inneres Gespür füreinander entwickelt, das sie beim Reiten wie eine Einheit agieren ließ. Selbst über die Entfernung konnten sie eine Verbindung zueinander herstellen.

Voller Vorfreude packte Elin eine Handvoll getrockneter Wiesenkräuter und einen verschrumpelten Apfel zusammen, an dem sie selbst sehnsüchtig roch und noch einmal hineinbiss, ehe sie ihn einwickelte und in ihre Sattelkörbe packte, um die Stute damit zu verwöhnen. Der Aufstieg war ein Kinderspiel, nun, da Elin an den Tannen auf dem Felsgipfel lange Seile angebracht hatte, die nach beiden Seiten herabhingen und ihr beim Auf- und Abstieg den Weg zu ihren Pferden erleichterten.

Sternauge hob den Kopf beim ersten Pfiff, den Elin ausstieß. Nie hatte die Schimmelstute schöner ausgesehen als jetzt, da sie, in den weißen Dampf ihres Atems gehüllt, durch die silberglitzernde Frostlandschaft auf Elin zutrabte, als wäre sie selbst ganz aus Eis und Licht gemacht.

«Braves Mädchen, brav», murmelte Elin und klopfte ihr den Hals, während die Stute mit ihrer Nase den Umhang des Mädchens durchstöberte. Elin ließ sie kichernd gewähren, um ihr schließlich die Leckereien auszuhändigen. Sternauge zermalmte den Apfel, und die Handvoll Gräser verschwand in ihrem Maul, als wäre sie nichts.

«Tut mir leid, dass es nicht mehr ist», sagte Elin schuldbewusst und streichelte sie. Mit besorgter Miene musterte sie das Tier, stellte aber erleichtert fest, dass es so wohlgenährt und gesund aussah wie immer. Sie würde sich wohl darauf verlassen müssen, dass Sternauge auf sich selbst aufpassen konnte, besser vielleicht als sie selber.

«Wollen wir einen Ausflug machen, hast du Lust, ja?», schmeichelte Elin, während sie ihr das Halfter überstreifte. Dann legte sie ihre Transportkörbe über den Hals des Pferdes. Vorsichtig führte sie die Stute an der Stelle vorbei, die sie selbst nie passieren konnte, ohne daran zu denken, wie sie vor wenigen Wochen dort gestanden und inmitten von Pfützen aus Blut, von kreischenden Krähen umflattert, Anwins großen Leichnam zerteilt hatte. Ihr war, als stiege ihr der Geruch noch immer in die Nase. Dabei war nichts mehr von der Stelle zu sehen. Alle Knochen waren von Füchsen und anderen Räubern verschleppt worden.

Elin murmelte einen Gruß, als sie daran vorbeiging, dann wurde ihr Herz leichter, und sie saß auf. «Und?», fragte sie munter. «Wohin wollen wir uns heute wenden?» Seit es nichts mehr zu ernten gab, ergab sie sich ganz Sternauges wiegendem Schritt und genoss es, in ihrer Gesellschaft die Gegend zu durchstreifen, so leicht und schnell und sicher, wie kein Mensch sonst auf der Welt es vermochte. Nie verlor sich dieses Gefühl des Glücks, das sie auf dem Rücken des Tieres empfand, und die Empfindung, mit seiner Freundschaft reich beschenkt, ja ausgezeichnet worden zu sein. Und das wiederum versöhnte sie mit ihrer Einsamkeit. In diesen Momenten gab es nichts, was Elin vermisste, und sie war eins mit der Welt. Alle Schwere fiel während dieser Ritte von Elin ab. Die Kälte prickelte auf ihrer Haut, brachte ihre Augen zum Glänzen, klärte ihren Kopf und ließ sie sich wieder lebendig fühlen.

Die letzte Nacht war besonders schwer gewesen. Wieder einmal hatte der Traum sie geplagt, in dem sie lief und lief, und doch kam der Mann, der sie verfolgte, immer näher, und wenn sie aufwachte, spürte sie Tränen über ihr Gesicht laufen, und ihr Hals schmerzte, als hätte sie aus Leibeskräften geschrien. Elin erinnerte sich, in diesen Träumen um Hilfe rufen zu wollen. Aber nie brachte sie, vom Grauen übermannt, auch nur einen einzigen Ton heraus.

Umso erleichterter atmete sie nun die klare, blaue Luft ein und genoss die vertraute Wärme von Sternauges Flanken.

Die Stute trabte Richtung Nordwesten fort vom Fluss, und Elin ließ sie gewähren. Nachdem sie lange ein Wäldchen aus Tannen, Eschen und vereinzelten Ahornbäumen durchstreift hatten, deren Äste Elin zwangen, sich immer wieder zu ducken, tat sich endlich eine Wiese vor ihnen auf, die Elin noch nie gesehen hatte, eine wilde Heidelandschaft aus vertrockneten roten Gräsern, Heidelbeergestrüpp und niedrigen Büschen, zwischen denen sich hie und da Kiefern vergeblich mühten, höher als hüfthoch zu wachsen.

Elin wollte Sternauge schon auf die Wiese lenken, um nach dem langen Weg durch den Wald endlich eine schnellere, bequemere Gangart einschlagen zu können, als sie spürte, dass das Tier sich weigerte.

«Na komm schon», lockte Elin und schnalzte mit der Zunge. Auffordernd verlagerte sie ihr Gewicht nach vorne. Aber ganz gegen ihre Art wandte Sternauge den Kopf und bockte. Da endlich sah es auch Elin: Der Boden war nur oberflächlich gefroren. Wenn die Stute ihn betrat, brach die dünne Eisschicht knisternd, und sie sank mit ihrem Huf schmatzend in den Grund. Eine dicke Schicht dunkler, fetter Erde klebte daran, wenn sie ihn herauszog.

«Das ist ein Moor», stellte Elin mehr interessiert als verängstigt fest und ließ ihren Blick über den Landstrich schweifen, um ihn sich einzuprägen. Moore waren stets besondere Gegenden. Wasser und Land trafen sich dort, um sich zu vereinigen, zwei Elemente, die einander fremd waren und sich ausschlossen, und das machte solche Orte zu Stätten des Übergangs. Im Moor lagen diese und die andere Welt dichter beieinander als anderswo, und man musste darauf gefasst sein, dass sich Untiefen auftaten. Nicht selten fand man in der Nähe von Mooren auch Quellen, die besondere Heilkraft besaßen. Sie entstammten jener Welt und waren der Großen Mutter heilig. Nicht ohne Herzklopfen hielt Elin danach Ausschau. Ein solcher Ort in der Nähe ihres Heimes, das konnte nichts anderes als ein gutes Omen sein. Unwillkürlich fasste sie nach der Kette aus Bärenkrallen und -zähnen, die um ihren Hals hing. Sie hatte der Mutter für vieles zu danken, und gerne würde sie einen Teil ihres Besitzes dafür in einer heiligen Quelle versenken.

Sie beruhigte Sternauge, die zurück in den Wald strebte, und führte sie mit sachtem Zügelzug am Rand der Moorwiese entlang. Als das Pferd begriffen hatte, dass sie nicht von ihm verlangte, den unsicheren Boden zu betreten, suchte und fand es bald ganz von alleine und mit traumwandlerischer Sicherheit den Weg an jener unsichtbaren Grenze entlang. Elin musterte die Landschaft aufmerksam. Aber nichts Besonderes fiel ihr ins Auge, bis sie beinahe schon auf der gegenüberliegenden Seite angekommen war. Unschlüssig, ob sie die Umrundung vollenden oder angesichts einiger umgestürzter Baumstämme, die ihren weiteren Weg erschwerten, umkehren sollte, hielt Elin inne. Da bemerkte sie etwas, das sie erstarren ließ. Kraftlos glitt sie vom Rücken der Stute und sank in die Knie. Ja, da war es und verschwand auch nicht, als sie ihre Hand hineinlegte und mit zitternden Fingern die Ränder vermaß: Unscheinbar war es, kleiner als die Spur einer Bärentatze, harmloser als die eines Wolfes, unauffälliger auch als das aufgewühlte Erdreich, das ein wilder Eber hinterließ. Dennoch hatte es sich deutlich in das feuchte Erdreich eingedrückt, so frisch, dass das auf seinem Grund gesammelte Wasser noch nicht wieder gefroren war. Elin erschauerte: Es war die Spur eines Menschen.

III.

DIE SPUR
DER REISENDEN

29.

Belas Ziel war der Mutterschoßberg, von dem Pandrok an jenem Abend erzählt hatte. Von dort war der Händler gekommen, der das Hirschamulett mitgebracht hatte. Wenn der Ort nicht selbst unter der Herrschaft der Hirschmänner stand, dann wusste man dort vielleicht wenigstens, wo sie zu finden waren. Jedenfalls hoffte Bela dies. Er hatte keine andere Spur. Dort sollte es reiche Erzvorkommen geben. Seit Menschengedenken schon grub man in jenem Berg, und das Kupfer aus den Mienen war hochwertig, wie Skelt ihm bestätigt hatte. Bela wusste nicht, ob dort auch Zinn gefördert wurde. Aber Skelt hatte gesagt, dass die Mienen ein Handelsplatz waren, der die Reisenden von weither anzog, um dort Rohkupfer zu kaufen und damit zu handeln. Wenn irgendwo die Chance bestand, auf einen Mann zu treffen, der Zinn besaß, oder zumindest wusste, wie man es bekommen konnte, dann dort. Und Bela wollte Zinn. Er brauchte Zinn für die Waffe, von der er träumte, für die Klinge, die es mit denen der Hirschmänner aufnehmen konnte, für das Schwert seiner Rache.

Bela hielt die Richtung, die man ihm genannt hatte: Er ging unbeirrbar nach Süden. Er traf auf Dörfer und Menschen, die ihn als einen Händler grüßten, und er ließ sie in dem Glauben. Er bot sogar Pandroks Waren an, die er ebenso mit sich trug wie dessen Amulette. Bela spielte seine Rolle gut. Nicht umsonst hatte er viel Zeit damit verbracht, in Orins Hütte zu sitzen, den Erzählungen der Händler zu lauschen und ihre Rituale zu beobachten. Man beherbergte ihn gerne und ließ ihn ungern ziehen. Bela revanchierte sich mit Geschichten, die er einst gehört hatte und nun als die seinen ausgab. Manchmal ließ er hie und da eine Andeutung an die Hirschmänner fallen, einmal ging er sogar so weit, das dazugehörige Amulett wie zufällig von seinem Handgelenk baumeln zu lassen. Doch es löste keine verräterische Reaktion aus. Also zog Bela weiter.

Der hereinbrechende Winter störte ihn nicht. Er war mit Pandroks Vorräten gut ausgerüstet und sogar dankbar, dass der ewige Regen endete, der seine Schuhe und Kleider durchnässt und die Wege in Morast verwandelt hatte. Die Gegend wurde einsamer, und immer öfter war Bela gezwungen, im Freien zu nächtigen, unter einem Überhang oder einem schnell gebauten Windschutz. Statt Grütze und Räucherfleisch angeboten zu bekommen, aß er hastig über dem Feuer geröstete Streifen von irgendeinem Tier, das er nebenbei erlegte. Edek kam ihm in den Sinn, mit dem er so häufig Jagdausflüge unternommen hatte. Wie oft hatten sie unter einem Dach aus Weidengeflecht am Fuß irgendeiner Felswand gesessen, frierend, aber zufrieden?

«Du lässt es immer fast verkohlen», hatte er sich bei Edek beschwert, der ihm gegenüber am Feuer hockte und verträumt in die Glut starrte. Orin trat hinzu und klopfte ihm auf die Schulter. «Du weißt doch», sagte der Schmied. «Edek hat so viel Mühe, die Beute auf seinen Spieß zu bekommen, da kann er sich nachher nicht überwinden, sie so schnell wieder runterzunehmen.»

«Du sprichst wohl von dir und den Weibern», antwortete Edek mit einem gutmütigen Lachen.

Und so teilte Bela das Feuer mit seinen Gespenstern, kaute sein verkohltes Fleisch, führte endlose, stumme Gespräche und grinste ins Nichts. Bald wusste er nicht mehr, ob er der Vergangenheit oder einer Zukunft entgegenging. Und an den Morgen brauchte er immer länger, bis er begriff, wo er war, wenn er mit schweren, ausgekühlten Gliedern erwachte.

Als Bela an jenem Vormittag aus dem Wald trat und das diffuse Licht der Wintersonne ihn traf, reckte er sich dankbar und blinzelte nach dem Gestirn, das ihm den Weg wies und ihn ein wenig wärmte, auch wenn es nicht viel mehr war als ein verschwommener weißer Fleck an einem silbergrauen Himmel, aus dem der Dunst sich auf die Landschaft senkte. Für eine Weile verstummten die Stimmen in seinem Kopf, und er genoss den Augenblick.

Erleichtert stellte er fest, dass das Gelände vor ihm leichter zu begehen war als die hinter ihm liegende Strecke, die düster gewesen war und voll dornigen Gestrüpps, das ihn mehr als einmal dazu gezwungen hatte, weite Umwege zu nehmen. Diese Wiese schien einfach zu überqueren. Und er würde wieder einmal ein wenig Weite um sich spüren. Seit die Berge höher und die Täler enger geworden waren, fühlte Bela sich nicht mehr wohl. Und es war ihm, als hätte er den Ruf eines Fasans gehört. Sofort knurrte sein Magen, der heute noch kein Frühstück bekommen hatte.

Bela zog eine Wurfschlinge aus seinem Gepäck, eine in mehrere Stränge auslaufende Schnur, deren Enden so mit Steinen beschwert waren, dass sie sich, geschickt geworfen, um die Beine oder den Körper des Opfers schlangen. Er nahm seine Trage ab und lehnte sie gegen einen Stein, damit sie ihn nicht bei der Jagd behinderte. Dann schlich er sich vorgebeugt ins hohe Gras. Da, wieder der Ruf, und ihm war, als höre er ein Rascheln. Er setzte seine Füße vorsichtig, damit das Knistern des Frostes unter seinen Ledersohlen ihn nicht verriet.

Als er das erste Mal einsank, achtete er gar nicht darauf. Er hielt den Blick konzentriert auf das Gesträuch gerichtet, hinter dem er seine Beute vermutete. Dann zog es ihm den Schuh vom Fuß. Bela fluchte unterdrückt und langte danach, während er angestrengt nach dem Vogel Ausschau hielt und hoffte, dass er nicht gerade jetzt aufflog, da er auf einem Bein balancierte. Da bemerkte er, dass auch sein Standbein in den Boden einsank.

«Was bei Mordech …» Bela begriff es im selben Moment, doch es war zu spät. Die hastigen Schritte, mit denen er sich zurück auf festen Grund zu retten versuchte, fanden keinen Halt und trieben ihn nur noch tiefer hinein in das grundlose Moor, das ihm nun schon fast bis zu den Knien reichte. Noch einmal versuchte er einen großen Schritt. Dabei verlor er das Gleichgewicht und schlug lang hin. In Panik spürte er, wie das Moor an seinem Körper saugte. Schon sank seine Hüfte tiefer. Hastig rollte er herum und landete auf Händen und Knien, die sich sofort in den weichen Grund eindrückten. Was auch immer er herauszog, ein anderes Körperteil sank dafür weiter ein. Am Ende schlug er um sich wie ein verzweifelter Schwimmer.

Schwer atmend blieb Bela schließlich liegen. Immerhin hatte er es geschafft, seinen Oberkörper auf eine Grasnarbe zu legen, wenn sie auch nicht fest war, sondern verräterisch weich, und dicht vor seinen Augen die fette, schwarze Erde leise wogte. Ein modriger, uralter Geruch stieg ihm in die Nase. Der Atem Mordechs, der aus der Tiefe sein Maul nach ihm auftat. Bela schloss die Augen, um nichts mehr zu sehen. So lag er da, mit weit ausgebreiteten Armen. Seine Beine steckten bis zur Hüfte im Moor.

Eine Weile dachte er, ihm würde eine Atempause gewährt, bis er spürte, dass er sachte, fast unmerklich zwar, aber ohne Zweifel tiefer sank, dass sein Oberkörper, seine Arme und Hände, jeder einzelne Finger, immer weiter und weiter von dem trügerischen Erdreich umschlossen wurden. Die kalte Umarmung sog ihn ein, und Bela konnte fühlen, wie sie seinen Hals, seinen Mund erreichen würde, um ihn langsam und ohne Gnade zu ersticken.

«Nein!», schrie er. Über ihm flatterte wild erschrocken der Fasan auf.

Da hob Elin den Kopf.

«Hast du das gehört?», fragte sie Sternauge. Ihre Stimme zitterte. Wie lange war es her, dass sie die Stimme eines anderen Menschen vernommen hatte? Sie wusste es nicht, aber es schien eine Ewigkeit zu sein. Nur die Stimme aus ihren Träumen, die Gestalten in ihrem Kopf, die zu ihr sprachen, wenn sie alleine war, waren zu ihr gedrungen. Sie räusperte sich laut. Sie musste sich geirrt haben. Dies hier war real: das Rascheln des trockenen Grases im Wind, das knisternde Eis, sie selbst und Sternauges Schnauben, ihrer beider vertraute Nähe, der Atemdunst, der sich in feinen Tropfen an den Haaren ihres Pelzes absetzte. Vielleicht hatte sie nur einen Vogel gehört. Oder den Ruf eines Dämons?

Da erklang der Schrei erneut.

«Das ist ein Mann», flüsterte sie. «Ein Mann», wiederholte sie lauter, um den Bann zu brechen, der sich um sie legte. Sie erschauerte und wusste selbst nicht, ob vor Angst oder Freude. Ein Mensch, sagte sie sich, ein Mann, das konnte Gefahr bedeuten. Es konnte nur so sein, denk an die Männer vom Hügel, denk an Idris, an Uris.

Ein Mensch, ein Mensch!, jubelte dagegen eine Sehnsucht in ihr, von der sie selbst nichts geahnt hatte. Ihre Wangen hatten sich gerötet, und ihr Herz schlug rasch. Ihre Finger verkrampften sich um Sternauges Zügel. «Ich weiß nicht», wiederholte sie flüsternd, als sie aufsaß. Aber ihre Schenkel hatten den Befehl bereits gegeben; ihr Entschluss war gefasst, ehe er ihr zu Bewusstsein kam. Die Stute setzte sich in Bewegung. Sanft lenkte Elin das Pferd in die Richtung, aus der die Stimme gekommen war.

Sternauge schnaubte, wieherte und zögerte am Rand des Grases, schließlich aber, als das Mädchen nicht nachgab, setzte sie ihre Hufe vorsichtig, Schritt um Schritt, und suchte ihnen einen sicheren Weg hinein in das Moor. Unter vielen Umwegen näherte sie sich der Stelle, an der der Fasan aufgeflogen war. Als sie endgültig stehen blieb, saß Elin ab. Beim ersten Schritt spürte sie, wie der Boden unter ihr nachgab. Vor ihr lag der trügerische und weiche Grund, und darin, der Anblick traf sie wie ein Schlag, steckte der, den sie gesucht hatte.

Elin sah zunächst nicht mehr als einen Rumpf, mit blind um sich schlagenden Armen. Das Gesicht des Mannes war verschmiert, nur seine Augen so weit aufgerissen, dass man das Weiße darin erkennen konnte. Er hatte sie noch nicht bemerkt, sondern war ganz darauf konzentriert, mit Hilfe einer Wurfschlinge, die er mühsam schwang, den Stamm einer nahen Jungtanne zu erreichen. Doch die Schnüre sausten wieder und wieder vergeblich durch die Luft und brachten nur die äußersten Astspitzen des Bäumchens zum Zittern. Der rettende Stamm war zu weit entfernt.

«Warte!», rief Elin. «Beweg dich nicht!» Der Mann hielt inne und starrte sie an. Elin war nicht sicher, ob er sie wahrnahm. Aber sie bemerkte, dass seine Augen grün waren, grüner als die Spitzen der Tannen im Frühling. Und etwas daran berührte sie seltsam.

«Ich werde dir helfen», sagte sie, ruhiger diesmal. Und sie war selbst froh, als sie diese Worte hörte. Ja, sie wollte ihm helfen. Ihre Angst war verflogen. Im selben Moment aber wurde ihr bewusst, dass sie vielleicht schon zu spät gekommen war. Zu tief hatte das Moor ihn bereits eingesaugt.

Hastig schaute Elin sich um und entdeckte eine abgestorbene Erle in der Nähe. Sie brach ein paar der Äste ab und legte sich daraus einen Knüttelweg, auf dem sie näher an den Verunglückten heranrobbte. Sie streckte die Arme aus, aber noch immer konnte sie ihn nicht erreichen. Enttäuscht schlug sie die Kapuze zurück und wischte sich über die verschwitzte Stirn.

Bela schaute sie an wie einen Geist. Bislang hatte er mit

fiebernder Ungeduld die Bemühungen dieser seltsamen, kaum menschlichen Gestalt in ihren plumpen Kleidern verfolgt. Kaum, dass er es schaffte, ihren Anweisungen zu folgen und sich ruhigzuhalten. Er glaubte, wahnsinnig zu werden über die Langsamkeit dieses fremden Gnoms, und zweifelte an dessen menschlichem Verstand. Bald wollte er ihn verfluchen, bald ihn ohne jede Scham anflehen, sein Leben zu retten. Und nun blickte er aus nächster Nähe in das Gesicht des schönsten Mädchens, das er je gesehen hatte. Ihr korngoldenes Haar quoll aus der Kapuze wie eine Erinnerung an den Sommer. Ihr schmales Gesicht war blass vor Erregung, und darin brannten zwei große, dunkle Augen mit solcher Intensität, dass Bela die Kälte der Umklammerung, die ihn hielt, für einen Moment nicht mehr spürte. Er lächelte unwillkürlich, als er sie sah. So viel Schönheit, das wusste er, war nicht von dieser Welt. Wem sie zu sehen vergönnt war, auf den wartete gewiss nur noch der Tod. Die Mutter musste ihm dieses Wesen gesandt haben als ein Versprechen auf das Jenseits. Und in diesem Moment war er mit seinem Schicksal versöhnt.

Elin sah etwas in seinen Zügen, das sie nicht begriff. Angstvoll neigte sie den Kopf, um seinen Blick nicht zu verlieren. Noch etwas weiter reckte sie sich vor, nur noch ein Stück. Ihr war, als würde alles gut, wenn es ihr nur gelänge, seine Wange zu berühren. Es fehlte doch nicht viel, nur dieses kleine, verfluchte, alles entscheidende Stück. «Die Schlinge», sagte sie da.

Etwas in seinem Blick veränderte sich, das Grün seiner Augen wurde dunkler. «Die Wurfschlinge», rief sie drängend.

Er wandte den Kopf, als hätte er einen Ruf aus sehr weiter Ferne vernommen. Orin stand da, den Arm um Edek gelegt. Seine Hände machten eine anerkennende Geste. Mela neben ihm hatte die Hände in die Hüften gestemmt und musterte kritisch, was sie sah. Sein Vater kicherte, ohne etwas zu sagen. Belas Lippen öffneten sich. «Du bist da», krächzte er.

Elin brauchte einen Moment, bis sie verstand. «Ja», rief sie dann erleichtert, lauter als nötig. «Ja, ich bin da. Und ich werde dich da rausholen. Aber wirf mir die Schlinge zu.»

Langsam schien er zu begreifen. Fragend starrte er erst sie, dann die Wurfwaffe in seiner Hand an.

«Ja», nickte Elin eifrig. «Genau. Schleudre sie in meine Richtung.»

Bela gehorchte. Noch einmal holte er aus. Es fiel ihm schwer, ihm war, als erwache er aus einem Traum, einem wunderschönen Traum, in dem diese Frau ihn begleitete. Das Moor hatte mit einem Rülpser ein weiteres Stück von ihm geschluckt und behinderte seine Bewegung. Aber mit zusammengebissenen Zähnen schaffte er es, die Schlinge in ihre Richtung zu schleudern. Elin hob die Hand und schloss fest die Augen. Der Schmerz biss in ihre Finger, als die Lederschnur sich darumschlang. Aber sie ließ nicht los. Die Verbindung war geknüpft; nun hatte sie ihn.

Eilig richtete sie sich auf dem dünnen, wankenden Knüttelpfad auf die Knie auf. Mit aller Kraft zog sie. Doch sie zerrte nur seinen Arm nach vorne und schnürte sich selbst alles Blut in den Fingern ab. Gegen die Macht des Moores kam sie nicht an. In nervöser Angst schluchzte sie auf. Da sah sie ihn wahrhaftig lächeln. Ihre Augen wurden groß vor Erstaunen.

Bela nickte ihr zu. «Es ist gut», sagte er weich, «bring dich nicht in Gefahr.»

Bei diesen Worten sprang Elin auf, als hätte man sie gestoßen. Kein Fluch hätte sie tiefer treffen können als diese Freundlichkeit von einem völlig Fremden. Sie schüttelte den Kopf, entschlossener denn je, ihn nicht aufzugeben. Nein, nein, das durfte nicht sein! «Warte», rief sie.

«Bleib!», entfuhr es Bela, der spürte, wie das Moor ihm kalt unter die Achseln kroch. Wenn sie nur da war, mehr verlangte er nicht. Wenn sie nur bei ihm bliebe, bis es vorbei wäre. Sein Geist, sein Zeichen. Er wollte ihr noch seinen Namen sagen. Und die der anderen. Damit sie nicht völlig vergessen wären, wenn er sie auch nicht hatte rächen können.

«Ich muss dir noch …», gurgelte er. Die Kälte drang bis an sein Kinn.

30.

Elin hastete zu Sternauge. Zuerst versuchte sie mit aller Macht, die Stute näher an die Unglücksstelle heranzuzerren, aber das Tier, mit dem sicheren Instinkt für die Gefahr, verweigerte sich. Endlich verfiel sie auf die Idee, ihre Transportkörbe herabzuziehen. Sie löste mit hastigen, halbtauben Fingern die Verbindungsschnüre und knüpfte sie an die Zügel, die damit schon ein wenig länger waren. «Nun komm schon, du stures Mistvieh, du Süße, Schätzchen, bitte, oh Mutter, bittebittebitte.» Zwei Schritte tat das Pferd, keinen mehr. Elin überlegte fieberhaft. Dann warf sie ihren Umhang ab, löste den Gürtel, verband ihn mit den Korbschnüren, prüfte den Knoten und zog das Seil straff: ein weiterer halber Meter. Doch das genügte nicht.

Sie zerriss ihre Kapuze, vor Ungeduld schrie sie auf, als das Material nicht nachgab; sie nahm das Steinmesser zu Hilfe, schnitt Streifen, ohne jede Rücksicht. Wieder wuchs das rettende Seil. Sie wandte sich zu dem Mann um und zog mit aller Macht.

«Sternauge, bitte hilf mir», schmeichelte sie verzweifelt. «Himmelnochmal», schrie sie im selben Moment vor Wut auf. «Ahhh.» Ein letzter Ruck, dann war es geschafft. Sie lag am Ende des Knüttelweges und streckte sich nach den

Enden der Wurfschlinge. Nur eine Handbreit fehlte, eine Spanne nur. Elin zog, bis ihre Arme zitterten. «Sternauge!», rief sie verzweifelt. Da spürte sie das Ende unter ihren Fingern. Sie krallte sich mit den Nägeln in die Erde, bekam es zu fassen, hielt es.

«Orin», flüsterte Bela. «Du musst dir den Namen merken, hörst du?»

«Ja», stieß Elin hervor, «ja, ja.» Sie glaubte, ihre Armsehnen müssten zerreißen; das Blut rauschte in ihren Ohren. Kaum hörte sie die Namen, die der Mann ihr zuflüsterte, und doch wiederholte sie alle wie ein Gebet.

«Bela», flüsterte er ersterbend.

Elin warf verzweifelt den Kopf in den Nacken. «Bela!», brach es aus ihrer Kehle wie ein Hilfeschrei. Sternauge wieherte. Da auf einmal ließ der Zug nach, und sie hatte Spiel. Der Mutter sei Dank, dachte Elin. Hastig zog sie die Seilenden zueinander. Mit erforenen Fingern verknüpfte sie so schnell sie konnte alles miteinander und robbte dann zurück zu ihrem Pferd.

«So, mein Mädchen», flüsterte sie. «Jetzt bist du dran. Zieh, hörst du? Hilf mir, du bist stärker als ich. Zieh!» Aufmunternd klopfte sie der Stute den Hals, wobei sie immer wieder angstvolle Blicke zu dem Mann zurückwarf, der seinen Kopf jetzt schon recken musste, um sein Kinn aus dem Morast zu heben. Wenn er nur nicht aufgab, wenn er die Schlinge nur nicht losließ, nicht jetzt noch, nicht vor ihren Augen! Nicht noch einmal sollte unter ihren Händen jemand sterben.

«Zieh», flüsterte sie Sternauge fieberhaft ins Ohr, fast von Sinnen vor Sorge. «Zieh, und ich gebe dir, was du willst. Ich gebe dir, ich, ich … ich gebe dir meine Seele.» Sie hatte nicht nachgedacht über das, was sie da sagte.

Kinder versprachen einander Derartiges bei ihren geheimen Spielen fern der Erwachsenen, mit großem Ernst und wohligen Schauern. Sie versprachen es ‹bei ihrer Seele›, ‹beim

Blut ihrer Ahnen› und ‹für alle Ewigkeit›, ohne wirklich zu wissen, was sie da sagten. Elin war erstaunt, als sie sich die Worte aussprechen hörte, erstaunt und ein wenig beschämt. Aber sie kam nicht dazu, darüber nachzudenken, denn im selben Moment setzte Sternauge sich tatsächlich in Bewegung.

«Ja», jubelte Elin mit bebender Stimme. «Ja, ja, braves Tier, meine Schöne, meine Wunderbare.» Sie hüpfte beinahe und lief zu dem Mann, der sich nun, quälend langsam zwar, aber unaufhaltsam, aus der tödlichen Umklammerung befreite.

«Lass nicht los», rief sie ihm zu, als er, bis zur Hüfte frei, erschöpft auf dem Moor lag. «Es ist noch nicht vorbei.»

Sie ging, um Sternauge erneut anzutreiben. Wieder löste er sich mit einem Ruck weiter aus dem Moor. Doch da riss das gestückelte Seil.

Elin haschte danach, überlegte es sich dann aber anders, ließ es fallen und lief zu ihm hin, um nach seiner Achsel zu greifen. Mit letzter Kraft zog sie ihn zu sich herauf auf den Knüttelpfad. Ächzend brach der Mann über ihr zusammen.

Einen Augenblick lang überfiel Elin blinde Panik. Sie trat und stieß um sich und wand sich wie ein Fisch auf dem Trockenen, um freizukommen von der Last, die in ihr die schlimmen Erinnerungen an die Ereignisse in der Halle des Herrn vom Hügel weckte. Unwillkürlich dachte sie: Mein Messer, ich brauche das Messer.

Aber mit einem Mal war das Gewicht von ihr genommen. Sie starrte in den milchigen Himmel, an dem der Dunst sich langsam auflöste und die Sonne wie eine kupferne Scheibe sichtbar werden ließ. Schwer atmend lag Elin da und spürte die zarte Wärme, die von dem Licht ausging. Als sie den Kopf wandte, blickte sie ins Gesicht des Mannes. Hell zeichneten sich die Lachfältchen um seine Augen unter der dunklen Maske aus Moor ab, die seine übrigen Züge bedeckte. Elin hob die Hand, um seine Wangen abzuwischen, ballte sie dann aber verlegen zur Faust und ließ sie sinken. «Ist Bela dein Name?», fragte sie.

Er nickte. «Und du?»

«Elin», sagte sie knapp und hielt angstvoll den Atem an, als hätte sie etwas Wertvolles verraten.

«Elin.» Er lächelte. Seine Stimme war sanft, und Elins Ängste wichen ein wenig.

Bela betrachtete ihre schlammverschmierten Haare und Kleider: «Es tut mir leid, dass ich dich beschmutzt habe, Elin.»

Da musste sie mit einem Mal lachen. Nach all der Angst, die sie ausgestanden hatte und den Schmerzen, nachdem sie beide knapp dem Tod entgangen und all ihre Gespenster wiedergekehrt waren, war es seine Sorge, dass sie schmutzig wurde! Erst kicherte sie und schluckte, hielt sich die Hand vor den Mund, damit er es nicht merkte, und wandte sich ab, aber dann gab es kein Halten mehr. Elin konnte nicht mehr aufhören, sie platzte laut heraus und lachte, lachte, dass ihr Bauch wehtat und sie sich die Seiten halten musste.

Nach einem Moment des Verdutztseins stimmte Bela in dieses ansteckende Gelächter mit ein, erst mit vereinzelten Glucksern, dann aus vollem Herzen. So lagen sie beide da, auf dem Rücken im Moor, und schickten ihr Gelächter zur Sonne, während ihnen die Tränen über das Gesicht liefen. Es dauerte lange, bis ihre wirre Erregung abgeklungen war. Keuchend wandten sie sich schließlich einander zu. «Wir sollten besser kriechen, bis wir auf festem Boden sind», stieß Elin hervor.

Bela nickte. Der Vorschlag war vernünftig, und er richtete sich auf die Ellenbogen auf, um ihn zu befolgen. Aber der Gedanke, was für einen Anblick sie beide wohl boten, zwei erwachsene Menschen, triefend vor Modder und nebeneinanderher auf allen vieren laufend wie die Hunde, ließ sie erneut in lautes Gelächter ausbrechen. So krochen sie langsam an Land.

Dort ließ Bela sich erneut ins Gras fallen. In der Annahme, sie ordne ihre Kleider ein wenig, blieb er, wo er war, und versuchte, über die neue Situation nachzudenken, aber in seinem Kopf drehte sich alles. Ein Glücksgefühl breitete sich in ihm aus. Er lebte, er war nicht gestorben. Und er hatte zum ersten Mal von Herzen und unbeschwert gelacht seit ... ja, wann? Bela drehte sich auf die Seite und stützte sich auf den Ellenbogen auf. «Weißt du was, Elin?», begann er. Dann blieb ihm das Wort im Hals stecken.

Da stand ein Pferd, weiß und majestätisch. Auf seinem Rücken saß eine Frau, hochaufgerichtet, die Schenkel an die Flanken des Tieres gepresst und so sicher und selbstverständlich, als wären sie nicht zwei, sondern ein einziges fabelhaftes Wesen. Bela blinzelte. Er rappelte sich hoch auf die Knie und blieb so hocken, wie in Anbetung versunken. Das Wesen kam langsam auf ihn zu.

«Große Mutter», flüsterte er.

31.

Bela glaubte zu träumen, als er hinter der jungen Frau auf dem Rücken des Pferdes durch die Landschaft schaukelte. Er wehrte sich nicht, er fragte nichts; er staunte nur und lauschte auf die Bewegung der starken Muskeln unter ihm und spürte manchmal eine Gänsehaut, wenn er sah, wie weitentfernt und schwankend die Erde war und wie rasch sie unter den Hufen des Tieres dahinzog. Anfangs versuchte er, sich krampfhaft gerade zu halten, aber dann entspannte er sich und gab sich der Bewegung hin. Seine Erschöpfung half ihm dabei, und bald kam es ihm vor, als müsse alles so sein, wie es war. Er wunderte sich auch nicht, als sie nicht an einem Dorf anhielten, mit bellenden Hunden und Kindern, die ihnen entgegenrannten, und Palisaden, hinter denen sich der Rauch der Kochfeuer in den Himmel kräuselte, sondern am Fuß eines einsamen Felsens am Fluss. Als sie ihn aufforderte, sich an einem Seil entlang den schmalen Grat zu einer Höhle hinaufzuarbeiten, tat er es einfach. Er hatte nicht erwartet, dass sie wie andere Menschen lebte. Eigentlich war er sich nicht einmal sicher, ob sie überhaupt ein menschliches Wesen war.

Er hatte ihre Wärme gespürt, unter dem Bärenfell, das um sie beide geschlungen war, als er an sie geschmiegt ritt. Er hatte die Silberhärchen auf ihrem Nacken gesehen, dort, wo sie ihr Haar beiseitegestrichen hatte, ihr Haar, das sich in so unglaublicher Fülle über ihrer Schulter bauschte, dass man glaubte, es müsse ihren schlanken Hals beugen. Und er hatte den Duft gerochen, der darin hing, wenn der Ritt ihm die Strähnen ins Gesicht geweht hatte, ein Duft, in dem unter dem Geruch von Rauch, Pelz und Moor ein fernes Versprechen des Sommers hing, Korn und Mohnblüten und das Beben der Ähren im Wind. Ich fiebere, sagte Bela sich, während er sich Schritt für Schritt den Grat hinaufkämpfte. Ich bin müde und verletzt und nicht mehr Herr meiner Sinne. Dennoch konnte er es nicht lassen, immer wieder den Kopf zu wenden und nach ihr zu sehen, die hinter ihm kletterte. Sie nickte ihm zu und forderte ihn auf, die Weidenwand beiseitezuschieben, die ihm nun den Weg versperrte. «Hier?», fragte er. Sie nickte. In ihren Augen lag nichts von der einladenden Wärme, die er von den anderen Frauen kannte. Groß, fremd und fragend blickten sie ihn an. Was wollte diese Frau von ihm wissen? Und wer war sie?

Wenig später saß er am Feuer, das sie rasch und geschickt

wieder angefacht hatte. Sein Blick schweifte durch den kleinen Raum, der bis auf den letzten Platz mit Vorräten ausgefüllt war. Primitive, aber originell improvisierte Halterungen aus Ästen hielten aufgehängte Körbe, Schnüre voll getrockneter Früchte und Fleischstreifen. Er sah Tontöpfe und Holzkästchen, Werkzeuge der einfachsten Art und ein Lager. Ein einziges, wie er mit einem Seitenblick feststellte. «Lebst du hier alleine?», fragte er sie.

«Warum willst du das wissen?», fragte sie scharf.

Er zuckte mit den Schultern und versuchte, beruhigend zu klingen. «Es ist ungewöhnlich», sagte er. «Du scheinst eine ungewöhnliche Frau zu sein.»

Elin reagierte nicht. Sie wusste nicht, was sie dazu sagen sollte. Das Wort ‹Frau› aus seinem Mund berührte sie unangenehm, und seine Anwesenheit in ihrem Heim machte sie beklommen. Jetzt, wo er hier saß und so viel Raum einnahm, wurde ihr bewusst, wie groß er war, viel größer als sie und stärker. Seine Augen waren tatsächlich grün, darin hatte sie sich nicht getäuscht, und sein Gesicht war freundlich. Seine schwarzen Haare, die langsam trockneten, sprangen in Locken über seine braune Stirn und waren auch durch das lederne Stirnband nicht zu bändigen. Sie mochte die Art, wie die Wangenknochen seine Haut spannten, und sein Mund, das fiel ihr fast gegen ihren Willen auf, war groß und weich geschwungen. Aber all das reichte nicht, ihre Furcht zu überwinden.

Sie hatte seine Finger gereinigt und tupfte sie mit einem Stück Leder trocken. «Der hier scheint gebrochen zu sein», stellte sie fest, als sie alle abgetastet hatte. «Die anderen sind nur gequetscht.»

«Die Wurfschlinge», bekannte er mit einem schiefen Grinsen. «Normalerweise gehe ich besser damit um. Aber heute … aaahhh!», schrie er plötzlich auf und starrte sie an.

Elin blieb ungerührt. «Jetzt ist der Knochen wieder an

seinem Platz», stellte sie fest und betrachtete befriedigt den Finger, der nun nicht mehr unnatürlich abstand.

Bela stand der Schweiß auf der Stirn. Er nickte nur.

«Man tut Dinge, die man sonst nie täte, wenn man sich in Lebensgefahr befindet», fuhr sie im selben sachlichen Ton fort.

Bela starrte sie an. Sie sagte das, als wäre es das Selbstverständlichste von der Welt, mit der Sicherheit dessen, der wusste, wovon er sprach. Er fragte sich, wie es wohl war für eine Frau, alleine zu leben. «Das tut man», bestätigte er.

Die Anteilnahme in seiner Stimme ließ sie aufblicken, aber schnell schaute sie wieder weg. «Ich werde das verbinden», sagte sie. Zu seiner Überraschung ging sie zu einem abgedeckten Korb und holte einen Klumpen hervor, den sie lange zwischen ihren Fingern knetete. «Ton», bestätigte sie, als sie seinen fragenden Blick sah. «Er hat mir geholfen, als mein Fuß verletzt war. Er hält die Knochen beisammen, und er kühlt.»

«Tatsächlich», stelle er fest, als sich die Masse um seinen Finger schloss und er begriff, wie dieser seltsame Verband funktionieren sollte. «Woher weißt du darum?»

Nun war es an ihr, mit den Schultern zu zucken. «Ich habe es mir ausgedacht», sagte sie.

«Ausgedacht?», fragte er. «Du willst sagen, du hast es von niemandem gelernt?»

Spröde hob sie den Kopf. «Es war niemand da, der es mir hätte beibringen können.»

«Nur dein Pferd», versuchte er einen Scherz zu machen. Im selben Moment begriff er. «Und das hast du dir ebenfalls ausgedacht, nicht wahr?», fragte er.

Da trat ein Leuchten in Elins Augen. Zum ersten Mal, seit sie beide so hysterisch miteinander gelacht hatten, sah Bela sie wieder lächeln. Sie nickte. In kurzen Worten erzählte sie ihm davon, wie sie Sternauges Vertrauen gewonnen hatte.

«Unglaublich», murmelte er.

Das Leuchten erlosch. «Ich war allein und brauchte jemanden, der mir beisteht.» Sternauge hilft mir, voranzukommen und Lasten zu tragen. Und sie leistet mir Gesellschaft. Sie ist meine Freundin», sagte sie trotzig. «Tiere sind nicht nur Feind oder Futter, weißt du?» Dass Sternauge noch viel mehr für sie war, ein Bote der Mutter, ein guter Geist, der über ihr Leben wachte, und eine Art Orakel, das ihr Leben bestimmte, das hätte sie ihm niemals zu sagen gewagt. «Sie können mehr für uns sein», schloss sie ihre lange Rede vage.

Bela schaute sie an. Er sah, dass sie ihm etwas verschwieg. Aber er bemerkte auch die tiefe Leidenschaft, die aus ihr sprach. Eben noch hatte ihm eine kühle Amazone gegenübergesessen, jetzt erschien sie ihm wie ein begeistertes Kind. Laut sagte er: «Du hast recht. Mein Freund Edek besaß einen Hund, den er mehr liebte als die meisten Menschen. Und das Tier erwiderte diese Zuneigung. Sie gingen nie ohne einander auf die Jagd, sie teilten ihre Mahlzeiten und das Lager und …» Sie starben miteinander, wollte er hinzufügen, doch seine Stimme versagte.

Elin suchte in seinem Gesicht nach einem Anzeichen dafür, dass er sie auf den Arm nahm, aber sie konnte keines entdecken. Beinahe traurig starrte er vor sich hin, ehe er ihr ins Gesicht sah. «Du bist ganz erstaunlich», bekannte er.

Elin errötete. Hastig beendete sie seine Versorgung. «So, fertig», verkündete sie und überließ ihm seinen Finger, damit er ihn begutachtete.

«Ein wenig schwer», stellte er fest, als er ihn bewegte, «aber ich kann mir vorstellen, dass es nützt. Danke.»

Elin lächelte. «Ich werde uns etwas zu essen machen», sagte sie.

«Kann ich dir helfen?», fragte Bela.

«Mit einer Hand?», wehrte sie ab und war schon bei den Körben.

Als sie einige Fleischstreifen abnahm, knurrte laut und

vernehmlich sein Magen. Sie lachten verlegen. Er hielt Ausschau nach einem Messer, um ihr beim Schneiden zu helfen, und fand eine schlichte, faustkeilartige Feuersteinklinge, die ohne Griff war, aber gut in der Hand lag. «Ich kann auch mit links meinen Beitrag leisten», bemerkte er und wog das Messer in seiner Hand, dann warf er es hoch und fing es geschickt wieder auf. «Ein gutes Stück.»

«Du machst dich über mich lustig», sagte sie. «Es ist nichts weiter als ein Notbehelf.»

«Mein Vater sagte immer, Steinklingen seien die besten, viel schärfer als Metall, und man muss sie nie schleifen.» Es war ihm ganz natürlich herausgerutscht, aber nun versetzte die Erinnerung ihm einen Stich.

Elin nickte. «Ja, das hat mein Vater auch oft gesagt. Er stritt oft mit meinem Bruder deswegen.» Ihre Stimme klang spröde. «Er war ein großer Freund des Erzes.»

Bela hob den Kopf. Also gab es eine Familie, Vater und Bruder. «Wo sind sie?», fragte er. «Leben sie in der Nähe?»

Abwehrend zuckte Elin mit den Schultern und wandte den Kopf ab. Er sah, wie sie die Augen schloss, um die Tränen zurückzuhalten, und glaubte zu verstehen: Sie hatte alles verloren; sie war alleine wie er. Eine Woge des Mitgefühls stieg in ihm auf.

«Es tut mir leid», sagte er, «wirklich. Ich, ich kann das gut verstehen.» Er griff nach ihrer Hand. «Glaub mir, ich weiß, wie das ist, alle zu verlieren.»

Elin entzog ihm ihre Hand, nahm das Messer an sich und begann, das Fleisch mit heftigen, wütenden Bewegungen in Stücke zu schneiden. «War das so bei dir?», fragte sie, als sie ihre Fassung wiedergewonnen hatte. Froh, von sich ablenken zu können, fuhr sie fort: «Sind sie alle tot? Die, deren Namen du mir genannt hast?» Und zu Belas Erstaunen konnte sie ihm alle aufzählen. Da waren sie und umstellten ihn, dass er beinahe abwehrend die Hände gehoben hätte.

Elin hielt kaum inne, um Atem zu holen. Nur reden, immer weiterreden. Solange sie sprach, konnte er keine Fragen stellen.

«Ja», brachte Bela schließlich hervor. Und als er es einmal gesagt hatte, war ihm, als wäre ein Damm in ihm gebrochen. «Ja, sie sind tot.» Erstaunt lauschte er seiner eigenen Stimme. Wie leicht es ihm gefallen war, es auszusprechen. Und wie erleichtert er sich plötzlich fühlte. «Sie starben bei einem Überfall. Eine Horde Männer kam und erschlug sie. Ich bin der Einzige, der überlebt hat. Und du?», erkundigte er sich dann.

Elin hielt nicht mit der Arbeit inne. «Oh, ja, ich lebe noch», bekannte sie, und er hörte die Wut in ihrer Stimme.

«Es tut mir leid», sagte er schlicht und aufrichtig. Er glaubte zu wissen, wie sie sich fühlte. Er kannte die Einsamkeit, das Gefühl der Vergeblichkeit und auch die Scham, noch am Leben zu sein, wohingegen die anderen es nicht geschafft hatten. All dies war ihm nur allzu vertraut, und er fühlte sich ihr verbunden. Wieder wollte er sie berühren. Aber Elin wich zurück.

«Spar dir dein Mitgefühl», fauchte sie, «meine Familie ist nicht tot.»

«Nicht?», fragte er verdutzt.

«Nein, aber ich wünschte, es wäre so.» Sie war aufgesprungen, in ihren Augen standen Tränen. «Tot, jawohl. Warum auch nicht? Ich hasse sie!», brach es aus ihr heraus. «Sie haben mich feige betrogen und einem Schicksal überlassen, das schlimmer ist als der Tod.»

Bela war entgeistert. Ihr Zorn berührte ihn unangenehm; wie konnte jemand seine Familie derart verfluchen? Sie wusste ja gar nicht, was sie da redete. «Was könnte schlimmer sein als der Tod?», fragte er bitter, «schlimmer, als alle, die man geliebt hat, erschlagen daliegen zu sehen?»

Elins Augen flackerten. «Zu wissen, dass alle, die du je geliebt hast, dich verraten haben», sagte sie, und ihre Stimme bebte.

«Verraten? An wen?» Bela verstand sie nicht. «Was hast du getan?», fragte er verwirrt.

«Warum fragst du nicht, was sie getan haben?» Elin war selbst erschrocken darüber, wie laut ihre Stimme in der engen Grotte klang. Sie verstummte, wollte noch etwas hinzufügen, wirbelte dann aber nur herum und stürzte hinaus.

«Es tut mir leid!», rief Bela ihr hinterher. Aber da war sie schon in der Dunkelheit verschwunden.

32.

Bela seufzte und schüttelte den Kopf. Müde strich er sich über das Gesicht. Da hatte er ja etwas Schönes angerichtet. Einen Augenblick lang erwog er, ihr zu folgen, dann aber ließ er es. Er kannte sie nicht gut genug. Am Ende würde er sie nur noch mehr erzürnen. Und außerdem spürte er in der Wärme der Höhle, wie müde er war. Sein Körper fühlte sich an, als wäre er mit Ruten geprügelt worden oder als wären Baumstämme auf ihn gefallen. Jede Faser tat ihm weh, und es fiel ihm immer schwerer, sich zu bewegen. Er griff zu dem Häufchen Trockenfleisch, das sie geschnitten hatte, stopfte sich etwas davon in den Mund und kaute mit geschlossenen Augen. Nein, er würde der seltsamen Fremden nicht folgen, er würde sich gar nicht mit ihr beschäftigen. Morgen früh würde er aufstehen, ihr für ihre Hilfe danken und sich auf den Weg machen. Seinen Weg, der klar vor ihm lag. Die Mutter mochte wissen, wohin der ihre sie führte.

Bela schaute sich um. Es gab nur ein Lager und ein Fell, aber das wollte er ihr nicht streitig machen. Mit den Teilen seines Gepäcks, die sie gerettet hatte, richtete er sich nahe der Weidenmauer ein. Es zog ein wenig. Der Winter würde nicht leicht werden für sie. Unwillkürlich schweifte sein Blick durch die von der Glut braunrot erhellte Höhle. Sie sah voll aus und wohlausgerüstet. Aber das lag an ihrer geringen Größe. Wenn man die Vorräte genau betrachtete, waren sie doch arg begrenzt. Wie wollte sie es damit bis in den Frühling schaffen? Was, bei allen Dämonen, mochte es nur gewesen sein, das sie in diese Einsamkeit getrieben hatte? Dann wehrte er den Gedanken ab. Was wusste er schon, vielleicht war das gar nicht ihr erster Winter alleine, vielleicht hatte sie mehr Erfahrung, als er glaubte, was ging es ihn an? Sie hatte ihm ja deutlich zu verstehen gegeben, was sie von seinem Interesse an ihr hielt.

Nein, beschloss Bela und verschränkte die Arme vor der Brust, ehe er sich seitlich drehte auf seinem unbequemen Lager. Ich werde nicht mehr über sie nachdenken. Und doch stand sie ihm vor Augen, solange er wach war, und ihr Gesicht begleitete ihn bis tief in seine Träume hinein.

Elin war ihrem ersten Impuls gefolgt und zu Sternauge gelaufen. Nun hing sie am Hals der Stute und weinte bitterlich. «Warum hast du ihn zu mir geführt», warf sie ihr vor. «Warum hast du ihm solche Augen gegeben und ihn so freundlich sein lassen? Dabei verabscheut er mich, ich habe es in seinem Blick gesehen. Er glaubt, ich hätte etwas Schreckliches getan.» Verzweifelt presste sie ihr Gesicht in die Mähne und sog den vertrauten Duft ihrer Gefährtin ein. Mit aller Kraft kämpfte sie gegen das überwältigende Gefühl von Scham, das in ihr hochkroch. Was würde er von ihr denken, wenn er wüsste, dass sie eine Mörderin war? Dann müsste sie ihm auch gestehen, was in Wahrheit und für ihr eigenes Empfinden noch viel schlimmer war, nämlich dass sie bis in die letzte Faser besudelt war. Sie wollte die Bilder nicht erneut beschwören, wollte nicht einmal daran denken.

Schon jetzt ging ihr Atem schneller, und Schweiß trat auf ihre Stirn.

Sternauge, die ihre Angst roch, wieherte nervös und machte sich los. Elin ließ sie traurig gehen. Sogar sie spürt den Makel, dachte sie verzweifelt. Ich kann nichts dafür, und doch haftet er an mir wie Birkenpech, und alles, was ich berühre, wird damit beschmutzt. Ich muss es fest in mir verschließen.

Sie räusperte sich und richtete sich auf. Mit einem Mal spürte sie, wie kalt die Nachtluft war. Dicke Wolken verbargen die Sterne. Nicht mehr lange, und es schneit, dachte sie. Was er wohl tun wird?, fragte sie sich. Er konnte unmöglich im Winter das Bergland durchqueren. Ob er wohl bleiben wollte?

Zu ihrer eigenen Verwunderung fühlte sie, wie bei dieser Vorstellung eine heiße Freude in ihr aufstieg. Aber sie hatte nicht genug Platz und auch nicht ausreichend Vorräte, und außerdem waren sie einander fremd. Und vielleicht war er gefährlich. Doch die Hoffnung, die sie gepackt hatte, hörte nicht darauf, sie wuchs und wuchs und durchströmte sie, dass all ihre Glieder weich wurden. Unfug, schimpfte Elin mit sich selbst, wenn er wüsste, was du bist, würde er …

Aber er muss es ja nicht erfahren, flüsterte eine andere Stimme. Du wirst nicht darüber sprechen. Und vielleicht geht er über dein Schweigen hinweg. Sie würde zurückkehren, sich entschuldigen, ihm ein Mahl vorsetzen, ein Lager bereiten. Und morgen dann würde sie ihn einladen, den Winter über mit ihr auszuharren. Alles Weitere würde sich finden. Mit diesem Entschluss machte sie sich an den Aufstieg.

Als sie ein wenig außer Atem und mit frostkalten Gliedern in der Höhle ankam, fiel ihr Blick auf seinen leeren Platz, und sie erschrak. Auch auf dem Lager war er nicht. Er ist fortgegangen, dachte sie, und es fehlte nicht fiel, dass Tränen aus ihren Augen geschossen wären. Sie biss sich auf die

Lippen. Da flüchtete er vor ihr ins Dunkel, ohne Abschied, ohne Dank. Trotzig hob sie das Kinn. Dann sollte er doch, was ging er sie an. Sie jedenfalls würde ihm keine Träne nachweinen. Da hörte sie ein lautes Atmen aus der dunklen Ecke am Weidenzaun, und ihre Knie wurden vor Erleichterung so weich, dass sie sich hinsetzen musste. Lange starrte sie zu ihm hinüber. Jetzt, da ihre Augen sich wieder an das Dämmerlicht der Höhle gewöhnt hatten, konnte sie auch seine Umrisse erkennen, die breiten Schultern und den wirren Lockenkopf darüber.

Da hörte sie Belas Stimme. «Es tut mir leid», sagte er. «Ich werde morgen aufbrechen und dich nicht weiter stören.» Er hatte sich nicht dabei bewegt. Und es lag keine Wärme in seiner Stimme.

«Oh», brachte Elin nur hervor. Sie kroch von ihm weg auf ihr Lager, wo sie das Bärenfell über sich zog und sich zusammenrollte wie ein Kind. Nur noch die brennenden Holzscheite knackten in der Stille der Höhle.

Am nächsten Morgen aber war Bela krank.

Das Fieber schüttelte ihn, und ihm war so schwindelig, dass er sich kaum auf den Beinen halten konnte. Dennoch versuchte er es. Elin saß an ihrem Platz am Feuer und beobachtete aus den Augenwinkeln, wie er sich abmühte, von ihr fortzukommen. Schließlich, als er mit hängendem Kopf am Eingang lehnte und in den vor seinen Augen tanzenden Abgrund starrte, stand sie auf. «Es geht nicht», sagte sie nur und führte ihn an sein Bett zurück.

Bela leistete keinen Widerstand. Er konnte einen Seufzer der Erleichterung nicht unterdrücken, als sie ihn nötigte, sich wieder hinzulegen. Er lächelte verlegen, ihr Gesicht aber blieb ernst. Sie ist verärgert, dachte er, kein Wunder, jetzt hat sie mich noch länger am Hals. Und er sagte: «Es wird bestimmt nicht lange dauern.»

«Sicher», sagte Elin. Sie wollte noch etwas sagen, fand

aber die Worte nicht und stand rasch auf, um ihren Kräutervorrat zu durchsuchen. Mit heftigen Bewegungen begann sie, ihm einen Tee zu bereiten.

Dann eben nicht, dachte Bela und ergab sich der Schwäche, die ihn ergriff. Bestimmt nicht lange, echote es in seinem Kopf, während er langsam im Fieber versank, nicht lange. Dann wäre er wieder unterwegs. Vor seinen Augen tanzten die Hügel, und Grau stieg auf, das Nebel sein mochte oder Rauch, der Rauch der Erzhütten sogar, er wusste es nicht mehr. Und immer wieder ihr Gesicht.

Elin verfolgte alles unter ihren niedergeschlagenen Wimpern: die Bewegungen seiner Lippen, die Art, wie seine Hände die Felldecke knüllten, ohne dass er selbst es bemerkte, das durchsichtige Rot seiner fieberheißen Wangen. Er kam ihr schon so vertraut vor, wie er da lag, dass ihr ganz elend wurde bei der Vorstellung, die Höhle könnte bald wieder so leer und verlassen sein wie zuvor. Das durfte nicht geschehen. Elin gab sich einen Ruck.

«Es tut mir leid», sagte sie, als sie an seiner Seite niederkauerte und ihm die Schale hinhielt. «Ich bin gestern unhöflich gewesen, und ich bedaure das.» Sie holte tief Luft und sprach schnell, um ihre Unsicherheit zu verbergen. «Bitte, nimm es mir nicht übel. Ich bin froh, dich getroffen zu haben. Ich glaube sogar, es könnte eine Bedeutung haben, dass Sternauge mich zu dir geführt hat. Sie hat mir schon einmal den Weg gezeigt, zu dieser Höhle, verstehst du, und ich frage mich schon lange, ob sie nicht eine Botin der Mutter ist. Was ich damit sagen will», sie hielt inne und schalt sich selbst für ihre lange, verworrene Rede. «Du bist mir willkommen, sehr sogar, und ich wollte dich fragen, ob du nicht, vielleicht, wenn du möchtest …» Wieder stockte sie. Flehend schaute sie Bela an, damit er ihr helfe, aber seine Augen waren geschlossen. Da hörte sie einen merkwürdigen Laut. Bela schnarchte! Aufgewühlt hockte Elin da und starrte ihn an. Dann brach sie in Tränen aus. Lange saß sie so neben ihm und weinte in den Tee. Sie war eine Närrin, und sie quälte sich vergebens. Dann stellte sie den Tonbecher so hart ab, dass er beinahe zerbrach, und lief hinaus. Sie musste fort von ihm, laufen, schreien, reiten. Nach ihrer Rückkehr war sie ruhiger und pflegte ihn, als hätte sie nie etwas anderes getan. Die Kraft für eine zweite Ansprache brachte sie nicht mehr auf. Aber die Göttin hatte Mitleid mit Elin: Als Bela das Fieber überwunden hatte und zu sich kam, lag der Schnee draußen mehr als hüfthoch, und an reisen war nicht zu denken.

33.

Elin und Bela richteten sich ein in ihrer Höhle. Der harte Alltag mit seinen vielen Verrichtungen hielt sie zusammen. Er befreite den Abgang regelmäßig von Schnee und Eis und trug Eisblöcke in die Höhle, die sie zerkleinerte, damit sie zu Trinkwasser schmolzen. Er sorgte für Feuerholz und hackte immer wieder den Angelplatz frei, der nun zugefroren war wie der Rest des Flusses, der sich von einem munteren grünen Strom in eine weiße Wüste verwandelt hatte. Elin kontrollierte die Angelschnüre und die kleinen Fallen, in deren Aufstellung sie mittlerweile einiges Geschick gewonnen hatte.

Wenn sie von ihren oft langen Wegen durch den Wald mit kalten Gliedern und gerötetem Gesicht zurückkehrte, war sie dankbar, wenn Bela ihr eine Schale mit heißer Brühe reichte, die er für sie zubereitet hatte. Beim ersten Mal war sie sprachlos gewesen vor Staunen über diese Freundlichkeit und hatte nichts anderes fertiggebracht, als sie mit zitternden Händen zu nehmen und sie so schnell zu schlürfen, dass sie sich die Zunge verbrannte. «Gut», hatte sie gelobt und, als sie fühlte, wie schwach ihre Worte waren, hinzugefügt: «Wirklich gut.» Verwirrt war sie in den hinteren Teil der Höhle geflüchtet und hatte sich über einige Körbe geneigt, die repariert werden mussten.

Bela hatte ihr kopfschüttelnd zugesehen. Er wurde nicht schlau aus ihr. Noch nie hatte er eine so spröde Frau gesehen. Wusste sie denn nicht, wie schön sie war? Spürte sie denn nicht, was zwischen ihnen geschah? Es knisterte lauter als die Glut, wenn sie sich jeden Abend nahe beieinander in ihre Felle wickelten und jeder auf den Atem des anderen lauschte. Oder war er ihr so zuwider, dass sie ihn einfach nicht in Betracht zog? Bela war verunsichert. Noch nie war er der Werbende gewesen. Immer hatten die Frauen ihm ihr Interesse gezeigt, dadurch erst war er auf sie aufmerksam geworden, wenn auch nie für lange Zeit. Aber diese hier sendete keine Signale an ihn aus, wie eine Frau sie einem Mann schickte. Und doch war ihre Taille so schmal und biegsam unter den groben Kleidern, ihre Haut so zart. Ihr Geruch umhüllte ihn, wenn er einschlief, und ihre Augen brannten in seinem Rücken, wenn er sich abwandte. Wer war sie? Lag es an ihm, dass ihm keine Antwort darauf einfiel, daran, dass er sich das noch nie bei einer Frau gefragt hatte, oder war sie tatsächlich das rätselhafteste Wesen, das ihm je begegnet war?

Die Phasen des Schweigens zwischen ihnen waren lang und lastend. Er verfolgte jede ihrer Bewegungen mit den Augen. Wenn er vollends verwirrt war, sagte er sich, dass er ja ohnehin bald weiterzöge. Sowie der Schnee schmolz, würde es so weit sein. Dann riss er sich von ihr los und trat an den Eingang, um hinauszusehen. Einer der Gipfel, den er am Horizont entdeckte, mochte bereits der Mutterschoßberg sein.

So nah war er und doch so unerreichbar für ihn. Und Bela versank in Gedanken.

Elin räusperte sich. «Was ist?», fragte sie.

«Ach, nichts», gab er zur Antwort. «Ich habe nur gerade überlegt …» Er hielt inne und hing wieder seinen Überlegungen nach.

Sie trat neben ihn, um den Horizont abzusuchen nach dem, was ihn beschäftigen könnte. Er betrachtete aus den Augenwinkeln ihre Haare, diese unglaublichen Flechten, die sie alltags in einer Reihe von Zöpfen verbarg, straffgeflochten und mit einem Lederband zu einem Strang umwunden, so dick wie sein Unterarm. Sie schaffte es nicht einmal dann, unansehnlich zu sein, wenn sie es wollte. Bela schüttelte den Kopf und räusperte sich.

«Ich habe mir gedacht, wir sollten es mit der Jagd auf ein größeres Tier versuchen», sagte er langsam und wandte sich um, um auf ihre Weidengerüste zu zeigen. «Unsere Vorräte schmelzen dahin. Und wer weiß, wie lange der Schnee noch bleibt.»

Sie nickte vage. Auch ihr hatte die rasche Abnahme der Vorräte schon Sorge bereitet. Wenn das so weiterging, würde der Hunger in weniger als zwei Wochen nach ihnen greifen. Mehr als das aber berührte sie der Umstand, dass er das Wort ‹unsere› gebraucht hatte. Es klang seltsam in ihr nach, fremd, aber verheißungsvoll. Vor Freude röteten sich ihre Wangen. «Ich habe aber keine Erfahrung mit dem Jagen», bekannte sie. «Schlingen legen ist alles, was ich kann.»

«Aber ich», entgegnete Bela munter. Die Aussicht auf eine Pirsch, auf ein wenig Aktivität, belebte ihn. «Edek und ich, wir haben oft …» Er verstummte.

Elin schaute von der Seite zu ihm hoch. «Er war dein Freund, nicht wahr?», wagte sie zu fragen.

Bela nickte. «Der beste.» Sein Gesicht verzog sich zu einem traurigen Grinsen. «Obwohl er ein lausiger Jäger war.

Du hast mit deinen Schlingen womöglich schon mehr erlegt, als er es jemals fertiggebracht hatte.»

Elin erwiderte sein Grinsen. «Dafür liebte er seinen Hund.»

Erstaunt schaute Bela sie an. «Woher weißt du das?»

«Du hast es mir gesagt. Vor deiner Krankheit.» Sie zögerte, dann legte sie die Hand auf seinen Arm. «Erzähl mir doch mehr. Von Edek. Und den anderen.»

Er zog die Stirn in Falten. «Ich will mich nicht daran erinnern, wie sie starben», wehrte er ab.

«Dann erinnere dich doch daran, wie sie lebten», schlug Elin vor. Sein Stimmungsumschwung hatte ihr Angst gemacht, aber sie versuchte, standhaft zu bleiben und sich nichts anmerken zu lassen. Wenn sie nicht miteinander sprachen, würde er sie verlassen, noch ehe die Schneeschmelze einsetzte, da war sie sich sicher.

Zu ihrem Erstaunen schaute Bela sie lange und zärtlich an. «Du bist erstaunlich», sagte er.

Elin errötete unter seiner Aufmerksamkeit und wusste nicht, wohin sie sehen sollte. «So erstaunlich wie Orin?», fragte sie aufs Geratewohl, um ihn abzulenken.

Bela lachte. «Orin war ein Schmied», rief er aus, «ein Bulle von einem Mann mit einem Gesicht voller Narben, hier und hier», er hob die Hand, um ihr übers Gesicht zu streichen, wagte es jedoch im letzten Moment nicht und deutete nur in der Luft, knapp über ihrer Haut, an, was er meinte. Beinahe konnte sie die Wärme seines Fleisches an ihrer Haut spüren. Und das löste eine seltsame Unruhe in ihr aus.

«Nein.» Bela schüttelte den Kopf. «Ihr habt wahrhaftig nichts gemeinsam. Andererseits», begann er zu überlegen, «war er ein wenig wie du. Ein wacher Geist, der sich für neue Wege interessierte. Er experimentierte nämlich gerne, und einmal …» Ehe Bela sich es versah, hatte er sich in Hitze geredet und berichtete von jenem Tag, als der Ochse sich losgerissen hatte und mit auf dem Boden hinter ihm herpolterndem Joch über das Feld davonlief. Und wie das Orin auf die Idee gebracht hatte, an dem Joch eine Klinge zu befestigen, wie eine Hacke, damit die Kraft des Ochsen den Boden aufriss. Er hatte lange daran getüftelt und die Sache dann voller Wut hingeworfen, als die Ältesten es ihm verboten, weil es gegen die Regel war.

Elin lauschte voller Begeisterung. Sie begann, Fragen zu stellen, und versuchte sich im Geist auszumalen, wie dieser Orin wohl gedacht haben mochte. Nach einer Weile machte sie Vorschläge, wie sein Versuch hätte gelingen können, und bald waren sie in eine lebhafte Fachsimpelei versunken, bei der bald der eine, bald der andere mit einem Zweig kleine Skizzen in den Boden ritzte. Sie wurden erst abgelenkt, als das Feuer mit einem Krachen in sich zusammensank.

«Ich muss neues Holz nachlegen», stellte Bela fest.

Elin nickte, noch ganz abwesend. «Dein Freund Orin war ein interessanter Mann», sagte sie schließlich.

Bela nickte. «Das war er. Und ich wünschte, wir hätten ihn hier.»

«Dann könnte er dieses Gerät bauen», bestätigte Elin, «und Sternauge könnte es im Frühjahr über die Erde ziehen.»

«Im Frühjahr werde ich nicht mehr hier sein», sagte Bela und kniete sich hin, um in die Glut zu blasen.

Elin erstarrte. «Ja, sicher», stieß sie dann hervor. Ihr war zumute, als wäre sie über den Rand eines Abgrundes gelaufen. Sie hatte die Kante übersehen, nun fiel sie und fiel.

Bela bemerkte es nicht. «Aber er könnte mir eine Jagdwaffe schmieden», meinte er. «Unter deinen Steinen ist nichts, was eine taugliche Speerspitze abgäbe.»

Elin antwortete nicht.

Da sprang Bela auf. Erschrocken hob Elin den Kopf. «Meine Kiepe», rief er. «Natürlich! Darin waren Pfeilspitzen, eine ganze Reihe sogar. Verdammt.» Er hieb mit der Faust in seine offene Hand. Wie oft hatte er nicht schon bereut, sein Gepäck im Moor zurückgelassen zu haben.

«Wir könnten sie holen», bot Elin an. Lass dir nichts anmerken, redete sie sich dabei zu, bleib ruhig. Du wusstest, dass er gehen würde, du hast nichts Neues erfahren. Es ist nicht anders, als es vorher war.

Bela schüttelte den Kopf. «Es ist zu weit.»

«Nicht für Sternauge.» Elin sprang auf. Es zog sie mit aller Macht zu ihrem Pferd, zu jemandem, bei dem sie sich ausweinen konnte. Ein Ausritt, dachte sie, allein durch die stille Landschaft, nur heraus aus dieser Höhle. Wenn ich hierbleibe, ersticke ich.

«Kommt sie denn durch den Schnee?», fragte Bela erstaunt und schüttelte im selben Moment den Kopf. Was für eine dumme Frage, die Stute und ihre Herde lebten draußen. Sie suchte sich jeden Tag ihren Weg über die Weiden.

Elin nickte. «Sie hat längere Beine als wir.»

«Du hast recht.» Bela griff nach seinem Umhang. «Also lass uns gehen.»

«Du willst mit?» Erstaunt, fast entsetzt schaute Elin ihn an, der sie unternehmungslustig anlächelte.

«Du weißt nicht, wo ich die Trage hingelegt habe», sagte er. «Ohne mich wirst du sie nicht finden.» Darauf wusste Elin nichts zu erwidern. «Außerdem», fuhr Bela munter fort, «habe ich immer ein ungutes Gefühl, wenn du alleine dort draußen bist. Gestern habe ich Wölfe gehört. Bist du bereit?» Er hielt Elin ihr Bärenfell hin und hüllte sie zuvorkommend ein. Sie schaffte nur ein schwaches Nicken.

Den ganzen Aufstieg über hoffte Elin, die Pferde wären nicht da. Aber als sie mit weißen Atemwolken vor den Gesichtern auf dem Gipfel standen, wo die Zweige der Tannen sich schwer unter der Schneelast beugten, da sahen sie schon von weitem die zottigen Umrisse der Tiere. Bela entrollte das

Seil, das sie unter den Bäumen vor dem Schnee geborgen hatte, und machte sich an den Abstieg. Beklommen folgte Elin ihm. Erst die Begrüßung der Stute brachte wieder ein wenig Leben in sie.

«Ja, meine Gute, meine Schöne», gurrte sie und streichelte Sternauges Kopf. «Das ist Bela, du kennst ihn, keine Angst», fuhr sie fort, als sie bemerkte, dass das Tier vor ihrem Gefährten scheute. «Er ist nicht böse, er ist gut. Er ist gut», wiederholte sie. Ja, das war er. Er war ein guter Mann, er war derjenige, der ihr Herz zum Klopfen brachte, obwohl sie gedacht hatte, dass das niemals ein Mann schaffen würde. Aber er würde nicht bleiben. «Er ist …» Sie verstummte. «Wir werden die Körbe nicht mitnehmen können», sagte sie stattdessen.

Bela, der ganz in den Anblick ihrer liebkosenden Hände versunken gewesen war, nickte zerstreut. «Ich kann die Kiepe auf den Rücken nehmen, wenn wir sie finden.» Zögernd streckte auch er seine Finger aus, um das Pferd zu streicheln. Ihrer beider Hände kraulten um die Wette, doch sie vermieden es sorgfältig, einander auf dem Fell zu berühren.

«Sie wird eiskalt sein», wandte Elin ein. «Und dein Hemd ist jetzt schon zu dünn.»

«Es wird schon gehen», erwiderte Bela und formte mit den Händen einen Tritt für sie, damit sie leichter aufsitzen konnte. Elin zog ihn hinter sich hinauf.

Schon nach kurzer Zeit auf dem Pferderücken spürte Elin, dass er zitterte. Die Kleider, in denen sie ihn gefunden hatten, waren nicht für den Frost gemacht. Und sie hatten noch nicht einmal das Wäldchen erreicht, der Weg war noch lang. «Wir teilen uns das Bärenfell», schlug sie vor. Bela hatte keine Einwände. Sie hielten einen Moment an, um das große Fell sorgfältig um ihrer beider nun eng aneinandergeschmiegte Gestalten zu schlingen. Elin spürte Bela, der sich an ihren

Rücken presste, jeden seiner Muskeln, jede Bewegung. Und der warme Hauch seines Atems ließ eine Gänsehaut über ihren Rücken laufen. Seine Schenkel lagen an den ihren, und seine Arme umfassten sie, um vorne das Fell geschlossen zu halten. Elin konnte kaum atmen, ihre Pulse rasten.

«Ist es gut so?», fragte Bela hinter ihr. Sie spürte seinen Brustkorb vibrieren bei diesen Worten.

Elin brachte nur ein Nicken zustande. Eine endlose Weile schaukelten sie so miteinander durch die Gegend. Schneefall setzte ein und verwischte alle Umrisse. Der Himmel, die Landschaft – alles verschwand. Es gab nichts mehr außer ihm und ihr. Da auf einmal spürte sie seine Lippen an ihrem Hals.

Und sie hörte wieder das Lachen der Männer.

Wieder wurde sie herumgestoßen, von einem zum anderen, fühlte Hände auf ihrer Haut, die unter ihre Kleider krochen, nach ihr griffen, wurde geschubst, gestoßen, über den Tisch gekrümmt, abgeleckt. «Nein!», schrie sie auf, so laut, dass Sternauge in Panik geriet und einen Satz machte. «Nein, nicht!» Sie ließ die Zügel fahren und schlug um sich. «Nicht, lasst mich!»

Der verdatterte Bela schaffte es gerade noch, nach den hängenden Zügeln zu angeln. Doch er hatte keine Ahnung, welche Signale man dem verwirrten Pferd damit geben musste. Es gelang ihm nicht, Sternauge zu beruhigen, die wiehernd herumsprang, ausschlug und bockte. Schließlich raste sie auf den Wald zu. Wenn sie nicht vorher herunterstürzten, erkannte Bela, würde dort ein vorbeisausender Ast ihnen den Schädel einschlagen. Er handelte schnell. Er umklammerte Elin fest, stieß einen Warnruf aus und ließ sich mit ihr gemeinsam vom Pferd gleiten. Kaum auf dem Boden, rollte er, die Frau in seinen Armen, aus der Reichweite der Pferdehufe.

Schwer atmend blieb er schließlich auf dem Rücken liegen und gab sie frei. Elin kämpfte sich hoch. Sie warf das Bärenfell ab und stürzte davon. Einige Meter entfernt blieb sie stehen und schlug um sich, als kämpfte sie gegen jemanden. Bela starrte sie an. Elin weinte und schrie. Er hatte sie noch nie so außer sich gesehen. Ihr Gesicht war verzerrt, ihre Haare aufgelöst. Sie schien völlig verzweifelt und nicht mehr sie selbst zu sein.

«Lasst mich», rief sie. «Bitte, lasst mich. Bitte, bitte.» Sie stieß einen so markerschütternden Schrei aus, dass Belas Nackenhaare sich aufstellten. Er hatte solche Schreie schon einmal gehört, vor langer Zeit, zwischen Hilferufen und knisternden Flammen.

«Hört auf», stöhnte Elin und ging in die Knie. «Nicht mehr, bitte.»

Bela stand auf und ging zu ihr hinüber. Er kniete sich neben sie und legte ihr das Bärenfell um. Sie wehrte sich nun nicht mehr, aber die Tränen liefen über ihr Gesicht, und ihr Ausdruck war wirr und abwesend. Er war sicher, dass sie seine Anwesenheit gar nicht bemerkte.

«Schsch», machte er, wie man es zu einem Kind sagt, das nachts mit schlechten Träumen erwacht. «Es ist ja alles gut, es ist vorbei.» Sanft strich er ihr über das Gesicht und wischte die Tränen fort. Langsam beruhigten sich ihre herumirrenden Augen. Ihr Blick klärte sich und traf sein Gesicht. Er lächelte sie an und strich sacht mit dem Finger über ihre Wange, dann ihre bebende Unterlippe entlang. «Ich bin es», sagte er.

Dann neigte er sich über sie und küsste sie lange.

Elin zitterte, ihr Körper spannte sich. Mit einem Mal aber löste sich etwas in ihr, und sie umschlang ihn so fest sie konnte. In einer hungrigen, fast gewalttätigen Umarmung warf sie sich ihm entgegen.

«Warte», flüsterte Bela und löste ihre Arme in seinem Nacken. Sorgsam bettete er sie auf das Bärenfell, während sie mit großen, flackernden Augen zu ihm aufsah. «Keine

Angst», fuhr er leise fort. «Es wird dir gefallen, du wirst sehen.» Er seufzte, als er die Bänder ihres Hemdes löste. «Du bist so schön», sagte er und schluckte hart vor Begierde. Denn wahrhaftig, das war sie, so schön, wie er noch keine gesehen hatte. Und nie hatte er eine Frau so sehr, beinahe schmerzhaft, gewollt. Doch er hielt sich zurück und liebkoste sie ganz sacht. «Du brauchst keine Angst zu haben», wiederholte er, während er über ihr Haar strich, ihren Hals, mit den Lippen ihre Schultern liebkoste.

«Ich habe keine Angst», sagte Elin. Ihre Augen waren wie schwarze Teiche. Und Bela versank in ihnen.

Sternauge, die zur Ruhe gekommen war, senkte den Kopf, um bei den Bäumen zu äsen. Nur manchmal wieherte sie nach dem dunklen Fell hinüber, das ihre beiden Menschen bedeckte und auf das langsam Schneeflocke um Schneeflocke sank.

34.

Es war später Nachmittag, als sie Belas Kiepe am Rand des Moores fanden. Ein Teil des kleinen Felsens, gegen den er sie gelehnt hatte, um besser auf die Pirsch gehen zu können, ragte noch immer aus dem Schnee und wies ihnen den Weg. Die heideartige Moorlandschaft allerdings, die ihn damals beinahe das Leben gekostet hätte, war verschwunden. Alles war bedeckt von einer jungfräulichen, glitzernden Decke aus Schnee.

«Hier habe ich dich gefunden», stellte Elin fest.

«Hier hast du mir das Leben gerettet», berichtigte Bela sie, umarmte sie und machte sich daran, ihr den gebührenden Dank dafür abzustatten. Kichernd wehrte sie ihn ab. «Ich muss das Pferd anbinden.»

Bester Stimmung kramte Bela in dem Gepäck. «Was habe ich gesagt», rief er mit einem anerkennenden Pfeifen. «Pfeilspitzen. Und Messer, schau. Und das hier ist für dich, und das und das. Er hatte Säckchen mit verschiedensten Perlen gefunden, aus Glasfluss, leuchtend bunt, aus Muscheln und Keramik, aus Holz. Er schüttete sie in Elins Hände, hielt sie an ihr Haar und ihren Hals. Auch Fibeln fand er und bemühte sich ungeschickt, sie an ihr Lederhemd zu stecken. Aller Schmuck der Welt war gerade gut genug, seine Liebste damit zu schmücken.»

Elin lachte und wehrte seine Hände ab. «Einen wahren Schatz hast du da», sagte sie und griff nach den Klingen, die sie mehr interessierten als der Schmuck. Bela prüfte die auf die Kiepe geschnürten Ausrüstungsgegenstände, die stärker als der Inhalt unter dem Frost gelitten hatten, zog einige Pfeile aus ihrem Lederköcher und hob den zugehörigen Bogen hoch, der zu seiner Freude noch unversehrt war. «Damit werden wir jagen», sagte er. Und er meinte damit: Wir werden überleben.

«Ja», bestätigte Elin und strahlte ihn an. ‹Wir›, echote es in ihr.

Bela grub weiter in seinen Sachen. Er fand ein wärmeres Hemd und zog es sich über.

Elin überlegte laut: «Die Kiepe auf dem Rücken zu tragen wäre unbequem für dich. Sie ist zu groß und wird von Sternauges Kruppe nach oben geschoben. Und vorne kann ich sie nicht quer legen.» Mit schräggeneigtem Kopf musterte sie das Ding. «Am besten wäre es, wir würden sie hinter uns herziehen.»

«Mmmh», machte Bela zerstreut, während er die verbliebenen Pfeile zählte und untersuchte. «Aber die Seile würden sich um Sternauges Hufe wickeln.»

Elin unternahm einige Versuche, doch er hatte recht. Die Seile hingen durch und würden Sternauge beim Gehen behindern. «Wenn wir sie quer über ihre Kruppe bänden», überlegte sie laut und ließ sogleich Taten folgen. Doch noch immer war das Ergebnis unbefriedigend.

Sie überlegte. «Und wenn wir stattdessen zwei lange Ästen nähmen? Sie müssten gar nicht so dick sein, nur gerade steif genug. Und wir verbinden sie vorne wie ein Joch und hier und … Nun sag doch was, Bela!»

Erst jetzt bemerkte sie, dass er ihr gar nicht zuhörte. Sie wandte sich nach ihm um und bemerkte, dass er regungslos dastand, über etwas gebeugt, das er in seiner Hand hielt. Ein Lederbändchen baumelte herab wie von einem Kettenanhänger. Ein ganzes Knäuel weiterer solcher Anhänger lag zu seinen Füßen im Schnee.

Langsam trat Elin hinzu. Sie ging in die Knie und hob auf, was er fallen gelassen hatte. Es war eine ganze Reihe von Amuletten, mit unterschiedlichen Motiven verziert. Sie versuchte die Lederschnüre zu entknoten, um sie zu betrachten. Eines davon erregte ihre besondere Aufmerksamkeit. Sie schob die anderen beiseite: der Turm auf dem Hügel. Sie schauderte. Sie kannte dieses Bild. Es zierte die Brust jedes Mannes, der dem Herrn vom Hügel diente. Rasch warf sie Bela einen argwöhnischen Blick zu. Nein, sagte sie sich, das konnte nicht sein. Nicht er, nicht Bela, das war einfach nicht vorstellbar. Er wäre niemals in der Lage, ihr oder irgendeiner Frau das anzutun, was sie erlitten hatte. Sie schloss die Finger um ihren Fund und schüttelte den Kopf. Das konnte nicht sein, sein Gesicht war gewiss nicht unter denen in der Halle gewesen. Und doch wusste sie von diesen schrecklichen Stunden nur so wenig, alles verschwamm zu einem roten Nebel der Qual, aus dem nur die Züge des Herrn selbst deutlich hervortraten. Was, wenn sie eines Tages erwachte und sich erinnerte? Sich an Bela erinnerte?

Sie starrte ihn so intensiv an, dass er aufblickte. «Was ist?», fragte er.

Elin schüttelte den Kopf, als müsse sie einen bösen Traum verscheuchen. «Nichts», sagte sie und lächelte schwach.

«Kennst du eines der Bilder?», fragte Bela mit erwachendem Interesse. Unauffällig schob er ihr das Hirschmedaillon hin. Aber Elin würdigte es keines Blickes und reichte ihm nach kurzem Zögern das Amulett mit dem Turm. «Dies hier», sagte sie mit brüchiger Stimme, «ist das Symbol des Herrn über den Mutterschoßberg.»

Begierig griff Bela danach. «Bist du sicher?», fragte er eifrig. Die Freude darüber, ein greifbares Zeichen für die Existenz jener Minen bekommen zu haben, mischte sich mit der leisen Enttäuschung, dass es nicht dasselbe Symbol war wie das, nach dem er Ausschau hielt. Aber es wäre auch zu schön gewesen, wenn er alles, wonach er suchte, am selben Ort gefunden hätte. Elin beobachtete ihn, als er das Amulett untersuchte. Nein, beschloss sie bei sich, er kannte das Zeichen nicht. Und sie schämte sich ihres Misstrauens.

«Der Mutterschoßberg», flüsterte Bela.

«Was willst du eigentlich dort?», fragte Elin, der mit einem Mal wieder kalt war. Fröstelnd zog sie das Bärenfell enger um sich.

Bela bemerkte es und umarmte sie fürsorglich. «Das erzähle ich dir, wenn wir zu Hause sind, ja?» Er küsste sie und hielt sie eine Weile fest. «Ich werde dir alles erzählen», versprach er.

Elin konnte nur nicken. Zu Hause, dachte sie, er hatte ‹zu Hause› gesagt. «Ja, Liebster», antwortete sie leise und schmiegte sich an ihn.

Wiehernd gab Sternauge den Verliebten zu verstehen, dass es Zeit zum Aufbruch wäre. Also lösten sie sich voneinander, um ihre neuen Reichtümer zusammenzupacken. Elins Bemühungen hatten tatsächlich so etwas wie eine Schleiftrage zustande gebracht, die sich problemlos ziehen ließ. Sternauge trabte so zielstrebig mit ihrer Last der heimischen Höhle entgegen, als hätte sie ihr Leben lang nichts anderes getan. Vielleicht war es jedoch die violettgraue, düstere Wolkenfront, die sich höher und höher vor ihnen türmte und mit der Abenddämmerung verschmolz, die die Stute antrieb.

Den Liebenden war es recht. Sie wollten nichts anderes, als sich möglichst rasch in der Wärme ihrer Zuflucht aneinanderzukuscheln, sich zu berühren, den Duft des anderen zu trinken.

Keiner von ihnen achtete besonders auf den Pfad. Sie hoben erst den Kopf, als das Geheul erscholl.

«Wölfe», sagte Elin, mit einem Mal ganz wach. Sie richtete sich auf und schaute um sich. Doch die hereinbrechende Nacht ließ alle Umrisse zerfließen. Sie spürte, wie Bela hinter ihr von Sternauges Rücken glitt. Mit einem Mal wurde ihr ganz kalt.

Bela löste den Bogen aus dem Gepäck, hängte ihn sich um, ebenso den Köcher, und wühlte nach einem seiner Messer. Als er es fand, steckte er es sich in den Gürtel. Dann löste er mit wenigen Hieben die Schleiftrage. Das Geheul der Wölfe erklang erneut, näher diesmal. Und nun glaubte Elin, die Umrisse der ersten Tiere ausmachen zu können. Lautlos liefen sie zwischen den Silhouetten der Bäume hindurch, leichtfüßige, tödliche Schatten. Ein Schauer lief über ihren Rücken. Auch Sternauge hatte die Anwesenheit der Feinde bemerkt. Ihre Haut zuckte, und sie warf den schönen Kopf hoch.

«Nicht», rief Elin, als das Holz der Trage unter Belas Hieben krachte. «Warum tust du das?»

Er antwortete zwischen den Zähnen hindurch. «Es würde sich nur irgendwo verfangen. Hier!» Er warf die Kiepe zu ihr hoch. «Ihr müsst schnell sein.»

Elin griff automatisch nach dem Bündel und drückte es

an sich. Dann streckte sie die freie Hand nach ihrem Geliebten aus. «Und jetzt komm!», rief sie. «Schnell!»

Sternauge schrie auf und stieg, als der Wolf heranpreschte. Elin hatte alle Mühe, sich auf ihrem Rücken zu halten. Bela drehte sich gerade noch rechtzeitig, um dem Angreifer zu begegnen. Das Tier zog sich zusammen und sprang ihn an. Mit der Hand wehrte Bela den knurrenden Wolf von seiner Gurgel ab und schaffte es gerade noch, ihm das Messer in den Hals zu rammen. Das Tier fiel schwer in den Schnee. Sternauge war kaum noch zu bändigen; selbst Elin roch das dampfende Blut. Ein böses Knurren ließ sie herumfahren. Sie sah drei weitere Tiere, die mit geduckten Köpfen auf Sternauge zu schlichen.

«Schnell», rief sie Bela zu und hielt ihm drängend die Hand hin. Als sie sah, dass er zögerte, weiteten sich ihre Augen. «Ich reite nicht ohne dich», schrie sie und machte Miene, die Kiepe fortzuwerfen und abzusteigen. Erleichtert atmete sie auf, als er endlich an das tänzelnde Pferd herantrat. «Mach schnell.» Ihre Stimme war heiser vor Angst.

Bela strich ihr über die Wange. «Ich liebe dich», flüsterte er.

«Ich …», setzte Elin an.

Da hieb er ohne Vorwarnung auf die Flanke des Pferdes ein. Das arme Tier, ohnehin schon kopflos vor Angst, stieg ein weiteres Mal und raste dann davon.

«Bela!», schrie Elin entsetzt.

«Lebe», flüsterte er, als er sie zwischen den Bäumen davongaloppieren sah. Dann waren die Raubtiere heran.

35·

Vergebens versuchte Elin, die wilde Flucht der Stute zu bremsen. Einige der Wölfe hasteten in gestrecktem Galopp neben ihnen her und bissen nach ihren Füßen. Elin hörte das Klappen ihrer Zähne, wenn sie ins Leere schnappten, und eine Gänsehaut überlief sie. Sie trat in Panik um sich und benutzte die Zügel als Peitsche, um sie den kühnsten Wölfen über die Schnauze zu ziehen. Sternauge schlug Haken wie ein fliehendes Reh. Aber immer und immer wieder kam die Meute in hechelndem Lauf heran. Mehr als einmal wäre Elin beinahe von ihrem Rücken gefallen. Sie duckte sich so tief sie konnte über Sternauges Hals und krallte sich an der Mähne fest. Äste sausten im Dunkeln dicht an ihrem Kopf vorbei. Sie hörte sie mehr, als dass sie sie sah. Erst als sie die Bäume hinter sich gelassen hatten, gelang es der Stute, die Verfolger abzuschütteln.

Es schien eine Ewigkeit zu dauern, bis Sternauge endlich innehielt.

Elin schaute sich angstvoll um. Wo war Bela nur? Angestrengt lauschte sie in die Nacht, doch alles, was sie über das Keuchen Sternauges und ihren eigenen scharfen Atem hinaus hörte, waren der Wind, das Knistern des fallenden Schnees und hie und da der träge Schrei eines Nachtvogels. Ansonsten blieb alles still. Kein Wolfsgeheul, kein Knurren, nicht das schnelle Scharren von Füßen im Schnee. Und keine menschliche Stimme. Trotz der Stille stellten sich Elin die Haare auf, während sie so in die Nacht hinausstarrte, bis die Schwärze vor ihren Augen zu flirren begann. Irgendwo dort, allein in der Finsternis, war Bela und wehrte sich gegen die Meute. Er kämpfte und litt, um ihretwegen. Sie blinzelte, um ihre Tränen zurückzuhalten.

«Bela!», schrie sie gellend.

Nichts antwortete ihr.

«Wir müssen zu ihm, Sternauge. Wir müssen, hörst du?» Sie zog an den Zügeln, um Sternauge auf ihrer eigenen, rasch unter dem neu fallenden Schnee verschwindenden Spur zurückzuführen. Sie musste zu Bela, koste es, was es wolle. Sie neigte sich vor, um der Stute ermutigend den Hals zu tätscheln, griff aber nur in warme Feuchtigkeit. Erschreckt hob sie die Finger dicht vor ihre Augen und atmete erleichtert auf, als es nur Schweiß war. Ihr Atem ging keuchend, ihre Flanken bebten. Sternauge war am Ende ihrer Kräfte. Mit matten Schritten setzte sie sich noch einmal in Bewegung: in Richtung des heimatlichen Felsens, dessen Umrisse Elin in einem kurzen Moment, da durch einen Riss in den Wolken das Mondlicht fahl auf die Landschaft fiel, bereits überraschend nah erkennen konnte. Schon tauchte die Silhouette des Apfelbaumes auf. Dort blieb Sternauge stehen und rührte sich nicht mehr.

Es blieb Elin nichts anderes übrig, als abzusteigen. Sie liebkoste die Stute und dankte ihr, ehe sie sich umschaute. Zum ersten Mal ließ die vertraute Umgebung nicht das Gefühl von Heimat in ihr aufkommen. Sie fühlte sich ausgesetzt und einsam. Ihre Spur war nur vage als dunkle Furche im Grau des Schnees zu sehen und verlor sich nach wenigen Metern in der Dunkelheit. Irgendwo dort hinten war ihre eigentliche Heimat, Bela, aber es gab keine Möglichkeit für sie, zu ihm zu gelangen. Einfach in die Nacht hineinzulaufen, ohne Waffe, ohne eine Ahnung, wohin sie ging, würde ihr Tod sein. Was konnte sie anderes tun, als die Kiepe zu schultern, seine Kiepe, und sich an den Aufstieg zu machen?

Dort hing noch das Seil, das er zu Beginn ihres Ausflugs entrollt hatte. In der Trage klapperten Sachen, die er hatte holen wollen, damit sie eine bessere Chance hatte, den Winter zu überstehen. Als sie in die Höhle taumelte, war das Feuer beinahe erloschen. Elin fiel auf die Knie und begann, in die Glut zu blasen. Holz und Späne lagen sorgsam aufgestapelt. Er hatte das getan. Als endlich das Licht heller flackerte, sah sie sein Lager. Bis heute hatten sie getrennt geschlafen und gelebt. Dann war etwas geschehen. Elin fasste sich ins Haar und fühlte die Perlen, die er ihr hineingeflochten hatte im Überschwang seiner Gefühle. Sie tastete nach der Nadel, die noch immer ihr Hemd zusammenhielt – sein Geschenk für sie. Und nun war er fort. Verschlungen von der Finsternis. Mordechs Maul hatte sich um ihn geschlossen.

Elin schluckte und würgte. Ein sonderbarer Laut quoll aus ihrer Kehle. Aber dann, Elin ging in die Knie. Dann endlich kamen die Tränen. Elin warf sich auf Belas Lager, zog die wenigen Felle, die dort lagen, zusammen und krallte ihre Finger hinein. Sie drückte ihr Gesicht dagegen und suchte jede Spur seines Duftes darin zu erhaschen. So schlief sie nach langem Schluchzen ein.

Als Elin erwachte, fühlte sie sich müde und erschlagen. Ihr Gesicht war geschwollen vom Weinen und ihre Kehle rau. Sie fühlte, dass sie Fieber bekam. Nun gut, dachte sie trotzig, sterbe ich eben. Dennoch stand sie auf wie jeden Tag und schleppte sich den Hang hinunter, um Wasser zu holen. Ihr fiel auf, dass das Eis dunkler und dünner geworden war, und sie hob den Kopf, um in den Wind zu schnuppern. Brachte er das Ende des Frostes? Sie vermochte es nicht zu sagen, ihr schien nur, die Luft wäre schwer zu atmen, und als sie zurück in der Höhle war, fühlte sie sich ganz erschöpft.

Es dauerte bis zum Nachmittag, ehe sie sich aufraffte, nach Sternauge zu sehen. Einen Apfel nahm sie für die Stute mit; es war einer der letzten. Bela hatte für sie jagen wollen, nun war er nicht mehr da. Die Nüsse und Beeren würden noch für zwei Wochen reichen, länger nicht. Trockenfleisch war fast keines mehr da. Elin verscheuchte den Gedanken, er war müßig, jedes Spekulieren auf das Morgen war müßig, sie erwartete kein Morgen mehr; ihre Zukunft hatten die Wölfe zerrissen.

Sternauge hatte sich besser erholt als sie selbst von dem gestrigen Ritt. Elin erblickte sie gerade noch am östlichen Rand der Weide, wie sie der Leitstute folgte und mit der Herde verschwand. Traurig blickte Elin ihr nach. Sie hatte gehofft, das Pferd heute dazu überreden zu können, in jenen Wald zurückzukehren. Dann dachte sie, dass es so vielleicht besser war. Wer wusste schon, was sie dort vorfinden, ob noch etwas von ihm übrig sein würde. Fröstelnd biss sie in den Apfel, dann wurde ihr wieder übel, und sie spie den Brocken aus. Schwindelnd, mit fieberheißer Stirn, machte Elin sich auf den Rückweg und schaffte es gerade noch zurück auf Belas Lager, wo sie mit heißen Augen liegen blieb. Dann sollte es eben sein, dachte sie und rollte sich zusammen wie ein Embryo. Sie griff nach ihrem Bärenfell und zog es mit letzter Kraft über sich, um die Welt auszusperren und nichts mehr zu sehen. Elin ergab sich ihrer Krankheit.

Als sie den Kopf wieder hob, war es hell. Sie vermochte nicht zu sagen, ob es der nächste Tag war oder der übernächste. Das Feuer war ausgegangen. Unter ihrem Fell aber schwitzte sie noch immer. Gierig trank sie die letzten Schlucke Wasser aus ihrer Schale.

Mit klopfendem Herzen richtete Elin sich auf und lauschte. Draußen pfiffen die Vögel. Ein wenig Sonnenlicht fiel herein. Elin strampelte sich frei, um die Weidenpforte zu öffnen und den Kopf hinauszustrecken. Blendende Helligkeit strömte herein und ließ ihre Haut kribbeln. Die Sonne strahlte von einem tiefblauen Himmel und ließ die Schneefelder glitzern. Nichts war zu sehen, schon gar nicht seine vertraute Gestalt. Die namenlose Hoffnung in Elins Herzen sank. Er war nicht da. Kein Mensch lebte hier als sie allein. Sein geliebtes, so schmerzlich vertrautes Gesicht, seine Berührung, sein Flüstern in ihrem Ohr, hatte all das nur der Fiebertraum ihr vorgegaukelt?

Warum, fragte sie sich bitter, hatte die Krankheit sie nicht auch gleich umgebracht? Warum konnte sie nicht einfach ebenfalls sterben und zu ihm gelangen? Warum sollte sie hierbleiben und weitermachen, Tag für Tag, mit nichts als ihren grauenvollen Erinnerungen?

Elin stand auf und geriet ins Taumeln. Sie musste nach der Felswand greifen, um sich im Gleichgewicht zu halten, und ruhig atmen, bis der Schwindel nachließ. Als ihr mit einem Mal übel wurde und sie es gerade noch zum Flussufer schaffte, um sich in den Schnee zu übergeben, als sie dort würgend und vorgeneigt kauerte, verfluchte sie die Krankheit, die sie gepackt hatte, sie seltsam schwächte und doch am Leben hielt. Elin schloss die Augen vor ihrem blassen Spiegelbild. Was hätte es gegeben, wofür sie hätte weitermachen sollen?

36.

Nur eines blieb ihr noch zu tun. Sie musste seine Seele verabschieden und ihr den Weg weisen in die andere Welt. Nur so würde sie ausschauen können nach jenem Stern, der künftig am Himmel für Bela leuchten würde.

«Das tue ich», sagte Elin laut und stand auf. Sie schaute an sich hinab. Wie sie nur aussah: verschwitzt, schmutzig und mit Auswurf befleckt. So wollte sie ihn nicht ehren. Sie beschloss, ein Bad zu nehmen, hier, an ihrer Wasserschöpfstelle, wo das Eis an diesem Morgen nur dünn überfroren war. Sie nahm es als gutes Zeichen. Mit raschen Bewegungen streifte sie ihre Kleider ab und ließ sich in das eisige Wasser gleiten. Für einen Moment umschloss es sie wie eine Faust und presste alle Luft aus ihren Lungen. Elin keuchte und tauchte dann unter. Ihre Haare schwebten wie Tang an der Wasseroberfläche. Einen Moment hatte sie das Gefühl, nicht mehr auf dieser Welt zu sein. Sie hörte seltsame Laute dort unter Wasser, sie klangen wie traurige Rufe, die sie nicht verstand, wie das träge Knirschen großer Kiefern. Und einen Laut, dumpf und dringend: Ban.

Voll Schrecken tauchte sie auf und schnappte nach Luft.

Zurück in der Höhle, machte sie sich daran, ihre Haare zu kämmen. Zwei Distelkarden brachen ihr bei dem Versuch, den schlimmsten Filz schnitt sie mit einem von Belas Messern ab und flocht sich anschließend sorgsam alle Perlen, die er ihr geschenkt hatte, in die neuen Zöpfe. Sie ließ keine aus und schüttelte, als sie fertig war, den Kopf, damit sie rasselten und gegen ihre Wangen schlugen.

Ihre Kleider, die sie ebenfalls gewaschen hatte, trockneten am Feuer, auf dem eine kräftige Brühe brodelte. Im Schein der Glut saß Elin da und betrachtete ihren nackten Körper, die Brüste, die sich fremd anfühlten, ihren vollkommen glatten, straffen Bauch. Vorsichtig strich sie darüber. «Ban», flüsterte sie. Das Wort ging ihr nicht mehr aus dem Sinn, seit sie im dunklen Wasser beinahe ohnmächtig geworden wäre. Ihr war, als hätten die Wassergeister den Namen nur für sie geflüstert: Ban. Nur wusste sie nicht, wem er gehörte.

Die Suppe war fertig, und Elin schlürfte sie vorsichtig und mit Bedacht, als müsste sie jedem Schluck nachspüren, damit er sie auch wirklich nährte und ihr guttat und das Beste für ihr Vorhaben bewirkte. Wenn ihre Kleider trocken wären, wollte sie sich auf die übliche Runde machen, um ihre Fallen zu inspizieren. Vorher aber hatte sie noch etwas zu erledigen.

Elin suchte bei ihren Tonvorräten nach einem besonders

geschmeidigen Klumpen und feuchtete ihn an. Sie wollte eine Ahnenfigur formen, für Bela. Damit, wer immer hier vorüberkäme, wenigstens diese Spur von ihm vorfände. Damit seine Seele einen Ort besaß, zu dem sie wiederkehren konnte, wenn diese Welt und die andere sich einander näherten. Damit Kraft daraus floss zu seinem Geist, wenn er kraftlos zu werden drohte auf dem Weg durch die Dunkelheiten der Anderswelt.

Da sie nichts von ihm selbst besaß, keine Haarlocke, keinen Knochen, entschied sie sich für eines der Amulette aus seinem Gepäck und knetete darum herum ihre Figur. Es war eine einfache Gestalt, bei der Arme und Beine nur durch eingekerbte Linien angedeutet waren. Den größten Teil nahm das Gesicht ein, das ebenfalls nicht individuell dargestellt war, sondern aus wenigen geraden Linien für die Augen, die Nase und den Mund bestand, die ein entrücktes, aber seltsam friedliches Antlitz formten. Als sie beinahe fertig war und ihr Werk betrachtete, überkam sei ein plötzlicher Impuls. Elin griff zu dem Messer und schnitt sich eine weitere Strähne ihrer Haare ab. Sie hatte sich richtig erinnert: Die Perlen, die sie darin eingeflochten hatte, waren grün.

Grün wie frischer Farn, dachte sie und drückte die beiden kleinen Kugeln entschlossen dahin, wo die Augen der Gestalt angedeutet waren. Das Gesicht blickte plötzlich so intensiv, dass Elin beinahe erschrak. Noch nie hatte es eine Ahnenfigur gegeben mit solchen Augen, durchfuhr es sie. Und sie konnte Anwins missbilligendes Schnalzen beinahe hören. Ein Toter mit offenen Augen, so etwas war undenkbar, eine Provokation. Aber Elin presste entschlossen die Zähne zusammen. Dies waren Belas Augen. Im Leben hatte es keinen zweiten Mann mit solchen Augen gegeben, und auch im Tod sollte er einmalig sein. Jeder sollte sehen können, was er gewesen war. Sie fürchtete sich nicht vor den geöffneten Augen der Statue. Sollte Belas Geist deshalb, wie manche glaubten, wiederkommen und von der Welt der Lebenden nicht lassen können, so wäre es ihr nur recht. Sie wollte seinen Spuk dankbar jede Nacht ertragen, wenn er nur bei ihr wäre. Sie konnte sich nicht vorstellen, dass er ihr übel wollte.

Stolz und zufrieden betrachtet Elin ihr Werk. Nun blieb nur noch, es vor dem Eingang der Höhle aufzustellen und ein Licht daneben zu entzünden, damit der Tote sein Opfer fände.

Auch ein Teller mit Nahrung gehörte dazu, um den Toten für seine Reise in die Anderswelt zu versorgen. Elin wählte ein kostbares Stück Trockenfleisch, ihren letzten Apfel und eine Handvoll Körner, dazu ein paar getrocknete Pilze. Sie legte alles auf einen Teller und trat damit vor die Höhle. Vorsichtig stieg sie hinab zum Ufer. Sie fand eine Stelle, die ihr geeignet schien, nahe ihrem Fischplatz. Hier hatte Bela jeden Tag gearbeitet, hierher würde sein Geist bestimmt zurückkehren, wenn er überhaupt an sie dachte und nicht zurückging zu dem Dorf, das er verloren hatte, wo die anderen Toten schon auf ihn warteten, all die Zeit auf ihn gewartet hatten in seinen Träumen.

«Komm zu mir», flüsterte Elin, als sie die Figur aufstellte und die Fackel entzündete. «Zu mir.» Sie entdeckte eine gefrorene Fußspur im Schnee. Tränen traten ihr in die Augen, als sie probeweise ihren Fuß hineinstellte und bemerkte, dass sie viel zu groß für sie selbst war. Es musste Belas alte Spur sein, die sich im Frost erhalten hatte, getreten auf einem seiner vielen Gänge zwischen der Höhle und dem Fluss, wenn er wieder einmal vor ihr aufgestanden und ihr das Wasser für den Morgentrank geholt hatte.

Elin liebkoste die kalten Ränder des Abdrucks mit den Fingern, dann rückte sie die Figur dicht daneben und stellte den Teller mit ihren Gaben dazu. Sie kniete sich in den Schnee und sprach ein Gebet. «Mutter», bat sie flüsternd. «Sorge gut für ihn, bring ihn zu den Menschen, die er liebt. Bring ihn zu mir», brach es nach einer kurzen Pause aus ihr heraus. «Und sorge dafür, dass er mich nicht vergisst, hörst du?» Lange blickte sie in die grünen Perlenaugen und konnte ihren Blick nicht losreißen. Dann richtete sie sich auf. «Ich danke dir, Mutter», beendete sie ihr Gebet.

Mit einem Ächzen räkelte sie sich. Sie bewegte ihre Finger, damit sie warm würden und an den Fallschlingen ihren Dienst täten. Dann schaute sie den Fluss entlang und erstarrte. Dort vorne, an der Biegung, stand eine kleine, schwarze Gestalt.

Elin stopfte sich die Faust in den Mund, um nicht zu schreien. «Mutter», flüsterte sie dumpf, und für einen Moment überwältigte sie die Furcht. War ihr Gebet erhört worden, kam Belas Geist zu ihr zurück? Und würde er freundlich sein? Ohne eine Regung verfolgte sie mit den Augen, wie die Silhouette sich vorwärtsbewegte. Es war ein Mann, ganz ohne Zweifel, er trug einen Bogen über der Schulter und einen Köcher, der ihn ein wenig überragte. Er bewegte sich, als hätte er ein Ziel, dabei aber taumelte er ein wenig, so als wäre er schon lange unterwegs. Wie weit war es wohl in die Anderswelt?, überlegte Elin.

Die Gestalt wurde größer und deutlicher. Bald konnte sie die Locken erkennen, die das Stirnband zurückhielt, und das unförmige Lederhemd, dass er an jenem Tag übergezogen hatte. Also trugen die Toten Kleider, sie trugen Stirnbänder und Waffen und verbanden sich die Hand, dort, wo sie blutete. Sie hinkten offenbar auch und hielten ihre Hosen fest, wenn sie in Fetzen hingen. Sie blickten traurig, die Toten. Sie blieben, wenn sie auf die Lebenden trafen, stehen, wie vom Donner gerührt, und sagten kein Wort.

«Bela», flüsterte Elin. Sie wagte es nicht, die Hände nach ihm auszustrecken.

Er hob die Hände und ließ sie sinken. «Es tut mir leid»,

sagte er dann. «Ich habe mich verlaufen und musste mich den Fluss entlangkämpfen.»

«Bela! Du lebst!» Es war ein Jubelschrei. Elin stürmte auf ihn zu und achtete nicht darauf, dass sie ihre Opferschale umstieß, sodass der Apfel davonkollerte und die Körner in alle Richtungen spritzten.

Bela hielt sie mit beiden Händen einen Moment lang von sich entfernt. Er studierte ihr Gesicht, jeden einzelnen Zug darin, als wollte er es sich für immer einprägen. Dann zog er sie an sich und verbarg sein Gesicht in ihrem Haar. Nach einer Weile brachte er heraus: «Du trägst die Perlen.»

«Ja», wollte Elin sagen, doch es kam nur ein Geräusch heraus, halb Krächzen, halb Schluchzen. Da musste sie lachen. Und endlich lösten sich die Tränen. So lagen sie einander in den Armen und standen lange da. Über ihre Schulter hinweg bemerkte Bela die Fackel und daneben die Figur. Ihre grünen Augen ließen keinen Zweifel, wen sie darstellte. Er sagte nichts, aber er umschlang sie womöglich noch fester.

37·

Während Elin seine Wunden behandelte, erzählte Bela seine Geschichte. «Es war im Grunde ganz einfach», erklärte er. «Ich kletterte auf einen Baum und schoss von dort oben so viele von den Biestern ab, wie ich konnte. Irgendwann verloren sie dann das Interesse und suchten sich eine Beute, die leichter zu erlegen war. Daraufhin stieg ich hinunter, kam an den Fluss und lief ihn entlang, bis ich zu dir kam.» An dieser Stelle nahm er sie in den Arm.

Elin ließ es geschehen und fragte nicht nach den Einzelheiten, die seine vielen Schrammen und die Bisswunden, sein mageres, blasses Gesicht und seine Erschöpfung ihr verrieten. «Und was hast du gemacht?», fragte er, als sie beide wieder zu Atem kamen.

«Ach, nichts», antwortete Elin und wurde verlegen, als sie die Figur sah, die er in diesem Moment unter den Fellen seines Lagers hervorkramte. «Ich habe gar nicht bemerkt, dass du sie mitgebracht hast.»

Bela hielt sie ins Licht des Feuers. «Sie ist sehr schön, bemerkenswert.»

Elin zuckte abwehrend mit den Schultern.

«Doch wirklich», insistierte er und drehte die Statuette nachdenklich in seinen Händen. «Ich wünschte», murmelte er endlich, «ich hätte für meine Leute so etwas anfertigen können.»

«Ich dachte, du wärst so tot wie sie», gestand Elin leise.

«Ach du, komm her», sagte er und griff nach ihr. Sie warf sich in seine Arme und erwiderte seinen Kuss leidenschaftlich. Bald schon merkte sie, dass er es diesmal nicht mit einer Umarmung bewenden lassen wollte. Seine Finger fanden den Weg unter ihre Kleider, und ein Prickeln lief durch ihren Unterleib. Mit fliegendem Atem half sie ihm dabei, sich zu entkleiden, und zog sich selbst das Hemd über den Kopf. Bewundernd strich er mit seinen Händen über ihre Schultern, ihre Hüften, streifte ihre kleinen, festen Brüste. «Daran habe ich gedacht, als ich auf diesem Baum saß und die Nacht nicht enden wollte», sagte er und strich ihr die Haare beiseite, um seine Lippen über ihre Halsbeuge wandern zu lassen. Sie streckte die Hände nach ihm aus, aber er fing sie ab und zog sie über sich, als er zurücksank. «Jetzt gehörst du mir», flüsterte er, «ganz und gar mir.»

«Ja», hauchte Elin und begann, ihre Lippen über seinen Körper wandern zu lassen.

«Weib», seufzte er. «Was tust du da?»

Elin lächelte. «Ich denke mir etwas aus», sagte sie.

«Willst du damit sagen», begann er, «dass niemand …» Doch dann verschlug es ihm die Sprache. «Die Mutter segne deinen beweglichen Geist», brachte er noch hervor, ehe er stöhnend die Augen schloss. Erst nach einer Weile zog er sie zu sich hoch und streichelte ihr Haar. Dann, ohne Vorwarnung, rollte er herum und legte sich schwer auf sie. «Das also hast du in meiner Abwesenheit getan», murmelte er an ihrem Hals. «Nachgedacht.»

Sie kicherte, als sie sich erwartungsvoll unter seinem Gewicht wand.

Er schaute ihr in die Augen. «Und nun, Weib, wirst du sehen, dass auch ich ein paar Ideen habe.»

Elin widersprach ihm nicht.

Ihr Alltag stellte sich wieder ein, doch nun voller Leidenschaft und Vertrautheit. Nacht für Nacht fanden Elin und Bela zueinander, in mal wilden, mal zärtlichen Umarmungen. Wenn sie danach beieinanderlagen, blickte Elin mit heißen Augen in die Dunkelheit und konnte ihr Glück nicht fassen. So wenig hatte sie erwartet und so vieles bekommen, fast mehr, als sie zu glauben wagte. Ein Mensch, der war wie ein Stück ihrer selbst, so nah wie nie jemand zuvor. Er war warm und fürsorglich, fordernd und begehrend, zugleich stürmisch und rücksichtsvoll, neugierig und voller Teilnahme. Er war ein Wunder, und dieses Wunder blickte sie an. Er liebt mich, dachte sie staunend, er liebt mich wahrhaftig. Und endlich weiß ich, was das Wort bedeutet.

Es bedeutete, dass sie sterben würde, wenn er sie je verließe.

Im Frühling bin ich fort. Diese Worte hatte er gesagt und nie zurückgenommen. Sie hallten in Elin nach. Und noch in ihrer größten Seligkeit zitterte die Angst. Eine Weile hielt sie sich an dem trotzigen Gedanken fest, dass das Morgen ihr gleichgültig sei. Wenn sie nur in seinen Armen läge, alles andere wäre ihr danach gleichgültig. Mochte sie zugrunde gehen, ja, sie wollte es gar nicht anders haben. Dann wieder musste sie sich fast Gewalt antun, um ihn nicht zu umschlingen, mit all ihrer Kraft festzuhalten und anzuflehen, für immer bei ihr zu bleiben. Sie nicht wieder der Einsamkeit auszusetzen, die ihr Panik verursachte, wenn sie nur daran dachte. Die Furcht saß in ihr wie eine Krankheit, und tatsächlich ließen Schwäche und Übelkeit Elin lange nicht los.

Eines Morgens schließlich entdeckte sie, was sie plagte.

Elin hatte sich wieder einmal übergeben, heimlich, wie es ihre Gewohnheit geworden war, um Bela nicht zu beunruhigen. Sie stand vorgeneigt an einem Felsen und ergab sich den würgenden Krämpfen, als mit einem Mal ein Bild vor ihren Augen erschien: Anwins Tochter, Ebro, die ebenso am Eck ihrer Hütte gestanden hatte, geradeso vorgebeugt wie sie selbst. Elin war stehen geblieben, um sie anzusprechen, da hatte Ebro sich aufgerichtet, über den Mund gewischt und ein wenig verzerrt gelächelt. «Wenn es nicht endet mit der Übelkeit, werden es Söhne», hatte sie gesagt und sich um den Leib gefasst mit jener behütenden, umarmenden Geste, wie Schwangere sie zeigen, manchmal noch, bevor ihr Bauch zu wachsen beginnt. Wenn die Übelkeit nicht endet, werden es Söhne. Der Satz hallte mit einem Mal in Elins Kopf. Sie starrte an sich hinunter, auf ihre Brüste, die gewachsen waren in den letzten Tagen, auf ihre schlanke Taille und den Bauch, um den sie die Linke geschlungen hielt, als gälte es, etwas zu halten. Erschrocken ließ sie den Arm fallen. Ihre Beine gaben nach, sie hockte sich in den Schnee.

Ein Kind, dachte Elin. Staunend saß sie da. Schwanger zu sein, was für eine fremdartige Vorstellung! Sie hatte noch keine Zeit gehabt, sich über so etwas Gedanken zu machen. Zu überraschend war Bela in ihr Leben getreten, zu unerwartet seine Zärtlichkeit gekommen. Sie hatte sich ihm hingegeben, ohne einen Gedanken an die Folgen zu verschwenden. Auch zuvor war dies nie notwendig gewesen. Im Dorf bekam keine Frau ein Kind, wenn sie es nicht wollte. Die jungen Mädchen und auch die Frauen holten sich bei Anwin einen Trank, der es unmöglich machte. Die meisten von ihnen setzten ihn erst ab, wenn sie einen Mann gefunden hatten, mit dem sie zusammenbleiben wollten, damit er sie und die Kinder versorgte. Vor allem vor den Frühlingsfesten ermahnte Anwin alle Mädchen, ihre Medizin nicht zu vergessen, denn «Frühjahrsliebe bringt Winterkinder», wie sie zu sagen pflegte. Und deren Überlebenschancen standen nun einmal schlecht. Auch Elin hatte schon einmal von der elend bitteren Kräutermischung getrunken. Nein, die täppische Umarmung, befeuert vom Met, war kein Genuss gewesen, und sie hatte nicht begriffen, was die anderen darin fanden, die zwischen Tanzplatz und Stroh hin- und herschwankten. Den folgenden Frühling war sie Tanz und Fest ferngeblieben, hatte nur dem Taumel von ferne zugesehen und den Schweiß an ihrem Vater und Idris gerochen, als sie früh morgens heimgekehrt und auf ihre Lager gefallen waren. Fern rauschte Musik an ihr Ohr und mischte sich mit dem Schwindel, der sie wie jeden Morgen nicht verließ. Elin schüttelte vorsichtig den Kopf. Wie lange war das alles nun her? Elin hatte es vergessen, ebenso wie den Trank. Belas Umarmung war so anders gewesen als all das. Sie hatte es gar nicht miteinander in Verbindung gebracht. Und nun erwartete sie also ein Kind!

Kaum hatte sie diesen Gedanken gedacht, war sie auch schon fest entschlossen, alles zu tun, damit es am Leben bliebe. Sie würde die Übelkeit überwinden und noch fleißiger fischen, würde Vorräte anlegen, einen Webstuhl bauen. Ihr Kind bräuchte Kleider, Decken, ein Lager. Sie würde sich einen Tragekorb flechten. Ehe sie sich es versah, waren ihre Gedanken weit vorausgelaufen, planten und entwarfen und hatten schon begonnen, das Leben mit dem Kind zu zeichnen. Es wird ein Junge, dachte Elin. Wie bei Ebro damals, deren Übelkeit nicht enden wollte. Sie war ganz sicher. Es würde ein Junge werden, mit grünen Augen und Locken, die wippten, wenn er auf dem jungen Hengst aus Sternauges Herde ritte.

«Ban», flüsterte Elin mit Tränen in den Augen. Ja, das war sein Name. Sie hatte ihn an dem Morgen am Fluss erhalten, als sie badete, ehe sie Belas Ahnenbild formte. Von den Geistern war er ihr zugeraunt worden, die gewusst hatten, dass sie schwanger war, viel früher als sie selbst. Damit war jener Ausflug damals, jenes allererste Mal, als Bela und sie einander umarmten, der Zeitpunkt gewesen, zu dem sie es empfangen hatte. Ban, ihr Baby, Belas Kind.

«Elin, warum antwortest du nicht?» Das war seine Stimme, er rief nach ihr.

Elin erhob sich. «Ich bin hier, Bela, entschuldige. Ich war in Gedanken.» Sie wischte sich über den Mund und schob rasch mit dem Fuß ein wenig Schnee über den Auswurf, ehe sie sich zu ihm herumdrehte.

Er nahm sie in den Arm. «Wieder eine deiner zukunftsweisenden Ideen?», fragte er. Statt ihre Antwort abzuwarten, berichtete er ihr aber nur enthusiastisch von der Spur eines jungen Hirschen, die er nahe dem Ufer gefunden hatte. Elin schmiegte sich stumm an ihn und war froh, dass er abgelenkt war.

Sie erzählte Bela an diesem Tag nicht, dass sie ein Kind von ihm erwartete, und auch am folgenden nicht. Auch der nächste Tag schien nicht geeignet zu sein, und irgendwann beschloss sie, damit einfach noch zu warten. Bis sie sicherer wäre. Sicher, sich nicht geirrt zu haben. Und sicher, was Bela anbelangte.

Sein Versprechen vom Tag ihres Ausfluges, ihr zu Hause alles zu erzählen, was es über ihn zu berichten gab, hatte Bela nicht gehalten. Nach wie vor wusste Elin nichts von den

Plänen, die ihn in diese Gegend geführt hatten, wohin es ihn eigentlich zog und warum. Vielleicht hatte er es nach dem Überfall der Wölfe vergessen, vielleicht war es hinfällig geworden. Vielleicht fürchtete auch er sich davor, Dinge auszusprechen, die das Verhältnis zwischen ihnen verändern konnten. Elin wusste es nicht, und sie rührte nicht daran, mal aus Stolz, mal aus Furcht. Sie umarmte ihn Nacht für Nacht mit aller Leidenschaft, und tagsüber beobachtete sie ihn still und wartete auf ein Zeichen.

Bela seinerseits verfiel nach seiner Genesung in fieberhafte Aktivität. Er ging auf die Jagd. Der Hirsch, den er ihr an diesem Morgen angekündigt hatte, war bald erlegt. Fast täglich stand nun frisches Fleisch auf ihrem Speiseplan, und die Gefahr des Hungers war vorerst gebannt. Er schliff ihr altes Messer, schenkte ihr zwei der neuen und baute ihr eine Axt. Jeden Tag ging er in den Wald und hackte Holz, als gälte es, Palisaden zu bauen. Am Fuß des Hügels schichtete er eine große Menge fertiger Scheite auf. Wenn Elin ihn neckte, dass er wohl gleich für den nächsten drei Winter mitarbeite, und ob er wohl Angst habe im Sommer beim Feuerholzmachen zu sehr zu schwitzen, meinte er nur, dass man vorsorgen müsse. Elin schwieg; sie mochte ihm nicht widersprechen, aber warum sagte er nicht ‹wir›? Bela verstärkte auch ihre Weidenwand, bis sie eine feste Barriere wurde mit einem verschließbaren Tor. «Damit keine Vielfraße mehr über deine Vorräte herfallen», sagte er. Meine Vorräte!, dachte Elin, lächelte traurig und streichelte sein Haar.

Er baute ihr eine Angel und tüftelte an einer Reuse herum, die sie nach seinen Vorgaben flocht. «Das wird deine Fänge vervielfachen.»

«Wäre nicht ein Fischzaun sinnvoll?», fragte Elin. «Es gäbe einen guten Platz weiter hinten vor der Biegung.»

Bela schaute auf und brummelte etwas. Es mochte sein, dass er nach der Stelle blickte, die Elin ihm genannt hatte.

Vielleicht ging sein Blick aber auch in die Ferne. Oder er wurde gewahr, dass das Eis auf dem Wasser stetig zurückging. Schon hatte sich in der Mitte eine offene Rinne gebildet. Und der Schnee auf den Uferhängen war alt und verharscht und kämpfte jeden Tag einen zähen Rückzugskampf gegen die Sonne.

«Es wäre Aufwand», sagte er schließlich nach längerem Schweigen. Dann gab er sich einen Ruck. «Aber es würde dir nützen. Wenn ich mich sofort dranmache, kann er in ein paar Tagen fertig sein.»

Da hielt Elin es nicht länger aus. Ein paar Tage, dachte sie entsetzt, oh Große Mutter, ein paar Tage nur. Sie flog ihm an den Hals und umschlang ihn so heftig, dass er erstaunt lachte. «Warum die Eile?», fragte sie schmeichelnd und schmiegte sich an ihn. «Das hat doch Zeit bis zum Frühjahr.» Ihre Stimme bebte, und es drängte sie, mehr zu sagen. Stattdessen bedeckte sie ihn mit Küssen.

«Das Frühjahr ist nicht mehr weit», entgegnete er, als er zu Atem kam, wehrte ihre Liebkosungen ab und bettete ihren Kopf stattdessen an seiner Brust.

Elin, an ihn gelehnt, lauschte dem Schlag seines Herzens, das nichts preisgeben wollte. Sie wartete, zögerte, nickte schließlich verzagt. «Ja», brachte sie heraus und schloss die Augen. Sie wagte einfach nicht zu fragen: Und dann?

Plötzlich drückte Bela sie so fest an sich, dass ihr beinahe die Luft wegblieb. Für einen Moment hielt er sie mit beinahe verzweifelter Leidenschaft. Dann, ebenso plötzlich, wie es über ihn gekommen war, ließ er sie los. «Ich gehe die Axt holen und fange schon mal an», rief er über die Schulter.

Elin blieb mit bangem Herzen zurück.

Abends am Feuer war er unruhiger als sonst. Er hatte seine Werkzeuge und Besitztümer um sich ausgebreitet und schien eine Art Inventur zu halten. Als er bemerkte, dass Elin ihn beobachtete, sagte er, ohne in seiner Beschäftigung innezuhalten: «Die Weide hinterm Fels wird bald schneefrei sein. Man sieht schon die ersten grünen Stellen.»

Elin schluckte und nickte. «Ja», sagte sie schließlich. Nach einer Weile fügte sie traurig hinzu: «Das Wasser fließt jetzt fast frei.»

Er hob den Kopf und lauschte. Tatsächlich hörte man das Rauschen des Flusses bis in ihre Behausung. Dann nickte er befriedigt.

Elin fasste sich ein Herz. «Bela», begann sie, «ich muss dir etwas sagen. Dich etwas fragen, meine ich», verbesserte sie sich dann rasch. «Ich …» Sie wusste nicht, wie sie beginnen sollte. Zu groß war ihre Angst vor seiner Reaktion.

«Ja?», fragte er zerstreut und griff dann nach seiner Kiepe. Als er sie vergeblich durchwühlt hatte, stellte er sie auf den Kopf und schüttelte sie, mit steigender Nervosität. «Das gibt es doch nicht», murmelte er.

«Bela?», versuchte Elin es erneut. Sie entschied sich für einen Umweg. «An dem Tag, an dem die Wölfe uns überfielen, weißt du noch?»

Erst nach einer ganzen Weile hob er den Kopf. Sein Gesicht sah besorgt aus. «Das Amulett», sagte er.

«Was?», fragte Elin irritiert, die ganz damit beschäftigt gewesen war, sich ihre Worte zurechtzulegen.

«Das Amulett», wiederholte er. Seine Stimme klang angespannt. «Das ich an jenem Tag in der Hand hielt.»

Verwirrt schüttelte Elin den Kopf. «Ich weiß nicht», sagte sie. «Da waren so viele. Aber ich …»

«Das mit den Hirschen», unterbrach er sie. «Die beiden Hirsche, die die Hälse umeinanderschlingen.»

«Keine Ahnung.» Verwundert starrte sie ihn an. Bela war aufgesprungen und machte sich daran, jeden Winkel der Höhle zu untersuchen. «Was ist daran so wichtig?», fragte sie.

«Was daran wichtig ist, fragst du?» Bela war herumgefahren und schnappte nach Luft. Er machte Anstalten, etwas zu sagen, dann aber winkte er ab und fuhr in seiner Suche fort.

«Ich glaube», begann Elin, «ich, ich meine, ich weiß nicht. Aber als du weg warst und ich diese Figur für dich machte, da hätte ich etwas gebraucht, was von dir stammt, verstehst du, eine Haarlocke oder so etwas.» Sie sprach unsicher, als er sich zu ihr umwandte, erschrak sie beinahe. Dennoch fuhr sie fort: «Aber ich besaß nichts. Also nahm ich das Amulett und ...»

«Das Amulett?», schnappte Bela.

Sie nickte nur.

«Wo?», verlangte er zu wissen.

Sie wies stumm mit dem Kinn auf die Figur, die er seit jenem Tag neben ihr Lager gestellt hatte. Er hatte nicht erlaubt, dass sie sie vor der Höhle ließ, nicht einmal wegpacken durfte sie das Ding. Bela hatte darauf bestanden, dass es ihr Schutzgeist sei, und sogar dafür gesorgt, dass die kleine, mit ausgelassenem Fett gespeiste Lampe, die er dafür angefertigt hatte, nicht ausging. Oft hatten sie kichernd Überlegungen darüber angestellt, was der Tonmann wohl von ihren Umarmungen dachte, die er Nacht für Nacht mit ansehen musste. Und Bela hatte gemeint, so würde er der Göttin berichten können, wie gut sie ihr dienten.

«Die Figur?», fragte er jetzt nur und griff gierig danach. Einen Moment lang drehte er sie ratlos in den Händen. «Warum hast du das nicht gleich gesagt?»

«Ich habe mich eben erst erinnert», verteidigte Elin sich. «Was ...» Weiter kam sie nicht.

Es krachte, als Bela die Statuette gegen die Wand schlug. Mit dumpfem Scheppern fielen die Scherben zu Boden. Rasch hockte er sich hin und suchte, bis er in einem größeren Brocken das Amulett fand. Er hob es auf, zog sich aufs Lager zurück und begann es sorgsam zu reinigen. «Da bist du ja», hörte Elin ihn murmeln, die noch immer fassungslos auf die Scherben starrte. Sie entdeckte ein Fragment des Gesichts mit einem Auge, das mit unvermindertem Gleichmut vor sich hin blickte, und griff danach. Still liebkoste sie es mit den Fingern.

Lange schien Bela ihren Zustand nicht einmal zu bemerken. Aber langsam wurden seine Züge ruhiger. Endlich schaute er auf. «Verzeih», rief er dann und streckte die Hand nach ihr aus.

Elin entzog sich ihm.

Bela biss sich auf die Lippen. «Du hast recht», sagte er. «Ich schulde dir wohl eine Erklärung. Aber», fiel es ihm ein, und er lächelte gewinnend. «Du wolltest mir etwas sagen?»

Elin schüttelte den Kopf.

«So», meinte er und schaute auf das Amulett, das er unablässig in seiner Linken drehte. «Ich wollte es dir schon lange sagen», setzte er dann an.

Elin zuckte zusammen. Ihr war, als hätte man sie mit einem Messer geschnitten. Quer durch den Leib ging der Schmerz, und nur mit Mühe unterdrückte sie ein Stöhnen.

Besorgt runzelte Bela die Stirn. Er wollte aufstehen und zu ihr kommen, aber sie wehrte ab. «Du willst mich verlassen!», stieß sie hervor.

«Nein!», rief Bela erschrocken. «Nein», wiederholte er dann leiser. «Es ist nur ...» Er verstummte. Elin lächelte verzerrt.

«Es ist nicht, wie du denkst», wiederholte er leise. Dann endlich begann er: «An jenem Tag, von dem du vorhin sprachst, da wollte ich es dir schon sagen. Als ich das Amulett in der Hand hielt, dieses hier.» Er hob es hoch und betrachtete es eine Weile. «Beinahe hätte ich es vergessen», sagte er leise.

«Aber das hast du nicht.» Elins Stimme klang tonlos. Sie wünschte sich, sie hätte das Ding in den Fluss geworfen, es zertrümmert, den Wölfen zum Fraß überlassen. Sie konzentrierte ihren ganzen Hass auf das kleine Bild, all die Wut, die sie für Bela nicht empfinden wollte.

«Nein», gestand er. «Wie könnte ich auch.» Er hob den Kopf und schaute sie an mit diesen Augen, die es noch immer vermochten, mit nur einem Blick ihre Knie weich werden zu lassen, ihren Widerstand zu nichts zu zerschmelzen und sie im Innersten zu berühren. Sie schloss die Hand um die Scherbe in ihrem Schoß, dass die Kanten sie ins Fleisch schnitten.

«Es ist das Feldzeichen der Männer, die meine Leute umbrachten», fuhr Bela fort und erzählte die Geschichte. Er ließ nichts aus, nicht Orins Tod, nicht seine Suche, auch Skelt nicht. Nur von Merendis schwieg er. «Und daher bin ich auf dem Weg zum Mutterschoßberg», schloss er seinen Bericht.

«Um dieses Schwert zu schmieden.» Elin sprach mit geschlossenen Augen.

Bela nickte. «Um sie damit zu besiegen, ja.»

«Also wirst du mich verlassen», schloss Elin.

Bela senkte den Kopf. «Ich kann dich nicht mitnehmen, Elin.» Er hob seine Hände, als könnte er die Sache mit Gesten eindrücklicher erklären. «Das Bergwerk ist ein Männerort. Du wärst nicht gut aufgehoben dort.»

«Du könntest hierbleiben», erwiderte Elin bitter. Ihr war klar, dass er diese Alternative gar nicht erst in Betracht gezogen hatte.

Bela warf ihr einen gequälten Blick zu. «Oder», fuhr er nach einer Weile fort, «ich könnte dich in einem Dorf lassen, wenn ich nach Süden gehe. Was sagst du dazu, Elin? Gleich das erste Dorf, in das wir kommen. Dort könntest du auf mich warten.» Sein Gesicht und seine Stimme flehten um ihr Verständnis.

Aber sein Vorschlag klang wie Hohn in Elins Ohren. Das erste Dorf im Süden, das war ihr eigenes. Es gehörte dem

Herrn vom Hügel, so wie jedes Dorf zwischen hier und dem Mutterschoßberg, so wie die Minen selbst. Nirgendwo dort war ‹ein Ort für sie›, wie Bela es ausdrückte.

Heftig, beinahe wütend, schüttelte sie den Kopf. Warum nur zog es ihren Geliebten gerade dorthin, wo sie ihm auf keinen Fall folgen konnte? Laut aber sagte sie: «Warten worauf, Bela? Dass du mit deinem Erz zurückkommst? Und dann? Wirst du mich mit zu deinem Schmied nehmen?»

Sie war so in Fahrt, dass sie gar nicht bemerkte, wie Bela peinlich berührt zögerte bei dem Gedanken, sie Merendis vorstellen zu müssen. Ohne sein Schweigen und die geröteten Wangen zu beachten, fuhr sie fort: «Und dann, wenn du dein Schwert hast, was dann?»

Bela hob den Kopf, antwortete aber nicht. Sein Gesicht sah zerquält aus. «Du hast recht», sagte er nach einer Weile dumpf. «Ich kann dich nicht mitnehmen.» Er hob die Hände und ließ sie wieder sinken. «Es war unrecht von mir, dich an mich zu binden. Verzeih mir.»

Entgeistert starrte Elin ihn an. Das hatte sie nicht gewollt; sie hatte doch nur versucht, ihm die Absurdität seiner Pläne vor Augen zu führen, dieses Rachefeldzuges, der nirgendwo hinführte und nirgends anders enden würde als im Tod. Konnte es für ihn denn nicht ebenso sein wie für sie, überlegte sie verzweifelt, dass die Vergangenheit ausgelöscht worden war durch ihre Begegnung, verblasst, beendet, und dass es nichts mehr gab, was zählte, als sie beide? Beinahe hätte sie ihm das Amulett aus den Händen geschlagen, mit dem er in seiner Verlegenheit herumspielte, ohne es selbst zu bemerken. Gleichzeitig spürte sie, wie ihr die Tränen in die Augen stiegen. Sie blinzelte mühsam. Nur jetzt nicht weinen, nicht zeigen, wie sehr die Leichtigkeit, mit der er sie beiseiteschob, sie getroffen hatte.

«Du könntest hierbleiben», stieß sie hervor, bemüht, ihre Stimme nicht zu brüchig klingen zu lassen.

Bela schnaubte verärgert. «Ich kann nicht. Versteh das doch.»

«Du willst nicht.» Elin saß so starr wie eine Statue.

«Ich kann nicht», wiederholte Bela laut, lauter als nötig. Es hielt ihn nicht mehr auf seinem Sitz. Aufgeregt lief er hin und her. «Es ist alles, wofür ich gelebt habe, was mich am Leben erhalten hat. Und ich bin es ihnen schuldig. Bitte, Elin.»

«Was soll ich sagen?» Sie schniefte unauffällig. «Soll ich sagen, ja, nur zu, geh und verlass mich?»

«Ach, Elin.» Das Wort «verlassen» traf ihn tiefer, als er es sich eingestehen wollte. Er kniete vor ihr und fasste ihre Hände. «Ich muss das tun, Elin. Elin, bitte, versteh mich.»

Sie reagierte nicht auf seine Berührung, schüttelte nur den Kopf, während die Tränen über ihre Wangen liefen. «Du willst es, meinst du», erwiderte sie bockig.

«Ich muss, himmelnochmal!» Bela sprang erneut auf. «Musst du immer dasselbe sagen?»

«Ich will», fauchte Elin.

«Gut, dann will ich eben auch.» Einen Moment lang funkelten sie einander an.

Elin senkte als Erste den Kopf. «Und es gibt nichts», sagte sie leise auf ihre Hände hinab, die sie schützend vor ihrem Leib gefaltet hielt, «was dich davon abbringen könnte.»

«Elin, Elin, ich liebe dich.» Noch einmal bestürmte Bela sie. Und er spürte, jedes seiner Worte war wahr. Er bereute seinen Zorn, bereute seine harten Worte; es zerriss ihn selber beinahe. Was hatte er nicht alles getan, um sein schlechtes Gewissen zu beruhigen, er hatte gearbeitet wie ein Stier. Dennoch würde er gehen, er war sich dessen sicher. Und mehr als alles auf der Welt hoffte er auf ihren Segen, auf ein gutes Wort von ihr. Es war alles, was er mitnehmen konnte auf seinem Weg. Wieder ging er in die Knie und versuchte, sie zu umarmen.

Elin aber machte sich steif. Sie murmelte etwas, er verstand es erst nach einer Weile. «Du hast mich vor dem Tod gerettet, aber mit mir leben willst du nicht.»

«Elin.» Belas Stimme versagte. Statt einer Antwort zog er sie an sich und versuchte, sie zu küssen. Sie wehrte sich, sträubte sich gegen seine Arme und stieß ihn zurück, erst sanft, dann heftiger. Als er nicht nachließ, holte sie zu einem Schlag aus und versetzte ihm eine so kräftige Ohrfeige, dass er erschrocken zurücktaumelte.

38.

Einen Moment lang starrten sich beide an. Einen Wimpernschlag später lagen sie sich in den Armen und küssten sich gierig.

Atemlos rissen sie einander die Kleider vom Leib und rollten auf das Lager. Elin setzte sich auf Bela, der sie an den Hüften hielt und ihre leidenschaftlichen Bewegungen zu lenken suchte, die ihn fortzuspülen drohten. Bewundernd blickte er auf die Gloriole ihres Haares, das vom Feuerschein wie entzündet war, bis sie es mit energischem Schwung über ihre Schulter schüttelte. Er fühlte es herabfließen bis auf seine Schenkel. Der Schweiß auf ihrer Haut glänzte, als sie sich zurücklehnte, gespannt wie ein Bogen. Niemals war sie ihm so schön vorgekommen. Wie eine Erscheinung, eine Göttin, dachte er berauscht und streckte die Hände nach ihr aus, um sie an sich zu ziehen. Er versuchte, sich jede Einzelheit ihres in Ekstase zerfließenden Gesichts einzuprägen.

Als es vorbei war, sanken sie schweißgebadet nebeneinander. Bela schlang von hinten die Arme um sie und schlief so ein, das Gesicht in ihren Nacken gekuschelt. Elin hingegen lag lange wach. Als sie hörte, dass seine Atemzüge regelmäßig geworden waren, machte sie sich vorsichtig los und kroch aus den Fellen. Noch einmal schaute sie zurück. «Ich hasse dich», sagte sie leise und wusste doch, dass es gelogen war. Dann griff sie nach ihrem Umhang und trat leise vor die Höhle. Tief atmete sie die kalte Nachtluft ein.

So war es gut, die Hitze dort drinnen hatte sie fast verrückt gemacht, sie brauchte Ruhe, Klarheit um sich. Und sie ertrug seine Nähe nicht einen Moment länger. Nun, da sie wusste, dass sie ihn für immer verlieren würde. Das vertraute Gewicht seiner Arme, der Duft seiner Haut, der Anblick seiner Locken, die wie stets im Schlaf wirr über sein Gesicht hingen, all das war zu viel für sie. Elin zog den Umhang fester und machte sich an den Aufstieg. Erst als sie oben auf dem Gipfel des Felsens angekommen war, hielt sie inne. Hier war es gut. Der Himmel war wolkenlos und strahlte in seiner Sternenpracht. Ein dichtes, glitzerndes Netz von Lichtern trieb dort oben.

Elin erinnerte sich an die Geschichten, die erzählten, dies seien die Herdfeuer der Toten, die aus der Anderswelt herüberblinkten, kalt wie die Toten selbst und ohne wirkliche Leuchtkraft. Alle, die je gelebt hatten, waren nun dort oben, so hatte sie es gelernt. Daher erkannte derjenige, der in den Sternen zu lesen vermochte, in ihnen alles, was je gewesen war. Dem Kundigen erschloss sich aus dem Muster selbst das, was sein würde. Mit offenem Mund starrte Elin hinauf. War dort oben auch ihr Weg abgebildet, in einem besonders leuchtenden Sternhaufen etwa, oder, dachte sie bitter, dort drüben, an der so ganz und gar dunklen, leeren Himmelsstelle? Brannte das Licht für ihren Sohn schon, oder würde es erst zu brennen beginnen, wenn er auf der Welt war? Oder entzündete es sich erst mit seinem Tod?

Einmal nachts, als sie bei Sternauge gesessen hatte, hatte sie sich damit vergnügt, dem Pferd eine Sternfigur zu zeigen, die wie es selbst geformt war, das «Himmelspferd» hatte sie es für sich genannt, überzeugt, dass, wenn Tiere sterben konnten, auch sie ihren Platz in der Anderswelt fanden. Sie jedenfalls würde auch dort nicht ohne Sternauge sein wollen. Schon schweifte ihr Blick wieder zu der Stelle hin, zu ihrem Himmelspferd, als gäbe es dort einen Trost für sie. Tatsächlich wurde Elin bei dem Anblick ruhiger.

Sie erinnerte sich, wie sie einmal als Kind gefragt hatte, ob denn nun Mordech oder die Mutter über die Anderswelt regierten, und wie keiner ihr darauf hatte antworten wollen. Nur Anwin hatte rätselhafte Aussprüche getan, dass die beiden ein und dasselbe wären, die beiden Seiten eines Amulettes. Elin verstand den Satz bis heute nicht. Sie war rätselhaft, die Anderswelt, rätselhaft, aber schön. Wie anders dagegen das Leben, das nicht weniger undurchschaubar war, dabei aber voller Hässlichkeit. Sie seufzte.

Der Mond schien hell und ließ Elin erkennen, dass tatsächlich kaum noch Schnee in der Ebene lag. Bela hatte recht gehabt, der Frühling war nicht mehr fern.

Elin schloss die Augen. Sätze schossen durch ihren Kopf, die, die sie gesagt hatte, und die, die sie nicht gesagt hatte. Die, die sie hätte sagen sollen. ‹Ich liebe dich› etwa. Oder: ‹Ich erwarte ein Kind von dir.› – ‹Ich will nicht, dass du stirbst für eine sinnlose Sache. Will, dass du am Leben bleibst für uns und unseren Sohn.› Warum nur war sie so harsch mit ihm gewesen? Warum hatte sie ihm nicht gesagt, was sie für ihn empfand? Oder hatte sie zu nachgiebig gehandelt, hätte sie ihm seine Pflichten vor Augen halten, ihn vor die Wahl stellen sollen? Hätte einfach nur alles besser erklärt werden müssen?

Ich habe es falsch gemacht, sagte sie sich und biss sich so fest auf die Lippen, dass es blutete. Ich war empfindlich und trotzig und verliere jetzt vielleicht alles, was ich auf dieser Welt liebe. Ich hätte auf die Knie fallen und ihn anflehen sollen. Stattdessen schlage ich ihn. Ich bin eine Närrin. Was hilft der ganze Stolz. – Andererseits: Glaubt er wirklich, ich glaube ihm? Mir so etwas anzutun und dann noch auf mein Mitgefühl zu hoffen! Sogar auf sein Lager habe ich mich ziehen lassen, was denkt er sich eigentlich, dieser gemeine Schuft! Oh, wie ich ihn hasse, ich hasse ihn, und das hätte ich ihm sagen sollen!

In diesen widerstreitenden Kreisen drehten sich ihre Gedanken wieder und wieder. Der Mond wanderte vorüber und versank. Irgendwann gegen Morgen schlief Elin erschöpft ein. Als es hell geworden war und sie nach turbulenten Träumen erwachte, war ihr Kopf wie leer. Fröstelnd und ein wenig benommen stieg sie zum Höhleneingang ab, noch immer unsicher, was die ersten Worte sein würden, die über ihre Lippen kämen. Aber auf dem Vorplatz, ohne ersichtlichen Grund, hielt sie inne. Ohne dass es ein Zeichen, einen Aufschluss, gegeben hätte, wusste sie mit einem Mal, noch ehe sie einen Fuß in die Behausung gesetzt hatte: Er war fort.

Elin trat ein und betrachtete den leeren Raum. Äußerlich war sie ganz ruhig. Sie weinte nicht, sie zitterte nicht, sie stand bloß da und sah sich um. Er hatte nur wenige Felle mitgenommen, der Rest lag auf ihrem Lager, nun wieder ihrem alleinigen Lager, sorgfältig aufgehäuft. Er hatte die Werkzeuge an ihren Platz geräumt und frisches Holz gestapelt. Das Feuer knisterte, und die Wasserschale war gefüllt. Wie fest musste sie dort oben geschlafen haben, dass sie ihn bei all diesen Verrichtungen nicht gehört hatte, eingesponnen in ihre fruchtlosen Kämpfe mit sich selbst! Elin war beinahe, als könnte sie ihn sehen, wie er morgens erwachte mit diesem Lächeln in den Augen, das in den letzten Wochen stets das Erste gewesen war, was sie vom Tag gesehen hatte. Wie er sich aufgesetzt, sich mit den Fingern durch die Haare gefahren war und das Stirnband umgebunden hatte, ehe er an die Arbeit ging. Sie sah ihn sitzen, während das Licht des

Feuers über die nackte Haut seines Oberkörpers huschte, Schatten und Mulden darauf malte, ohne dass er es merkte, hingegeben an das Werkstück, an dem er herumbastelte.

Neben der Wasserschale dampfte etwas. Es war ihr Becher mit Tee. Daneben stand die Tonfigur mit den grünen Augen, die er gestern in seiner Erregung zerbrochen hatte, neu zusammengesetzt und mit frischem Lehm gekittet.

Elin nahm sie in die Hand, um sie hochzuheben. Die Statuette zerfiel unter ihren Fingern. Sie tat nichts, um die Scherben aufzufangen. So also, dachte sie, fühlt es sich an, wenn man stirbt.

Elin stürzte auf den Vorsprung hinaus. Von Bela war nichts mehr zu sehen, nicht am Fluss, nicht am anderen Ufer, nicht zwischen den Bäumen. Trotzdem holte sie tief Luft. «Du Schuft», brüllte Elin mit aller Kraft, die sie noch aufbrachte. «Du Mistkerl, ich hasse dich, hörst du? Ich hasse dich!» Sie nahm einen Stein und schleuderte ihn so weit sie konnte. In einem Bogen fiel er in die Haselbüsche am Fluss. Ein Schwarm Krähen flog kreischend auf und kam rasch wieder zur Ruhe.

Dann war alles wie sonst.

IV.

QUELLE UND BERG

39

Die Kupfermine war nicht zu übersehen. Nun, da er davorstand, fragte Bela sich, wie seine Suche danach so lange hatte dauern können. Schon von weitem erkannte man die kahlen, verwüsteten Hänge, an denen fast alle Bäume abgeschlagen worden waren, denn das Verschalen der Minengänge, die Kohlenmeiler und das Rösten und Schmelzen des Erzes fraßen eine Menge Holz. Manche der kahlen Flächen waren dicht mit aufschießendem Buschwerk bewachsen, in andere hatten Geröll und Regenfluten tiefe Furchen gerissen und die nackte Erde bloßgelegt. Schwarze Ringe zeichneten sich dort ab, wo Kohlenmeiler gestanden hatten. Bela begriff zum ersten Mal, warum die Opfer so groß waren, die der Mutter für diesen Frevel gebracht werden mussten.

Die Mine selbst war eher unscheinbar. Graue Rauchfäden stiegen ohne Unterlass aus den Grubeneingängen, die durch ein Vordach aus roh zubehauenen Brettern und Balken gekennzeichnet waren. So sahen sie also aus, die Zugänge ins Innere der Erde, die tief hineinführten in den Schoß der Mutter.

Dort drunten war die Dunkelheit ewig, die Luft dünn, und die ganze Schwere des Berges lastete auf den Menschen, Bela hatte es bereits in seinen Träumen gespürt, die ihn in die engen, erstickenden Gänge geführt hatten. Und dort hausten Geister. Wie alle hatte Bela als Kind oft und gerne den vielen Schauergeschichten gelauscht, die von den Bergleuten erzählt wurden. Wenn man ihnen Glauben schenkte, gab es keinen kürzeren Weg in die Anderswelt als diesen, direkt durch den Fels, zurück in den Schoß, der alles gebar. Wenn man zu weit grub, gelangten Wesen von dort herüber und richteten großes Unheil an. Reißende Wölfe waren schon von dort gekommen, größer als alles, was Jäger je sahen, Wolken von Insekten, die die Ernte vernichteten in einem Augenblick, Stürme und Unwetter, die alles niedermähten wie der feurige Atemhauch eines gewaltigen Zornes.

Andere waren der Schwärze in den Gruben erlegen und wahnsinnig geworden. Mordechs Dämonen hielten sie in ihren Klauen, sodass sie mit einem Mal sangen und wirres Zeug riefen. Ihre Gesichter verzerrten sich, und wenn sie auf Menschen trafen, so sprachen sie manchmal in Zungen, andere aber fielen über ihre Gefährten her wie wilde Tiere, die sich von Menschenfleisch ernährten. Wenn die Bergleute solche Laute von einem der ihren hörten, verließen sie den Schacht und mauerten ihn zu. Sie drückten Mordechs Siegel darauf. In manchen dieser verfluchten Tunnel, so sagte man, hörte man noch heute die Eingeschlossenen toben.

Alle, die je von den Minen zurückkehrten, machten den Eindruck, als hätten sie lange mit einem schrecklichen Gegner gerungen. Und obwohl sie am Leben waren, sahen sie nie wie Sieger aus. Das Unheimliche blieb an ihnen haften. Sie fanden selten Frauen, und obwohl alle sie respektierten, wollten doch nur wenige mit ihnen zu tun haben.

All dies ging Bela durch den Kopf, als er dem Ziel seiner Wünsche so nahe war, und er beobachtete den Ort mit angehaltenem Atem. Zum ersten Mal ahnte er etwas von dem, was er hatte auf sich nehmen wollen, als er beschloss, für seine Rache einer von jenen dort unten zu werden. Zwischen den Rauchschwaden erkannte er kleine, seltsam schwarze Gestalten, fast unmenschlich auf den ersten Blick und wild, bis er begriff, dass sie über und über mit Schmutz und Kohlenstaub bedeckt waren. Sie wirkten müde und unbehaust. Bela kniff die Augen zusammen. Das also waren sie, die berühmten Bergleute. Nun, auf diese Entfernung sahen sie nicht allzu beeindruckend aus. Nach und nach unterschied er ihre rußverschmierten Gesichter. Manche trugen Tücher um den Kopf gewunden, andere enge Lederkappen. Sie waren barfuß und bewegten sich selbst im Tageslicht langsam und ein wenig geduckt. Ihre Oberkörper waren nackt wie ihre Füße, viele trugen nur einen Lendenschurz.

Die Arbeit schien heiß zu sein dort unter Tage, was kein Wunder war angesichts des Qualmes, der aus der Erde hervordrang. Dort unten mussten viele Feuer brennen. Bela fragte sich, wie sie wohl bei all dem Rauch atmen konnten. Ob sie dafür all die Bäume brauchten? Durch die Luft wurden Stimmen zu ihm getragen. Er hörte Frage und Antwort, einen barschen Befehlston, auch wenn er kein Wort verstand. Und er duckte sich unwillkürlich tiefer in das Blaubeerkraut. Selbst an den aromatischen Blättern, bemerkte er, haftete ein Hauch von Rauch.

Langsam zog sich Bela zurück. Er hatte vorerst genug gesehen. Diese Nacht noch wollte er allein verbringen, seine Ausrüstung ordnen und verstecken, was von niemandem gefunden werden sollte. Er wollte Ruhe finden und sich wappnen. Noch einmal das Flimmern der Sterne sehen. Morgen dann würde er in das Lager dort drunten treten und sich anbieten. Er hatte das kleine Dorf schon entdeckt, in dem die Bergleute hausten, eine Ansammlung primitiver Hütten, denen man ansah, dass nur Männer dort lebten. Es gab keine Gärten, keine Webstühle oder Brennöfen und kaum Vieh. Fast alles, was die Bergleute brauchten, wurde ihnen gebracht, denn der Boden hier im Gebirge war karg, und sie arbeiteten die meiste Zeit in den Minen.

Dafür waren eine Menge Wachposten zu sehen. Rings um die Hütten zogen sie ihre Kreise, vor allem bei den Speichern, in denen, wie Bela vermutete, das gewonnene Erz gelagert wurde. Von Zeit zu Zeit kamen Ochsenwagen, um es abzuholen in die Festung auf dem Hügel. Auch bei den Öfen standen Wächter und neben den Röstgittern, auf denen das geschlagene Gestein aufbereitet wurde. So viel war klar, schon von hier aus: dass es schwierig sein würde, hier auf eigene Faust Kupfer beiseitezuschaffen. Wenn ihm nichts einfiele, würde Bela sich mit dem begnügen müssen, was der Herr vom Berg ihm anbieten würde: einen geringen Lohn, bemessen nach seiner Leistung und ausbezahlt stets erst am Ende der Zeit, für die er sich verdingte. Hundert Tage mindestens, so hatte der Herr es bestimmt. Und was er bestimmte, das wurde getan.

Bela sah ihn noch vor sich, auf seinem Stuhl in jener Festung, die er schließlich aufgesucht hatte, als er genug hatte von all den Geschichten, die sie in den Dörfern über den Mann erzählten. Die Palisaden waren einschüchternd gewesen, und wer sich davon nicht beeindruckt zeigte, den überzeugten die vielen Bewaffneten, die den Weg jedes Besuchers begleiteten, schweigend und grimmig. Niemand, der dort hineinkam, sollte sicher sein, auch heil wieder hinauszugelangen, das war ihre Botschaft, und sie übermittelten sie gut. Auch Bela hatte sie verstanden, ihnen betont gelassen zugenickt und sich an den Gurten seiner Kiepe festgehalten, während er über die Höfe ging, sehr aufrecht und auf alles gefasst.

Als er die große Halle erreicht hatte, war ihm das Gepäck abgenommen und der Inhalt rücksichtslos auf einem Tisch vor dem Burgherrn ausgeschüttet worden. Alles wurde befingert und begutachtet, nicht nur das Amulett, das er mit einer Verneigung gleich als Erstes überreicht hatte, damit es seine Berechtigung, in diesem Gebiet zu handeln, bewies. Das Misstrauen des Hausherrn zähmte es nicht. Bela hatte dabeigestanden und sich insgeheim beglückwünscht, dass er seine geheimen Schätze, sowohl das Hirschamulett als auch das Fragment des Schwertes, in ein Tuch geschlagen und unter den Wurzeln eines Baumes nicht weit vom Weg versteckt hatte. Denn den Augen des Herrn entging nichts. Und es lag keine Freundlichkeit in seinem Blick.

Er war noch erstaunlich jung, fand Bela, höchstens so alt wie er selbst, mit rauen blonden Flechten und einem dünnen Bart. Seine schwarzen Augen glühten vor Ehrgeiz und Gier. Alle erzählten sie die Geschichte, wie der alte Herr getötet worden und es danach unter seinen Männern zum Streit um die Nachfolge gekommen war. Dass der Kampf lange und blutig und rücksichtslos geführt worden war, bis der neue Herrscher sich endlich mit List und Brutalität durchzusetzen vermocht hatte. Man munkelte, er habe seinen Hauptkonkurrenten zu Verhandlungen geladen und ihn beim gemeinsamen Mahl vergiftet. Danach hatte niemand mehr protestiert. Alle hofften nun auf eine friedlichere Zeit.

Während Bela ihn unter gesenkten Wimpern hervor beobachtete, wusste er, dass diese Hoffnung wohl vergebens wäre. Der junge Mann dort mit dem länglichen Gesicht und den brennenden Augen sah hungrig aus, hungrig nach Macht und nach mehr, mehr von allem, was er bekommen konnte. Und er hatte bewiesen, dass er in der Wahl seiner Mittel nicht zimperlich war. Bela war erleichtert gewesen, dass sich in seinem Gepäck nichts fand, was ihn reizte. Während er alles wieder einräumte, war das Schweigen so lastend gewesen wie die Blicke des Herrn, der ihn musterte, als hätte er eine Kuh vor sich, die er zu kaufen gedachte. «Schade», hatte er säuerlich gemeint, als Bela es höflich abgelehnt hatte, ein Kämpfer zu werden. Sein Lächeln war dünn gewesen. «Deine Muskeln sind gut, und du scheinst Verstand zu haben. Die Minen werden beides auffressen. Aber wie du willst.» Und damit war er entlassen worden.

Bela schüttelte die unangenehme Erinnerung ab. Er trat den Rückzug an zwischen den dichtstehenden Baumschösslingen, die knapp mannshoch zwischen den vielen Stümpfen aufsprossen, von denen manche alt aussahen, manche noch ganz frisch. Schließlich erreichte er eine Gruppe knorriger Fichten, die inmitten des Infernos überlebt hatten. Unter ihren breiten Zweigen fand er Schutz und richtete sich dort sein Lager ein. Der Ort war gut, geschützt, nicht einsehbar und dabei leicht wiederzufinden. Hier, beschloss Bela, würde er seine Habseligkeiten verstauen. Er stellte seine Kiepe ab und entrollte sein Schlaffell. Auf ein Feuer verzichtete er, um nicht vorzeitig die Aufmerksamkeit auf sich zu ziehen. Es war auch nicht nötig, die Luft war sommerlich warm, selbst jetzt in der Dämmerung. Mit einem Seufzer ließ er sich nieder.

Wie es Elin nun wohl ging, überlegte er, so wie stets, wenn er zur Ruhe kam und seine Gedanken zu wandern begannen. War es wirklich zu glauben, dass er nun schon so viele Monde von ihr fern war? Noch immer kam es ihm vor, als könnte er ihre Stimme jeden Moment hören, trotz der vielen Menschen, mit denen er seither gesprochen hatte, den vielen verschiedenen Gesichtern, die ihm begegnet waren in den fruchtbaren Tälern am Rand des Gebirges. Aber kein Gesicht war dabei gewesen wie ihres. Wenn er gehofft hatte, ihre Züge würden verschwimmen und die Erinnerung an ihre Umarmungen verschmelzen mit der Erinnerung an all die Frauen, die er gehabt hatte, so wie der Winter, den er mit ihr verbracht hatte, sich bis zur Unkenntlichkeit vermischen würde mit all den anderen Wintern, die sich glichen, dann musste er nun zugeben: Er hatte sich getäuscht. Elin blieb Elin, ihr Name erklang deutlich in seinen Träumen und begann, all die anderen zu verdrängen.

Bela schnürte sein Gepäck auf und nahm heraus, was er sich als Erinnerungsstück an sie bewahrt hatte: einen Ring, geflochten aus ihrem Haar. Er musste lächeln, als er daran dachte, wie er ihr die kleine Strähne abgeschnitten hatte, heimlich eines Nachts, als sie schlief. Wie schön sie war, wenn sie schlief, ihr Gesicht und die nackte Schulter in der Flut ihres Haares. Sie hatte seinen Raub nie bemerkt, und er hatte seinen Schatz gehütet, als gäbe er ihm eine geheime Macht über sie. Er streifte den Ring über den Finger und betrachtete ihn eine Weile gerührt.

Dann kramte er seine anderen Geheimnisse hervor, das Hirschamulett und das Schwertfragment, die beide noch immer in ein Tuch eingeschlagen waren. Bela schaute sich um und entdeckte nicht weit entfernt einen großen Stein, der nach einigen Mühen nachgab und beiseiterollte. Er wischte die wimmelnde Schicht von Asseln und Larven fort, die darunter sichtbar wurden, und begann, die feuchte Erde auszutiefen. Sorgsam bettete er seinen Schatz hinein, bedeckte ihn mit Krumen und rollte den Brocken dann zurück. Er war zufrieden; die Stelle war gut zu merken, und niemand sah ihr an, dass dort gegraben worden war. Bela trat die letzten Reste Erde fest und setzte sich wieder hin. Nun war alles getan. Er konnte zur Ruhe kommen. Unwillkürlich begann er mit seinem Ring zu spielen.

Ob sie wusste, überlegte er, dass der Herr vom Hügel ermordet worden war? Sie hatten nie darüber gesprochen, aber ihm war klar, dass sie ein schreckliches Erlebnis gehabt haben musste. Vermutlich war ihr von einem Mann Gewalt angetan worden. Und er hatte einen recht genauen Verdacht, um wen es sich dabei handelte. Ihre Reaktion auf das Amulett des Herrschers war deutlich genug gewesen. Das würde erklären, dass sie es nicht gewagt hatte, zu ihrem Volk und damit unter seine Herrschaft zurückzukehren, und lieber das Wagnis eines einsamen Winters auf sich genommen hatte.

Wenn ich zurückginge und es ihr sagte, spekulierte Bela, dann wäre sie vielleicht erleichtert. Sie könnte ihr selbstgewähltes Exil endlich aufgeben und sich niederlassen, hier irgendwo. Dann könnte sie wieder ein normales Leben führen, nicht nur das einer Einsiedlerin.

Belas schlechtes Gewissen war noch immer so wach wie am ersten Tag seines Aufbruchs. Hundert Mal schon hatte er sich gesagt, dass er sie nicht hintergangen, sondern ihr immer die Wahrheit gesagt hätte. Und dass sie ihn ja schließlich selbst hatte gehen lassen. War sie denn nicht in seine Arme gekommen? Dass er dem endgültigen Abschied ausgewichen war, weil er es nicht gewagt hatte, ihr entgegenzutreten, das verdrängte er großzügig. Er hatte sich nichts zu vergeben, sagte er sich. Und er war für ihr Leben nicht verantwortlich. Aber er ahnte, dass ihrer beider Geschichte der Abschluss fehlte. Er fühlte, dass das seine Schuld war. Er wäre deshalb froh gewesen, derjenige zu sein, von dem sie die frohe Botschaft empfing, dass ihre Einsamkeit zu Ende wäre. Vermeintlich selbstlos steigerte er sich in die Vorstellung von ihrem künftigen, von ihm als Geschenk überbrachten Leben hinein, in dem sie ins Dorf zurückkehrte, dort einen Mann fand, einen guten Mann, und Kinder bekam. Und er selbst würde seiner Liebe großzügig entsagen und endlich friedlich weiterziehen. Bela schluckte. Am Ende der hundert Tage, nahm er sich vor, wenn er das Kupfer erworben hatte, das er hier suchte: Dann würde er ein letztes Mal zu ihr gehen.

In diesem Moment knackte es im Gebüsch. Bela hob den Kopf und griff zu seinem Messer, konnte aber nichts erkennen. Nirgendwo im Dickicht zeichnete sich ein verräterischer Umriss ab, kein Zweig bewegte sich. Langsam kam er wieder zur Ruhe und entspannte sich. Er kramte in seiner Kiepe nach etwas zu essen. Er durfte sich nicht in Träumereien ergehen, ermahnte er sich, viel wichtiger war es, dass er sich auf den morgigen Tag vorbereitete und überlegte, wie er den Männern dort unten gegenübertreten sollte. Hundert Tage, hatte der Herr gesagt, aber er traute ihm nicht. Was, wenn er ihm den Lohn vorenthielte oder wenn die Wächter dort unten nicht nur das Erz bewachten? Er durfte dort keinesfalls unvorbereitet hineinstolpern, es galt, auf der Hut zu sein.

Bela ging in Gedanken die erste Begegnung schon einmal durch. Er überlegte sich seine Gesten, suchte nach den richtigen Worten; er räusperte sich. Da hielt er inne und wagte nicht einmal zu schlucken. Ein Messer saß an seiner Kehle und drückte sich unnachgiebig in das Fleisch. Langsam ließ er seine Klinge fallen und hob die Hände.

40.

Mit schmerzverzerrtem Gesicht glitt Elin von Sternauges Rücken. Die Krämpfe in ihrem Leib hielten nun schon seit Stunden an. Erst hatte sie gedacht, es zerwühle nur ihren Schoß, nun hatte ihr Rücken zu ziehen begonnen, und sie wusste kaum noch, wie sie sich aufrecht halten sollte. Als sie ein wenig unsanft auf dem Boden aufkam, stöhnte sie. Und verfluchte nicht zum ersten Mal ihren aufgeschwollenen Leib, der ihr das Leben in den letzten Wochen so schwergemacht hatte.

Anfangs war ihr Bauch nur langsam gewachsen, begierig verfolgt und betastet und belauscht von ihr, die so glücklich war über jedes Anzeichen von dem Kind, das sie in sich trug. Noch immer erinnerte sie sich des verblüffenden Moments, in dem sie die erste Bewegung in ihrem Inneren verspürt hatte, ein kitzelndes Schwirren, beinahe wie der Flügelschlag eines verirrten Falters. Sie hatte mitten in der Arbeit innegehalten und ungläubig in sich hineingelauscht. Als es wiederkehrte, hatte sie die leichte Bewegung erwidert und sich gefragt, ob ihr Kind sie wohl ebenfalls empfand und wusste, fühlte, dass seine Mutter durch diese Berührung zu ihm sprach. Ab da hatte sie öfter innegehalten, auf das Plätschern des Wassers gehorcht, das Rauschen der Fichten auf dem Berg oder das Singen der Vögel, hatte den Rauch des Feuers bewusster eingesogen und den Saft der Beeren in ihren Mund fließen lassen wie zum allerersten Mal und dazu gedacht: Hier Kind, koste, höre, spüre. Das ist die Welt, die auf dich wartet. Sie hatte ihr Gesicht in die Sonne gehalten und die rote Wärme genossen, die durch ihre geschlossenen Lider drang. Wenn ich so ihr Licht noch sehen kann, hatte sie gedacht, dann kann mein Sohn in mir das auch.

Langsam aber war ihr Leib zu einer unglaublichen Größe angewachsen, die sie nur noch mit Mühe vor sich hertrug. Das Kind in ihrem Inneren drückte auf ihre Blase, trat gegen ihre Rippen und bedrängte ihr Herz, als wollte es sie aus ihrem Körper verdrängen und ihr den Platz zum Leben darin streitig machen. Nach Luft schnappend lag Elin manchmal da, mit rasendem Puls, und fragte sich, wie das alles enden sollte.

Inbrünstig hatte sie in solchen Momenten gewünscht, sie wäre mit einer Mutter aufgewachsen, unter Frauen, die ihr von ihren Schwangerschaften erzählten und sie hätten miterleben lassen, wie sie ihre Kinder bekamen und aufzogen. Aber sie kannte nur das Leben mit ihrem Vater und Bruder, die nicht zugelassen hatten, dass sie sich mit andrer Leute ‹Weiberkram› abgab. Elin hatte für ihre Bedürfnisse gelebt.

Ohnehin schienen andere Frauen sie nicht besonders zu mögen. Elins Schönheit machte sie misstrauisch, auch ein wenig eifersüchtig, und ihre fremde Art, die seltsamen Fragen, die sie manchmal stellte, störten ihre eintönigen Gespräche. Elin wiederum hatte das ewige Gerede über Männer und Kinder damals uninteressant gefunden und war ohne große Trauer den tuschelnden Grüppchen ferngeblieben. So war sie unerfahren und ahnungslos, was die Dinge betraf, die nun auf sie zukamen. Im Dorf hatte sie nur gesehen, dass die Frauen arbeiteten bis zuletzt, um dann für eine kurze Zeit zu verschwinden und mit dem Kind auf dem Rücken an ihren Platz zurückzukehren. Ein Kind, das schien ihr kein großer Aufwand zu sein.

Lange hatte Elin gekämpft, um ihren Alltag aufrechtzuerhalten, hatte weder der Übelkeit noch den lähmenden Müdigkeitsattacken nachgegeben, hatte sich weitergeschleppt, wenn wieder einmal eines ihrer Beine auf einen Schlag taub und kraftlos geworden war, und sich gezwungen, ihre Arbeit wie immer auszuführen. Aber irgendwann, als sie schwer atmend am Seil unterhalb ihrer Höhle hing und fast darüber verzweifelte, dass es ihr zu schwer fiel, in ihr Heim hoch zu gelangen, war ihr klar geworden, dass sie nicht länger zurechtkam. Was, wenn ein wildes Tier vor ihr stand, während die Lähmung sie überfiel? Das Frühjahr war vorangeschritten und der Sommer, und sie hatte trotz Sternauges Hilfe weit weniger eingesammelt als im Vorjahr. Sie konnte sich nicht mehr vom Pferderücken hinunterneigen zu den Büschen, und das ständige Auf- und Absteigen erschöpfte sie. Auch kam sie nicht mehr auf die Bäume hinauf. Was sie vom Sattel aus nicht pflücken konnte, war für sie unerreichbar.

Ihr war oft schlecht, sie fühlte sich müde, abgeschlagen und außerstande, schwere Gegenstände zu heben wie die großen Holzscheite, die Bela für sie aufgestapelt hatte. Wenn sie die Axt hob und zuschlug in dem Versuch, einen Scheit zu spalten, ging ein Reißen durch ihren ganzen Körper. Einmal hatte sie danach einen Tag lang geblutet und sich wie ein Tier in ihr Loch verkrochen und zur Mutter gebetet, sie möge ihr das Kind nicht nehmen.

Ihren Traum vom eigenen Feld musste sie rasch begraben. Zwar hatte sie sich gemerkt, was Bela ihr über Orins Konstruktion erzählt hatte, und sie hatte sogar aus ihrer kostbaren Axt und einigen Hölzern eine Art Pflug gebaut und ihn Sternauge umgehängt. Aber die Kraft, ihn in die widerspenstige, von Wurzeln durchzogene Erde zu drücken und dort zu halten, die brachte sie nicht mehr auf. Nach zwei Furchen hatte Elin aufgesteckt.

Elin musste einsehen, dass sich ihre Vorratskörbe nicht von alleine füllen würden. Und das wäre ihr Ende, wenn sie hierbliebe. Sie konnte die Erkenntnis nicht länger verdrängen, auch wenn sie das wollte. Es war ein bitterer Tag für Elin gewesen, als sie sich eingestand, dass sie nicht einfach so weitermachen konnte. Sie würde sich und das Kind nicht allein über den nächsten Winter bringen können. Sie hatte es versucht, und sie war gescheitert.

Bela und das Schicksal verfluchend, hatte sie von ihrer Habe gepackt, was in die beiden Sattelkörbe passte, hatte nach Sternauge gepfiffen und sie aufgezäumt. «Es tut mir leid», hatte sie ihr ins Ohr geflüstert, «aber ich muss dich von deiner Herde trennen. Es geht nicht anders. Ohne dich komme ich nicht von hier fort.»

Zu ihrem Erstaunen leistete Sternauge keinen Widerstand, als sie immer weiter ritten, über den Punkt hinaus, an dem sie sonst gewöhnlich umzukehren pflegten. Elin hatte, einem inneren Impuls folgend, die Richtung gewählt, aus der Bela im letzten Winter zu ihr gekommen war. Sie hatten das Moor passiert und den Wald dahinter mit den vielen Birken. Voller Ängste und Widerstände hatte sie die Reise begonnen, von der sie nicht wusste, wohin sie sie führen würde. Nun war sie kurz davor, ganz aufzugeben.

Sie nahm Sternauge am Zügel und versuchte, zu Fuß weiterzukommen, aber selbst das ging nicht mehr. Diese Krämpfe waren schlimmer als alles, was sie sich je hatte vorstellen können. Elin fühlte ihre Beine zittern; sie hatte nur noch das Bedürfnis, der Schwäche nachzugeben, sich fallen zu lassen, wie ein Embryo einzurollen und die Wogen des Schmerzes über sich hinwegbrausen zu lassen. Wieder machte sie einen Schritt, schwer auf Sternauge gestützt.

Sie wusste nicht genau, was das alles bedeuten sollte, ein

Zustand äußerster Panik. Ihr Herz schlug so rasch, dass sie Angst hatte, es würde zerspringen. All das, dachte sie, konnte doch nicht normal sein. Hatte sie sich vielleicht überanstrengt, war sie krank geworden oder am Ende das Kind? Sie durfte doch nicht krank werden, jetzt, wo sie all ihre Kräfte benötigte. Strafte die Mutter sie für irgendein Vergehen? Vielleicht hatte das hier ja auf sie gewartet, seit sie ihre Hände mit Mord befleckt und frevelnd die Opferhöhle betreten hatte. Und müsste sie nun sterben, gerade so einsam und verloren, wie sie am Ende gelebt hatte? «Nein!», schrie Elin schluchzend auf und biss sich auf die Lippen, als sie spürte, wie Sternauge erschrocken den Kopf schüttelte. Doch sie konnte nicht anders, es drängte sie, dem Schmerz ein Ventil zu geben. «Bitte», murmelte sie schließlich, leise und unterdrückt, aber immer wieder und wieder. «Bitte, bitte, bitte.» Aber es war niemand da, der sie hören konnte.

Vor zwei Tagen noch hatte Elin Felder gesehen und gewusst, dass ein Dorf in der Nähe sein musste. Sie hatte auf Sternauge gesessen und lange die Reihen goldener Rispen angestarrt, zwischen denen der Mohn blühte und mit ihm ihre Erinnerungen. «Blutest du?», hörte sie die Stimme des kleinen Mädchens, das ihr damals bei der Ernte geholfen hatte, früher, in einem anderen Leben, als sie selbst noch mit Menschen Korn ernten gegangen war. Es war womöglich der letzte friedliche Tag ihres Lebens gewesen. Wie viel war seither geschehen! Und dann hatte sie das Blut bemerkt.

In einem dünnen Rinnsal war es an Sternauges weißer Flanke entlanggelaufen und hatte das Fell verfärbt. Es kam aus ihr selbst, so viel begriff Elin, und die Furcht packte sie. Sie blutete wieder! Sie war krank, womöglich verletzt. Ihr wurde ganz schlecht bei dem Gedanken an die Gefahr, die dies für ihr Kind bedeutete. In diesem Zustand konnte sie unmöglich fremden Leuten gegenübertreten, schwach und angreifbar, wie sie war. Elin riss die Zügel herum und floh, erleichtert um jeden Schritt, den Sternauge zwischen sie und die unbekannte Siedlung brachte. So groß war nach dem Jahr der Einsamkeit ihre Angst vor den Menschen, dass ihr Fluchtreflex größer war als der Wunsch, Hilfe zu finden.

«Ich bin verflucht», flüsterte Elin, als eine neue Woge auf sie zu rollte. «Selbst das Kind in mir ist ein Fluch.» Das Licht des hellen Tages, all die prallen, wechselnden Bilder ringsum vom Himmel, von den Bäumen und der spiegelnden Oberfläche des Teiches waren auf einmal zu viel für sie, und sie schloss die Augen. Hinter ihren geschlossenen Lidern brannte die rote Sonne des Schmerzes.

41.

Bela konnte seine Angreifer noch immer nicht erkennen, denn sie hielten ihn im Nacken fest und zwangen ihn auf die Knie. «Wer bist du? Was tust du hier?», fragte keuchend eine Stimme.

Bela schüttelte den Kopf wie ein störrisches Pferd, ohne dass der Griff an seinem Hals sich lockerte. «Mein Name ist Bela», begann er. «Ich bin hier im Auftrag des …»

«Wie kannst du es wagen, den Ort der Mutter zu stören?», unterbrach ihn ein anderer Mann. Es musste der sein, der ihn hielt. Er klang jünger und erregt.

«Ich wusste nicht …», stammelte Bela, der einen Moment brauchte, bis er begriff. «Wieso Ort der Mutter?», fragte er dann. Im selben Moment fühlte er sich vorwärtsgestoßen. Halb geschleift, halb kriechend gelangte er im Schlepptau seiner Angreifer zur Ostseite der Baumgruppe, die er bislang noch nicht untersucht hatte. Er wurde gerade so weit losgelassen, dass er sich ein wenig aufrichten und den kleinen Altar aus Steinen erkennen konnte, auf dem eine Schale mit Äpfeln, Früchten und Getreideähren stand. Eine tönerne Statuette erhob sich darauf, deren Kopf vom angedeuteten, runden Umriss einer Sonnenscheibe umgeben war. Dunkelbraune Rinnsale waren auf Bildnis und Stein zu erkennen, angetrocknet, stinkend und von Fliegen umsurrt. Der Geruch der faulenden Früchte mischte sich mit dem alten Blutes.

«Knie nieder!», rief der, der ihn hielt, überflüssigerweise, da Bela ja schon auf seinen Knien lag, und drückte ihn vor dem Opferstein auf den Boden.

«Seit Wochen warten wir auf die Nachricht des Orakels, wie wir die Mutter versöhnen können, damit sie die Ader nicht versiegen lässt.» Das war wieder der erste Sprecher.

«Heh, Halev!», rief da ein dritter aus dem Grüppchen, das unschlüssig ein wenig abseits von ihnen stand. «Vielleicht ist das ja ein Wink der Göttin, und er ist das Opfer, nach dem wir suchen?» Gemurmel erhob sich, teils zustimmend, teils erschrocken.

Bela fühlte, wie die Faust um seinen Nacken sich fester schloss. «Kalt machen wir ihn auf jeden Fall», verkündete sein Wächter und lachte nervös. «Warum ihr also nicht sein Herz überlassen, was?» Das Zischen einer Metallklinge, die aus der Scheide gezogen wird, ertönte.

«Langsam, Gorn.» Das war Halev. Er schien eine Autorität zu sein, denn Bela spürte, wie Gorn, der ihn festhielt, zögerte. Und er nutzte den Augenblick.

Mit beiden Händen packte er Gorns Handgelenk hinter seinem Kopf und ließ sich gleichzeitig fallen. Der junge Krieger schrie überrascht auf, als er nach vorne gezogen wurde, verlor das Gleichgewicht und kippte. Bela rollte herum, damit er nicht unter dem Stürzenden begraben würde, verdrehte ihm den Arm und setzte sich auf ihn, ein Knie gegen

Gorns Kreuz gestemmt. Mit dem freien Fuß trat er Gorn das Schwert aus der Rechten. Dann hob er den Kopf und warf die Locken zurück, um seinen Angreifern zum ersten Mal in die Augen zu sehen.

Der dort, ihm gegenüber, das musste Halev sein. Er sah aus wie ein Bergmann, mit nacktem, von Schweiß und Schmutz besudeltem Oberkörper. Sein fuchsrotes Haar stand über seinem Stirnband zu Berge, und ein struppiger Bart umschloss sein Kinn. Er war nicht groß, aber auffallend breit gebaut, mit trommelförmigem Brustkorb. Im Gegensatz zu seinen Gefährten betrachtete er Bela eher gespannt als ängstlich.

Gorn hingegen schien einer der Wächter dort unten zu sein. Er trug ein Lederwams und ein Schwert, seine Haare waren zu Zöpfen geflochten. Im Gegensatz zu den meisten der Bergleute, die drahtige Gestalten mit grauer Haut und knotigen Muskeln waren, wirkte er kräftiger und besser genährt. Und er platzte beinahe vor Wut. Bela musste ihm mehrmals das Knie in die Wirbelsäule drücken, damit er stillhielt.

«Ich bin Bela», nahm er seine Rede wieder auf. «Und mich schickt der Herr des Hügels, damit ich hier arbeite.» Bei diesen Worten nestelte er an dem Amulett um seinen Hals und warf es Halev hin. Der bückte sich danach, ohne ihn aus den Augen zu lassen. Langsam drehte er es zwischen seinen zerschundenen Fingern hin und her. Die Prüfung verlief zufriedenstellend. Er nickte und gab das Ding an den nächsten Mann weiter, damit auch der sich überzeugte. Dann schaute er Bela ins Gesicht.

«Warum bist du nicht ins Lager gekommen?», fragte er.

«Das wäre ich ja», bekannte Bela, «morgen. Eine Nacht aber wollte ich noch hier sein, im Freien.» Er machte eine vage Geste gegen den Himmel, ehe er Halevs Blick erwiderte, und bemerkte zu seinem Erstaunen, dass der leise lächelte. Der Anführer der Bergleute verstand ihn.

«Ja», erwiderte Halev langsam. «sie unterscheiden sich, die Nächte hier oben und die ewige Nacht dort.» Er machte mit der Hand eine Geste gegen den Boden. Seine Gefährten nickten. Auch sie kamen nun näher. Jetzt bemerkte Bela, dass sie Gaben in ihren Händen trugen. Einen Zweig mit Hagebutten, ein Bündel Amseln, die an den Füßen zusammengeschnürt waren. Auf Halevs Zeichen hin legte der Junge, der sie trug, sie auf den Altarstein. Die dünnen Hälse der Vögel baumelten kraftlos herab.

«Ich schwöre, ich wusste nicht, dass dies ein heiliger Ort ist», sagte Bela. «Ich sah nur die Bäume und da...»

Halev winkte ab. «Sie ruft diejenigen, die sie auserwählt», sagte er nur. «Sicher hätte sie dir diese Nacht einen Traum gesandt.»

Bela gab Gorn frei und reichte ihm die Hand. Der Krieger sprang ohne seine Hilfe auf und schnappte sich seine Waffe. Dabei rempelte er einen der Betenden an. Dann hielt er die Spitze Bela entgegen. «Und ich sage, wir opfern ihn.»

«Er trägt das Zeichen des Gastrechtes, Gorn.» Halev war nicht aus der Ruhe zu bringen.

«Scheiß darauf», zischte Gorn, fischte das Amulett mit einer raschen Bewegung der Schwertspitze auf und schleuderte es gegen Bela. Der fing es mit der Hand auf. Gorn blinzelte überrascht.

«Das wird der Herr nicht gerne sehen, Gorn», mahnte Halev. «Er erwartet, dass wir ihn und seine Symbole respektieren. Und du weißt, wie zornig er werden kann, Gorn.»

Im Gesicht des Mannes arbeitete es. Offensichtlich kämpften Ärger, Demütigung und die Angst, einen Fehler zu machen, einen heftigen Kampf in ihm. Endlich steckte er mit einer wütenden Geste sein Schwert weg. Ein Aufatmen ging durch die kleine Gruppe. Auch Bela entspannte sich ein wenig. Gorn trat dicht an ihn heran. «Aber ich werde dich im Auge behalten», sagte er leise. «Das ist eine Drohung.»

Bela nickte. Ohne ein weiteres Wort schloss er sich dem kleinen Zug an, der sich noch einmal vor dem Altar verneigte, um dann den Hügel hinabzusteigen zu dem Lager in der Senke. Halev führte den Zug an, Gorn ging als Letzter. Bei den Hütten angekommen, verschwanden alle Männer, bis auf Halev und Gorn, die Bela zum Haus der Wächter geleiteten, wo der Oberste ihn empfing, sich noch einmal das Amulett zeigen ließ und sich Belas Geschichte anhörte. Als er vernahm, dass der Fremde sich nur für hundert Tage verpflichtet hatte, ging ein Grinsen über sein Gesicht, das Bela zutiefst beunruhigte.

«Stimmt etwas nicht?», fragte er.

Das Grinsen des Lagerführers wurde breiter. «Wir werden sehen», sagte er und neigte sich vor. «Zunächst einmal sieh zu, dass du die ersten zehn Tage überstehst, mein Junge.» Die Regeln für die Arbeit im Bergwerk waren streng: Man musste immer bei den anderen bleiben, durfte nicht auf eigene Faust das Lager verlassen, musste allen Anweisungen der Wächter gehorchen und morgens nach dem Wecken vor der Grube erscheinen. Dann winkte er sie hinaus. Gorn blickte hämisch.

«Die ersten zehn Tage überleben? Wie meint er das?», fragte Bela unwohl, während er Halev folgte. Er führte ihn zu seinem Schlafplatz in einer Langhütte, in der zwanzig andere Bergleute in einem mit Fichtenreisig und Stroh gepolsterten Verschlag dicht aneinandergedrückt schliefen. Außer einer Feuerstelle hatte die Behausung wenig zu bieten. Einige Holzteller mit Essensresten standen herum. In einer Ecke war ein Mahlstein zu sehen, darum herum verstreute Körner. Nicht einmal Werkzeug gab es. Hacken und Hämmer wurden offenbar nach der Arbeit eingesammelt und anderswo aufbewahrt. Ein paar Männer hockten in einer Ecke und sangen, ein anderer schnitzte an einer Flöte herum, auf der er von Zeit zu Zeit probeweise ein paar Töne beisteuerte.

Bela suchte sich ein Lager am Rand der Schlafplätze aus.

Einer seiner neuen Mitbewohner lachte darüber. «Im Winter wirst du schon näher rücken», rief er und hustete rasselnd. Kameradschaftlich klopfte ihm ein anderer auf den Rücken. Die Restlichen hoben nur die Köpfe, um Bela stumm zu mustern, der sich seinerseits mit einem Nicken begnügte.

«Wie hat er das gemeint?», fragte Bela wieder, als sie draußen vor der Hütte standen. «Die ersten zehn Tage überleben?»

«Du wirst schon sehen», antwortete dieser. «Es ist schwer, die Mine mit Worten zu beschreiben. Du wirst es schon sehen.» Und damit ging er.

42.

Als der Durst übermächtig wurde, kroch Elin auf Händen und Knien zum Wasser und trank wie ein Tier. Sie öffnete die Augen, um ihr Spiegelbild zu betrachten und zu sehen, ob sie immer noch sie selbst war. Es dauerte eine Weile, bis ihr Blick sich klärte und sie mehr als einen verschwommenen weißen Umriss zu erkennen vermochte. Elin blinzelte benommen, dann riss sie die Augen auf. Über ihrem bleichen, verzerrten Gesicht zeichnete sich auf den leichten Wellen, die sie verursacht hatte, ein anderes Bild ab. Elin zuckte zurück und erschrak, als die vielen kleinen Lichtfragmente sich zu einer Gestalt zusammensetzten, um gleich wieder auseinanderzuwogen, sich neu zu formieren und kommend und gehend doch immer wieder dieselbe Figur zu bilden: den Kopf eines Pferdes. Mit offenem Mund starrte Elin ihn an.

«Du», sagte das Pferd, «bist hier, um zu bleiben.» Elin hörte die Stimme in ihrem Kopf und begriff nicht. Sie streckte die Hand aus, aber das Abbild zerging unter ihren suchenden Fingern. «Was …?», keuchte sie. Was wollte diese seltsame Botschaft ihr sagen? Sollte sie hier etwa sterben?

Da krümmten die Schmerzen ihren Leib. Mit einem Schrei richtete sie sich auf und griff zwischen ihre Beine. Sie spürte, wie ein heißer Schwall über ihre Hände lief. Als sie sie entsetzt vor ihr Gesicht hob, waren sie jedoch nicht blutüberströmt. «Wasser», flüsterte Elin erstaunt. Dann kam auch schon die nächste Woge. Elin fiel auf die Seite und presste sich die Hände gegen ihren Schoß, als könnte sie den Schmerz darin zurückdrängen. Inzwischen ließ sie die Pein keinen Moment mehr in Ruhe. Wie ein Messer wühlte es in ihrem Leib, als wollte es sie zerreißen. Elin konnte sich nur noch winden und unartikulierte Laute ausstoßen. Sie sah die rote Sonne vor sich, wie sie größer und größer wurde, ins Riesenhafte wuchs, heiß, überwältigend, und plötzlich in Tausende von Splittern zersprang.

Elin schrie. Es dauerte eine Weile, bis sie begriff, dass ihre Finger zwischen ihren Beinen etwas Hartes, Rundes, Warmes, ganz Unglaubliches ertasteten. Zuerst wollte sie in Panik verfallen. Doch dann begriff sie, und durch all die Qual hindurch zuckte mit einem Mal eine unsinnige Freude: ihr Kind! Das war der Kopf ihres Kindes.

Elin nahm all ihre Kraft zusammen und richtete sich auf die Knie auf. Sie griff mit beiden Händen nach unten und hielt ihren Sohn fest. Da kam sie, die nächste Woge der Wehen. Elin begann zu zittern. Sie wird mich überrollen, dachte sie, wird mich zerfetzen, fortschwemmen. Ich bekomme keine Luft mehr. Doch sie ließ ihr Kind nicht los. Da spürte sie, wie die Schultern des Kindes sich aus ihr herauspressten, dann ein Nachgeben, ein Gleiten, die Welle rollte vorbei, ließ sie zurück, verschonte sie. Elin sackte zusammen und lag im Gras, schwer atmend. Und an ihrer Seite sah sie das Wunder: ihren Sohn.

Elin streichelte vorsichtig seinen von Blut und Schleim überzogenen Leib. Ihre Finger wanderten über jedes Detail. Wie klein er war und wie vollkommen dabei. Violett und dünn wie Schmetterlingsflügel lagen die Lider über seinen großen Augen. Elin wünschte, er würde sie öffnen, denn sie war sicher, dass sie grün wären, leuchtend grün. Aber das Kind lag ganz still. Da griff die Angst nach ihr. Sie richtete sich auf und zog ihn an sich, spürte seine Haut, die so kalt war, das kraftlose Baumeln des Köpfchens. Wenn er nun nicht gesund wäre? Wenn, bei der Mutter, all das Blut das seine war! Wenn er nicht lebte? Im selben Moment löste sich die Nachgeburt und trennte sie endgültig voneinander. Elin griff nach ihrem Steinmesser und hackte die Nabelschnur durch, so hastig, als müsste sie ihren Sohn retten, ihn befreien von einem Gewicht, das ihn von ihr fortzuziehen drohte. Aus der kleinen Wunde tropfte ein wenig Blut, und ihr sank das Herz. Verzweifelt presste Elin ihn an sich, damit er ihre Wärme spürte, ihr Herz, dessen Schlagen er erwidern sollte. War denn kein Funken Leben in dem Kind? Sie lauschte.

Ja, da war etwas. Sein Brustkorb hob und senkte sich. Sein Mündchen öffnete sich, als suche es etwas. Und ehe Elin noch begriff, was geschah, hatte der Kleine sein Ziel bereits gefunden. Seine Lippen schlossen sich um Elins Brustwarzen und saugten daran. Das Gefühl schoss durch ihren ganzen Körper, durchströmte sie und breitete sich aus. Es spülte all die Schmerzen und die Verwundungen fort. Tränen liefen über Elins Gesicht, Tränen der Erschöpfung und des Glückes. Es war gut, es war alles gut. Hier war ihr Sohn, heil und gesund. Und sie wusste, dass er kein Fluch war, ganz im Gegenteil, und dass sie ihn niemals verlassen würde.

Als der Kleine getrunken hatte und eingeschlafen war, legte Elin ihn sorgsam in ihr Schlaffell, das sie in Sternauges Körben verstaut hatte, und watete in den Teich, um sich zu baden. Das Wasser war nicht kalt, wie sie erwartet hatte, sondern schien von einer Quelle gespeist, die Wärme aus der Erde mitbrachte. Jetzt bemerkte sie auch das leise aufwellende Wasser an den Stellen, wo die Quellströme aus der Tiefe aufstiegen. Sie waren besonders heiß und prickelten angenehm. Elin seufzte dankbar, als sie darin eintauchte und spürte, wie Schweiß und Blut sich von ihr lösten. Das warme Wasser tat ihr gut, es entspannte und belebte sie. Eine Weile ließ sie sich treiben, sie tauchte und ahlte sich und trank zwischendurch. Mit jedem Schluck erholte sie sich mehr. Jetzt hatte sie Augen für ihre Umgebung, in die sie in ihrem Delirium hineingestolpert war.

Der Teich, der fast kreisrund die steile Senke zwischen drei Hügeln ausfüllte, war leuchtend blau und kontrastierte merkwürdig mit dem noch immer frischen Grün des grasigen Ufers. Er wirkte behütet und still, war tiefer, als sie zunächst gedacht hatte, und strahlte eine beinahe magische Ruhe aus. «Wie ein freundliches Auge», murmelte Elin, die zum Ufer zurückgewatet war und andächtig den Ort betrachtete, der, das spürte sie, etwas ganz Besonderes war. Noch immer fühlte sie den Blick des Wesens, dem sie im Spiegel der Wasseroberfläche begegnet war, und in ihrem Inneren hallten seine Worte wider. Hier sein, um zu bleiben. «Was meinst du, Sternauge?» Sie wandte sich nach dem Pferd um und musste lachen.

Die Stute untersuchte mit langgestrecktem Hals das Bündel, in dem Ban steckte. Ihre Nüstern hatten das Fell beiseitegeschoben, und sie war eben dabei, schnobernd und schnaubend das Baby zu stupsen, das von dieser Behandlung nicht einmal erwachte.

«Heh», rief Elin amüsiert und ging hinüber. Der Schmerz in ihrem Schoß war nicht fort, aber mittlerweile erträglich. Schon begann sie, ihn zu vergessen. «Heh, schöne Weiße», rief sie, «vorsichtig. Aber du hast recht.» Sie liebkoste das Tier und schob es beiseite, um dann ihren Sohn auf den Arm zu nehmen. «Er muss auch gewaschen werden. Nur ist eine Pferdezunge dafür nicht das Richtige, hörst du?»

Vorsichtig stieg sie mit Ban im Arm noch einmal in den Teich. Sie benetzte das Kind, säuberte es sanft und ließ es in sicherem Griff über die Oberfläche gleiten. «Öffne deine Augen», gurrte sie, «komm, mein Kleiner, mein Schatz. Das tut gut, hmmm?» Als das Kind tatsächlich die Augen aufschlug, sah sie es: Seine Augen waren blau, so blau wie das Wasser des Teiches. Einen Moment lang war sie enttäuscht, dann erleichtert. Er war also kein Erbe, kein Andenken, kein zweiter Bela. Er war ganz ihr Eigen.

«Du bist wunderschön», flüsterte sie überwältigt, während der unstete blaue Blick ihr Gesicht festzuhalten suchte. «Weißt du das? Wunderschön.» Sie drückte ihn heftig an sich. Sternauge wieherte, aber überwältigt achtete sie nicht darauf.

Da sah sie über Bans Schulter etwas auf dem Grund des Teiches blinken. «Was …?», begann sie. Dann sah sie es: Überall auf dem Boden unter dem Wasser glitzerte und funkelte es, und für einen Moment schien es ihr, als schwebe sie in einem Himmel voller Sterne. Elin hielt den Atem an. Einer dieser Sterne lag ganz in ihrer Nähe. Angespannt angelte sie mit ihrem Fuß danach. Sie bekam das Ding mit den Zehen zu fassen, hob es hoch und griff danach. Als sie es tropfend ins Sonnenlicht hielt, strahlte es selbst wie eine kleine Sonne.

«Metall», hauchte Elin ungläubig und drehte die kleine Scheibe in ihren nassen Fingern. «Das ist …» Im selben Moment verstummte sie.

Am Ufer standen Menschen. Sieben, acht, neun, zählte Elin erschrocken. Und noch immer kamen mehr. Einzeln und in Gruppen traten sie zögernd aus ihren Verstecken und fassten einander an den Händen. Sie alle starrten Elin an. Die drückte Ban an sich, unfähig, sich zu rühren, bis Sternauges anhaltendes Wiehern und Schnauben sie aus ihrer Erstarrung rissen. Wenn das Pferd durchginge, wäre sie verloren! Einen Augenblick stand Elin noch unschlüssig da, dann hastete sie durch das Wasser zu Sternauge, die aufgeregt herumtänzelte und fortdrängte. Elin packte sie am Zügel und versuchte, sie so gut es ging zu beruhigen. «Ist ja gut, meine Schöne, brrr, alles gut. Das sind Menschen. Menschen, hörst du?» Sie presste ihre Stirn an die des Pferdes, bis sie spürte, dass die Stute ruhiger wurde. «Gut», murmelte Elin und versuchte, ihre Angst zu verbergen, ehe sie sich den Neuankömmlingen zuwandte. Rasch überflog sie die Gruppe der erwachsenen Männer, die ihr am ehesten gefährlich werden konnten. Sie schienen keine Waffen zu tragen, einige allerdings hatten Rechen in der Hand, einer eine Sichel. Mehrere junge Mädchen trugen Körbe auf den Hüften. Nein, entschied Elin, der vor Aufregung das Blut in den Ohren rauschte, sie waren nicht bedrohlich. Eher wirkte es so, als wären sie auf einen Ruf von ihrer Arbeit fort- und hier zusammengelaufen. Aber warum?

Unauffällig, wie sie hoffte, drängte sie Sternauge ein paar Schritte rückwärts, um Abstand zwischen sich und die Fremden zu bringen. Sie hatte das Kind auf dem Arm, aber im Notfall glaubte sie, dennoch auf den Pferderücken gelangen zu können, um mit Ban davonzupreschen. Stumm packte sie die Zügel fester.

Die Leute ihr gegenüber standen ebenfalls, ohne ein Wort zu sprechen. Männer, Frauen, Alte und Kinder waren dabei. Und auch sie hielten sich dicht beieinander und wagten keinen weiteren Schritt. Mit großen Augen beobachteten sie diese seltsame Frau mit dem Säugling im Arm, die sich tatsächlich an ein wildes Pferd schmiegte, das ihrem Willen vollkommen zu gehorchen schien. Für die Dörfler war dies ein ungewohntes, ein verstörendes, ein atemberaubendes Bild. Die Alten erwiderten die Blicke der Jüngeren und schüttelten die Köpfe. Nein, so etwas hatten sie noch niemals gesehen. Niemand hatte das. Nichts, was die Überlieferungen erzählten, glich diesem hier. Es musste ein Zeichen sein.

Als sie die Frau zuerst in ihrem heiligen Teich entdeckt hatten, da hatten sie geglaubt, die Mutter selbst wäre herabgestiegen. Und wahrhaftig, wer sollte sie sonst sein? Sie war schön, wie kein Mensch es war, sie hielt das Kind in ihren Armen, wie die Mutter es tat, die allen ihre Fruchtbarkeit schenkte. Und sogar die Tiere der Wildnis gehorchten ihr.

«Es ist ein Geschenk», flüsterte ein Mann und trat einen Schritt vor. «Ein Geschenk, ich bin sicher, ich habe dafür gebetet.»

«Vorsichtig, Pau!» Hände streckten sich nach ihm aus, um ihn zurückzuhalten, berührten ihn angstvoll, zögerten und ermutigten ihn dann schließlich, gaben ihn frei. Eine zitternde Alte tätschelte seinen Arm und schob ihn der Fremden zu. Endlich stand er alleine vor Elin.

Die zuckte zurück und drängte sich enger an Sternauge.

Der Mann, Pau, schaute sie mit großen Augen an. Er hob die Hand, es mochte ein Gruß sein oder eine Abwehr.

Elin starrte in sein hageres, aber noch junges Gesicht, über dem sich nackt und spiegelnd sein rasierter Schädel wölbte. Umso stärker wirkten seine schwarzen Brauen und die von langen Wimpern beschatteten dunklen Augen. Leidenschaftlich blickten sie Elin an, brennend vor Fragen, aber ohne Zorn. Sein Blick war der eines Suchenden. Das Mädchen entspannte sich ein wenig. Nun sah sie, dass er an seinem Hinterkopf eine Haarsträhne stehen gelassen hatte, die geflochten war. Er trug einen Rock, wie eine Frau, doch sein Oberkörper, lang und mager wie sein Gesicht, war bloß, nur umschlugen von einem breiten Lederband, auf dem Zeichen eingestickt waren, die Elin nicht kannte. Um seinen Hals wand sich ein dicker Schmuckring aus Kupfer.

Er streckte die Hand aus. Elin schluckte, drückte Ban fester an sich, hielt aber, einem Instinkt folgend, ihrer Angst stand und wich nicht zurück. Dieser Mann, flüsterte etwas in ihr, war ihr nicht feindlich gesinnt, seine Augen waren nicht die eines grausamen Menschen. Nichts war darin von der Kälte und Bosheit, mit der der Herr vom Hügel sie angestarrt hatte. Nichts von seiner Gleichgültigkeit gegenüber ihrer Furcht, ja, seinem Vergnügen daran. Dieser hier war anders.

Der Fremde tat einen Schritt, noch einen. Endlich berührten seine zitternden Fingerspitzen Sternauges Nase und tasteten über das weiche, warme Fell. Das Pferd schnaubte, hielt aber still. Verwundert verfolgte Elin, wie der Mann es mit einem entrückten Ausdruck zu liebkosen begann. Und wie ihr Tier dies zuließ. Mit allem hatte sie gerechnet während der letzten Tage, aber nicht mit diesem hier.

Aus der Menschengruppe stiegen ein paar verzückte Schluchzer auf. Da wandte sich der Mann an sie. Er öffnete den Mund. «Wer bist du?», fragte er.

Und Elin, der dieser Moment so unwirklich vorkam, wie sie vermutlich diesen Menschen, hörte sich sagen: «Ich bin hier, um zu bleiben.»

43.

«Deine Hacke», sagte eine ruppige, gleichgültige Stimme.

Bela streckte die Hand aus und packte das Werkzeug, das ihm entgegengereckt wurde. Dann reihte er sich wieder in die Schlange von müden, struppigen Männern ein, die aus den Händen der Wächter ihre Knochenhacken, Stein- oder

Holzschlegel und Brechstangen entgegennahmen, die kurzstieligen Schaufeln und Daubeneimer schulterten und sich darauf vorbereiteten, mit ihrer Last in die Dunkelheit des Berges einzutauchen. Rechts und links der hölzernen Haspel reihten sie sich auf, deren Seil wie eine Nabelschnur hineinreichte in dieses düstere Jenseits. Sie würde die Schlitten mit dem Erz ans Licht ziehen, die kostbaren Gaben aus dem Schoß der Mutter, nach denen sie alle strebten.

Mein Schwert, sagte Bela sich, ich tue dies für mein Schwert. Meine Gefährten warten darauf, Skelt wartet darauf. Es ist das, wofür ich am Leben bin. Je näher er der Pforte kam, desto größer wurde seine Nervosität. Die rohen Balken, die den Eingang rahmten, waren nun ganz nah, und Bela sah, dass am linken Pfosten ein Amulett hing, das jeder Einzelne beim Eintreten mit der Hand streifte, rasch und beiläufig, ohne hinzusehen.

«Aufgeregt?», fragte es hinter ihm.

Mit einer gewissen Erleichterung bemerkte Bela, dass es Halev war, der sich zu ihm herangeschoben hatte. Halev war gestern derjenige gewesen, der ihm am vernünftigsten erschienen war. Seit er ihm beim Aufwachen wiederbegegnet war, hatte er ihn unauffällig beobachtet und seinen Eindruck bestätigt gefunden, dass er ein ruhiger, verantwortungsvoller Mann war, der zu wissen schien, was er tat, und zumeist noch ein freundliches Wort dabei fand. Auch ihn hatte er beim Frühstück begrüßt und mit wenigen Worten den anderen vorgestellt. Sie akzeptierten seine Autorität, und auch Bela war dazu bereit. In seiner kurzen Zeit hier im Lager hatte er zu dem Sprecher der Bergleute Vertrauen gefasst. Und wer wusste schon, wie die Dinge sich entwickelten. Einen Vertrauten würde er sicher brauchen können.

Er lächelte und schüttelte den Kopf.

Halev musterte ihn einen Moment lang, dann grinste er, ein breites, freundliches Grinsen, das seine schadhaften

Zähne zeigte. «Na dann», meinte er freundlich und griff über Belas Schulter nach dem Amulett. Der wich überrascht aus, tat einen Schritt nach vorne – und schon stand er im Minengang, ganz umgeben von Fels. Bela schnappte nach Luft, ihm war, als lege sich ein Gewicht auf seine Schultern. Aber da der erste Schritt getan war, tastete er sich vorsichtig weiter vor. Bald, nach wenigen Schritten schon, wurde das Tageslicht zu einer bloßen Erinnerung, abgelöst vom Flackern der Fackeln, und die Dunkelheit um ihn herum wog schwerer als der Stein.

«Ruhig atmen», empfahl Halev, der die Aufregung der Neulinge kannte. Er hatte schon manchen erlebt, der vor Panik in Atemnot geraten und wieder aus dem Berg getragen worden war, ehe er auch nur einmal die Hacke gehoben hatte. Das erste Mal war es für jeden schwer. Wie lange, überlegte er, hatte es gedauert, bis der Berg zu etwas geworden war, ohne das er nicht mehr leben konnte? Halev atmete tief und ruhig. Fast mit Behagen sog er die warme, mit Rauch und Staub vermengte Luft ein. Die Finsternis schreckte ihn nicht, er kannte hier jede Schrunde, jeden Stein. Tief in ihm, noch unter der Angst, die auch er kannte, lag Verständnis für die schreckliche Schönheit dieses Ortes.

Damit Bela besser sehen konnte, hob er seinen Kienspan und leuchtete den Tunnel aus. Die Seitenwände waren unregelmäßig behauen und rau, die Flechten, die vom Licht des nahen Eingangs zehrten, streckten ihre Finger über den Stein aus, soweit sie es vermochten. In regelmäßigen Abständen war der Fels gestützt von Balken, die sich quer über die Decke zogen und beruhigend massiv wirkten. Der Boden unter seinen Füßen senkte sich ab, nicht steil, aber doch so weit, dass Bela dankbar war um die Querhölzer, die seine tastenden Füße erspürten. Sein Atem wurde langsam ruhiger.

«Halt dich mehr zum Rand hin», brummelte Halev, «in der Mitte ist die Strecke glatt, wegen der Schlitten.» Im selben Moment kam, von der Winde draußen gezogen und von zwei Männern geschoben, die sich mit ihrem ganzen Gewicht und wie Bogensehnen gespannten Muskeln dagegenstemmten, ein solcher Schlitten an ihnen vorbei. Bela wich mit den anderen an die feuchtkalte Wand aus und folgte mit dem Blick dem hölzernen Gefährt, das hoch beladen war mit frisch geschlagenem Gestein. Es strebte dem winzigen Lichtpunkt entgegen, zu dem die Öffnung geworden war. Alle hielten einen Augenblick inne, ehe sie weiterdrängten. Vor Bela rutschte jemand aus, andere johlten.

«Das ist die Feuchtigkeit, sie macht das Holz schlüpfrig», meinte Halev. «Weiter unten wird das besser.»

«Wieso …?», wollte Bela fragen, dann spürte er es selbst: Die Wärme nahm im Inneren des Berges nicht ab, sondern zu. Auch roch er mit einem Mal Rauch und spürte, wie die Luft hier drinnen seine Kehle reizte; sie war voller Qualm und zwang ihn zu husten. «Ist das wegen der Fackeln?», fragte er, als er wieder zu Atem kam.

Da legte Halev seinen Kopf in den Nacken, und Belas Blick folgte. Seine Frage blieb ihm im Hals stecken. Bislang waren sie einen engen Tunnel bergab gegangen. An dieser Stelle aber öffnete sich die lastende Schwärze über ihnen unerwartet, und er entdeckte, dass sich dort oben eine weite, schwindelerregende Halle auftat, wie eine Himmelskuppel. Das Erstaunlichste daran aber war, dass an diesem schwarzen Himmel Feuer brannten, große, flackernde Feuer, die inmitten des schwarzen Nichts zu hängen schienen wie Sterne über dem Horizont. Bela warf Halev einen raschen, fragenden Blick zu und sah, wie dessen Gesicht sich verklärte angesichts dieses faszinierenden Gegenhimmels. Und er wagte nichts zu fragen.

An jedem dieser lodernden Sterne entdeckte Bela, nachdem seine tränenden Augen sich an den Rauch gewöhnt hatten, eine menschliche Gestalt. «Die Herdfeuer der Toten», entfuhr es ihm. Wahrhaftig, er war ihnen nahe. Und er spürte in sich den heftigen Impuls, seine Hacke fortzuwerfen und zu rennen, hinaus, hinauf, bis er wieder im unschuldigen Licht des Tages stünde. Nur fort, fort aus diesem Inferno.

Halev, der zu spüren schien, was in ihm vorging, packte seinen Arm. «Schau», raunte er und hielt seine Fackel höher.

Also riss Bela sich zusammen und schaute. Er begriff, dass die Männer dort oben nicht schwebten, sondern auf hölzernen Plattformen saßen, wo sie die Feuer unterhielten. Er entdeckte nun auch andere, die mit ihren Werkzeugen die nackte Felswand über sich bearbeiteten.

«Wir erhitzen den Stein», erklärte Halev leise. «Dann kühlen wir ihn mit Wasser ab, siehst du?» Er machte Bela aufmerksam auf die Eimer, die an einer Stelle mit dicken Stricken hochgezogen wurden. Jetzt glaubte Bela auch, in dem allgemeinen Inferno aus Hämmern, fauchenden Feuern und Stimmenhall das Zischen herauszuhören, mit dem der Schwall an der heißen Felswand verdampfte.

«Das macht die Stellen porös, so lassen sie sich leichter abtragen.» Halev lächelte. «Auf diese Weise treiben wir auch den Hauptgang voran.»

Seiner Geste folgend, bemerkte Bela nun, dass der Tunnel vor ihnen weiterging, eine kleine Öffnung, die aus der großen Höhle fort und tiefer hinein in den Berg führte. Sie war rundum mit Holz verschalt und trug große Mengen Geröll auf ihrem Dach. «Wir lagern den tauben Aushub dort oben, dann müssen wir ihn nicht hinausschaffen», erläuterte Halev. «Komm jetzt.»

Bela konnte kaum den Blick von der Halle wenden. Aber die Nachfolgenden drängten gegen sie und schoben sie schließlich in den Tunnel. Die seltsamen Himmelsfeuer verschwanden aus Belas Blick, mit ihm die sich an den Fels klammernden, gegen den Fels kämpfenden Gestalten. Schwärze umschloss ihn wieder, nur durchbrochen vom Schein der

Fackeln, die die Männer trugen; Rauch, Dampf und der Schweiß seiner Gefährten hüllten ihn ein. Schon jetzt tropfte es aus Belas Locken auf seine Stirn, und Halevs nackter Rücken vor ihm glänzte. Er atmete schwer. Wie sollte man es den ganzen Tag hier unten aushalten? Sein Führer wandte sich um. «Vorsicht!», rief er.

Dennoch ging Belas nächster Schritt ins Leere. Der Gang senkte sich plötzlich steil ab.

«Wir folgen der Erzader durch den Stein», sagte Halev, noch ehe Bela sich fangen konnte. «Wo sie hingeht, da sind auch wir.» Er tauchte in den Tunnel ab, und Bela folgte ihm, bald wusste er nicht mehr, wie lange. Weniger und weniger wurden die Männer um ihn, die alle zu wissen schienen, wohin sie zu gehen hatten. Endlich blieb Halev stehen. «Wir sind da», sagte er.

Bela reckte den Hals. Tatsächlich war vor ihnen der Tunnel zu Ende. Er endete in einer Mulde aus Stein, vor der ein Feuer flackerte. Die Verschalung des Ganges war noch nicht bis hierher fortgeführt worden, sie waren aus ihr herausgetreten wie aus einem Tor. Nur noch wenige Männer waren bei ihnen. Die anderen mussten ihre Arbeitsstätten weiter oben gefunden haben.

«Wo bleibt das Wasser?», fragte eine der Gestalten, die dort unten bereits kauerten. Hustend richtete sie sich auf. Bela starrte in das Gesicht eines alten, einäugigen Mannes, dem das Haar in grauen Zotteln über die leere Augenhöhle fiel. Ein Junge hockte neben ihm und stieß einen weiteren Ast in das Feuer, ehe er aufsah.

«Kommt», sagte Halev. Und tatsächlich wurden in diesem Moment hinter ihnen Rufe laut. Bela, der nicht rechtzeitig zur Seite sprang, spürte in seinen Kniekehlen den Holzrand des Schlittens. Statt mit Geröll war er beladen mit hölzernen Eimern, aus denen es bei jedem Ruck schwappte.

«Wurde auch Zeit», brummelte der Alte. Halev nickte ihm

zu, und der Junge stand auf, um seinen Arm um ihn zu legen. «Komm, Vater», sagte er und führte ihn in den Tunnel. Als sie an Bela vorbeikamen, warf der Alte ihm mit seinem einen Auge einen forschenden Blick zu. «Ein Neuer?», fragte er.

Halev nickte wieder. «Gestern gekommen, Ogden.»

«Und du passt auf ihn auf, das ist gut.» Ogden musterte Bela ohne Eile. Seine Miene ließ nicht erkennen, zu welchem Schluss er dabei kam. Als er sprach, konnte Bela erkennen, dass er keinen einzigen heilen Zahn mehr im Mund trug. In seinen Falten saß alter Schmutz, und das Weiße seines verbliebenen Auges war gelb und blutunterlaufen. Und im selben Moment wurde Bela klar, dass er sich bislang nicht gefürchtet hatte. Furcht war das, was er nun verspürte.

44.

Zaudernd betrachtete Elin den Felsen, der steil vor ihr aufragte. Er stand allein, wie die Zinne einer verlorengegangenen Festung, wie der letzte Zahn eines längst vergessenen Untieres, und kündete von einem Leben, einer Bedeutung, die abhanden gekommen war. Und doch war es nur ein Fels, sagte Elin sich und rieb sich die Gänsehaut an den Armen. Noch begriff sie weder, warum man sie hergebracht hatte, noch, weshalb der Ort ihr als etwas so Außergewöhnliches erschien. Denn das tat er. Mehr noch als am See hatte sie das Gefühl, von etwas ergriffen und schier überwältigt zu werden. Unsicher blickte sie sich zu Pau um, der an ihrer Seite stand und erwartungsvoll dreinblickte. Hinter ihnen drängten sich in einigem Abstand noch immer die Dorfbewohner.

Nach einigem Zögern hatte sie schließlich eingewilligt,

ihm und seinen Leuten zu folgen. Sie hatte angenommen, dass er sie zu ihren Hütten führen würde. Nun, da sie einander begegnet und nicht voreinander geflüchtet waren, war dies der nächste logische Schritt. Also hatte sie genickt und sich gewundert über die Freude, die dies in Pau und den Seinen hervorrief. Sie hatte zu bedenken gegeben, dass das Pferd sich vor den vielen Menschen fürchten würde, und war erleichtert gewesen, als Pau versprach, die Menge werde sich zurückhalten und auf Abstand bleiben. So hatten sie sich in Bewegung gesetzt, Elin mit Ban auf dem Arm und Sternauge am Zügel, Pau vor ihr herschreitend und sich immer wieder umwendend und verneigend, die anderen tatsächlich in respektvollem Abstand, sodass sie erfreulich wenig Mühe hatte, Sternauge zum Mitkommen zu bewegen.

Einmal war ihr gewesen, als hätte sie Rauch aufsteigen sehen, und mit Bohnenranken überwucherte Palisaden waren aufgetaucht. Aber sie waren an allem vorbeigeschritten. Elin, der ursprünglich das Dorf Sorgen gemacht hatte, verfolgte nun unruhig, wie es seitab liegenblieb und schließlich ihren Blicken entschwand. Bis der Felsen auftauchte.

«Wir sind da», sagte Pau. Seine Stimme vibrierte vor Ehrfurcht und Erwartung.

«Was …?», wollte Elin fragen. Da bemerkte sie die Stufen, die vor ihr in den Stein gehauen waren. Sie wirkten glatt und dunkel von all den Füßen, die sie im Laufe der Zeit poliert hatten. Die Treppe war eng und steil, vielfach gewunden und an manchen Stellen unterbrochen von Stellen, an denen man klettern musste. Sie verfolgte den Weg mit den Augen, bis sie die Öffnung entdeckte, die zu einer Höhle führen mochte, aber so gleichmäßig behauen war, dass sie wie eine Tür wirkte. Rechts und links davon taten sich noch eine Reihe ebenfalls auffallend rechtwinkliger, fensterartiger Durchbrüche auf, die ein ungewöhnliches Band bildeten. Dort hinauf, zwischen Wein und Ginster, führte der Weg.

So erwartungsvoll, wie Pau sie ansah, hatte Elin keinen Zweifel, dass sie ihn beschreiten sollte. Sie überlegte. Schließlich fand sie einen Busch. Sie hatte die Gewohnheit angenommen, Sternauge anzubinden, seit sie mit der Stute von ihrer Höhle aufgebrochen war. Wenn es ihr auch widerstrebte, ihre Gefährtin zu einer Gefangenen zu machen, so überwog doch ihre Angst, verlassen zu werden, die trotz Sternauges Willigkeit nicht wich. Entschlossen schlang Elin den Knoten und bat Sternauge leise flüsternd um Vergebung, während Pau fasziniert jede ihrer Gesten beobachtete. Sie räusperte sich und wandte sich ihm zu. «Ich möchte, dass keiner dem Pferd nahe kommt. Es ist Menschen nicht gewöhnt und könnte sich erschrecken.»

Pau verneigte sich statt einer Antwort. Nervös strich Elin sich die Haare aus der Stirn. Dann dachte sie nach. Ban würde sie auf keinen Fall hier unten zurücklassen. Die Kletterstrecke aber – sie prüfte sie erneut mit einem raschen Blick – würde zwei freie Arme erfordern. Nach kurzem Zögern griff sie in einen von Sternauges Transportkörben und holte eine Art Rucksack heraus, den Bela ihr aus der Haut eines Rehkitzes gemacht hatte. Er war weich und schmiegsam, mit bequemen Gurten; der Kopf des Tieres diente als Klappe. Noch einmal schnitt der Schmerz in ihr Herz, als sie an die glücklichen Tage dachte, in denen er entstanden war. Dann nahm sie ihr Messer und schnitt ohne Bedauern zwei Öffnungen in den Balg. Als sie Ban hineinhob, sah sie, dass sie richtig Maß genommen hatte. Er passte perfekt hinein, das weiche Leder schmiegte sich an ihn, und seine kleinen Beinchen baumelten unten aus den Löchern heraus. Elin schnürte den Sack so weit zu, dass das Kind genügend Halt hatte, und hängte ihn sich vor den Leib. So ausgerüstet machte sie sich an den Aufstieg.

Pau beeilte sich, ihr vorauszugehen. Er kletterte so geschickt wie eine Gemse, wand sich um alle Hindernisse, wies sie auf Griffe und Gefahrenstellen hin und war so rasch oben, als legte er diesen Weg jeden Tag zurück. Elin rückte immer wieder ihre kleine Last zurecht, neigte ihr Gesicht auf Bans Köpfchen hinab, um ihn zu beruhigen, und tröstete sich selbst mit dem süßen Duft, den der Säugling verströmte. «Was tue ich eigentlich hier?», murmelte sie. Sie war ärgerlich auf sich selbst und hatte doch das Gefühl, dass alles sich ganz selbstverständlich ineinanderfügte. Sie ging voran auf einem Weg, den sie betreten hatte – ja, wann? Als sie am Ufer des Sees angekommen war? Als sie in diese Richtung aufgebrochen war? Als sie Bela gehen ließ oder schon, als sie ihn das erste Mal umarmt hatte? Oder hatte alles begonnen, als sie Idris auf seinem Weg in die Hügelfestung folgte? Ihre Gedanken stiegen aus ihrem Gedächtnis auf ohne ihr Zutun und ließen eine Flut von Bildern an ihr vorbeiziehen.

«Dort ist ein Haltegriff.» Das war Pau, der sie besorgt anschaute.

Elin blinzelte. Wie lange stand sie schon hier und zögerte? Beherzt packte sie den Vorsprung, den Pau ihr wies. Die Schlange, die dort zusammengerollt lag, bemerkte sie viel zu spät. Elin hatte so schwungvoll zugegriffen, dass ihre Bewegung sie weitertrieb zum nächsten Punkt. Sie kam nicht einmal dazu aufzuschreien. Auch das Tier ließ sich nicht irritieren und blieb liegen, wo es war.

Pau nickte bedächtig. «Sie greift nur die an, die nicht hierhergehören», sagte er. Es lag Triumph in seiner Stimme. Ob wegen der Überraschung, die er ihr bereitet hatte, oder weil sie die Prüfung bestanden hatte – Elin wusste es nicht.

Der Weg war an dieser Stelle zu steil, um sich aufzuregen. So kletterte sie mit klopfendem Herzen und wie betäubt weiter. Als sie endlich auf der Schwelle des Eingangs stand, wandte sie sich um. Der Ausblick von hier oben war atemberaubend. Unter ihnen dehnte sich die Wiese, gegenüber erhob sich ein Gebirgsband. Vielzackig überragte es den Solitärfelsen, auf dem Elin stand. Die Sonne war bereits tiefer gesunken und schien sich zwischen zwei Zinnen zur Ruhe begeben zu wollen. Die Schatten, die der Fels auf die Wiese warf, wurden länger, als streckten sie sich aus nach dem Grün, den Menschen darauf und dem Pferd, das mit hängendem Kopf drunten angebunden stand.

«Und jetzt?», fragte Elin gereizt. Ihr Vertrauen in diesen Mann war erschüttert. Ihre Beine zitterten von der Anstrengung des Aufstiegs, sie spürte, dass sie Blut verlor. «Was ist hier?» Noch ehe Pau den Mund aufgemacht hatte, trat sie in das Felsgemach ein. Das Erste, was Elin bemerkte, war der Mann. Er lag auf einem steinernen Sims, der ihm als Lager diente und weich mit Fichtenreisig und Pelzen gepolstert war. Trotz der Wärme war er zugedeckt, doch er schien immer noch zu frieren, denn seine Finger, die unruhig auf der Felldecke auf und ab fuhren, zitterten heftig. Er war sehr alt, sein Bart hing weiß und dünn herab, sein Gesicht war so abgezehrt, dass die Augen tief in ihren Höhlen lagen, halb bedeckt von dunkelvioletten Lidern, und die Jochbögen schmerzhaft hervorsprangen unter der runzeligen, stumpfen, vom nahen Tod gezeichneten Haut. Der Stirnreif aus Kupfer, der um seine Schläfen lag, schimmerte im Licht und schien lebendiger als er selbst.

Pau fiel neben dem Lager auf die Knie. «Meister», flüsterte er.

Der Liegende gab kein Zeichen des Erkennens von sich. Seine Finger fuhren weiter rastlos über die Decke, und die milchigblauen Augen blieben in eine unerkennbare Ferne gerichtet.

Leise trat Elin neben ihn. Der Mann vor ihr lag im Sterben, das war unverkennbar, dennoch ging von ihm eine machtvolle Aura aus. Und das lag nicht an dem kostbaren Schmuck, der ihn krönte. «Wer ist er?», flüsterte sie andächtig.

«Meister», wiederholte Pau und ergriff die zittrigen Finger des Mannes. «Meister, ich glaube, ich habe es gefunden.» Mit bittender Miene streckte er seine Linke nach Elin aus, die zögernd ihre Hand in die seine legte. Pau vereinte ihre Finger mit denen seines Meisters. Elin berührte die kalte, trockene Haut des Sterbenden und griff dann beherzt zu. Eine Weile standen sie so da. Dann tat der Alte einen tiefen, seufzenden Atemzug. Seine freie Hand regte sich nicht mehr. Sein Brustkorb blieb regungslos.

«Er ist tot», sagte Pau nach einer Weile. Es lag keine Trauer in seinem Blick, ja, sein Gesicht strahlte, als er es Elin entgegenhob. «Ich wusste es.»

«Du wusstest was?», fragte Elin erschrocken und löste sich aus dem Griff des Toten.

Ganz ruhig nahm Pau die Hände des Leichnams und legte sie ihm über den Leib. Liebevoll strich er noch einmal darüber. «Dass Ihr es wart, auf den er gewartet hat. Ich wusste es, als ich Euch in dem heiligen Teich sah und das Pferd dazu.» Er stand auf und wandte sich einer Nische in der hinteren Felswand zu. Elin trat näher und entdeckte darin einen Altarstein mit einem geritzten Bild darin. Es zeigte eine Sonnenscheibe, eingelegt mit bunten Steinen, ein Abbild der lebensspendenden Mutter, wie sie es kannte. Aber etwas an diesem Bild war anders, und als sie es bemerkte, raubte es Elin schier den Atem. Diese Sonne wurde über den Himmel getragen, sanft und sicher. Sie thronte über allem auf dem Rücken eines Pferdes.

«Ja», entfuhr es Elin, als sie das sah. Unwillkürlich trat sie an das Bild heran und strich mit ihren Fingern darüber, sachte, zärtlich beinahe. Ja, so hatte sie es immer empfunden: die Verbindung, die sie fühlte zu diesen Tieren, in denen sie etwas Besonderes sah, immer schon gesehen hatte. Nicht Feind oder Futter, nicht einfach Haustier, sondern schön und stark wie nichts sonst, wohlwollend und verständnisvoll, majestätisch selbst im Dienen, beschützend, auserwählt.

«Ja», wiederholte sie, und Tränen traten in ihre Augen. Niemals, weder mit Worten noch mit Gesten, hätte sie so gut auszudrücken vermocht, was sie empfand, wie es jenes Bild tat. «Hat er das gemacht?», fragte sie.

«Er wie die anderen vor ihm», antwortete Pau rätselhaft. «Da ist kein Unterschied. Er war immer hier.»

Elin schüttelte den Kopf. «Er muss um vieles gewusst haben», sagte sie und bedauerte zutiefst, diesen seltsamen, ehrfurchterweckenden Mann nur noch im Sterben kennengelernt zu haben. Sie sah sich um und entdeckte nun, dass Teile der Höhlenwände mit eingravierten Bildern geschmückt waren. Sie trat näher, um einige davon zu mustern. «Wie war sein Name?»

«Er hieß wie Ihr.»

Sie fuhr herum. «Das ist doch Unfug», rief sie und trat einen Schritt zurück.

Pau senkte entschuldigend den Blick. Als er die Lider wieder hob, strahlten seine schwarzen Augen wie zuvor. «Ich wusste es», rief er mit Wärme. «Ich wusste es im ersten Moment, als ich Euch sah. Und er wusste es auch. Denn als er Euch berührte, hat er sein Werk vollendet.»

«Du meinst, weil er starb, als ich ihn berührte …» Elin wagte nicht weiterzusprechen. Was für eine Verantwortung wurde ihr hier aufgebürdet? «Aber ich habe nicht …»

«Er starb nicht.» Pau sprach es mit Überzeugung. «Er hat losgelassen und Euch übergeben, was nicht sterben kann. Denn es ist hier, war immer hier, um zu bleiben.» Er starrte sie mit so viel Begeisterung und Verehrung an, dass es Elin angst und bange wurde.

Sie schritt auf und ab. Mechanisch wiegte sie Ban, der leise wimmerte. «Aber das ist doch …», wiederholte sie leise. Im selben Moment tauchte im Eingang der Kopf eines weiteren Dorfbewohners auf. Mit angstvollen Augen suchte er Pau, der den Finger an die Lippen legte und bestätigend nickte. Da ging ein Leuchten über das Gesicht des jungen Mannes, und er hievte herein, was er mitgebracht hatte. Der Duft von geröstetem Fleisch stieg in Elins Nase. Unwillkürlich knurrte ihr Magen. Sie konnte nicht anders, sie musste hinsehen. Mit demütigen Gesten breitete der Junge vor ihr seine Gaben aus: Schüsselchen mit Fleisch und Grütze, gekochtes Gemüse, Äpfel und Milch, die er schäumend aus einem Schlauch rinnen ließ, Käsestückchen, duftendes, frischgebackenes Brot. Elin traute ihren Augen kaum. Was für Schätze! Sie griff zu dem Käse und den Brotscheiben, Genüsse, die sie hatte entbehren müssen, seit sie ihr eigenes Dorf verlassen hatte. Köstlich zerging ihr das lang vermisste Aroma auf der Zunge. Mit gierigen Schlucken trank sie die Milch.

Sternauge!, fiel es ihr da siedend heiß ein. Schuldbewusst stellte sie die Schüssel ab. Sie hatte die Stute viel zu kurz angebunden, als dass sie hätte weiden können. Auch ihre Gefährtin musste hungrig sein. «Mein Pferd …», begann sie zögernd.

Der Junge antwortete umgehend. «Wir kümmern uns darum.» Er machte sich an den Abstieg.

Elin eilte ihm nach und rief hinter ihm her: «Es braucht Heu und Wasser! – Und einen Apfel», fügte sie hinzu, als sie an die verlockenden rotwangigen Früchte im Korb dachte.

Pau legte ihr die Hand auf die Schulter. «Es ist bereits dafür gesorgt», sagte er. Und tatsächlich sah Elin, wie einige Menschen sich unten Sternauge genähert und Körbe vor ihr abgestellt hatten, so ehrfürchtig, als opferten sie einer Göttin.

Beruhigt, aber ein wenig ratlos wandte sie sich wieder um und stand Pau gegenüber, der ihr mit einer Verneigung die nächste Schüssel entgegenhielt. Elin gab auf. Mit einem Schulterzucken ließ sie sich nieder und machte sich daran, die Schalen und Teller einen nach dem anderen zu leeren. Als Ban sich nicht beruhigen ließ, legte sie ihn nach einem kurzen Blick auf Pau, der dezent beiseiteschaute, an ihre Brust an. Beide stillten ihren Hunger, bis sie satt, warm und zufrieden waren.

Elin dankte im Stillen der Großen Mutter und jenem Unbekannten, der, von den wachsenden Abendschatten langsam zugedeckt, auf seinem Lager lag. In einem plötzlichen Gefühl der Verbundenheit prostete sie ihm zu und vergoss zu seinen Ehren ein paar der kostbaren weißen Tropfen auf dem Boden der Höhle. Pau nickte zufrieden, als er es sah.

«So hat auch er alles gesegnet, was er uns aufgab», meinte er.

«Was er euch aufgab?», fragte Elin mit vollem Mund.

Pau neigte zustimmend seinen Kopf. «Er hat uns gesagt, wann die Zeit der Saat und die der Ernte war, wann der Hochzeitsmond gefeiert werden sollte und wann die Winternacht begann, länger zu werden, und die Kräfte des Lichts die Unterstützung unserer Feuer verlangten. Er wusste, wie viele Vorräte anzulegen und wie die Kinder zu taufen waren. Er kannte ihre Namen, der Wind flüsterte sie ihm zu ...»

«... oder das Wasser», ergänzte Elin unwillkürlich und schaute auf Ban hinab, dessen Namen ihr die kalten Fluten des Flusses zugerauscht hatten.

«Oder das Wasser», bestätigte Pau und warf ihr einen ehrerbietigen Seitenblick zu, «gewiss.» Dann fuhr er fort: «Er wusste, wie ein Streit beizulegen war und ob ein Dämon gut oder böse war. Wie Mordech besänftigt werden konnte und wie die Sterne hießen, die manchmal vom Himmel fielen.»

Unwillkürlich ging ihrer beider Blick zu einem der Fenster, wo über dem verblassenden Morgenrot bereits der Abendstern leuchtete. «Weil es Menschen gibt, die es in der Anderswelt nicht hält», flüsterte Elin und dachte an Bela, der damals zu ihr zurückgekehrt war, als sie ihn für tot gehalten hatte, und im selben Moment fühlte sie, mit einer beglückenden Gewissheit, dass er das immer und immer tun würde, und über jede Schwelle hinweg. Sein Herz schlug in Ban und in ihr selbst. Nie würde er fern von ihr sein. Sie war eine Närrin gewesen, traurig zu sein.

Elin wusste selbst nicht, woher die Zuversicht kam, die sie plötzlich erfüllte, so rauschend, so beglückend, dass sie am liebsten aufgestanden wäre und getanzt hätte. Unwillkürlich schnupperte sie an der Milch, der ein verdächtiger Duft nach Kräutern anhaftete, an deren Namen sich Elin nur vage erinnerte. Pau hatte auch davon getrunken, und auch seine Augen glänzten, wie es eigentlich nicht sein durfte. War es das, was Elin in sich fühlte, so heiß und beglückend, oder war es mehr? «Sie kehrt wieder», hielt sie ihren letzten Gedanken fest, umspült von hemmungsloser Freude.

«Geister», raunte Pau und machte ein abwehrendes Zeichen.

Elin schüttelte den Kopf und lächelte. «Die Liebe», sagte sie leise. «Sie ist es, die alles verbindet. Es kann gar nicht anders sein.»

Pau schaute sie lange an. Endlich sagte er, mit leiser, respektvoller Stimme: «Ich wusste, es gab einen Grund dafür, dass Er sich bereit gemacht hatte, von uns zu gehen. Ich bin sehr froh.» Damit stand er auf. «Darf ich es also den anderen sagen?»

«Was?», fragte Elin verwirrt, die ganz in ihre so unerwartet aufwallenden Gedanken versponnen war und noch durchwirkt von der Seligkeit, die sie in ihr auslösten.

«Dass Ihr morgen zu uns sprecht», erwiderte Pau. Es war keine Frage mehr. Mit einem Ausdruck tiefer Befriedigung stand er auf. «Er», fuhr er fort und machte eine Geste in Richtung des Toten, der nun in völlige Finsternis gehüllt war, «hat lange nicht mehr zu uns gesprochen. Die Ernte stand an, und wir wurden unruhig, aber er schwieg. Die Halme bogen sich, und die Wolken ballten sich bedrohlich am Himmel und verschwanden wieder, aber er schwieg. Ich denke jetzt, er wollte diesen Tag nicht mit seinem sterbenden Leib beflecken. Er wartete auf Eure fruchtbare Gestalt, ihn zu verkünden. Und es wird Zeit.» Ein letztes Mal verneigte er sich, dann war er fort.

45.

Ogden bleckte seine zahnlosen Kiefer. Bela zwang sich, nicht zurückzuweichen. Er wollte nicht als ein Narr dastehen vor diesem offenkundig Verrückten. Doch je länger sie einander so gegenüberstanden, desto mehr fragte er sich, ob sein Eindruck stimmte. Ogden sah schrecklich aus, mehr wie ein Gespenst als wie ein Mensch. Und seine leere Augenhöhle war so grauenhaft mit ihren wuchernden, skrofulösen Hautlappen, dass man den Anblick kaum ertragen konnte. Doch in seinem heilen Auge glomm es durchaus lebendig und mit einem Funken von hintersinnigem Humor.

«Es kann sein», raunte der Alte, «dass du hier unten Stimmen hörst. Manchmal.» Er neigte den Kopf, als versuche er, sie in ebendiesem Moment zu erlauschen. «Das muss dir keine Angst machen.» Unvermittelt fixierte er Bela erneut. «Denn die Stimmen sind nirgendwo anders als in deinem eigenen Kopf.» Er hob seine knochige Hand und tippte sich mit seinem langen, spinnendürren Zeigefinger gegen die Stirn. «Hier drin, sage ich dir.» Er lächelte schief. «Es wird sich also erweisen, was für ein Mann du bist, wenn du hier unten deinen Gedanken lauschst. Gehen wir, Hamar.» Damit wandte er sich wieder an seinen Sohn, stützte sich schwer auf ihn und wankte an seiner Seite in den Tunnel hinein.

«Wir sehen uns draußen», rief Halev ihm hinterher. Es klang wie ein ritueller Gruß.

Für Bela war es eine bebende Hoffnung. Er schüttelte den beklemmenden Eindruck ab, den Ogden auf ihn gemacht hatte, und fragte mit betont munterer Stimme: «Und jetzt?» Aber Halev hatte sein Werkzeug und die Fackel bereits beiseitegelegt und begonnen, die Wassereimer abzuladen. Bela ging ihm dabei zur Hand.

«Wir warten, bis die Glut am heißesten ist», sagte Halev. «Dann räumen wir sie beiseite und bewahren sie in der Kiste dort drüben auf. Hol sie schon mal», meinte er, nachdem er stochernd das niederbrennende Feuer geprüft hatte. «Irgendwo dort müsste auch die Schaufel liegen.»

Bela fand beides. Sie hockten sich an die Wand und warteten, bis Halev das Zeichen gab. Dann räumten sie die Glut ab, retteten so viel sie konnten in die Glutkiste und packten die Eimer einen nach dem anderen, um den Inhalt mit Schwung gegen die schwarzverkohlte, von weißer Asche bedeckte Felswand zu schütten. Es zischte, Dampf hüllte sie in Schwaden ein und machte ihnen das Atmen schwer. «Und jetzt: hacken», keuchte Halev. Er zeigte Bela, wie man auf dem engen Raum die Hacke schwang und wo man am besten damit begann, das porös gewordene Gestein abzutragen, um den Tunnel voranzutreiben. Immer wieder hielt er inne und prüfte die Brocken, die sie abschlugen. Er schien mit dem Ergebnis zufrieden zu sein. Bela war schweißgebadet und außer Atem, als sie endlich innehielten. «Das reicht für den Moment», stellte Halev zufrieden fest. Aus seinem roten Zottelbart tropfte es. Aber er lächelte. «Jetzt beladen wir den Schlitten, und dann ...»

«Und dann?», fragte Bela und fuhr sich mit dem Arm über das Gesicht. Er hätte viel dafür gegeben, wenn in einem der Eimer noch ein Tropfen zu trinken gewesen wäre.

«Dann fangen wir wieder von vorne an.» Halev lachte dröhnend, als hätte er einen großartigen Witz gemacht.

Während Bela sich gegen den Schlitten stemmte und ihn Schritt für Schritt, unterstützt von der Seilwinde, durch den langen Minengang nach oben brachte, schaute er auf den kleinen Haufen Steine vor sich und versuchte abzuschätzen, wie viele solcher Ladungen wohl schon aufgeladen und hinaufgezogen worden waren, um diesen Tunnel zu schaffen, der kein Ende zu nehmen schien. Wie lange hatten er und Halev bis jetzt dort unten geschuftet, Stunden? Und wie weit waren sie dabei ins Gestein vorgedrungen, so weit wie eine Männerhand? Es musste Monate, Jahre gedauert haben, das zu schaffen, was er soeben durchschritt. Und noch immer nahm der Gang kein Ende. Endlich erschienen die Feuer wieder über ihm, dann tauchte er in den engen Teil ein, der zum Ausgang führte, und schließlich erblickte er Tageslicht. Tränen der Freude traten in Belas Augen. Aber ehe er das hellblaue Viereck erreichte, das ihm so verheißungsvoll entgegenleuchtete, wurde er aufgehalten.

«Von hier an schafft's die Winde selber», brummelte der Mann, der ihn an der Schulter festhielt.

Bela wollte protestieren, griff dann aber schnell nach der Tonflasche, die man ihm hinhielt, und trank gierig, bis ihm der Behälter wieder aus der Hand gerissen wurde. Allein gelassen stand Bela eine Weile unschlüssig da. Vor ihm lockte und leuchtete das Stückchen Himmel, transparent und blau wie eine Blüte Wegerich, und sein Herz pochte ihm entgegen. Aber er hatte sich entschieden, schon vor langer Zeit. Entschlossen wandte Bela sich ab und stieg erneut in die Dunkelheit hinab.

Unten war Halev schon dabei, die Glut wieder anzufachen. Bela ging ihm zur Hand und hockte sich dann mit ihm neben das Feuer, dessen Hitze ihn zu verbrennen drohte. «Wie hält Ogden das aus in seinem Alter?», fragte er Halev, um ein

Gespräch zu beginnen. «Er kann doch unmöglich noch viel schaffen?»

Halev kratzte sich den Bart und spuckte aus. «Ogden ist vielleicht der wichtigste Mann hier», sagte er. «Hamal, ja, der schwingt die Hacke für zwei, aber Ogden, ich sage dir», seine Augen funkelten, als er sich in Schwung redete, «der ist etwas ganz Besonderes.»

Bela zuckte mit den Schultern. «Ist mir nicht aufgefallen», behauptete er und versuchte, die unangenehme Erinnerung an den Blick abzuschütteln, mit dem der Alte ihn geprüft hatte. Wie ein Wahnsinniger hatte der Greis ausgesehen, als er sich an die Stirn tippte. Wie ein Irrer. Oder wie ein Prophet.

Halev lachte, als wüsste er, dass Bela log. «Ogden», meinte er und zog die Pause genüsslich in die Länge, «kann mit dem Erz reden.»

«Mit dem Erz reden?» Bela schnaubte ungläubig. Erst Stimmen im Kopf und jetzt Stimmen aus dem Stein! Was war das nun wieder für ein Märchen!

Aber Halev ließ sich nicht davon abbringen. «Doch, doch, so ist es», erklärte er eifrig, während er Holz nachlegte. «Er weiß, wo im Stein es zu finden ist, er hört es, oder meinetwegen spürt er es, ich weiß nicht, aber eines weiß ich: Wenn Ogden sagt, hier ist Erz, dann ist es hier. Bei der Mutter», er schüttelte den Kopf über die Erinnerungsbilder, die sich ihm aufdrängten, «wie oft hat uns der Berg nicht genarrt. Die Erzadern verlaufen unvorhersehbar, musst du wissen, mal rauf, mal runter.» Er veranschaulichte es mit Handbewegungen. «Den einen Tag noch räumst du reiches Kupfererz ab, den nächsten schon schiebst du nur tauben Abraum hinauf und verzweifelst. Aber Ogden muss nur hinuntergehen und eine Weile die Wand anstarren, seine Hand darauflegen und lauschen.» Er hob seine eigenen Finger und presste sie gegen ein nicht vorhandenes Hindernis. «Dann wusste er schon, in welche Richtung die Ader abgebogen war. Ich schwöre es», fügte er hinzu, als er Belas ungläubigen Blick auffing, und nickte entschieden. Schließlich fügte er hinzu: «Das wissen sogar Gorn und seinesgleichen.»

Seine Stimme hatte unwillkürlich einen verächtlichen Ton angenommen. Offenbar standen die Dinge zwischen den Bergleuten und ihren Wächtern nicht zum Besten. Auch er selbst hatte diesen Eindruck gehabt an dem Morgen, als sie ihr Essen und die Werkzeuge erhielten. Der lange Zug der Arbeiter war durch das Spalier der Wachen gegangen, ohne diese eines Blickes zu würdigen, mit stummer, aber müder Feindseligkeit. Sie ließen sich von ihnen beherrschen, aber sie respektierten sie nicht.

Halev aber war noch immer bei seinem Lieblingsthema. «Und das sage ich dir: Wenn alle behaupten, da ist kein Erz, und Ogden sagt, da ist welches, dann grabe.» Er stand auf. «So, es ist wieder so weit. Kannst du noch, Bursche?»

Bela schnaubte verächtlich und erhob sich. Mit Schwung packten sie die nächsten Eimer, und ihre Gestalten verschwanden im Dampf.

Als er aus dem Tunnel wankte, kam die Abenddämmerung ihm gerade zu grell vor. Er schloss die Augen und hätte sie am liebsten geschlossen gehalten. Nicht einmal der Duft des Essens konnte seine Lebensgeister wecken. Er zwang sich, die Grütze hinunterzuschlingen, die man ihm in einer hölzernen Schüssel hinhielt, weil Halev ihn ermahnte und weil die Vernunft ihm sagte, dass er die Kraft für morgen brauchen würde. Dabei wollte er nichts als sich zusammenrollen und schlafen, endlos schlafen.

«Das vergeht», sagte Halev, der ihn in der Hütte zurückließ, um sich mit den anderen zu ein wenig Geplauder und Gesang zu treffen. Bela hörte es schon nicht mehr. Als er am nächsten Tag aufwachte, wusste er nicht, wo er war. Mit heißen Augen schaute er sich um. Nur undeutlich sah er die hölzernen Balken über sich. Waren sie Teil des luftigen Hüttendaches, oder hielten sie Tonnen von Gestein über ihm auf? Schweiß rann ihm in die Augen, ihm war heiß. Nach Atem ringend, stieß er die Decke von sich. War er noch immer im Tunnel? Schon wieder? Für alle Ewigkeit? «Die Eimer», stöhnte er, «wo bleiben die Eimer?»

«Holt Ogden», verlangte Halev, der ihn hatte wecken wollen und sich nun besorgt über ihn beugte.

«Was hat er?», fragte Gorn, der ihm über die Schulter schaute. Ohne eine Antwort abzuwarten, trat er nach Bela. «Steh auf, du bist nicht zum Faulenzen hier.»

«Er ist krank», stellte Halev schlicht fest.

Gorn war nicht zu besänftigen. «Dachte mir doch, dass er nichts taugt. Das war schon gestern zu sehen, aber ihr hört ja nicht auf mich.» Die umstehenden Männer verzogen keine Miene. Erst als Ogden herankam, geführt von Hamal, kam Leben in sie, und sie machten dem Greis ehrfürchtig Platz.

Der Alte neigte sich über Bela, zog seine Augenlider hoch, fühlte seine Stirn und roch an seinem Atem. Nachdem er ihn eine ganze Weile auf diese Weise untersucht hatte, richtete er sich endlich auf. «Es ist das Metallfieber», verkündete er einer zustimmend murmelnden Zuhörerschaft. Und als er bemerkte, wie bockig Gorn dreinblickte, fügte er hinzu: «Fast jeder bekommt das am Anfang, erinnere dich. Zwei, drei Tage, dann ist er wahrscheinlich wieder fit wie die meisten.»

Gorn biss sich auf die Lippen. Zu gerne hätte er Ogden widersprochen, doch er fand keinen Anlass dazu. Am Ende entschied er sich dafür, nichts zu tun, das aber auf möglichst beeindruckende Weise. «Was steht ihr hier herum?», brüllte er und wedelte mit den Armen, während die Bergleute sich langsam und widerstrebend in Bewegung setzten. «An die Arbeit, los, los, das ist kein Grund zum Faulenzen. Ihr solltet schon längst im Berg sein. Du auch», fügte er hinzu, als er sah, dass Ogden Miene machte, sich neben Bela niederzulassen. «Du bist hier nicht zum Ausruhen, Alter. Wanek sagt, an seinem Platz kam gestern taubes Gestein. Du sollst mal danach schauen.»

Zögernd schaute Hamal seinen Vater an. Als dieser Bela die Decke bis ans Kinn zog und dann zustimmend nickte, nahm er ihn am Arm und zog ihn hoch. Langsamen Schrittes folgten sie den anderen zur Mine.

«Wirklich das Metallfieber?», fragte Halev, der sich dicht bei ihnen hielt.

Ogden nickte. «Wie bei allen», meinte er und fügte dann hinzu: «Du klingst so besorgt? Es ist wie bei allen, sage ich dir. Die meisten überstehen es beim ersten Mal. Kennst du den Jungen?»

«Nein», gestand Halev und wiegte den Kopf. «Aber irgendetwas sagt mir, dass der hier nicht wie alle ist. Vielleicht ist es sein Gesicht. So einen Mann findet man nicht alle Tage.» Er nickte, als wollte er seine eigenen Worte bestätigen, und fuhr sich mit den Fingern durch die roten Borsten, bis sie zu Berge standen. «Irgendetwas sagt mir, Ogden, um diesen hier wäre es schade.»

«Wir werden sehen», erwiderte Ogden und lächelte sein rätselhaft glimmendes Lächeln. «Hier zeigt jeder irgendwann, aus welchem Holz er geschnitzt ist, Halev.» Gutmütig schlug er ihm auf die Schulter. Dann traten sie in den Tunnel. Der Berg hatte sie verschluckt.

46.

Pau!», rief Elin noch einmal. Aber der junge Priester wandte sich nicht nach ihr um. Elin wurde mit einem Schlag nüchtern. Sie wollte aufspringen, aber der Schwindel drückte sie auf Hände und Knie zurück. So kroch sie zum Eingang und streckte den Kopf so weit hinaus, wie sie es vermochte. «Soll das heißen», rief sie Pau hinterher, der sich in der Dunkelheit mit unglaublicher Geschicklichkeit abwärtshangelte, «dass ich euch morgen euren Erntetermin weissagen soll? Verdammt», fügte sie hinzu, als sie sich, da keine Antwort kam, zurückzog und dabei den Kopf stieß. Der Schmerz brachte sie zurück in die Gegenwart. Verschwunden die weltenthobene Atmosphäre, verflogen die Ahnung von etwas Großem, Beglückendem, das sie alle umgab. Was zurückblieb, war eine nackte Felshöhle mit einem Leichnam, kaum erhellt von einer kleinen Lampe, die Pau ihr zurückgelassen hatte.

«Wenigstens etwas», murmelte Elin und versuchte, zu sich zu kommen. Die Wärme von Ban, der noch immer in seinem Sack an sie geschmiegt schlief, beruhigte sie ein wenig. Sie nahm die Lampe auf und kehrte noch einmal an das Totenlager zurück. Der Alte hatte sich nicht verändert. Und doch sah er nun endgültig so aus wie etwas, das nicht mehr zu dieser Welt gehörte. Wäre er unter ihren Fingern zu Staub zerfallen, Elin hätte sich nicht gewundert. Sie legte ihm die Hand auf die Stirn, um Abschied zu nehmen. Sie war so kalt wie Holz.

«Schade», seufzte sie und zog ihre Rechte zurück. Irgendwie hatte sie gehofft, die Berührung würde ihr zu einer Einsicht verhelfen. «Ich habe mich wohl schon von Paus Gerede anstecken lassen.» Dann wandte sie sich wieder dem Pferderelief zu. Zum ersten Mal in ihrem Leben erfüllte sie ein

Gefühl der geistigen Verwandtschaft und hielt sie davon ab, völlig an ihrer Situation zu verzweifeln. Eine schüchterne Ahnung, vielleicht nur eine Hoffnung, keimte in ihr, dass Pau nicht vergebens auf sie gesetzt hatte und es tatsächlich einen Grund dafür gab, dass sie hier war. «Hier, um zu bleiben», wiederholt sie skeptisch ihren eigenen kühnen Satz und ertappte sich bei dem Gedanken: Schön wäre es.

Als sie von ihrer Höhle aufgebrochen war, hatte sie nicht gewusst, wohin. Und unterwegs war sie sich wie ein Flüchtling vorgekommen. Bis sie den See erreicht hatte. Er schien ihr Ziel gewesen zu sein. Nun wusste sie zumindest, was sie wollte: hier bleiben, sesshaft werden unter diesen Menschen, die in ihrer Besonderheit nichts Erschreckendes sahen. Sie hatten Sternauge aufgenommen. Das allein war viel wert, denn um keinen Preis hätte sie noch einmal erleben wollen, wie jemand ein von ihr geliebtes Pferd einfach schlachtete. Und was fast ebenso bedeutsam war: Sie hielten sie deshalb nicht für verrückt, ganz im Gegenteil.

Es wäre auch gut für Ban, dachte sie und tastete nach ihm. Als sie spürte, dass er eingeschlafen war, nahm sie ihn aus dem Sack und legte ihn neben das Feuer. Dann hob sie die Decke des Toten, dankte ihm stumm, aber ohne Scheu und ging, um Ban darin einzuwickeln. Voller Zärtlichkeit betrachtete sie ihn. Hier würde er eine Zukunft haben, stets genug zu essen, Kinder, mit denen er spielen konnte, Männer, von denen er lernen würde, was sie ihm nicht beibringen konnte. Eine Gemeinschaft, die ihn als einen der ihren betrachten und für ihn einstehen würde. Ich bin nicht so verblendet, dachte Elin, dass ich nicht wüsste, was für ein unschätzbarer Wert das ist. Allerdings musste sie noch ein Problem lösen: Sie verlangten von ihr zu wissen, wann der richtige Termin für die Ernte gekommen war.

In ihrem Dorf war das Signal für den Erntebeginn vom Hügel gekommen. Die Männer des Herrn hatten es allen verkündet und ein Fass voll Met auf dem Dorfplatz abgestellt, aus dem die Feiernden sich am Abend bedienen durften. Elin hatte nie groß darüber nachgedacht, aber nun glaubte sie sich zu erinnern, dass der Herr zuvor stets eine Gesandtschaft ausgeschickt hatte, die mit der Nachricht vom rechten Datum zu ihm zurückkehrte. Sie wusste nicht, wohin sie ritten, das ging die einfachen Dörfler nichts an, und sie hatte auch niemals gefragt. Es war, wie es war. In dieser Nacht schalt sie sich für ihren Mangel an Neugier. Hätte sie Erkundigungen eingezogen, vielleicht bei Anwin, die so vieles wusste, dann wäre ihre Situation jetzt womöglich besser.

Aber es schien Orte zu geben, Orte wie diesen hier, mit Menschen, die mehr wussten als die anderen und die in diesen Dingen um Rat gefragt wurden. So weit, so gut, dachte Elin, nahm die Lampe und ging in der Höhle umher. In Bewegung fiel ihr das Denken leichter. «Woher hattest du dein Wissen?», fragte sie den stillen Mann, als sie an seinem Lager vorbeikam. Der Mond war aufgegangen, fast voll, und beschien das eingefallene Gesicht. In seinem Licht leuchtete das kupferne Diadem noch einmal auf. Elin berührte es zögernd, dann fasste sie sich ein Herz, zog es ab und setzte es sich selbst auf. Kühl lag das Metall um ihre Schläfen, erwärmte sich jedoch rasch und saß, als wäre es für sie gemacht. Elin behielt es auf und ging damit herum. Aber ihre leise Hoffnung, dass dabei etwas geschähe, dass vielleicht eine Erkenntnis wie der Blitz sie durchführe oder gar eine Stimme in ihrem Ohr zu flüstern begänne, erfüllte sich nicht.

«Das ist es also nicht», überlegte sie. «Das ist nur ein äußeres Zeichen deiner Macht. Aber was war ihr Wesenskern?» Sie ging zu den Bildern hinüber, die sie zuvor schon an der Wand bemerkt hatte. So, wie der Mond jetzt stand, wurde ein Teil davon in ein vages, silbriges Licht getaucht, das jedoch nicht ausreichte, um alles zu erkennen. Elin hob die Lampe und entdeckte Menschen, die ihre Arme hoben, um runde Scheiben anzubeten, die die Sonne oder den Mond darstellen mochten, das war nicht auf den ersten Blick zu entscheiden. Tiere mischten sich hinein und Figuren, die Zeichen sein mochten oder Dämonen. Elin fuhr mit den Fingern darüber, um ihre Gestalt mit allen Sinnen zu erfassen. Eines, das aus fünf Strichen bestand, war tatsächlich fast wie eine Hand geformt, und sie vermochte ihre Finger hineinzulegen. Das Nächste, fiel ihr auf, bestand aus sieben Strichen. Dann entdeckte sie die nächste Scheibe, schräg darüber, eigentlich davor, wenn sie es genau betrachtete. «Ein Vollmond?», fragte sie sich. «Sieben vom Vollmond aus gerechnet?» Sie hielt die Lampe etwas tiefer und erkannte die Figur eines Wolfes, der den Mond anzuheulen schien. «Wolfsmond», entfuhr es ihr. Das war der Monat nach der Sonnwende, das wusste sie. Wenn der Winter am tiefsten war und die Verzweiflung am größten, dann kamen die Wölfe aus dem Wald. Was aber war am siebten Tag nach dem Vollmond im Wolfsmonat? Elin suchte und fand eine Gruppe Männchen, die sich bückten, aber sie konnte nicht entscheiden, was sie taten. Dennoch schlug ihr Herz schneller und schneller. Was sie hier an der Wand erforschte, das war eine Art Kalender, da war sie sich sicher. Sie übersprang eine ganze Strecke und kam zu der Stelle, von der sie hoffte, dass sie die gegenwärtige Zeit darstellte.

«Ah!», rief sie freudig, als sie die Ähren entdeckte und die Figurinen, die offensichtlich Sicheln schwangen. Das war es, Erntezeit. Als sie weiter oben nachsah, wurde sie jedoch enttäuscht. Dort prangte, auf dem Rücken eines Pferdes, nur eine Sonnenscheibe, neben der noch einmal eine Ähre stand. «Ährensonne», murmelte Elin ratlos. Das war eine Botschaft ohne Sinn, Zeit für die Ähren war es demnach, wenn es Ährenzeit war. «Aber wann, wann ist das?», fragte sie leidenschaftlich. In diesem Moment veränderte sich etwas auf dem Bild. Das Licht, das Teile davon beleuchtet hatte, verschwand ganz sacht.

Elin wandte sich um und bemerkte, dass der Mond, der von hier aus gesehen durch die zweite Fensteröffnung von rechts geschienen hatte, weitergewandert war und sich nun hinter einem der Felszwischenstücke verbarg. Die Fenster, dachte Elin. Diese seltsamen Fenster, die aussahen wie künstlich geschlagen und doch natürlich sein mussten. Sie ging hinüber und blieb einen Moment lang atemlos stehen. Was für eine unglaubliche Aussicht hatte man von hier. Selbst jetzt, mitten in der Nacht, war das Panorama der im Mondlicht liegenden Landschaft überwältigend. «Wie schön», hauchte Elin und blickte wie gebannt zu der düsteren Bergkette hinüber, über deren Zinnen der runde, leicht abnehmende Mond auf seiner nächtlichen Reise zog. Fast berührte er die eine oder andere Zacke, dann wieder schien es, als schwebe er lässig über sie hinweg, ein Ball, wie Kinder ihn aus Schafsblasen bastelten, unerreichbar hochgeworfen, so sehr die Felsenfinger sich auch danach streckten. Wo er wohl untergehen mochte?, überlegte Elin unwillkürlich, hinter der hohen Kuppe dort drüben oder doch vorher, in jenem Taleinschnitt? Und wo würde die Sonne als Erstes erscheinen? Es musste doch ein grandioser Anblick sein, hier oben einen Sonnenaufgang zu erleben!

Dann wandte sich Elin wieder zu dem Figurenfries hinter sich um und dachte, wie sehr es dem Band der Felsen gegenüber doch glich. Was, wenn diese gleich jenem ein Kalender wären, ein Zeiger dafür, wann es Zeit wäre wofür? War das die Lösung? Aufgeregt untersuchte Elin die Fenster näher.

Sie neigte sich über den Sims. Nirgendwo zeigte der Rand Spuren von Werkzeugen, die Öffnungen schienen also natürlichen Ursprungs zu sein. Allerdings wirkte der Stein hier und da speckig, als wären oft Hände darübergefahren. Jemand musste vor ihr hier gestanden und hinausgesehen haben. «Und bestimmt», sagte Elin mit einem Blick über die Schulter zu dem Toten, «hast du hier nicht nur den Sonnenaufgang bewundert.» Sie folgte seinem Rand an der Seite hinauf und nach oben. Da ertastete sie etwas und hob die Lampe höher. «Jawohl», jubelte sie, als aus dem Dunkel die Umrisse einer Ähre auftauchten, klar und tief eingeritzt, und der Strich des Stieles wies gerade hinunter auf eine Kerbe am Rand des Fensterrahmens.

«Das ist es», flüsterte Elin ehrfürchtig, als sie feststellte, dass genau dieser Kerbe ein tiefer Spalt entsprach, der in das Felsband gegenüber einschnitt. «Das ist es, das ist es.» Sie hätte singen mögen vor Freude über ihre Entdeckung.

Noch ehe sie es überprüft hatte, war sie sicher, dass dort Osten lag. Die Sonne würde in der Nähe des Spalts aufgehen. Und einen Tag im Jahr würde es geben, wo sie genau in der Mulde jener Spalte zum ersten Mal den Horizont überschritt und den Einschnitt ganz mit ihrem Licht erfüllte: den Erntetag. Elin ließ die Arme mit der Lampe sinken. Sie war sich sicher, das Geheimnis der Felshöhle entschlüsselt zu haben. Sie war am Ziel. Müde, aber zufrieden seufzte sie. Der Mond schien ihr nun wieder ins Gesicht, greller als zuvor, und sie schloss die Augen. Im selben Moment aber riss sie sie wieder auf. Ihr war etwas Furchtbares eingefallen.

Der Mond schien ihr nicht nur deshalb wieder in die Augen, weil er sich bewegt hatte, sondern auch, weil sie ihren Standort gewechselt hatte, vom linken der vier Fenster zum zweiten von links. Schlagartig wurde es ihr klar: Alles kam auf den Standpunkt des Betrachters an. Wenn man nicht von der richtigen Stelle aus auf das Geschehen blickte, dann stimmte auch die Datierung nicht. Wo aber war diese Stelle?, fragte sie sich, und die Nervosität in ihr wuchs schlagartig wieder an. Irgendwo hier drinnen musste es doch einen Hinweis geben!

Elin versuchte es mit dem Bett des Toten und legte sich neben ihn, aber vergebens. Von hier aus konnte man die entscheidende Felsspalte nicht einmal sehen. Auch der Altar schied aus, mit dem sie es als Nächstes versuchte. Erneut suchte sie den Bilderfries auf und schaute nach einem Zeichen, ohne fündig zu werden. Sie bestimmte seine ungefähre Mitte und nahm davor Aufstellung, aber nichts geschah. Unschlüssig trat sie je einen Schritt nach links und nach rechts, ohne dass sie zu einem Ergebnis gekommen wäre. Es musste eine andere Stelle sein.

Immer hektischer lief Elin in der Höhle umher. Der Mond wanderte weiter, bald würde er untergehen. Ihr blieb bis zum Morgen nicht mehr viel Zeit. Als ihre Nervosität am größten war, begann auch noch Ban zu jammern.

«Ja, mein Schätzchen, was ist denn?», gurrte sie zerstreut und nahm ihn auf den Arm. Als er nicht aufhören wollte, gab sie auf und wollte sich mit ihm niederlassen. Dazu fegte sie mit dem Fuß die Schüsseln zur Seite, die noch von ihrem Mahl dastanden, und stieß sich dabei den Fuß.

«Au», rief sie unwillkürlich und neigte sich vor. Dort war ein Loch im Boden, in dem sich ein Stein verkantet hatte. Als sie ihn herauszog, bemerkte sie, dass die Öffnung fast perfekt rund war, wie von einem Bohrer geschaffen. Und als sie den Steinstaub mit den Händen beiseitegefegt hatte, erkannte sie, dass sich dieses Loch nicht im Felsen selbst befand, sondern in einer Platte, die perfekt in den Boden eingelassen worden war. Elin strich lange über sie hin und suchte sie mit dem Fingernagel zu kerben, ehe sie zu dem Schluss kam, dass es sich um Knochen handeln musste, glattpoliert und altersgrau. Er muss von einem großen Tier stammen, sagte sie sich bewundernd, dass es gelungen war, eine so große, fast vollkommen glatte Scheibe daraus zu schneiden. Ob es das Schulterblatt eines Hirsches war oder die Hüftschaufel eines Urs oder Bären?

In jedem Fall musste das Tier gewaltig gewesen sein. Bestimmt erinnerte man sich im Dorf noch heute an die Jagd. Vielleicht war sie zu einem jener Märchen geworden, in denen von Kreaturen die Rede war, die es lange schon nicht mehr gab oder nie gegeben hatte, von Katzen mit langen Hauern wie denen von Ebern und Wesen, groß wie Berge, mit langen, schlauchartigen Nasen, die nur Mordech selbst gegen die Menschen ausgesandt haben konnte, so gräulich mussten sie anzuschauen gewesen sein.

Etwas sagte Elin, dass diese Scheibe alt war, älter noch als die ältesten Geschichten. Sie trat mit beiden Füßen darauf. Sie passten perfekt in die freien Stellen rechts und links der Mittelöffnung. Aber auch ohne diese Probe wusste Elin, dass sie gefunden hatte, was sie suchte.

«Mein Armer», rief sie erschrocken, als sie aus ihren Gedanken auftauchte und gewahrte, dass Ban wie am Spieß schrie. «Es ist ja gut, nun ist ja alles gut.» Und das war es wirklich. Sie drückte ihren Sohn an sich, tröstete und stillte ihn und wartete ohne einen Schatten von Furcht auf den Sonnenaufgang.

47·

Am anderen Morgen hätte Elin das große Ereignis beinahe verschlafen. Die Müdigkeit hatte sie im Sitzen übermannt. So erwachte sie in halb sitzender Haltung, ihr Kind noch im Arm, das sie auch im Tiefschlaf nicht losgelassen hatte, die Glieder schmerzhaft gekrümmt und mit steifem Rücken. Aber der Anblick, als sie schwankend auf die Beine kam und ihre Füße auf die beinerne Platte stellte, trieb ihr Tränen der Erleichterung in die Augen. Ihr gegenüber erfüllte die Sonne mit ihrem flüssigen Gold soeben den Felseinschnitt, den sie gestern mehr erahnt als gesehen hatte. Wie ein flammender Keil stand er vor ihr, eine göttliche Klinge, strahlend und überwältigend. Elin musste die Augen schließen.

Nun hörte sie auch das Konzert der Vögel, das den noch morgenblassen, zartgelben Himmel erfüllte, der durchsichtig war wie Wasser, und ihr schien, als vernähme sie es zum ersten Mal in all seiner Harmonie und Brillanz.

«Ban», flüsterte sie und drückte ihren Sohn, damit auch er dieses Wunder sähe. Als sie genauer hinsah, entdeckte sie, dass der unterste Teil des Keiles unausgefüllt geblieben war. Die Sonne war nicht direkt von unten, sondern ein wenig von der Seite eingetreten. Nachdem sie die übrigen Kerben und Symbole konsultiert hatte, kam sie zu dem Schluss, dass der Zeitpunkt der Ernte überschritten war. Vor einem Tag, oder vor zweien vielleicht, wäre die Konstellation perfekt gewesen. Aber der Horizont wölbte sich wolkenlos, kein Unwetter zeichnete sich ab, das die Ernte gefährden könnte, und so beschloss Elin, ihr Wissen für sich zu behalten. Sie ging zum Altar und betete zur Göttin: «Bitte vergib mir. Zwei Opfer werde ich dir dafür bringen. Für jeden Tag eines. Das eine wird mein Name sein. Ich werde ihn hier zum letzten Mal verwenden.» Sie hob Ban hoch und flüsterte in sein Ohr: «Elin.» Vielleicht würde der Klang in seinem Gedächtnis weiterleben. Laut sollte er nicht mehr erklingen. Über das andere Opfer grübelte sie lange nach.

Elin war noch zu keinem Schluss gekommen, als sie draußen Stimmen vernahm. Sie neigte sich hinaus und erkannte Pan in Begleitung einer ganzen Handvoll Menschen. Rasch flüsterte sie dem Altarbild zu: «Ich werde erkennen, was du von mir willst, wenn es so weit ist.» Dann schritt sie zum Eingang und begrüßte den jungen Priester mit einer gemessenen Bewegung.

Der starrte auf das Diadem. Erst da erinnerte Elin sich, es diese Nacht aufgesetzt zu haben, und für einen Moment erschrak sie. Doch sie entdeckte die Zustimmung in seinem Blick und bezwang sich. «Ich habe Zwiesprache gehalten diese Nacht», sagte sie, als Pau sie fragend ansah, «mit ihm» – sie wies mit einer Handbewegung auf den Toten, der still auf seinem Lager ruhte – «und mit dem Mond. Beide rieten mir, auf die Sonne zu warten.» Sie lächelte, als sie Paus Blick sah, in dem unter der Überraschung ein halbes Verstehen glomm.

«Auch er pflegte immer zu sagen, er müsse die Sonne befragen», murmelte er schließlich hoffnungsvoll.

«Ich weiß», erwiderte Elin. «Und sie hat auch zu mir gesprochen. Sie hat gesprochen und verkündet, dass heute der Tag ist.»

«Heute?», fragte Pau. Und fügte heftig, misstrauisch beinahe, hinzu: «Das habt Ihr gesehen?»

Elin nickte. «Der Tag der Ähren ist heute, ja. Am Himmel stand ein flammendes Messer, das verkündet hat, dass es Zeit ist, sie zu schneiden. Ich habe es gesehen. Sahst du es nicht?»

Ehrfürchtig schüttelte Pau den Kopf. Dann kniete er sich vor ihr hin. «Ich habe nur wieder und wieder davon gehört», gestand er. «Aber eingeweiht ist nur er allein. Und Ihr.» Er erhob sich wieder, als käme er aus einem Traum zu sich. «Ich muss gehen, es den anderen zu verkünden.»

«Gleich», erwiderte Elin. «Zuerst musst du noch etwas anderes tun.»

Verwirrt blickte er sie an. Dann fiel es ihm ein: «Der Körper, natürlich, er wird entfernt werden.» Und er verneigte sich in Richtung des Toten.

«Das auch», sagte Elin und trat einen Schritt näher zu ihm. «Aber da ist noch etwas, was mir gehört.» Und sie streckte die Hand aus. Einen Moment lang wurde sie unsicher, als er sie blinzelnd ansah. Aber sie zwang sich, seinen Blick auszuhalten, und ihr Arm zitterte nicht. Bitte, Mutter, flehte sie innerlich, bitte gib, dass ich recht habe. Schließlich senkte Pau den Kopf. Er nestelte an seinem Kleid herum und brachte schließlich etwas zum Vorschein, das er zögernd in ihre Hand fallen ließ. Erleichtert schloss Elin die Finger darum. Es war ein Kristall, das sagte ihr die erste Berührung. Ohne einen Kommentar ging sie damit zu der beinernen Platte und setzte ihn in die Öffnung in deren Zentrum. Er fügte sich perfekt ein. Elin frohlockte. Sie brauchte keine Wahrsagerin zu sein, um zu wissen, dass es einen Tag gab, an dem das Licht der Morgensonne auf ihn fallen und er in aller Pracht erstrahlen würde. Wann, das würde sie herausfinden. Sie war sicher, die Lösung war in den Friesen der Höhle verborgen. Und in dem Wissen, das Pau ihr nun nicht mehr vorenthalten würde.

«Ich bin dir nicht böse», sagte sie zu ihm, froh, ihm wenigstens so viel von der Freude, die sie durchströmte, zeigen zu dürfen. «Es war deine Pflicht, mich zu erproben, zum Besten der Menschen, denen du dienst. Auch du wirst in der Zukunft von mir erprobt werden», fuhr sie fort und lächelte ihn verschmitzt an. «Dein Wissen, deine Geduld und vor allem deine Freundschaft.» Sie reichte ihm die Hand.

Pau, zögernd erst, aber dann mit jäher Begeisterung, ergriff sie und führte sie erst an seine Stirn, dann an seine Lippen und schließlich an sein Herz. Elin errötete und machte sich los. «Und jetzt geh», sagte sie und schloss die Augen. «Ich gestehe, dass ich müde bin und ein wenig schlafen muss.»

«Auch er war immer müde nach den Nächten des Zwiegesprächs.» In Paus Stimme waren nur noch Wärme und Fröhlichkeit. «Ich werde für Eure Ruhe sorgen. Aber heute Abend, da kommt Ihr doch?»

«Zum Fest?» Elin runzelte ein wenig besorgt die Stirn. Ihre Erinnerungen an die heimischen Erntefeste waren nicht ungetrübt. «Was pflegte er denn zu tun?», erkundigte sie sich.

«Er war da.» Nun war es an Pau, verschmitzt zu grinsen. «Und er lächelte.»

«Das werde ich wohl auch können», erwiderte Elin erleichtert.

«Bestimmt», platzte Pau heraus. «Besser als jeder zuvor.» Und wieder war er so eilig am Ausgang, dass sie sich nicht mehr von ihm verabschieden konnte.

Langsam ging Elin zurück zu Ban und der Decke, in die sie sich trotz des strahlenden Sonnenscheins, der sich draußen über die Landschaft ergoss, fest hineinwickelte. Sie zitterte vor Müdigkeit. «Ich muss nachdenken», sagte sie sich, als sie sich um Ban herum zusammenrollte. «Es ist so viel geschehen.» Wenige Augenblicke später war sie eingeschlafen.

Das Fest war in vollem Gange, als Elin am Abend dazustieß. Nach dem Erwachen hatte sie bemerkt, dass die Sonne bereits unterging, und sie zögerte eine Weile, ihr neues schützendes Heim zu verlassen. Einzig der Gedanke an Paus freundlichen Gruß hatte ihr Mut gemacht. Und Ban. Es war Zeit, dass er die Menschen kennenlernte, die seine Gemeinschaft bilden sollten. Also hatte Elin sich bemüht, ein wenig Toilette zu machen. An ihrem Gewand war kaum etwas zu richten, allenfalls mochte ein bunter Gürtel, den sie in ihren einsamen Wochen geflochten hatte, es ein wenig aufwerten. Also kämmte sie wenigstens ihr Haar sorgsam, beschloss nach mehreren Versuchen, es offen zu tragen bis auf einige Strähnen, in die sie Belas Perlen flocht. Als es sich glänzend um ihr Gesicht bauschte, bändigte sie es mit Hilfe des Kupferdiadems. Schließlich band sie sich Ban in seinem Sack um. So machte sie sich an den Abstieg.

Unten empfing Sternauge sie mit freudigem Wiehern. Elin blieb lange bei ihr, um sie zu streicheln. Sie flüsterte Koseworte und liebkoste ihre Gefährtin, klopfte ihr die Flanken und versicherte ihr wieder und wieder, dass alles gut werden würde. Es tat ihr selbst wohl, diese Worte zu hören. Schließlich, da sie sah, dass das Tier mit Wasser und Heu gut versorgt war und sogar eine Holzschüssel mit kleinen wilden Birnen dastand, machte sie sich los und beschritt, ein wenig zögerlich anfangs, den Weg zum Dorf.

Er war nicht schwer zu finden. Abgeerntete Felder säumten ihn. Der Rauch der Kochfeuer verteilte sich am Abendhimmel und lockte mit seinen Düften, und Musik wehte in Fetzen bis zu Elin herüber. Ein paar Mal blieb sie noch stehen, um sich einige Mohnblüten zu pflücken, die sie sich in ihr hüftlanges Haar flocht. Aus den letzten Margeriten des Jahres wand sie sich im Gehen eine Halskette. An den ersten Zäunen blieb Elin stehen. Ihre Finger arbeiteten noch immer fieberhaft, als gäbe es nichts Wichtigeres, als diese Halskette fertigzustellen. Endlich hängte sie sich die Blüten um. Und noch immer stand sie da.

«Nun, was ist», redete sie sich selbst zu, «vorwärts mit Mut.» Ihre Füße aber wollten sich nicht bewegen. Da hörte sie aus einem der Gärten ein mehrstimmiges Kichern. Elin reckte den Hals und entdeckte schließlich unter den üppig mit Beeren besetzten Ranken einer Brombeerhecke eine Art Nest, gebaut aus Holzabfall und alten Decken, in dem drei Kinder hockten, zwei Jungen und ein Mädchen. Die beiden Jungen starrten sie mit großen Augen an, aber die Kleine, vielleicht vier Jahre alt, kroch ohne Furcht auf sie zu.

«Bist du die Pferdefrau?», fragte sie und stellte sich sehr aufrecht vor Elin hin, um sie mit schräggeneigtem Kopf zu betrachten.

Nach einem Moment verdutzten Schweigens musste Elin lachen. «Ja», sagte sie dann, «das bin ich. Die Pferdefrau.» Sie lauschte dem Wort nach und musste zugeben, dass es ihr gefiel.

«Todok hier sagt, es wird uns fressen.» Das Mädchen wies auf den größeren der beiden Jungen, dessen große Augen

Elin an Pau erinnerten. Aber auf seinem Kopf wuchs üppiges schwarzes Haar.

«Gar nicht wahr», brummte er und schaute wütend auf seine Füße.

Elin lächelte. «Pferde fressen kein Fleisch», sagte sie. «Sie sind groß, aber nicht gefährlich, solange man sich von ihren Hufen fernhält. Sternauge hat mir noch nie etwas getan.»

«Sternauge?», rief der andere Junge, der wie eine kleine, etwas verdrecktere Ausgabe von Todok aussah. «Ist das sein Name?»

«Ihr Name», verbesserte Elin. «Sie ist ein Mädchen.» Sie hielt inne und betrachtete die Kinder. «Wollt ihr sie vielleicht einmal füttern?», fragte sie dann.

Die Augen des Mädchens leuchteten sofort auf, und Todoks kleiner Bruder begann, auf der Stelle zu hüpfen vor Begeisterung. Todok allerdings schaute skeptisch drein. «Sie hat große Zähne», stellte er fest, so als wäre er noch nicht von Elins Ausführungen überzeugt.

«Sie kann auch fest damit zubeißen», bestätigte Elin, die anfangs ihre Finger ungeschickt in Sternauges Maul gesteckt hatte. «Deshalb muss man ihr alles, was man ihr geben will, auf der flachen Hand reichen. So.» Sie machte es vor und musste lächeln, als die drei ihr sofort ihre eigenen Hände entgegenstreckten, damit sie überprüfe, ob es so richtig sei. «So?», fragten sie.

«Genau», bestätigte Elin. «So. Auch die Äpfel. Wenn man daran denkt, dann kann einem nichts passieren. Es ist ein Trick.»

Bei dem Wort glomm es in Todoks Augen. Auch die Kleine war begeistert. «Wollen wir gleich gehen?», bettelte sie. «Los, kommt doch. Und der blöde Sved kann so gucken.» Sie formte mit den Fingern große, erstaunte Augen. Die Aussicht auf einen verblüfften Sved schien auch für Todok ausschlaggebend. Alle drei umringten Elin nun, und für einen

Moment war sie versucht, den Bitten der Kinder nachzugeben und auf der Stelle umzukehren, zurück zu ihrem vertrauten Pferd.

In diesem Moment aber kam eine junge Frau die Straße herauf und scheuchte die Kinder ohne Umstände beiseite. Anschließend grüßte sie Elin, mit rotem Kopf und sichtlich bemüht, nichts verkehrt zu machen. Dabei beobachtete sie sie von der Seite, und ihr Lächeln, als Elins Blick und der ihre sich trafen, war offen und warm. «Ich bin Sela», sagte sie.

«E...», begann Elin, dann besann sie sich ihres Gelübdes. «Das ist Ban», haspelte sie stattdessen und hielt Sela ihren Sohn hin.

Zu ihrer Überraschung betrachtete sie ihn nicht nur, sondern nahm ihn, nach einem erlaubnisheischenden Blick, aus seinem Sack, um ihn in den Arm zu nehmen und ein wenig mit ihm zu schäkern. Als Elin sah, wie sorgsam sie seinen Kopf hielt und wie angeregt Ban ihren Grimassen folgte, legte sich ihr erster Schreck.

Sela schaute auf. «Mein Doran ist gerade vier Monde alt. Es ist bald Zeit für die Aufnahmezeremonie am See.» Sie hielt inne. «Willst du ihn sehen?»

Elin nickte. Da strahlte Sela, gab ihr Ban zurück und nahm sie bei der Hand, um sie zum Dorfplatz zu ziehen. Dort brannte ein großes Feuer, über dessen Glut sich Schafshälften drehten.

Als Elin eintraf, verstummte die Musik, und die Tänzer hielten inne. Elin holte tief Atem und schaute sich um. Sie kämpfte gegen den Impuls an, fortzulaufen vor all diesen Blicken. Dann aber kam Pau auf sie zugelaufen, um sie zu begrüßen und zu ihrem Platz zu führen. Freundliche Rufe aus der Gruppe der jungen Tänzer begleiteten sie, eine alte Frau brachte ihr Schüsseln mit Essen, kniff Ban in die Wange, nachdem sie ihn sorgfältig gemustert hatte, und tätschelte Elins Hand, ganz, als wolle sie sagen: «Keine Sorge, ich weiß, wie es ist.» Erstaunt lächelnd schaute Elin ihr nach.

«Die alte Wala», flüsterte Sela neben ihr. «Sie hat jedes der Kinder im Dorf auf die Welt gebracht. Wenn sie sagt, deinem Sohn geht es gut, dann ist es so.»

Sela wiegte ein Kind in ihren Armen. «Ja», bestätigte sie. «Er hat ihr wohl gefallen. Glaube ich.» Sie lachten beide. «Und das hier ist Doran?», fragte sie und betrachtete staunend den Kleinen, der trotz seines geringen Vorsprungs schon so viel entfalteter, runder und reifer aussah als Ban. So also würde ihr Sohn auch einmal werden, so rosig und drall und wach?

Sela sah die Bewunderung in ihren Augen und errötete vor Stolz. «Wirst du die Zeremonie durchführen?», fragte sie.

«Ich, äh …», begann Elin und war froh, als Pau kam und sie den Ältesten des Dorfes vorstellte. Als Elin die Begrüßung hinter sich gebracht hatte, neigte sie sich zu Pau und flüsterte an seinem Ohr: «Was ist die Begrüßungszeremonie am See?» Sie lächelte, als sie den Blick eines Dorfbewohners auffing, prostete ihm mit ihrem Becher zu und nahm einen tiefen Schluck.

«Die …», begann Pau erstaunt. «Nun, es ist ein Fest, bei dem die neuen Kinder in der Gemeinschaft begrüßt werden.»

«Das war mir auch klar», zischte Elin. «Aber wie wird es durchgeführt?»

Erstaunt schaute Pau sie an. «Aber Ihr habt es doch schon getan», sagte er konsterniert. «Mit Eurem eigenen Sohn.»

«Oh», sagte Elin und versteckte ihr Gesicht rasch hinter dem Becher. Sie trank einen tiefen Schluck, tiefer, als sie es gewohnt war. Und langsam begannen die Sterne strahlender zu leuchten, das Feuer erschien zauberischer und die Gestalten der Menschen freundlich und liebenswert. Elin begann, sich zu entspannen in ihrer Gesellschaft, die so gar nicht bedrohlich war, im Gegenteil, man betrachtete sie mit zurückhaltender Scheu, gemischt mit Zeichen einer vorsichtigen Sympathie, die zu erwidern ihr freistand. Und Elin war zunehmend bereit dazu. Sie aß und trank, beobachtete die Feiernden, plauderte mit Sela und Pau, erwiderte Grüße und wippte schließlich so heftig mit dem Fuß, dass Pau ihr vorschlug, sich doch unter die Tanzenden zu mischen.

Sela, die bemerkte, dass sie zögerte, nahm ihr kurzentschlossen den schlafenden Ban ab und nickte ihr aufmunternd zu. Schon bei den ersten Schritten auf dem Tanzplatz am Feuer flatterte Elins Herz, und ihre Füße begannen, anders zu schreiten. Wie leicht sie sich mit einem Mal fühlte, fast wie schwebend. Sie wiegte sich leicht in den Hüften und hob die Arme. Sie glitt durch den Abend, hinein in die Menge und doch für sich, eingehüllt von ihrem Wohlgefühl. Wie lange war es her, dass sie so gegangen war, sich so gefühlt hatte? Wie lange, dass man sie Elin, die Tänzerin, geheißen hatte, weil sie anders als die anderen durchs Leben ging? Oh, warum konnte man nicht sein ganzes Dasein durchtanzen?

Man machte Elin Platz und nickte ihr zu, neugierig, wohlwollend, staunend, während sie mit ihren Armen träge Arabesken in die Luft zeichnete und den Rhythmus durch die Sohlen in ihrem Körper aufsteigen ließ, sacht zunächst, dann leidenschaftlicher, wilder. Begeistert schloss sich der Ring bald wieder um sie, um Elin, die tanzte, als hätte sie nie etwas anderes getan. Und sie war glücklich.

Aller Kummer, aller Schmerz, die Einsamkeit und die Verzweiflung, ihre Stärke und ihre Wut fanden ein Ventil und lösten sich zur Musik. Jeder um die junge Frau herum spürte das Besondere an ihrem Tanz, seine Unmittelbarkeit und Kraft und die Tiefen, aus denen er aufstieg. Die Ekstase griff auch auf die anderen über. Mancher wagte sich vor und schritt in Figuren auf Elin zu, schloss sich ihrer Trance an und suchte den Kontakt für eine Weile, um sich dann wieder zurückzuziehen. Wala tauchte aus der Menge auf, erstaunlich flink auf den Füßen, und spielte mit ihrer Handtrommel Klangarabesken. Todok und seine Freunde sprangen in die Mitte und lieferten einen fröhlichen, wilden Tanzkampf. Und dann war da Pau. Er tanzte, wie seine Augen es vermuten ließen: streng, beherrscht, fast hart in den Bewegungen, mit einem Feuer, das verborgen darunter hervorloderte und dem er nur hier und da auszubrechen erlaubte. Sein schlanker Körper glänzte von Schweiß. Es ging eine Glut von ihm aus, die selbst Elin in ihrer Versunkenheit spürte, und eine Weile ließ sie sich fesseln von dem jungen Priester, der seine Bewegungen den ihren anpasste, das Kreisen seiner Hüften den ihren folgen ließ und immer näher herankam, bis ihre Tanzfiguren sich aneinanderschmiegten, obwohl sie einander nicht berührten. Die Glut des Feuers schimmerte durch den schmalen Spalt, der zwischen ihren Leibern blieb.

Da zuckte Elin innerlich zurück. Sie hielt nicht inne in ihrem Tanz, aber Pau spürte die Veränderung sofort und zog sich zurück, unter dem Beifall seiner Gemeinde, die sich noch einmal wilder drehte, voll Stolz auf das schöne Paar, in dessen Händen ihr Schicksal lag. Elin wurde langsamer, kam ins Stolpern und rettete sich schließlich durch die Menge zurück zu ihrem Stuhl, wo sie dankbar ihr Kind entgegennahm. Sie achtete nicht auf die begeisterten Reden von Sela. Alles, die Stimmen, das Fest, drangen mit einem Mal wie durch einen Schleier zu ihr. Was war das gewesen?, fragte sie sich. Was war das, dieser Funke, dieses Prickeln in ihrem Leib, diese besondere Spannung in der Luft, die da war, obwohl man sie weder sehen noch berühren konnte? Bela hatte das in ihr ausgelöst, er war es gewesen, der sie erweckte, als sie geglaubt hatte, nach all den Misshandlungen nie mehr etwas für einen Mann fühlen zu können. Er war der Erste gewesen, der sie so fühlen ließ. Er war der Einzige – hatte sie gedacht.

Wie konnte es sein, dass es Bela gab und dennoch Pau solche Empfindungen in ihr auslöste? Elin war verwirrt. Es dauerte eine Weile, bis sie Bans forderndes Schreien wahrnahm.

«Er hat Hunger», stellte Sela fest und schaute lächelnd auf Doran hinunter, der eben an ihrer Brust saugte und dabei gierig mit den Fäustchen durch die Luft wedelte. Elin zögerte. Erst als sie beim Herumblicken sah, dass viele junge Frauen es hielten wie Sela und ihrem Nachwuchs ungeniert inmitten des allgemeinen Trubels die Brust gaben, begann sie, die Schnürung an ihrem Kleid zu lösen. Da kam Pau auf sie zu.

Erschrocken hielt Elin inne und zog die Säume mit der Hand zusammen. Aber der junge Priester verzog keine Miene. Er verneigte sich ehrerbietig und verkündete dann, eine Gesandtschaft von einem Nachbardorf bitte darum, von Der-ohne-Namen gehört zu werden. Es dauerte einen Moment, bis Elin begriff, dass er von ihr sprach. Sie versuchte in seinem Gesicht zu lesen, aber alles, was sie fand, waren die große Ruhe, die er stets ausstrahlte, und, bemerkte sie mit Erstaunen, ein kaum unterdrückter Stolz, der seine Augen leuchten ließ. Sie neigte sich vor. «Ist das üblich?», fragte sie leise.

Pau nickte nachdrücklich. «Sie kamen oft zu dem Alten, aus allen Dörfern hier. Er hat den Willen der Götter ausgelegt und in Streitigkeiten beraten. Auch hier geht es um eine Rechtsfrage.» Dabei konnte er kaum die tiefe Befriedigung darüber verhehlen, dass der Ruf seiner neuen Herrin so schnell über die Grenze des Dorfes hinausgedrungen war. Er wusste, es war auch ein gutes Stück Neugier, das diese Leute heute Abend hierhergetrieben hatte. Und er konnte es kaum erwarten, bis sie Elin erblickten. Des Eindrucks, den sie machen würde, war er sich gewiss. Mit ihrem blühenden Gesicht, der leuchtenden Haarflut, dem Diadem und dem Kind an ihrer Brust sah sie wie das Bild der Mutter selbst aus. Ihr Stern würde hell leuchten, dessen war er sicher.

Elin spürte seine Erwartung, aber auch seine Zuversicht. «Ein Rechtsstreit», murmelte sie. Dann fiel ihr Blick auf Ban, der sich unzufrieden auf ihrem Schoß wand. Und sie lächelte. Das Leben war voller neuer Aufgaben. Sie würde sich einer nach der anderen stellen. «Gut», sagte sie. «Ich will sie hören. Aber sag ihnen, sie sollen warten.» Damit machte sie sich daran, ihr Kind zu stillen.

Pau nickte. Es war immer gut, die Leute ein wenig warten zu lassen. Er ging, den Neuankömmlingen die Entscheidung zu verkünden.

Elin neigte sich über Ban. «Ein Streit», sagte sie zu ihm und strich über seine Wange. «Nun, ich bin sicher, wir werden eine Idee dazu haben. Was meinst du?» Selig saugte Ban sich an ihrer Brust fest. Er hatte keine Einwände.

48.

«Das sind Frauen?», fragte Bela verblüfft und starrte hinüber zu den zottigen, verdreckten Gestalten, die vor einer der kleinsten Hütten am Rand der Lichtung herumlungerten.

Halev hob den Kopf in den Nacken und lachte aus vollem Hals, so dröhnend, dass Gorns Leute, die auf ihre Spieße gestützt am Rand der Halde standen, missmutig und besorgt herüberschauten.

«Das ist gut», keuchte Halev und schlug Bela so heftig auf die Schulter, dass dieser stolperte und sich auf den Hammer stützen musste, mit dem er eben dabei war, das Erz in kleine Stücke zu zerschlagen. Er schüttelte den Kopf, hob den Hammer, ließ ihn kreisen und zerschlug einen weiteren Brocken. Dann bückte er sich, fegte die nussgroßen Teile in einen Korb und winkte einem der Jungen, die sich nützlich machten, indem sie die Körbe zu den Handmühlen hinübertrugen, wo ihr Inhalt staubfein zermahlen wurde. Einige der Bergleute brachten ihre Söhne mit, kaum dass sie alt genug waren, hier zu arbeiten. Sie taten leichte Arbeit bei den Halden, halfen an den Bottichen, wo der Staub gewaschen und der leichtere, erzfreie Teil, der oben schwamm, abgeschüttet wurde. Sie verteilten die metallhaltige Schlacke auf den Röstbetten und bewachten die Feuer, die Tag und Nacht darunter brannten und den größten Teil des Holzes fraßen, das von den Hängen verschwand. Sie holten den Männern etwas zu trinken und wuschen die Wäsche, wenn sich überhaupt jemand der Mühe unterzog, auf seine Sauberkeit zu achten. An ihre Gegenwart war Bela gewöhnt. Aber es war ihm neu, dass tatsächlich Frauen beim Lager lebten.

«Typisch du», meinte Halev, der sich langsam beruhigte. «Hast die Frauen noch nicht bemerkt. Wie lange bist du nun schon hier?»

Bela hob den Kopf. Sein Blick wanderte über die Halde, über die Bottiche und Röstbetten, von denen der schwefelhaltige Rauch aufstieg, der sie alle einhüllte und ihnen mit seinem Gestank den Atem nahm. Wie lange war er schon hier. Er lachte bitter. Hundert Tage, so war es mit dem Herrn vereinbart gewesen. Aber als er die Kerben auf dem Stock, den er sich dafür zurechtgeschnitzt hatte, gezählt und bei Gorn ein Gespräch mit dem Hauptmann der Wachen vereinbart hatte, war seine Erwartung bitter enttäuscht worden.

Mit genüsslichem Grinsen war ihm erklärt worden, dass die Löhne, in Kupfererz wie ausgemacht, stets nur zum Fest der Sonnwende ausgezahlt würden. Da müsse er sich eben gedulden und wiederkommen. Oder er könne gleich bis zur

Sonnwende weiterarbeiten, dann würde es auch mehr geben. Mit diesen Worten hatte der Hauptmann die Arme vor der Brust gekreuzt und ihn herausfordernd angesehen. Gorn neben ihm sah aus, als freue er sich auf eine Auseinandersetzung.

Bela aber hatte sich beherrscht. Er war wütend und enttäuscht, er ahnte den Betrug bereits. Dennoch stimmte er nach kurzem Überlegen zähneknirschend zu zu bleiben. Als die Sonnwende heran war, erstaunte es ihn schon beinahe nicht mehr, dass das Säckchen mit Kupfer, nagelähnliche Stangen, wie sie im ersten Rohguss erzeugt und als Zahlungsmittel verwandt wurden, nicht halb so voll war, wie er es erwartet hatte. Für ein Schwert würde es nicht reichen, das war ihm klar, nicht in diesem Jahr und auch im nächsten nicht. Er ließ sich nichts anmerken, erwiderte den strengen Blick des Hauptmanns mit einem ehrerbietigen Nicken und beschloss, von nun an zu stehlen.

Die Gelegenheit dazu ergab sich, als er nicht mehr nur im Schacht eingeteilt wurde, sondern auch bei den Röstbetten, und, als man erkannte, dass er Erfahrung in der Schmiedekunst hatte, an den Öfen, wo das Erz einmal, zweimal oder öfter geschmolzen und danach im Guss zu den Schwarzkupferstäben verarbeitet wurde, die man den Händlern zum Verkauf anbot. Belas von Skelt erworbene Kenntnisse über Temperaturen, Menge und Schichtung der Holzkohle, Abkühlprozesse und Luftzufuhr wurden hier geschätzt. Und er betrachtete es als sein Recht, Teile des Kupfers für sich abzuzweigen. Es war nicht ungefährlich, denn die Wächter des Herrn hatten ihre Augen überall, und meist wurden die Arbeiter abends auf ihrem Weg zurück ins Lager untersucht.

Bela hatte es sich zur Angewohnheit gemacht, das Kupfer am Rand der Halde zu verscharren. In seiner spärlichen freien Zeit kehrte er dann dorthin zurück, um es zu bergen und in sein Versteck beim Altar der Mutter zu bringen. Von ihr fühlte er sich bei allem, was er tat, seltsam beschützt und bestärkt.

Käme Gorn ihm je auf die Schliche, würde sie ihm jedoch nicht helfen können. Der junge Krieger hatte von Anfang an ein wachsames Auge auf ihn geworfen. Bela spürte seine Feindseligkeit bei jeder Gelegenheit, und er war vorsichtig. Aber er verlor sein Ziel nicht aus den Augen. Er musste es schaffen, das Metall zusammenzubekommen. Zweimal im Jahr kamen die Händler zu ihnen an die Mine. Sie begutachteten das geschürfte Erz und gaben ihre Gebote ab. Dann zogen sie mit Wagen voll von Kupfer davon. Viele von ihnen kamen von weit her und hatten noch andere Waren in ihrem Gepäck. Bela hatte gesehen, dass einige von ihnen mit Gold zahlten, andere boten Bernstein, seltene Waren, Salz. Er hatte sie sorgfältig beobachtet und sich überlegt, welchen von ihnen er das nächste Mal ansprechen wollte, ob er Zinn für ihn hätte. Seine Wahl war auf einen hageren Mann mit scharfer Nase und klugen Vogelaugen gefallen, der auf fremdländische Art ein Tuch um seinen Kopf geschlungen trug. Es hatte ihm geschienen, dass er hier und da rasche Zeichen mit Halev getauscht hatte. Und auch auf Bela, der an einem Baumstamm abseits lehnte, hatte sein lächelnder, aber forschender Blick eine Weile geruht, ehe er sich wortreich wieder dem Hauptmann zugewandt hatte. Ja, diesen Mann wollte Bela das nächste Mal ansprechen. Vielleicht, dass sich mit ihm etwas vereinbaren ließ.

«Träumst du?», fragte Halev und ließ seinen Hammer krachen. «Von den Weibern wohl.»

Bela schnaubte. «Sie sind ja kaum als solche zu erkennen», meinte er nach einem weiteren Blick.

Halevs Augen folgten ihm. «Kein Wunder, bei dem Leben», meinte er. «Die Wachen schleppen sie an, weißt du? Aus irgendwelchen Dörfern, wo sie sie kaufen oder einfach mitnehmen. Und wenn sie mit ihnen fertig sind, erlauben sie ihnen, hierzubleiben, für die Bergleute. Die meisten von ihnen wüssten wohl auch nicht, wohin sie sonst noch gehen sollten. Ins Lager dürfen sie dabei nicht. Sie leben von dem, was übrig bleibt. Arme Dinger.» Halev schüttelte den Kopf.

«Sie kommen mir wie Großmütter vor», sagte Bela.

Halev lachte wieder. «Noch ein Jahr bei uns, und sie werden dir wie die Dienerinnen der Mutter persönlich erscheinen.» Sein Grinsen verschwand. «Niemand hier bleibt lange jung, schau uns an.» Und er zeigte auf die Gefährten.

Bela folgte der Aufforderung nicht. Er kannte sie auch so. Hamar, dessen Gesicht unter der Schicht Holzkohlenstaub, die sich langsam in seine Haut fraß, so blass wie die eines Gespenstes war. Mit seinen stets entzündeten Augen sah er beinahe aus wie ein Greis. Oder Wanek, dessen rechter Arm nach dem Unfall im letzten Sommer in seltsamem Winkel abstand. Er schuftete mit dem linken weiter, aber seine ganze Gestalt verschob sich und wurde langsam krumm, so als drücke ihn der mächtige Fels langsam zu einem Gnom zusammen. Bela hatte sich angewöhnt, ihm einen Teil seiner Arbeit abzunehmen, wenn sie gemeinsam in den Stollen waren. Wanek sagte nichts dazu, keiner, der es bemerkte, ließ auch nur ein Wort darüber fallen. Aber einige begannen, es Bela nachzutun.

Schließlich war da Halev selbst. Noch immer war er von kräftiger Gestalt, und sein Haar leuchtete strahlend rot. Aber er hatte kaum noch einen gesunden Zahn im Mund, und der Husten, der in seiner breiten Brust rumorte, hielt die anderen nachts lange wach.

«Ja, ja, du siehst noch gut aus», fuhr Halev fort, da Bela nicht antwortete. Und er hatte recht. Die Plackerei war an dem Mann mit den grünen Augen bislang fast spurlos vorbeigegangen. Seit er viel bei den Halden arbeitete, war seine Haut wieder braun. Seine Arme waren noch kräftiger geworden, seine Bewegungen selbstsicherer. Er litt nicht unter Kopfweh, wie die anderen es häufig taten, er ging aufrecht und kraftvoll. Seine Gefährten liebten ihn für seine freundliche, ruhige Art. Und Gorn hasste ihn.

Halev richtete sich auf und fuhr sich mit dem Ärmel über den Mund, um einen Hustenanfall zu ersticken. «Aber warte noch ein Jahr, dann wirst du denen dort drüben Blumen schenken.» Er wies mit dem Kopf hinüber zu den zottigen Hexen, die vor ihrer Hütte hockten und mit einem Stock nach einem halbverhungerten Hund stocherten.

Bela rümpfte die Nase. «Wenn ich dann noch hier bin», sagte er und dachte ahnungsvoll, dass er diesen Satz schon im Jahr davor gesagt hatte. Und in dem davor. Ihm wurde ein wenig Angst.

«Wenn du dann noch hier bist», wiederholte Halev, und sein Gesicht wurde ernst. «Du weißt, ich mag dich, Bela. Aber du solltest bald gehen. Solange du noch gehen kannst», fügte er hinzu und holte erneut mit dem Hammer aus, als er aus den Augenwinkeln bemerkte, wie Gorn zu ihnen herüberkam.

«Ihr sollt arbeiten, nicht schwätzen», herrschte der junge Wächter sie an.

Sie antworteten nicht, sondern verdoppelten ihre Anstrengungen. «Ganz im Ernst», stieß Halev nach einer Weile hervor.

Bela bückte sich, um den nächsten Korb zu füllen, und pfiff dann nach dem Jungen. «Und du?», fragte er von unten. «Willst du nicht mitkommen?»

Der griente. «Weg von Gorn? Liebend gerne», meinte er und schnitt dem Wächter, der nun mit dem Rücken zu ihnen stand, eine Grimasse. «Weg von diesem Elend.» Mit einer Handbewegung umfasste er den Röstplatz und die elenden Hütten am Rand. «Aber weg vom Berg?» Er betrachtete den Fels, in dessen Eingeweiden sie gruben, und mit einem Mal trat fast so etwas wie ein zärtlicher Ausdruck in sein grobes Gesicht. Bela bemerkte es mit Verwunderung.

«Weg von den Stollen, von den Feuern und dem Stein, mit dem wir ringen, um ihm das Erz abzugewinnen? Nicht mehr im Dunkeln stehen und lauschen auf die Vibrationen im Fels, nicht mehr suchen und forschen und fiebern nach dem Schatz? Nicht mehr auf die Stimmen lauschen, dort unten?»

«Ogden sagt, die Stimmen sind nur in uns drinnen», wandte Bela ein. Aber Halevs stille Begeisterung faszinierte ihn.

Halev winkte ab. «Ogden weiß auch nicht alles», meinte er. «Und wenn. Jedenfalls bringt nur der Berg diese Stimmen in mir zum Sprechen, verstehst du?» Er klopfte sich mit der Faust auf die Brust, dorthin, wo sein Herz saß. «Und ich will nicht ohne sie sein. Nenn es meinen Wahnsinn, wenn du willst.»

«Das ist kein Wahnsinn», widersprach Bela mit Wärme, auch wenn er Halev nicht so ganz begriff. Aber dass es etwas gab, was ein Mann tun musste, auch wenn es unvernünftig, ja wahnsinnig schien, das verstand er. «Jedenfalls nicht von dieser Art», sagte er und wies mit dem Kopf nach einer Stelle, wo ein Pflock in den Boden geschlagen war.

Ein junger Mann kauerte daran, mit beiden Händen an das Holz gefesselt. Sein Kopf pendelte immer wieder auf die angezogenen Knie hinab. Wenn er ihn aber hob, sah man in ein Gesicht, in dem die aufgerissenen Augen und der verzerrte Mund von Irrsinn sprachen. Bisweilen stieß er ein verzweifeltes Jaulen aus, dann wieder lachte er hysterisch. Und dieses Lachen war es, das allen, die hier arbeiteten, einen Schauer über den Rücken jagte.

«Sie hätten ihn im Wald anbinden sollen», brummte Wanek, der mit einer frischen Ladung Holzkohle für die Röstbetten vorbeihumpelte.

«Damit ihn die Wölfe fressen?», meinte Halev.

Wanek war unbeeindruckt. «Dann wäre er wenigstens still.»

«Ogden wird ihm schon helfen.» Halev blieb zuversichtlich. Er schaute Bela verständnisheischend an. «So ist das eben manchmal mit den Neuen. Einige sind nicht für den Berg geschaffen.»

Bela stützte sich auf seinen Hammer und schaute zu dem Kranken hinüber, der nun an seinen Fesseln zerrte und wirres Zeug schrie. Selbst die Wachen waren nun aufmerksam geworden und kamen näher. Denn Ogden hatte sich dem Kranken mit einer dampfenden Schale genähert und mit einem Wedel, der aus dem Schwanz einer Kuh gemacht schien.

«Ogden kriegt das hin», bekräftigte Halev seine Ansicht, während alle sich enger schlossen, um Ogdens Bemühungen zu verfolgen.

Nur Bela blieb skeptisch. «Ich glaube, er hat Angst vor Ogden», mutmaßte er. Er musste an das erste Zusammentreffen mit dem einäugigen Greis denken, damals, an seinem ersten Tag im Berg, und noch immer lief ihm eine Gänsehaut über den Rücken. Inzwischen war er Ogden nähergekommen, ja, der Alte nahm ihn sogar manchmal mit auf die Erkundungsgänge, die er ins Gebirge unternahm, um nach neuen, lohnenden Plätzen für eine Grabung zu ‹lauschen›. Aber selbst bei Tageslicht im frischen Grün, unter dem fröhlichen Pfeifen der Vögel, verlor der Alte nichts von seiner unheimlichen Aura. Eben jetzt fuchtelte er mit seinem Zauberstab vor dem Gesicht des Jungen herum, der vor Entsetzen schier in Tränen ausbrach.

«Mit Erzadern mag er sich ja auskennen», murmelte Bela und schob sich durch die Zuschauermenge. Er kniete neben den beiden Männern und legte Ogden eine Hand auf die Schulter. Der schaute auf, musterte ihn einen Moment und nickte dann, ehe Bela auch nur ein Wort gesagt hatte. Auf sein Schnippen hin kam Hamal und half ihm auf. Bela blieb hocken und machte sich daran, die Fesseln des Jungen zu lösen, der ihm entgeistert zuschaute. Da trat Gorn dicht vor ihn hin.

Langsam stand Bela auf. «Ich kümmere mich ein wenig um den Jungen», sagte er, so gelassen, wie es ihm möglich war. «Ich bringe ihn schon wieder in Ordnung.»

Gorn wollte auffahren, aber der Hauptmann, der einen Blick mit Ogden gewechselt hatte, rief ihn zur Ordnung. «Es ist gut», gab er zu verstehen. «Bis zum Abend.» Damit entließ er sie.

Bela legte dem völlig verdatterten Jungen seine Hand auf die Schulter. «Also komm mit. Na, komm», wiederholte er, als er merkte, dass der andere ihn nicht gleich verstand.

Mit zitternden Knien, unsicher und schwankend, setzte er sich in Bewegung, um Bela zu folgen, der leicht und sicher voranschritt und nur stehen blieb, als der andere hinter ihm sich an einen Baum lehnte, um sich heftig und ausgiebig zu übergeben.

«Das ist das Metallfieber», sagte Bela. «Das kriegen die meisten am Anfang. Ogdens Tee hilft dagegen. In zwei, drei Tagen wird es vorbei sein.»

«Ehrlich?», fragte der Junge mit großen Augen. Es war der erste klare Satz, den er sprach. Er griff sich an die Stirn. «In meinem Kopf dreht sich alles, und der Boden schwankt.» Er schüttelte sich. «Ich dachte, der Alte will mich vergiften.»

Bela lachte. «Nein», sagte er dann ernst. «Ogden ist ein guter Mann. Hat er dir von den Stimmen erzählt?»

Der Junge nickte zaghaft. Dann schüttelte er den Kopf. «Wenn sie noch einmal in meinen Gedanken auftauchen, dann schreie ich.» Entschlossen presste er die Lippen aufeinander.

«Gut, schrei», sagte Bela und zuckte mit den Achseln. «Schrei, renn davon, wie du es gestern versucht hast. Schlag um dich. Und stirb. Denn das wirst du.» Er schaute ernst in die aufgerissenen Augen des anderen. «Das wirst du, wenn du nicht aufhörst damit. Es hat keinen Zweck, zu schreien, Junge.» Er packte den anderen fest bei den Schultern. «Also hör auf damit, solange du es noch kannst.» Er rüttelte ihn einmal, zweimal, bis der andere vage nickte.

«Gut», konstatierte Bela. «Und jetzt …» Er machte eine Pause und schaute sich um.

«Was jetzt?», fragte der Junge misstrauisch.

Aber Bela hatte schon gefunden, was er suchte: das Versteck seines Lieblingswerkzeuges. Er griff in einen hohlen Eichenstamm und zog es triumphierend heraus. Im Lager war es ihnen nicht erlaubt, Waffen zu tragen, nur zur Arbeit wurde ihnen das Werkzeug zugeteilt. Aber daran hatten sie ihn nicht hindern können: Triumphierend hielt er seine Wurfschlinge hoch, ein Bündel Lederschnüre, die an den Enden mit Steingewichten bestückt waren. Geschickt geschleudert wand es sich um die Füße der flüchtigen Beute. Bela hatte es an den Abenden angefertigt, hier verborgen und bei so mancher heimlichen freien Stunde mit Erfolg erprobt.

«Wir jagen», verkündete er.

Später, als sie am Lagerfeuer saßen und genüsslich das Fleisch eines Rebhuhns von den Knochen nagten, hatte das Gesicht seines Gefährten wieder Farbe. Auch das Zittern, das ihn gezwungen hatte, den größten Teil der Jagd Bela zu überlassen, war verschwunden. Dankbar lächelte er Bela zu. Er erinnerte ihn dabei auf beinahe qualvolle Weise an Edek, der auch nie ein guter Jäger gewesen war, aber später am Feuer besonders gierig seine Zähne in das geschenkte Fleisch geschlagen hatte. Der Junge ähnelte ihm sogar ein wenig. Wie Edek hatte er schräge, etwas engstehende Augen und eine Stupsnase, die ihn stets ein bisschen erstaunt in die Welt blicken ließ. Und wie dieser redete er lebhaft und mit übertriebenen Gesten, wenn er erst einmal ins Erzählen kam. Bela fühlte sich an diesem Abend ein wenig wie in alten Zeiten. Er bot ihm noch etwas Fleisch an.

Er hatte als Lagerplatz die Fichten beim Altar der Mutter ausgesucht, unter denen er an seinem ersten Tag hier in den Bergen haltgemacht hatte. Er wollte mit dem Jungen hier noch opfern, danken für die Jagdbeute, und ein wenig Zuversicht tanken. Die Schlinge wollte er bei seinen anderen Schätzen verstecken und sich im Gegenzug sein Messer aus dem Versteck holen, um damit die Beute ordentlich ausnehmen zu können.

Der Junge hatte ihm mit großen Augen zugesehen, als er den Fels beiseiterollte und die Stoff- und Ledersäckchen darunter sichtbar wurden, aber nichts gesagt. Als Bela «Das bleibt unter uns» geraunt hatte, hatte er nur feierlich genickt. Dann war Bela einem Impuls gefolgt und hatte das Amulett mit den verschlungenen Hirschköpfen herausgezogen. «Hast du das schon mal gesehen?», fragte er.

Der Junge fuhr zurück, schüttelte aber den Kopf. «Nein», sagte er ratlos. «Warum?»

«Nicht so wichtig.» Bela hatte den Stein wieder an seinen Platz gerollt, als er merkte, dass sein neuer Gefährte den Hals reckte.

Nun saßen sie einander gegenüber und kauten still. «Ich habe dich noch nicht mal nach deinem Namen gefragt», meinte Bela schließlich.

«Mudo», sagte der andere mit vollem Mund und streckte ihm das Rindenstück entgegen, das ihm als Teller diente. «Kann ich noch was haben?»

Bela reichte ihm noch etwas Fleisch. Er fühlte sich wie ein Vater mit seinem Kind. Wie alt mochte der Junge sein, fünfzehn? «Also, Mudo», fing er nach einer Weile noch einmal an. «Du hast sicher einen guten Grund gehabt, hierherzukommen und Erz zu schürfen.»

Mudo nickte eifrig. «Einen sehr guten.»

«Und?», fragte Bela, als der andere schwieg. «Findest du ihn immer noch so gut?»

«Ich weiß nicht», begann Mudo zögernd. Dann aber brach ein Damm in ihm, und Bela sprudelte die Geschichte einer hoffnungsvollen Liebe entgegen, voller Verwicklungen, Feinde und Hindernisse, die am Ende alle beiseitegeräumt zu werden versprachen, wenn es Mudo nur gelänge, mit Händen voll wertvollen Kupfers nach Hause zurückzukehren.

Bela schüttelte den Kopf, als er es hörte. Er versuchte, zu beruhigen, ins rechte Licht zu setzen, mäßigend auf den Jungen einzuwirken. Er ermunterte Mudo, über andere Wege aus seiner Situation nachzudenken. Aber der hörte ihm kaum zu.

«Und du?», fragte Mudo schließlich, als er merkte, dass nur noch er alleine sprach. «Was hast du für Gründe? Ist es bei dir auch eine Frau?»

«Nein», sagte Bela, rascher und härter, als er gewollt hatte. «Nein, keine Frau.» Er dachte an Elin und war erstaunt, wie sehr die Erinnerung ihn immer noch schmerzte. Wollte ihn ihr Bild denn nie verlassen? Würde sie nie aufhören, ihm Vorwürfe zu machen? ‹Die Stimmen in unserem Kopf sind stets unsere eigenen›, hörte er Ogden sagen und verzog das Gesicht. Aber er machte sich keine Vorwürfe. Er hatte das Richtige getan, sagte er sich heftig. Das einzig Richtige, das war die eine Wahrheit. Die andere Wahrheit war: Er vermisste sie, so schmerzlich, so körperlich heftig, dass er sich den Gedanken daran sofort wieder verbot.

Mudo hatte ihn aufmerksam gemustert. Bela schüttelte abwehrend den Kopf. Aber er vermochte nichts mehr dazu zu sagen und ertrug Mudos wissendes Lächeln.

«Wir sollten aufbrechen», sagte er entschlossen und stand auf, um das Messer an seinen Platz zurückzulegen. «Der Stollen ist nichts für dich», sagte er zu Mudo.

«Vielleicht hast du ja recht», gab der Junge zu.

Bela legte ihm den Arm um die Schulter. Seite an Seite kehrten sie ins Lager zurück.

Es war schon mitten in der Nacht, als Bela unsanft geweckt wurde. Blinzelnd öffnete er die Augen und sah Gorn breitbeinig über sich stehen. Er holte aus und trat ihn fest in die Rippen. Bela stöhnte. «Was …?», fragte er. Zu mehr kam er nicht.

«Hoch mit dir», befahl Gorn. «Und jetzt wollen wir doch mal sehen, was du uns verheimlicht hast.» Er packte Bela an der Schulter und zog ihn hoch. Der wehrte sich, aber drei Männer kamen Gorn zu Hilfe und drehten ihm die Arme auf den Rücken.

«Halev», rief Bela unwillkürlich. Die anderen Bergleute hatten sich aufgesetzt, blinzelten wie aufgeschreckte Nachtvögel ins Fackellicht und wagten nichts zu sagen. Bela konnte Halev nicht entdecken. Er schrie seinen Namen, dann Ogdens und Hamars. Es half nichts: Seine Bewacher schleiften ihn trotz heftiger Gegenwehr aus der Hütte.

«Diesmal können deine Freunde dir nicht helfen.» Das war Gorn, dicht an seinem Ohr. Draußen wartete der Hauptmann auf sie. Sein Anblick ließ Bela mehr frösteln als die Kälte der Nachtluft, die nach ihm griff, da er nur mit einem Lendenschurz bekleidet war. Verzweifelt wand er sich, verlangte nach Halev, nach Aufklärung, danach, dass er losgelassen würde. Sie hielten ihn fest.

«Was wollt ihr von mir?», rief Bela. Noch hoffte er, dass dies nichts war als eine neue Bosheit von Gorn, eine von vielen, die er bislang alle hatte abwehren können. Er war hier kein Neuling mehr, er war ein erfahrener Mann, seine Arbeit besaß Wert. Er ließ sich nicht mehr herumschubsen.

Der Hauptmann machte einen Schritt auf ihn zu. «Du kommst mit», sagte er nur. Und sie zerrten ihn mit sich, so schnell und brutal, dass er sich kaum auf den Beinen halten konnte, durch die Lagergasse, durch das Tor und in den Wald hinein. Bela begriff nicht, ihn schwindelte. Dann, langsam, begann er zu ahnen, wohin sie ihn brachten. Und nun stieg echte Furcht in ihm auf. Sein Herz sank, als die Umrisse der Fichten vor ihm sichtbar wurden und düster orangefarbenes Licht ihm verriet, dass sie dort mit Fackeln auf ihn warteten.

«Ich Narr», murmelte er. «Ich dummer, sentimentaler Narr.»

49.

«Nein!», rief Elin und ging in die Knie. Ungläubig starrte sie auf das, was Selas Finger ihr wies. «Das gibt es doch nicht.»

Ban, der die Aufmerksamkeit seiner Mutter noch nicht bemerkt hatte, löste eben die Hände vom Boden, richtete sich auf und begann wackelnd über die Grasnarben zu stolpern. Jeder Erdklumpen, jeder Stein bedrohten sein fragiles Gleichgewicht. Seine Ärmchen fuchtelten in der Luft, und sein Kopf wippte bei jedem Fehltritt heftig mit. Elin hätte tausendmal hingreifen und ihn halten mögen, während sie zusah. Aber sie beherrschte sich, hielt sich mit schauderndem Entzücken zurück, und er blieb auf den Füßen. Schlingernd hielt er auf seine Mutter zu, die endlich die Arme ausbreitete und ihn auffing.

«Großartig!», rief sie, hob den krähenden Zweijährigen in den Himmel und wirbelte ihn herum. «Das hast du einfach toll gemacht, Ban, endlich!»

Sela, deren Sohn schon seit einer Weile lief, lächelte verständnisvoll.

«Mal», verlangte Ban.

Elin setzte ihn ab. «Ja», bestätigte sie, «mach es noch einmal.» Mit einem Kuss schickte sie ihn erneut auf seine schlingernde Bahn und feuerte seine Bemühungen an.

«Ich sehe schon», seufzte Sela in gespieltem Bedauern, «ich werde diesen Baum alleine abernten müssen.»

Elin gab ihr kichernd einen Stups und griff wieder nach ihrem Korb mit den Äpfeln. Dann aber ließ sie ihn erneut sinken. «Das wirst du wohl müssen», sagte sie.

Ihr Ton ließ Sela aufmerken. Sie wandte sich um und sah Pau, der mit zwei Begleitern auf sie zukam. Sein Gesicht wirkte ernst.

«Was ist?», fragte Elin stirnrunzelnd, als er näher kam. «Wieder eine Gesandtschaft?»

Pau nickte. «Ja, aber keine gewöhnliche», meinte er. Gewöhnlich, das waren inzwischen Abordnungen von Dörfern, die bis zu drei Tagen und länger reisten, um Elin zu sehen. Es hatte sich herumgesprochen, dass es am Kalenderberg eine Frau ohne Namen gab, die zuverlässig sagen konnte, wann das Korn zu säen und wann zu ernten war. Deren Zeremonien das Herz und die Seele stärkten und deren Rat in Streitfragen unbestechlich war. Man sagte, die Mutter spräche zu ihr in Gestalt eines Pferdes, und was sie so in Trance erfahre, das treffe sicher ein. Man sagte, dass sie die Menschen liebe. Immer neue Besucher kamen von immer weiter her, um aus ihrem Mund zu hören, wie sie die Götter für sich gewinnen könnten. Ihr Zeichen, das Pferd mit der Sonnenscheibe auf dem Rücken, wurde auf Amulette geprägt, und wer es bei sich trug, der konnte auf sicheres Geleit im weiten Umkreis vertrauen.

Auch auf Paus nackter Brust prangte das Symbol, als kupferne Scheibe. Er trug es mit selbstverständlichem Stolz. Heute aber hob und senkte es sich im Rhythmus seines erregten Atems.

«Warum, was ist?», fragte Elin, die ihren Korb an Sela gab und sich mit einem Blick versichern ließ, dass sie gut auf ihren Sohn achten würde. Dann versuchte sie, in der Miene des Priesters zu lesen. «Ist es wegen des Weidendorfes?», fragte sie ahnungsvoll.

Pau nickte. «Ich habe Euch gesagt, dass wir wegen der Entscheidung noch Ärger bekommen würden.»

Elin nickte. «Ja, aber sie war richtig.» Im letzten Herbst waren die verschüchterten Bauern des Weidendorfes zu ihr gekommen und hatten ihr die Ähren vorgelegt, die sie in den Wochen zuvor geerntet hatten. Etwas stimmte damit nicht, meinten sie, seltsame schwarze Körner hafteten daran, und es wären Menschen erkrankt, ein Kind schon gestorben, deshalb hätten sie Angst. Elin hatte das Korn an Pau weitergereicht und ihn gebeten, sich auch den Kranken anzusehen, den die ratlosen Dörfler mit sich geführt hatten. Pau, der kräuterkundig war, hatte besorgt dreingesehen. «Es ist ein Gift», hatte er erklärt. «Wenn sie das Korn essen, werden sie alle sterben.»

Die Dörfler waren erschrocken. «Aber was sollen wir sonst tun?», hatten sie gefragt. «Die alten Vorräte reichen kaum einen Mond lang.» Pau hatte den Kopf gesenkt. So etwas war Schicksal, nicht zu ändern. Er hatte gehofft, Elin würde die richtigen Worte finden.

Elin aber hatte andere Pläne. «Ihr verbrennt das Getreide», hatte sie befohlen, «alles, die gesamte Ernte.» Dann hatte sie, vor den Augen der entsetzten Dörfler, berechnet, was ihr Dorf an Vorräten abgeben könnte, und es auf den Platz schleppen lassen. Danach hatte sie Boten ausgesandt in alle Gemeinden, die ihr Orakel besuchten, und verkünden lassen, sie sollten ihre Überschüsse an das Weidendorf geben. «Ihr werdet eure Nachbarn retten mit dem, was ihr entbehren könnt», hatte sie ihnen erklärt. «Und wenn ihr einmal in Not geratet, dann werden sie dasselbe für euch tun. Mit unseren

Gaben schmieden wir ein Bündnis zu unser aller Nutzen und erfreuen die Göttin.»

Alle hatten gestaunt, manche gezögert, am Ende jedoch hatte jeder gegeben. Aber selbst in ihrem Dorf war es nicht ohne Widerstand abgegangen. Zu sehr hatten die Menschen um Elin sich daran gewöhnt, dass die Bittsteller, die zu ihnen kamen, reiche Geschenke mitbrachten. Man hatte sich den Strom der Gaben gern gefallen lassen und auch, dass die Händler häufiger als früher kamen, dass mehr Handwerker darum nachsuchten, sich unter ihrem Schutz niederlassen zu dürfen, dass sich ihr Besitz wie ihre Gemeinschaft vervielfältigte und wuchs. Neue Hütten waren entstanden, neue Scheuern aufgezogen worden. Aus den Handwerksbetrieben ertönte stetiges Hämmern. Nun sollten sie geben? Aber Elin war hart geblieben.

Dieses Jahr war aus dem Weidendorf ein Geschenk an jede der anderen Gemeinden gegangen. Man hatte sich gegenseitig zu den Erntefesten besucht. Jeder hatte das stolze Gefühl gehabt, Teil von etwas Großem, Neuem zu sein.

«Es hat den Zusammenhalt gestärkt», beharrte Elin. «Es war das Richtige, sage ich dir.» Nein, sie konnte ihre Entscheidung nicht für schlecht halten. Mit eiligen Schritten strebte sie dem Dorf zu. Pau hatte Mühe, ihr zu folgen. Sie ging zuerst in die Hütte, die sie seit einiger Zeit bezogen hatte. Das Wohnen in der Höhle hatte sich bald als beschwerlich erwiesen. Schon früh hatte Sela gedrängt, sie und Elin sollten Nachbarn werden, damit sie leichter auf Ban aufpassen könnte und es ihren Söhnen freistünde, jederzeit miteinander zu spielen. Die Höhle war auch nicht gut für Sternauge gewesen, die einsam am Fuß des Felsens angebunden jedem Raubtier ausgeliefert gewesen war. Elin hatte bald eingesehen, dass es besser war, sie noch mehr an Menschen zu gewöhnen, damit sie innerhalb der Dorfpalisaden in einen Stall gebracht werden konnte. Hier stand sie nun friedlich neben ein paar Schafen und wieherte Elin zur Begrüßung zu, die ihr flüchtig über die Nüstern strich.

Rasch machte die junge Frau sich zurecht, legte den kupfernen Reif an und den bestickten Umhang, der zu ihrem Ornat gehörte, und ergriff den Stab mit dem geschnitzten Pferdekopf, den ein dankbares Dorf ihr verehrt hatte. Nach einem letzten prüfenden Blick auf ihr Spiegelbild im Wasserbottich schritt sie hinaus auf den Dorfplatz. Sofort nahm Pau seine Position hinter ihr ein. Elin ging würdig und gemessen auf die Ankömmlinge zu, die auf sie warteten. Sie neigte den Kopf.

Aus der Gruppe, die vor ihr lagerte, erschöpft von dem langen Weg, erhob sich ein Mann, der der Anführer zu sein schien. Er war noch nicht alt, dabei aber auffallend korpulent. Seine großen Hände gestikulierten lebhaft, er lächelte viel, und sein joviales Gesicht tropfte von Schweiß, als er die Begrüßung begann. Er war so ehrerbietig, wie man es sich nur wünschen konnte. Dennoch gefiel Elin der Mann nicht. Er war nicht aufrichtig, ein Kind konnte das sehen. Zu lebhaft war seine Verehrung, zu aufgeregt sein Gebaren, zu künstlich das anhaltende Lachen, das niemals seine Augen erreichte, die sie schlau und berechnend musterten. Dass die Lügner, dachte Elin, aber auch niemals merken, wie durchsichtig ihre Lügen sind! So beschäftigt war der Mann mit seinem Theater, dass er keinen Gedanken darauf verschwendete, es könne nicht verfangen.

«Oh Vertraute der Mutter», tönte er gerade, «Bevorzugte unter uns Sterblichen, mächtig sind deine Gaben, und deine Gnade ist groß.»

«Was gibt es?», unterbrach Elin ihn knapp.

Einen Augenblick starrte er sie an, aus dem Konzept gebracht, dann lächelte er erneut, wischte sich mit einem Tuch über die Stirnglatze und fuhr fort: «Wir haben gehört von deiner unermesslichen Freundlichkeit und hoffen, dass du auch uns Gerechtigkeit widerfahren lässt.»

«Gerechtigkeit gewiss», erwiderte Elin.

«So ist es, so ist es.» Der Mann leckte sich die Lippen. Dann besann er sich und langte hinter sich, um etwas hervorzuziehen. Einigermaßen verblüfft starrte Elin auf ein Kind, ein Mädchen, das vor sie hingeschoben wurde. Es stand da, mit hängenden Armen, ohne eine erkennbare Reaktion. «Wir sind arm», verkündete der Dicke hinter ihr derweil, «und haben nicht viel zu geben. Deshalb bringe ich dir meine Tochter als Geschenk, damit du es gnädig annimmst. Es ist das Kostbarste, was ich besitze.»

Elin winkte ihm, zu schweigen, doch er übersah es und fuhr in diesem Stil eine ganze Weile fort. Sie beachtete ihn nicht weiter und ging in die Knie, um das Kind genauer ins Auge zu fassen. Das Mädchen mochte vier oder fünf Jahre alt sein; der Babyspeck war schon von ihr geschmolzen, und sie war dünn und leicht wie eine Heuschrecke. Ihr glattes Haar leuchtete in der Sonne in einem so blassen Kupferton, dass jede vorbeiziehende Wolke es die Farbe ändern ließ und man nie sicher sein konnte, ob es blond war oder rot. Auch ihre Haut ließ einen blinzeln, denn obwohl hell, war sie übersät mit Sommersprossen. Wie ein dichter Schleier legten sie sich über ihr Gesicht und ließen es noch verschlossener wirken. Im Kontrast dazu leuchteten ihre blaugrauen Augen ruhig und klar. Ihr Mund war ein schmaler, orangefarbener Strich. Sie war nicht schön, und doch konnte man den Blick nur schwer von ihr wenden. Etwas war an dem Mädchen, überlegte Elin, während die Worte des Vaters an ihren Ohren vorbeirauschten, und sie schloss die Augen.

Das Kind roch nach Beeren, und sein Haar war weich. Elin spürte unter ihren Fingern die unruhigen Gedanken, die in dem kleinen Schädel tobten wie wilde Pferde. Noch immer sagte sie nichts und zuckte nicht einmal unter den Händen der Priesterin, aber Elin spürte ihre Wut und ihren Trotz, ihre enorme Eigenwilligkeit und die Einsamkeit, in der sie ihr bisheriges Leben verbracht hatte. Die Eindrücke strömten ihr nur so zu, es war, als hörte sie die Kleine sprechen. Ihre Stimme war selten erklungen und noch seltener gehört worden, ihre Gedanken waren umso reicher, aber sie hatte sie noch nie mit jemandem geteilt. Dabei, dabei … Elin konnte es nicht sagen. Aber sie fühlte sich diesem fremden, verschlossenen Wesen näher, als es sich mit Worten erklären ließ.

«Ysan, sagst du?», unterbrach sie den Redefluss des Vaters und richtete sich auf.

«Ysan, Ysan», nickte der eifrig. «Sie ist unser Geschenk für dich.»

Der Widerwillen in Elin regte sich noch einmal heftig. Menschen waren keine Geschenke, sie wurden nicht hin- und hergetauscht wie Vieh. Aber sie unterdrückte ihren Impuls, den Mann zusammenzustauchen und sein ‹Geschenk› zurückzuweisen, denn sie hatte längst beschlossen, dass das Mädchen bei ihr groß werden sollte. Noch einmal kniete sie sich hin und fasste sie an den Armen. «Ist es dir recht, Ysan, zu mir zu kommen? Oder möchtest du lieber bei deinem Vater bleiben? Du hast die Wahl.»

Der Dicke verstummte schockiert. Dass seine Tochter eine Wahl hätte, war ihm ein gänzlich fremder Gedanke. Ysan aber hob den Kopf und sah Elin zum ersten Mal direkt in die Augen, mit solcher Intensität, dass diese vor dem Kinderblick beinahe erschrak. Sie sagte nichts, aber bewegte sich kaum merklich zu Elin hin. Ihren Vater schaute sie nicht ein einziges Mal an.

Elin bemühte sich um Fassung und nickte. Es würde nicht leicht werden, dachte sie und hoffte inständig, dass Ban sich diesem eigenwilligen Wesen gewachsen zeigen würde.

Ysans Vater hatte sich inzwischen wieder gefasst, da seine Pläne soweit zu gedeihen schienen, und kramte nun ein Bündel Ähren hervor, das er Elin hinhielt. «Die», erklärte er dramatisch, «sind alles, was unsere Arbeit dieses Jahr erbracht hat. Wir sind dem Hunger nahe, Herrin, unsere Kinder weinen. Wenn Ihr Euch unser nicht erbarmt, werden wir elendiglich zugrunde gehen.»

Das Weidendorf, fuhr es Elin durch den Kopf, natürlich. Für manche ist Freundlichkeit wohl eine zu große Versuchung. Sie machte keine Anstalten, das Büschel zu nehmen, weswegen der Mann es so lange ausgestreckt hielt, bis Pau es schließlich ergriff. Elin wartete, bis der junge Priester es untersucht hatte. Auf sein Kopfschütteln hin fasste sie das Bündel selbst ins Auge.

«Das Korn ist nicht verdorben», stellte sie fest. «Es ist nur mager und klein. So wie Ähren aussehen, die am Rande eines Feldes ausgerupft werden, wo sie zwischen Gras und Unkraut stehen und dem Vieh überlassen bleiben.» Sie fixierte den Mann. «Und dort, so glaube ich, hast du dies hier auch gepflückt.»

Ihr Gegenüber starrte sie eine Schrecksekunde lang an, und seine Augen verengten sich. Dann besann er sich auf seine Rolle und begann, sich aufzuplustern. Aber Elin fiel ihm ins Wort. «Die aus dem Weidendorf kamen», sagte sie ruhig, «waren krank und voller Sorge. Sie waren mager und abgehärmt, hatten Fieber und armselige Kleidung. Und in ihren Augen stand die Angst. Ihr aber», fuhr sie lauter fort und ließ ihren Blick über seine Begleiter wandern, wohlgenährte junge Männer, danach ausgewählt, die vollen Getreidesäcke zu tragen, auf die ihr Anführer gehofft hatte. «Ihr aber», wiederholte Elin, während sie einander verlegen anschauten, «seid kräftig und gesund, gutgekleidet, zuversichtlich.» Sie tippte dem Anführer mit dem Finger vor die Brust. «Du trägst nicht nur die Last deines Bauches», stellte sie fest, was die Umstehenden, selbst seine eigenen Leute, unterdrückt kichern ließ, «sondern auch noch die einer schweren Kette und kostbarer

Fibeln. Und in deinen Augen steht keine Furcht. Soll ich dir sagen, was ich darin lese?» Sie blickte ihn lange an.

Er schluckte, brachte aber kein Wort heraus. Die Schweißtropfen auf seiner Stirn wuchsen und glänzten. Er wagte nicht einmal, sie abzuwischen.

«Doch», sagte Elin nach einer Weile. «Jetzt spürst du Furcht, ich kann sie erkennen.» Sie lächelte. «Und daran tust du recht. Man soll die Göttin fürchten, mit der man zu spielen gedachte.»

Sie schwieg und überließ es ihrem Widersacher, nach Worten zu suchen. Er beschränkte sich aber darauf, von einem Bein auf das andere zu treten und sich unsicher nach seinen Gefährten umzusehen, die mit roten Gesichtern zu Boden blickten.

«Dennoch danke ich dir für dein Geschenk», erbarmte sich Elin nach einer Weile. «Da ich sehe, dass du mir so viel anderes hättest schenken können», sie wies mit dem Kinn auf seinen Schmuck, «verstehe ich, dass es dir besonders wertvoll sein muss.» Ja, dachte sie dabei, erröte nur. Du und ich wissen genau, dass du dich keinen Deut um die Kleine scherst. Sie war das, was du am leichtesten entbehren konntest. «Und glaub mir», verkündete sie grimmig, «es ist kostbarer, als du ahnst.»

Sie hatte die Genugtuung, in seinen Augen den Schatten des Zweifels zu sehen, der ihn befiel, und unterdrückte ein Grinsen. Sollte er sich ruhig fragen, ob er einen Fehler gemacht und versehentlich doch etwas von Wert aus der Hand gegeben hatte. Sie verfolgte, wie er sich auf die Lippen biss. Schließlich fügte er sich in das Unvermeidliche.

«Wir wollten nie etwas anderes als Euch dienen», sprach er salbungsvoll und verneigte sich vor ihr. «Alles andere, ich versichere Euch, ist ein Missverständnis, und Ihr tätet uns unrecht, wolltet Ihr Böses von uns glauben. Wir sind arme Menschen, wir verstehen nicht viel, wir wollten nur …»

«Es ist gut.» Elin hatte genug davon. «Zum Zeichen, dass ich euch nicht übel will, versichere ich euch, die Göttin darum zu bitten, euch euer … Verhalten nachzusehen, damit euch und eurem Dorf kein Schaden entsteht aus dem, was ihr heute hier versucht habt.» Sie blickte jedem Einzelnen nochmal in die Augen. «Sie soll ihre Hand nicht von euch abziehen.» Damit wandte sie sich an Pau. «Bewirte sie nobel, bevor du sie verabschiedest», befahl sie. «Damit sie sehen, wir meinen es gut. Und nun lebt wohl.»

Ohne ein weiteres Wort ging sie davon. Sie hielt kurz inne, als ihr einfiel, dass sie Ysan hätte an die Hand nehmen sollen. Aber zu ihrer stillen Freude merkte sie, dass das Mädchen ihr von selbst nachkam. Rasch ging sie weiter. Was, überlegte sie, sollte sie der Kleinen sagen? Sie ahnte, dass es mit diesem Persönchen schwierig werden würde. Vielleicht sollte sie zunächst das einschüchternde Ornat ablegen, sie mit Ban bekannt machen, ihr die Scheu nehmen. Da hörte sie eine kleine, strenge Stimme. Es war Ysan, die sie ansprach. Erstaunt wandte Elin sich um. Die Kleine stand da, die Hände in den Hüften. «Sie sagen, du hast ein Pferd», sagte sie. Es war keine Frage.

«Ja», sagte Elin, unterdrückte ein Lächeln und nickte ernst. «Ja, das habe ich.»

50.

«Du weißt es, nicht wahr?», zischte der Hauptmann an seinem Ohr. Seine Stimme klang triumphierend. «Du weißt, warum wir hier sind.»

«Ich habe keine Ahnung», behauptete Bela, aber seine Stimme war rau. Es gab keinen Zweifel mehr. Dort war der

Fels, der all seine Geheimnisse, seinen ganzen, kostbaren Besitz, verbarg. Seine Amulette, sein Schwert, das Kupfer, das er gestohlen hatte. Wachen standen daneben und erwarteten ihn. Und zwischen ihnen, wie ein armer Gefangener, mit furchtsamem Gesicht, aber ungefesselten Händen: Mudo.

Bela schloss für einen Moment die Augen. So hatte der Junge also einen Weg gefunden, sein Problem zu lösen, ohne wieder in den Stollen zu müssen. Er hatte Belas Geheimnis verkauft. Bela biss die Zähne zusammen.

Mudo blinzelte heftig und errötete. Bela sah, dass das Zittern ihn wieder befallen hatte. Ich hätte ihn Ogden überlassen sollen, dachte Bela wütend. Der hätte vielleicht sogar einen Menschen aus ihm gemacht. Er fuhr herum, als Gorn ihm einen Schlag ins Gesicht versetzte. «Du wirst den Felsen selbst wegheben», fauchte der Wächter. «Da du es sicher am besten kannst.» Er zog sein Schwert und setzte es Bela an die Kehle.

Seine Bewacher ließen ihn los, hielten aber ihre Spieße auf ihn gerichtet. Es gab kein Entkommen. Bela trat an den Stein, sandte Mudo einen Blick, der ihn zurückweichen ließ, und stemmte sich dann gegen den Fels. Er spürte, wie er sich in seinem Erdbett bewegte. Mudo hat recht, dachte er, die Erde unter unseren Füßen bebt. Alles ist ungewiss, und nirgendwo bleibt fester Stand. Dann gab der steinerne Deckel nach. Er wich beiseite und gab eine Grube frei. Asseln wichen in Panik, und ein Regenwurm wand sich blind im krümelnden Erdreich.

Bela starrte hinunter. Auch die anderen traten heran und blickten hinein. Die Grube war leer.

Bela, Gorn, Mudo, sämtliche Wachen und Bergleute, die mitgekommen waren, alle standen sie wie erstarrt um das leere Loch herum. Bela war wie erstarrt. Wilde Gedanken schossen ihm durch den Kopf. Wer hatte seinen Besitz geraubt? War es Mudo gewesen, ehe er beschloss, ihn außerdem zu verraten? Unsinn, was hätte er davon, nun stand er wie ein Lügner da! War es der Hauptmann, der sich so selbst bereichert und sich obendrein die Notwendigkeit erspart hatte, Mudo zu entlohnen? Oder war das alles eine Falle, warteten sie nur darauf, dass er sich verriet? Er wusste es nicht, er fand keine Lösung. Aber es klang in seinen Ohren wie ein Lied: Alles verloren. Alles verloren. Alles vorbei.

Gorn war der Erste, der wieder zu sich kam. Mit einem Aufschrei der Wut riss er seinen Arm hoch und rammte dem neben ihm stehenden Mudo mit voller Wucht den Ellenbogen ins Gesicht. Blut schoss aus der Nase des Jungen, und er ging in die Knie.

«Gorn!» Der Hauptmann wies ihn zurecht. Mudo jammerte. Gorn erstarrte mit erhobener, in die Luft gereckter Faust. «Aber ich schwöre, hier war …»

Weiter kam er nicht, denn Bela war vorgestürzt, hatte Gorn mit beiden Händen vor die Brust gestoßen und sich selbst auf den Jungen gestürzt. Er packte ihn am Hemd, riss ihn hoch und verharrte dann, ratlos, keuchend. Die Augen in dem blutverschmierten Gesicht weit aufgerissen, starrte Mudo ihn angstvoll an. Seine Pupillen waren groß und nachtschwarz.

«Warum?», knirschte Bela. Er spürte, wie die Wut zitternd in ihm aufstieg. «Warum hast du …» Er schloss die Augen, um sich zu beruhigen.

Da hörten sie die Schreie. Der Hauptmann hob den Arm mit der Fackel und trat vor. Vom Dorf her kamen Männer gelaufen. Winkend und rufend hasteten sie den Berghang herauf. «Sie schlagen sich», hörte Bela es, wie durch einen Nebel, «sie bringen einander um.» Und dann einen Namen: Hamar.

«Verdammt», fluchte der Hauptmann und schaute sich um. Die Bergleute unter seinen Begleitern hatten sich schon auf den Weg gemacht und rannten abwärts. Und nun war diese Aktion ein Schlag ins Wasser, der vermeintliche Kupferdieb war gar keiner oder nicht zu überführen, und das Lager lag fast ungeschützt dort. Warum mussten die Leute sich ausgerechnet diesen Moment aussuchen, um durchzudrehen? Er schüttelte seinen zottigen Kopf und rief: «Mir nach!»

Mudo wurde unter den Armen gefasst und mitgeschleppt. Gorn gab über die Schulter den Befehl, ihn wieder an seinen Pfahl zu binden, bis man Zeit hatte zu überlegen, was mit ihm geschehen sollte. In dem allgemeinen Durcheinander achtete niemand mehr auf Bela.

Er wurde von dem anderen mitgerissen, mitgetrieben, spürte erst im Laufen die ungeheure Erleichterung in sich aufwallen, davongekommen zu sein. Hätten sie gefunden, was sie suchten, sie hätten ihn getötet. Halev hatte ihm erzählt, was mit ertappten Kupferdieben geschah: Man hackte ihnen die Hand ab. Und dann goss man ihnen das flüssige Metall, nach dem sie gegiert hatten, in den Schlund. Unwillkürlich fuhr er sich mit den Händen an den Hals. Aber wo waren sein Raub, das Amulett, sein Schwert?

Bela war noch mit diesem Rätsel beschäftigt, als er sich auf dem Lagerplatz wiederfand. «Halev!», rief er erleichtert aus, als er den Freund erblickte. Er musste etwas wissen, er war doch die Seele von allem hier.

Doch der wandte nicht einmal den Kopf. Er stand in der Mitte zwischen Hamar, der von Ogden umklammert wurde, und einem Wächter, der sich wütend den blutenden Mund abwischte und mit seinem Speer auf Hamar zielte. «Das wirst du bereuen», brüllte er und drängte vorwärts.

Halev tänzelte mit erhobenen Händen vor ihm herum und wich den angedrohten Schlägen aus. «Du bist es, der bereuen wird!»

Bela reckte den Hals, und nun sah er es: Hamar hielt eine Klinge umklammert, die Ogden ihm verzweifelt, aber vergeblich zu entwinden versuchte. «Los, komm her, Bursche, ich bring dich um», schrie der Wächter, dessen Wut noch lange nicht befriedigt war. Er tat einen Ausfallschritt, den Halev nur mit Mühe parierte.

Aber auch Hamar war am Rande seiner Beherrschung. Bela bemerkte es mit Erstaunen. Der sonst so ruhige, müde, fast lethargisch wirkende Mann vibrierte förmlich vor innerer Erregung. Sein blasses Gesicht war fast bis zur Unkenntlichkeit verzerrt. In seinen Augen stand eine lange unterdrückte Verzweiflung. «Sie wollte doch nur essen», brüllte er, so laut, dass die Adern an seinem Hals anschwollen. Er schrie mit aller Kraft, als wollte er ein Meer überwinden. «Nur etwas zu essen.»

Erst jetzt nahm Bela die Gestalt wahr, die in der Nähe des Wächters kauerte. Es war eine der Frauen. Ihr langes, unsäglich schmutziges Haar und das hagere Vogelgesicht mit den übergroßen Augen waren unverkennbar weiblich. Ihr Körper war in Lumpen gehüllt, die kaum etwas von ihr erkennen ließen. Als sie sich bewegte, erkannte Bela jedoch, dass sie einen Säugling an sich drückte. Verblüfft starrte er sie an. Halev hatte ihm erklärt, dass die Frauen oft gebaren. Aber ihre Kinder überlebten meist das erste Jahr nicht. Zu kärglich war die Kost und zu rau die Winter außerhalb der schützenden Gemeinschaft. Die Kinder wurden geboren und starben, keiner hatte eine Ahnung, wie viele es waren und wo die Mütter sie begruben. Die Helferjungen vergnügten sich damit, Gruselgeschichten darüber zu erzählen, dass die Frauen sie in den kältesten Monaten selbst schlachteten und aufäßen. Daran musste Bela unwillkürlich denken, als er die hässliche, jammervolle Gestalt sah, die sich an ihren Nachwuchs klammerte und auf dem Boden kauerte wie ein geschlagenes Tier. Ob sie Hamars Geliebte war, überlegte er blitzschnell, ob das Kind seines war?

«Frauen haben im Lager nichts verloren», verkündete der Wächter. Er hatte nun seinen Vorgesetzten bemerkt und richtete sich auf. «Das wisst ihr alle», rief er über die Köpfe der Menge hinweg.

Hamar war dadurch nicht zu beruhigen. «Dann hättet ihr sie eben nicht herschleppen dürfen», schrie er. Sein Gesicht war blass vor Zorn.

«Nicht, Sohn», hörte man Ogden in die folgende Stille murmeln.

Der Hauptmann räusperte sich. «So. Und jetzt ist der Auftritt hier zu Ende», rief er und hob die Arme. «Genug, genug für eine Nacht.» Missmut schwang in seiner Stimme. Die Menschenmenge seufzte, so greifbar war die allgemeine Entspannung.

«Nehmt Hamar das Messer weg.» Gorn trat auf ihn zu. Niemand erhob Einspruch, nicht einmal Hamar selbst, der auf einmal sehr müde aussah.

«Und was wird mit der hier?», fragte der Wächter, den Hamar bedroht hatte. Er holte mit dem Fuß aus und trat nach der Frau, die noch immer in seiner Nähe kauerte. Es war eine schnelle, gehässige, mit aller Kraft geführte Bewegung, in der all sein Ärger lag.

Die Frau wurde davon hochgeschleudert und schrie vor Schmerz auf. Aus ihren erschrocken ausgestreckten Armen fiel das Kind, das sie gehalten hatte. Alle hörten den Laut, mit dem sein Kopf auf die Erde aufschlug. Da lag es, ein weißer, schmutziger Wurm, völlig nackt, mit ausgestreckten dünnen Gliedern. Die Mutter stöhnte auf. Das Kind gab keinen Laut mehr von sich. Auch die anderen schwiegen erschrocken.

Hamar aber brüllte. Er brüllte, wie Bela noch nie einen Menschen hatte schreien hören. Es war, als wäre ein Damm in ihm gebrochen. Er schüttelte Ogden ab, hob die Hand mit dem Messer und stürzte besinnungslos nach vorne.

Bela sah, wie Halev, der beiseitegetreten war, sich umwandte und die Situation zu begreifen versuchte. Er stieß die

Umstehenden beiseite, um zu seinem Gefährten zu gelangen und ihn festzuhalten. Aber Bela begriff, dass er es nicht schaffen würde. Er lief selbst los.

«Männer!», rief der Hauptmann. Sie alle, auch der, auf den Hamar zustürmte, hoben ihre Speere.

Bela sprang. Er prallte gegen den Krieger und stieß ihn zu Boden, sodass der Stoß seines Speeres Hamar verfehlte. Erleichtert spürte er im Niederkrachen, wie die Bewegung ins Leere ging. Das war noch einmal gutgegangen.

Die anderen aber trafen. Einen Augenblick stand Hamar noch aufrecht, drei federnde Speere in seinem Leib, zwei im Rücken, einen in der Brust, der aus Gorns Hand geflogen war. Ungläubig blinzelnd starrte Bela zu ihm hoch. Er versuchte, sich aufzurappeln, um den Freund zu stützen, ihn aufzufangen. Ein Teil von ihm hoffte sinnlos, noch etwas retten zu können, das Geschehene rückgängig zu machen. Aber es war zu spät. Mit etwas, das beinahe einem Lächeln glich, glitt Hamar in seine Arme. In die Ewigkeit.

Hamar erschlaffte. Seine Hand sank herab und legte mit dem Nachdruck ihres Gewichtes das Messer in Belas Hand. Es war sein eigenes.

Bela blieb keine Zeit, sich darüber zu wundern. Er schloss seine Finger darum und ließ die Waffe geistesgegenwärtig verschwinden. Sanft entließ er Hamar aus seinen Armen. Ogden, auf Halev gestützt, wankte heran.

Aber der Hauptmann schob sich zwischen sie. «Bringt ihn weg!», befahl er. «Auch das Kind.» Diesen Zusatz tat er mit leiserer Stimme. In seinem Gesicht zuckte es. «Es wäre sowieso gestorben», sagte er, als müsse er sich vor irgendjemandem rechtfertigen. Sein Blick fand erst Halev, dann Bela.

Der ließ seine Augen zu Ogden weiterwandern. «Er würde seinen Sohn gerne begraben», sagte er.

Der Hauptmann atmete tief durch. Auch er beruhigte sich langsam wieder. «Du weißt, was mit Verrätern geschieht.»

«Aber er hat doch gar nichts …», begann Halev empört. Bela packte ihn am Oberarm.

«Er ist tot», sagte er ruhig. «Alles, was jetzt noch mit ihm geschieht, würde nur den Vater bestrafen.»

Nachdenklich schaute der Hauptmann zu Ogden, der wie ein zerstörtes Bündel Mensch an Halevs Schulter hing.

«So ein Ritual bringt allen den Frieden, den sie brauchen.» Bela sprach ruhig, beinahe beiläufig.

Der Hauptmann hob den Kopf und kniff die Augen zusammen. Dann nickte er.

«Aber …», wollte Gorn einwerfen. Eine Handbewegung brachte ihn zum Schweigen.

«Begrabt ihn», raunzte der Hauptmann. Er hatte sich schon abgewandt. Über die Schulter hinweg rief er: «Begrabt alles.» Er ließ einen Kreis schweigender Männer zurück.

51.

Sternauge hatte sich inzwischen daran gewöhnt, Besuch von Kindern zu erhalten. Oft war sie von ihren großen und kleinen Freunden umgeben, wenn sie nicht gerade auf der Weide graste oder mit ihren Kräften den Dorfbewohnern half, indem sie einen Wagen zog. Elin hatte sich der Erzählungen Belas erinnert und mit Hilfe der örtlichen Schmiede seine Vision von einem Pflug wahr gemacht, den Sternauge ebenfalls geduldig hinter sich herschleppte. Ihr Dorf hatte in diesem Frühjahr mehr Boden umackern können als je zuvor, die Ernte versprach großartig zu werden, und Elins Ruhm wuchs weiter, falls das überhaupt noch möglich war.

Ysan aber war von alldem nicht so leicht zu beeindrucken.

Sie stand vor Sternauge, wie sie vor Elin gestanden hatte, die Hände in die Hüften gestemmt, die Augen aufgerissen, und fragte: «Warum haben wir nur eines?»

Mit offenem Mund starrten die anderen sie an, Todok und sein kleiner Bruder, ihre Gefährtin Keda, Selas Sohn Doran, der bereits überall dabei zu sein versuchte, auch wenn die Großen ihn meist abhängten. Dieser Gedanke war ihnen noch niemals gekommen. Und doch, wie naheliegend er war. Warum nicht mehr Pferde, mehr Kraft, mehr Pflüge? Und ein Reittier für jeden von ihnen, damit sie dieses Gefühl zu fliegen, das ein Ausritt mit Sternauge bedeutete, nicht mehr von Elin erbetteln und mit so vielen anderen Bittstellern teilen mussten.

Andächtig staunten sie Ysan an, der es gegeben war, solche Dinge zu denken. Ban war damit beschäftigt, auf die Stangen des Gatters zu klettern und sich dort zu halten, damit er mit den Großen auf Augenhöhe bliebe. «Auch», brachte er hervor, aber niemand beachtete ihn. Immer wollte Ban alles «nochmal» oder «auch» haben.

Es war schließlich Todok, der dieser Idee Gestalt verlieh. «Ja, warum eigentlich nicht», sagte er herausfordernd und klopfte Sternauge den Hals, die den Kopf reckte, um an seinen Strubbelhaaren zu knabbern. Keda kicherte bei dem Anblick, aber Todok blieb ernst. Er war jetzt beinahe zehn, viel zu alt eigentlich, um sich mit diesen Kindern hier abzugeben. Im Grunde hatte er schon lange auf eine Aufgabe gewartet. Jetzt hatte Ysan ihm den Schlüssel dazu gegeben. «Wir werden Pferde fangen!», verkündete er mit leuchtenden Augen.

Die Einzige, die unbeeindruckt blieb, war Ysan. «Und wie?», fragte sie.

Todok wollte sie schon anfahren, dann bemerkte er ihren Gesichtsausdruck und stutzte. Sie wollte sich nicht über ihn lustig machen. Sie fragte einfach ganz ruhig und ernst, wie er es anfangen wolle. Er erwiderte ihren Blick lange. Dann biss er sich auf die Lippen. «Keine Ahnung», bekannte er.

Wenig später sah sich Elin umringt von einer Horde Kinder, die sie bestürmte zu erzählen, wie sie zu Sternauge gekommen war. Sie legte die Flechtarbeit aus der Hand, warf den anderen Frauen, mit denen sie beisammensaß, einen amüsierten Blick zu und tat ihnen den Gefallen, von ihrer ersten Begegnung mit Sternauge zu erzählen. Das Wann, Wo und die näheren Umstände ließ sie dabei aus. Sie erwähnte weder ihre Flucht noch ihr einsames Dasein in der Höhle. Nur von der langsamen, von gegenseitiger Sympathie bestimmten Annäherung berichtete sie. Ihre Stimme klang warm, und die Kinder waren beeindruckt. Nur Todok hatte Bedenken.

«Dastehen und warten, dass es kommt», fasste er skeptisch zusammen. «Das ist die einzige Möglichkeit?»

Elin musste lächeln. «Nun», meinte sie. «Davor hatte ich einmal eines, das war in eine Grube gefallen und kam nicht mehr heraus. Ich befreite es und nahm es mit nach Hause.» Sie hielt inne und hoffte, dass keines der Kinder weiter nach dem Schicksal des Pferdes fragen würde. Ihre Hände zitterten, als sie die Flechtarbeit wiederaufnahm, und sie war froh, dass die kleine Horde wild debattierend aufbrach. Ban ging als Letzter, nicht ohne sich noch einmal an sie geschmiegt zu haben. Dankbar vergrub sie ihr Gesicht an seinem Hals.

«Alles in Ordnung?», fragte Sela sie.

Elin nickte heftig mit dem Kopf und stimmte rasch ein, als eine der anderen Frauen, die von dem Vorgang nichts mitbekommen hatten, ein Arbeitslied anstimmte.

Die Kinder hörten es hinter sich, als sie zu den Wiesen liefen. «Rumstehen und warten!» Todok machte seiner Empörung umgehend Luft. Weder das eine noch das andere waren je seine Sache gewesen.

«Aber es ist wichtig, ihr Vertrauen zu gewinnen», wandte Keda ein.

Todoks Blick weilte schon am Horizont, am Fuß der Hügelkette, wo sich immer wieder eine Herde wilder Pferde einfand. Es waren stolze, scheue Tiere, die man nie anders als von weitem zu sehen bekam. Die anderen wussten, woran er dachte. «Was glaubt ihr wohl», fragte er versonnen, «wie nahe sie uns ranlassen, wenn wir mit einem Büschel Heu auf sie zugehen?»

Zweifelnd schauten die anderen sich um. Saftige Wiesen erstreckten sich um sie herum, und an den Bäumen hing das Obst dicht um diese Jahreszeit. Ob sich die Pferde für das bisschen trockene Gras interessieren würden?

«Keine Feldlänge», orakelte Keda düster. Sogar Doran gab ihr recht. Und auch Ban nickte mit seinem kleinen Kopf.

«Elin konnte es», wandte Ysan ein.

«Ja, aber die kann ja auch zaubern.» Alle stimmten zu.

«Dann werden wir eben eine Grube graben.» Todok hieb sich die Faust klatschend in die offene Hand.

«Eine so große?»

«Oder eine andere Falle. Du kannst immer nur widersprechen, Keda.» Mit gerunzelten Brauen starrte er seine Freundin an.

Die wollte das nicht auf sich sitzen lassen. «Ich kenne eine Falle», verkündete sie daher, «eine gute.» Und je länger sie darüber nachdachte, desto aussichtsreicher erschien ihr der Gedanke. Vor Freude rötete sich ihr Gesicht. «Ihr kennt doch die enge Schlucht am Zeigerberg?»

Die nächsten Tage bekamen die Dörfler ihre Kinder kaum zu Gesicht. Zur Erleichterung ihrer beschäftigten Mütter trieben sie sich den ganzen Tag am Fuß der Hügelkette herum und kehrten abends hundemüde heim, um brav auf ihre Lager zu sinken.

Vier Nächte später erwachte Elin von seltsamen Geräuschen. Es dauerte eine Weile, bis sie begriff, dass das Rascheln und Trappeln aus dem Stall kamen. «Leise», hörte sie es wispern. «Schnell jetzt.» Alarmiert setzte sie sich auf. Jemand war bei Sternauge! Sie konnte hören, wie sich die Hufe der Stute auf dem gestampften Lehmboden in Bewegung setzten. Sie stahlen Sternauge!

Im Nu war Elin auf den Beinen und tastete nach einer Waffe. Wer konnte so etwas tun? Ysans Vater, fiel ihr ein, andere, die ihre Richtsprüche erzürnt haben mochten. Langsam tastete sie sich zur Tür vor, die den Wohnraum der Hütte mit dem Stall verband. Aber wie waren sie hereingekommen, und warum wieherte die Stute nicht?

«Gleich geschafft.» Eine Stimme kicherte unterdrückt. Elin spähte um die Ecke, sah Sternenlicht hereinfallen und wusste, dass die Stalltür geöffnet worden war. Sie entdeckte den Umriss einer Gestalt, dann noch einen. Und einen dritten. Unschlüssig biss sie sich auf die Lippen. Ob sie um Hilfe rufen sollte?

«Auch», hörte sie es da unverkennbar aus dem Stall. Entsetzt entdeckte sie Ban, der von schattenhaften Armen auf Sternauges Rücken gehoben wurde. Sie hatten ihr Kind!

«Ban!» Elin vergaß jede Vorsicht. Mit erhobenem Knüppel stürmte sie unter die Feinde. Ein vielstimmiges Kreischen antwortete ihr. Jemand hob eine Fackel. Geblendet hielt sie sich die Hand vor die Augen und wartete auf den Schlag, der ausblieb.

«Weil du dich immer wie ein Baby benehmen musst», maulte Keda Ban an, der erschreckt auf Sternauge hockte und seine Mutter anstarrte.

Todok wusste nicht, wo er hinschauen sollte. Doran drückte sich an sein Knie, zupfte an seinen Beinlingen und flüsterte: «Ich will auch lieber reiten.»

«Ach!» Ärgerlich stieß Todok ihn weg.

«Ysan?», fragte Elin erstaunt, als sie ein Gesicht nach dem anderen abgeleuchtet hatte.

«Genau, sie ist nämlich überhaupt an allem schuld.» Keda hob kampflustig den Kopf.

«Aber das mit der Falle war meine Idee», fiel Todok ein, der nicht gewillt war, anderen den Ruhm zu überlassen.

Es dauerte eine Weile, bis Elin Ordnung in die ganze Geschichte gebracht hatte. «Ihr möchtet also Pferde fangen. Und Sternauge wolltet ihr als Köder benutzen?», fragte sie dann ungläubig.

Die Kinder nickten beschämt. Elin blickte von einem gesenkten Scheitel zum nächsten. «Nun», sagte sie. «Das könnte funktionieren.»

Todoks Kopf war der erste, der hochfuhr. Ein triumphierendes Leuchten stand in seinen Augen.

«Zeigt mir diese Falle», befahl Elin. Sie hob Doran zu Sternauge auf die Kruppe und führte das Tier neben der kleinen Gruppe her, die durch die Dunkelheit stolperte. Es dauerte lange, bis sie an dem Gatter ankamen, das die Kinder während der letzten Tage aus alten Ästen, Weidenruten und selbstgehauenen Ranken zusammengezimmert hatten. Das Hindernis sah improvisiert und wüst aus, aber es hielt Elins Rütteln stand und würde seinen Dienst tun. Vor die enge Zugangsstelle der Schlucht geschoben, würde es ein aufgeregtes Pferd wohl davon abhalten zu fliehen.

«Und ihr sagt, dass es keinen anderen Weg aus dem Tal gibt?»

Todok schüttelte den Kopf. «Es ist eine Sackgasse», bestätigte er. «Nicht mehr als ein enger Kessel. Mit steilen Wänden.»

Elin nickte versonnen. «Ich kenne ihn», bestätigte sie. Und sie fragte sich, ob es Zufall war, dass sich in diesem Einschnitt zur Erntezeit die Sonne fing. Sie musste lächeln. «Ich nenne ihn den ‹Dolch aus Licht›.»

Andächtig murmelnd wiederholten die Kinder den Namen. Nur Ban verlangte, heruntergelassen zu werden, um sein Bedürfnis zu verrichten. «Geh ein Stück weit», ermahnte ihn seine Mutter. «Die Pferde wittern es sonst. Sie nehmen alles wahr.» Sie hob ihrerseits den Kopf und versuchte, den Geruch der Herde aufzufangen, die nicht weit von ihnen sein konnte. Am Nachmittag noch hatte sie die Flanken der Tiere als dunkle Flecken auf den Hügeln gesehen. Jetzt klang ein verschlafenes Wiehern zu ihnen her, das Sternauge in ihrer Mitte prompt beantwortete. Alle zuckten zusammen.

«Sehr gut.» Elin nickte. «Geruch wird das Hauptproblem sein. Ihr reibt euch am besten alle an Sternauge. So.» Sie machte es vor, strich an der Stute entlang, streichelte sie mit beiden Händen und fuhr sich danach übers Gesicht und durch die Haare. Die Kinder machten es ihr nach, als handele es sich dabei um ein heiliges Ritual. «Und wenn sie etwas fallen lässt, ah, so wie jetzt. Dann ...» Elin hob die Brocken auf und zerteilte sie in den Händen. Dampf stieg auf. Die Kinder starrten mit offenem Mund.

«Wir sollen uns schmutzig machen?», fragte Ban, der ganze Sätze durchaus beherrschte, sich aber nur selten dazu bequemte, sie auch zu sagen. Elin reichte ihm einen Brocken Mist.

«Wenn die Tiere drin sind, schiebt ihr euer Gatter vor», erklärte sie. «Bleibt an den Seiten, denn sie werden versuchen, dagegen anzugehen. Mag sein, dass einige darübersetzen, und ich will nicht, dass ihr verletzt werdet, verstanden?»

Todok schüttelte zweifelnd den Kopf. «Aber dann gehen uns doch welche verloren?», fragte er.

Elin bestätigte es. «Sicher. Aber wir könnten ohnehin nicht alle gebrauchen. Es wären zu viele. Und das Leittier würde sich auch kaum zähmen lassen, die meisten Hengste wohl ebenso wenig. Was wir suchen, sind junge Tiere und Weibchen, vielleicht solche, die ein Fohlen dabeihaben.»

«Ich werde sie nicht durchlassen.» Todok war noch immer nicht gewillt, seine Beute verlorenzugeben.

«Erst einmal müssen sie überhaupt kommen», meinte Elin lächelnd. Dann wurde sie ernst. «Und dann tust du, was ich dir gesagt habe. Verstanden?»

Todok senkte die Wimpern. «Verstanden.»

Stunden später ging die Sonne auf. Elin und die Kinder standen noch immer an ihren Plätzen, steif, reglos, mit eingeschlafenen Gliedern und wachsendem Durst.

«Ich wünschte, wir hätten Wasser mitgenommen», klagte Keda.

«Pst», machte Ysan. «Sie kommen.» Ihre grauen Augen leuchteten, als sie sich vorreckte und den schwarzen Umrissen entgegensah, die sich vor dem blassen Morgenhimmel abhoben. «Wie schön sie sind.»

«Ja, aber ob sie zu uns kommen?»

In diesem Moment wieherte Sternauge drinnen in der Schlucht, und ein Tier aus der Herde erwiderte den Gruß.

«Sie ruft sie», stieß Todok aufgeregt hervor.

«Wer?», fragte sein kleiner Bruder.

Keda beantwortete die Frage. «Elin», sagte sie. «Sie spricht mit ihnen, durch Sternauge.» In das zögernde, misstrauisch verharrende Pferdegrüppchen kam Leben. Eines nach dem anderen schritten sie an den Kindern vorbei, mit wiegenden Köpfen, wippenden Mähnen, und ihr durchdringender Duft hüllte alle ein.

Todok atmete ihn mit bebenden Nüstern. «Der Schwarze dort», wisperte er, «seht ihr ihn? Das wird meiner.» Keiner antwortete ihm. Die Kinder waren vollkommen im Bann der Tiere, die ihnen niemals heiliger erschienen waren. Als Todok «Jetzt!» schrie, erwachten sie wie aus einem Schlaf, stolperten hoch und mühten sich, ihre Barriere so rasch es ging vor den Eingang zu ziehen.

In Aufruhr flüchtete die Herde taleinwärts, und die Kinder, die an der Barrikade lehnten, begannen, um Elin zu fürchten, die dort mit Sternauge wartete. Bald aber bangten sie um sich selbst, denn das Donnern der Hufe wurde rasch wieder lauter, und aus einer Staubwolke heraus galoppierte die geballte Macht vieler Tonnen Muskeln auf sie zu.

«Zur Seite», schrie Keda, die sich an Elins Anweisung erinnerte. Sie packte Ban und stieß Daron vor sich her. Blinzelnd bemerkte sie, dass Ysan mit Todoks kleinem Bruder zur anderen Seite abtauchte. Nur Todok selbst schien nicht weichen zu wollen. Totenbleich blieb er, wo er war, und starrte wie hypnotisiert den anstürmenden Tieren entgegen. «Todok!», schrie Keda gellend.

Im letzten Moment schien der Junge sich zu besinnen. Er kletterte hinab. Aber statt fortzulaufen, riss er sich das Hemd vom Leib und schwenkte es über seinem Kopf in der Luft. Die ersten Tiere beeinflusste er nicht mehr. Sie setzten in freiem Sprung über das Gatter hinweg. Schwer schlugen ihre Hufe gegen das Holz, doch sie kamen hinüber, und es grenzte an ein Wunder, das keines von ihnen Todok verletzte. Das nächste Pferd allerdings bemerkte ihn und scheute. Es verhielt vor dem Hindernis, geriet ins Stolpern und riss die hinter ihm Kommenden mit sich, die nicht mehr rechtzeitig bremsen konnten. Mühsam wichen sie zur Seite aus, mehrere stürzten. Mit großen Augen starrte Todok auf das Durcheinander aus sich bäumenden Leibern und schlagenden Hufen, das er angerichtet hatte. Der Rest der Herde drehte ab und verschwand wieder im hinteren Teil des Tals, wo er zur Ruhe zu kommen schien.

Keda wagte sich aus ihrem Versteck hervor. Sie blinzelte. Dann sah sie Elin durch die Staubwolken herankommen. Inzwischen waren alle Tiere wieder auf den Beinen und wichen der jungen Frau aus, die so schnell sie konnte heranlief.

«Was ist passiert?», rief Elin schon von weitem.

«Sie sind weg», rief Ban und zeigte hinter den Tieren her, die am Horizont verschwanden. Elin achtete nicht darauf. Sie ging in die Knie und griff nach dem Kopf des jungen schwarzen Hengstes, der noch immer am Boden lag und sich vergeblich mühte, wieder auf die Beine zu kommen. Ohne Furcht wich sie den wild schlagenden Hufen aus. Endlich bekam sie den Kopf des Tieres zu fassen. Als sie ihm über die Nüstern strich und etwas in sein Ohr flüsterte, wurde es zum Erstaunen aller mit einem Mal ruhig und überließ sich ihren Händen.

«Das», stotterte Todok, der sich als Erster fasste und über die Barrikade kletterte, «das habe ich nicht gewollt. Ich, ich dachte nur … sie fliehen … und da …» Er ließ den Kopf hängen. Jetzt würde sie ihn daran erinnern, dass sie ihm befohlen hatte, auch in diesem Fall in Deckung zu bleiben.

Aber Elin tat nichts dergleichen. Ihre ganze Aufmerksamkeit galt dem Pferd, das jetzt zitternd dalag. «Sein Bein ist gebrochen», stellte sie schließlich fest. Ihre Stimme war ruhig und sachlich. Nur langsam wagten die Kinder hinüber zu dem verwundeten Bein zu sehen, das hilflos in der Luft zuckte. Sie warteten darauf, dass Elin ihnen sagte, was als Nächstes zu tun sei und wie alles wieder gut würde.

Langsam richtete die junge Frau sich auf. «Dort hinten», sagte sie und wies in das Tal, «sind eine Stute mit einem Fohlen und noch zwei Jungtiere, die für uns geeignet sind. Dazu ein junger Hengst, ihr erkennt ihn an seiner hellen Mähne. Den Rest werden wir gehen lassen.» Sie wandte sich an Keda. «Ihr lauft ins Dorf, erzählt, was ihr geschafft habt, und sagt, sie sollen Seile mitbringen. Am besten erklärst du es Pau. Er weiß, was man für fünf Pferde brauchen wird. Ja?»

Keda nickte stolz. Die würden staunen im Dorf.

«Und nimm die Kleinen mit.» Als auch Todok sich dem Zug anschließen wollte, hielt Elin ihn an der Schulter zurück. «Du bleibst hier», verlangte sie.

Als der Junge sie zweifelnd anschaute, drückte sie ihm ihr Messer in die Hand. Dann zeigte sie auf den schwarzen

Hengst, dem roter Schaum vor den Nüstern stand. «Du tötest ihn», sagte sie.

Entsetzt wich Todok vor ihr zurück. «Was ist?», fragte Elin hart. «Ich habe schon gesehen, wie du das bei Schafen getan hast.»

«Ja, aber, aber ...» Todoks Mund war völlig trocken, seine Zunge gehorchte ihm nicht mehr. Verzweifelt schaute er hinüber zu dem schönen Tier, mit dem er sich für Augenblicke eine so wunderbare Zukunft ausgemalt hatte. «Aber es ist doch nur verletzt.»

«Es ist so gut wie tot», erwiderte Elin. Sie seufzte. «Besser, du bereitest seinen Qualen ein Ende. Na los», fügte sie barsch hinzu, als die Wut sie erneut packte, und sie schubste Todok zu dem sterbenden Hengst, der die Augen vor Panik verdrehte.

Lange stand Todok da und packte das Messer immer wieder, mal so und mal so herum. Mehr als einmal setzte er zu einer Bewegung an. Schließlich ließ er den Kopf sinken. «Ich kann es nicht», flüsterte er.

Elins Herz wurde weich. «Nein», sagte sie leise, trat hinzu und strich über sein wirres schwarzes Haar. «Nein, das kannst du nicht. Und es ist gut, Todok.» Sie nahm ihm das Messer ab. Er war nicht ihr Vater, er war nicht Idris, er war nur ein Junge, der jetzt vor Kummer weinte, dankbar, dass niemand sonst es sah. Sie ließ ihn sich ausweinen. «Geh jetzt zu den anderen», sagte sie dann.

«Ist es, kann ich dich wirklich ...?», fragte er stotternd. Elin entließ ihn mit einem Kopfnicken. Als seine kleine Gestalt verschwunden war, ging sie neben dem Pferd in die Knie.

«Verzeih uns», flüsterte sie. Mehr gab es nicht zu sagen. Dann senkte sie das Messer in die Schlagader des Tieres und sah zu, wie das dampfende Blut herausschoss. In Wellen verließ das Leben den mächtigen Körper, der sich nur bebend und zuckend ergab. Der metallische Geruch würgte Elin, er versetzte sie zurück an jenen Abend, als sie ahnungslos vom Feld nach Hause zurückgekehrt und danach eine andere geworden war. Doch sie blieb sitzen, wo sie war, ihre Hand auf dem Kopf des Hengstes, bis er ruhig lag. Dann stand sie auf.

Sie würde an der Barrikade ausharren, bis die anderen kämen. Aber sie würde nicht mit ihnen hineingehen. Sie wollte sich den Pferden nicht mit dem Geruch des Todes an ihren Fingern nähern. Nie wieder sollte sich für diese Tiere der Mensch mit der Idee des Sterbens verbinden. Das musste aufhören. Elin wischte sich über die Stirn und blickte nach der Sonne. Etwas musste anders werden, und sie würde dafür sorgen. Und während sie wartete, einsam an die Felswand gelehnt, sah sie vor ihren Augen das Neue, das entstehen sollte.

52.

Vor Hamars Tod war Ogden einfach nur Ogden gewesen, eine Gestalt, die nur so und nicht anders hätte sein können, eigenwillig, beeindruckend, zeitlos. Als er seinen Sohn zu Grabe getragen hatte, war er ein alter Mann, der in erschreckendem Ausmaß verfiel. Jeder sah das, doch keiner sprach es an. Wenn der Greis sich näherte, dann senkten die Bergleute nur betreten ihre Köpfe, und es schien, als flösse dadurch noch ein wenig mehr Leben aus Ogden heraus.

«Bela, kann ich dich sprechen?»

Bela richtete sich auf, als er die zittrige Stimme hörte. Er bemühte sich zu lächeln. «Ogden», begrüßte er den Alten. Dann sah er sich um. «Ich muss den Brennvorgang überwachen, das kann noch eine Weile dauern, aber …»

Ogden winkte ab. «Ich habe mit dem Hauptmann gesprochen. Komm.» Ein Mann war ihm gefolgt, der nun ohne viele Worte Belas Platz einnahm. Also legte der seine Schaufel weg und gehorchte dem Alten. Im Grunde war er froh darüber. Es war lange her, dass Ogden ihn mit auf einen seiner Gänge genommen hatte, Lausch-Gänge, wie die anderen sie nannten, Expeditionen, um zu hören, ob die Geister des Berges ihm eine neue Erzader wiesen. Es war stets faszinierend, den Alten bei seinem Tun zu beobachten, und erfrischend, sich wieder einmal ohne Zwänge in der freien Natur zu bewegen. Zumal ihre Erkundungen sie oft weit führten, bis in Gegenden, die noch nicht von den Verwüstungen des Abbaus berührt waren.

Diesmal hatte Bela noch einen dritten Grund, sich Ogden anzuschließen. Als sie an Hamars Grab gestanden hatten, hatte Halev einen Knochenschlegel als Abschiedsgabe hineingelegt, wie die Bergleute ihn tagtäglich führten. Ogden hatte den Becher beigesteuert, aus dem Hamar zu trinken pflegte, und die anderen hatten Hände voll Korn und andere Kleinigkeiten gegeben. Selbst die Frau war aufgetaucht und hatte wortlos etwas fallen lassen, das wie ein Büschel ihres Haares aussah. Keiner der Männer hatte etwas dazu gesagt, es war, als wäre sie unsichtbar. Aber zumindest hatte niemand sie vertrieben. Bela hatte ihr nachgesehen; sie hatte eine unbestimmte Traurigkeit in ihm ausgelöst, diese arme, verlorene Gestalt. Und ihm hatte geschienen, als wäre sie blond gewesen.

Als Halev sich schon daranmachte, Erde über Hamars Leichnam zu schütten, war Bela, einem Impuls folgend, vorgetreten und hatte ihm das Messer auf die kalte Brust gelegt, sein eigenes Messer, das auf so fatale, unerklärliche Weise an jenem Schicksalsabend in Hamars Hände geraten war. Danach hatte er den Kopf gehoben und auffordernd in die Runde gesehen. Er hatte wohl bemerkt, dass Halev etwas hatte sagen wollen. Aber Ogden hatte genickt, und so war die Erde auf Hamar gefallen und das Messer mit Hamar begraben worden, ohne dass jemand ein Wort gesprochen hätte. Bis heute. Unterwegs, so hoffte Bela, würde sich eine Gelegenheit finden, das zu ändern. Wer weiß, überlegte er, vielleicht ist alles ja nur ein Vorwand des Alten, um sich endlich mit mir auszusprechen?

Ihr Weg führte sie quer über die Rodungen, durch ein Nachbartal und dann schräg hügelan. Bald waren sie um die Flanke eines Berges herum und außer Sicht der Mine. Wald umfing sie, den Bela nie zuvor betreten hatte, dunkel, hoch und dicht. Aber selbst hier unter den Bäumen lastete die Hitze des späten Sommers und ließ sie bei ihrem Aufstieg schwitzen. Der Boden unter ihren Füßen war weich und federnd. Wurzeln und Felsen erleichterten ihnen das Klettern, Farne streiften ihre Waden, Ranken zerkratzten die haltsuchenden Finger. Bela fand einige späte Himbeeren und stopfte sie sich im Gehen in den Mund. Ihr herbsüßes Aroma war köstlich, löschte aber nicht seinen wachsenden Durst. Er begann sich nach einem Bachlauf umzusehen. Ogden dagegen schien keine Pause zu brauchen. Der alte Mann, dachte er, war trotz seiner Jahre und der Schicksalsschläge noch immer härter als das Erz, nach dem er grub. Endlich, ohne ersichtlichen äußeren Grund, blieb Ogden stehen. Witternd hob er den Kopf in die Luft.

«Hörst du etwas?», fragte Bela und lauschte seinerseits. «Außer dieser Quelle?»

«Eine Quelle ist auch da?», murmelte Ogden, mehr zu sich selbst. «Das ist gut, sehr gut.» Und er führte sie beide hin. Am Wasser angekommen, ließ er sich, schwer auf seinen Stock gestützt, auf einer Wurzel nieder.

Bela trank und brachte auch dem Alten etwas, der noch immer in sich hineinzuhorchen schien und dabei harmlos um sich blinzelte, als betrachte er nichts Ungewöhnlicheres als die Bienen und den Gaukelflug der Falter um sie herum. Langsam wurde Bela ungeduldig.

«Und?», fragte er.

Ogden hob die Hand. «Spürst du es nicht?», fragte er.

«Was?», fragte Bela neugierig.

Ogden schüttelte den Kopf. «Nein, du spürst es nicht, das tue nur ich. Von Kindheit an war das so.» Mit seinem einen Auge schaute er Bela an. Traurigkeit lag in seiner Stimme, aber auch Stolz. «Bereits als kleiner Junge fühlte ich das Metall, selbst durch eine Wand hindurch, Stein oder Holz. Es vibrierte, es rief mich, es zog mich zu sich heran. Mein Vater, der Schmied war, hat es gemerkt. Er hat Metall vor mir versteckt, um mich zu erproben. Ich konnte ihm immer weisen, wo es lag, immer. Aber es war nur bei mir so. Bei keinem sonst, den ich je traf.» Er seufzte schwer. «Nicht einmal bei Hamar.»

Ah, dachte Bela, jetzt kommt es. Und er neigte sich auf seinem Sitz vor.

Aber Ogden ging einen anderen Weg. «Du spürst es nicht», fuhr er fort und packte dabei Belas Hand. «Aber du hast Augen im Kopf. Was siehst du?»

«Wie?» Erstaunt schaute Bela sich um. «Ich sehe Wald», sagte er hilflos. «Ein paar Tannen, Erlen, eine Buche.» Er schaute sich um, als Ogden ihn mit einem Nicken aufforderte, fortzufahren. «Brombeeren und Lattich dort am Fluss, Holunder, Farne.»

«Lattich», griff Ogden den Namen auf wie ein Stichwort. «Das ist es, merk es dir. Und was ist mit denen dort drüben?», fragte er und wies auf eine andere Pflanze.

«Ackerschmalwand?», fragte Bela, nachdem er die Augen zusammengekniffen hatte.

Ogden kicherte meckernd. «Genau. Und das Weiße dort mit den kleinen Blüten, das ist Zwergmiere. Und Schaumkresse. Und dort, die kleine Grasnelke.»

«Ja, ja», erwiderte Bela ungeduldig. Was wollte der Alte nur von ihm? «Die wachsen doch überall.»

«Überall? Ja, mag sein», antwortete der Alte ausweichend. «Schon möglich, dass sie überall wachsen können. Aber sie tun es doch am liebsten dort, wo ihre Natur sie hinzieht.»

Bela, der diese Bemerkung nicht verstand, runzelte abwehrend die Stirn.

«Merk dir eines, mein vorschneller Junge.» Ogden hob schelmisch den Finger. «All diese Pflanzen, merk es dir gut, mögen das Kupfer.»

«Sie mögen Kupfer?» Ungläubig schaute Bela sich um. Dieses unschuldige Kraut da, das er schon tausendmal gesehen hatte, und die kleinen, unscheinbaren, zitternden Blüten dort, die sollten etwas zu bedeuten haben? «Du meinst, überall dort, wo …»

Ogden schüttelte ungeduldig den Kopf. «Nicht überall», unterbrach er ihn. «Aber wenn man nach Hinweisen sucht, so können sie ein Zeichen sein. Vor allem, wenn sie alle so versammelt sind wie hier. Wenn ich zudem dieses Etwas spüre, hier», und er hob seine bebenden Finger und betrachtete etwas, das nur ihm fühlbar war. «Und wenn außerdem noch etwas anderes so vollkommen fehlt. Und das bei der guten, satten Erde hier.»

«Was?», fragte Bela, neugierig geworden. Was konnte es sein, von dem der Alte sprach. Sein Blick sprang von Stamm zu Blatt, von Busch zu Baum.

«Siehst du es nicht?», fragte Ogden, der sich einen Spaß daraus machte, ihn herauszufordern.

«Wie soll ich es sehen, wenn es nicht da ist?», brummte Bela.

«Weil es ins Auge sticht.» Triumphierend piekte Ogden ihn mit dem Finger. Nach einer weiteren Pause rückte er endlich damit heraus. «Es gibt keine Pilze hier.»

«Stimmt!», rief Bela aus. Dass er das nicht sofort gesehen

hatte! Auf ihrem ganzen Weg hierher hatten sie immer wieder Pilze gefunden. Er hatte sich schon vorgenommen, auf dem Rückweg welche für das Abendessen zu sammeln. Und der aromatische Duft hatte den ganzen Wald erfüllt. «Hier ist kein einziger Pilz», murmelte er, sich umschauend. «Nicht einer.»

Ogden nickte. «Jetzt kennst du die Zeichen», sagte er, «merk sie dir gut. Denn der ist der Beste, der nicht nur ein guter Bergmann ist und Schmied, sondern der auch weiß, wo er seinen Werkstoff findet.» Er lächelte Bela an. «Du wirst ein großer Mann werden.»

«Hoffentlich hat er uns dann nicht vergessen.» Ehe der verdutzte Bela etwas antworten konnte, knackte es im Gebüsch, und Halev trat hervor.

Bela stand auf, aber Halev legte ihm begütigend die Hand auf die Schulter und ließ sich bei ihnen nieder. «Du hast gefunden, was du suchst», meinte er, an Ogden gewandt. Es war keine Frage, und Bela, der noch immer verblüfft war vom plötzlichen Auftauchen seines Freundes, hatte das Gefühl, dass die Bemerkung sich nicht auf eine Kupferader bezog. Fragend schaute er vom einen zum anderen. Da stellte Halev ohne ein Wort den Ledersack vor ihn hin, den er über der Schulter getragen hatte.

Bela hörte schon am Klang, was darin war. Trotzdem stürzte er sich darauf, nestelte mit zitternden Fingern den Knoten auf und schüttete den Inhalt auf den Boden. Ungläubig wühlte er mit den Fingern darin. Es war alles da, das Fragment seines Schwertes, die Amulette, das Kupfer, das er sich zusammengestohlen hatte, alles. Er hob den Kopf.

Halev grinste. «Wir haben alle unsere kleinen Geheimnisse», sagte er. «Unsere Verstecke. Oder was glaubst du, warum die Händler, wenn sie bei der Mine fertig sind, noch eine Weile im Wald kampieren und unseren Besuch erwarten.» Vergnügt tätschelte er Belas erstauntes Gesicht. «Ogden allerdings meinte, dein Schatz wäre der faszinierendste, den er je gesehen hätte.»

Bela war noch immer wie erstarrt. «Wie ...?», stammelte er. «Woher ...?»

«... ich gewusst habe, wo du deine Habseligkeiten verbirgst? Ich bitte dich, mein Freund. Das war mir klar am ersten Abend, als du zu uns kamst. Der Rest ist Einfühlung und ein wenig – Beobachtung.» Belas Staunen bereitete ihm sichtlich Vergnügen. «Als du mit diesem jungen Strolch loszogst und dabei so einen sentimentalen Gesichtsausdruck hattest, da dachte ich mir schon, dass du in Gefahr wärst, einen Fehler zu begehen. Und als Mudo sich dann am Abend vor der Hütte des Hauptmanns herumdrückte, na, da beschloss ich eben, ihm zu unser aller Bestem zuvorzukommen. Wird einer beim Diebstahl ertappt, haben wir am Ende alle darunter zu leiden. Besser, die Ordnung wird nicht gestört.» Dieses letzte Wort, ‹Ordnung›, sprach er mit einem neuen, bitteren Ernst.

«Danke», stammelte Bela, der seine Gedanken noch immer nicht ganz gesammelt hatte. Die Bilder jenes Abends taumelten erneut an ihm vorbei, und verzweifelt suchte er nach dem Moment, der ihm hätte verraten können, dass er beobachtet worden war. Ogden war es, der ihn wieder ganz in die Gegenwart brachte. Der Alte hob das zerstörte Schwert hoch und wog es in seiner Hand. «Kupfer und Zinn», sagte er nachdenklich. «Ist das gut? Ist es scharf?»

Belas Kopf fuhr hoch. «Woher weißt du ...?», begann er.

Ogden lächelte. Beinahe wie ein Liebhaber streichelte er das Metall in seiner Hand. «Es spricht zu mir», flüsterte er. «Es hat vor mir keine Geheimnisse.»

Bela nickte, ehrfürchtig. Diese letzte Probe von Ogdens Macht beeindruckte ihn endgültig. «Du hast recht», sagte er. «Kupfer und Zinn. Und ja, es ist scharf, es ist hart, härter als alles, was ich je gesehen habe. Es könnte den Steinmessern Konkurrenz machen, hat aber die Vorteile des Metalls.

Ich sage euch …» Bela geriet ins Schwärmen. Voller Feuer schilderte er den beiden die Vorzüge der Legierung und ihre Möglichkeiten. Manches kam dabei über seine Lippen, was er sich während der langen Nächte im Lager still für sich ausgemalt hatte und was er noch niemandem hatte erzählen können. Nicht einmal Skelt. Er gedachte des Schmiedes und berichtete auch von ihm, seinen Versuchen, seinen Mutmaßungen. Mit nichts hielt er zurück. Bis auf eines. Oh, fragt mich nicht, flehte er innerlich, während die Worte über seine Lippen flossen. Fragt nicht, woher ich die Klinge habe. Schließlich hielt er inne.

«Warum tut ihr das für mich?», verlangte er zu wissen.

Ogden und Halev tauschten einen Blick.

«Ich habe etwas für dich», sagte Ogden statt einer Antwort. Auch er zog nun einen Beutel hervor, ein kleines Säckchen, das er unter seinen lumpigen Kleidern getragen hatte. Es wog schwer in Belas Hand. Und als er es nach einem fragenden Blick zu dem Alten auf dessen Kopfnicken hin öffnete, weiteten sich seine Augen. «Das ist …», begann er.

Ogden verschloss das Säckchen mit einer Hand. «Gold», bestätigte er. «Nicht viel. Das, was ich in meinem Leben bekommen konnte. Es war für Hamar gedacht. Für eine bessere Zeit. Er sollte damit …» Seine Stimme brach. Betreten schaute Halev zur Seite. Bela sah, wie er sich über das Gesicht wischte. «Hamar ist nicht mehr», fuhr Ogden fort, nachdem er tief durchgeatmet hatte. «Und vielleicht wäre er auch nicht der Mann gewesen, der …» Wieder verstummte er. Dann umschloss er Belas Hand mit der seinen und drückte ihm so das Gold fest in die Finger. «Nimm es als meinen Dank, dank für das, was du versucht hast. Und für das, was du erreicht hast. Für Wanek und uns alle.»

«Aber das ist ein Schatz», wandte Bela erschrocken ein.

Ogden schüttelte den Kopf. «Ich brauche ihn nicht», sagte er. «Nicht mehr.»

Hilfesuchend wandte Bela sich an Halev, der ihm aber nur zustimmend die Schulter drückte. Da öffnete Bela das Säckchen erneut. Er nahm etwas von dem Gold heraus und hielt es Halev hin. «Für die Frau», sagte er. Als die beiden Männer ungläubig schauten, drängte er es ihnen auf. «Gebt es der Frau. Sie war Hamar sein Leben wert. Vielleicht kann sie so … vielleicht kann man sogar das Kind noch retten.»

Halev schüttelte grimmig den Kopf. «Es hatte nie eine Chance», sagte er.

«Aber andere Kinder könnten eine haben», beharrte Bela. Noch einmal hielt er dem Hünen das Gold hin. «Sie könnten besser leben.»

Halev lachte grimmig. «Da müsste sich vieles ändern, verdammt vieles.»

«Und es kann sich ändern.» Das war Ogden, und seine Stimme klang wieder kraftvoller. «Es hat sich schon vieles geändert. Du weißt es vielleicht gar nicht, Bela. Aber was du für Wanek getan hast …»

Bela winkte ab. «Das war doch nichts», sagte er. «Nur ein paar Hackenschläge.»

«Es war alles», widersprach Halev, der nun ebenfalls einstimmte. «Die anderen haben es gesehen und nachgemacht. Es hat sich etwas verändert, Bela. Ogden hat recht, etwas, das schwer zu greifen ist. Ein Geist ist unter den Männern entstanden, ein Gefühl der Gemeinschaft, der Verantwortung.»

«Aber ihr wart doch immer schon eine Gemeinschaft», wiegelte Bela ab. «Und du warst ihr Führer, Halev.»

«Ja, eine Gemeinschaft der Duckmäuser, der fröhlichen Verzweiflung und des stumpfen Vor-sich-hin-Werkelns.» Halev schnaubte. «Mit dir ist etwas Neues zu uns gekommen, Bela. Ich ahnte es schon, als ich dich sah. Du warst so anders als die anderen Männer, du schienst nicht hierherzugehören.»

«Und ich werde euch verlassen», warf Bela schnell ein. «Ich werde gehen, bald, wenn ihr mir das hier wirklich geben wollt.» Er sagte es mit aller Brutalität. Denn er spürte die Hoffnung in ihnen, wenn er auch nicht begriff, wohin sie zielte. Sie war wie ein Gewicht, das sich schwer und ahnungsvoll auf ihn legte. Und er wusste nicht, ob er es tragen wollte, nein, er scheute wie ein Pferd. Andererseits wollte er das Gold nicht lassen. Er spürte, wie seine Finger sich wie von selbst darum schlossen. Es würde ihm alles ermöglichen, was er sich vorgenommen hatte, bald, jetzt. Er könnte Erz kaufen und zu Skelt zurückkehren, könnte sein Schwert gießen, viele Schwerter, und sich auf die Suche machen nach denen, die durch seine Albträume streiften. Hektisch nahm er einen weiteren Goldbrocken heraus.

«Für Wanek», haspelte er, ehe jemand etwas sagen konnte. «Er soll nach Hause gehen. Er kann doch nicht ...» Bela verstummte. Wenn ich mich nur loskaufen könnte, dachte er verzweifelt. Aber er wusste, das war unmöglich. Und ein Teil seines Wesens wollte das auch gar nicht. «Ich werde gehen», sagte er schwach.

Halev nickte ernst. «Das wirst du», bestätigte er. «Und ich werde dir persönlich den Händler zeigen, der dir weiterhelfen wird.»

«Es ist der mit dem Stirntuch, nicht?» Bela hatte das Gefühl, damit in etwas eingewilligt zu haben, das er noch nicht überblickte.

Halev hob die Brauen, dann begriff er, wovon Bela sprach, und nickte. «Dieser Händler ist es, ja. Er kauft uns ab, was wir haben, und bringt, was er zahlt, unseren Familien. Er ist zuverlässig.»

Bela nickte. «Und ihr?», fragte er.

Ogden stützte sich auf seinen Stock und neigte sich vor. «Wir hoffen darauf, dass du uns nicht vergisst.»

Langsam schaute Bela von einem zum anderen. «Was erwartet ihr von mir?», flüsterte er. Er bekam keine Antwort. Weder Ogden noch Halev hätten in Worte fassen können, was sie sich erhofften. Es gab keinen Plan. Alles, was Bela bisher getan hatte, war ohne Plan geschehen. Weil er war, wie er war. Er würde ihre Welt verändern, daran glaubten sie.

Bela seufzte schwer. Steif erhob er sich.

Da griff Ogden nach seiner Hand. «Ich habe gesehen, wie du dich für meinen Sohn in die Bahn eines Speeres geworfen hast», sagte er. «Es gibt nichts zu bereuen. So oder so.»

Halev brachte nichts mehr heraus. Er beschränkte sich darauf, Bela so fest zu umarmen, dass dem die Luft wegblieb. «Ich werde mich um die Frauen kümmern», sagte er. «Danke.»

Dass diejenigen ihm dankten, die doch im Gegenteil so viel für ihn getan hatten, schnürte Bela die Kehle zu. «Ich werde wiederkommen», versprach er. Es rutschte ihm spontan heraus, ehe er darüber nachgedacht hatte, und sofort zuckte die bange Frage in ihm auf, wie er dieses Versprechen halten sollte. Hatte er nicht seine eigene, ganz andere Aufgabe?

Halev nickte nur und schaute beiseite. Dann räusperte er sich. «Ich bringe dich jetzt zu ihm», sagte er dann.

«Zu dem Händler?» Bela fühlte, wie seine Eingeweide sich zusammenzogen. So war es also so weit. Er würde aufbrechen, jetzt, sofort. Sein neues Leben begann in diesem Augenblick.

Wieder nickte Halev. «Habe ich dir nicht gesagt, dass er immer eine Weile in den Wäldern bleibt? Komm!» Damit wandte er sich ab und ging voraus.

Bela raffte seine Besitztümer zusammen und mühte sich, zu ihm aufzuschließen. Nach einigen Schritten wandte er sich noch einmal um. Ogden stand noch immer da, auf seinen Stock gestützt, und blickte ihnen nach. Bela hob den Arm.

Es drängte ihn, laut auszurufen: Ich werde wiederkommen! Aber kein Laut kam über seine Lippen. Er hob den Arm, um ein letztes Mal zu winken, dann ließ er ihn wieder sinken. So vieles lastete auf ihm. Mutlos wandte er sich ab. Dann, mit einem Mal, durchfuhr ihn etwas, heiß, bebend, mit der ganzen Süße eines großen Entschlusses. In diesem Moment wusste er es, und auf seinem Gesicht lag ein Lachen, als er sich erneut umwandte. Er öffnete den Mund, um zu rufen. Aber Ogden war verschwunden.

Das Lächeln schwand von Belas Gesicht, aber die Erregung in ihm blieb. «Ich werde wiederkommen.» Er flüsterte es. «Ich werde meine Schuld begleichen. Und wenn ich ein großer Mann werde, dann nur mit euch.» Ein letztes Mal ließ er seinen Blick über die Stelle im Wald wandern, die nichts von ihrem Geheimnis verriet. Endlich drehte er sich um und folgte Halev ins Dickicht, das sie bald verschluckte.

53.

Elin blickte den Menschen entgegen, die sich ehrfurchtsvoll dem See näherten. Sie selbst stand bis an die Hüften im Wasser, den Stab in der Linken, in der Rechten eine Schale, und hob nun die Hände, um alle, die gekommen waren, zu begrüßen. Das ganze Dorf war auf den Beinen; niemand, nicht einmal die Alten und Kranken, nicht die Händler und Handwerker aus dem neuen Hüttendorf und keiner ihrer Gäste, hatte diesen Tag versäumen wollen: den Tag, an dem für das Dorf am Zeigerberg eine neue Zeit begann.

«Bringt mir unsere Gefährten», rief Elin mit lauter Stimme.

Es war Sternauge, die als Erste herangeführt wurde. Munter wieherte die Stute ihrer Herrin entgegen, und es bereitete keine Mühe, sie in das seichte Wasser hineinzuführen, bis es ihr an die glänzend gestriegelten Flanken stieg. Sternauge war schöngemacht worden für diesen Tag. Keda und ihre Freunde hatten sie mit Kamm und Distelkarden bearbeitet, bis ihr Fell glänzte. Mähne und Schweif waren geflochten und mit Blüten geschmückt. Auf ihrem Rücken lag eine gewebte Decke mit dem Zeichen der Gemeinschaft: der Sonne.

Kopfschüttelnd stand sie nun da und prustete ein wenig, als Elin mit der Schale etwas Wasser schöpfte und es ihr über den schönen Kopf laufen ließ. Sie streichelte ihre alte Freundin und strich ihr die Tropfen von den Nüstern. «Ich gebe dir den Namen Sternauge», verkündete sie laut. «Gegeben bist du in meine Hände. Gerufen bin ich zu deinem Schutz. Zum Wohl der Mutter und von uns allen.»

Damit nickte sie Pau zu, der das Tier am Zügel nahm und wieder aus dem Wasser herausführte. Jubelnd begrüßten es die Kinder. Und selbst die Dorfbewohner, die sich an die Stute mittlerweile gewöhnt hatten, sahen sie in diesem Augenblick noch einmal als etwas ganz Besonderes.

Elin spürte es und war froh. Das war es, was sie hatte erreichen wollen. Die Pferde würden ihrer aller Leben verändern. Ihre Kraft würde den Menschen helfen, sie weiter und schneller tragen, als sie je hätten laufen können, ihre Felder umpflügen und ihre Lasten ziehen. Aber sie wollte nicht, dass dies geschah, ohne den Tieren Dank und Ehrfurcht zu erweisen. Sie sollten keine Diener sein, keine Sklaven, die man benutzte wie ein Werkzeug. Oder die man tötete, wenn man sie nicht mehr brauchte. Elin dachte an den Schwarzen, der in der Schlucht begraben lag. Sie dachte an den kleinen Hengst, den Idris, ihr Bruder, geschlachtet hatte und dessen Fleisch sie selbst auf dem Rücken zu der Tafel emporgetragen hatte, auf der wenig später auch sie selbst als Opfer lag. Gewalt gegenüber Tieren und Verachtung gegen Menschen – wie nahe lagen diese beiden Dinge doch beieinander. Und hatte die Mutter sie nicht bestätigt, indem sie ihr gerade ein Tier geschickt hatte, das ihren Willen kundtat, sie leitete und ihr half, als sie Hilfe benötigte?

Elin hatte seither viele Menschen kennengelernt. Sie unterhielt sich gerne mit den Reisenden, die ihre Gemeinde in wachsender Zahl anzog, und ließ sich etwas über die Sitten ihrer Heimat erzählen. So erfuhr sie, dass sie nicht die Einzige war, die so dachte, dass Tiere nicht überall in Feinde oder Futter eingeteilt wurden. Es gab Orte, die einige von ihnen als heilig verehrten und niemals antasteten. Es gab Jäger, die sich bei ihrer Beute entschuldigten dafür, sie erjagt zu haben, und ihr versicherten, sie sei aus Notwendigkeit und für einen guten Zweck gestorben und werde dafür geehrt. Diese Berichte hatten etwas in Elin zum Schwingen gebracht und eine Idee in ihr keimen lassen: Kinder der Mutter, das waren sie alle. Und so sollte der Mensch sich sehen: als Teil einer Gemeinschaft. Keine unnötige Gewalt, keine Grausamkeit sollten darin herrschen, weder gegen Menschen noch gegen Tiere.

Elin beobachtete ihre Gemeinde und spürte, dass jeder Einzelne begriff, was in der Zeremonie ausgedrückt wurde, deren Zeuge er war.

Da führte Pau das nächste Tier heran. Es war der junge Hengst mit der hellen Mähne. Sein Fell war fast honigfarben, und es bebte hier und da vor Erregung, als er dem Priester am Zügel folgte. Viel Geduld und Zureden waren nötig gewesen, ihn so weit zu bringen, dass er sich von einem Menschen führen ließ. Und bis er jemanden auf seinen Rücken ließ, würde es noch mehr Arbeit brauchen. Aber Elin war zuversichtlich; es würde geschehen.

«Ich gebe dir den Namen Lichtfell», erklärte sie. «Gegeben bist du in die Hände von Pau. Gerufen ist er zu deinem Schutz. Zum Wohl der Mutter und von uns allen.»

Stolz hob der Priester den Kopf, als sein Name genannt wurde. Künftig würde er neben seiner Herrin reitend die Gemeinschaft repräsentieren. Er sah bereits vor sich, welchen Eindruck sie damit bei den Besuchern erzielen würden, und neben Ehrfurcht zitterte in seiner Brust eine gewisse Genugtuung. Er fühlte sich Elin damit ebenbürtiger, und ehe er sich abwandte, um den jungen Hengst ans Ufer zurückzuführen, sandte er ihr einen leidenschaftlichen Blick.

Elin senkte für einen Moment die Augen, ehe sie mit energischer Stimme nach dem nächsten Tier verlangte. Nacheinander wurden ihr so die beiden Jungstuten zugeführt, die sie verdienstvollen Mitgliedern ihrer Gemeinde widmete, damit sie sie in ihren Ställen pflegten und die Verantwortung für sie trugen.

Die Stute mit dem Fohlen kam nur zögernd, den Kopf immer wieder nach ihrem Kind umwendend, einem kleinen Hengst, der mit staksigen Beinen am Ufer stand und den Kopf nach ihr reckte. Elin nannte sie Zuversicht und gab sie in Selas Hände, die sie strahlend und von vielen beglückwünscht am Zügel nahm, um sie auf ihren Hof zu führen. Doran und Ban hingen an ihren Beinen und bettelten darum, hinaufgesetzt zu werden.

Das Kleine wandte schon den Kopf, um ihnen zu folgen. Da gab Elin Pau ein Zeichen. Er band einen Strick ans Halfter des Hengstfohlens und zog es zurück zum Ufer; es bockte und sprang mit allen vier Hufen in die Luft. Elin watete ihm aus dem Wasser entgegen. Sie wollte es nicht riskieren, dass das Tier beim Kontakt mit dem fremden Element in Panik geriete. Ausgiebig kraulte sie das verängstigte Tier und flüsterte ihm in die empfindsamen, nervös zuckenden Ohren, bis es ein wenig ruhiger wurde. Dann benetzte sie auch seinen Kopf mit dem heiligen Wasser und sprach: «Ich nenne dich Springer. Zum Wohl der Mutter und von uns allen bist du in die Hände gegeben von – Todok.»

Ein Raunen ging durch die Menge, als sie den Namen eines Jungen nannte, der den meisten noch als Kind galt. «Ein Bengel, nichts weiter», meinte einer. «Ja, aber er hatte die Idee», widersprach ein anderer. «Kann er das denn überhaupt?» So gingen die Meinungen. Elin lächelte und streckte die Hand aus. «Komm, Todok. Du bist gerufen zu seinem Schutz.»

Ungläubig stolperte der Junge auf sie zu. Seit dem Morgen bei der Schlucht hatte er sich nicht mehr in Elins Nähe gewagt. Kaum dass die anderen gekommen waren, war er davongelaufen, hatte sich im Reisig seines Lagers vergraben, um das Bild des sterbenden Pferdes abzuschütteln. Aber es war vergebens gewesen, und die Schuld hatte ihn seither gedrückt. «Aber …», stammelte er nun, als er auf die Priesterin zuging, die doch Zeugin seines Versagens gewesen war. Wie konnte sie ihm da so ein Geschenk machen? Verwirrt starrte er erst sie und dann das Fohlen an, das sich neugierig nach ihm umgewendet hatte. Und langsam färbte die Röte einer tiefen Freude sein Gesicht.

«Der Geist des einen lebt im anderen fort», sagte Elin leise. «Du kannst ihm Gutes tun.»

Todok nickte heftig. Ja, das wollte er. Das würde er. Er würde es allen beweisen.

Elin strich ihm über den Kopf, dann wandte sie sich der Menge zu. «Mit diesem Tag sind wir zum Volk der Pferde geworden, das sich zur Mutter bekennt und ihre Diener in Gestalt der Pferde ehrt. Niemals mehr werden wir ein Tier dieser Rasse jagen, noch töten, nie es essen oder zulassen, dass eines gequält wird. Denn sie sind unsere Gefährten, und wir, die wir an ihren Kräften teilhaben, sind zu ihren Beschützern bestellt.»

«Gelobt sei die Mutter», murmelten die Dörfler im Chor.

Dann brachen sie in Jubel aus. Selas Mann umarmte seine Gattin, die ihm diese zweite, unglaubliche Morgengabe eingebracht hatte, und schaute sie mit so viel Feuer an, als wäre sie wieder die junge Braut von damals. «Jetzt wird gefeiert», verkündete er. Die Menge wanderte vom Ufer fort, dem Dorfplatz entgegen, wo aufgetafelt worden war, als gälte es, eine zweite Ernte einzubringen.

Nur Pau wartete noch auf Elin, Sternauge und ihren neuen Gefährten am Zügel. Die beiden Pferde hatten sich bereits angefreundet und legten zärtlich die Köpfe aneinander.

«Wenn das so weitergeht, werden wir bald noch mehr Fohlen haben», bemerkte Pau lächelnd, als er ihr aus dem Wasser half.

Elin nickte. «Ja, wir werden das Volk der Pferde sein. Sie werden unser Leben bestimmen.»

«Es wird ein gutes Leben.» Paus Lächeln vertiefte sich zu einem Glühen, in dem Begeisterung für die Zukunft nicht nur des Dorfes lag. «Das spüre ich.»

Elin errötete. Angelegentlich beschäftigte sie sich mit ihrer Stute, während sie neben Pau herschritt. Sie hatte sein Interesse schon des Öfteren bemerkt. Es war nicht zu übersehen, dass Pau sie auch als Frau verehrte, auch wenn er zurückhaltend blieb und sich ihr keineswegs aufdrängte. Noch mit keinem Wort, keiner Geste hatte er sie zu irgendetwas gedrängt. Aber seine stumme Leidenschaft verströmte eine Glut, die alles um ihn herum berührte, und Elin hatte ihren Hauch schon auf ihrer Haut verspürt.

Sie musste zugeben, dass sie Pau mochte. Ich verdanke ihm vieles, dachte sie, während sie an seiner Seite über die Wiesen schlenderte. Er hat mich hier aufgenommen und mir beigebracht, was ich nicht wusste. Er ist immer da und hilft, ist klug, tatkräftig, freundlich. Elins Herz schlug ein wenig schneller, als sie darüber nachdachte. Die Leute im Dorf folgten Pau gerne. Dass er im Grunde dabei einsam zu bleiben schien, verband sie miteinander, beide waren sie im Herzen Außenseiter. Ob sich ihre Einsamkeiten miteinander verbinden ließen? Vorsichtig musterte sie ihn aus den Augenwinkeln. Er war ein schöner Mann, sie musste es zugeben, eine ungewöhnliche Erscheinung mit seinem rasierten Kopf, aber groß, schlank, biegsam und stark dabei, mit Zügen, in denen Leidenschaft und Disziplin miteinander rangen, und Augen, deren Blick ein Feuer hätte entzünden können.

Ban mag ihn, sagte Elin sich.

«Woran denkst du?», hörte sie seine Stimme und zuckte zusammen.

«An das Fest», sagte sie schnell. «Und an all das Neue, das damit beginnen wird.»

Auf einmal blieb er stehen. «Herrin», stieß er hervor und zögerte dann. Man spürte, dass das Wort ihm quer im Mund lag; es passte nicht zu dem, was er sagen wollte. «Du», setzte er dann von neuem an.

Elin öffnete den Mund und schloss ihn wieder. Er kennt meinen Namen nicht, dachte sie.

«Du», wiederholte Pau mit Inbrunst und griff nach ihrer Hand. Elin spürte die Hitze, die von seinen braunen Fingern ausging, ihr war, als flösse sie ihren Arm entlang und erfüllte kribbelnd ihren ganzen Körper. Das Zirpen der Grillen klang mit einem Mal lauter und ließ die Luft vibrieren. Das gesichelte Gras zu ihren Füßen duftete, die Pferde hatten mit gesenkten Köpfen zu fressen begonnen und entfernten sich Schritt um Schritt. Nur sie beide waren hier. Ihr schwindelte ein wenig. Unwillkürlich streckte sie die Arme aus, und als wäre es das Natürlichste, griff er nach ihr und hielt sie fest. Ein Schwarm Vögel stieg mit schwirrenden Flügeln auf und stob über sie hinweg. «Schau», sagte sie und legte den Kopf in den Nacken.

Pau aber vergrub die Nase in ihrem Haar, das sein Gesicht gestreift hatte. «Du», murmelte er erstickt.

Elin erstarrte einen Moment, als sie die Berührung seiner Lippen spürte. Aber die Panik blieb aus, die Furcht, das Gefühl, zu ersticken und um sich schlagen zu müssen. Es war ganz leicht, es war gut, ja, das war es. Ihre Haut begann zu prickeln, und aus ihrem Leib erhob sich eine süße Woge. Warum nicht, dachte Elin. Es könnte sein, das könnte es tatsächlich. Vorsichtig sog sie seinen Duft ein, er roch gut, betörend sogar, und sie erwog, es ihm zu sagen, ihm zuzuflüstern, dass er köstlich sei. Aber es erschien ihr seltsam, und sie blieb stumm.

Mit Interesse folgte sie der Spur seines Mundes auf ihrer Haut, die ihren Nacken berührte, ihren Hals, die Wange. Sie spürte, wie ihr Körper ihm antwortete, bebte, sich an ihn drängte. Sie hörte sich leise seufzen, als er sacht mit der Zunge den Rand ihrer Lippen entlangfuhr, Blitze schossen durch sie hindurch und entzündeten ein Feuer in ihrem Schoß. Und durch ihren Kopf schossen die Bilder von ihr und Pau: nackt, umschlungen, sein glänzender Rücken, der sich über ihr aufbäumte, ihre entblößte Kehle, ihre Hände an seinen Hüften, das gemeinsame Keuchen, ihre Finger, die sich bebend mit seinen verschränkten. Als wäre es schon geschehen. Sie konnte es betrachten wie eine Zuschauerin. Gleich würden seine Lippen sich auf ihre legen, gleich tränke sie seinen Atem, gleich wäre es so weit. Es wäre möglich. Ihre Augen weiteten sich und fanden die seinen. Zum ersten Mal, seit sie verstummt waren, blickten sie einander an.

Da wich er vor ihr zurück.

Elin musste die Augen schließen, um die Tränen zurückzupressen. Sie spürte seinen Schmerz, und es tat ihr leid, mehr, als sie hätte sagen können. Aber er hätte mehr gewollt. Mehr als ein Mädchen, das nachgab, weil der Sommerabend so lau und duftend war. Mehr als eine Frau, die mittat bei etwas, das sie ebenso gut hätte lassen können. «Pau», presste sie schließlich hervor.

Er hob die Hände und schüttelte heftig abwehrend den Kopf. Nein, er wollte es nicht hören, wollte nicht wissen, wie sehr sie ihn schätzte, ihn achtete. Wie attraktiv sie ihn fand. Wollte das ‹Aber› nicht hören. Mit brennenden Augen starrte er an ihr vorbei.

«Pau?», wiederholte Elin nach einer ganzen Weile.

Er atmete noch einmal tief durch. Dann hob er den Kopf und antwortete: «Herrin?»

Elin zuckte zusammen wie unter einem Schlag. Ehe sie sich wieder sammeln konnte, hatte er sich leicht verneigt und ging über die Wiesen davon.

Vom Dorf her waren lachende Stimmen zu hören und der drängende Schlag einer Trommel. Elin stand alleine da, eingehüllt in das Zirpen der Grillen wie in unsichtbare Schleier. Da hörte sie Sternauges vertrautes Schnauben. Mit einem Aufschluchzen lief Elin zu ihr und sprang, ohne lange nachzudenken, auf den Rücken der Stute. Sternauge verstand sie ohne ein Wort und lief los. Mit einem Seufzer der Erleichterung hielt Elin ihr Gesicht in den Wind und schrie.

Die Sterne blinkten bereits an einem noch immer hellen Himmel, in dessen durchsichtiges Blau sich Schlieren des Abendrotes mischten, als Sternauge langsamer wurde und schließlich anhielt.

Elin wischte sich die Tränen aus den Augen. Sie erkannte, dass sie wieder in der Nähe des Dorfes waren. Weiter hinten bemerkte sie den Zaun, den die Dörfler um die neuen Pferdeweiden gezogen hatten. Sie führte Sternauge dorthin und ließ sie bei ihren Artgenossen. Dann wandte sie sich der Höhle zu. Heute Nacht würde sie dort oben schlafen, allein. Es galt, sich über viele Dinge klar zu werden. Als sie den Aufstieg bewältigt hatte, setzte sie sich in die Tür und betrachtete die Landschaft, die sich ihr bot: die schwärzliche Silhouette der Zeigerberge, gekrönt von Sternen, darunter im milden Dämmer der Sommernacht die Weiden, auf denen sich die Umrisse der Pferde abzeichneten, die schönen Linien ihrer Rücken, die wie helle Schatten durch die Dunkelheit streiften. Elin konnte den dumpfen Schlag ihrer Hufe, das Rupfen ihrer Mäuler und ihr behagliches Schnauben bis zu sich herauf hören. Mit weichem Blick verfolgte sie das Schauspiel.

Ja, das vor ihr war die Zukunft. Viel Neues würde kommen, und Pau hatte sicher recht: Es würde ein gutes Leben sein. Elin lächelte und spürte nicht, dass ihr Tränen über die Wangen liefen.

V.

Die Herren auf dem Hügel

54.

Bela hielt inne und stützte sich auf seinen Stab. Verschwitzt, aber froh nickte er seinem Gefährten zu. Er war weit gewandert an der Seite jenes Händlers, doch er hatte keinen Moment seiner Reise bereut. Der Mann war viel herumgekommen und wusste Geschichten zu erzählen, wie er sie einst in Orins Hütte gehört und geliebt hatte. Bela erfuhr viel über das große Gebirge und über das Meer, das sich dahinter befand, über die Routen der Händler und ihr Leben unterwegs. Und er hörte gerne zu. Auch lenkten ihn die Erzählungen ab von dem, was nun vor ihm lag, da die Zeit in den Minen vorüber war. Es überschattete bereits drohend seine Träume und war doch noch gestaltlos. Da gab es so vieles, an das er zu denken hatte: seine Rache, Hamar und die anderen, denen er sich tief verpflichtet fühlte, auch Elin, an die er nicht zu denken versuchte und deren Name doch wie ein beständiger sehnsuchtsvoller Grundton über allem lag, alldem, das ihn nur immer weiter von ihr wegführen würde. Noch hatte Bela keine Idee, wie sich alles ineinanderfügen sollte. Selbst die phantastischste Fabel schien ihm glaubhafter als das vage Bild seiner eigenen Zukunft, auf die er doch mit jedem Schritt, den er tat, unerbittlich zuging.

Seinem Gefährten erzählte er nichts von dem, was ihn bewegte, und wenn der Händler etwas ahnte, so verriet er es mit keinem Wort. Nur seine klugen schwarzen Augen musterten Bela manchmal aufmerksam.

Wie auf Verabredung mieden sie den Herrschaftsbereich des Herrn vom Hügel und hielten sich westlich, ehe sie schließlich nach Norden abbogen. Bela war es recht, diese Route brachte ihn näher an das Seedorf, wo, wie er hoffte, Skelt noch auf ihn wartete. Skelt und das Rezept für das unbekannte, unschlagbar harte Metall. Der Schmied und Freund sollte seine erste Station sein. Das Erz kaufen und danach zu Skelt, so weit war sein Plan gediehen. Was er tun wollte, wenn er das Schwert erst in der Hand hielt, von dem er so lange geträumt hatte, wusste Bela noch nicht so genau. Dennoch beeilte er sich, diesem ersten festen Punkt zuzustreben. Aber jetzt bedeutete ihm der Händler, innezuhalten.

Vor ihnen lag eine Ebene, an deren Nordrand sich eine imposant gezackte Hügelkette erhob. Das Dorf schmiegte sich an eine alleinstehende Erhebung dieser gegenüber und war von abfallenden Wiesen und Feldern umgeben. Auf der ihnen zugewandten Seite neigte sich sein Grund steiler. Und dort, auf jenen Hang, wies Belas Gefährte nun.

«Die obere Siedlung ist schon alt», sagte er, «wie du an den Palisaden siehst. Sie nennt sich ‹Das Dorf am Zeigerberg›. Aber hier im Osten hat sich vor einigen Jahren ein neuer Handelsplatz entwickelt. Dort leben viele Handwerker, ehemals Reisende wie ich, die sich niedergelassen haben. Und die noch umherwandern, kommen vorbei, um zu lernen und zu tauschen. Es ist ein guter Ort. Sein Herz ist der heilige See, du kannst ihn von hier aus nicht sehen. Er liegt dort rechts hinter der Erhebung. Wir werden ihn morgen besuchen. Wer weiß, vielleicht hast du ja eine Frage an das Orakel», fügte er hinzu und betrachtete seinen Begleiter mit schräggeneigtem Kopf.

Bela lächelte nur zerstreut. Er betrachtete voll Neugier die Hüttenreihe, aus der lebhafter Rauch aufstieg. Sie lag unterhalb der anderen Behausungen, eine Welt für sich, die nachträglich mit einer eigenen Palisadenreihe versehen und an die alte Befestigung angeschlossen worden war. Sie hatte ein eigenes Tor, das einladend geöffnet war. Bela vermeinte,

Stimmen und das Klopfen von Schmiedehämmern zu hören. Der Platz sah wohlhabend, sauber und freundlich aus. Man sah und hörte das frohe Leben, das dort stattfand. Welch ein Unterschied zu der Bergmannssiedlung mit ihren vernachlässigten Menschen, den zerstörten Bäumen und dem ewigen Qualm, der über allem lag! Noch immer meinte Bela, den Schwefel riechen zu können, der den Röstfeuern entströmte. Aber hier – er blähte die Nüstern – lag nichts anderes in der Luft als der Duft von Heu und Obst, Staub und vergorener Milch, von Menschen, ein wenig Holzrauch von Schafen und anderem Vieh. Darunter mischte sich eine Note, die ihm vertraut erschien, ohne dass er sie einordnen konnte. Keins der anderen Dörfer, das sie gestreift hatten, hatte so gerochen. «Wer beherrscht den Ort?», fragte er.

«Es gibt keinen Herrscher», antwortete der Händler und fügte, als er Belas überraschtes Gesicht sah, hinzu. «Es ist eine Orakelstätte, schon immer gewesen, und die Priester regieren die Gegend. Nicht zu ihrem Schaden, wie du siehst.»

Bela musste es zugeben, als sie sich der Siedlung näherten. Die Wege aus gestampftem Lehm waren sauber, die Menschen gutgekleidet und freundlich, in den Werkstätten herrschte rege Geschäftigkeit. Vor den Hütten standen Töpfe und Geschirre, Stoffbahnen hingen an den Wänden der Webereien und bauschten sich im Wind. Schmiede präsentierten ihr Werkzeug, und Gerber legten ihre Häute aus. Man fand Kräuter in Säckchen und Körben, Amulette und Schmuck, Muscheln, Steine und – Bela sah es mit klopfendem Herzen – Schalen mit Erzen und Erden.

Es gab sogar ein eigenes Haus für die, die nicht auf Dauer blieben, wo sie sich einrichten und an der Feuerstelle versorgen konnten. Der Händler führte Bela dorthin und legte sein Gepäck ab. Bela wunderte sich, dass er keine Maßnahmen traf, es zu bewachen. Aber der Händler benahm sich, als sei er hier zu Hause, begrüßte mit Handschlag ein bekanntes Gesicht, plauderte mit anderen Gästen und wandte sich erst nach einer Weile wieder an Bela. «Feuerholz und Essen kannst du oben im Dorf kaufen. Frag einfach bei einem der Bauern nach. Aber es gibt eine Frau, die gegen ein kleines Entgelt auch kocht. Ich werde mich nachher erkundigen, ob sie Zeit hat, für uns zu sorgen.»

Bela nickte stumm. Verwundert, aber mit wachsender Begeisterung blickte er sich um. Dies hier war ein Ort, von dem er geträumt hatte, als er bei Orin in der düsteren Schmiede gesessen hatte, ein Ort, wie er ihn kaum für möglich gehalten hätte. Ob es viele wie diesen gab?

Der Händler lächelte nicht über seine Frage. «Im Osten ja», meinte er nach kurzem Nachdenken, «wenn du dem Mutterstrom lange folgst, findest du Siedlungen wie diese. Hier ist sie bislang einzig. Aber sie wird es nicht bleiben.» Damit ging er.

Bela blieb auf sich allein gestellt. Ein wenig zögerte er, seine Schätze unbewacht in der Hütte zurückzulassen, dann beschloss er, dem Vorbild des anderen zu folgen und es zu wagen. Nur das Gold nahm er mit sich. Lange schlenderte Bela von Werkstatt zu Werkstatt, beinahe trunken von der Fülle, die sich vor ihm auftat. Hier gab es Stoffe mit Mustern, wie er sie nie zuvor gesehen hatte. Er musste den Gedanken an die Fetzen abwehren, die die Bergmannshuren getragen hatten. Vor einem Hemd mit roten Borten und aufgestickten Apfelkernen blieb er lange stehen. Elin, dachte er, mit ihren braunen Augen und dem mohnroten Mund, hätte gut darin ausgesehen. Und für einen Moment war er traurig, dass er dies hier nicht kaufen und ihr mitbringen konnte. Dass sie nicht seine Frau war und in einer dieser Hütten auf ihn wartete, damit sie gemeinsam auf ihr Feld gingen, um dort ihr Tagwerk zu vollbringen. Bela ging weiter und verdrängte die Bilder. Erneut ließ er sich fesseln von dem Angebot, das er sah.

Am Ende der Gasse hausten die Schmiede. Er roch es, er hörte es, und sein Herz schlug schneller. Mehr als einmal trat er näher, um die Qualität einer Arbeit zu begutachten, nahm eine Klinge in die Hand, führte sie zur Probe und kam ins Gespräch mit dem Schmied, mit dem er bald so flüssig fachsimpelte wie einst mit Orin oder Skelt. Der typische Geruch nach Holzkohle, Schwefel und Metall trat ihm in die Nase, und er blähte die Nüstern.

Aber auch der Anblick der Menschen tat ihm wohl. Erst jetzt spürte er, wie sehr er das normale menschliche Leben vermisst hatte. Das Lager der Bergarbeiter war eng gewesen und schmutzig, es gab dort keine Frauen, keine Kinder, nicht das Leben, das in einer Siedlung herrschte. Hier konnte man die Weiber über ihren Mahlsteinen sitzen und schwatzen sehen, junge Mädchen balancierten die vollen Eimer vom Brunnen nach Hause und zeigten mit schwingenden Hüften, wie spielend sie ihre Last beherrschten. Bauern schwatzten, auf ihre Sensen gelehnt, und tauschten ihre Ansichten über das Wetter oder die Ernte. Und Kinder spielten an jeder Ecke und jeder Gasse, Kinder, Kinder. Bela glaubte, noch nie in seinem Leben so viele davon gesehen zu haben! Gesund und fröhlich sahen sie aus, trotz des Staubs an ihren nackten Füßen und den Heuhalmen im Haar. Sie litten keinen Hunger und hatten keine Angst. Laut und wild spielten sie zwischen den Erwachsenen herum.

«Hoppla!», rief er, als ein Bürschlein ihn beinahe umrannte, und packte es am Arm, damit es nicht selber stürzte. Der Kleine war vier, vielleicht fünf Jahre alt und so schnell gelaufen, dass seine springenden Locken nur so getanzt hatten. Jetzt pustete er sie sich aus dem Gesicht und schaute zu dem Fremden hoch – mit Augen so grün, dass Bela ihn erschrocken losließ. Diesem Blick war er bislang nur begegnet, wenn er in einen Teich geblickt hatte. Für einen Augenblick war er sprachlos. «Alles in Ordnung?», brachte er endlich heraus, als er das verwirrte Gesicht des Kindes bemerkte, das den Schrecken des Fremden wahrnahm, aber nicht begriff. Erst jetzt fiel Bela auf, dass er den Knaben noch immer festhielt, und er ließ ihn los.

Der Junge nickte erleichtert. «Mama hat gesagt, ich darf nicht zu den Pferden, aber ich kann viel schneller laufen als sie.» Der Triumph bei diesem Gedanken ließ seine Augen erneut aufleuchten.

«Aha», sagte Bela, ohne ein Wort von dem wirren Kauderwelsch zu verstehen. «Na, dann lauf mal weiter, damit deine Mama dich nicht noch kriegt.» Er wollte ihm schon einen wohlwollenden Klaps geben, um ihn wieder loszuschicken. Dann überkam ihn ein sonderbares Gefühl, und er zögerte. «Was für Pferde?», fragte er den Kleinen, der ungeduldig von einem Fuß auf den anderen trat und schon an ihm vorbeilinste.

Plötzlich verzog sich das Gesicht des Jungen. Halb trotzig, halb schuldbewusst schob er die Unterlippe vor. «Ach neee», quengelte er los und stampfte mit dem Fuß auf. «Nicht, Mama, ich hab doch gar nicht ...»

Bela drehte sich um und schaute in die Richtung, in die der Kleine blickte. Für einen Moment setzte sein Herzschlag aus. Dann fuhr er wieder zu dem Jungen herum, der ihn jetzt beiseiteschubste, um loszulaufen und sich an die Beine seiner Mutter zu drücken. Ungläubig musterte er ihn. Das konnte nicht ... das war doch nicht möglich! Und doch: die Locken, die Augen ... Dann wanderte sein Blick zum Gesicht der Frau hoch.

Auch sie war stehen geblieben und umarmte zerstreut das Kind an ihren Knien, ohne auf die wortreichen Entschuldigungen und Rechtfertigungen des Kleinen zu achten. Ihr dunkler Blick schien Bela durchbohren zu wollen.

Dem war, als könne er mit einem Mal nicht mehr atmen. Mit einem ächzenden Zug hob er seinen Brustkorb. Sein Mund war trocken. Er öffnete die Lippen, um zu sagen, was ihm als Erstes einfiel: Du siehst gut aus. Dann schien es ihm albern, und er schwieg. Die widersprüchlichsten Gedanken wogten in ihm, keinen brachte er zu Ende. Wieder wanderte sein Blick zu dem Kind, diesem Jungen, der seine Augen besaß. Die Frau spürte es und schlang beschützend die Arme um ihren Sohn. Der, verblüfft und fast beleidigt, dass er nicht wie erwartet gescholten wurde, legte den Kopf in den Nacken und fragte: «Was ist denn, Mama?»

Er erhielt keine Antwort.

«Wie …?», entrang es sich Bela. Wie kommst du hierher?, hatte er fragen wollen. Wie kann das alles sein? Wieso hast du nie ein Wort gesagt? All diese Fragen bestürmten ihn, keine davon sprach er aus. Er konnte nichts tun, als sie hilflos anzustarren.

Da kräuselte ein trauriges Lächeln ihren Mund, das sich langsam, ganz langsam, erwärmte. Sie reichte ihm die Hand. «Ich hatte nicht mehr erwartet, dich wiederzusehen», sagte sie schlicht.

«Ich», stammelte Bela und verstummte erneut. Dann murmelte er: «Merendis!»

55.

Als Erstes entdeckten die Kinder die Fremden. Mit großen Augen verfolgten sie, wie die Gruppe von Kriegern um den See zog und auf ihr Dorf zuhielt. Die zählen konnten, zählten und hielten den Atem an. Dann rannten sie rufend und schreiend auf die Palisaden zu. Auf den Feldern hob man die Köpfe. Als die Fremden in Sicht kamen, fasste man die Rechen fester. Die Ängstlichen strömten bereits dem Dorf zu.

Erste Rufe wurden laut, das Vieh zusammenzutreiben. Endlich kam jemand auf die Idee, Pau zu benachrichtigen. Wenig später stand er in Elins Hütte und verneigte sich hastig.

«Zwanzig, sagst du?», fragte sie besorgt.

Der junge Priester nickte. «Nach dem, was die Kinder sagen.»

«Gehen wir von zehn aus», meinte Elin und überlegte.

«Gehen wir von zwanzig aus», widersprach Pau und schaute sie an.

Erstaunt hob sie die Brauen. «Du hast Angst?»

«Du nicht?», fragte er zurück. «Alle sagen, dass sie Waffen tragen.»

Elin machte eine abwehrende Bewegung. «So oder so sind es für den Moment zu wenig, um uns wirksam anzugreifen. Sie werden reden wollen. Ruf trotzdem alle herein und lass die Tore schließen. Sind die Pferde da?»

Er bestätigte es. «Todok hat sie noch nicht auf die Weide geführt.»

«Dank sei Todoks Schlamperei.» Sie trat auf ihn zu, legte ihm die Hand auf den Arm und lächelte. «Wir wussten beide, dass so etwas früher oder später geschehen würde.»

Er presste die Lippen zusammen und nickte. Ja, hieß das und: Ich bin bereit. Als sie aber hinausgehen wollte, hielt er sie einen Moment fest. Sie nahm seine Hand. «Es wird alles gut», sagte sie, als er stumm blieb.

In diesem Moment kam Keda hereingerannt. «Sie sind da! Sie sind da!» Ihre Stimme schnappte beinahe über. Nicht einmal der Anblick von Elin, die sich von Pau in ihr Ornat helfen ließ und in ihrem beeindruckenden rotgefärbten Umhang vor ihr stand, das Kupferdiadem auf der Stirn und das Gesicht blass vor Konzentration, konnte sie dazu bewegen, stillzuhalten. «Sie sagen, sie wollen mit dem Priester reden», schnappte sie. «Und sie tragen Feldzeichen und Helme und …»

«Was sagen sie?», herrschte Pau sie an und ging in die Knie, um das aufgeregte Mädchen an den Armen festzuhalten. «Haben sie mit dir gesprochen?»

«Ich stand am Weiher mit Ban …», begann Keda.

«Wo ist Ban?», unterbrach Elin sie da scharf. Ihre dunklen Augen flackerten.

«Bei Sela», sagte Keda beleidigt. «Ich dachte mir doch, dass du jetzt keine Zeit für ihn hast, wo der Mann doch sagte, dass er mit dir reden will.» Sie straffte sich unwillkürlich und hob das Kinn, um ihre Bedeutung zu unterstreichen. «Er hat mir gesagt, dass ich dir ausrichten soll: Der Herr vom Hügel will das Orakel sprechen.»

Danach war es still in der Hütte, so still, dass Pau sich erstaunt umwandte. Als er Elin sah, erschrak er. Sie war so bleich wie der Mond. Kein Tropfen Blut schien in ihr zu sein, als hätte der rote Mantel alles aufgesaugt. Mit hängenden Armen stand sie da, und man fürchtete beinahe, die Last ihres Haares würde sie zu Boden ziehen. Wie im Krampf öffneten und schlossen sich ihre Fäuste. Ihr Blick war in weite Ferne gerichtet.

«Herrin?», fragte er, dann drängender, in wachsender Sorge: «Herrin?»

«Ist er also da.» Sie flüsterte, es war kaum zu verstehen. «Der Tag.» Wieder schwieg sie. Wo ihre Gedanken weilten, wusste keiner. Als sie erneut die Stimme erhob, klang sie hart und klar: «Sag Todok, er soll Sternauge bringen und deinen Hengst. Wir wollen ihn begrüßen, den Herrn vom Hügel.» Sie bewegte sich, als gehöre ihr Körper nicht ihr selbst.

«Die Pferde», verlangte sie. Und als sie seinen forschenden Blick sah, fügte sie hinzu: «Es ist, wie ich sagte. Der Tag, der kommen musste, ist da.» Ernst schaute sie ihm ins Gesicht. «Keine Angst», sagte sie leise. «Ich weiß, wer ich bin.» Damit ging sie an ihm vorbei.

Und zum ersten Mal voller Sorge schritt Pau hinter ihr her.

Vor dem Palisadentor wandte der Herr vom Hügel sich um und überblickte die Schar seiner Männer. Er war zufrieden mit dem, was er sah. Ihre Zahl, ihre Waffen, ihre Haltung: All das sprach eine deutliche Sprache. Sicher würde er sein Ziel erreichen, mochte dieser Ort etwas Besonderes sein oder nicht. Eine Orakelstätte! Er rümpfte die Nase. Er selbst hatte an den Opfern drunten im Dorf von Anfang an nur widerwillig teilgenommen. Den Part in der Grotte überließ er gerne seinen neuen Verbündeten, den Männern Horachs. Es war ihm zuwider, dieses Armeheben und Augenverdrehen und Drohen mit Blitz und Götterzorn. Priester überhaupt waren ihm zuwider, sie handelten nicht vernünftig und beriefen sich auf Dinge, die ihm fremd waren. Manche von ihnen waren unglaubliche Narren, andere von einer Zähheit, die er nicht begriff, weil sie ihm nicht vernünftig schien. Aber am Ende, sagte er sich, war ein Priester auch nur ein Mann wie alle anderen. Wenn er Grund zum Fürchten hatte, so würde er sich fürchten. Und wenn man ein Schwert in sein Herz stieß, so starb er.

Da hörte er neben sich ein Räuspern. Der Anführer seiner Verbündeten hatte sich neben ihn gestellt und musterte nun auf seinen Speer gestützt die Befestigung. Horachs langes Haar war ebenso wie sein Bart in zahlreiche, verfilzte Zöpfe geflochten, die unter dem mit einem Bärenschädel geschmückten Helm hervorhingen, dessen Reißzähne ihm auf die Schläfen drückten.

«Ein schwerer Brocken», stellte der Krieger nachdenklich fest, «aber es wird sich lohnen.»

«Mehr als das», erwiderte der Herr vom Hügel kühl. Er schenkte seinem Verbündeten einen strengen Blick. Horach und die Seinen hatten ihm die Gefolgschaft geschworen. Sie waren in die Festung auf dem Hügel eingezogen und befolgten seine Befehle. Aber sie blieben unter sich, auch wenn er sich alle Mühe gab, die Männer mit unterschiedlichen

Aufgaben zu betrauen und an andere Führer zu gewöhnen. Sie hörten nur auf Horach, sie hatten ihr Zeichen nicht abgelegt, und vor allem: Sie huldigten einer Gottheit, die dem Herrn zutiefst suspekt war, auch wenn sie behaupteten, sie sei niemand anderes als die Große Mutter. Allzu blutdürstig erschien dem Herrn die Mutter in dieser Gestalt, und von denen, die an den Opfermahlen in der Grotte teilnahmen, hörte er, dass Schmerzen und Blut zu den Dingen gehörten, von denen Horach nicht genug bekommen konnte, weil er behauptete, seine Göttin liebe sie über alles.

Der Herr vom Hügel hatte nichts gegen Schmerzen. Sie zuzufügen hieß, sich die Menschen gefügig zu machen. Blut zu vergießen war eine genau kalkulierte Sache, Blut die Währung, mit der ein Krieger für seine Ziele bezahlte. Und er hatte klare Ziele vor Augen, die zu erreichen er bereit war, eine große Menge Blutes zu vergießen. Doch die reine Freude daran, es aus aufgeschlitzten Kehlen fließen zu sehen, war ihm fremd. Horach war ihm fremd, weil er nicht begriff, was ihn antrieb. Aber er war ein guter Kämpfer, der beste, wenn er ehrlich war. Er und seine Männer verbreiteten einen Schrecken, der viel wert war in den Händen eines Mannes, der wusste, was er wollte. Eines Mannes wie mir, dachte der Herr vom Hügel und reckte sich ein wenig. «Ah», rief er im selben Moment.

Das Palisadentor hatte sich quietschend bewegt. «Da kommt ja die Abordnung.» Mit einem Grinsen der Vorfreude wandte er sich zu seinen Männern um. Wie oft hatten sie das nicht schon erlebt: tölpelhafte Bauern, die ihnen entgegenwankten, Angst in den Gesichtern und Hände, die zitternd um Schonung baten. Ein «Buh» genügte, um sie in die Knie gehen zu lassen. Er lachte.

Aber seine Männer reagierten nicht wie gewohnt. Sie standen nur da und glotzten stumm geradeaus. Ungeduldig blickte der Herr in dieselbe Richtung. Und hatte Mühe, seine Fassung zu bewahren. «Pferde!», stammelte er und schaffte es gerade noch, einen Aufschrei zu unterdrücken. Sein Gehirn arbeitete. Damit hatte er nicht gerechnet.

«Pferde, ich hasse die Viecher!» Horach neben ihm spuckte aus. Dann sog er mit vor Abscheu bebenden Nüstern den Geruch der Tiere ein, die langsam näher kamen. Schon packte er seinen Speer fester.

Der Herr jedoch legte ihm die Hand auf den Arm. «Dies ist keine Jagd», raunte er. «Später.»

«Ich werde sie aufschlitzen», erwiderte Horach. Doch er hielt still.

Mit nervöser Faszination beobachtete der Herr vom Hügel, was auf ihn zukam.

«Sie sitzen auf den Tieren», stellte er fest. «Interessant.»

«Das ist Zauberei», hörte er hinter sich. «Sie sind Magier!» – «Sie werden wilde Tiere auf uns hetzen!»

«Ruhe», schnauzte er mit rückwärtsgewandtem Kopf. «Das ist ein Trick, sonst nichts. Verstanden?» Er suchte einen festeren Stand und verschränkte die Arme vor der Brust, während die Reiter langsam näher kamen. Der auf dem ersten Pferd musste der Priester sein, das verrieten der rote Mantel und das Diadem, das so in der Sonne gleißte, dass man sein Gesicht nicht erkennen konnte. Um seine Schultern schien ein zweiter Umhang aus goldener Wolle zu liegen, der seine Gestalt verbarg. Dennoch war sich der Herr des Hügels sicher, dass da nichts heranritt, was er nicht schon kannte: Stets waren es Greise, hagere oder fette, mit vor Wohlwollen glänzenden oder asketischen Gesichtern. Und sie säuselten oder drohten. Aber am Ende zogen sie den Schwanz ein, oder sie nahmen Geld. Oder sie gingen zu ihren Göttern ohne weiteren Umweg. Er verzog das Gesicht. Auch heute würde es nicht anders sein.

Dieses reiche Dorf war so gut wie sein. Und wenn es lief, wie er es sich vorstellte, dann würde die Orakelstätte zu seinem Sprachrohr werden. Nicht nur die fetten Lämmer, die man hier opferte, würden den Weg auf seine Tafel finden, nein, auch die Hilfesuchenden, die hierherkamen, würden durch den Mund der Priester seinen Willen erfahren, ihn zu ihrem Beschützer und Herrn machen und sich ihm in allem unterwerfen. Der Glaube war eine mächtige Waffe, der Herr vom Hügel wusste auch das. Mächtig genug, das Blutvergießen zu ersetzen, das manchmal mühsam war und wertvolle Arbeitskraft vergeudete. Tote Bauern pflügten nicht, gläubige Bauern schufteten dagegen bis zum Umfallen und dankten einem noch dafür. Er lächelte in sich hinein. Da wurde das Bild vor ihm langsam klarer. Und aus seinem Gesicht schwand der selbstzufriedene Ausdruck.

Kein alter Mann stand, vielmehr saß vor ihm, ihn selbst um fast eine Mannslänge überragend, sodass er nur die Brust eines Pferdes vor der Nase hatte und den Kopf in den Nacken legen musste wie ein Kind. Überhaupt kein Mann. Eine Frau blickte auf ihn herab. Ihr Haar umgab sie wie eine Gloriole, golden in der Sonne leuchtend bis herab auf den Pferderücken. Und sie war so schön, dass man ungläubig blinzeln wollte, um sich mit einem zweiten Blick zu versichern, dass sie ein Mensch war.

Der Herr vom Hügel senkte für einen Moment den Kopf. Sie zwingen einen, in die Sonne zu sehen, dachte er bei sich. Das ist ein Trick, nichts weiter. Doch er spürte Unruhe in sich aufsteigen. Unwirsch schlug er gegen die Pferdebrust und trat einen Schritt zurück, ehe er erneut aufblickte. Er hob den Kopf und öffnete den Mund, noch unsicher, welches die besten, einschüchterndsten Worte wären.

Stattdessen entfuhr ihm ein Laut, der alle aufhorchen ließ, seine eigenen Männer, Horach, Pau, der seinen Hengst herangelenkt hatte, und das Gefolge aus dem Dorf. Sie alle glaubten, sie hörten nicht recht. Sie alle begriffen es nicht. Der Herr des Hügels lachte. Er lachte, dass ihm die Tränen kamen. Schon begannen die Ersten zu fürchten, dass er verhext worden sei, und Unruhe machte sich unter den Kriegern breit. Aber der Herr schüttelte nur wieder und wieder den Kopf. Endlich hob er die Hand, zum Zeichen, dass er sprechen wollte.

«Elin», keuchte er, als er endlich wieder Atem fand. «Meine Güte, Elin. Was machst du denn hier?» Und erneut platzte er heraus, als hätte er einen besonders guten Witz gemacht.

Elin, das Wort ging leise von Mund zu Mund. Die Dörfler, denen es ebenso wenig sagte wie den Kriegern, blickten einander voller Besorgnis an.

Pau neigte sich herüber und wisperte: «Herrin?»

Sie hob nur die Hand und schob ihn zurück. Elin saß da wie ein Standbild. Der Spott schien an ihr abzugleiten. Sie zuckte mit keiner Wimper, hielt nur die Zügel und starrte den Mann an, der sich vor ihr wand und sich schier ausschütten wollte vor Lachen. Auch als er den Arm hob, mit dem Finger auf sie zeigte und losplatzte: «Elin, die Kleine, verdammt!», regte sich nichts an ihrer Gestalt. Aber innerlich war ihr eiskalt. Endlich, als es stiller geworden war, stieß sie ein einziges, vor Verachtung triefendes Wort aus: «Idris.»

56.

Ein wenig beklommen, aber doch voller Vorfreude, war Bela Merendis und ihrem Sohn gefolgt. Sie wohnten nun in der Siedlung am Zeigerberg, seit beinahe einem Jahr schon, wie sie ihm im Gehen mitteilte. Und ihr Vater fühlte sich hier sehr wohl.

«Skelt», rief Bela unwillkürlich aus, als er das vertraute

Narbengesicht des Hünen erblickte. Skelt schaute auf, wischte sich den Schweiß von der Stirn, legte seinen Hammer fort und kam ihm entgegen. Überschwang war seine Sache nicht, aber er packte Bela fest bei den Schultern und hielt ihn lange so. Merendis betrachtete sie eine Weile, dann wandte sie sich ab und ging in die Hütte. «Mama», hörte Bela den Jungen fragen, «wer ist der Mann?»

Etwas durchzuckte ihn, aber im selben Moment überwand Skelt seine Rührung, schlug ihm herzhaft auf die Schulter und lud ihn ein, sich mit ihm niederzulassen. «Merendis ist sicher schon dabei, uns etwas zu trinken zu bringen, das gute Mädchen.»

Als sie tatsächlich kam, um ihnen schweigend die Becher zu reichen, flüsterte Bela ihr zu: «Weiß der Junge es?»

Sie schaute ihm ruhig ins Gesicht, ohne eine Miene zu verziehen. «Was?», fragte sie neutral.

Dann forderte ihr Vater sie auf, sich zu setzen, und Bela schwieg. Er war nicht sicher, wie viel Wut möglicherweise in ihrer Stimme mitgeschwungen haben mochte, und wusste nicht, wie er beginnen sollte. Konnte es sein, dass er sich irrte, dass der Kleine nicht sein Sohn war?

In seiner Verlegenheit begann er, von seinem eigenen Schicksal zu erzählen. Skelt war bald gefesselt und stellte viele Fragen über die Mine, die Röstverfahren, die Schmiede, die dort arbeiteten, das Erz. Merendis schwieg und wich Belas Blick aus, der immer wieder zu ihr wanderte, oder vielmehr zu dem Knaben, der gekommen war und sich an ihre Seite kuschelte, um den seltsamen Geschichten des Fremden zu lauschen.

«Und ihr?», setzte er schließlich an, als er sich ein Herz gefasst hatte. «Was hat euch hierherverschlagen?»

Merendis schaute auf die Straße, Skelt zuckte mit den Schultern und begann, mit einem Ast im Feuer herumzustochern. «Wir haben es am See nicht mehr ausgehalten», meinte er schließlich und warf seiner Tochter einen Blick zu. Er schwieg von den Nächten, in denen sie wachgelegen und in die Finsternis gestarrt hatten, jeder für sich, während unter ihnen das Wasser gluckerte und plätscherte, in dem Pandroks Leiche schwamm und sich mit den Wasserpflanzen wiegte. Wie lange hatten sie voreinander verschwiegen, dass sie beide selbst mit geschlossenen Augen sein bleiches, aufgedunsenes Gesicht vor sich sahen, aus dem die Fische die Augen genagt hatten, dass jeder von ihnen beim Knarzen des Holzes dachte: Das ist er. Dass es sie zwischen den Schulterblättern gekribbelt hatte, wenn sie sich niederlegten und mit dem Körper die Bewegungen des Sees gegen die Pfeiler spürten. Und dass keiner mehr dem Wasser näher als nötig kommen mochte. Skelt schüttelte den Kopf, um die Erinnerung loszuwerden. «Es war nicht mehr dasselbe», sagte er.

«Ich verstehe», meinte Bela.

«Nicht, dass sie uns Schwierigkeiten gemacht hätten», fuhr Skelt fort. «Man hat uns geglaubt, denke ich. Zumindest konnte keiner das Gegenteil beweisen. Nur ein paar Bemerkungen hie und da.»

Bela nickte verständnisvoll. «Tikla», sagte er wissend und schenkte Merendis ein Lächeln, das sie nur mühsam erwiderte. Er konnte sich nur zu gut vorstellen, wie sie, mit ihrem für alle sichtbar schwellenden Leib, von den Mädchen im Dorf gepiesackt worden war. Und es tat ihm leid, mehr, als er sagen konnte.

«Es geht uns gut hier», sagte Merendis, die seine Miene bemerkte und eine entsprechende Äußerung fürchtete. Sie sagte es in ruhigem, abschließendem Ton und setzte sich auf. Sie nahm die Hand ihres Vaters, um sie zu tätscheln. «Vater hat hier mehr Anregung für seinen hungrigen Geist», fuhr sie dann fort. «Er hat sich im Dorf nie wirklich wohlgefühlt. Hier gibt es mehr für ihn zu tun. Neue Gesichter, neue Menschen, neue Ideen.»

«Ja, und ich fresse sie alle.» Skelt fletschte die Zähne, um seinen Hunger zu demonstrieren, zum quietschenden Vergnügen des Jungen. Alle lachten, dann kehrte erneut Schweigen ein.

«Wie heißt du?», wandte Bela sich zaghaft an den Jungen.

Der öffnete den Mund. «Ich habe noch, was du mir hinterlassen hast», begann Skelt, der aus seinen Gedanken zurückgefunden hatte, im selben Moment.

Unsicher schaute Bela zu ihm hinüber. Er wollte sich noch einmal seinem Sohn zuwenden, doch seine Mutter zog ihn fort. «Komm», forderte Skelt ihn auf, der sein Zögern nicht bemerkte. «Ich habe in der Zwischenzeit ein paar Versuche gemacht. Du wirst staunen.»

«Und ich habe in der Zwischenzeit gefunden, was wir brauchen», erwiderte Bela. Er stand auf. Skelt hatte seine ganze Aufmerksamkeit geweckt, sein Herz begann, schneller zu schlagen, die alte Erregung packte ihn wieder. Endlich. Der Moment, auf den er so lange gewartet hatte, war da. Er folgte Skelt in dessen Werkstatt, ohne sich noch einmal umzusehen.

«Er heißt Moan», sagte Merendis leise, als sie ihm nachschaute.

«Mama, wer ist der Mann?»

Wortlos zog sie ihren Sohn hinter sich her.

In der Schmiede legte Bela das Säckchen mit dem Gold auf ein Brett. «Das ist für dich», verkündete er.

Skelt machte es auf und pfiff. «Das ist mehr, als wir brauchen werden», meinte er. «Um vieles mehr.»

Bela schüttelte den Kopf. «Es, es ist für alles», sagte er unbeholfen.

«Na gut», sagte Skelt, «gehen wir zu Ilan. Er hat alles, was wir benötigen. Du musst wissen, ich bin schon seit langem bereit.» Er blinzelte Bela zu, dann wurde seine lustige Miene langsam ernst.

Bela nickte. «Das bin ich auch», sagte er.

Skelt fasste ihn am Arm. «Dann komm.»

Drei Tage verbrachten die beiden in der Schmiede. Nichts als ihr Gemurmel und gelegentliche Flüche drangen während dieser Zeit zu Merendis, die ihrer Arbeit nachging wie stets und sich bemühte, ihrem Sohn ein ruhiges, freundliches Gesicht zu zeigen. Sie fragte sich, was es war, das den Jungen so viele Fragen nach Bela stellen ließ. Ihr selbst ging es nicht anders: Auch sie dachte in jeder Minute an den Mann dort drinnen. Doch sie wusste, dass er nur an sein Schwert dachte.

«Langsam! Langsam!» Skelt flüsterte vor Anspannung, während er mit zitterndem Bizeps die Zange hielt, in der die Gussform steckte. Aus dem geöffneten Ofen schlug ihnen die Hitze ins Gesicht.

«Ich weiß», presste Bela hervor, der das Gefäß mit dem flüssigen Metall balancierte. Er biss sich auf die Zunge. Langsam, er durfte nichts verschütten. Und doch schnell, denn wenn er den Moment verpasste, würde das Kupfer zu kalt und wäre verdorben. Er wusste, dass Skelt im Geiste zählte. All seine Muskeln waren angespannt, und er wagte kaum zu atmen. Hitze und Rauch bissen ihm in die Augen. Roch es hier noch nach Schwefel? Hätten sie das Kupfer einmal mehr rösten sollen?

«Schnell jetzt», hörte er Skelts unterdrückte Stimme.

Noch einmal starrte Bela auf das glühende, leuchtende, lebendige Etwas in der Schale. Dann eine schnelle Bewegung aus dem Handgelenk: Das Lebewesen verschwand in der Gussform wie eine Schlange in ihrem Loch. Skelts Gesicht glänzte von Schweiß, als er die Form vorsichtig absetzte. Bela schob die Steine heran, die sie stabilisierten. Fertig. Sie waren fertig. Es gab nichts mehr zu tun. Einen Moment lang begriff er es kaum. Er hätte rennen mögen, schreien, um sich schlagen. Kaum, dass er mitbekam, wie Skelt ein Gebet über der Gussform sprach. Woher nahm er diese Ruhe? Woher diese Sicherheit?

«Und jetzt?», fragte er keuchend.

Sein Gesicht sah so zum Erbarmen aus, dass Skelt dröhnend lachen musste. «Wir warten», erklärte er. Nur das Flackern in seinen Augen verriet, wie schwer ihm das selber fallen mochte. «Wir warten.» Und er ließ sich schwer neben der unscheinbaren Form nieder, deren heller Stein nichts von den Kämpfen und Vorgängen verriet, die in ihrem Inneren stattfanden.

«Wir warten», echote Bela. Er hatte Jahre geschuftet in der Mine, er war Wochen unterwegs gewesen. Aber nun schien es ihm, als könnte er die Stunden nicht mehr ertragen, bis es so weit war und die Form ihr Geheimnis preisgab. Sie hatten getan, was sie konnten. All ihr Wissen, all ihre Leidenschaft lagen in diesem Guss. Wenn er missriet, dann … An dieser Stelle stockten Belas Gedanken. Er wusste nicht, was dann wäre, was er dann tun sollte. Es durfte kein Scheitern geben. Das war einfach unmöglich. Er musste endlich Erfolg haben. Seine Gedanken begannen, sich zu trüben. Wenige Augenblicke später war er eingeschlafen.

Durch seine Träume wirbelte ein wilder Reigen von Gestalten: Bergleute, seine alten Freunde, der Händler, Knaben mit grünen Augen, die Wächter, Männer, die Schwerter schwangen. Sie alle trieben vorbei, ohne Sinn und Ordnung, sprachen lautlos mit toten Mündern zu ihm, lachten ohne Sinn, nickten einander zu, ohne sich doch zu kennen, umschlangen sich in wirren Paarungen, verschwanden wieder. Da war kein Halt und kein Ende. Und dazwischen immer wieder dasselbe stille Antlitz: Elin.

Als Bela erwachte, war er nicht sicher, ob er nicht noch träumte. Erst Skelts verschwitzte, warme, rußbeschmierte Hand auf seinem Arm versicherte ihm, dass dies hier die Wirklichkeit war. Was da vor seinen Augen glänzte, war kein

Trugbild. Er setzte sich und griff zu. In seiner Hand lag ein Schwert, warm wie sein eigenes Blut und wie für ihn gemacht. Es war nicht zu schwer, gut ausbalanciert und folgte seinen Bewegungen, als wäre es eine Verlängerung seiner selbst. Bela holte aus. Metall klirrte auf Metall.

Skelts Augen wurden groß in dem schwarzverschmierten Gesicht. «Es ist gut», stellte er fest, als er sah, wie die beiden Teile des großen Kupfertellers, den Bela zerteilt hatte, über den Boden eierten.

«Ja», bestätigte Bela. Seine Stimme vibrierte. Behutsam strich er mit den Fingern über die Schneide, die keine Scharten aufwies. «Das ist es.» Tränen wollten ihm in die Augen steigen, aber er schluckte sie energisch hinunter. Dies war die Klinge, die Edek getötet hatte, und Pandrok. Die Melas Blut vergossen hatte. Es war die Waffe, die sie alle rächen würde. Er schaute auf. «Sie muss geschliffen werden.»

Skelt nickte. «Es ist alles bereit», sagte er.

57·

Elin!» In Idris' Stimme lag Ungeduld. «Du kommst jetzt sofort von diesem Tier runter. Dann gehen wir in deine Hütte und reden miteinander wie vernünftige Menschen. Immerhin bin ich dein älterer Bruder.» Er stemmte die Hände in die Hüften. «Also wird's jetzt? Oder muss ich erst handgreiflich werden?»

Elin zeigte sich unbeeindruckt. «Es gibt nichts, worüber wir zu reden hätten, Idris. Aber falls du das Orakel befragen willst: Hier stehe ich.»

«Das Orakel!» Er schnaubte abfällig. Dann wandte er sich

halb um und wies auf seine Männer. «Willst du wirklich, dass ich vor allen Leuten rede? Willst du, dass ich denen hier sage, was du wirklich bist?» Sein anzügliches Lächeln verriet Elin, woran er dachte: an das verschüchterte junge Ding von einst, das seine Launen ertragen und seinen Befehlen gehorcht hatte und sich von ihm auf die Schlachtbank führen ließ. Einen Moment lang spürte sie das kleine Mädchen wieder. Noch einmal sah sie die lüsternen Gesichter der Männer in der Festung, fühlte ihre Hände auf ihrem Leib. Der Boden unter ihr begann zu wanken. Aber sie fing sich rasch wieder. Nur eine schwache Röte verriet ihre Erregung.

«Wie du willst», sagte sie. «Dann verrate ich deinen Kriegern, wer ich bin.» Sie richtete sich auf Sternauges Rücken auf und rief, ehe er begriff, was sie vorhatte, über seinen Kopf hinweg: «Ich bin die Frau, die den Herrn vom Hügel gerichtet hat für seine Untaten.» Sie wartete einen Augenblick, um die Wirkung ihrer Worte abzuwarten. Und sie hatte sich nicht verrechnet. Es waren noch genug unter ihnen, die die Geschichte kannten, die sogar dabei gewesen waren, als ihr alter Herr in seinem Blut lag. Ein Raunen setzte ein.

Elin lächelte bitter und nickte. «Ich stach ihm sein Messer in den Hals.» Einer Eingebung folgend, griff sie an ihren Gürtel. Ja, da war sie, noch immer nach allem, was geschehen war: die Klinge, die damals ihr Schicksal bestimmt hatte. Sie zog sie heraus und hielt sie hoch, damit diejenigen, die sie kannten, sie wiedererkennen konnten. «Und dann wandelte ich unter euch, ohne dass einer mich gesehen hätte. Die Wächter konnten mich nicht halten, auch die Mauern nicht. Ich verschwand.» Sie machte eine entsprechende Handbewegung. «Ohne eine Spur zu hinterlassen.»

Das war wahr, die Männer wussten es. Sie entsannen sich noch gut der Wut, der Ratlosigkeit und auch der Furcht, die das Ereignis damals wachgerufen hatte. Wenn ein junges Mädchen all dies vermochte, was waren dann ihre Kraft, ihre

Festung, all ihre Macht noch wert? Es war viel Blut vergossen worden, um diesen schmählichen Tod vergessen zu machen, und es hatte langer Kämpfe bedurft, sich den Respekt der Bauern wieder zu erobern. Und nun standen sie hier vor derjenigen, die sie damals ins Chaos hinabgestoßen hatte. «Sie ist mit Mordech im Bunde!», raunten sie ängstlich. Den Kriegern war dieses Weib nicht geheuer.

Idris spürte die Stimmung und biss sich auf die Lippen. Mit dieser Entwicklung hatte er nicht gerechnet. «Was macht ihr für ein Geschrei», bellte er wütend. «Ihr habt dieses Weib schon gehabt. Sie hat vor euch gewinselt, und das wird sie wieder tun.» Er trat einen Schritt vor, besann sich dann aber. «Horach», knurrte er. «Hol sie da runter.»

Der Anführer trat vor und holte mit seinem Speer aus. Ein Aufschrei ging durch die Dörfler, als sie es sahen. Elin riss an Sternauges Zügel, um ihre geliebte Stute aus der Reichweite der Waffe zu bringen. Das Tier stieg und schlug mit den Hufen. Im selben Moment preschte Pau auf seinem Pferd nach vorne. Mit einer verzweifelten Bewegung warf er sich zwischen Elin und ihren Gegner. Ein zweiter Schrei. Horach hatte zugestoßen, der Speer steckte tief in Paus Schenkel. Elin, die mit Mühe ihr Pferd durchparierte, drängte mit Sternauge an seine Seite und versuchte, ihn im Sattel zu halten. Als Pau ihren Arm um seine Schultern spürte, lächelte er seltsam.

Horach betrachtete die beiden mit schräggeneigtem Kopf, ehe er langsam, fast genüsslich, sein Schwert zog und vortrat. Ehe er zuschlug, hielt er die Waffe hoch. «Weißt du, was das ist?», fragte er.

Elin starrte wie hypnotisiert auf den Griff. Sie hatte dieses Bild schon einmal gesehen: zwei umeinandergeschlungene Hirschhälse. Aber sie erinnerte sich nicht daran, wo. Zu ihrer Verwunderung war es Pau, der sprach. Sein Brustkorb hob und senkte sich krampfhaft von der Anstrengung.

«Es sind Schlangen», stieß er hervor. «Die Schlangen des Chaos. Sie tragen Geweihe, weil der Hirsch wie sie sein altes Sein abwirft und sich erneuert.»

Erstaunt blickte Elin die Tiere an. Jetzt sah auch sie es: Es waren tatsächlich Schlangen. Schlangen häuteten sich, Hirsche verloren ihr Geweih. Es war in der Tat ein und dasselbe.

Horach nickte mit spöttischer Anerkennung. «Wir alle haben etwas zu verlieren», sagte er mit seiner tiefen Stimme. Seine Augen begannen zu glänzen. «Ihr Narren denkt immer nur an das eine, das Leben, die Ernte, den Sommer. Dabei merkt ihr nicht, wie viel mächtiger die dunkle Seite ist. Das Chaos und der Tod.» Seine Stimme zog alle in ihren Bann, selbst Idris, obwohl er vor Ungeduld bebte, seine Schwester auf den Knien zu sehen. Priester, dachte er widerstrebend, natürlich, auch in Horach steckt also einer. Und immer fallen sie alle darauf herein. «Ihr denkt», fuhr Horach fort, «die Mutter ist das Leben. Dabei ist sie viel mehr als das, sie ist auch die Vernichtung, das Sterben, der Untergang. Wie viel mehr, als geboren werden, gehen zugrunde. Wie viel Blut kostet das Leben von Anfang an. Überall ist Sterben, Vergehen, Verderben. Und alles mündet im Dunkel.»

Seine Männer hatten die hölzernen Schilde gehoben und schlugen mit ihren Waffen dagegen. «Blut. Blut. Blut», skandierten sie in dumpfem Ton, der die Luft erfüllte.

Elin ließ sich nicht von den Reden fangen. «Geht es?», wisperte sie Pau zu, der sich noch immer auf sie stützte.

Er nickte unter Schmerzen. «Ich werde oben bleiben», gab er kaum hörbar zurück. Elin schaute ihn an und nickte. Dann ließ sie ihn vorsichtig los. Pau schwankte, aber es war, wie er es versprochen hatte. Er hielt sich aufrecht neben ihr. Mit neuer Kraft wandte Elin sich Horach zu.

«Ja», bestätigte sie, «aber nach dem Dunkel kommt das Licht, nach der Nacht der nächste Morgen. Aus allem, was stirbt, wächst etwas Neues. Hat man je erlebt, dass das Licht fernbliebe? Hat es je keine neuen Kinder mehr gegeben? Wird die Erde je aufhören, neues Grün hervorzubringen? Nein!» Sie hob ihre Stimme. «Die Mutter ist nicht nur der Tod oder das Leben. Sie ist der Kreislauf des Daseins, und der währt ewig, immerfort.» Elin neigte sich auf ihrem Pferd vor und schaute Horach ins Gesicht. «Oder was glaubst du, weshalb dem Hirsch ein neues Geweih wächst und der Schlange eine neue Haut?»

«Sieh, ob du wiederkehrst», stieß Horach hervor.

Elin schaffte es gerade noch, den Oberkörper hochzureißen, als er mit dem Schwert ausholte. Aber sie konnte nicht mehr ausweichen. Einen Augenblick lang sah sie die Klinge, als schwebe sie in der Luft. Langsam, wie im Traum, floss der letzte Augenblick ihres Lebens vorüber.

Da riss ein Klirren sie wieder in die Gegenwart. Es herrschte Totenstille, so als holten in diesem Moment alle gemeinsam Luft.

Horach stieß ein Wutgebrüll aus, das die Pferde scheu werden ließ. Elin reagierte und griff nach Pau, der schwer auf sie fiel. Sie übergab ihn der Hilfe einiger Dörfler, erst dann wandte sie sich wieder dem Geschehen zu.

Horach stand noch immer da, sein Schwert in der Hand. Noch immer wollte er es nicht glauben. Aber da stand der fremde Mann, dessen Klinge seine eigene aufgehalten hatte. «Aaarrrgh!», schrie Horach und holte neu aus. Wieder klirrte es, wieder wurde sein Hieb pariert. Der Fremde hatte sich kaum bewegt. Nur sein Arm bebte ein wenig, als Horach den Druck verstärkte, und seine grünen Augen sprühten vor Hass.

«Bela!», rief Elin. Er wandte sich nicht nach ihr um.

«Ich warne dich», knurrte Horach, dessen Gesicht ganz nah an das des Fremden kam. «Diese Klinge frisst Knochen.»

«Ich weiß», erwiderte Bela. Mit einem Stoß befreite er sich von seinem Gegner und ließ sein eigenes Schwert kreisen. Ein Aufschrei, ein Fächer von Blut spritzte durch die Luft und färbte sein und Horachs Antlitz rot. Horachs Faust mit der Waffe darin fiel zu Boden. Seine mächtige Gestalt wankte. Seine Männer sprangen hinzu, um ihn zu halten.

Bela bückte sich und hob die zweite Klinge auf. Beide stieß er danach in die Luft und schrie höhnisch: «Blut! Blut, Blut, Blut!»

Idris wurde blass. Noch niemals hatte er gesehen, dass Horachs Schwert aufgehalten worden wäre. Es war das große Geheimnis, das Wunder, das stets zuverlässig auf seiner Seite gekämpft hatte. Mit zusammengekniffenen Augen musterte er die Palisaden des Dorfes, aus dessen Tor jetzt mehr Bewaffnete stürzten. Er zählte dreißig, vierzig, es wurden mehr. Waren es Bauern oder Krieger? Wie viele von ihnen trugen Schwerter wie diese? Welches Geheimnis barg dieses verdammte Orakel noch? Er durfte nichts überstürzen.

«Du bist tot», schrie er seiner Schwester zu und streckte den Arm aus, um mit wutbebendem Finger auf sie zu zeigen. «Ihr alle seid tot. Ich komme wieder.»

Damit gab er seinen Männern das Zeichen zum Aufbruch.

Elin achtete nicht einmal darauf. Mit zitternden Knien ging sie auf den bluttriefenden Mann zu, der noch immer in wahnwitziger Siegerpose auf dem Feld stand und Mühe hatte, in die Gegenwart zurückzufinden. Einen Schritt von ihm entfernt blieb sie stehen.

Pau richtete sich auf und schob die Arme derjenigen beiseite, die ihm helfen wollten. Flüchtig erblickte er Sela, Todok, einen der Schmiede aus dem neuen Dorf. Augen aber hatte er nur für Elin, für ihre schmale Gestalt dort vorne, von der eine Spannung ausging, die er bis hierher spüren konnte. Es war ihm, als durchzucke ihn ein Blitz, als sie endlich die Hand ausstreckte und sie dem Fremden auf die Schulter legte, und von Schmerz gepeinigt schloss er die Augen. Er wusste, was dort vorne vorging, oh, er spürte es, mit jeder Faser seines Körpers. Das war sein Fluch, seine Begabung, sein Schicksal. Elin, dachte er, flehte er. Aber er wusste es. «Wer ist der Mann?», flüsterte er schwach.

Die Frau, die sich an seinem Bein zu schaffen gemacht hatte, hob den Kopf. Ihre Hände, er nahm es kaum wahr, lagen auf den Verbänden, die sie ihm angelegt hatte. Ihr rotbraunes Haar leuchtete im Sonnenlicht, und ihre warmen, braunen Augen blickten traurig. «Bela», sagte sie nur, als wäre es das Selbstverständlichste der Welt, und auch der Klang ihrer Stimme wärmte ihm. «Aber wer ist *sie*?»

«Sie», stieß Pau rau hervor und setzte sich sehr gerade hin, während die beiden einsamen Gestalten auf dem Feld sich in die Arme fielen. «Sie ist alles, was wir haben.»

58.

Eng umschlugen lagen Elin und Bela auf den Fellen ihres Lagers. In der Hütte war es still, nur die Feuerstelle glomm leise knackend. Ban hatte sich, als er begriff, dass der seltsame Mann hierbleiben würde, zu Keda und den anderen Kindern zurückgezogen, die heute Nacht in den Ställen schliefen, um, wie Todok verkündet hatte, die Pferde zu bewachen. Elin hatte ihn nicht aufgehalten. Nun schmiegte sie sich seufzend in Belas Arme und genoss ein Gefühl, das sie nicht mehr für möglich gehalten hätte. Sie hatten geredet, sie hatten sich geliebt. Sie berauschten sich an der Nähe des anderen, die für beide etwas Einzigartiges war, nie vorher gefühlt, nie mehr seitdem. Beide hatten sie sie verloren geglaubt und waren nun überrascht und selig, sie unversehrt und unzerstörbar zu finden. Es hatte nur eines Wortes, einer Berührung bedurft, um den Graben der Verlegenheit, der sich in den ersten Momenten zwischen ihnen aufgetan hatte, mit einem Mal zu überspringen. Und erneut spürte Elin mit schmerzlichem Entzücken, dass sie diesem Mann gehörte, ganz und gar.

Bela erging es ähnlich. «Ich hatte gedacht, ich würde dich nie mehr wiedersehen», sagte er leise und hingerissen. Sie liebkoste mit dem Finger selbstvergessen seine weichen Lippen. Er nahm und küsste sie. «Ich hatte beschlossen, dich nicht mehr wiederzusehen», gab er zerknirscht zu, «weil ich eine Aufgabe hatte. Aber ich konnte dich nicht vergessen, nicht im Wachen und nicht im Schlafen, und jetzt finde ich dich hier, hier, wo ...» Überwältigt schwieg er. «Ich war ein Narr», fügte er noch hinzu. «Zu glauben, du wärst nicht mein Leben.» Noch immer begriff er nicht ganz, was heute geschehen war. Dass tatsächlich der Teil seines Lebens angebrochen war, auf den er so viele Jahre gewartet hatte. Alles, alles war gekommen, wie er es gewollt hatte. Nur anders als erwartet. Die vielen Stränge hatten sich zusammengefügt. Und Elin war an seiner Seite. Ihn schwindelte beinahe. «Elin», raunte er und zog sie begehrlich an sich.

Sie stemmte sich gegen seine Brust. «Nenn mich nicht so», wisperte sie. «Ich habe es dir doch schon erklärt. Ich bin nicht mehr dieselbe. Den Namen habe ich der Göttin geopfert.» Und beinahe hätte sie noch mehr getan. Ein Schauer lief über ihre Haut, die noch vor kurzem von seinen Händen liebkost worden war, als sie daran dachte, dass sie in jener Nacht fast so weit gegangen wäre, Bela und selbst der Erinnerung an ihn für immer abzuschwören. Aber etwas hatte sie zurückgehalten, etwas, das stärker gewesen war als ihre Dankbarkeit für die Mutter und auch als ihre Verzweiflung. Mit neuer Heftigkeit drückte sie sich an ihn.

Auch Bela spürte die Leidenschaft wieder in sich aufsteigen. Prickelnd lief sie ihm durch alle Glieder, sammelte sich in seinem Schoß und ließ seine Männlichkeit erwachen. Er rollte sich auf Elin und packte ihre Hände, um ihr die Arme über den Kopf zu ziehen. Zärtlich betrachtete er seine Gefangene, die sich ihm willfährig ergab. In ihren großen Bernsteinaugen glaubte er zu ertrinken. Er trank den Duft am Ansatz ihres Haares, streifte mit den Lippen über ihre Schläfen, ihren Hals, schob sich langsam tiefer. Sie stöhnte auf. «Nein.» Doch sie wehrte sich nicht.

«Was soll das sonst sein», fragte er nach jedem Kuss, «wenn nicht meine Elin? Das hier», er biss sie sacht in den Nacken und registrierte mit Befriedigung, wie ihre Haut erschauerte.

«Nein!»

«Und das hier.» Seine Lippen wanderten über den Ansatz ihrer Brüste.

«Ah», schrie sie leise auf.

«Und das hier», fuhr er unnachgiebig fort und verstummte dann, um an ihr zu saugen.

«Nein», flüsterte sie in die Dunkelheit und wühlte ihre Hände in sein Haar, während ihr Becken sich ihm willenlos entgegenwölbte.

Als er wieder auftauchte, waren seine Lippen warm und feucht. Er trank ihren Atem, ihre Zunge. Elin schwindelte es. «All das ist meine Elin.» Er schaute ihr tief in die Augen. «Sag es.»

Elin blickte ihn lange an. Dann, ohne ein Wort, küsste sie ihn leidenschaftlich und zog ihn auf sich. Als er in sie eindrang, wusste sie: Für die, die sie in seinen Armen war, gab es keinen Namen.

Es dauerte lange, ehe sie voneinander abfielen. Schwer atmend lagen sie da, müde, befriedigt, vereint. Und doch hing jeder seinen eigenen Gedanken nach. Nach einer Weile erklang unvermittelt ihre Stimme: «Sie werden wiederkommen.»

«Ja», bestätigte Bela ohne Zögern. Der Themenwechsel verwunderte ihn nicht, im Gegenteil. Er wusste sofort, was sie meinte. Ohne ein Wort zu verlieren, ohne einander auch nur zu berühren, hatten sie doch beide dasselbe gedacht. Sie hatten die Gefahr für heute gebannt, aber sie war nicht vorüber. Dies war erst der Anfang gewesen. Er streckte seine Finger aus, fand die ihren und verschränkte sie fest miteinander. «Aber wir könnten mehr tun, als nur auf sie zu warten.»

Sie nickte. Er spürte es, und sein Herz klopfte ihm in der Brust, die noch feucht war vom Liebesschweiß. Hoffnung schwoll in ihm, Pläne. Es gab so vieles, was sie zu bereden hatten. Er musste ihr von dem Schwert erzählen, von Skelt. Von Hamar, fiel es ihm ein.

«Wenn es das ist, was du willst», sagte sie leise.

«Ja», sagte er, schnell und entschieden. Wieder sah er die Feldzeichen vor sich. Wie lange hatte er nach ihnen gesucht. Und nun waren sie zu ihm gekommen. Ja, tausendmal ja. Er brannte darauf, ihnen entgegenzutreten. Aber es war sein Kampf, war es auch ihrer? Mit mühsam gedämpfter Erregung setzte er hinzu: «Wenn es auch das ist, was du willst, Elin.»

Da richtete sie sich auf. Er spürte, wie ihre Finger sich aus den seinen lösten. «Nein», erwiderte sie ernst. «Ich will das nicht. Ich wollte nie etwas anderes, als friedlich mit dir in einem Heim zu leben.» Sie neigte den Kopf und lächelte ihm zu, ehe sie entschlossen fortfuhr: «Aber die Herrin vom Zeigerberg muss an ihre Gemeinde denken. Sie hat das Richtige zu tun. Und ja», fügte sie hinzu, als sie sah, wie die unterschiedlichsten Gefühle über Belas Gesicht huschten: Rührung, Scham, Ärger, Unwillen. «Ja, ich will es.»

Diesmal nickte er. Wieder streckten sie sich aus. Und wieder war da ein Abstand zwischen ihnen, über den hinweg sie doch die Anwesenheit des anderen fast schmerzlich spürten.

«Weißt du, es ist seltsam.» Diesmal brach Bela das Schweigen.

«Was?», fragte sie. Ihre Stimme war sanft, versöhnungsbereit.

Er entspannte sich, räkelte sich ein wenig und verschränkte die Arme hinter dem Kopf.

«Alles», meinte er. «Mein Leben. All die Jahre glaubte ich, dieser Kampf wäre meine einsame Mission, ich führte ihn für die Toten, allein, verstehst du?» Er warf ihr einen Blick zu, konnte aber ihren Gesichtsausdruck nicht erkennen. Mit gerunzelter Stirn suchte er nach weiteren Worten. «Und nun stehe ich da in einer Gemeinschaft, mit neuen Menschen um mich, mit dir.» Es war Wärme in seiner Stimme. Dann fuhr er fort: «Jetzt kämpfe ich auf einmal für die Lebenden, für dich und …» Er zögerte und suchte erneut, ihren Blick aufzufangen. Am Ende war er aber doch froh, dass sie sich ihm nicht zuwandte. Erneut suchte er eine neue Lage. Es war nicht leicht, dieses Bekenntnis. Aber es drängte ihn, ihr zu erzählen, was in ihm vorging, alles, rückhaltlos. Mit wem, wenn nicht mit Elin, sollte er darüber reden? Sie war sein Alles, seine Frau, sie würde es verstehen. «Es ist schon ein seltsames Gefühl», begann er von neuem. «Wie du es heute selbst gesagt hast. Auf einmal nicht mehr auf der Seite des Todes, sondern der des Lebens zu stehen. Etwas zu verteidigen. Vor allem …» Er stockte erneut. «Wenn es der eigene Sohn ist.»

Elin erstarrte. Sie schnappte nach Luft. «Sohn?», brachte sie mit Mühe hervor. Als Ban vorhin gekommen war, hatte sie ihn in die Arme geschlossen mit all der Leidenschaft einer Mutter, die ihr Kind aus großer Gefahr gerettet weiß. Bela dagegen, schien es ihr, hatte den Jungen nur flüchtig beachtet, er hatte nur Augen für sie gehabt und ihm kaum einen Blick nachgeworfen, als er mit seinen Freunden davongesprungen war. Sie war sich nicht einmal sicher gewesen, ob er wirklich zur Kenntnis genommen hatte, dass dieser spezielle Junge ihr Kind war. Im Grunde war sie ganz froh darüber gewesen. So konnte sie das Thema auf später verschieben. Es war schon so genug, was sie einander zu sagen hatten. Und das Wichtigste ließ sich ohnehin nicht mit Worten ausdrücken. Die sollten warten.

Aber nun sprach er von Ban als seinem Sohn. Konnte es sein, dass er es dennoch bemerkt hatte? Wie war das möglich? Sprach etwas zu ihm, wenn er Ban betrachtete? Sie wies den romantischen Gedanken von sich. Die Augen, dachte sie dann und seufzte. Bans Augen, natürlich.

Wie froh war sie anfangs doch gewesen, als er sie das erste Mal aufgeschlagen hatte und sie nichts von Bela in dem blauen Babyblick entdeckte. Aber Ban war größer geworden, und seine Iris hatte sich verändert. Lange hatte Elin sich einzureden versucht, dass sie nur dunkler würde, ein wenig türkis vielleicht, nun gut, abendhimmelfarben. Aber nicht grün, das niemals. Mit seinen goldenen Haaren war er eindeutig ihr und nur ihr Kind. Bis Sela eines Tages, als sie ihn im Gespräch blauäugig genannt hatte, in helles Gelächter ausgebrochen war. «Was redest du da nur?», hatte sie amüsiert gefragt. «Der Junge hat Augen so grün wie Farn. Bist du denn blind?» Und Elin hatte sich in ihr Schicksal gefügt.

«Es ist sein Blick, nicht wahr?», fragte sie jetzt. Und sie wollte hinzufügen: Verzeih mir. Ich konnte es dir nicht sagen, ich wollte es nicht. Ich war verletzt, trotzig, unsicher. Ich hatte Angst, zurückgewiesen zu werden. Ich wollte etwas haben, was ganz bliebe, auch wenn du fortgingst. «Ich …», begann sie.

Bela hatte nichts von ihrer Aufregung bemerkt. «Ja», gab er zu. «Es ist sein Blick. Ich brauchte Moan nur einmal anzusehen, dann wusste ich es.»

«Moan?» Elin saß mit einem Mal kerzengerade da. «Wer ist Moan?»

59·

Bei der Besprechung am anderen Tag fiel nur zwei Menschen die Spannung auf, die zwischen der Priesterin und dem Fremden herrschte. Das waren Pau und Merendis, deren heilerische Fähigkeiten den Priester so beeindruckt hatten, dass er sie bat, für das Orakel tätig zu werden. Skelt war dabei, als Sprecher der Handwerker und Händler im neuen Viertel, die beiden Dorfältesten und Selas Mann, Hons, der schwer an den Sorgen seiner Mitbürger trug.

Sie alle hörten Elin zu, die mit ruhigen, klaren Worten berichtete, wie sie am Vortag den Beginn der Auseinandersetzung mit dem Herrn vom Hügel erlebt hatten. Es sei sein fester Plan, dieses Dorf zu unterwerfen und seinem Herrschaftsgebiet einzuverleiben, egal, mit welchen Mitteln. Sie kenne den Mann und wisse, dass er nichts unversucht lassen werde.

«Aber er ist dein Bruder, habe ich gehört», warf Hons hoffnungsvoll ein.

«Ebendrum», erwiderte Elin knapp. «Ich kenne ihn und weiß, dass wir nichts von ihm erwarten dürfen, ich am allerwenigsten, denn er hasst mich.»

«Und wenn wir ihm nachgeben?» Die Frage kam von Wala, der Ältesten und Hebamme des Ortes. Sie schaute von einem zum anderen und unterstrich ihre Worte mit lebhaften Gesten. «Geben wir ihm, was er verlangt, Vieh und Korn, was kann es schon mehr sein? Wir sind keine Kämpfer. Bauern sind wir und sollten danach handeln.» Die anderen wiegten zögerlich die Köpfe.

Nur Skelt sprach sich sofort dagegen aus. «Wissen wir, was er sich alles nimmt, wenn wir ihm erst die Tore öffnen?», fragte er.

«Was geht es euch an», blaffte der Älteste zurück, ein

Mann mit langen, dünnen weißen Haaren, dessen Rücken so krumm geworden war wie seine lange Nase. «Ihr seid nicht an dieses Land gebunden. Handelsplätze gibt es unter allen Herren.»

«Keinen wie diesen», widersprach Skelt. «Und ich weiß, wovon ich spreche, ich habe einst viele davon gesehen.» Er wandte sich an die gesamte Runde. «Es ist die Freiheit, die hier herrscht, und das Recht, das die Priester garantieren. Und es ist der Ruhm der Stätte. Ich sage euch, was wir hier haben, ist einzig. Und wir vom neuen Dorf fühlen uns genauso sehr wie ihr dafür verantwortlich.»

«Das stimmt», bestätigte Bela. «Ich habe die Händler davon sprechen hören. Sie alle schätzen das Orakel für das, was es ist. Sein Ruf dringt weit.»

«Und das wird nicht so bleiben», fiel Elin ein, die sah, welch misstrauische Blicke dem Mann zugeworfen wurden, der zwar Paus Leben rettete, von dem aber keiner wusste, wer er war oder was er hier wollte. Sogar der junge Priester selbst runzelte die Stirn, wenn Bela das Wort ergriff. Elin bemühte sich, allen in die Augen zu sehen, um ihnen die Bedeutung ihrer Worte klarzumachen. «Idris ist nicht hier wegen des Korns, des Viehs oder der Handelsware. Nicht nur jedenfalls. Er ist wegen der Orakelstätte selbst gekommen. Er will, dass sie verkündet, was ihm passt. Er will, dass sie ihm hilft, die Menschen zu unterjochen. Und das werde ich nicht zulassen.» Wut stieg in ihr auf, wenn sie nur daran dachte, wie Idris sie vor allen behandelt hatte. Als wäre sie noch seine kleine Schwester von damals, die vor jeder seiner Launen kuschte und mit der er leichtes Spiel haben würde. Aber da sollte er sich irren. Sie verschränkte die Arme zum Zeichen ihrer Entschlossenheit.

«Alles hier würde anders.» In Hons' Stimme lag Trauer um das Geschaffene. Aber noch kein Widerstandswille. Er war einfach fassungslos.

«Alles würde anders», bestätigte Elin.

«Weil du uns verlassen wirst?», fragte Wala lauernd. Einen Moment lang schwiegen alle vor Entsetzen.

«Hoffst du etwa darauf?», fragte Hons, der nun doch begann, Zeichen von Ärger zu zeigen. Durchdringend schaute er die alte Hebamme an. «Was soll aus uns werden ohne die Herrin vom Zeigerberg? Was wären wir?»

«Was wir vorher auch waren», gab Wala zurück. Aber sie sagte es leise. Keine Stimme erhob sich, um ihr beizupflichten. Die Anwesenden wirkten bedrückt.

Nach einer Weile erhob Elin erneut ihre Stimme. «Ich würde gehen», sagte sie und hob die Hände, «wenn ich wüsste, ich könnte euch damit etwas Gutes tun, Idris' Zorn auf mich von euch abziehen.» Sie fixierte Wala, denn sie wusste, es war genau das, was die Alte dachte. «Wenn es hier nur um mein Gewissen ginge, dann würde ich zurücktreten und es einem anderen überlassen, mit dem Willen der Mutter und sich selbst ins Reine zu kommen.»

«Wie könnt Ihr so reden.» Pau brauste auf. «Das Amt ist heilig, der Wille der Mutter ist es umso mehr. Keiner hier überlegt sich im Ernst, das Orakel der Willkür eines Kriegsherrn auszuliefern.» Sein Blick, der vom einen zum anderen wanderte, blitzte vor Zorn. An Elin blieb er hängen. Und du, fragte dieser Blick, hast du es vor, willst du kneifen, dich der Verantwortung entziehen mit deinem Liebhaber?

Elin hielt ihm stand. «Ich täte es, wenn ich wüsste, ich könnte das Dorf damit retten», wiederholte sie. «Aber ich kann es nicht. Nein, ich werde hierbleiben und widerstehen, nicht um meinetwillen, sondern euretwegen. Die Mutter, die sie im Süden verehren, ist eine andere als die unsere.»

«Was meint Ihr damit?» – «Was soll das heißen?» Ihre Bemerkung rief einen kleinen Tumult hervor. Selbst Bela, der nicht wusste, wovon sie sprach, runzelte über diese plötzliche Wendung des Gesprächs die Stirn. Worauf wollte seine

Geliebte hinaus? Er wurde unruhig, schaffte es aber nicht, sich zu Wort zu melden. Nur Pau schien eine Ahnung zu haben von dem, was Elin sagen würde. Sein Blick ließ sie nicht los.

Elin schüttelte den Kopf. «Wir können uns dem Herrn vom Berg nicht ausliefern», setzte sie von neuem an. «Sie opfern Menschen dort, wo er herkommt.» Ihre Worte fielen in die Runde wie Steine in einen Teich.

«Die gehörnte Schlange», entfuhr es Pau. «Ich ahnte es.»

«Nein», widersprach Elin. «Es war schon vorher so. Euch hier im Norden ist das fremd, aber dort herrscht der Brauch überall, seit meiner Kindheit kenne ich es nicht anders. Jeden Herbst wird einer ausgewählt, das heißt, der Herr wählt ihn aus, er trägt die Verantwortung der Blutlast, wie sie im Dorf sagen. Der Erwählte wird zuerst an der Quelle geweiht. Dann führt man ihn in die Grotte. Und dort ...» Sie schwieg. Erst nach einer Weile fuhr sie fort:

«Es hieß immer: Sie kehren nicht zurück. Wir erhielten eine Schale mit Blut, um unsere Felder damit zu besprengen, damit sie Frucht trugen, und wir fragten nicht.» Elin sprach langsam, wie versunken in ihre Erinnerung. «Aber eines Tages ging ich in die Grotte. Und da sah ich es. Die Schädel.» Sie griff mit der Hand in die Luft, als könnte sie die Überreste noch immer berühren. «Die Reste des Mahles.»

Von Merendis kam ein erstickter Laut.

«Und die gehörnte Schlange, sagt Ihr, die ist neu?», fragte Pau eindringlich, der noch nicht zufrieden war.

«Ich kenne sie nicht», bekannte Elin. Sie erschauerte. «Aber ich spüre, was sie ist.»

«Ich kenne sie.» Zum ersten Mal hatte Bela laut das Wort ergriffen. Alle Köpfe wandten sich zu ihm um. «Ich habe sie gesehen, als sie mein Dorf überfielen.» Er stand auf. Es hielt ihn nicht mehr auf dem Boden. «Sie haben alles getötet, die Frauen, die Kinder, die Greise. Selbst die Hunde haben sie geschlachtet. Ich habe, habe …» Er schluckte. «Ich habe ihre Opfer gesehen», fuhr er dann fort. «Sie waren verstümmelt, geschändet. Diesen Männern ging es nicht um unser Vieh, um unsere Habe. Es ging ihnen …»

«… um Blut», fiel Pau ein, selbst erstaunt, dass ausgerechnet er sich berufen fühlte, diesem Mann zuzustimmen. «Blut ist der Stoff, nach dem sie dürsten. Sie opfern ihn ihrer Göttin, die dunkel ist wie das Chaos. Ich habe von ihnen gehört, vor langer Zeit schon, der Meister hat es mich gelehrt. Denn die Mutter hat viele Gesichter. Auch wenn nur wenige das begreifen.» Er blickte Elin an und verneigte sich leicht vor ihr, um anzudeuten, dass er die Weitsicht schätzte, mit der sie dies erfasst und gegenüber Horach vertreten hatte.

Sie lächelte ihm traurig zu.

«Manche dieser Gesichter», fuhr Pau fort, «sind düster. Und es gibt fern im Osten Menschen, die sie in dieser ihrer düsteren Gestalt verehren. Aber die Geschichten waren so alt und kamen von so weit her, dass ich selbst sie lange Zeit für ein Märchen hielt.»

«Es ist kein Märchen», erwiderte Bela knapp. «Ich habe es erlebt.»

«Und diese Horden will der Herr vom Berg auf uns loslassen?» Die Stimme des gebeugten Greises war voller Zweifel.

«Er wird ihnen irgendwann Einhalt gebieten», sagte Elin. «Nachdem sie sich ihren Teil geholt haben. Ich weiß nicht, wie groß er sein wird. Wollt ihr es herausfinden?», fuhr sie fort, in eindringlicherem Ton. «Wollt ihr jedes Jahr einen aus eurer Mitte bestimmen, damit sie ihn zu Tode quälen und ihm die Knochen abnagen?»

Sie schaute den Alten an, der entsetzt die Augen aufriss, Wala, die sichtlich erschüttert war, Hons, der nur eines denken konnte: Sela, Doran.

«Nein», sagte Skelt mit sehr entschlossener Stimme. «Nein, wir vom neuen Dorf wollen das nicht.»

«Niemand kann das wollen», fügte Merendis mit ihrer ernsten, weichen Stimme hinzu. Bela und Pau hoben die Köpfe und lächelten. Als sie einander bemerkten, starrten sie sich an. Elin begann, unruhig an ihren Fingern zu ziehen.

«Nein», kam es da leise. Es war Wala. Sie ergriff die Hand ihres alten Weggefährten und drückte sie. «Nein. Ich habe den Menschen dieses Ortes nicht auf die Welt geholfen, um sie zu Opferlämmern werden zu sehen. Lieber begrabe ich sie mit meinen Händen.»

Der Alte nickte, kummervoll. Aber er nickte.

«Hons?», fragte Elin. Sie legte ihm die Hand auf den Arm.

Er schaute sie an, hilfesuchend, aber mit wachsender Entschlossenheit. «Nein», bekräftigte er schließlich. «Das will ich nicht. Aber was kann ich tun?»

«Wir können kämpfen.» Wieder war es Belas klare Stimme, die die Runde aufrüttelte.

«Es war beeindruckend, was du gestern getan hast.» In Paus Stimme schwangen Lob und noch etwas anderes, als er dies sagte. «Aber mir scheint, es hängt mit deiner Waffe zusammen.» Er wies mit dem Kinn auf Belas Schwert. «Was ist das?»

«Das ist …», begann Bela feurig. Dann fiel sein Blick auf Skelt, der mahnend die Augenbrauen hochzog. Er grinste. «… ein Geheimnis», bremste er sich. «Aber es ist kein Zauber und kein Betrug. Hier, ihr könnt euch selbst überzeugen. Fasst die Klinge an.» Damit zog er das Schwert, legte es in beide Hände und präsentierte es der rechts von ihm sitzenden Elin. Die nahm es andächtig, prüfte das Metall und reichte es weiter.

«Es scheint mir sehr hart zu sein», stellte sie fest.

«Weit härter als Kupfer», bestätigte Bela.

«Was ist es?», fragte Pau erneut. «Ein neues Metall?»

«Gewissermaßen», bestätigte Bela. «In jedem Fall ist es jeder Kupferwaffe entscheidend überlegen.»

«Und du kannst es herstellen?», verlangte Pau zu wissen.

«Wir beide», bestätigte Bela und wies auf Skelt und sich. Als er sah, wie Pau die Brauen hob, fügte er hinzu: «Wir sind Freunde seit langem.» Er wagte es nicht, Elin bei diesen Worten in die Augen zu sehen.

«Gut», stellte diese kühl fest. Sie wandte sich an die Runde. «Bela hat mir versichert, uns eine größere Menge dieser Waffen beschaffen zu können. Aber wir werden es sein, die sie führen müssen. Wir brauchen Kämpfer.»

«Ich habe mit den Händlern und Handwerkern gesprochen», fiel Skelt ein. «Es gibt einige, die bereit sind, mitzumachen.» Er reckte sich nicht ohne Stolz. Und zum ersten Mal fiel den Anwesenden auf, was für ein starker, erfahrener, vielleicht gefährlicher Mann der Schmied war, den sie nur als dunkle Gestalt hinter seinen Öfen kannten. «Mich eingeschlossen, bietet das neue Dorf fünfzehn Männer auf.»

«Dich eingeschlossen?», flüsterte Merendis und schaute ihn angstvoll an. Er lächelte auf sie hinab. «Du und Moan, ihr lebt hier», sagte er. «Fünfzehn.» Er blieb dabei.

«Sechzehn», stellte Bela klar und legte sein Schwert vor sich hin.

«Tja, ich denke, eine Waffe führen, das könnten so zwanzig bis dreißig.» Hons war ein wenig im Zweifel. Er schaute Elin an. «Todok wird sich kaum abhalten lassen.»

Sie nickte. «Ich mich auch nicht», sagte sie.

«Ich mich ebenso wenig.» Pau richtete sich mit seiner Verletzung auf, so gut er konnte.

«Gut», stellte Elin fest. «Bleibt noch das Weidendorf.»

«Das Weidendorf?» Verwirrt blickten die Ratsmitglieder einander an. «Was soll damit sein?»

«Wir haben ihr Leben gerettet», erklärte Elin. «Nun fordern wir ihre Hilfe ein. Sagt ihnen: Fünf Mann, mehr verlangen wir nicht. Und fünf weitere von jedem Dorf, das zu uns gehört.» Ihr Gesicht leuchtete, als sie für diese Idee warb.

«Wir werden Boten aussenden, wir werden ihnen klarmachen, worum es geht: um den Fortbestand des Orakels. Um ihr eigenes Leben. Denn der Herr vom Hügel wird nicht haltmachen am Zeigerberg. Das muss ihnen klar sein.» Sie sprach ausdrucksvoll und klar. «Einen nach dem anderen kann er uns besiegen», schloss sie ihre Rede. «Doch wenn wir jetzt gemeinsam gegen ihn auftreten, sind wir stärker als er.»

«Ihr wollt eine Schlacht schlagen?» In Paus Augen glomm ein Feuer, als er das fragte.

«Ja», bestätigte Elin, und ihr Gesicht strahlte eine Kraft aus, die er sonst nur bei den Ritualen an ihr kannte. «Ich will ihn nicht hinter den Palisaden erwarten, wo jede geworfene Fackel uns erreichen kann. Nein!» Sie sprang auf. «Ich will den Kampf vor seine Festung tragen. Wir stellen ihn am Hügel.»

Bela hatte sich ebenfalls wieder erhoben und neben sie gestellt. Pau richtete sich mit Merendis' Hilfe auf. Hons reichte Wala die Hand. «Wenn die anderen Dörfer mitmachen.» Die Alte schaute angespannt zu Elin hoch.

Die nickte. «Wenn wir eine Einheit sind. Denn nur dann können wir siegen.»

Auch der Alte erhob sich, schwer auf seinen Stock gestützt. «Wir werden Zeit brauchen», sagte er.

«Einen Mond», bestätigte Bela. «Gebt mir einen Mond, dann habe ich euch das Metall beschafft. Und vielleicht noch zwanzig Männer», fügte er hinzu und dachte an die Bergleute. Er hoffte, sie würden seinen Plan verstehen und billigen: ihr Erz und ihre Kampfkraft gegen die Freiheit, die er ihnen bieten wollte.

«So lange können wir nicht warten», beschloss der Alte.

Elin zögerte, dann warf sie ein: «Ich gebe dir Sternauge. Sie kennt dich. So kannst du schneller sein.»

Bela nickte ihr zu. Elin lächelte und schlug die Augen nieder. Er begreift es nicht, dachte sie. Er weiß nicht, wie schwer es mir fällt und was ich für ihn tue. Dass es ist, als gäbe ich ihm meine Seele. Sie hob den Blick wieder, als sie sich beobachtet fühlte. Zu ihrer Überraschung schaute sie in Merendis' nachdenkliche Augen. Elin warf den Kopf hoch wie ein scheuendes Pferd. «Gibt es noch Fragen?», ergriff sie die Zügel der Debatte.

Der Alte war noch nicht zufrieden. «Auch wenn er schnell zurück ist, kann es knapp werden. Wir müssen gleich mit dem Schmieden anfangen.»

«Aber woher sollen wir so viel Erz bekommen?», fragte Elin und legte Bela, der sofort Einspruch erheben wollte, die Hand auf den Arm. «So reich sind wir nicht.»

Da kicherte der Alte zu aller Erstaunen fröhlich. Seine wässrigen blauen Augen blitzten, als er auf Elin zuwankte und ihr die Wange tätschelte. «Doch, das sind wir, Kindchen, das sind wir. Lass gut sein», fuhr er fort, als er ihr skeptisches Gesicht sah. «Von der Vorratshaltung versteht ein Bauer mehr als ein Priester.»

Pau öffnete den Mund und schloss ihn wieder.

Elin wandte sich an Bela. «Geh dennoch», sagte sie. «Bring uns das Erz, und vor allem, bring uns die Männer.» Sie schwieg so abrupt, als hätte sie eigentlich noch etwas sagen wollen. Bela stand lange vor ihr, dann, mit einem Seitenblick zu Skelt, verneigte er sich leicht und ging hinaus. Unwillkürlich griff Elin sich in ihr Haar und zog daran. Sie spürte die Perlen, Belas Perlen, die sie noch immer trug. Sie presste sie zwischen den Fingern, bis es schmerzte.

Pau hinkte an ihre Seite, als die anderen gingen. «Ihr vertraut ihm?»

Elin wandte sich um. «Ja», sagte sie einfach.

«Und Ihr findet, auch wir sollten ihm vertrauen?»

Sie schaute ihn an. «Ja.»

Pau hüstelte. Das Folgende fiel ihm schwer. «Weil er Euch liebt?», fragte er steif.

Elin schüttelte den Kopf. «Nein», sagte sie, und zu seiner Überraschung wirkte sie traurig. «Er hat einen besseren Grund.» Sie presste die Lippen zusammen und schaute Pau ins Gesicht. «Aber ich weiß genau: Er wird die gehörnte Schlange bekämpfen oder sterben.»

«Gut», sagte Pau nur. «Das ist gut so.» Dann ging er mit steifen Schritten hinaus.

60.

Mit Sternauge am Zügel stand Bela vor Skelts Hütte. Der Schmied betrachtete das Tier mit Respekt und leichter Abneigung. Zwar hatte er schon oft die Pferde hinter ihren Weidegattern gesehen. Keiner, der am Zeigerberg lebte, kam an ihnen vorbei. Aber er hatte sich stets mit dem Blick aus der Ferne begnügt und nie das Bedürfnis verspürt, ihnen näher zu kommen. Auch Merendis betrachtete Sternauge mit gemischten Gefühlen, vor allem, seit Moan sich von Bela hatte hochheben und auf den Rücken der Stute setzen lassen, wo er nun stolz wie ein Herrscher thronte.

Bela und Skelt trafen letzte Vereinbarungen. Sie wussten beide, wie viel von ihrer Arbeit abhing, und machten nicht viele Worte. Ihr Abschied war kurz und herb, ein Schulterklopfen, ein Nicken. Dann wandte Bela sich mit einiger Verlegenheit Merendis zu. Er räusperte sich. Unwillkürlich griff Merendis nach ihrem Jungen und zog ihn gegen seinen Protest vom Pferd. «Geh zu Großvater», befahl sie ihm, der nur murrend gehorchte.

In der Tür wandte er sich noch einmal um und fragte Bela: «Wenn du wiederkommst, darf ich dann nochmal auf Sternauge reiten?»

«Sicher», antwortete Bela gerührt.

Aber Merendis fügte hinzu: «Sternauge gehört der Priesterin, mein Schatz.» Sie gab Moan einen abschließenden Klaps.

Als sie sich wieder aufrichtete, stand Bela dicht vor ihr. «Ich wollte dir nur sagen», begann er, «dass ich mir meiner Verantwortung bewusst bin.»

Merendis nickte. «Wir alle hier zählen auf dich», meinte sie freundlich, aber distanziert. Dabei blickte sie den Mann an, der vor ihr stand und den sie begehrt hatte wie niemanden zuvor in ihrem Leben. Und noch immer musste sie gegen den Drang ankämpfen, ihn zu berühren, ihn zu umarmen, an seinem Hals die Augen zu schließen und zu hoffen, dass er sie nie wieder loslassen würde. Gegen alle Vernunft. Merendis schluckte. «Du wirst es schaffen», sagte sie dann.

«Ich meinte den Jungen», platzte Bela heraus und hob die Hand, als sie errötete und ihn unterbrechen wollte. «Ich meine, ich glaube, nein, ich weiß, dass ich sein Vater bin, und ich möchte, dass du weißt, dass ich …» Er verstummte. «Ich werde für euch sorgen», versprach er.

Als Merendis stumm vor ihm stand, streckte er die Arme aus und zog sie kurz an sich. Er strich ihr über das Haar, und eine kurze Erinnerung stieg in ihm auf an den Moment, als sie in seinen Armen gelegen hatte.

Sie erwiderte die Umarmung zögernd, ehe sie verlegen zurücktrat. «Komm wieder», sagte sie leise.

Er nickte.

Als er dann, Sternauge am Zügel, bedächtigen Schrittes davonging, dachte er gerührt an diesen Abschied zurück. Wie einfach und freundlich hier doch alles war. Wie voller Wertschätzung. Wie vertraut. Er hob den Kopf und lauschte auf das Schlagen von Skelts Hammer, das ihn die Gasse hinab begleitete in dem Rhythmus, der ihm in Fleisch und Blut übergegangen war, als wäre er selbst ein Schmied.

Mit Elin dagegen war alles so schwierig geworden. Mal

machte sie ihm Vorhaltungen, dann umarmte sie ihn leidenschaftlich, dann schwieg sie sich aus und wollte ihn partout nicht an ihrem Kummer teilhaben lassen. Außerdem war dieser Priester ständig bei ihr, dieser Pau, der ihm misstraute, das spürte Bela, und es tat ihm weh zu sehen, wie Elin ihm dennoch ihr Vertrauen zeigte, statt sich auf seine, Belas Seite, zu stellen. Wie viel Zeit sie mit ihm verbrachte, und mit den anderen! Für alle schien sie ein Ohr zu haben, nur mit ihm schmollte sie und entzog sich. Das war nicht seine Elin, die Frau, die er kannte. Das war nicht mehr die intensive Zweisamkeit, die er gewohnt war, diese Ausschließlichkeit, in der er für alles die Verantwortung in sich gespürt hatte. Fast schien es ihm, als brauche Elin ihn nicht mehr. Er war einer von vielen geworden, der seinen Beitrag leistete. Und wie dankte sie es ihm!

Bela wusste im Innersten, dass er ihr unrecht tat, aber er konnte nicht anders. Noch immer nagte es an ihm, dass sie nicht da gewesen war, als er Sternauge aus dem Stall geholt hatte. Todok hatte ihm beim Aufzäumen geholfen, Keda ihm die Decke gereicht und ein Schwarm Kinder ihm das Geleit gegeben bis zum Tor. Als er aber nach Elin gefragt hatte, hatten ihn alle nur mit großen Augen angesehen. Diesen Namen kannten sie nicht.

«Na gut», brummte Bela und streckte sich beim Gehen. «Wenn sie es so haben will.» Der Kummer schnürte ihm die Kehle zu. Noch immer glaubte er, den Duft ihrer Haut riechen zu können. Selbst Sternauges Witterung erinnerte ihn an sie. Noch einmal schaute er zu ihrer Hütte zurück, aber dort bewegte sich nichts, der Eingangsvorhang blieb geschlossen, die Gasse still. Bela nahm es hin wie ein Verbannungsurteil. Er wandte sich ab und schritt durch das Tor. Dort saß er auf. «Ruhig, meine Gute», murmelte er. «Du und ich, wir haben große Dinge zu tun.» Dann führte er sie fort vom Dorf. Und jedes Zerren des unwilligen Pferdes am Zügel war wie ein Ziehen an seinem eigenen Herzen.

Elin sah ihn vom Eingang der Höhle aus fortreiten. Sie hatte sich dorthin geflüchtet, um zu vergessen, wie Bela die andere umarmte – ein Bild, das sich selbst jetzt noch vor ihre Augen schob und die kleiner werdende Silhouette ihres Geliebten verdeckte. Du bist selbst schuld, ermahnte sie sich, was musstest du ihm auch nachschleichen. Aber ich wollte ihn doch nur abpassen, verteidigte sie sich selbst, ihn am Tor ansprechen, alleine, ohne all die anderen. Um ihm zu sagen, dass es mir leid tut, dass ich ihn liebe, dass mir alles nur so schwerfällt. Und um ihm von Ban zu erzählen?

Sie wandte sich ab. Langsam verklang der Hufschlag in der Ebene. Vergebens, die Quälerei. Er hatte sie gar nicht gesucht. Er war stattdessen hingegangen und hatte die andere an sein Herz gedrückt, nach nur einem Streit. Wahrscheinlich war alles gut so, wie es war. Sie hatte Wichtigeres zu tun, als ihm nachzutrauern. Sie trug die Verantwortung für viele Menschen, und vor ihnen lag eine schwere Zeit, in der ihr persönlicher Kummer ganz unwichtig wäre. So redete sie sich zu, während die Tränen über ihre Wangen liefen.

Endlich besann sich Elin und kniete vor dem Bild der Großen Mutter nieder. Sie entzündete die Dochte zweier Ölschalen und ließ einige Kräuter verglimmen, bis ihr Aroma die Höhle erfüllte. Dann murmelte sie die Gebete. Die Verrichtungen ließen sie ein wenig zur Ruhe kommen. Sie setzte sich auf ihre Fersen und schloss die Augen, die Hände in Gebetshaltung, wie offene Schalen auf den Schenkeln liegend, bereit, die Gaben der Mutter zu empfangen. Lange saß sie so da, während in ihrem Inneren immer noch die Kämpfe tobten. Aber endlich trat Ruhe ein. Elin spürte, wie sie sich entspannte und fortglitt. Die Umrisse ihres Körpers lösten sich auf, ein vages Gefühl, nicht Wärme, nicht Kälte, durchflutete sie. Sie spürte das Pochen ihres Herzens und wie ihr Blut durch die Adern strömte, bis der Rhythmus sie ganz und gar erfüllte, reiner Klang wurde und sie selbst eine einzige Vibration. Bilder verschwanden, Lichtmuster huschten vorüber, hinter ihren Lidern erblühten Farben und vergingen. Ihr Atem ging ruhig. Endlich spürte sie die Gegenwart, auf die sie gehofft hatte. Es war die Nähe von etwas Großem, Mächtigem, Warmem. Ein Pferd, ein riesiges Tier, in dessen Augen sich der Sternenhimmel spiegelte.

Ban, dachte Elin. Wie der Schlag eines Instruments stand der Name plötzlich im Raum, zitternd, Wellen aussendend, die sie mit bebenden Nerven empfing. Sie wusste nicht, woher er kam, aus dem Himmel, aus ihren Gedanken. Er war einfach da. Ban. Wieder, wie ein kupferner Gong. Der Klang schwebte im Raum wie der Horizont über einem Hügel. Elin sah diesen Hügel. Und da verstand sie. Ja, ihr Sohn konnte der Schlüssel sein.

Plötzlich griff sie zu dem Messer, das in ihrem Gürtel hing, und schnitt sich damit quer über den Arm. Sie zuckte nicht einmal. Sie öffnete nur die Augen und starrte das Blut an, dass über ihren hellen Unterarm rann. Wie in Trance nahm sie eine Schale und fing es damit auf. Lange blickte sie die Schale an, ohne einen Gedanken. Ja, sagte da die Stimme. Das Große Pferd schlug mit dem Schweif. Und Elin lächelte.

61.

Mit einem markerschütternden Schrei warf Horach den Kopf zurück, als sie seinen Stumpf in das heiße Pech tunkten. Vier seiner Männer mussten ihn festhalten, während er sich in Qualen aufbäumte. Er verfluchte sie alle, und sie bissen die Zähne zusammen, doch sie wagten nicht, ihn loszulassen, denn so hatte sein Befehl gelautet: dass sie ihn halten sollten, was immer auch geschehe.

Endlich war es vorbei. Mit schweißnassem Gesicht richtete der Anführer der Gehörnten Schlange sich auf und starrte auf das, was einmal seine Hand gewesen war. Ein zweiter Schrei entfuhr ihm, diesmal nicht vor Schmerz, sondern aus unbändigem Zorn. «Das wird er mir büßen», knurrte er. Keiner seiner Männer zweifelte daran, dass er es ernst meinte. Mit taumelnden Schritten suchte Horach sich aus der Gruppe seiner Helfer zu befreien. Er knickte mit den Beinen ein, wankte, stieß aber die beiseite, die ihn zu halten suchten. Endlich stand er vor Idris, der all das äußerlich ruhig mit angesehen hatte. Als er das ungerührte Gesicht des Herrn vom Hügel sah, fletschte er seine Zähne. «Er wird es büßen», bestätigte er.

Idris neigte kühl den Kopf. «Das erwarte ich», sagte er.

Unwillkürlich fuhr Horachs Arm vor. Einen Moment lang starrte er bestürzt auf die Stelle, wo seine geballte Faust sein sollte, verzog seinen Mund, als wollte er lachen, und spuckte dann heftig aus. Er winkte mit der heilen Hand ab, wandte sich zu seinen Männern und riss einem den Trinkbecher fort, um ihn mit einem tiefen Schluck zu leeren.

«Diese Klinge», begann Idris. Seine Stimme klang noch immer beiläufig. Aber sein Blick biss sich an Horach fest und sprach eine andere Sprache. «Die der Fremde geführt hat, sie war …»

«Ja!», brüllte Horach und schleuderte den hölzernen Becher an die Wand, dass er zersprang.

«Sie war wie eure.» Idris ließ sich nicht aus der Ruhe bringen. Nicht einmal, als er diesen niederschmetternden Satz aussprach. Als Horach zu ihm gekommen war, da hatte sein Blutdurst ihn von allen anderen unterschieden, dieser Wahnsinn, der ihn in der Schlacht antrieb und ihn zu einem gefährlicheren Krieger machte als alle anderen. Aber was Idris wirklich von ihm überzeugt hatte, das waren die Waffen gewesen, die er und seine Männer führten, diese seltsamen, nie gesehenen, unerklärlich harten Klingen, denen niemand widerstehen konnte. Manch einsamen Moment schon hatte Idris über diesem Geheimnis gebrütet, das ihn zu einem unbesiegbaren Herrscher machen konnte, zu einem, dem niemand sich je in den Weg stellen würde. Wenn er nur mehr davon hätte. Viel mehr. Aber Horach und seine Mannen waren verschlossen. Sie verehrten ihre Klingen, wuschen und pflegten sie in einem Ritual, tränkten sie mit Blut und weihten sie der Großen Schlange vor jedem Kampf. Über ihre Herkunft aber schwiegen sie und behaupteten steif und fest, jede Berührung durch eine andere Hand stelle eine Entweihung dar, und derjenige, der dagegen verstieße, würde brennen wie Feuer. Noch hatte niemand gewagt, die Probe aufs Exempel zu machen. Die Männer der Schlange und ihre Waffen blieben unangetastet. Denn sie hatten auf Idris' Seite gekämpft. Er war der Nutznießer dieses Zaubers gewesen. Doch damit schien es nun vorbei zu sein. Und in ihm kämpfte die Wut auf diesen Fremden mit der auf Horach. «Und er hat nicht gebrannt», fügte Idris böse hinzu.

Horachs Unterkiefer mahlten.

«Du hast mir versprochen, keine ist wie eure», stellte Idris fest.

«Bei der Großen Mutter!» Horach wandte ihm das Gesicht zu und starrte ihn an. «So ist es auch.» Seine Augen waren beinahe schwarz, so erweitert waren die Pupillen. «Keine sind wie unsere.»

«Diese schon.» Idris bemühte sich um eine ruhige Haltung, aber über seine Schläfe rollte eine einzelne Schweißperle, als Horach nun auf ihn zutrat. «Warum ist das so, Horach?»

Der Anführer blieb dicht vor ihm stehen und blickte ihm aus nächster Nähe ins Gesicht.

Einen Moment lang glaubte Idris, der dunkle Sog dieser Augen müsse ihn erfassen und vernichten. Er räusperte sich. Seine eigene Wut gab ihm Kraft. «Warum ist das so?», fauchte er.

Horach wandte sich ab. «Ich weiß es nicht», musste er gestehen.

Idris legte ihm die Hand auf die Schulter. «Du hast gesagt, nur die gehörnte Schlange besitzt solche Waffen.»

«So ist es.» Er ließ den Kopf hängen, dann richtete er ihn wieder auf. «So ist es», bekräftigte er. «Die Göttin hat sie uns gegeben.» Er wischte Idris' Hand fort.

Der wagte ein zynisches Lächeln. «Nun, zumindest einen scheint sie noch beglückt zu haben, Horach.» Seine Geduld war am Ende. «Sag mir, woher ihr die Klingen habt! Es wird Zeit.»

Der Anführer schüttelte den zottigen Kopf.

«Horach?» Idris sprach leise, aber mit vor Anspannung vibrierender Stimme. «Das Geheimnis ist keines mehr. Ihr könnt es nicht länger für euch behalten.» Laut und bestimmt fügte er hinzu: «Woher bekommt man diese Klingen?»

«Ich weiß es nicht.» Für einen Moment sah der Anführer ratlos aus, dann holte er tief Luft und brüllte seinen Unmut hinaus. «Ich weiß es nicht, bei Mordech!» Seine Arme griffen in die Luft, die Adern an seinem Hals schwollen, und sein Kopf sah aus, als wolle er platzen.

Idris wich unwillkürlich zurück. Im nächsten Moment aber brüllte er: «Dann denkst du besser nach, bis es dir einfällt.» Die beiden Streithähne starrten einander ins Gesicht. «Wie werden sie gemacht?»

«Die Göttin hat sie gemacht.» Horach sprach durch die zusammengebissenen Zähne. Er wiederholte mechanisch die Geschichte seines Stammes, wie er sie kannte. Eine Geschichte, die er bisher für ebenso wahr gehalten hatte wie die Farbe seiner Augen. Selbst nun, da sie infrage stand, gab ihm die Wiederholung der Worte Kraft und einen kleinen Teil seiner Ruhe zurück. «Sie hat sie schmieden lassen im

Feuerberg und meinem Volk geschenkt, nur meinem Volk, den Auserwählten, damit wir sie hüten und ihr damit das Opfer bringen, nach dem sie sich am meisten sehnt: Blut.» Er stieß das letzte Wort mit heiserer Inbrunst hervor.

«In einem Feuerberg», wiederholte Idris und hielt Horachs Blick stand. Seine Stimme troff von Skepsis. «Und wer war der Schmied? Mordechs Dämonen?»

«So ist es.» Horach bebte am ganzen Körper. Seine Männer warfen einander besorgte Blicke zu.

Idris musterte ihn voller Verachtung. Aber er spürte, dass der Mann wirklich glaubte, was er da redete. Eine Dämonenschmiede in einem Feuerberg! Das waren Märchen für die Bauern, gerade gut, um Dörfler damit einzuschüchtern. Wenn er selbst diese Waffen erst besäße, wäre das exakt die Art Geschichte, die das Orakel darüber verbreiten dürfte. Aber was sollte er jetzt damit anfangen? Er hatte einen Kampf zu führen. Idris schüttelte angewidert den Kopf. Mit anderen Worten, dachte er, dieser Narr hat keine Ahnung. Aber er selbst verspürte gute Lust, ihm an die Gurgel zu gehen. «Dann sollte ich dich vielleicht zu ihnen schicken, damit du dort nach dem Rezept fragen kannst?»

Im selben Moment fuhr Horachs Klinge aus ihrer Scheide. «Warum gehst du nicht selbst?», fragte er höhnisch. Seine Männer lachten.

Idris schloss für einen Moment die Augen. Er hatte einen Fehler gemacht. Dies hier führte zu nichts. Weder Logik noch Spott halfen bei diesen Männern weiter. Er benötigte Horach noch. «Ich brauche diese Klinge», sagte er leise. Lauter werdend fuhr er fort: «Ich will diese Klinge, hörst du? Ich muss sie haben.» Sein Zorn war nicht geringer als Horachs. Und das war gut so. Feuer musste mit Feuer bekämpft werden. Er starrte Horach an. «Bring sie mir.»

Der begriff erst nach einer ganzen Weile. Nicht in den Feuerberg sollte er gehen, hatte der Herr befohlen, nicht in die Finsternis der Dämonen, sondern zu diesem Mann, dem Feind, zu dem, den er hasste wie nichts sonst. Zu dem, der die Überlieferung seiner Leute Lügen strafte. Der ihn zum Krüppel gemacht hatte. Langsam verzog sich sein wutrotes Gesicht zu einem Grinsen. Er nickte und steckte sein Schwert zurück. Dann hob er die Arme, um auch seine Männer einzuschwören auf diesen Gedanken. Einer nach dem anderen begriff und begann zu lachen.

«Jaaaaaa!» Horach legte den Kopf in den Nacken und brüllte voller Triumph. Er ließ sich von der Euphorie seiner Männer tragen. «Ich bringe sie dir», versprach er. «Ich bringe dir beides: die Klinge und eine Leiche.»

Idris hob abwehrend die Hand. «Ich brauche ihn lebend», verlangte er. «Hast du das verstanden? Lebend!» Er betonte jeden Buchstaben. Vielleicht war der Fremde mit den grünen Augen ja nicht so ein Narr wie diese Schlangenanbeter. Möglich, dass er zu sagen wusste, wo man solche Schwerter schmiedete. Am Ende beherrschte er sogar selbst die Kunst? Es war den Versuch auf jeden Fall wert.

«Er gehört der Mutter», hielt Horach dagegen.

Idris nickte ungeduldig. «Wenn ich mit ihm fertig bin, dann gehört er der Mutter.» Er lächelte böse. «Und glaub mir, sie wird mit mir zufrieden sein.»

Horach musterte ihn, dann erwiderte er das Lächeln seines Herrn. Abrupt drehte er sich zu seinen Männern um, reckte die heile Faust und stieß ihren Kriegsruf aus.

Idris verließ sie mit wehendem Umhang. Er ignorierte die Gänsehaut, den der Schrei der Gehörnten Schlange ihm verursachte. Narren sind sie, sagte er sich, verdammte, aber nützliche Narren. Eines Tages würde er sich überlegen müssen, was er mit ihnen machte. Vorher jedoch … «Holt mir den Schmied», brüllte er den Wachen vor seiner Halle zu. «Alle Schmiede, die ihr auftreiben könnt. Ich will sie hier sehen. Sofort!»

62.

Bela spürte die Anwesenheit der Männer, ehe er sie sah. Er beglückwünschte sich zu dem Entschluss, Sternauge unten im Tal angebunden zu haben, duckte sich tiefer ins Farnkraut und schlich sich leise heran. Jetzt hörte er deutlich das Krachen von Schritten, schweren, missmutigen Schritten, und er wusste, dass er keine Jäger vor sich hatte. Bela lächelte. Er hatte gefunden, was er suchte.

«Also was ist, Alter?» Diese Stimme kannte er doch.

«Gorn», flüsterte Bela voll Genugtuung. Sofort schlug sein Herz schneller.

Jetzt ließ sich auch der Anführer der Wachen hören: «Komm schon, alter Mann, ist das ein guter Platz oder nicht?»

Vorsichtig hob Bela den Kopf. Was er sah, ließ sein Herz höher schlagen. Vor ihm standen Ogden, der sich auf Halev stützte, hinter ihnen Wanek und ein weiterer Arbeiter, die Hacken geschultert. Ihnen gegenüber hatte sich der Hauptmann aufgebaut, flankiert von Gorn und noch einer Wache. Er schien ungeduldig zu sein, beherrschte sich aber. «Den ganzen Tag hast du uns nun durch den Wald geführt, alter Mann. Jetzt sag schon was.»

Sie suchen eine neue Mine. Bela begriff. Sie wollen, dass Ogden ihnen eine Erzader findet. Unwillkürlich schaute er sich um, suchte mit den Augen die Blüten der Grasnelke, die Schaumkresse. Da sprach Ogden unvermittelt.

Es wurde Bela warm ums Herz, als er die Stimme hörte. Ihm war, als hätte sie erst gestern zu ihm gesprochen. Das hier waren seine Männer, seine Freunde. Und er würde sein Wort ihnen gegenüber halten. Im Stillen dankte er der Mutter dafür, dass er die Möglichkeit bekommen hatte. Dann wagte er einen leisen Vogelpfiff.

In der Gruppe vorne regte sich nichts. Nur Halev straffte

sich ein wenig und packte Ogden fester um die Schultern. «Nur zu, Ogden.» Ein Hustenanfall unterbrach den Anführer der Bergleute. «Wir wollen doch die Herren nicht warten lassen.» Seine freie Rechte wanderte unauffällig hinter seinen Rücken und machte Bela ein Zeichen.

Der grinste in sich hinein.

«Hmm», erwiderte Ogden und schloss das heile Auge, während er den Kopf hob und in die Luft witterte wie ein Spürhund. «Kann schon sein, ja.»

«Hier also», stellte der Hauptmann fest, und Gorn stieß seinen Speer in den Boden, als wollte er ihn zu einem Bekenntnis zwingen.

«Hm, hier», gab Ogden zu.

Bela griff nach den Pilzen, die vor seiner Nase wuchsen, und zerbröselte sie zwischen seinen Fingern.

Der Hauptmann verlor keine Zeit. «Du und du. Ihr markiert die Stelle.» Wanek und sein Gefährte machten sich an die Arbeit, während der Hauptmann Ogden und Halev befahl, ihm zu folgen. Auf seinen Wink blieben die Wächter bei den Arbeitenden zurück.

Langsam zählte Bela in seinem Versteck bis zehn, ehe er erneut den Kopf hob. Vom Anführer der Wachen war nichts mehr zu sehen. Die beiden Bergleute waren gebückt bei der Arbeit, der eine Wächter ließ sich gerade auf einem Stein nieder, Gorn stocherte mit seinem Speer nach dem hinkenden Wanek, damit er sich beeilte. Mit einem Knurren griff der nach der Waffe, die ihn belästigte.

«Heh!», rief Gorn verärgert und schlug Wanek, der nicht gut ausweichen konnte, eins über den Schädel. Bela sprang auf. Er zog sein Schwert und hieb es gegen den Hals des sitzenden Wächters, ehe der auch nur begriff, was vor sich ging. Gorn wirbelte herum und sah ihn blutend am Fuß des Steins zusammensacken. «Was …?», fragte er verwirrt. Dann erkannte er Bela. «Du», stieß er hervor.

Bela senkte grüßend den Kopf. «Gorn», sagte er nur.

Der bleckte die Zähne in einer hassverzerrten Grimasse und packte seinen Speer fester. Dann schleuderte er ihn mit aller Kraft auf Bela. Wanek schrie erschrocken auf. Mit aufgerissenen Augen sahen alle, wie der Schaft zitternd in einem Baumstamm stecken blieb. Bela richtete sich ruhig wieder auf. Gorn griff zu seinem Messer und stürmte vor, blind vor Wut. Bela rührte sich nicht. Er ließ ihn herankommen und zeichnete erst im letzten Moment mit seiner Klinge eine scharfe, entschlossene Linie. Es ging so schnell, dass Wanek blinzelte. Einen Moment lang stand Gorn noch da, mit weit ausholendem Arm. Im nächsten sank er lautlos in sich zusammen.

Bela neigte sich über ihn und sah, wie er hilflos die Kiefer bewegte, zwischen denen das Blut in pulsierenden Strömen herausquoll. «Ich habe auf diesen Moment gewartet», sagte er. Dann brachte er es zu Ende.

Wanek wandte sich mit geschlossenen Augen ab. Als Bela ihm aber zurief, ihm zu folgen, gehorchte er und winkte auch seinem Gefährten. Zu dritt hasteten sie so schnell es ging durch das Unterholz, den anderen hinterher. Sie fanden Halev bereits im Handgemenge mit dem Hauptmann, der ihn mit dem Rücken an einen Baum gedrängt und ihm den Schaft seines Speeres gegen den Hals gedrückt hatte. Halev stemmte sich mit beiden Armen dagegen, sein Gesicht war schon blau angelaufen. Belas Schwerthieb erlöste ihn.

Alle schauten auf den erschlagenen Hauptmann hinab. Hustend rieb Halev sich die Kehle. Ogden, der zu Boden gestoßen worden war, rappelte sich mit Waneks Hilfe auf.

«Dies», stieß Bela hervor und wies schwer atmend mit der Klinge seines Schwertes auf den Toten, «ist unumkehrbar. Ihr wisst das?» Einem nach dem anderen blickte er ihnen in die Augen. Wanek schaute erschrocken. Halev blickte mit einem entsetzten Ekel auf den Toten, in den sich langsam eine wilde Begeisterung mischte. Ogden wandte sich ab. Statt einer Antwort machte er sich daran, einen herumliegenden Tannenast zu packen und ihn über den Leichnam zu ziehen. Wanek schaute ihm irritiert zu, half ihm dann aber, als Halev ihm zunickte. «Wir brauchen Zeit. Je später sie gefunden werden, desto besser.» Dann ergab er sich einem weiteren Hustenanfall, ehe er auf Bela zutrat und ihm die schwere Hand auf die Schulter legte.

«Wie viele Männer hast du dabei?», fragte er.

«Keine», antwortete Bela. Als er Halevs erschrockenes Gesicht sah, fuhr er fort: «Männer gibt es hier genug. Und Waffen», fügte er hinzu, als er sah, wie Waneks Gefährte zweifelnd und begehrlich über den Speer des Hauptmannes strich. «Was ich euch zu bieten habe, ist eine Zukunft.»

Er winkte sie heran und nötigte sie, Platz zu nehmen. Dann berichtete er ihnen vom Orakel und seinen Plänen. «Wir werden ihn herausfordern. Das bedeutet», erläuterte er, «dass der Herr vom Hügel in nächster Zeit zu beschäftigt sein wird, um hier nach dem Rechten zu sehen. Alles, was geschieht, wird nur hier unter uns stattfinden.»

«Trotzdem», beharrte Halev. «Es wäre besser, wenn keine Nachrichten zu ihm drängen.»

«Dann sorgen wir dafür», bot Bela an. «Wir planen es so, dass keiner entkommt.»

«Und das Orakel bietet uns künftig Schutz?», erkundigte Ogden sich.

Bela nickte. «Den Schutz seines Rufes, einen Handelsplatz und einen Ort für alle, die hier nicht bleiben wollen. Und es ist ein guter Ort», fügte er mit warmer Stimme hinzu. Er dachte an das Dorf und seine einladenden Gassen, an die Werkstätten und an Skelt. Dann fielen ihm Merendis ein und Elin, und seine Gedanken verwirrten sich für einen Moment. Als er die besorgten Mienen der anderen sah, riss er sich zusammen. «Sie bieten euch an, das Erz direkt bei euch zu kaufen. Ihr verhandelt die Preise selbst, ihr verteilt den Gewinn unter euch.»

«Und sie stellen die Wachen.» Das war Waneks vor Ablehnung heisere Stimme.

Bela lächelte. «Keine Wachen.»

«Keine Wachen», murmelte Halev und lauschte dem Klang der Worte nach. Langsam begann sein Gesicht zu leuchten.

«Kann es das geben?», fragte Wanek zweifelnd. Er schaute von Ogden zu Bela.

Der nickte. «Wenn wir es möglich machen.»

«Ogden?», fragte Wanek.

Der Alte richtete sich auf. «Dies alles wird möglich, aber nur, wenn ihr den Herrn vom Hügel tatsächlich besiegt.» Bela nickte. «Und wenn nicht?», fuhr Ogden fort.

Bela hob die Arme. «Dann werden wir alle sterben», sagte er ernst. Für einen Moment war es still. «Aber wir werden siegen», rief er dann voller Eifer. «Wir werden es schaffen, wir sind entschlossen. Wir sind nicht allein. Und wir haben die Waffen dazu!» Er zog sein Schwert so heftig, dass die Männer zusammenzuckten. Es dauerte eine Weile, bis Wanek, dem er es auffordernd hinhielt, es wagte, die ihm dargebotene Klinge zu berühren.

«Nimm sie», forderte Bela ihn auf. «Probier sie aus. Du wirst bald eine ähnliche schwingen.»

Zaghaft führte Wanek die Schneide gegen ein paar Stängel, dann gegen einen Ast. Er prüfte sie danach mit dem Finger und schaute auf. Halev riss sie ihm aus der Hand. Er wirbelte sie mit Kennerschaft, wie einer, der nicht zum ersten Mal kämpft. Aber auch er hielt verwundert inne. Dann schaute er zu dem inzwischen verborgenen Toten in seinem Tannengrab. «Du hast ihm glatt die Rippen durchschnitten», erinnerte er sich. Seine Stimme war andächtig. Er hielt Ogden das Schwert hin.

Der nahm es in seine zitternden Greisenhände. Er hielt

es nur still und lauschte in sich hinein, als hielte er Zwiesprache mit dem fremden Erz in seiner Hand. Dann lächelte er. «Es ist lange her», murmelte er leise, wie zu sich selbst. Sein gesundes Auge leuchtete, als er Bela ansah, der eine Fortsetzung erwartete, die jedoch ausblieb. «Es ist gut», sagte er nur, «es in der Hand des Lebens zu wissen.»

«Und da wird es bleiben.» Ohne Ogdens Worte ganz zu verstehen, nickte Bela ihm zu. Dann fixierte er die anderen in der Runde. «Wie wollen wir vorgehen?», fragte er.

Sie saßen lange im Kreis und ritzten mit Stöcken die Umrisse des Lagers in den Boden. Für jeden Wächter zogen sie an der Seite einen Strich. «Zwei Mann stehen vor dem Mineneingang», erklärte Wanek und warf seinem Gefährten einen Blick zu. «Die übernehmen wir.»

Bela zeichnete Querbalken über die beiden Markierungen. «Holt an Werkzeug aus der Mine, was geht, und rüstet die Männer damit aus, die mitmachen wollen», befahl er. «Und kommt damit ins Lager.» Er wandte sich an Ogden. «Wie viele sind dort zu erwarten?» Sie debattierten und berieten lange. Schließlich kamen sie überein, dass Ogden sich am Lagertor aufhalten und die Wachen ablenken sollte, bis Bela mit Waneks Trupp heran wäre und sie den Überfall wagen könnten. «Unser erstes Ziel», stellte Bela fest, «muss die Werkzeughütte sein.»

«Und das Haus des Hauptmanns», ergänzte Halev. «Dort sind Waffen gelagert.»

Bela nickte. «Wie viele am Röstplatz?»

«Sechs», antwortete Halev. «Dort werde ich hingehen.» Und er rotierte mit dem Arm, als schwänge er einen Hammer. «Die Leute bei den Öfen stehen auf unserer Seite.»

Bela durchkreuzte sechs Markierungen, dann schaute er ihn ernst an. «Denk daran, dass keiner entkommen darf», ermahnte er ihn. «Nur einer, der im Wald verschwindet, kann den ganzen Plan gefährden.»

Halev streckte ihm die Hand hin. Bela legte seine darauf und forderte die anderen mit einem Blick auf, dasselbe zu tun. Mehr als einem zitterten die Finger. Sie blickten einander in die vor Angst und Aufregung blassen Gesichter.

«Für das Leben», sagte Bela leise.

«Für das Leben.» Dumpf murmelten sie den Spruch. Dann standen sie auf und gingen jeder in seine Richtung davon.

Wenig später beobachtete Bela, an einen Baumstamm gelehnt, wie Wanek auf den Eingang der Miene zu hinkte und grüßend den Arm hob. Er wurde von den Wächtern angehalten, doch wenig später durften er und sein Gefährte passieren. Eine ganze Weile geschah nichts. Dann kam Bewegung in die Wächter. Sie wandten den Kopf nach einem für Bela unhörbaren Rufer und verschwanden im Inneren des Berges.

Aufgeregt reckte Bela sich. Seine Finger verkrampften sich um den Griff seines Schwertes, und mehr als einmal war er im Begriff, einfach loszurennen, als Wanek endlich aus der Öffnung trat und ihm das Zeichen gab.

In geducktem Trab lief Bela hinüber. Im Minengang drängten sich schon die Männer und schauten mit weit aufgerissenen Augen aus dunklen Gesichtern auf die beiden Leichen hinab. Alle redeten durcheinander, Waneks aufgeregte Erklärungsversuche drangen nicht zu ihnen durch. Erst als Bela erschien, verstummten sie alle. «Männer», begann er und schaute sie der Reihe nach an. Eine unerklärliche Freude stieg in ihm auf. «Freunde», fügte er leiser hinzu. Und er wusste in diesem Moment, er würde sie erreichen.

Zur selben Zeit erreichte Halev pfeifend und schlendernd den Röstplatz, wo er sich unter den gelangweilten Blicken der Wächter sofort einen Eimer mit Holzkohle griff und sie zu den Öfen brachte. Eine nach der anderen bediente er die Feuerstellen, blieb überall auf einen leisen, hastigen Schwatz, aber nie lange genug, um sich einen Tadel einzuhandeln. Die Ruhe wurde nicht gestört, alle arbeiteten zügig, und irgendwann verstummten auch die geflüsterten Debatten. Halev pfiff. Von den Röstbetten stiegen dicke Schwaden auf und hüllten alles in schwefelstinkenden Rauch. In ihrem Schutz packte Halev seine Schaufel fester.

«Heh, was …?», konnte der Wächter noch hervorstoßen, dem er eine volle Ladung glühender Kohlen ins Gesicht schippte. Halev holte aus und zog ihm die Schaufel über den Schädel, solange er noch halbblind herumtaumelte. Die übrigen Wächter wurden aufmerksam und liefen drohend auf ihn zu.

Halev hob die Hände über den Kopf und zog sich in Richtung der Öfen zurück. «Bitte», rief er in gespielter Furcht. «Bitte nicht.» Dabei achtete er sorgfältig darauf, dass die Röstbetten zwischen ihm und seinen Verfolgern blieben, die gar nicht bemerkten, wie sich ihnen Männer von hinten näherten und ihnen den Rückweg versperrten.

«Runter jetzt mit der Schaufel!», brüllte ein Wächter. «Zum letzten Mal.» Er umfasste seinen Speer und setzte zum Wurf an.

Halev schien nachzugeben. Er bückte sich, legte die Schaufel ab und trat einen weiteren Schritt zurück, hinter den Ofen, an dem ein Arbeiter sich unauffällig vorbeugte, als der Wächter heranstürmte, um sich auf Halev zu stürzen. Er öffnete den Ofen und entließ eine glühende Schlange aus Erz ins Freie. Halevs Angreifer schrie auf, als sie nach seinen Fersen biss. Das Letzte, was er sah, war das Gesicht des Arbeiters, der ihm die glühende Spitze seines Werkzeugs in den Brustkorb rammte.

Die übrigen Wächter wussten nicht, wie ihnen geschah. Es dauerte eine Weile, bis sie begriffen, dass sie sechs entschlossenen Männern gegenüberstanden, die Stangen und Hämmer trugen. Noch nie hatten sie sich über die Zahl der Bergleute Gedanken machen müssen, nie hatte jemand gegen sie aufbegehrt, die Macht des Herrn hatte über allem gelegen, seine Autorität ihnen den Rücken gestärkt. Selbst Hamars wütender Attacke damals hatten die meisten tatenlos zugesehen. Sie hatten gewusst, dass es kein Leben für sie gab außer diesem. Und die Wächter wussten es ebenfalls. Tag für Tag hatten sie überlegen auf die Arbeiter herabgesehen. Nun blickten sie in Gesichter, die ihnen etwas völlig anderes erzählten. Und sie bekamen Angst.

«Zurück zum Lager!», rief derjenige, der sich als ihr Anführer begriff. «Wir holen Verstärkung.» Als er sich aber umwandte, sah er die Lagerjungen, in den Eimern statt des Abraums glühende Kohlen, die sie nach den Wachen schleuderten. Ehe man sie fassen konnte, verschwanden sie hinter den Röstbetten. An ihre Stelle traten Männer mit schweren Hämmern. Einer der Eingeschlossenen verlor die Nerven und schleuderte seinen Speer. Er hatte nicht gut gezielt, die Waffe flog vorbei. Keiner der Angegriffenen gab auch nur einen Laut von sich. Der Mann, der geworfen hatte, keuchte, taumelte rückwärts und begriff im selben Moment, dass ihm nun nur noch sein Messer blieb. Seine glücklicheren Kollegen umklammerten die beruhigend soliden Holzschäfte ihrer Speere, die ihnen aber, da sie Schritt für Schritt zwischen den Feuerstellen zusammengedrängt wurden, immer weniger nützten. Der schwefelhaltige Rauch verwischte die Umrisse ihrer Gegner, brannte in ihren Augen und brachte sie zum Husten.

«Denkt daran», sagte Halev und nickte. «Keiner darf entkommen.»

Am Lagertor verhandelte Ogden gerade umständlich mit einem inzwischen ziemlich ungeduldigen Wächter, als Bela sich näherte. Er hatte den Umhang einer der toten Wachen umgelegt und stützte sich auf einen Speer. So gelang es ihm, nahe genug an den Mann heranzukommen. Der sah erst auf, als die Klinge ihm schon durch den Leib fuhr. Bela pfiff, hinter ihm quoll eine Horde von Bergleuten aus dem Stollen, bewaffnet mit ihren Werkzeugen. «Ich gehe die Waffen sichern.» Bela winkte fünf Männern, ihm zu folgen. «Ihr redet mit den anderen.»

Wanek übernahm Belas Mantel und Speer und stellte sich ans Tor. Er hatte die Aufgabe, niemanden hinein- oder herauszulassen, der nicht zu ihnen gehörte. Den Toten schoben sie in die nächststehende leere Hütte, wo sich noch zwei Mann zu Waneks Unterstützung verbargen.

«Warum schließen wir das Tor nicht einfach?», keuchte einer, während er die widerspenstige Leiche schleppte.

«Idiot», gab sein Freund zurück. «Dann sehen sie doch schon von weitem, dass hier etwas nicht stimmt. Wir müssen sie kommen lassen.»

«Und, was meinst du, wie viele werden kommen?» Der erste Sprecher duckte sich in den Eingang und warf einen scheelen Blick auf den Toten.

«Ich weiß nicht.» Der Mann überlegte. «Gar keine, wenn Halev Erfolg hat.» Er versuchte ein Lächeln.

Im selben Moment fragte Bela flüsternd: «Wie viele sind da drin?» Er deutete auf die Hauptmannshütte.

Statt einer Antwort stand Ogden ohne Rücksicht auf seine Deckung auf und marschierte zum Hütteneingang. Starr vor Schreck hörten sie ihn grüßen und ein Gespräch beginnen, von dem sie in ihrer Aufregung nicht ein Wort verstanden. Als er wiederkam, grinste der Alte. Er ignorierte sie, was bedeuten musste, dass man ihm von drinnen nachsah, hob aber im Vorbeigehen eine Hand und gab ihnen ein Zeichen.

«Vier.» Bela nickte. «Sind wir bereit?» Er blickte in Gesichter, die ihm sagten, dass sie es waren. «Also dann.»

Er stieß sich von der Wand ab und stürmte als Erster in die Hütte. Mit zwei ausholenden Bewegungen trieb er den Mann am Eingang in den Raum hinein und gab seinen Gefährten so Gelegenheit, ihm zu folgen. Mutter, hilf ihnen, betete er. Danach konnte er sich nur noch auf das konzentrieren, was vor ihm lag. Sein Gegner starrte ihn einen Moment an. Plötzlich warf er sich zur Seite und griff nach einem Schwert, das in einem Gestell an der Wand lehnte. Er war schnell, und er war entschlossen. Belas erster Hieb wurde pariert, auch der zweite. Der dritte glitt ab und traf den Mann an der Wade. Er ging in die Knie. Bela biss die Zähne zusammen und holte aus. Da spürte er einen stechenden Schmerz in der Seite, der in seinen Arm hinauffuhr wie der giftige Biss einer Schlange. Jemand rief seinen Namen. Dann hörte er nichts mehr.

63.

Mit gemischten Gefühlen betrachtete Skelt das Paar, das vor ihm stand. Er kannte die Herrin vom Zeigerberg, jeder kannte sie, der hier lebte, und er verehrte sie wie alle als den guten Geist, der alles hier ermöglicht hatte. Bei Zeremonien hatte er sie schon oft gesehen, ebenso wie den Priester, der selten von ihrer Seite wich. Aber sie waren ihm stets mehr wie Statuen erschienen als wie Menschen aus Fleisch und Blut, makellos schön und entrückt. Es war seltsam zu denken, dass Merendis diesem Mann dort die Wunden verbunden, ihn schwitzen, bluten und leiden gesehen hatte. Und dass sie von ihm sprach wie von jedem beliebigen Mann, der morgens manchmal üble Laune hatte, Laster und Vorzüge besaß und von dem man sprechen konnte als «Pau, der eine so schöne Singstimme hat» – das verwunderte ihn immer noch. Er nahm diesen Pau ein wenig genauer ins Visier.

Aber die Frau lenkte ihn ab. «Schmied?», fragte sie und klopfte ungeduldig mit den Fingern auf die Lehne ihres Stuhles.

Er musste ihr wohl oder übel antworten. «Nein, Herrin», bekannte er. «Die Öfen sind nicht das Problem. Ein wenig Lehm, und ein Ofen ist überall schnell errichtet. Das Herzstück sind die Düsen, und die führt ein Schmied mit sich von Ort zu Ort.»

Angespannt neigte Elin sich vor. «Du könntest diese Waffen also auch anderswo für uns schmieden?», erkundigte sie sich, um sicherzugehen, dass sie recht verstanden hatte.

Skelt neigte den Kopf und betrachtete sie. «An jedem Ort», gab er zu. «Aber ich verstehe nicht, warum ...»

«Du hast schon gekämpft, nicht wahr?», unterbrach sie ihn unbeirrt.

«Was? Ich? Ja», gab Skelt verwirrt zu. Er sammelte sich und schaute der Frau ins Gesicht. Sie war jung, fiel ihm auf, jünger als seine eigene Tochter. Unter ihrem Ornat wirkte sie zerbrechlich wie ein Mädchen. Aber sie strahlte eine Gelassenheit und Erfahrung aus, die weit über ihre Jahre ging. Jetzt lächelte sie, froh und offen. Skelt wusste immer weniger, was er von ihr zu halten hatte.

«Ich dachte es mir», sagte sie. «Aufgrunddessen, was du in den Beratungsrunden sagtest. Das ist gut.»

Skelt wechselte das Standbein. Seine Vergangenheit war bewegt, und er konnte durchaus nicht alles, was er erlebt hatte, als ‹gut› bezeichnen. Was wollte diese Frau von ihm? «Herrin?», fragte er distanziert.

Sie ignorierte seinen kühlen Ton. «Wenn du gegen einen überlegenen Feind zu Feld ziehen müsstest», begann sie, «was würdest du tun? Würdest du ihn in deinem Heim erwarten? Würdest du dich auf deine Palisaden verlassen?» Sie schaute ihn offen und erwartungsvoll an.

«Nein», gestand er, und sein Blick umwölkte sich, als er an das Ereignis zurückdachte, bei dem seine Antwort anders gelautet hatte. Ausharren, hatte er damals gesagt, und erleben müssen, wie alles in Rauch aufging. Er tauchte aus seinen Erinnerungen auf und starrte sie an. Das Gefühl beschlich ihn, zu dieser Antwort überlistet worden zu sein. Hatte sie davon gewusst? Aber wie hätte sie es auch nur ahnen können? Er schüttelte den mächtigen Kopf. «Nein», wiederholte er dennoch; er blieb dabei.

«Ich würde ihm heute an einem Ort entgegentreten, der günstig für mich ist. Fern meiner erntereifen Felder, fern meiner Hütten und Kinder.»

Sie nickte, als hätte sie nichts anderes erwartet. «Das ging mir auch durch den Kopf. Warum unsere Heimat, dachte ich mir. Warum nicht seine?»

Skelt kniff die Augen zusammen. «Seine?», entfuhr es ihm. Der Gedanke war neu, aber er begriff sofort die Vorteile, die darin lagen. Sie konnten seine Ernte bedrohen, ihn von seinen Quellen abschneiden und die Angst unter seine Anhänger tragen, statt zu warten, dass all das mit ihnen selbst geschah.

«Aber wir kennen das Gelände dort nicht», wandte er ein.

«Ich kenne es.» Die Herrin richtete sich auf. Ein Schatten flog über ihr Gesicht, der Skelt verriet, dass sie nicht gerne an die Zeit dachte, in der sie diese Kenntnis erworben hatte. «Ich kenne es gut.» Sie bemühte sich um ein Lächeln.

Skelts Herz schmolz. Sie ist ein Kind, dachte er, ein Kind, das sich im Dunkeln bemüht, tapfer zu sein. Da erklang ihre Stimme erneut, hart und klar. «So gut, dass ich uns einen befestigten Platz schaffen kann, dicht bei seiner Burg.»

Skelt wurde wieder nüchtern. «Das wäre ein Wunder», meinte er trocken und verschränkte die Arme vor der Brust.

«Dann komm mit und sieh!» Nun lachte sie, so strahlend, dass es ihn einfach nur verblüffte. Laut sog er die Luft ein. Bei der Mutter, wie schön sie war! Seine Haltung lockerte sich. Sie streckte ihm die Hand entgegen. Und ehe Skelt, der Schmied, wusste, wie ihm geschah, hatte er sie ergriffen.

«Merendis?», rief er, als er sich später am Abend seiner Hütte näherte. Sie hatten noch lange miteinander debattiert, die Herrin und er. Hauptstreitpunkt war Bela gewesen, der doch der Schlüssel zu ihren gemeinsamen Plänen war. Auf ihm und dem Erz, das er beschaffen wollte, ruhten ihre ganzen Hoffnungen. Zwar hatte Skelt angefangen, herkömmliche Klingen zu gießen, mit denen die kampfwilligen Männer zu trainieren begannen. Aber sie alle warteten und hofften auf die Wunderwaffe, die Bela ihnen bringen würde.

Erst als Arod, der Händler, der Bela hergeführt hatte, zu ihnen stieß und versicherte, ihn zuverlässig abpassen zu können, wenn er auf dem Rückweg wäre, wurden sie sich einig. Nun stand also der Aufbruch bald bevor. Er würde noch einmal kämpfen. Zu seiner Überraschung summte er beim Gehen leise vor sich hin. Seine Haltung straffte und sein Gang veränderte sich. «Merendis!», wiederholte er, im Geiste noch die Stimme Paus ihm Ohr, der ihn gebeten hatte, seine Tochter zu grüßen. So viel Neues, so viel Unerwartetes in seinem Leben. Aber Skelt konnte sich nicht dazu entschließen, es schlecht zu finden. «Merendis!» Ein wenig ungeduldig stieß er die Tür auf. Sonst pflegte sie ihn doch schon auf der Schwelle zu begrüßen. Er stieß mit dem Fuß gegen einen umgestürzten Tonkrug, der in eine Ecke kollerte. Er erfasste das Durcheinander und dachte im ersten Moment, seine Tochter hätte seine Pläne vorausgeahnt, wie das manchmal ihre Art war, und bereits mit dem Packen begonnen. Es wäre nicht das erste Mal, dass sie seinen noch ungeformten Gedanken auf ihre tatkräftige Weise zum Ausdruck verhalf. Als er sich im Pfahldorf Tag für Tag gequält hatte, bis er endlich den Satz zustande brachte: «Wir können hier nicht bleiben», hatte sie ihn nur angesehen. Und da hatte er bemerkt, dass ihre Kiepe bereits geschnürt war.

Dann schob er diesen Gedanken beiseite. Hiervon konnte

sie wirklich nichts ahnen. Außerdem wies alles darauf hin, dass sie hier soeben noch beschäftigt gewesen war. Neben dem Feuer lag Holz, das darauf wartete, nachgelegt zu werden. Auf dem Mahlstein häufte sich das frischgemahlene Mehl, einiges davon war auf den nackten Boden gefallen. So eine Schlamperei sah ihr gar nicht ähnlich.

«Merendis?» Er schob den Vorhang zur Werkstatt beiseite und erstarrte. Chaos empfing ihn. Der Ofen war zertrümmert, jemand hatte die Lehmwände mit einer Eisenstange zerschlagen. Kreuz und quer lagen Gussformen im Raum, die meisten davon zerbrochen. Die Körbe mit Erz waren umgekippt und vermischt, das Werkzeug von den Wänden gerissen. Mit einem Aufschrei stürzte Skelt zu dem Versteck, in dem er die kostbare Schnur aus Zinn- und Kupferperlen aufbewahrte, die Bela ihm anvertraut hatte, ihren gemeinsamen Schatz, ihrer aller Zukunft. Er fand ihn, doch zum Aufatmen kam er nicht. Noch während sich seine Finger um das Band schlossen, entdeckte er den Fleck auf dem Boden. War das etwa Blut?

«Merendis!» Diesmal brüllte er aus Leibeskräften. Ein erschrockener Nachbar steckte ängstlich den Kopf herein. Hinter ihm drängten sich die Kinder der Straße. Er musterte unsicher das Durcheinander in den beiden Räumen und den Schmied, der auf dem Boden hockte. Skelt starrte ihn an. Nur mühsam brachte er noch einmal den Namen seiner Tochter hervor.

Der Nachbar kratzte sich am Kopf. «Da war ein Fremder», meinte er dann. «Er hat nach Bela gefragt, da habe ich ihn an euch verwiesen. Ich dachte, ihr wisst am besten …» Er brach ab, als Skelt aufsprang, auf ihn zustürmte und ihn am Kittel packte. Doch ehe er irgendetwas erklären oder protestieren konnte, hielt der Schmied schon wieder inne. Er hatte die Kinder bemerkt.

«Wo ist Moan?», fragte er. «Wo ist mein Enkel?»

«Bei den Pferden.» Der Nachbar befreite sich und strich seinen Kittel mit dem Ausdruck gekränkter Würde glatt. «Wo er immer steckt», fügte er noch hinzu.

Skelt hörte es nicht mehr, denn er war schon losgestürmt ins alte Dorf. Er hielt nicht an und antwortete auf keinen Zuruf. Erst im dritten Stall, den er aufsuchte, stieß er auf Todok, Kela, Ysan und Ban. In ihrer Gesellschaft befand sich auch Moan, der mit leuchtenden Augen einem Pferd Heu reichte. Skelt ging in die Knie. Er riss seinen verdatterten Enkelsohn an sich, umarmte ihn mit aller Kraft und legte seinen Kopf in den Nacken, um einen Schrei auszustoßen, der allen Bewohnern in den umliegenden Hütten das Blut in den Adern gefrieren ließ. «Was ist denn?»

«Vater?», fragte Merendis besorgt und trat aus dem Schatten der Stallecke, von wo aus sie ihrem Sohn bei seiner Lieblingsbeschäftigung zugesehen hatte.

Mit offenem Mund starrte Skelt sie an. Dann stürzte er sich auf sie und riss sie in seine Arme. Das Neue, wahrhaftig, es hatte begonnen.

64.

Bela träumte, er ging durch einen dichten Wald. Das Grün war seltsam frisch und leuchtend, es wollte kein Ende nehmen. Ast um Ast bog er beiseite, um zu dem durchzudringen, was er suchte. Er konnte nicht sagen, was es war, er hätte es nicht einmal beschreiben können. Und doch wusste er, da war etwas, etwas Dringendes, und er strebte und strebte ihm entgegen.

«Bela?» Der Laut drang von weit her zu ihm. Der Wald

begann sich zu drehen. Alles verschwamm und sortierte sich neu. Bela kämpfte darum, zu verstehen.

Mit besorgter Miene neigte Halev sich über ihn, der mit den Armen fuchtelte, ohne zu sich zu kommen.

«Ich hatte den Fünften übersehen.» Ogden wiegte sich vor und zurück und hielt seinen Kopf mit beiden Händen. «Einfach übersehen.»

«Man soll eben keinen Einäugigen schicken, um etwas auszuspähen.» Das war Wanek. Da zuckte er zusammen. Eine Hand hatte ihn am Gelenk gepackt. Sie gehörte Bela.

Erleichtert riefen sie seinen Namen, griffen ihm unter die Achseln, richteten ihn auf. Bela stöhnte. Aber er sagte: «Er braucht nicht zu sehen, er hört das Erz.» Mit einem verzerrten Lächeln streckte er die Hand aus. Ogden ergriff sie.

Unter Schmerzen tastete Bela nach seiner Seite, er spürte einen Verband und schloss aus Ogdens Nicken, dass der Alte sich seiner angenommen hatte. Das war gut, sagte er sich, Ogden wusste, was er tat. Es würde schon werden. Er machte Anstalten, sich aufzurichten. «Wie ist es gelaufen?», fragte er. Da erst wurde ihm klar, dass er Halev gegenüberstand, Halev, der eigentlich am Röstplatz sein sollte. Und ein Schreck durchfuhr ihn. War etwas schiefgelaufen? Wie lange hatte er so gelegen? Waren Augenblicke vergangen, Tage? Waren sie alle hier Gefangene?

Der Sprecher der Bergleute schaute ihn ernst an. «Sie sind tot», sagte er dann. «Alle ohne Ausnahme.»

Bela stieß einen Seufzer der Erleichterung aus. Er ließ sich auf die Beine helfen, klopfte auf Schultern und schüttelte Hände. Es war vollbracht. Sie hatten es geschafft. Wilde Freude wallte in ihm auf, und er reckte die Arme in die Luft. Die Männer um ihn herum jubelten. Da flog der Speer.

Mit einem schrecklichen Röcheln stürzte Ogden, mitgerissen von der Wucht des Wurfes, nach vorne und brach zusammen. Bela fing ihn auf, taumelte und sank mit dem Alten in seinen Armen zu Boden. Er spürte, wie Ogdens Blut warm über ihn floss, und wusste, dass es zu spät war, noch ehe er sich aufgerappelt und den Einäugigen vorsichtig auf den Boden gebettet hatte. Ogdens Lippen bewegten sich. Bela neigte sich zu ihm hinunter.

«Auch ein Einäugiger», hauchte Ogden, «kann etwas sehen.» Sein hässliches Gesicht verzog sich zu einem letzten Grinsen. Er hob zitternd seine Hand, die Bela mit seinen Händen packte. «Ich danke dir», brachte er hervor. Dann durchlief ihn ein Zucken. Ogden war tot.

Wie vom Donner gerührt standen die Männer da. Es dauerte eine ganze Weile, ehe sie sich so weit gefasst hatten, dass sie nach dem Täter Ausschau hielten.

«Da rennt er!», schrie einer und wies auf die Gestalt, die hastig dem Waldrand zustrebte.

«Verdammt!», knurrte Halev. «Ich war mir so sicher.» Er griff nach einem Speer und warf. Aber der Flüchtige war längst außer Reichweite und schlug sich eben mit ausgebreiteten Armen ins Unterholz.

«Wir müssen ihn einholen.» Bela biss die Zähne zusammen, als er die Wunde spürte. Aber es gab kein Zögern. «Er darf nicht von hier entkommen.»

Halev stützte ihn beim Laufen, andere waren schneller auf den Beinen und stürzten voran. Von Zeit zu Zeit hielten sie inne und lauschten: auf das Knacken von Zweigen, auf den empörten Ruf eines Vogels, der von dem Flüchtenden gestört worden war.

«Er ist dumm», stellte Halev befriedigt fest, als sie wieder einmal einen Hinweis entdeckten. «Er rennt und rennt.»

«Er ist schnell», erwiderte Bela, dem der Schweiß in Strömen herablief. «Und er kennt sich hier mindestens so gut aus wie wir. Vielleicht sucht er sich noch ein Versteck.»

«Wenn er den Hochwald erreicht, haben wir keine Chance.» Halev, der ihn stützte, kam nun selbst ins Keuchen.

Von vorne erklangen Rufe: «Er hält auf den Fluss zu.»

«Hier lang», beschloss Halev. «Wir schneiden ihm den Weg ab.» Mehr stolpernd als rennend kamen sie den steilen Abhang hinunter. Schon sahen sie die halbverfallenen Hütten der Frauen, die hier, nahe den Röstplätzen, am Gebirgsbach hausten.

«Wenn er ihnen etwas tut ...» Weiter kam Halev nicht.

Sie hielten inne auf einem größeren Fels, der über dem Abhang hing. Unter sich sahen sie den Mann, der sich durch den fast hüfthohen Farn zum Ufer vorkämpfte. Auch die Frauen hatten ihn entdeckt und zeigten kreischend auf ihn.

Bela spürte, wie Halevs Faust sich um seinen Arm verkrampfte, als der Flüchtling auf eine Frau zustürmte, die allein am Ufer hockte und wusch. «Verdammt!»

Im selben Moment wandte das Mädchen unten sich um. Bela konnte ihr Gesicht hinter dem schmutzigen Vorhang aus Haaren nicht erkennen. War sie erschrocken, erstaunt? Er sah, wie sie den Arm hob, als wollte sie den Angreifer noch abwehren, und griff unwillkürlich selbst nach seiner Waffe.

Da taumelte der Wächter unten. Schützend hob er die Hände vor den Kopf, wischte sich übers Gesicht und bemerkte das Blut, das an seinen Händen klebte. Trotzig stand die Frau vor ihm, in der Hand noch immer den Stein, den sie ihm gegen die Stirn geschlagen hatte. Das Gesicht des Mannes verzerrte sich. Er zog sein Messer. Aber da waren die anderen Weiber schon heran. Schreiend und kreischend schwenkten sie Knüppel und Stöcke. Steine flogen. Es waren vier, fünf, sechs. Ein Stein traf den Krieger am Kopf. Er taumelte, noch immer begriff er den Ernst seiner Lage nicht, aber er versuchte, durch das Wasser ans andere Ufer zu kommen. War es der glitschige Grund oder das Blut in seinen Augen – er kam nicht schnell genug voran. Auf seine Schultern und seinen Rücken hagelte es Steine und Schläge, leichte, harmlose, doch sie hörten nicht auf. Einer riss ihm das Ohr auf, ein anderer brachte ihn zu Fall. Auf Händen und Füßen kroch er durch den Bach und versuchte, das gegenüberliegende Ufer hinaufzukrabbeln. Ein Hieb ließ seinen Kopf torkeln, ein Rechen hob sich und fuhr herab. Bela hörte den Schrei, als die hölzernen Spitzen sich in den Rücken des Mannes bohrten.

Er kroch noch immer, den Rechen mit sich schleppend, der Stiel wippte über ihm, Blut floss in den friedlichen Bach. Der Mann erreichte das Ufer, kroch, brach zusammen, zog sich hoch auf alle viere.

«Er wird nicht entkommen», sagte Halev leise, als der Kreis der Frauen sich um den Todgeweihten schloss.

Bela nickte. «Sie haben viel erduldet», sagte er. Aber sein Mund war trocken. Er akzeptierte den Halt, den Halev ihm bot, und gemeinsam machten sie sich an den Aufstieg, fort von diesem Ort, bis das Kreischen der Frauen sich mit den Rufen der Vögel ununterscheidbar vermischte.

Am Abend, als sie um das Feuer herumhockten, fühlten sie sich seltsam ernüchtert nach ihrem Triumph. Ungläubige, manchmal furchtsame Blicke wanderten zu Sternauge, der Stute, die Bela nachgeholt hatte und die nun friedlich vor den Hütten des Lagers graste. Keiner der Bergleute hatte je ein Pferd aus dieser Nähe gesehen. Und wenn es ihnen auch Ehrfurcht einflößte, dass Bela diesem Tier befahl, so machte es ihnen doch auch klar, dass ihr neues Leben um vieles anders sein würde als alles, was sie kannten. Am Rand des Lichtscheins lag Ogdens Leiche, in ein Tuch eingehüllt, und nötigte sie zu schweigen.

Halev räusperte sich endlich. «Ich und zehn andere werden mit dir kommen», sagte er. «Der Rest beginnt mit dem neuen Stollen.»

Bela nickte. Er wollte sich für die Erzvorräte bedanken, die man ihm zugesagt hatte, aber Halev winkte nur ab. Vor ihm lag noch immer das Gold, Ogdens Gold, dazu das, was die Ältesten Bela mitgegeben hatten, damit er ihnen den begehrten Rohstoff beschaffte. Halev konnte sich nicht überwinden, es anzurühren. Aber Bela bestand darauf. «Es ist eures», sagte er. «Es ist immer eures gewesen.» Sanft, aber nachdrücklich schob er die Säckchen Halev zu. Er umschloss sie zögerlich mit seiner großen Faust. Die Bergleute jubelten, erst vereinzelt und leise, dann immer stärker.

Sternauge stellte nervös die Ohren auf und wieherte, als sie es hörte.

Halev wandte sich nach ihr um und betrachtete sie nachdenklich. «Kann es einen Wagen ziehen?», fragte er nach einer Weile.

«Sie. Es ist eine Sie», berichtigte Bela ihn. «Und die Antwort lautet ja, denke ich.» Er neigte den Kopf und musterte die Stute seinerseits. Er wusste, Halev dachte an die Ochsenkarren, mit denen die Leute des Herrn vom Hügel ihren Teil des Erzes abzuholen pflegten. Auch ihnen würde ein Wagen viel Mühe ersparen. Er nickte, die Idee war gut. «Jedenfalls habe ich gesehen, wie sie einen Pflug zog.»

Halev machte große Augen. «Was ist ein Pflug?», fragte er.

Bela schlug ihm auf die Schulter und lachte. «Glaub mir», sagte er, «wenn du mit mir kommst, wirst du erstaunliche Dinge sehen.»

Eine Weile starrte Halev ihn an. Dann lächelte auch er. «Ich kann es kaum erwarten», sagte er. Sie hoben die Becher und prosteten einander zu. Trinksprüche wurden laut. «Auf Bela!» – «Auf die Zukunft!» – «Auf die neue Mine!», rief jemand. «Unsere Mine!» Ein paar Männer lachten froh.

«Wo wird er liegen, der neue Schacht?», erkundigte sich Bela, um mit ihnen ins Gespräch zu kommen.

«Na dort, wo du uns heute gesehen hast.» Waneks Gesicht war rot vor Eifer. Zu seiner Überraschung schüttelte Bela den Kopf.

«Dort ist nichts», sagte er, «nur taubes Gestein.» Und Pilze, fügte er im Gedenken an den Alten hinzu, dessen sterbliche Hülle nicht weit von ihnen lag. Respektvoll neigte er seinen Becher ihm zu.

«Nicht?», fragte Wanek. «Aber Ogden …»

«Ogden hat sie zum Besten gehalten», antwortete Bela dem aufgeregten Mann ruhig. «Er wusste schon, dass ich da bin, und wollte sie ablenken, indem er ihnen erzählte, was sie hören wollten.»

«Das glaube ich nicht», flüsterte Wanek, obwohl man seinem Gesicht ansah, dass er genau das tat. Er riss sich das Stirntuch vom Kopf und schleuderte es auf den Boden. «Mist», verkündete er, «und was tun wir jetzt? Ogden ist tot. Der Lauscher ist tot.»

Bela änderte nichts an seiner Sitzhaltung. «Als ich aufbrach», begann er, «führte Ogden mich in den Wald, um mir etwas zu zeigen.» Er schaute auf. «Um mir zu zeigen, wie man auf Erz lauscht.» Ein wenig war ihm mulmig, als er so sprach. Stimmen, wie Ogden sie beschrieb, hatte er nie gehört, alles, was er wusste, war etwas über die Vorliebe von Pflanzen, und er war nicht sicher, ob das für die Zukunft genügen würde. Andererseits hatte Ogden keinen Zweifel daran gelassen, dass er an ihn glaubte. Und er hatte ihm eines seiner Geheimnisse ganz sicher verraten. Bela fasste sich ein Herz und wandte sich an Halev. «Geh zu dem Ort, an dem wir voneinander Abschied nahmen. Du kennst ihn noch?»

Als Halev nickte, fuhr er fort: «Dort werdet ihr Kupfer finden. Ich bin mir sicher. Ogden war sich sicher», fügte er hinzu.

Wanek musterte ihn lange, endlich nickte er. «Wir werden es versuchen», sagte er ernst. Dann grinste er. «Bei der Mutter, das werden wir.»

Seine gute Laune wirkte ansteckend auf die anderen. Erneut erklangen Trinksprüche. Der Himmel wurde dunkler, und keiner dachte daran, sich schlafen zu legen in dieser letzten Nacht, in der sie beisammen waren. Keiner wusste, ob nicht bald für ihn ein Stern dort oben flimmern würde, eine Feuerstelle in der Anderswelt, an der er sitzen und hinabblicken würde auf das seltsame Treiben einer Welt, der sie heute, zum ersten Mal, ihr Zeichen aufgeprägt hatten. Manche waren stolz, andere nachdenklich, einige schlicht betrunken. Sie alle warteten auf die Morgendämmerung und den Abschied.

Da ertönte der laute Ruf eines Nachtvogels.

War es, weil er genau in einem Moment der Stille erklang, war es, weil Bela sich eben sorgenvolle Gedanken gemacht hatte: Dem Mann mit den grünen Augen stellten sich die Nackenhaare auf. Der Schrei schnitt durch ihn hindurch wie eine Sense durch Gras und traf ihn im Innersten, er konnte sich nicht dagegen wehren. Alles an Bela vibrierte, und er sprang auf.

Mit träger Verwunderung beobachteten seine Kameraden, wie er lange so dastand und auf die schwarze Silhouette des Waldes starrte, als gelte es, dort etwas zu entdecken. Gutmütige Neckereien wurden laut. Schließlich stand Halev auf und legte ihm die Hand auf den Arm. «Bela?», fragte er. Der glaubte, das Echo vieler anderer Stimmen hinter dieser einen zu hören. Sie alle riefen seinen Namen.

Er schüttelte den Kopf. «Es ist nichts», sagte er und bezwang das Gefühl, dass im Gegenteil etwas sehr Wichtiges geschehen war. «Nichts.»

Zweifelnd blickte Halev ihn an. Die Stimmen der anderen wurden wieder lauter. Sie tanzten nun und sangen, trunken von der neuen Freiheit. Wanek stand am Feuer und reckte die Faust mit dem Speer, den er einem der toten Wächter abgenommen hatte. «Wir haben gesiegt!», grölte er wieder und wieder. Seine Freunde umarmten ihn und schlossen sich zu einem Kreis aus stampfenden Füßen. Halev schüttelte den Kopf. Auch er hatte sich von dem merkwürdigen Gefühl anstecken lassen, das Bela befallen hatte. Wie dieser starrte er in die Finsternis. Und er dachte an die vielen Leichen, die dort lagen. «Wir haben etwas begonnen, das wir nicht beenden können», sagte er leise.

Bela schüttelte den Kopf. «Nein», sagte er und schüttelte entschlossen das Gefühl der Beunruhigung ab, das ihn ergriffen hatte. Dies ging nur ihn an, er fühlte es deutlich. Diese Männer betraf es nicht. «Nein», wiederholte er. «Wir haben jetzt eine Chance, hörst du, Halev? Zum ersten Mal seit langem eine Chance. Du wirst sehen, alles wird gut.»

«Eine Chance», wiederholte Halev, von Zweifel und Hoffnung gequält.

«Ja», sagte Bela fest. In seinen Augen leuchtete nun ein Lächeln, das Halev wärmte. «Konnten wir je auf mehr hoffen?»

Halev schüttelte den Kopf. Er griff nach Belas Händen und drückte sie fest. Sie sprachen nichts mehr.

Langsam kehrten sie in den Kreis ihrer Freunde zurück. Die Sterne über ihnen flirrten in ihren ewigen Mustern und verrieten nichts von ihrem Geheimnis.

65.

Elin legte den Kopf in den Nacken. Über ihr spannte sich der Himmel so weich wie ein Tuch. Die Luft schien alles zu streicheln. Was für ein Blau, jubelte sie in ihrem Inneren, was für ein wunderschönes Blau! Es zerreißt einem das Herz, so schön ist es. Sie legte sich in das raschelnde Korn und atmete tief seinen Duft ein. Wenn ich doch nur immer hier liegen und es betrachten könnte, dachte sie. Sie drückte ihre Zehen in den warmen Staub und räkelte sich zwischen den Halmen, die nach Ernte rochen und Fülle. Aus den Augenwinkeln sah sie eine Maus vorbeihuschen und musste lächeln. Dann streckte sie sich nach einer Mohnblume, rot wie ein Blutstropfen, und pflückte sie ab, um sich damit über die Wange zu streichen, ehe sie sich die Blüte ins Haar steckte. Sie erinnerte sich, dies schon einmal getan zu haben. Und einen Augenblick lang schien es ihr, als wäre sie zu diesem Moment zurückgekehrt, als wäre nichts seither geschehen. Für diesen Moment war sie glücklich.

«Kind, schaffen», sagte da eine krächzende Stimme.

Elin fuhr hoch. Ihr war, als sähe sie kurz den gebückten Umriss einer alten Frau.

«Anwin?», fragte sie verwundert und kam auf die Beine. «Anwin?» Konnte das wahr sein, gab es die Alte immer noch?

Mit klatschenden Flügeln flatterte eine Krähe auf, als sich Elin zwischen den Ähren aufrichtete, und flog schwarz über dem gelben Korn davon. Ihr klagender Schrei verlor sich unter dem Himmel. Elin blickte sich um. Sie war allein.

«Bei der Mutter, was …», murmelte sie und drehte sich nach allen Richtungen. Da hörte sie, wie der Wind einen anderen Ruf zu ihr trug.

Skelt, der Schmied, kämpfte sich durch das dichte Kornfeld zu ihr vor. Der Anblick seines schwärzlichen Narbengesichtes vertrieb endgültig die friedliche Stimmung, die Elin erfasst hatte. Der Augenblick war vorbei für immer und alles, alles, was geschehen konnte, war geschehen. Sie richtete sich auf und blickte Skelt entgegen.

«Ist das Blut?», fragte er und zeigte auf ihr Schlüsselbein.

Elin musste schlucken. Wortlos zupfte sie das verirrte Blütenblatt ab. Kein Kinderlachen erklang, nur der Wind glitt über die Ähren und ließ sie sich atmend heben und senken wie die Flanke eines schlafenden Tieres. Eines Tieres, das bald erwachen würde.

Skelt schaute sich demonstrativ um und gab Elin Zeit, sich zu fassen. «Dort also, ja?», fragte er und wies mit dem Kinn gegen den Hügel, auf dem sich die Festung des Herrn drohend erhob.

Elin nickte.

«Und von hier stammst du?», erkundigte Skelt sich weiter. Zu Elins Überraschung blickte er kurz um sich und ließ sich dann mit einem leisen Ächzen in der Mulde nieder, die sie mit ihrem Körper in das Korn gedrückt hatte. Hinter ihm wurden die Umrisse des Dorfes sichtbar, seine Heckenwälle, die niedrigen Dächer, der dünne blaue Rauch, der sich fast unsichtbar in den Himmel kräuselte.

Elin hockte sich neben ihn. Sie verzog ihr Gesicht zu einem sauren Lächeln. Allerdings, dies war ihr Heimatdorf, wenn es auch ganz andere Gefühle in ihr weckte und der Gedanke, bald dorthin gehen zu müssen und sich den Menschen dort zu stellen, sie quälte, so sehr quälte, dass sie die Einsamkeit dieses Feldes aufgesucht hatte. «Auch die Herrin vom Zeigerberg kommt irgendwoher», sagte sie.

Skelt nickte behäbig. «Tun wir alle», bestätigte er. Er pflückte einen Halm und kaute eine Weile stumm darauf herum, während Elin ihren trüben Gedanken nachhing. «Aber wichtiger ist doch, wo wir hingehen, oder?», meinte er dann.

Elin hob den Kopf. Zum ersten Mal betrachtete sie den Schmied genauer, versuchte hinter die Maske aus narbigen Zeichen zu dringen, die ihn zu dem machte, was er war, und forschte nach dem Mann, der dahintersteckte. Wie sie war er von irgendwoher gekommen und geblieben in dem Dorf am Zeigerberg. Dank seiner Energie war das neue Dorf geworden, was es war. Seine Kraft und Ruhe sorgten für Ordnung in der wechselnden Gemeinschaft der Reisenden dort. Keiner hatte es je für nötig befunden, ihn nach seiner Vergangenheit auszuforschen.

«Du hast recht. Auf das, was wir tun, kommt es an.» Ihre

Stimme war wieder fest und klar. «Und das, was wir wollen.» Sie atmete tief durch. Entkommen, sie war der Vergangenheit entkommen, die sie für einen Moment einzuholen gedroht hatte! Ein wenig verlegen beobachtete sie ihn aus den Augenwinkeln.

Seine Augen waren heller, als sie gedacht hatte, lebhaft funkelten sie über der mehrfach gebrochenen Nase. Er hatte viel erlebt, dieser Mann, daran zweifelte sie nicht, vieles, wonach sie lieber nicht würde fragen wollen. Und die Gelassenheit, die ihn auszeichnete, war vermutlich hart errungen. Sie sah das Feuer in ihm und staunte einen Moment, dass es für ihre Sache brannte. Er sieht Merendis überhaupt nicht ähnlich, schoss es ihr mit einem Mal durch den Kopf, und sie errötete heiß. Nur den rötlichen Schimmer in ihren Haaren, den hatte sie wohl von ihrem Vater. Rasch wandte sie den Blick ab.

Skelt bemerkte es. «Aber?», fragte er.

Elin nahm sich ein Herz. «Aber was willst du?» Sie fixierte ihn so fest sie konnte.

Skelt entzog sich nicht, doch er schwieg.

«Du bist Merendis' Vater», begann Elin zögernd. «Moan ist dein Enkel.»

Er unterbrach sie. «Und für beide will ich eine Zukunft», sagte er, beinahe heftig. «Ohne Verfolgung, ohne Herrn.» Er spuckte das Wort beinahe aus.

Elin nickte dazu. Das war nicht, was sie hatte hören wollen. Sie zögerte, es auszusprechen, denn es war der Priesterin vom Zeigerberg nicht würdig, es war mehr, als sie von sich zeigen durfte. Aber sie konnte es nicht zurückhalten. Sie musste wissen, wo dieser Mann stand, der so viel zu begreifen schien, dem sie so gerne vertraut hätte und der ihr doch so fern war, als befände er sich auf der anderen Seite eines Grabens. Sie musste ihn fragen. Nur wollten sich die rechten Worte dafür nicht einstellen.

«Du weißt, wer sein Vater ist?», brachte sie schließlich hervor. Heiße Scham überschwemmte Elin, kaum, dass es laut gesagt war. Sie war es nicht gewohnt, ihre Gefühle zu offenbaren; zu lange hatte sie alleine gelebt, zu tief war das Misstrauen den Menschen gegenüber in ihr verwurzelt, selbst denen gegenüber, die sie liebte. Und als Priesterin hatte sie keine eigenen Gefühle zu besitzen, zumindest fragte niemand danach. Sie war, was sie war. Es war ihr niemals schwergefallen, es entsprach ihrem Wesen. Was er wissen musste, das erriet Pau an ihrer Seite, ohne sie zu fragen, und sie war ihm dankbar dafür, ohne es auszusprechen. Er wahrte ihren Rang. Und sie hätte dasselbe tun sollen. Stattdessen hockte sie hier wie ein unglücklich verliebtes Mädchen, das die Freunde und Verwandten ihres Angebeteten ausforscht. Es war demütigend. Wie sollte sie sich so seine Achtung bewahren? Elin biss die Zähne zusammen und starrte lange auf den Boden, ehe sie es wagte, den Blick zu heben.

Skelt schaute sie ernst an. «Was du, wie ich vermute, von mir wissen willst», begann er langsam, und Elin zuckte zusammen, als wäre sie gestochen worden. Der Schmied fuhr fort, als hätte er es nicht bemerkt: «Das kann ich dir nicht sagen.» Skelt hob die Hände. «Meine Tochter ist eine junge Frau, die diese Dinge nicht mit ihrem Vater bespricht.» Er lächelte traurig. «Sie macht sie mit sich selbst aus. Und so akzeptiere ich es.»

Elin nickte nachdenklich. Erleichterung machte sich in ihr breit.

«Was ich für ihr Glück tun kann», begann Skelt noch einmal, «das glaube ich zu tun, indem ich zu unseren Plänen stehe.» Er nickte. «Der befestigte Platz, den du uns versprochen hast, ist es das?», erkundigte er sich mit lauterer, härterer Stimme und wies nach dem Dorf.

Als Elin nickte, bestätigte er die gute Lage. Die Wälle würden sich leicht und schnell ausbauen lassen, der Bach war nahe und die Felder zwischen Ort und Festung gut einsehbar. Niemand würde sie hier überraschen. «Aber sie sollten rasch das Korn einholen», meinte er. «Ehe es ihnen auf dem Halm verbrannt wird. Die Vorräte werden uns nützlich sein.»

«Darüber müssen wir mit ihnen reden», bestätigte Elin. «Darüber und über vieles andere.» Sie stand auf. Es war an der Zeit, der Besuch ließ sich nicht länger hinausschieben. Auch Skelt erhob sich. Keiner sprach es aus, aber es war klar, dass er sie auf ihrem Gang begleiten würde, und Elin war froh um seine Gegenwart. Ja, er war der richtige Mann dafür, besser vielleicht als Pau, überlegte sie, und ihre Gedanken eilten bereits wieder voraus, um den Auftritt im Dorf zu planen, von dem so vieles abhing. Elin hatte ihre Fassung wiedererlangt, sie spürte, wie sie zu sich selbst zurückfand. Aber noch war der intime Moment nicht völlig vorbei.

Dankbar ergriff sie Skelts Hand. Er hatte sie geschont, hatte sich bemüht, sie nicht zu verletzen. Mehr als jede Beteuerung machte es sie sicher, dass er loyal zu ihr stehen würde, so, wie er es gesagt hatte. Sie war so froh, dass es sie drängte, auch ihm eine Freude zu machen. «Moan ist ein guter Reiter», sagte sie. Es war das Erste, was ihr einfiel. «Er treibt sich dauernd bei den Pferden herum.» Sie verschwieg, dass dies nicht immer zu ihrer großen Freude geschah. Oft hatte es ihr einen Stich gegeben, den Jungen unter den Kameraden ihres Sohnes zu sehen, und sie hatte sich beherrschen müssen, keine Vergleiche zu ziehen und nicht jedes Wort, das zwischen den Knaben fiel, auf die Goldwaage zu legen und sich bei ihren gelegentlichen kindlichen Streitereien ein Richteramt anzumaßen, das sie, wie sie wohl wusste, nicht mit der nötigen Unparteilichkeit hätte ausfüllen können. «Er soll bald ein eigenes Tier haben.» Elin atmete tief durch, nachdem sie dieses Zugeständnis gemacht hatte.

«Ich danke dir.» Skelt neigte den Kopf. «Es wird ihn glücklich machen.»

«Ja», bestätigte Elin seufzend, die an Ban dachte, der sich für die Tiere nicht halb so sehr interessierte. Manchmal fragte sie sich, woran es lag, ob er wohl noch immer an den toten Hengst dachte, der damals an der Barriere gestürzt war. Oder ob … Sie seufzte und wedelte die Überlegungen mit der Hand fort. Sie hatte nun an anderes zu denken.

Als hätte er ihre Gedanken gelesen, meinte Skelt in diesem Moment: «In Ban dagegen steckt ein echter Schmied.»

Erstaunt blinzelte Elin ihn an. Skelt lachte. «Er ist immer an meiner Seite, wenn ein Guss fällig wird, und er fragt mich Löcher in den Bauch. Moan interessiert sich leider gar nicht dafür.» Nun war es an ihm zu seufzen.

«Da also steckt er immer.» Elin schüttelte den Kopf. Erst missfiel ihr der Gedanke. Dann musste sie laut lachen. Es war so absurd.

«Was ist?», fragte Skelt verblüfft, als sie nicht aufhören wollte zu lachen.

Elin winkte ab. «Nichts», sagte sie. «Das Leben.» Als sie merkte, dass er sie immer noch ansah, fügte sie hinzu: «Es ist so erschreckend viel größer als unsere Pläne.»

Skelt schaute ihr nach. Was sie da sagte, war wahr, er hatte es oft genug erfahren. Aber es war ihm nie erschienen, dass das ein Grund zur Fröhlichkeit sei. Andererseits, überlegte er, während er ihr nachblickte, wie sie mit energischen Schritten auf das Dorf zuging, was sollte man sonst tun? Und mit einem grimmigen Grinsen folgte er ihr.

66.

Elin», erklang es träge und ein wenig erstaunt.

«Vater», erwiderte Elin trocken. Dies war die Begegnung, auf die sie am liebsten verzichtet hätte. Aber sie war nicht zu verhindern gewesen. Die Kinder, die sie umringt hatten, als sie sich der Umzäunung näherten, hatten nur zu bald ihren Namen gerufen. «Elin!», war es durch die Straßen geklungen. «Elin! Die Tänzerin!» Und unter gutmütigem Spott und Singen war sie an den Händen zu ihrer alten Hütte gezogen worden. Elin betrat den gestampften Hof. Dort war das Haus, im Nordteil der Stall, in dem ihr Hengstfohlen gestanden hatte. Hier die Vorratsgruben, dort der Schuppen. Der verfallene Zustand ihres Webstuhls, von dem die Fäden herabhingen, verriet ihr, dass keine neue Frau auf dem Hof Einzug gehalten hatte, seit sie und Idris fortgegangen waren. Sie hatte es ihrem Vater auch nicht zugetraut.

Wie er schon vor ihr stand: Das Haar hing struppig bis auf seine Schultern, die einstmals breit gewesen waren, jetzt aber noch stärker herabhingen, als sie es in Erinnerung hatte. Ob er wohl immer noch damit angab, dass er die Ährenwagen zog? Sein einstmals imposanter Bauch war eingefallen und hing ihm schlaff über den Gürtel, auch sein früher breites Gesicht war fahl geworden und faltig und zeugte von mageren Jahren.

«Elin», wiederholte er und kratzte sich im Schritt. «Ja, dass mich doch …» Er breitete die Arme aus und machte ein paar unsichere Schritte auf sie zu.

Mit angeekeltem Gesicht wich Elin zurück.

Ihr Vater blieb stehen, seine Arme baumelten herab. «Wir dachten, du wärst tot», sagte er wie zu seiner Rechtfertigung.

«Tot?», fragte Elin ungläubig. Sie betrachtete sein Gesicht, erinnerte sich an das seltsame Grinsen, das es an jenem Abend getragen hatte, als er sie zum Abschied musterte, so vieldeutig, so lasziv. Er hat es gewusst, dachte sie und hasste ihn mehr denn je. Er hat alles gewusst. Wie er mich betrachtet hat, mein eigener Vater. Wie ein Stück Fleisch.

«Na ja, weil du doch nicht wiedergekommen bist von …», antwortete er und schielte aus den Augenwinkeln in Richtung des Hügels, dessen Herrn er nicht nennen wollte. Er gab seiner Stimme einen betont naiven Klang. «Erst bist du verschwunden, dann Idris.» Er schaute zustimmungsheischend in die Runde der Zuschauer, die sich nach und nach auf dem Hof eingefunden hatten. Die Nachricht hatte die Runde gemacht: Elin, die Seltsame, hatte das Seltsamste von allem getan und war vom Tod wiederauferstanden.

Zustimmendes Murmeln antwortete Crudd, der sich, so gestärkt, an die Fortsetzung seiner Geschichte machte. «Ganz merkwürdig war das alles. Erst tagelang nichts, und dann waren alle Dämonen Mordechs los. Es hieß, eine Krankheit hätte den Herrn dahingerafft, dann starben viele, und nicht alle an einer Krankheit, denke ich.» Er nickte den Dorfbewohnern zu, die vielsagend ihre Köpfe wiegten. «Dann, tja.» Er seufzte laut. «Dann kam der Krieg, und keiner dachte mehr daran.» Er rieb sich das Kinn. «Was willst'n jetzt?», fragte er dann.

Elin ignorierte es. «Hat Idris dir denn nichts gesagt?», fragte sie, noch immer misstrauisch.

«Idris!», schnaubte ihr Vater. «Als ob der noch mit unsereinem reden würde!»

Das Murmeln in der Menge wurde lauter. Fäuste hoben sich und wurden geschüttelt. Crudd verschränkte die Hände vor der Brust. «Für den sind wir doch gerade noch gut genug, ihn zu füttern.» Beleidigt reckte er das Kinn. «Ihn und seine – Monster», fuhr er fort, und seine Stimme wurde wieder leiser. Er löste die Arme und ließ sie wieder herabhängen.

Elin betrachtete ihn eine Weile nachdenklich. «Nun»,

sagte sie schließlich. «Vielleicht können wir das ändern.» Sie wandte sich von ihrem Vater ab und den Menschen des Dorfes zu. Lauter fügte sie hinzu: «Ich bin gekommen, um genau dies zu ändern!»

Unglauben malte sich in den Gesichtern der Dörfler. Elin hielt ihren Blicken stand, dankbar für Skelts Nähe. Der furchteinflößende Schmied hielt sich dicht bei ihr. Einen nach dem anderen schaute Elin die Menschen an, bis sie verstummten. Sie suchte nach einem bekannten Gesicht, suchte nach Anwin, der alten Kräuterfrau. Sie war streng und herb, aber klug gewesen. Mit Anwin hätte sie reden können. Aber die Alte war nicht unter der Menge. Auch manch andere vertraute Gestalt suchte Elin vergebens. «Wo ist Enwer?», fragte sie nach dem Alten, der zu ihrer Zeit das Dorf geführt hatte. «Und Anwin? Crom?» Sie nannte noch ein paar Namen, begegnete aber nur gesenkten Gesichtern.

«Gestorben», sagte Crudd schließlich schroff.

Und als Elin das Wort ungläubig wiederholte, fügte er hinzu: «Es sind viele gestorben, seit du weg warst, manche im Krieg, andere …» Er schwieg.

«Andere?», verlangte Elin zu wissen. Als sie die Antwort vernahm, war ihr, als hätte sie es bereits gewusst.

«Die Mutter verlangt viele Opfer in letzter Zeit.» Mit tonloser, resignierter Stimme sprach Crudd diesen Satz.

«Nein!» Elin konnte nicht anders. Es platzte aus ihr heraus. «Die Mutter verlangt keine Opfer, hört ihr?» Sie wandte sich abwechselnd an Crudd und die Menschen auf dem Platz, die sie umdrängten. «Sie will kein Blut von uns, ich weiß es, denn ich diene ihr. Seht mich an.» Und sie hob die Arme und breitete ihren Mantel aus. Der Duft heiliger Kräuter stieg aus seinen Falten empor. Die späten Strahlen der Sonne funkelten auf ihrem Diadem, als sie die Haare zurückstrich, und in ihrer Linken trug sie den Stab mit dem Pferdekopf. Mehr als ihre Insignien aber beeindruckte die

Menschen ringsum die Energie, die von ihrer zarten, noch immer mädchenhaft schmalen Gestalt ausging. Sie vibrierte wie eine schlanke Klinge. Selbst ihr Haar schien zu knistern, und in ihren Augen brannte ein Feuer, wie es keiner im Dorf kannte. Die Augen der Dorfleute waren schon lange erloschen, keiner von ihnen, das spürten sie in diesem Moment, war wie Elin. Und zum ersten Mal lag für sie keine Zufriedenheit in diesem Gedanken, sondern Scham.

«Ist das wieder eine deiner krausen Ideen?», brummte Crudd abwehrend und kratzte sich erneut. «Die Göttin hat immer Opfer gefordert. Das wissen doch alle.» Er wagte nur einen Blick aus den Augenwinkeln zu seinen Nachbarn, die stumm dastanden.

Elin schüttelte den Kopf. «Es kann anders sein», beharrte sie und wies mit dem Finger nach Norden. «Ihr müsst euch nur umschauen. Schon hinter den Hügeln dort ist alles anders. Dort ist die Göttin liebevoll und mild. Sie regiert nicht mit Blut, nur Blumen und Korn nimmt sie von den Ihren, Duft und Gebete. Sie verlangt, dass man sein Leben recht führt, nicht, dass man es aufgibt.» Elin redete sich in Feuer, sie umwarb die Menschen und beschwor ihnen Bilder von einem besseren Sein. Sie berichtete ihnen von der Stimme der Mutter, die zu ihr gesprochen hatte, von dem Großen Pferd und dem Frieden, dem, der in ihr zu finden war. «Warum sollte das hier nicht so sein?», schloss sie endlich. «Nur weil ihr euch nicht an etwas anderes erinnern könnt?»

Sie überhörte das Murmeln und Murren einiger, denn andere, das bemerkte sie wohl, hingen an ihren Lippen. «Und selbst, wenn es so wäre», gab sie zu, «selbst, wenn die alten Opfer rechtens waren. Glaubt ihr denn wahrhaftig, der neue Blutdurst käme von der Großen Mutter? Glaubt ihr im Ernst, *sie* fordert diese Schlachterei?» Es wurde still um sie. Verächtlich blickte Elin von einem zum anderen. «Ihr wisst doch genau, wen ihr in Wahrheit füttert, nicht wahr? Es ist ...»

«Sprich ihren Namen nicht aus!», schrie Crudd und trat einen Schritt zurück.

Elin lachte. «Ich werde ihn nennen, so oft und so laut ich will. Und nicht nur das, ich werde mehr tun, ich werde sie vernichten: die Gehörnte Schlange.»

Schweigen antwortete ihr, ungläubig, störrisch. Aber in das Schweigen mischte sich jetzt etwas anderes. Elin konnte es spüren, und es gab ihr Auftrieb. Sie stemmte die Hände in die Hüften. «Wer ist der neue Sprecher im Dorf?», fragte sie.

Crudd wagte wieder einen Schritt nach vorn. «Ich bin jetzt der Älteste», sagte er würdevoll. Elin warf ihm einen knappen Blick über die Schulter zu, voller Zweifel. «Also wer?», wiederholte sie.

Ein Mann trat vor. «Das bin wohl ich, Uris», sagte er nach schrägen Blicken auf die anderen.

Uris, dessen letzte Worte an sie fast eine Verwünschung gewesen waren. Elin schloss die Augen. Hätte es noch schlimmer kommen können?

Doch der Uris, dem sie wenig später gegenübersaß, war nicht der zornige junge Mann, den sie in Erinnerung hatte. Er schien vergessen zu haben, dass er ihr je Drohungen nachgesandt hatte. Still und nachdenklich saß er da und blickte auf seine verschränkten Hände. Mit einem knappen Blick in die Hütte stellte Elin fest, dass er wohl allein hier lebte. Es sah ein wenig verwahrlost aus, Schmutz lag in den Ecken, der Webstuhl war verwaist, ohne ein begonnenes Gewebe. Die Vorratskörbe, unordentlich gestapelt, gähnten halbleer, und neben dem Mahlstein hockte eine fremde Alte und wiegte mit der Linken ein halbnacktes Kind auf ihren hutzeligen Knien, während sie mit der Rechten lustlos den Reibestein bediente.

«Deins?», fragte Elin und wies mit dem Kinn auf das schmutzige, großäugige Wesen.

Uris nickte zerstreut.

«Und die Mutter?», erkundigte sie sich weiter.

«Ullan ist tot.» Uris' Stimme war tonlos.

«Ullan», wiederholte Elin. Sie erinnerte sich an das Mädchen, einst ihre Freundin, dann ihre bittere Feindin, nachdem sie begonnen hatte, sich für Uris zu interessieren, Uris, der lieber sie, Elin, angesehen hatte. Jetzt starrte er auf seine Finger.

«Wie …?», wollte Elin wissen. Dann hielt sie inne. Die Erkenntnis traf sie wie ein Schlag. Sie wusste es bereits. Elin musste die Augen schließen, um sich des Bildes zu erwehren, das sie überfiel: Ullan, die starke, energische Ullan, ein gefesseltes Bündel am Rand des heiligen Teiches. Ob sie sich gewehrt hatte, als das Messer der Gehörnten Schlange ihre Kehle durchschnitt? Ihr Blick wanderte wieder zu dem Kind, und ihre Wut erwachte neu. Eine junge Mutter zu töten, diese Barbaren, wie konnten sie es wagen! Wie konnte irgendjemand das zulassen! Nach einem kurzen Moment des Überlegens nahm sie Uris' Hand und zwang ihn, aufzusehen. «Ich kann das ändern», sagte sie.

Er entzog sich ihr. «Niemand kann das ändern.»

«Ich kann sie nicht wieder lebendig machen», gab Elin zu. «Aber denk an dein Kind, Uris, denk an die anderen. Soll das niemals aufhören?»

Zum ersten Mal kam so etwas wie Leben in seine Augen. Elin lächelte ihn an. «Man kann etwas tun», sagte sie, griff in ihren Gürtel und zog das Messer hervor. Mit einer ruhigen Geste legte sie es auf den Tisch und ließ Uris Zeit, es genau zu studieren. «Es hat dem Herrn vom Hügel gehört», sagte sie.

Er nickte. «Ich erkenne sein Zeichen.»

Elin fuhr fort: «Ich habe es ihm abgenommen, damals, als ich zu ihm gebracht worden war.» Sie warf Skelt einen raschen Blick zu, ehe sie fortfuhr: «Ich habe ihn damit getötet, Uris.»

Ein Zittern ging durch den kräftigen Mann. Er sprang auf. Auch die anderen, die sich in der Tür drängten oder sich Sitzplätze in den Winkeln gesucht hatten, raunten und wisperten unruhig.

«Das ist nicht möglich.» Uris brachte nur ein Flüstern heraus.

«Ich will ganz ehrlich zu dir sein, Uris.» Elins Stimme war spröde. Sie schaute ihn an.

«Ich lag auf seinem Lager und er neben mir.» Sie ignorierte das Zischen und Flüstern in ihrem Rücken. «Er war eingeschlafen», fuhr sie fort, «da nahm ich ihm seine Waffe ab. Ich stieß sie ihm in den Hals und drehte sie herum. So. Sein Blut floss über mich. Und dann», sie hob ihre leere Hand, «war er tot. Es ist möglich», fügte sie eindringlicher hinzu.

Uris schaute nachdenklich vor sich hin. «Es hieß, er wäre krank gewesen. Aber Anwin sagte, er hätte eine Wunde am Hals», meinte er leise, ehe er den Blick hob. «Sie war auf den Hügel gerufen worden, um die Leiche zu waschen. Zwei Tage später war sie tot.»

«Diese Wunde, Uris, habe ich ihm geschlagen. Und ich lebe.» Elin richtete sich sehr gerade auf. «Es ist möglich», wiederholte sie. «Man kann die Tyrannei überwinden und leben. Ihr seht es an mir. Und ich bin nicht allein.» Sie wies auf Skelt. «Ich habe Waffenschmiede bei mir und Krieger, ich habe Priester in meinem Gefolge, die mir dienen. Und ich bringe euch den, der Anspruch darauf hat, wahrhaftig dort auf dem Hügel zu sitzen. Oder wollt ihr euch weiterhin von einem wie Idris quälen lassen?», rief sie lauter, «von einem wie euch? Von einem, der der Schlechteste unter euch war?» Sie schüttelte den Kopf.

«Und für wen sollte er denn Platz machen», scholl es aus dem Eingang zurück, wo ihr Vater mit verschränkten Armen am Türpfosten lehnte, «etwa für dich, die irre Elin?» Er wartete auf Lacher, die aber nicht kamen.

Elin lächelte nachsichtig. «Nicht für mich», bestätigte sie. «Aber für den Erben des echten Herrn vom Hügel, für seinen Sohn. Meinen Sohn.»

Stille folgte dieser Ankündigung, eine ungläubige, nachdenkliche Stille. Nach einigen langen Minuten schaute Uris sie an. «Und die Schlange?», fragte er ohne Rücksicht auf seine Zuhörer, die bei der Nennung des Namens die Luft einsogen, wimmerten und unheilabwehrende Zeichen machten. «Wie sollen wir sie besiegen, ohne dabei die Mutter zu erzürnen?»

Elin schloss für einen Moment die Augen. ‹Mutter, betete sie still. Ich habe dir bislang ein Opfer vorenthalten. Nun werde ich es dir bringen. Ich bin bereit dafür, auch wenn ich mich fürchte. Nimm es gnädig an.› Sie wollte etwas sagen. Doch da stand Skelt auf und verschaffte ihr noch einen Aufschub.

Die mächtige Gestalt des Schmiedes schien die Hütte auszufüllen, als er sich aufrichtete und umsah. Sein narbengeschmücktes Gesicht, das die Bewohner tief beeindruckte, zog alle Blicke auf sich. Dies war ein Mann, der mit den Dämonen im Bündnis stand, ihm trauten sie zu, die Kräfte der Schlange zu bändigen. Skelt ließ seinen funkelnden Blick lange wandern.

«Damit», rief er dann aus. Auch er hatte in seinen Gürtel gegriffen und dort eine der Klingen herausgezogen, die er aus der neuen Legierung gegossen hatte. Er warf sie. Sie stieß Elins Dolch beiseite, drang ins Holz des Tisches und zitterte nach. Uris nahm sie, strich mit dem Finger darüber und untersuchte sie lange. Langsam trat ein freudiger Schimmer auf sein Gesicht.

Ein Junge kam an die Tür. «Männer!», rief er laut und löste damit beinahe einen Aufruhr aus. Alle sprangen auf die Füße. Elin und Skelt warfen einander einen raschen Blick zu.

«Sie kommen von Norden! Und …» Der Bote war so außer Atem, dass er sich am Türpfosten festhalten musste.

Crudd gab ihm einen derben Tritt in die Seite. «Und was?», knurrte er.

Der Junge hob den Kopf und starrte Elin an. «Sie sitzen auf Pferden», sagte er.

67.

Bela hob den Kopf, als er das Dorf von weitem sah. «Das ist es?», fragte er den Händler, der an seiner Seite ging. Er hatte ihn eines Tages am Wegrand erwartet und ihn warm begrüßt. Als er seinen Auftrag erklärte und seine Führung anbot, hatte Belas Herz schneller geschlagen. So nah also, so bald schon.

Für eine kurze Weile war es wie damals gewesen, als sie gemeinsam von den Minen aufgebrochen waren. Aber diesmal begleitete sie eine lange Reihe von Männern – Männer, die ernst und in stiller Erwartung ihrem Schicksal entgegengingen. Ein Schicksal, das nun vor ihnen Gestalt annahm.

Der Weg hatte sie nicht in das friedliche Dorf am Zeigerberg geführt. Es blieb ein Versprechen in der Ferne. Vor ihnen lag eine andere Siedlung, kleiner, aber offenbar wimmelnd von Menschen. Bela konnte Gräben entdecken, die frisch ausgehoben worden sein mussten, und hohe Dornenwälle. Provisorische Hütten aus Laub erhoben sich innerhalb und außerhalb der noch unfertigen Befestigung. Er konnte auch einige Öfen erkennen, aus denen es eifrig qualmte. Skelt, dachte er und musste lächeln. Er hat wahrhaftig keine Zeit verloren. Und an einer Stelle innerhalb der Umzäunung entdeckte er, was sein Herz noch einmal höher schlagen ließ: Pferde. Auch Sternauge hatte die Witterung aufgenommen. Sie hob ihren unter das Joch des erzbeladenen Karrens gespannten Kopf und stieß ein lautes Wiehern aus. Am liebsten wäre sie losgerannt, dort hinunter, ohne Zaudern und Nachdenken. Bela konnte es ihr nachfühlen. Es ging ihm ähnlich.

«Hier ist es», bestätigte der Händler und wies mit dem Finger über die Ebene. «Und dort ist die Festung.»

«Der Herr vom Hügel.» In die Bergleute kam Leben. Einige von ihnen waren wie Bela schon einmal dort gewesen und hatten den Befehl erhalten, nein, die Gnade gewährt bekommen, nach Erz zu schürfen. Für andere war es nur das sehr ferne, vage, stets unsichtbare Zentrum ihrer Welt gewesen. Nun lag es vor ihnen. Stumm starrten sie darauf. Bela aber zappelte vor Ungeduld.

«Und wo ist sie?», fragte er den Händler.

Der lächelte leicht. «*Sie* ist hier», sagte er schließlich und hob ironisch eine Braue. «Welche auch immer du meinst.»

Bela achtete nicht auf den Spott. Seine Brust hob sich in einem tiefen Atemzug. Sie war hier, Elin war da. Denn sie war es, niemand anderes als sie, an die er gedacht und nach der er gefragt hatte. Kein anderer Gedanke hatte mehr in ihm Platz, seit er die Hütten und das Lager erblickt hatte, als der an sie: Elin. Es war in ihn gefahren wie ein Blitz. Seine Hände zitterten vor Aufregung, und seine Beine fühlten sich weich an. Dennoch war er glücklich. Glücklich über die Eindeutigkeit, die seine eigenen Zweifel mit einem Mal begrub. Es gab nichts mehr zu grübeln und nichts zu hinterfragen. Er konnte kaum begreifen, dass er jemals irgendwann, und sei es auch nur für kurze Zeit, anders empfunden haben sollte. Alles, seine Pläne, seine Leute, seine Sehnsüchte, waren, ehe er sich's versah, in einem Moment zu einem einzigen, glühenden Punkt zusammengeschmolzen, und das war sie.

«Und», stammelte er, «geht es ihr gut? Ich meine, der

Herrin.» Dabei jubelte er innerlich. Das Wort ging ihm glatt über die Lippen, es bereitete ihm keine Unannehmlichkeit mehr, keinen Schmerz. Was tat es, wie er sie nennen musste? Es war gleichgültig, die Frau war dieselbe, es war diejenige, nach der sein ganzer Körper so gebieterisch verlangte. Den ganzen Weg über war er geduldig gewesen, hatte sich den Kräften des Pferdes angepasst, denen der Männer, hatte alle zwar angetrieben, aber auch beschützt, gepflegt, ermuntert und beschwichtigt. Jetzt fühlte er sich wie von Fesseln befreit. Er war da, und er wollte in diesem Moment nur eines: sie sehen und in seine Arme nehmen, sie um Verzeihung bitten, dass er sie ohne ein Wort verlassen hatte, ihr erzählen, was ihm alles durch den Kopf gegangen war in den Momenten, als er dem Tod ins Auge gesehen hatte, und später, auf der langen Reise. Dass nur sie und nie eine andere ihn in all der Zeit beschäftigt hatte, denn so war es, er begriff es jetzt. Mit einem Mal war alles so klar. Egal, was noch kommen würde, dies musste er ihr sagen!

Wie quälend zog sich doch der Weg dort hinab, wie langsam nur drehten sich die Karrenräder. Nur ein letztes Quäntchen Vernunft hielt ihn davon ab, sie alle stehen zu lassen und ihnen vorauszustürzen.

«Wo ist sie?», überfiel er den Wächter am Tor. Und als der sie nicht in das Dorf wies, sondern nach Norden zeigte, da wies er die Einladung, doch erst hereinzukommen und den Reisestaub von den Füßen zu waschen, brüsk zurück. Stattdessen winkte er dem ganzen Tross, ihm umgehend zu folgen. Nein, er wollte jetzt nicht mehr rasten, nicht warten. Kaum, dass er die Stimme wahrnahm, die zu ihm sprach.

Halev trat neben ihn und hielt seinen Arm. «Was heißt das: ‹bei der Quell-Zeremonie›?», wiederholte er seine Frage. «Was ist das für ein Ritual?»

«Irgend so ein Erntefest vermutlich», antwortete Bela und schritt aus. Er summte vor sich hin, beflügelt von seiner neuerwachten Leidenschaft und der Vorfreude, die ihn erfüllte. «Du hast doch gesehen, dass die Felder frisch abgeerntet sind.» Ungeduldig zog er Sternauge am Halfter, die stehen geblieben war, um an ein paar Ähren zu kauen, die am Wegrand lagen. «Ah», rief er aus, als er die Rücken der ersten Menschen sah. Ohne sich aufzuhalten, ließ er Pferd und Wagen zurück, marschierte auf die Ansammlung zu und drängte sich in die erste Reihe durch. Er wollte sie sehen, nur sehen, ihre Bewegungen trinken, vielleicht einen Blick von ihr auffangen, nur einen, das würde genügen, und alles, alles wäre wieder gut.

Schließlich hielt Bela inne: Da war sie, bei der Großen Mutter, wie zart sie war, wie zerbrechlich. In dem hellen Gewand sah sie aus wie eine Lichtgestalt. Sie trug nichts von ihrem Ornat, und ihr offenes Haar war mit Blüten und Ähren geschmückt – ein üppiger Kranz, der in ihre Stirn drückte und ihren Hals noch schlanker aussehen ließ, als könnte er die ganze Fülle kaum tragen. Sie gleicht mehr einer Braut als einer Priesterin, dachte Bela mit klopfendem Herzen und fand es so passend für ihr Wiedersehen. Gleich würde sie den Kopf heben, gleich seinem Blick begegnen.

«Elin», flüsterte Bela. Dann sah er das Messer.

Ein alter Mann, wohl ein Priester, trat auf Elin zu. Er trug eine Schale mit Quellwasser und ein Messer vor sich her. Mit dem Wasser netzte er ihre Stirn, ihre Lippen und ihre Brust. Bela verfolgte es mit gerunzelter Stirn. Aber was hatte er mit der Klinge vor?

Pau und Uris, die hinter Elin gestanden hatten, traten zurück. Allein stand sie nun vor dem Alten und hielt den Kopf gesenkt, während er mit zittriger Stimme ein Gebet intonierte. Bela hörte kaum, was er da faselte, irgendetwas von der Mutter, die gegeben hatte und der nun wiedergegeben werden sollte. Das Übliche eben, Priestergefasel, nichts davon drang zu Bela durch bis auf das eine Wort, das seine

Welt mit einem Mal umstürzte: Blut! Warum Blut, dachte er hektisch, wessen Blut? Was wollen diese Menschen? Was wollten sie von seiner Elin?

«Nein!», brüllte er, als das Messer hochschnellte.

68.

Warum bewegt sie sich denn nicht?, dachte er verzweifelt. Warum wehrt sie sich denn nicht? Sie ist doch schnell, sie ist doch stark. Sie hatte weder dem Sumpf noch den Wölfen nachgegeben. Oh, sie war so viel stärker als er. «Eliiin», schrie er und wollte zu ihr stürzen. Aber kräftige Arme hielten ihn fest, fesselten seine Arme an den Oberkörper, verstopften ihm den Mund und hielten ihn, der sich verzweifelt wand, an seinem Platz. Als die Klinge sich in ihre Haut senkte, schloss Bela die Augen. Zu spät, es war zu spät. Ihm war, als stürbe er selbst in diesem Augenblick.

«Es ist vorbei», flüsterte es schließlich an seinem Ohr. Er fühlte sich freigelassen und taumelte. «Sieh hin.»

«Ich bringe dich um.» Mit einer heftigen Bewegung fuhr Bela herum; seine Faust landete ihm Leeren. Er torkelte einige Schritte nach vorne, stand da, blinzelte. Es war Skelt, der vor ihm stand. «Sieh hin», wiederholte der Schmied.

«Du?», flüsterte Bela fassungslos. Dennoch gehorchte er mechanisch. Er blinzelte.

Dort, an der Quelle, stand Elin. Das Blut tropfte noch immer aus ihrem Arm und floss in die Schale, die der Priester, nun demütig kniend, unter die Wunde hielt, die er ihr beigebracht hatte. Auf einen Wink von ihm trat Pau vor und unterband den lautlos tropfenden Strom mit einem Tuch, das er fest um Elins Handgelenk wickelte. Sie ließ es geschehen, ein wenig bleich im Gesicht, aber lächelnd. Dann sprach sie.

Bela schwindelte, ihm schwirrte der Kopf, und nur undeutlich hörte er ihre Worte:

«Hier ist das Blut, das ihr der Mutter versprochen habt, das eure Felder düngen wird und eurer Erde neue Frucht verheißt. Geht hin und verteilt es auf alles, das leben soll. So geschieht es heute und immerdar.»

Die Schüssel ging von Hand zu Hand, und die Gläubigen drängten sich darum. Jeder tauchte ein Tüchlein hinein, jeder netzte irgendetwas damit, um es auf seine Felder zu tropfen, es an das Tor seines Hofes zu streichen, auf die Schwelle seiner Ställe, die Balken seiner Hütte, das Fell seiner Lämmer, die Stirnen seiner Kinder. Noch der geringste Rest davon war kostbar, es war Opferblut, freiwillig gegeben, gespendet wie die Gaben der Mutter und darum ihnen ebenbürtiger als alles, was Gewalt ernten konnte. Also verkündete die Priesterin es allen, und die Menschen tranken die Worte von ihren Lippen. Dann liefen sie beflügelt los, um das Heil in ihre eigenen Hütten zu tragen.

Elin, die ein wenig zitternd abseitsstand und aus Paus Händen einen Becher mit einer dampfenden Flüssigkeit entgegennahm, wurde nicht mehr beachtet. Da entdeckte sie Bela und rief seinen Namen. Er rannte auf sie zu und schloss sie in seine Arme, glücklich, den Duft ihrer Haare einzuatmen, als sie sich an ihn schmiegte.

«Ach, Elin», flüsterte er. «Ich dachte schon …» Er unterbrach sich selbst und stieß unvermittelt hervor: «Ich liebe dich so. So über alles, hörst du mich, mein Schatz, meine Einzige?» Er presste sie an sich, die nichts anderes tun konnte, als beseligt zu nicken. Er war zurückgekommen, er war gesund, er war bei ihr.

«Du.» Mehr vermochte sie nicht zu antworten.

Aber Bela genügte es. Er hatte sie wieder, hatte sie, endlich.

Alles war gut, beruhigte er sich, alles war gut, alles war … « Was hast du da eben nur getan?», fragte er lauter und hielt sie mit ausgestreckten Armen von sich weg. Sie hing ohne Gegenwehr in seinem Griff wie eine Puppe.

«Das, was nötig war», sagte sie mit einem kleinen Lächeln, das ihn veranlasste, sie sofort wieder an sich zu ziehen. «Das, was nötig war», wiederholte sie murmelnd an seiner Brust, für einen Moment vollkommen zufrieden. Dann drückte sie ihn sanft ein wenig von sich. «Und du?», fragte sie und schaute zu ihm hoch. «Hast auch du …?»

Bela nickte. «Das Nötige, ja. Hier ist mein Beitrag zu unserem Plan.» Damit trat er ein wenig beiseite, sodass sie sehen konnte, was er mitgebracht hatte. Er musste zugeben, es kam ihm jetzt nicht mehr so großartig vor: ein müdes Pferd und zehn abgerissene, noch müdere Männer. Doch die Männer waren gut und zuverlässig, und der Karren barg das Metall, aus dem die besonderen Klingen geschmiedet werden sollten, die sie führen würden. Skelt war schon aufgestiegen und untersuchte die Säcke voll Kupfer. Sein breitlächelndes Gesicht signalisierte Zufriedenheit. «Das Zinn liegt schon bereit», sagte er laut lachend, «gekauft mit den Sparschätzen dieser Bauernschlitzohren. Wahrhaftig.» Befriedigt blickte er auf das Metall, das sich um seine Füße stapelte – ein Schmied in seinem Element.

Elin war zu Sternauge gegangen und umarmte sie. Die Stute wieherte und schnaubte und drückte ihrerseits ihren Kopf an den Hals der jungen Frau. Die Bergleute traten ehrfürchtig zurück. Sie hatten sich im Lauf der Reise an das Pferd gewöhnt und auch an den Umstand, dass das wilde Tier Befehle von Bela entgegennahm. Aber was sie hier sahen, war noch einmal etwas anderes. Die Frau und die Stute schienen einander zu verstehen wie zwei Lebewesen derselben Art. Es war fast, als sprächen sie miteinander. Es umgab die beiden etwas, das über das Begreifen der Männer hinausging, das sie aber dennoch spürten. Das Pferd war mehr als ein Tier in diesem Moment. Und die Frau mehr als jeder Mensch, dem sie je begegnet waren.

Elin hob schließlich den Kopf und begegnete ihren Blicken. Ehe jemand etwas sagen konnte, trat Halev vor. Ja, dachte er, schön ist sie auch. Aber das ist nicht das Besondere an ihr. Er lächelte. Ihr Anblick gab ihm zum ersten Mal seit langem Frieden. Alles war gut. Es war recht gewesen, Bela zu folgen und zu dieser Frau zu kommen. Sie hatten alles, alles richtig gemacht. Er legte die Faust auf die Brust und verneigte sich grüßend vor Elin, die die Geste mit einem Kopfnicken erwiderte.

«Wir Bergleute», sagte er, «waren so lange verkrochen im Berg, dass wir vergessen haben, dass die wahren Schätze nicht in den Steinen zu finden sind.»

«Sondern hier», fiel Elin ihm ins Wort und umfasste die Hand über seinem Herzen.

Bela schaute von einem zum anderen. Erst blinzelte er verblüfft, dann grinste er. Eine Vorstellung schien sich hier zu erübrigen.

«Heh, Skelt», wandte er sich an den Schmied. Da erblickte er das Mädchen, Ysan war ihr Name, wenn er sich recht erinnerte. Sie war eine seltsame kleine Gestalt, so ernst und stumm. Aber heute sah sie aus wie ein wandelnder Geist. Die Hand um etwas gekrallt, wankte sie auf Elin zu.

Bela fing sie mühelos ab, sie war so leicht wie ein Zweig. Als er ihr unters Kinn griff, sah er, dass über ihren Sommersprossen ein zweiter Schleier lag, aus kleinen, roten Flecken. «Was …?», begann er und fuhr ihr über die Wange. Die Punkte verschmierten zu bräunlichen Streifen. Es war Blut.

«Sie haben Merendis mitgenommen», sagte Ysan in ihrer seltsam abwesenden Art.

«Was hast du gesagt?» Mit einem Satz war Skelt vom Wagen und hatte sie gepackt. Er schüttelte die Kleine, dass das rotblonde Haar nur so flog.

«Nicht!», rief Elin und stürzte dazu. Aber Bela war schneller und drängte den Schmied zurück. Elin ignorierte die Männer und ging vor ihrer Adoptivtochter in die Knie. «Ysan», rief sie weich, wie man eine Schlafende weckt.

Der abwesende Blick des Kindes fand sie und belebte sich ein wenig. Mit einem Mal quollen Tränen über ihre Wangen. «Sie haben Todok erstochen, einfach so», sagte sie. Ringsum wurde es still.

Elin schloss die Augen und biss sich auf die Lippen. Unwillkürlich packte sie Ysan fester. Das Mädchen sprach ohne Emotionen. «Und Merendis haben sie weggeschleppt.»

Elin hörte Skelt hinter sich aufstöhnen. «Wer?», fragte sie fassungslos, «wohin?»

«Sie sagen, sie wollen den Mann mit dem Schwert», fuhr Ysan scheinbar zusammenhanglos fort.

«Wer, Ysan, wer?»

Das Kind schwieg. Endlich öffnete es seine kleine Faust. Jemand hatte mit Blut etwas hineingemalt. Es war das Bild einer gehörnten Schlange.

69.

Eine Frau?», brüllte Idris, so laut, dass selbst die Wachen auf dem Hof sich noch unwillkürlich duckten. «Was, bei Mordech, habt ihr euch dabei gedacht, sie hier anzuschleppen? Was soll ich mit einer Frau anfangen?» Mit wütenden Schritten ging er auf und ab, um bei der letzten Frage dicht vor Horach stehen zu bleiben.

Der Anführer der Gehörnten Schlange blieb gelassen. «Wenn du *das* nicht weißt», entgegnete er und spuckte das Stück Holz, auf dem er herumgekaut hatte, auf den Boden. Seine Männer belohnten ihn für die Anzüglichkeit mit höhnischem Gelächter. Dann betrachtete er angelegentlich seinen mit einem Stück Leder bespannten Handstumpf.

«Das ist nicht die Zeit ...», begann Idris, beherrschte sich dann aber. Er hatte nicht vor, sich von Horach weiter provozieren zu lassen. «Also los, sag mir schon, was du dir dabei gedacht hast. Einen Grund muss es doch dafür geben, dass du mir die Schlampe vorführst.» Er betrachtete die Frau, die mehr tot als lebendig im Griff ihrer Bewacher hing. Sie war hübsch, das musste er zugeben, angenehm weich in der Figur und mit rotbraunen Locken, in die man gerne seinen Griff versenken würde, um ihre weiße Kehle freizulegen. Idris neigte den Kopf, während er sie eingehend musterte, und war halb bereit, sie als Trostpreis für die fehlgeschlagene Entführung des Grünäugigen zu akzeptieren. Aber Horach hatte eine Überraschung für ihn parat.

«Sie ist seine Frau», erklärte er selbstgefällig.

«Seine Frau?», fragte Idris verblüfft. «Er hat eine Frau? Natürlich», fügte er dann hinzu. Langsam fügten sich die Einzelteile zu einem Bild zusammen.

Horach spuckte erneut aus. «Zumindest haben das alle gesagt, die wir gefragt haben. Und auch einen Sohn.»

«Einen Sohn?» Gierig fuhr Idris herum. «Das ist noch besser. Wo ist er, wo habt ihr ihn?»

Horach machte eine wegwerfende Geste. «Hinüber», sagte er mit gespieltem Bedauern. «Hat sich zu sehr angestrengt, um sein Mütterchen zu schützen. Aber er hat selbst gesagt, er wäre der Sohn.» Horach lachte abfällig. «Hat sich als Beschützer von einem Haufen kleiner Gören aufgespielt. Ganz der Papa.» Seine Männer lachten dazu.

«Also tot.» Idris überlegte. «Nun gut», beschloss er dann.

«Warum nicht. Dann sieht der Vater gleich, dass wir es ernst meinen. Sehr ernst.» Er trat näher an die Frau heran, packte ihr Haar und zog ihren Kopf daran hoch. Zu seiner Überraschung war sie nicht ohnmächtig. Ihre Augen standen offen, und ihr Blick war weder benommen noch furchtsam. Voller Verachtung starrte sie ihn an.

«Er hieß Todok», zischte sie. «Der, den sie geschlachtet haben. Und er war nicht sein Sohn, auch nicht meiner. Und ich», sie brachte ein schrilles Lachen zustande, «bin auch nicht seine Frau.» Sie reckte das Kinn und spuckte Idris ins Gesicht, der zurückfuhr, als hätte eine Schlange ihn gebissen.

Der Schlag, den Horach ihr versetzte, ließ sie vor Schmerz aufschreien. Die Tritte seiner Männer warfen sie zu Boden. Auf den Knien liegend, versuchte sie wieder zu sich zu kommen. Als sie nach einer Weile erneut den Kopf hob, war ihr Blick so kaltlodernd wie zuvor. Blut quoll über ihre Lippen, als sie den Mund öffnete und sprach. Es war nur ein Satz: «Er wird nicht kommen.»

«Ich muss», sagte Bela. Zornig warf er eine neue Schippe Kohlen in den Ofen, in dem die Glut aufleuchtete. «Verstehst du das denn nicht?» Er gab Skelt mit den Fingern ein Zeichen, der nickte und betätigte die Düsen. Bald wäre es so weit.

«Ich verstehe nur, dass du mich nicht liebst.» Elin machte einen Schritt rückwärts, als die Gewalt der Glut gegen ihre Beine brandete. Verzweifelt starrte sie auf Belas schweißglänzenden Rücken. Wollte er denn nicht begreifen, was er ihr da antat?

«Elin», brach es aus dem Mann heraus. Er wandte sich zu ihr um und starrte sie an. Dann wischte er sich den Schweiß von der Stirn. Er war es müde. Statt die zornige Ansprache zu halten, die eben noch in ihm gebrodelt hatte, schüttelte er den Kopf. Merendis war die Tochter des Mannes, dem er alles verdankte. Sie war die Mutter seines Sohnes. Und was vielleicht am stärksten zählte: Sie war seinetwegen dort oben. Selbst wenn er sie hassen würde, wenn sie ihm völlig gleichgültig wäre, müsste er dennoch gehen und sie zu retten versuchen. Jeder, der nur einen Funken Ehre im Leib spürte, musste das doch begreifen. Bela schüttelte den Kopf. Dann wandte er sich wieder ab. «Soll ich dich am Blasebalg ablösen?», fragte er Skelt.

Elin hätte sich am liebsten auf ihn gestürzt, auf sie beide, die dort standen, an nichts anderes dachten als an ihr verfluchtes Metall und sie dabei ausschlossen. Aber sie beherrschte sich. «Dann denk nicht an mich», verlangte sie. «Denk an die anderen.» Sie zeigte mit dem Finger zum Eingang, hinaus zu den Lichtern des Lagers, in dem in dieser Nacht niemand schlief. «Sie haben alle nur auf dich gewartet», rief sie. «Sie brauchen dich, Bela. Sie wollen an deiner Seite kämpfen.»

«Ihr habt viele gute Kämpfer.» Bela hob den Kopf nicht.

«Aber sie glauben, dass du derjenige bist, der sie führen wird. Der sie führen muss.» Elins Stimme wurde eindringlicher. «Du bist der Mann mit dem Bronzeschwert. Du hast die Schlange das erste Mal getroffen. Du kannst nicht so tun, als wüsstest du das nicht.»

Bela schwieg noch immer, aber er hielt in der Arbeit inne.

Elin redete auf seinen Rücken ein. «Und wenn du nicht so stark bist, wie du glaubst, Bela? Wenn du zusammenbrichst? Wenn sie dir das Geheimnis entreißen? Dann sind wir alle verloren, Bela.»

«Das wird nicht geschehen.» Er stieß es zwischen den zusammengepressten Lippen hervor. Das Blatt der Schaufel in seiner Hand war glühend geworden. Er stieß es in einen bereitstehenden Eimer mit Wasser, das laut aufzischte.

Elin wagte es, ihn zu berühren. «Du weißt nicht, was sie einem Menschen antun können», sagte sie leise.

Bela fuhr so schnell herum, dass sie erschrocken die Hand zurückzog. «Glaub mir», fauchte er sie an, «wenn ich eines weiß, dann das.» Eine Weile starrte er ihr wild ins Gesicht, dann wandte er sich erneut ab.

Elin war erst entgeistert, dann begann auch in ihr die Wut aufzusteigen. «Ah, ja, deine Rache», rief sie, zunehmend aus der Fassung geratend, «deine kostbare Rache. Glaubst du denn, dein Vater würde es gutheißen, dass du dich jetzt den Leuten auslieferst, die ihn verbrannt haben? Glaubst du, Orin würde sich freuen, dass du die letzte Chance vergibst, ihn zu rächen, wegen, wegen …»

Sie zögerte. Bela stand vor ihr, die erhobene Hand zur Faust geballt. Aber auch er tat den letzten Schritt nicht. Beide atmeten schwer. Skelt im Hintergrund bewegte sich so geräuschlos, wie er es vermochte. Die beiden starrten einander an. Dann senkte Bela die Hand.

Elin leckte sich über die Lippen. «Es ist wegen des Kindes, nicht wahr?», fragte sie leise. In ihren Augen standen Tränen. «Euer Kind verbindet euch mehr als alles andere.»

Bela wandte den Kopf ab.

«Was wäre?», hob Elin noch einmal an. Sie holte tief Luft, noch zögerte sie. «Was, wenn auch wir ein Kind hätten?» Nun war es heraus. Für einen Moment erschien es ihr, als verstummte die Welt. Selbst das unruhige Fauchen des Feuers setzte in ihren Ohren aus.

Zu ihrer Überraschung zeigte sich nichts in Belas Gesicht. Weder Erstaunen noch Freude, noch Hoffnung. Noch nicht einmal Wut auf sie, die so lange gebraucht hatte, ihm dieses Geständnis zu machen. Alles, was sie seinen Zügen entnehmen konnte, war zu ihrem Erschrecken ein leiser Ekel.

«Was sollen denn jetzt diese Lügen?», fragte er.

«Lügen?», echote Elin entgeistert. «Du denkst, ich lüge dich an? In so einer Sache also würde ich dich belügen, ja? Das traust du mir zu?» Sie trat vor, bebend vor Zorn, um ihn am Gewand zu packen.

Aber er hatte sich bereits wieder entzogen, ging zum Eimer und holte eine große Zange heraus, um sich wieder am Ofen zu schaffen zu machen. «Mir gegenüber behauptest du jetzt, er wäre mein Sohn, weil du etwas von mir willst. Dem ganzen Lager und allen Dörfern hier hast du aber verkündet, Ban wäre der Sohn des Herrn vom Hügel», sagte er kalt. «Ist es so weit, Skelt?»

Der Schmied machte ein zustimmendes Zeichen. Bela trat vor. Über die Schulter sagte er zu Elin: «Eines davon muss also eine Lüge sein, oder?»

Skelt schlug die Vorderwand des Ofens ein. Bela packte die Gussform und stellte sie auf. Orangerot quoll es ihm entgegen. «Zählen!», kommandierte er.

Elin stand einen Moment da wie erstarrt. Dann drehte sie sich auf den Fersen herum und stürmte hinaus. Über die Schulter rief Bela ihr nach: «Im Morgengrauen breche ich auf.» Dann floss die Bronze in die Klingenform.

70.

Am nächsten Morgen schaute Elin vom Rücken ihres Pferdes aus zu, wie Bela den Weg zum Hügel hinaufschritt. In der vordersten Reihe, ihre Krieger und Anhänger hinter sich, beobachtete sie, wie die mächtigen Torflügel oben sich öffneten und eine Gruppe von Gestalten freigab, aus deren Mitte sich die Umrisse Merendis' lösten. Sie sah, wie sie vorgestoßen wurde, kurz bei Bela verharrte, dann den Weg abwärts einschlug, eine einsame, taumelnde Gestalt. Und wie sich dann das Tor wieder verschloss, um die Männer zu verschlucken. Alle Männer. Als das weithin schallende Quietschen verstummt war, lag der Vorplatz leer. Elin wandte den Blick nicht ab. Niemandem hätte sie sagen können, wie ihr zumute war oder was sie heute verlor. Ihr war, als träte sie selbst ein zweites Mal über diese Schwelle. Diesmal würde ihr Leben endgültig verlöschen.

Und ich hätte es getan, sagte sie sich, während sie sich zwang, aufrecht zu sitzen und Ruhe auszustrahlen, ich wäre gegangen, wenn es irgendeinen Sinn gehabt hätte. Ich würde es wieder tun, wenn ich ihn nur damit retten könnte. Oh, ich hasse ihn.

Dabei versuchte sie so gelassen zu wirken wie stets, damit die Männer nicht auf die Idee kamen, dies spiele sich etwa nicht mit ihrem Einverständnis ab. Wenn ihr geheimnisvoller Anführer, der, auf den sie gesetzt hatten, so mir nichts dir nichts im Rachen des Feindes verschwand, sollten sie wenigstens die Hoffnung behalten, dies folge einem höheren Plan. Wenn sie verzweifelte, würden alle verzweifeln, Elin wusste es. Und das wäre ihr Ende gewesen. Aber stand ihnen das nicht ohnehin bevor?

Sie beobachtete die Bergleute, die düsterer und verschlossener wirkten denn je. Eng aneinandergedrängt, ein Fremdkörper, standen sie inmitten der Bauern da. Würde sie umkehren oder bleiben? Elin musterte Halev, der ihr von allen am vertrautesten war, von Anfang an gewesen war, und versuchte in seiner Miene zu lesen. Aber sie konnte sie nicht deuten. Auch die Abordnungen ihrer eigenen Nachbarn blickten mit fragenden Augen auf sie. Sie hatte sie alle hierherbeordert, es war ihre Idee gewesen, ihr Krieg. Den Hügel herab schleppte sich Merendis' gebeugte Gestalt langsam, so quälend langsam, näher.

Skelt wollte schon vorstürzen, aber Elin hielt ihn zurück. «Nicht», sagte sie. «Warte.» Zugleich gab sie Pau unauffällig ein Zeichen und ließ sich von ihm einen Holzschild reichen.

«Jetzt», sagte sie, als Merendis sie beinahe erreicht hatte, und gab den Schild an den Schmied weiter.

Mit einem Schrei stürzte Skelt vor und hob das schützende Holzoval. Fast im selben Augenblick schlugen die Pfeile rund um ihn und seine Tochter ein. Elins Männer schrien auf, die Pferde scheuten einen Augenblick vor den gefiederten Schäften, die sich dicht vor ihren Hufen ins Erdreich bohrten.

Alle Blicke wanderten zu dem Schild, der gespickt war mit einer Last aus Pfeilen, ihr aber standgehalten hatte. Als er sich hob, erblickten sie Merendis, die sicher in Skelts Armen lag. Zu Elins Erstaunen rappelte Pau sich an seiner Seite auf, einen zweiten Schild haltend. Sie hatte nicht gesehen, dass auch er nach vorne gehechtet war. Der Priester war bleich vor Erregung. Aber auch er war wohlauf. Der Schmied machte ihnen ein beruhigendes Zeichen.

«Wir ziehen uns zurück», befahl Elin. «Helft ihnen.»

Aus den Reihen der Krieger wanderten bewundernde, aber auch besorgte Blicke zu ihr, als sie davontrabte. Selbst Pau konnte sich nicht beherrschen. «Woher wusstet Ihr es?», fragte er.

Sie schaute zu ihm hinüber. «Dass sie bis zum letzten Moment warten würden? Bis wir ihren Atem hören könnten?» Sie lächelte grimmig. «Weil sie so sind», sagte sie.

Dann stieg sie ab und ging zu Merendis hinüber, die sich mühsam am Arm ihres Vaters aufrecht hielt und ihr entgegensah. In ihrem Gesicht arbeitete es, doch die junge Frau bekam kein Wort heraus.

Elin starrte sie an. Ich sollte sie hassen, sagte sie sich. Ich sollte sie hassen, wie nichts auf der Welt. Doch was sie in dem geschundenen Antlitz ihrer Rivalin entdeckte, war etwas, was sie nur zu gut kannte: der verstörte Blick einer vernichteten Seele. Oh ja, er war ihr vertraut! Sie hatte ihn gesehen, als sie nach jener Nacht in der Halle des Herrn zum ersten Mal an einem Wasserlauf gekniet und ihr Spiegelbild betrachtet hatte. Die Erinnerung daran würde immer ein

Teil von ihr sein. Elin stand und schaute. Aber sie fand nichts, was sie hätte hassen können.

Seufzend trat sie vor und nahm Merendis in die Arme. Die atmete zitternd aus und lehnte sich an sie. Erst nach einer Weile bemerkte Elin, dass sie stumm weinte. «Es ist gut», murmelte Elin und strich ihr übers Haar. «Es ist alles wieder gut.»

«Nichts ist gut», klagte Merendis unter Schluchzen. «Er hätte nicht kommen dürfen.»

Über ihren Kopf hinweg schaute Elin in Skelts glühende Augen.

Am Abend nach der Beratung suchte Elin die Einsamkeit. Sie hatte den anderen verkündet, den Rat der Göttin suchen zu wollen. Selbst allerdings zweifelte sie daran, dass sie, unruhig, wie sie war, einer Vision teilhaftig werden würde. Zu vieles wühlte in ihrer Brust. All die Stimmen, Meinungen, Ratschläge, die sie vernommen hatte und die sie abwägen sollte. Dabei wusste sie nicht einmal, was sie selbst tun wollte: Bela freikaufen, wie es ihr erster Impuls gewesen war? Und dafür alle ausliefern, die ihr vertrauten? Sie wollte es im tiefsten Inneren, und sie hasste sich dafür. Zugleich spürte sie: Sie konnte es einfach nicht – und hasste sich dafür nicht minder. Sie war eine Gefangene, und sie tobte in ihren Fesseln. Was nur sollte sie tun?

«Oh Mutter», stöhnte sie, als sie es geschafft hatte, mit ihren zitternden Fingern die Lichter zu entzünden und das Kraut zu verbrennen. «Zeige mir einen Weg. Ich habe nichts mehr, was ich dir geben könnte, ich bin am Ende meiner Weisheit, Mutter. Bitte zeig mir einen Weg.»

Sie wusste nicht mehr, wie lange sie schon so dagelegen hatte, hingestreckt auf ihr Gesicht, die Arme ausgebreitet wie eine Klagende, wie eine Trauernde. Die Kälte des Bodens war schon längst in ihre Glieder gekrochen und hatte sie taub gemacht, der betäubende Rauch hatte ihren Geist benebelt, dass er keinen klaren Gedanken mehr fassen konnte. Sie spürte sich nicht mehr und wusste kaum mehr von sich. Und dennoch tat es noch immer weh, sie selbst zu sein. Da hörte sie Schritte und hob den Kopf.

Ysan stand vor ihr, still und ernst wie stets.

Warum schläfst du nicht?, hörte Elin sich fragen. Solltest du nicht bei Sela sein?

Warum schläfst *du* nicht? Ysans Kinderstimme klang hell in ihren Ohren.

Elin richtete sich auf und betrachtete ihre Hände, die klamm geworden waren, und den Staub auf ihrem Gewand. Nun, weil ich die Priesterin bin, antwortete sie.

Ysan schaute sie an. Aber die Priesterin, das ist doch nur ein Bild. Sie begann zu schweben. Leise hob sie sich vom Boden. Sie lächelte. Ihr Lächeln wurde breiter und breiter. Sie warf den Kopf zurück und lachte. Es klang wie das Wiehern eines Pferdes.

Elin schreckte hoch. Nur ein Bild, nur ein Bild, echote es in Elins Kopf, als sie sich aufrappelte. Fragend schaute sie sich um. Sie war allein. In der Hütte war alles ruhig. Die Flammen brannten noch immer; kein Lufthauch hatte sie bewegt; die Tür war fest geschlossen, niemand hatte den Raum an diesem Abend betreten.

«Nur ein Bild», murmelte Elin vor sich hin und betrachtete den kleinen Kultstein, den sie mit auf die Reise genommen hatte. Er zeigte das Sonnenrad, mit Strahlen wie züngelnde Flammen – oder wie das Haar einer Frau. «Nur ein Bild», wiederholte sie noch einmal, während ihre Finger über die Gravuren im Stein glitten. «Und wer bin dann ich?»

Und da, mit einem Mal, spürte sie wieder Wärme in ihren Gliedern. Sie stand auf und klopfte sich ab. Dann löschte sie die Flammen und öffnete die Tür. An den ehrerbietig grüßenden Wachen vorbei ging sie zu Selas Hütte und neigte sich dort über die schlafenden Kinder. Lange hielt sie stumme Zwiesprache mit ihnen, erklärte, rechtfertigte, bat um Verzeihung und um Verständnis. Sie streichelte Ban, dessen Wangen schlafrot waren, und küsste Ysan auf die zuckenden Lider. Keines erwachte.

«Es geht ihnen gut», flüsterte Sela begütigend. «Und dir?», fügte sie nach einer Weile hinzu. Elin lächelte abwesend. «Ja», sagte sie. «Es geht mir gut.» Sie neigte sich zu der Freundin und küsste auch sie auf die Stirn. Es lag eine Zärtlichkeit in der Geste, so leidenschaftlich, dass Sela beinahe erschreckte. «Für alles», sagte Elin. Ehe Sela etwas fragen konnte, war sie verschwunden.

Wenig später stand Elin vor Merendis' Hütte. Sie hob die Hand, um anzuklopfen, da öffnete sich die Tür. Sie starrte in das Gesicht ihres Priesters.

«Pau, du», formulierte sie mühsam.

«Ich, ich ...», stotterte der junge Mann. Er senkte die Lider über seine großen Augen. «Ich habe ihr einen Trunk gebracht, der sie beruhigen wird», sagte er dann.

«Sicher», brachte Elin heraus. Dann trat sie einen Schritt vor. «Darf ich?», fragte sie, ein wenig spitz, wartete seine Antwort aber nicht ab. Sie hörte, wie er ihr folgte.

Merendis saß mit dem Rücken zu ihr am Feuer, in mehr Decken gehüllt, als die warme Nacht es erforderte. Sie schaute nicht auf, als die beiden sich zu ihr setzten.

«Ich», begann Elin und bemühte sich, ihre Gedanken zu ordnen, «ich wusste es nicht.» Sie wagte Pau erst nur mit einem Blick zu streifen. Sie wusste nicht, was sie empfinden sollte: Erleichterung? Wut? Sollte sie lachen, Merendis um den Hals fallen? Oder alles hier drinnen kurz und klein schlagen? Alles, gebot sie sich, nur keine Tränen. Herausfordernd hob sie ihren Blick.

«Ich hätte es ihm sagen müssen», stieß Merendis nach einer langen Weile plötzlich und heftig hervor. «Noch oben am

Tor. Vielleicht, dass er noch …» Sie schüttelte den Kopf und verbarg ihr Gesicht in den Händen. «Vater hätte es ihm sagen müssen.»

«Tja», machte Elin.

Aber Pau widersprach heftig. «Er wäre so oder so gegangen», sagte er leidenschaftlich.

Widerwillig wandte Elin sich ihm zu.

«Sie war seinetwegen dort», fuhr Pau fort und fasste Merendis' Hand, die sie ihm stumm überließ. «Seinetwegen ist sie ausgewählt worden. Nur er konnte sie retten. Es war seine Aufgabe. Und das wusste er.»

Er drückte beschwichtigend Merendis' Finger, die sich ihm zu entziehen versuchten. Die junge Frau schüttelte wieder heftig ihre Locken.

«So einfach ist das?», fragte Elin leise und ungläubig. Sie versuchte, sich an Belas Gesicht zu erinnern an jenem Abend, als sie deswegen miteinander gestritten hatten.

Pau nickte ernst. «Kein Mann mit einem Funken Ehrgefühl hätte anders gehandelt.»

Natürlich, dachte Elin. Es war, wie Pau sagte. Alle hatten das sehen können, nur sie nicht. Einen Moment lang saß sie fassungslos da. Ihr Kopf war so leer wie ihr Herz. Dann hob sie den Kopf. «Nun», meinte sie. «Dann ist es für uns wohl eine Frage der Ehre, ihn von dort zurückzuholen, nicht wahr? Gleichgültig, wie alles andere ausgeht.» Sie mühte sich zu lächeln, als Merendis den Kopf hob. «Deshalb bin ich eigentlich hergekommen. Ich wollte dich fragen, ob du reiten kannst.»

«Reiten?», wiederholte Pau an ihrer Stelle. Seine Stimme klang misstrauisch. Merendis hob den Kopf mit den verwirrten Haaren. Auch in ihren Zügen malte sich Nichtverstehen.

Elin rückte näher und blickte ihr ins Gesicht. «Ich frage dich, weil es vielleicht einen Weg gibt, ihn wiederzubekommen», sagte sie. «Einen Weg, bei dem wir niemanden aufgeben müssen. Nicht die Dörfler, nicht die Händler, keinen von uns.» Sie schaute Merendis an, die mit einem Mal auflebte. «Ihn zurückbekommen?», fragte sie leise.

«Wenn dir etwas daran liegt?» Dieser Spitze konnte Elin sich nicht enthalten. Dann entspannte sich ihr Gesicht. Sie nickte und ignorierte Pau, der nervös auf seinem Sitz hin und her rutschte. «Ja», bekräftigte sie. «Dafür ist es aber wichtig, dass du morgen auf einem Pferd sitzen kannst.»

«Also ich …», begann Pau.

Aber Merendis hob die Hand und hieß ihn schweigen. Als ob sie plötzlich merkte, welch verzweifelten Anblick sie bot, setzte sie sich gerader hin und strähnte sich die wirren Haare notdürftig mit den Fingern. «Ich bin bereit.»

Nachdenklich zupfte Elin an einer ihrer rotbraunen Locken und zog sie in die Länge. «Und wir werden ein Schermesser brauchen», meinte sie.

«Ein Schermesser?» Pau schloss den Mund und gab auf.

71.

Am anderen Morgen saß eine Priesterin mit wallender blonder Mähne auf ihrem Pferd vor den Palisaden der Festung, ihren Stab erhoben, das Diadem im Morgenlicht funkelnd. Sie war schön wie ein Bild. Pau saß an ihrer Seite und gab ihre nur geflüsterten Befehle weiter. Auf sein Signal hin ritten in Abständen junge Krieger vor und schossen Brandpfeile über das Tor. Ehe ihre Attacke vom Gegner beantwortet werden konnte, galoppierten sie wieder weg und entzogen sich geschickt dem Pfeilhagel, der von den Palisaden herabflog. Es war ein Geplänkel, Nadelstiche, nicht mehr, die die Aufmerksamkeit der Verteidiger auf den Torweg lenkten.

Die Verteidiger standen auf den Wehrgängen und starrten auf die fremden Tierwesen hinunter, halb Mensch, halb Pferd, die sich so rasch bewegten, dass man es kaum glauben konnte, und auf das seltsame fremde Weib, das über sie herrschte und ihnen mehr Angst einflößte, als die paar Pfeile es vermochten. Die Morgensonne im Rücken, saß sie da, reglos, unübersehbar, die Arme erhoben zu etwas, was nur eine Bitte an ihre Gottheit sein konnte, ein Fluch über die Krieger vom Hügel, den diese erahnten und drohend über sich kommen fühlten.

Idris ging herum und stieß die Träumenden an den Schultern, ohrfeigte sie, schob sie auf ihre Posten. «Ihr Narren, Ihr Idioten!», schimpfte er. «Das dort ist meine Schwester Elin, nichts weiter. Wenn sie eine Priesterin ist, will ich Mordech persönlich sein. Seht doch hin. Sie können nicht herauf! Hah!» Er neigte sich über die Palisaden. «Kommt doch her!», brüllte er in die Morgenluft und fuchtelte drohend mit der Faust. «Kommt, wenn ihr euch traut!»

«Aber die Pferde.» Es war nur ein Flüstern, doch Idris hatte es gehört.

Er wandte sich um und fuhr auf den Sprecher los, einen jungen Mann, der mit blassem Gesicht rückwärtsstolperte. Dicht vor ihm blieb Idris stehen. «Sie hat schon mit Fohlen gespielt, als sie noch im Dorf lebte», sagte er leise, aber mit vor Spannung vibrierender Stimme. «Und weißt du, was ich getan habe?» Er starrte den Jungen an, der gebannt zurückblickte und den Kopf schüttelte. Idris hob die Stimme. Ohne sich von seinem Opfer abzuwenden, sprach er zu allen: «Ich habe es geschlachtet, ausbluten lassen und gegessen!» Das letzte Wort brüllte er so laut, dass einige zusammenzuckten. Dabei hob er den Speer und jagte ihn dem jungen Zweifler in den Leib. Der schloss vergebens die Hände um den Schaft. Er öffnete den Mund, aber heraus kam nichts als ein Blutschwall. Mit aufgerissenen Augen fiel er zur Seite. Idris wandte sich ab und gab Befehl, ihn an den Füßen aufzuhängen. Nur Augenblicke später baumelte er auf dem Hof, eine Warnung für alle. Das Blut aus seiner Wunde tropfte erst schnell, dann in immer langsamerem Rhythmus auf den gestampften Boden.

Idris stellte sich breitbeinig vor seine Männer, um allen ins Auge zu sehen, ehe er fortfuhr: «Sie sind sterblich, sie sind verwundbar wie wir.» Er ließ seine Worte einwirken. Hinter ihm drehte sich der Leichnam am Seil um sich selbst. «Nicht einer von euch, der nicht schon einmal ein Pferd gejagt, getötet und verspeist hätte, da wette ich!» Streng nahm er die einzelnen zustimmenden Rufe zur Kenntnis. Idris nickte befriedigt. Dann holte er tief Luft. «Wir werden ihre Knochen rösten!», brüllte er. «Wir werden die Zähne in ihr Fleisch schlagen!»

Idioten, dachte er, als er die jubelnden Männer raschen Schritts verließ. Im Geiste berechnete er, wie lange ihre Wasservorräte reichen würden. Nicht allzu lange, das wusste er. Danach würden sie tatsächlich Blut trinken müssen. Aber das waren Sorgen, die ein Anführer mit niemandem teilte. Seine Schritte hallten in den steinernen Gängen, während er sich der Halle näherte. Schon von weitem konnte er die Stimmen Horachs und seiner Männer hören, die sich dort Belas angenommen hatten. Als sie den Herrn kommen sahen, traten sie beiseite.

Idris blinzelte. Es dauerte einen Moment, ehe er in dem blut- und schmutzverschmierten Bündel vor sich den Mann erkannte, der am gestrigen Morgen so trotzig durch sein Tor getreten war. Dann entblößte er seine Zähne in einem Lächeln. Na also, es ging voran.

Dabei hatte es so zäh begonnen. Bela war ihnen mit stummem Trotz und mit einer Miene entgegengetreten, die vor Verachtung wie gefroren war. Es hatte sieben Männer gebraucht, um ihn zu bändigen und endlich zu fesseln, einige davon hatte er verwundet mit dem Messer, das er heimlich bei sich geführt hatte. Idris sah es noch vor sich. Es war nicht aus dem gesuchten Metall gewesen. Er hatte das Blut seiner Leute davon abgewischt und es zart gestreichelt. Aber seine Schmiede hatten den Kopf geschüttelt: ordinäres Kupfer. Der grünäugige Fremde hatte sein Geheimnis nicht mit in die Burg gebracht.

Dann sah es so aus, als könnten Schläge es ihm entreißen. Idris hatte Platz genommen und zugesehen, wie der Mann unter den Fausthieben der Gehörnten Schlange zu Boden ging, wie er sich unter ihren Tritten zusammenrollte. Unbewegten Gesichts hatte er dem dumpfen Echo der Hiebe gelauscht, dem ekelhaften Krachen, als die Nase brach, dem schmatzenden Geräusch von Schlägen auf blutverschmierter Haut. Und er hatte geseufzt, seine Blicke schweifen lassen und mit den Fingern auf die Lehnen seines Sessels getrommelt. Endlich war der Fremde bereit gewesen zu sprechen. Horach selbst zog das, was von ihm übrig war, an den Fetzen seines Hemdes hoch, damit er es Idris persönlich ins Ohr flüsterte. Der winkte seinem Schmied, der mit konzentriertem Gesicht lauschte. Danach ging er, seinen Ofen anzuheizen. In allen Ecken der Festung liefen Männer mit Befehlen umher. Kohle wurde gebraucht, Holz, Kupfer, Eisen, Lehm, Malachit, dazu Formen und Hämmer und Zangen. Besonderen Aufwand erforderte die Jagd auf eine Maus, deren Blut in die noch heiße Schlacke tropfen musste. Der Schmied versengte sich die Augenbrauen dabei. Misstrauisch schnüffelte er in den Rauch. «Dass wir den Schwefel nicht ganz aus dem Erz geröstet haben, will mir nicht gefallen», murrte er. Idris hatte ihn schweigen geheißen.

Das Ergebnis des Gusses allerdings ließ ihn losbrüllen: ein schwarzes, krümelndes, stinkendes Stückchen Schlacke. Er stürmte in die Halle zurück, wo Bela auf dem Boden lag und ihm mit von seinem Blut rotverschmierten Zähnen entgegengrinste. Voller Wut holte Idris aus und trat ihn in die Rippen, die knackend brachen.

«Horach», brüllte er nach seinem Gefolgsmann. Er übergab ihm den Gefangenen aufs Neue. «Mach es auf deine Weise», befahl er. Sie hatten Zeit verloren, nichts als Zeit. Wertvolle Stunden hatte dieser Narr sie gekostet. Aber wenn er das nächste Mal den Mund aufmachte, würde er die Wahrheit sprechen, davon war Idris überzeugt. Niemand widerstand der Gehörnten Schlange.

Elin betrachtete lange den Eingang der Grotte. Ein leichter Wind bewegte die Zweige der Büsche, die sie verbargen. Er strich über ihren Kopf, der ungewohnt nackt und empfindsam war. Unwillkürlich fasste Elin sich an ihr geschorenes Haar. Kaum die Länge eines Fingernagels war mehr vorhanden, als Pau mit ihr fertig gewesen war. Elin hatte das Entsetzen in Merendis' Augen gesehen und die Scham im Antlitz ihres Priesters, ehe sie sich in einer polierten Kupferschale selbst betrachtete. Eine ganze Weile war sie stumm geblieben und nur mit der Hand über den Flaum gefahren.

«Ich sehe fast aus wie du», hatte sie gescherzt.

Verlegen war Pau sich über seinen spiegelnden, von Schweiß glänzenden Kahlschädel gefahren. Ein Lachen hatte er nicht fertiggebracht. Und Merendis hatte nur geflüstert: «Oh, Elin.»

Die hatte tapfer gelächelt, nach den abgeschnittenen Strähnen gegriffen und sie Merendis in die Hand gedrückt. Ein ganzer Arm voll war es gewesen, der im Fackellicht schimmerte. «Trag du sie morgen», hatte sie gesagt.

Zweifelnd hatte Merendis die schimmernde Fülle betrachtet und gefragt: «Ob sie mich wirklich für dich halten werden?»

Elin hatte gelacht. «Die Priesterin, das ist doch nur ein

Bild. Es ist der Wille, der uns ausmacht. Und wir wissen, was wir wollen, nicht wahr?» Dann hatte sie sich den praktischen Fragen gewidmet. «Du wirst dein eigenes Haar straff flechten müssen, damit es nicht hervorschaut.»

Merendis hatte einen Moment überlegt. «Nein», hatte sie dann gesagt. Und ehe Pau es verhindern konnte, hatte sie das Messer an sich genommen und mit einer einzigen energischen Bewegung ihren Zopf dicht am Nacken abgeschnitten. «So ist es besser», hatte sie gesagt und tief durchgeatmet.

Pau hatte sie ungläubig angestarrt, hatte den Zopf aufgehoben und an seine Brust gedrückt. Es war ein Geschenk, ein Opfer, wenn auch nicht an ihn. «Warum bestrafst du dich?», hatte er geflüstert. Merendis hatte ihn nur angesehen, und er hatte den Kopf gesenkt.

Nun stand Elin hier, am Fuß des Hügels, vor seinem atmenden Felsenmaul, alleine, und fühlte sich halbnackt. Es war ungewohnt, die Sonne im Nacken zu spüren und das Wehen des Windes auf der zarten Haut. Unbehaglich griff Elin nach der Lederkappe, die sie bei sich trug, und setzte sie auf. So war es besser. Damit und mit der Kleidung, die sie trug, sah sie wie ein Mann aus, wie einer der zahllosen Jungen, die auf dem Hügel Dienst taten, sie hatte sie selbst gesehen. Bei ihrem letzten Besuch.

Elin schauderte und atmete noch einmal die frische Luft der Felder. Dann trat sie vor und streifte die Zweige beiseite. Der Boden war festgetreten. Viele Füße hatten die Grotte aufgesucht seit ihrem letzten Besuch. Oh ja, dachte Elin bitter. Sie zweifelte nicht daran, dass die Gehörnte Schlange ihr Bestes tat, den Ort nicht verwaisen zu lassen. Sie wappnete sich mit ihren Erinnerungen, zögerte einen letzten Moment, dann trat sie entschlossen ein. Sie musste den Kopf einziehen. Als sie sich wieder aufrichtete und blinzelnd darauf wartete, dass ihre Augen sich an das Halbdunkel gewöhnten, überzog eine Gänsehaut ihren ganzen Körper.

Sie roch es bereits. Sie nahm es wahr, noch ehe sie es sah, mit allen Sinnen, auch mit jenen, die nicht zu allen Zeiten wach sind. Sie konnte ihre Anwesenheit fühlen, ihr Leid, ihre Todesangst. Sie hörte die Schreie, das Gewimmer, das sinnlose Flehen. Weinen drang aus allen Ritzen, die Bitten um Schonung, und von der Decke hallte gellendes Geschrei, haltlos, hoffnungslos sich steigernd in die schwarzen Bereiche entmenschten Wahnsinns. Elin hielt sich die Ohren zu und ging in die Knie. «Nein», keuchte sie. «Nicht.»

Es dauerte eine Weile, ehe der Schwindel nachließ. Als sie endlich sah, starrte sie in die leeren Augenhöhlen eines Schädels. Er grinste sie an. Und hinter ihm noch einer und noch einer. Sprachlos vor Entsetzen stand Elin auf und schaute sich um. Es gab die Feuerstelle noch, die sie bei ihrem letzten Besuch bemerkt hatte, aber nun war sie eingerahmt von menschlichen Knochen. Knochen, ein wahlloser Haufen, türmten sich auch dort hinten an der geschwärzten Wand. Was hindurchhuschte, mochten Ratten sein. Fliegen surrten um die schwärzlichen Reste, die an manchen Knochen hingen, und Schnecken glitten lautlos, ihre silbernen Spuren hinterlassend, über das üppige Aas. Elin würgte es, als ein neuer Windhauch den Geruch mitnahm. Dennoch wanderte ihr Blick weiter, sie konnte nicht anders. An den Wänden waren nun Bilder zu sehen, gemalt, wie es schien, mit in Blut getauchten Fingern. Es waren Schlangen, Hirsche, Abdrücke von Händen, die den Opfern gehören mochten oder den Tätern, das war nicht zu unterscheiden. Die Fratzen allerdings, die sie zahnbewehrt anstarrten, konnten nur Dämonen sein.

An der Rückwand aufgerichtet gab es etwas, das Elin beim Hinkommen als einen Sitz erkannte. Er war errichtet aus menschlichen Knochen. Die Speere, die rechts und links davon aufragten, waren mit Haar geschmückt, das ebenfalls von Menschen stammte. Unwillkürlich griff Elin sich in den Nacken. Dann auf einmal wallte die Wut in ihr hoch. Nun gut, dachte sie, meines werdet ihr nicht bekommen! Sie zog die Speere aus dem Boden, zerbrach sie über dem Knie und schleuderte die Teile zu Boden. Danach trat sie gegen den mörderischen Thron, bis er knirschend auseinanderfiel und die Knochen über den Boden polterten. Voller Zerstörungslust blickte Elin sich um. Dann fiel ihr Bela ein. Sie durfte sich hier nicht aufhalten. Ihr Geliebter befand sich hier, in der Hand dieser, dieser – Kreaturen. Sie durfte nicht länger zögern.

Elin suchte nach dem Aufstieg. Und Erleichterung durchflutete sie, als sie die Leiter fand. Es war noch immer dieselbe, roh aus dicken Ästen gefertigt. Aber einige der Verschnürungen waren erneuert, und dicke Kupfernägel hielten sie zusätzlich zusammen. Die Tritte führten nun weiter hinauf, als sie es bei ihrem ersten Besuch getan hatten. Das Seil, das im oberen Teil des Felskamins gehangen hatte, war durch eine zweite Leiter ersetzt worden. Elin dankte der Gehörnten Schlange, die es offenbar bequem haben wollte auf dem Rückweg von ihren Opferfesten. Sie prüfte die Festigkeit der Konstruktion noch einmal, indem sie mit beiden Händen daran rüttelte, fand nichts daran auszusetzen, lauschte noch eine Weile in die Schwärze über ihr, und dann, langsam, aber entschlossen, stieg sie hinauf, ihrem Liebsten entgegen.

Unter einem Schwall kalten Wassers kam Bela langsam zu sich. Tropfen liefen über sein Gesicht, seine Wimpern, seinen nach Luft schnappenden Mund. Er konnte nichts sehen, nicht atmen. Er verfluchte das Licht, das durch seine geschwollenen Lider quoll. Denn mit ihm kam auch der Schmerz zurück. Die Dunkelheit war so wohltuend gewesen! In seinem Traum hatte Elin bei ihm gelegen. Ihr Haar hatte sich wie ein Vorhang über ihn gebreitet, kühl und angenehm, und ihn vor der Welt verborgen.

«Elin», flüsterte er mit vom Schreien rau gewordenen Hals und streckte die Hände aus. Er wollte noch einmal die warme Glätte ihrer Haut spüren, noch einmal ihren Duft einatmen. Wie ernst sie gewesen war, so ernst wie noch nie. Und wie schön dabei! Ihre Augen hatten geleuchtet wie Sterne am Nachthimmel, als er über ihre Wange strich. Aber was hatte sie da geredet? Etwas von Feuerstellen, die bereit waren für ihn und für sie? Er verstand es nicht. «Elin.» Bela schmeckte Blut in seinem Mund. Da war sie wieder, groß wie der Horizont. Und dabei war alles so quälend nah und wirklich. Jedes Härchen auf ihrem Nacken konnte er sehen, jeden Schauer, der körnig über ihre Haut lief, unter seinen Fingern fühlen. Ihre Wärme.

Er hob den Kopf. Da standen sie um ihn herum: Orin, Edek, Mela, sein Vater. Alle standen sie da und blickten vorwurfsvoll und stumm auf ihn herab. Vergebt mir, wollte Bela sagen. Auch sie sahen alle so ernst drein. Hatte er einen Fehler gemacht? Würden sie ihm nicht verzeihen? Er öffnete den Mund. Da fuhr eine riesige Faust herab und ließ seinen Körper in einer Wolke von Schmerz explodieren.

«Ist er jetzt bei uns?», fragte ein Mann. Horach neigte sich dicht über sein Opfer und schaute ihm ins Gesicht.

«Ja», brummte er nach einer Weile und nickte befriedigt, als er die Reaktion in Belas Augen sah. «Ja, jetzt weiß er wieder, wen er vor sich hat.»

Bela spuckte blutigen Schleim in seine Richtung, verfehlte ihn jedoch.

«In der Tat», bekräftigte Horach zufrieden. Dann kam er ganz nahe an Bela heran. «Ich möchte, dass du genau verstehst, was ich dir jetzt sage, Fremder. Ich will, dass du weißt, was mit dir geschieht. Denn es kann sein, dass dein Geist sich schon bald von dir verabschieden wird. Aber am Leben, glaub mir, wirst du dann immer noch sein, noch lange.» Er lächelte und zückte ein Messer. «Siehst du das?», fragte er.

Bela, der das Zeichen am Griff nur zu gut kannte, nickte.

«Gut», sagte Horach. «Denn mit diesem Dolch werde ich dir jetzt ein Stück Fleisch aus dem Leib schneiden. Kein großes, kein lebenswichtiges, nur ein ordentliches Stück, das ich anschließend über jener Glut dort grillen und verzehren werde. Du wirst es dir ansehen können.» Horach trat ein wenig beiseite, um Bela den Blick auf die Feuerstelle freizugeben und den Platz am Tisch, der hergerichtet worden war.

«Danach», sagte Horach, «werde ich mir ein neues Stück holen und noch eines. Und wieder eines. So wird deine Kraft in mich übergehen, deine Energie, dein Wissen. Alles wird bei mir sein. Dank der Gewalt der Großen Göttin.» Er hieb sich mit der Faust auf die Brust. Dann tippte er Bela an, dessen Kopf bei der leichten Berührung schwankte. «Und du wirst noch leben. Du wirst deinen Geist erst aufgeben, wenn ich dir zum Abschluss das Hirn aus dem Schädel kratze. Und bevor du in das Große Nichts gehst, wirst du fühlen, wie ich all dein Sein, hier wie dort, mit meiner Gewalt umschließe.» Er ballte die Faust. «Du entkommst mir niemals.» Er lachte höhnisch, und seine Männer stimmten ein. Wieder ließ Horach das Messer aufblitzen.

«Dann wollen wir mal sehen. Auf welches Teil wirst du wohl am ehesten verzichten können, was meinst du?» Spielerisch fuhr er mit der Klinge über Belas Körper, hielt mal am Schenkel, mal probeweise an der Hand, maß vier Finger ab, dann wieder stach er zum Fuß hinunter und zog einen roten Strich so heftig über das Gelenk, dass Bela scharf die Luft einsog. «Du darfst wählen», bot er mit falscher Freundlichkeit an.

«Verreck!», stieß Bela mit Mühe hervor.

Horach nickte ernsthaft, als bedenke er den Vorschlag. «Ja», erwiderte er bedächtig, «das wirst du. Also!» Er hob die Waffe.

72.

Feuer! Feuer am Tor!» Mit einem Fluch richtete Horach sich auf. Aber der Befehl, den der Mann brachte, der kurz darauf in die Halle stürzte, war unzweideutig: Alle hatten sofort zum Kampfplatz zu kommen.

«Verdammt!», brüllte Horach und sprang auf. Nach kurzem Überlegen nickte er seinen Männern zu, die sich gehorsam auf den Weg machten. Als Letzter wandte er selbst sich von Bela ab, der mit einem Seufzer zusammensank. Da, mit einer schlangengleichen, unerwarteten Bewegung holte er aus und rammte, ohne hinzusehen, das Messer in Belas Hand, die er damit auf die Tischplatte nagelte. «Damit du mir nicht wegläufst», zischte er dem Knienden zu, ehe er hinausging und die Tür verriegelte.

Elin sah ihn, als er dicht an ihr vorbei den anderen nachstürzte. Sie alle zog es zum Tor, das unter dem Aufprall eines großen Karrens beinahe nachgegeben hätte. Keiner sah sich um, keiner bemerkte den schmalen Knaben, der dort nahe der Schwelle stand. Elin lächelte. Sie dankte der Großen Mutter, die sie genau in dem Moment aus der geheimen Pforte in den Hof hatte treten lassen, als ein Brandpfeil ihrer Leute über die Palisaden flog und die Ladung aus geschnittenen Ähren in Brand setzte. Die Halme flammten sofort auf. Elin hatte nichts weiter tun müssen, als die Bremsklötze vor den Rädern des Karrens wegzuziehen und ihm einen Schwung zu geben, damit er den abschüssigen Hof hinabrollte. Als er auf das Holz des Tores rollte, stoben die Funken, der Querriegel ächzte. Die Verteidiger, die einen Angriff auf das geschwächte Tor fürchteten, rannten von allen Seiten herbei. Das gab Elin Gelegenheit, unbemerkt die freie Fläche zu überqueren und zu den Gebäuden hinüberzuhuschen.

Hier war sie einen Moment ratlos gewesen. Ob sie ihn in

den Ställen gefangen hielten? Oder in den Vorratsräumen? Vielleicht bei den Werkstätten, die sie daran erkannte, dass Rauch aus ihren Öffnungen quoll? Elin zögerte. Aber als sie Horach bemerkte, wusste sie, in welche Richtung sie zu gehen hatte.

Noch immer hatte keiner von ihr Notiz genommen, aber mit jedem Schritt, den sie tat, wuchs die Beklemmung in ihr. Sie kannte den Weg, den sie jetzt nahm, es war derselbe, den sie vor Jahren gekommen war, in Idris' Schlepptau, eine Ladung frisches Fleisch auf dem Rücken, dessen blutiger Geruch ihr noch immer in die Nase stach, dass es sie würgte. Ihr war, als höre sie das Lachen ihres Bruders von den steinernen Wänden widerhallen und eine Stimme, die ihm antwortete: ‹Komm morgen wieder.› Endlich stand sie vor der Pforte. Die Hand, die sie auf den Riegel legte, zitterte heftig. Elin schloss die Augen und bezwang den Schwindel, der sie im selben Moment ergriffen hatte. Für einen Augenblick glaubte sie, den Lärm eines Gelages zu vernehmen, den Dunst von Braten zu riechen und den Schweiß vieler Männer. Sie sah Fackellicht, das auf Kupfer schimmerte, und Schultern in zottigen Fellumhängen. Reglos stand sie da und ließ das Inferno von Eindrücken über sich hinwegrollen. Sie schüttelte sich wie ein Hund im Regen. Dann stieß sie die Tür auf.

Bela fuhr herum. Er hatte sich mühsam an der Tischkante hochgezogen und es geschafft, das Messer aus seinem Handrücken zu ziehen. Nun kniete er da, keuchend, und rang um Atem und die Kraft aufzustehen. Er würde nicht auf den Knien sterben! Entschlossen riss er einen Fetzen von den Resten seines Hemdes und wickelte ihn um die durchstochene Hand. Er lachte dabei leise, während er an sich hinuntersah. Was für ein Witz, sich um diese eine Wunde zu kümmern, was für ein Tropfen auf den heißen Stein, angesichts all der anderen. Und doch hatte er das Bedürfnis, es zu tun, Horachs Zeichen auszulöschen, Ordnung zu schaffen.

Eines nach dem anderen. Jetzt noch den Knoten. Er zog ihn mit den Zähnen fest und nickte. Dann würde er sich hochstemmen.

Als die Tür aufging, packte er das Messer fester und wandte den Kopf, ohne viel erkennen zu können. Es dauerte eine Weile, bis die Worte zu ihm drangen, die irgendjemand rief. Und als er sie verstand, traute er seinen Ohren nicht.

«Elin?», fragte er ungläubig. Waren sie wieder da, die Visionen, um ihn zu quälen? Er wusste doch, es war nicht Elin, es konnte nicht Elin sein. Es waren Horach und seine verdammten Schergen, die ihm alles raubten, seine Kraft, seine Hoffnung, am Ende noch seinen Verstand. Oder war es Orin, der gekommen war, um ihn zu tadeln? Bela hob die Klinge.

«Bela», flüsterte Elin und ging vor ihm in die Knie. «Liebster!» Sie zog die Kappe ab, damit er sie erkennen sollte, und lächelte entschuldigend. «Es tut mir leid», flüsterte sie, als sie ihn betrachtete. Fassungslos glitten ihre Blicke über seinen geschundenen Körper. Fast hätte sie die nächsten Worte nicht hervorgebracht: «Alles tut mir so leid.»

«Elin?» Langsam klärte sich Belas Blick. War das tatsächlich Elin, die da vor ihm kauerte? Liebster, hatte sie ihn genannt und ihn um Verzeihung gebeten, ihn! Angestrengt neigte er den Kopf. Er konnte sie nur mit einem Auge betrachten, das andere war zugeschwollen. Und auch dieses eine sah nur verschwommen. Aber wie sah sie denn aus! Ungläubig hob er die Linke, die einzige Hand, die er noch bewegen konnte. Mit Fingern, die kaum noch etwas spürten, fuhr er über den weichstacheligen Flaum auf ihrem Kopf.

«Das sieht gut aus», stieß er hervor und versuchte ein Lächeln. Der Anblick seines zerstörten Gesichts war furchtbar.

Elin stieß einen Laut aus, der zwischen Lachen und Schreien lag. Sie hielt sich die Hand vor den Mund. Tränen tropften aus ihren Augen und flossen darüber. «Du auch», brachte sie mühsam hervor.

Bela schüttelte den Kopf. «Das wird alles wieder», murmelte er. «Verwächst sich alles.»

Elin nickte. Energisch wischte sie sich übers Gesicht und griff nach ihm. «Wir müssen hier weg», sagte sie. «Komm.»

«Wie bist du überhaupt …», setzte Bela an, ehe er sich selbst mit einem Stöhnen unterbrach.

Elin antwortete nicht. Sie war damit beschäftigt, ihn zu stützen und ihm auf die Beine zu helfen. Mutter, war er schwer, so viel schwerer, als sie gedacht hatte.

«Komm doch», flehte sie ihn an und bemühte sich, keine Ungeduld in ihrer Stimme durchklingen zu lassen. «Es dauert bestimmt nicht lange, bis sie bemerken, dass das Tor nicht wirklich in Gefahr ist.»

«Wasser», verlangte Bela, nachdem er sich vergeblich bemüht hatte.

Mit einem Seufzer hielt Elin inne und blickte sich um. Da stand ein Eimer, aber er war leer. Sie lehnte Bela gegen die Tischplatte und ging zu der Feuerstelle hinüber, um die Krüge dort zu überprüfen. Gerade wollte sie sich enttäuscht wieder aufrichten, als sie eine Stimme in ihrem Rücken hörte. Mit einem Aufschrei fuhr sie herum.

«Schwester!» Idris hatte Mühe, seine Überraschung zu unterdrücken. Dann aber fasste er sich, glättete seine Züge und winkte dem Mann, der hinter ihm eingetreten war. Er flüsterte ihm Anweisungen zu. An Elin gewandt, die noch immer wie vom Donner gerührt dastand, sprach er ruhig: «Genau wie damals, nicht wahr?» Mit Befriedigung registrierte er die Sorge in ihrem Gesicht und ihren Blick, der nervös zu Bela wanderte, der sich noch immer an die Kante des Tisches klammerte und kaum wahrzunehmen schien, was vor sich ging. «Und glaub mir», fuhr er im selben Ton fort, «es wird genau wie damals enden. Trok!»

Er schnippte mit den Fingern, und sein Krieger trat vor. Mit ausgestreckten Armen ging er auf Elin zu, so als wollte er ein aufgescheuchtes Huhn einfangen. Sie wich zurück, schaute sich hastig um, dann ergriff sie einen Schürhaken, der in der Glut steckte, und hielt ihn drohend vor sich.

Als der Mann die rotglühende Spitze sah, konzentrierte sich seine Miene. Er bleckte die Zähne, gab aber seine Haltung nicht auf.

«Na komm schon, Elin», rief ihr Bruder und zückte sein Schwert. Spielerisch zielte er damit in ihre Richtung. «Du wirst es auch diesmal überleben.» Sein Mann hatte kurz innegehalten, um den Worten seines Herrn zu lauschen. Jetzt grinste er widerlich. Diesen Moment nutzte Elin. Sie täuschte einen Schlag von oben an, ließ die Stange dann in raschem Schwung heruntersausen und donnerte sie ihrem Gegner, der aufgerichtet, mit hochgereckten Armen, dastand, von der Seite gegen die Knie. Mit einem Aufschrei brach er zusammen. Elin, vom Schwung mitgerissen, taumelte ein paar Schritte an ihm vorbei, stolperte über seine zuckenden Füße und stürzte ebenfalls. Schon war Idris über ihr und setzte ihr das Schwert an die Kehle.

«Du», stieß er mit vor Wut zitternder Stimme hervor, während sein Gefolgsmann sich noch immer unter Schmerzgebrüll am Boden wälzte. «Du! Ohne dich hätte alles so einfach sein können. Verdammtes Flittchen!» Er holte aus, um zuzustoßen. Für einen Moment begegnete Elin seinem Blick: Ihr war, als dehnte die Zeit sich aus. Wir haben dieselben Augen, schoss es ihr durch den Kopf, dieselben Bernsteinaugen. Ob Mutter so ausgesehen hat? Sie lächelte, als sie daran dachte, dass sie ihn das niemals mehr würde fragen können. «Idris», flüsterte sie verwundert und streckte die Hand aus. Doch in seinem Blick lag nichts.

73·

Was ist das?», fragte Pau und runzelte angestrengt die Stirn. «Warum qualmt es dort so?»

«Es sieht so aus, als ob sie das Tor öffnen.» Auch Merendis starrte auf dieselbe Stelle.

«Ja», bestätigte er. «Sie öffnen es. Sollen wir angreifen?» Erwartungsvoll blickte er sie an.

Merendis wandte vorsichtig ihren Kopf mit der geborgten Haarflut. «Ich weiß nicht», sagte sie. «Elin hat nichts gesagt. Wir sollten sie ablenken, sagte sie, weiter nichts. Nur ablenken und warten.»

«Aber das Tor steht offen!» Ungeduldig zog Pau an Lichtfells Zügeln, der hin und her tänzelte und ihm so das Beobachten erschwerte. Die Herrin war dort drin, mit dem Fremden. All ihre Hoffnungen waren von ihnen durch eine Mauer getrennt und unsichtbar. Pau kannte sich aus mit dem Unsichtbaren, er hatte ihm sein Leben gewidmet, aber dies hier war schwer zu ertragen. Es trieb ihn ein paar Schritte vor die Reihe. Die Krieger hinter ihm hoben die Köpfe. «Das ist eine einmalige Chance, nicht wahr?»

Merendis hob die Hand, um ihn zurückzuhalten. «Es könnte auch eine Falle sein», wandte sie ein. «Pau!», rief sie lauter, als er seinen Hengst mutwillig weitertänzeln ließ. «Du bist verwundet. Kämpfen kannst du ohnehin nicht.»

«Nicht zu Fuß!» Er musste es rufen, so weit war er schon voraus. «Auf einem Pferd schon.»

Ehe Merendis ihn zurückhalten konnte, hatte Pau Lichtfell die Fersen in die Seiten gestoßen. Der Hengst antwortete mit einem freudigen Wiehern. Als wäre auch ihm das Warten zu lang geworden, brach er in einen ausgreifenden Galopp aus, in den er all seine Energie legte. Pau ließ ihn gewähren, wilde Freude durchzuckte ihn, ja, er trieb ihn noch an und jauchzte in den Wind. Endlich in Bewegung, endlich vorwärts, dem Schrecken entgegen, der sie fast zu lähmen gedroht hatte! Endlich fort von den Zweifeln! Und von der Frau, die ihre Haare einem anderen geopfert hatte. Pau verdrängte den Schmerz so rasch, wie er hatte aufflammen wollen. Er duckte sich auf die fliegende Mähne hinab und griff nach dem Schwert, das Skelt ihm anvertraut hatte. Es war neu, die Klinge aus jener Bronze, für deren Geheimnis Bela vielleicht gerade hinter ebenjenen Mauern starb, die nun auf ihn zuflogen. Den Griff hatte er schon lange zuvor aus Bronze geformt. Er zeigte den Kopf eines Pferdes, stolzgereckt mit weitoffenen Augen. Es war die Waffe desjenigen, der im Namen der Mutter kämpfte.

Pau hatte einen wilden Plan, wenn der denn den Namen verdiente. Was er vorhatte, hatte er erst einmal gesehen, bei Todok, kurz bevor er starb. Der Junge war ganz versessen gewesen auf seine Idee und hatte wie ein Wahnsinniger geübt, wieder und wieder, halbe Tage lang. Pau hatte ihm dabei zugesehen, wie er anritt, die Waffe zog, sich zur Seite neigte und dann mit ausholendem Schwung und heftigem Geschrei im Vorbeireiten ein Scheit vom Felsen schlug. Manchmal hatte ihn der eigene Schwung vom Rücken des Pferdes geholt. Manchmal war er abgeglitten, weil er sich zu tief geneigt hatte, und baumelte, hilflos in die Mähne gekrallt, an der Flanke seines Pferdes, bis es endlich zum Stehen kam. Manchmal war ihm alles geglückt, aber er hatte sich nicht wieder aufrichten können nach dem Schlag und war herabgestürzt, ein Opfer seinem unsichtbaren Feind. Und der war gnadenlos gewesen. Mit lautem Gelächter hatten Moan, Ban, Ysan und die anderen Kinder sich auf Todok gestürzt, der am Boden nach Luft rang und sich nicht wehren konnte. Sie hatten ihn gepiesackt und gekitzelt, bis er sich zu ihrer Freude mit Wolfsgeheul auf sie stürzte. Pau sah immer noch sein strahlendes Gesicht vor sich.

Er schloss für einen Moment die Augen und schickte ein Gebet zur Mutter, damit sie sich des Jungen annahm, der so mutig seine Freunde beschützte und den sie gestern begraben hatten. Noch einmal ging er im Geiste alle Bewegungen durch, die er bei Todok gesehen hatte. Es war ein eleganter, fließender Ablauf gewesen, ganz einfach, mochte man glauben, wenn man ihn gesehen hatte – das eine Mal, da er funktioniert hatte. Pau presste die Lippen zusammen und packte seine Waffe fester. Wenn er stürzte, war er tot. Schlug er daneben, war er ebenfalls tot. Aber bei der Großen Mutter, er würde seinen Feind mit sich nehmen!

Elin schloss die Augen. Sie schluckte und spürte die Klinge an ihrem Hals. «Bela», sagte sie leise. Sie hoffte, dass er verstand, wie sehr sie ihn liebte. Dass er derjenige war, dem ihre letzten Gedanken galten, ihm allein. Dass er begriff, wie gerne sie für ihn gelebt hätte. Unwillkürlich streckte sie die Hände nach ihm aus.

Idris' Blick folgte ihrer Geste. Unwillkürlich lächelte er, als er Belas schwankende Gestalt dort lehnen sah, die Haare blutverklumpt, das Gesicht geschwollen, ein Arm grotesk verdreht herabhängend, der andere über die Wunden gekrallt, die ein glühendes Eisen ihm auf der Brust beigebracht hatte. Das verbrannte Fleisch stank bis zu ihm herüber. Von diesem Beschützer, dachte er höhnisch, war wahrhaftig nicht mehr viel zu erwarten. Er hörte Bela stöhnen, als er versuchte, den Kopf zu heben, und er grinste. Ja, sagte er sich, sieh nur her, schau zu, wie sie stirbt. Er rührte sich nicht, als Bela taumelnd einen Schritt auf ihn zuging, einen zweiten, einen dritten. «Komm nur», winkte er ihm mit der freien Hand, «willst du zusehen, ja? Willst du den Vorwurf in ihren Augen sehen, während sie langsam verblutet?»

Er wich erst zur Seite, als er befürchten musste, das Wrack würde auf ihn fallen. Das Schwert noch immer zu Elin gestreckt, wechselte er das Standbein, um Bela mit einem kräftigen Tritt zu Boden zu schicken, falls er zu nahe käme. Zu spät sah er die erhobene Hand des Mannes.

«Heh», konnte Idris noch rufen, als Bela ihm entgegenstürzte und die Arme ausbreitete, als wollte er ihn umfassen. Er fuhr den Ellenbogen aus, konnte aber nicht mehr verhindern, dass der andere sich an seine Hüften hängte. Sein Tritt ging fehl und brachte ihn nur selbst aus dem Gleichgewicht. Endlich schaffte er es, die Schwerthand zu wechseln und Bela einen Fausthieb zu versetzen, der ihn von ihm befreite. Mit einem Ächzen sank der Fremde zu Boden, und Idris kam frei.

Breitbeinig stand er da, mit ausgebreiteten Armen. Die Finger der freien Hand griffen in die Luft, als suchten sie nach Halt. Warum drehte sich die Halle? Woher kam dieser Krampf beim Einatmen, was nur verstopfte seine Lungen? Erstaunt blickte Idris an sich hinab und sah das Messer zwischen seinen Rippen stecken. Es zitterte mit jedem Atemzug und ließ die Schlangen, die seinen Griff umwanden, beinahe lebendig erscheinen.

Idris lächelte ungläubig. Dann lachte er, laut und schallend. Er legte den Kopf in den Nacken und schickte sein Hohngelächter bis an die Decke. Hier stand er, noch immer, diese Narren! Sie hatten ihm nichts anhaben können. Er stand aufrecht. Und wenn es auch schwer an ihm zog, hatte er noch immer sein Schwert. «Licht!», brüllte Idris in die einfallende Dunkelheit. Denn hätte er erst Fackeln, könnte er sie sehen, würde er ihnen den Rest geben.

Elin rappelte sich mühsam auf. Sie rollte auf die Seite und kam hoch. Langsam trat sie an Idris heran. Ihr Gesicht war dem Seinen ganz nahe. «Du hast recht», hauchte sie. «Es ist genau wie damals.» Dann packte sie den Griff des Messers und drehte es einmal herum, ehe sie es herauszog.

Ewigkeiten schienen zu vergehen. Idris sank ohne einen Laut zusammen, sein Schwert schepperte ohrenbetäubend auf die Steine und lag dann still in einer sich immer rascher ausbreitenden, rotglänzenden Pfütze.

«Komm», sagte Elin und zog Bela erneut hoch. «Ich weiß einen Weg hier heraus.»

Er ließ es zu, dass sie sich seinen gesunden Arm über den Nacken legte und ihn stützte. Gemeinsam humpelten sie so auf den Gang hinaus, der zu ihrem Glück leer war.

«Elin?» Es war mehr ein Stöhnen als ein gesprochenes Wort.

«Ja?», erwiderte sie gepresst vor Anstrengung.

«Ich, ich habe mich nie von dir verabschiedet.»

Es dauerte eine Weile, bis sie begriff, wovon er redete.

«Immer bin ich gegangen, ohne dir Lebwohl zu sagen. Und ohne dir zu sagen, wie sehr ich dich …»

Sie legte ihm die Hand auf die Lippen. «Nicht», bat sie ihn.

Er schüttelte den Kopf, so gut er konnte. «Ich will es jetzt tun», beharrte er. «Wer weiß, ob ich noch einmal die Gelegenheit dazu bekomme.»

«Du willst dich von mir verabschieden?», fragte sie erstaunt. Schwer atmend lehnte sie sich an eine Wand. Erst nach einer Weile wagte sie, sich vorzulehnen und hinaus in den Hof zu spähen, der voller Männer war. Noch verbarg das Vordach sie beide. Aber wenn sie erst hinausträten, mussten sie bemerkt werden. Sie selbst würde vielleicht eine Weile nicht auffallen, Bela jedoch? Ratlos zog sie sich zurück. «Wir müssen dort hinüber», sagte sie und wies nach Nordwesten, auf den Felsvorsprung in der Mauer, der den Einstieg in die Grotte barg. «Dort drinnen ist ein Abstieg bis zum Fuß des Berges.» Wie nah war er doch und wie unerreichbar. «Ach verdammt!» Vor Ärger schlug sie ihren Kopf gegen die Wand.

«Nicht», verlangte er. Mit schwacher Hand strich er ihr

über die Wange. «Leb wohl, meine Liebste», sagte er dann. «Meine einzige Liebe.»

Fassungslos blickte sie ihn an. Ihre Lippen begannen zu zittern.

Bela streichelte mit seinen geschundenen Fingern sanft darüber. «Und wenn wir uns wiederbegegnen, in dieser oder einer anderen Welt», sagte er leise, «dann grüß mich mit einem Lächeln.»

Sie schluckte und nickte. Schon wollte sie nach seiner Hand greifen. Da ließ er sie los. «In einem anderen Leben», sagte er.

Im selben Moment sprang er nach draußen und rannte auf den nächsten Krieger los. «Lauf!», rief er ihr über die Schulter zu, «lauf, Elin!»

«Nein», brüllte sie, aber es war zu spät. Der Mann hatte Bela schon bemerkt und sich umgewandt. Noch hatte er nicht begriffen, was auf ihn zukam, noch stand eine Frage in seinem Gesicht. Aber die Hand wanderte bereits zu dem Schwert in seinem Gürtel.

«Nein!», flehte Elin. «Große Mutter, was muss ich dir noch opfern, was?» Dann trübten die Tränen ihre Sicht. Die Hufe des Großen Pferdes donnerten in ihren Ohren.

74.

Pau agierte wie im Traum. Er spürte die Luft auf seiner Haut, die Kraft des Pferdes unter sich, und er verschmolz mit beidem. Kaum, dass er wusste, was er tat, als er ausholte und mit einem Schrei die Klinge heruntersausen ließ. Die Wucht des Hiebes und die Geschwindigkeit waren so groß, dass der Kopf des Mannes, auf den er gezielt hatte, mit einem Streich vom Leib getrennt wurde. Er flog in hohem Bogen durch die Luft, eine rote Schnur von Blut versprühend, der wie Regen auf die verblüfft zum Himmel gewandten Gesichter seiner Kameraden fiel. Er überschlug und überschlug sich und landete schließlich mit einem hohlen Laut auf dem Wehrgang hinter den Torpalisaden, direkt vor Horachs Füßen.

Der starrte in die toten Augen eines seiner Männer. Das gab es doch nicht! So starben die Krieger der Schlange nicht! Etwas arbeitete in ihm, kurz nur, dann hatte es die Oberhand gewonnen. Die Welt um ihn herum verfärbte sich rot. Er neigte sich hinunter zu denjenigen, die dabei waren, das glimmende, rauchende Tor wieder endgültig zu schließen. «Aufhören!», brüllte er und machte ihnen durch Zeichen klar, dass sie die Torflügel im Gegenteil öffnen sollten.

«Auf sie!», gab er laut das Kommando und schwang sein Schwert. «Auf sie!»

«Aber der Herr hat gesagt ...»

«Bah», unterbrach Horach den Sprecher und sprang mit einem Satz in den Hof hinunter, um selbst mit Hand anzulegen. «Der Herr, der Herr, ein feiner Herr ist das, der sich hinter Holzbohlen versteckt. Die Große Schlange verkriecht sich nicht!»

Seine Männer johlten auf wie eine Herde Wölfe und reckten die Waffen. Idris' Getreuen lief eine Gänsehaut den Rücken hinunter. Es war keiner unter ihnen, der sich Horach und den Seinen in den Weg zu stellen wagte. «Hinaus!», schrie der nun, mit einer Stimme wie ein Kriegshorn. «Und tötet sie, wo ihr sie findet! Tötet ihre Frauen, die Kinder! Tötet selbst die Hunde!»

Pau war es gelungen, Lichtfell dicht vor dem Tor zu wenden und zum zweiten Mal anzutreiben. Diesmal zielte er weniger glücklich und hieb seine Klinge so tief in eine Schulter, dass das Gewicht des stürzenden Mannes ihn beinahe vom

Pferd gezogen hätte. Er musste anhalten, um die Leiche mit einem Fußtritt abzustreifen. Da hörte er das Geschrei und blickte über seine Schulter. Was er sah, ließ alle Wildheit aus seinem Blut schwinden.

Auch Elin vernahm den Lärm und dachte im selben Moment, es gälte Bela und ihr. Sie fuhr sich mit dem Ärmel über das Gesicht und zögerte, aber nur einen Moment, ehe sie ihrem Geliebten nachstürzte. Doch es war zu spät, sie begriff es bereits, als sie den ersten Schritt machte. Der Arm des Mannes war schon in der Luft, seine Klinge blitzte über Bela, dessen Messer zu kurz war, um den anderen auch nur zu erreichen. Er bemerkte die Gefahr noch, hob den Arm schützend über den Kopf und duckte sich. Elin sah es und konnte doch nichts dagegen tun. «Bela!» Sie legte all ihre Kraft sinnlos in diesen Ruf, als könnte er den Angreifer erreichen, gegen ihn prallen, ihn zurückstoßen, vernichten, nur durch die Kraft ihres verzweifelten Willens.

Da stoppte der Mann mitten in seiner Bewegung. Für einen Moment hielt er inne, dann neigte er den Kopf, als lausche er einem fernen Signal, sein Schwert sank hinab, und er selbst fiel zur Seite wie ein gefällter Baum und krachte auf den Boden, dass es nur so staubte. Elin hielt inne und starrte ihn an. Da lag er auf seinem Gesicht, die Waffe noch in der Hand. Aus seinem Rücken ragte der Griff einer Axt.

Langsam, wie einer, der aus einem Traum erwacht, richtete Bela sich auf. Halev trat zu ihm und packte ihn, ehe er umsinken konnte.

«Verzeiht», sagte er zu Elin, die herbeigerannt war und ihn am Arm fasste, als wolle sie sich davon überzeugen, dass er wirklich war. «Ich bin Euch heimlich gefolgt.» Er grinste. «Eine Spalte im Fels übt auf einen Bergmann nun einmal eine unwiderstehliche Anziehungskraft aus. Lasst uns verschwinden», setzte er unmittelbar mit veränderter Stimme hinzu.

Nun wurde auch Elin des Chaos im Hof gewahr. Männer rannten an ihnen vorbei und stürzten zum Tor, Frauen schrien. Doch niemand schien die Gruppe der drei weiter zu beachten.

«Was ist da los?», fragte Elin und trat an Belas andere Seite, um ihn ebenfalls zu stützen. So hasteten sie zu dritt, mit eingezogenen Köpfen, auf den kurzen Weg zum Fels. Sie verzichteten darauf, sich noch länger zu verstecken. Wer an ihnen vorbeirannte, bemerkte sie nicht lange genug, um sich über sie Gedanken zu machen. Keiner dachte mehr nach in dem allgemeinen Durcheinander. «Sie öffnen das Tor?»

«Kümmert Euch nicht darum», kommandierte Halev. Er hatte einige Mühe, sich mit Bela an seiner Seite in die enge Spalte zu drücken. Noch schwieriger war es, den verwundeten Freund auf die Leiter zu bugsieren. Es zeigte sich, dass Belas Kraft nicht ausreichte, um ihn alleine sicher absteigen zu lassen.

Nervös schaute Elin, die noch draußen stand, sich um. Eben lief einer der Krieger in den Eingang, der zur Halle führte. Sie zählte seine Schritte, ging seinen Weg in Gedanken mit. Gleich würde er die Tür öffnen, Idris' Leiche finden, den Verwundeten entdecken, den sie zurückgelassen hatten, zu ihm stürzen, ihn bei der Schulter packen. Wie lange würde der Wächter brauchen, um alles verständlich zu erzählen?

«Schnell doch», drängte sie. «Ich bin das letzte Mal gesprungen.»

Halev schaute sie mit hochgezogenen Brauen an. «Ihr seid erstaunlich», gestand er. «Aber in seinem Zustand ist Springen unmöglich. Ich binde ihn mir auf die Schultern.»

«Ja, ja, aber schnell.»

Da war er wieder. Elin zuckte zusammen, als der Mann am Eingang auftauchte. Jetzt rief er etwas. Was schrie er? Es war in dem Tumult nicht zu verstehen. Schon liefen zwei Weitere auf ihn zu. Ihre Gesichter waren entsetzt, wütend. Jetzt schauten sie sich um, blickten hierhin, blickten dorthin.

«Schneller», drängte Elin und presste ihren Leib so eng in die Spalte, wie es möglich war, um sich unsichtbar zu machen. Aber es war zu spät. «Sie haben uns entdeckt.»

«Ich bin so weit.» Halev trat heraus, zog sie am Arm an sich vorbei und stieß sie gegen die Leiter. «Ihr zuerst.»

«Aber …»

«Ihr seid schneller.»

«Aber ich könnte …» Jetzt waren die Rufe der Männer bis hierher zu hören. Elin und Halev tauschten einen schnellen Blick. Dann packte sie ohne weiteren Widerspruch die Leitersprossen und kletterte so rasch wie noch nie in ihrem Leben. Sie spürte die Erschütterung, als sich der Bergmann mit seiner Last ebenfalls auf den Weg machte. Alles knackte und ächzte, die Seile begannen zu quietschen, als sich das Balkenwerk mit jeder seiner Bewegungen verzog.

Elin legte den Kopf in den Nacken, sah nichts als Schwärze und kletterte weiter. Da, ein heftiger Ruck. Der linke Holm hatte sich irgendwo oben von der Wand gelöst, die ganze Konstruktion begann sich in den Raum zu neigen. Elin schwebte für einen Moment zwischen Himmel und Erde, oder eher zwischen Schwärze und Schwärze, und spürte dann, wie sich die gegenüberliegende Wand in ihren Rücken presste. Sie griff hinter sich und fand feuchten Stein, Moos, aber keinen Halt.

«Ich springe», rief sie und ließ auch schon los, ein zweites Mal ihrem Glück vertrauend. Der Aufschlag presste ihr die Luft aus den Lungen. Von oben hörte sie Schreie, Flüche, das Klirren von Metall auf Stein.

«Halev!», schrie Elin. «Bela!» Etwas krachte, dann kam eine dunkle Masse heruntergesaust. Elin warf sich gegen die Wand, zwischen die rasselnden Knochen, und hob die Hände über den Kopf. Aber die Masse bremste noch über ihr in der Luft. Sie pendelte und schlug gegen den Felsen. Elin richtete sich auf. Es war Bela. Er hing an einem ledernen Seil, das sich um seinen Fuß verfangen hatte. Vergeblich streckten seine Finger sich nach ihr aus. Auch Elin versuchte, ihn zu erreichen. Aber es ging nicht. Er hing knapp oberhalb ihrer Reichweite. Mit Tränen der Verzweiflung in den Augen sprang sie immer wieder nach ihm, wie ein Tier in der Falle. Das Fohlen in der Grube, das sie damals gefunden hatte, fiel ihr ein. Wie es hochgewollt hatte zu seiner Mutter und es doch nicht geschafft hatte. Bis es geschlachtet worden war.

«Bela!» Ihre Stimme gellte durch die Höhle. Dann ein erneutes Krachen. Holz polterte herab, dazwischen eine Axt, Steine, etwas zischte. Elin blieb wie erstarrt stehen, als sie den Pfeil bemerkte, der dicht vor ihren Füßen im Boden steckte. Sie packte einen der Totenschädel und warf ihn voller Wut in die Schwärze über sich. Er fiel harmlos polternd wieder herab und zerbarst. Bela ächzte leise. Das brachte Elin wieder zur Besinnung. Mit neuem Mut packte sie die herabgefallene Axt und schaute sich nach etwas um, auf das sie klettern könnte. Schon hatte sie die ersten Knochen, die einmal den Thronsessel gebildet hatten, herbeigeschleppt.

«Warte», haspelte sie eifrig. Der Schweiß stand ihr auf der Stirn. Sie achtete weder auf die Ratten noch auf den Steinschlag, der rings um sie niederging. «Gleich habe ich es, gleich.» Im selben Moment brach alles über ihr zusammen.

75.

Erschrocken schrie Elin auf und suchte Schutz an der Wand. Sie hielt die Arme über sich und kniff die Augen zusammen. Beißender Staub drang in ihre Kehle. Es regnete Holz, dazu Felsbrocken, einen Körper, einen weiteren. Quiekend liefen die Ratten auseinander. Das Seil, an dem Bela hing, löste sich irgendwo weiter oben und kam samt dem Querholz, an dem es befestigt gewesen war, herunter. Staub und Asche stiegen auf. Elin rang hustend um Atem.

Als die weißgrauen, so federweichen Staubwolken sich gelöst hatten, sah sie einen der Männer, der sie verfolgt hatte. Verrenkt und blicklos lag er auf einem Haufen von Knochen. Aus seinem Kopf kroch einen kleine Blutspur, verstohlen wie eine Eidechse.

Bela war in die Feuerstelle abgestürzt. Die dicke Schicht Asche hatte seinen ohnehin nicht tiefen Sturz gebremst. Er nieste bereits und versuchte sich alleine aufzurappeln. Elin eilte zu ihm. Er hob kaum den Kopf, als sie ihn an der Achsel fasste, und kam, ihrem Zug gehorchend, auf allen vieren aus der Asche heraus.

Halev fanden sie an der Rückwand. Er hatte sich aufgerichtet und blickte ihnen sitzend entgegen. Er lächelte. «Meine Beine sind taub», sagte er, noch ehe sie etwas fragen konnten. Er hieb mit der Faust dagegen, das Bein schlenkerte kurz wie das einer Puppe. «Kein Gefühl.»

«Pau wird das richten», begann Elin hastig, der der Anblick Angst eingeflößt hatte. «Er ist ein guter Arzt.»

Halev schüttelte den Kopf. Er hustete, hohl und quälend. Als er fertig war, leuchteten seine Lippen grellrot aus dem aschebestäubten, grauen Gesicht. Er sah aus wie die Maske Mordechs. Dennoch lächelte er. Seine Augen, das Einzige an ihm, das noch menschlich aussah, rollten herum, als er die Höhle musterte. «Ein passendes Grab für einen Bergmann», bemerkte er.

Bela packte ihn an der Schulter. Er sagte nichts. Aber Halev verstand die unausgesprochene Frage und schüttelte leicht den Kopf.

«Dich hier zurücklassen?», fragte Elin entsetzt. «An diesem furchtbaren Ort?» Sie blickte auf das Durcheinander aus Trümmern, Knochen, Staub und Blut.

Halev zuckte mit den Achseln. «Einer muss ihn ja erlösen», sagte er. Mühsam setzte er sich zurecht. Das Blut quoll dicker auf seine Lippen. «Lass mir etwas Wasser hier», bat er.

Elin rannen die Tränen über die Wangen. Nicht einmal diese Bitte konnte sie ihm erfüllen. So viel Blut war in dieser Höhle geflossen, aber nicht ein Tropfen kühlendes Nass. Sie rang die Hände. «Ich habe keines.»

Da streckte Halev die Hand aus, ließ einen Tropfen von ihrer Wange auf seinen Finger rinnen und führte ihn an seinen Mund. «Schon besser», flüsterte er. Dann schloss er die Augen.

Bela legte ihm die Hand auf die Brust, in der es langsam und unregelmäßig schlug. «Freund», sagte er, «in meinem Herzen nehme ich dich mit ins Licht.» In diesem Moment wurde es still unter seinen Fingern.

Als sie hinaus auf die Felder traten, war es beiden zumute, als wären sie aus einer anderen Welt hierhergekommen. Eine Weile waren sie nicht sicher, ob sie wirklich überlebt hatten oder doch etwa Tote waren, die das Andersreich betraten. Sie blinzelten, als die Sonne ihre Scheitel zu wärmen begann und ein Vogel über ihren Köpfen zwitscherte. Zwischen den silbernen, trockenen Halmen zirpten die Grillen, und ein sanfter Wind wiegte die Köpfe der müden, über die Blüte hinausgekommenen Mohnblumen und trug den Staub aus ihren Kleidern in einem zarten Schleier mit sich fort. Alles, alles war ein Wunder. Unwillkürlich ergriffen sie einander bei den Händen.

Bela schaute Elin an und fuhr ihr durch die Haarstoppeln. «Du siehst aus wie ein Mann», stellte er fest.

Sie schubste ihn leicht und griff dann in seine sonst so prächtigen schwarzen Locken, die nun grau waren wie die eines Greises. «Und du wie ein alter Mann», gab sie zurück.

Er zog sie an sich und schaute ihr tief in die Augen. «Willkommen», sagte er endlich, «willkommen, Geliebte.»

Elin betrachtete ihn, sein Gesicht, so gezeichnet und doch so vertraut. Sie öffnete den Mund, doch es gab nichts zu sagen. Alles war klar in diesem Moment. Eine warme Woge der Zärtlichkeit stieg in ihr auf, als sie die Hand hob, um sanft seine wunde Haut, seine Haare, seine Lippen zu berühren. Und sie lächelte ihn an.

76.

Merendis neigte sich im Sattel vor und schrie gellend auf, als sie sah, wie Pau stürzte. Im einen Moment riss er die Arme hoch, im nächsten war er verschwunden in der drängenden Masse der Krieger, die aus dem Tor der Hügelfestung quoll. Mit ihren zottigen Umhängen, ihren Helmen und den Schwertern, auf denen das Sonnenlicht lag, kamen sie den Abhang heruntergestürzt. Ihr dumpfes Gebrüll schwoll an, wurde lauter und lauter, trieb die Krähen aus den Wiesen, die mit klatschenden Flügeln aufrauschten, über die Köpfe derer hinweg, die noch immer reglos dastanden und starrten, und ließ ihnen das Blut in den Adern gefrieren.

Lichtfell oben, von seinem Reiter getrennt, stieß ein schrilles Gewieher aus und stieg mit schlagenden Hufen. Er kreiselte in der Menschenflut wie ein treibendes Stück Holz und raste, als er endlich freikam, voll Entsetzen davon. Die ihm nachschauten, hätten es ihm gerne gleichgetan. Die Bergleute standen da mit bleichen Gesichtern, in denen sich tausend widerstreitende Gefühle spiegelten. Ihre Münder waren zusammengepresst, ihre Wangen bebten, ihre Lider flatterten. «Halev?», flüsterte einer. Wanek packte die Axt fester. Er schüttelte den Kopf. «Mutter, steh uns bei», raunte ein anderer.

Waneks Augen waren weit aufgerissen, seine Hände schwitzten. «Es ist nichts», sagte er mit zitternder Stimme, «nur die Dunkelheit. Seht ihr die Dunkelheit? Hört ihr ihre Stimmen?» Er nickte sich selbst zu. Ja, da war sie: die Schwärze des Bösen, die jeder Bergmann kannte. Warum sollte er sie mehr fürchten, nun, da er ihr am hellen Tag begegnete? Noch einmal holte er tief Atem. «Bergmann, ans Licht!», brüllte er den alten Gruß. Seine Kameraden nahmen ihn auf und schüttelten ihre Waffen.

Als hätte sich in ihnen etwas gelöst, stieg nun auch aus den Kehlen der Übrigen ein Schrei. Selas Mann hob das Schwert und brüllte wie ein Tier, und seine Nachbarn und Verwandten taten es ihm nach. Die Bauern aus dem Weidendorf, um ihren sehr jungen Anführer geschart, starrten auf den heranrasenden Tod und ließen ein Grollen aus ihren Bäuchen steigen, das ihre Brustkörbe und Kehlen füllte, in ihre Köpfe stieg, ihre Gedanken auslöschte und ihr Ich hinwegfegte in einem einzigen langen Atemzug.

Sie bebten wie Hunde an den Leinen, wenn das Wild auf war, und Merendis fühlte, es lag an ihr, den Knoten zu lösen. Alle warteten auf das Signal der Herrin vom Zeigerberg. Ihr vertrauten sie. Sie war es, die das Zeichen geben musste. Aber das bin nicht ich, dachte Merendis. Unsicher sah sie sich um. Ihr Vater stand vor ihr, sie kannte ihn nicht mehr. Er spie seine Schreie dem Feind entgegen, sein Rücken bebte, der Hammer in seiner Linken fuhr auf unsichtbare Köpfe nieder, das Schwert in der Rechten stach durch die Luft. Merendis dachte an den Mann, den sie noch am Morgen gesehen hatte, mit müden, geröteten Augen und zerwühlten Haaren, gezeichnet von schlaflosen, durcharbeiteten Nächten, und sie verspürte mit einem Mal Angst um ihn. Um ihn und alle, die ihr nahe waren. Die jetzt noch hier standen und atmeten, zitterten, hofften wie sie. Die lebten. Gab es etwas, das mehr zählte? «Oh Mutter, steh uns bei», stöhnte sie leise.

Schon waren die Gesichter der Feinde zu erkennen, schon begannen die Männer auszuschauen nach dem, der ihr Gegner werden würde, dem sie entgegenstürzen, mit dem sie sich verschlingen und mit all ihrer Kraft um ihr Leben ringen würden. Merendis konnte sie vor sich sehen, die angespannten Arme, die krallenden Finger, das Blut, wie es spritzte, Haar, ausgerissen, Glieder im Staub, verdrehte Augen. Sie hörte bereits das Keuchen, Ächzen und Todeswimmern, sie roch den Schweiß. «Mutter», flüsterte sie.

«Auf sie!», kam von irgendwoher der Ruf, hoch, dünn, aus einer verkrampften Kehle, halb irre vor Erregung.

Merendis riss den Arm hoch und hielt so die Bewegung noch einmal auf, die durch ihre Männer wogte. «Nein!», rief sie, blickte gehetzt um sich und verlangte dann: «Die Bogenschützen! – Bogenschützen!», rief sie lauter, als sie spürte, wie unsicher ihre eigene Stimme geklungen hatte. Sie atmete durch und legte den Kopf in den Nacken. «Ihr!», rief sie dann fester und wies auf die verwirrt dreinblickenden Figuren auf den Pferden, die schon dabei gewesen waren, abzusitzen und die leichten Bogen gegen die Nahkampfwaffen zu tauschen, um sich, wie es der Brauch war, in das Gewimmel des Kampfes Mann gegen Mann zu stürzen. Es dauerte einen Moment, bis sie begriffen.

«Reitet an und schickt alle Pfeile gegen sie, die ihr habt», befahl Merendis. «Dann: beiseite!» Sie wedelte mit den Armen und wandte den Kopf über die Schulter. «Noch Pfeile? Bogen? Wer hat einen Bogen?» Sie zwang die Männer, sich vor die Schlachtreihe zu knien und abzuwarten.

«Erst, wenn sie heran sind.» So lautete ihr Befehl. «Auflegen! Spannen!» Sie hob den Arm und verharrte atemlos.

Jetzt konnte sie ihre Gesichter sehen, jetzt ihre aufgerissenen Münder, jetzt das siegessichere Grinsen. Da war Horach, seinen Stumpf erhoben, seine Zähne gebleckt, als wolle er sie ihnen ins Fleisch schlagen. «Schießt!», brüllte Merendis und hatte das Gefühl, es war nicht ihre Stimme, die da erklang. Nichts Menschliches war mehr daran. Sie sah Arme hochfliegen, aufgerissene Augen, Schreie, lautlos im allgemeinen Lärm. Dann kam der Aufprall, Körper gegen Körper, Waffen klirrten auf Waffen, Nägel krallten in Fleisch. Auch Merendis schlug, zerrte, hackte, zog, rannte, schrie und wusste von sich immer weniger.

«Was war das?» Elin hob den Kopf. Auch Bela lauschte. Was der Wind zu ihnen trug, klang fern und dumpf, ein dunkles Rauschen, das sich wie Wolkenschatten auf die Felder legte.

«Es hat angefangen.»

Sie zögerten beide keinen Moment. Einander die Arme um die Schultern schlingend, sich gegenseitig stützend und ziehend, humpelten sie über die Stoppeln, über Bodensenken, durch Buschwerk, stetig dem Lärm entgegen, aus dem nun immer öfter einzelne Schreie stiegen. Ein Mann taumelte ihnen aus einer Schlehenhecke entgegen, streckte die Arme nach ihnen aus – bittend?, drohend? – und sank um.

«Wer war das?», keuchte Bela.

«Weiß nicht.» Elin bückte sich im Laufen und hob das Schwert des Toten auf. Sie schaute sich um. «Dort!»

Hinter einem holunderumwucherten Felsband wurde die erste Gruppe Kämpfer sichtbar, zwei Bauern, die sich mit ihren Spießen gegen einen wilden Mann mit Eberkopfhelm wehrten. Elin duckte sich und zog Bela mit sich auf die andere Seite. Als sie sich wieder aufrichteten, lag das Schlachtfeld vor ihnen. «Geht es noch?», fragte sie besorgt.

Bela nickte. «Dort drüben ist Wanek. Wanek!», rief er. Elin war gleich ihm aufgesprungen und winkte.

Der Bergmann, der mit seinen Gefährten zwei der Krieger vom Hügel eingekreist hatte und auf sie einzudringen im Begriff war, wandte sich um und kam, als er sie bemerkte, herübergelaufen. Elin überließ es ihm, Bela zu stützen, und richtete sich auf. «Bring ihn ins Dorf!», befahl sie. «Er ist verwundet.»

Wanek nickte. Ehe sie sich wieder Bela zuwenden konnte, fuhr ein Speer zwischen sie und sprengte sie auseinander. «Ins Dorf», brüllte sie Wanek noch einmal zu, ehe sie sich zur Seite warf, um dem Krieger auszuweichen, der stolpernd auf ihre Gruppe losging. Sie hob das Schwert, doch er fand einen anderen Gegner, umarmte ihn mit Gebrüll und wälzte sich kurz darauf mit ihm im Staub. Elins Herz klopfte. Sie schaute sich um und entdeckte Bela und Wanek, schon ein Stück weiter weg. Zaghaft winkte sie. Ein Pferd galoppierte vorbei und nahm ihr die Sicht. Es blutete aus einer langen Wunde am Bauch. Seine Gedärme wickelten sich um die Hufe. «Springer, nein», murmelte Elin mit wachsendem Entsetzen, «nein, nein. Nein!» Das letzte Nein brüllte sie. Ohne weitere Rücksicht rannte sie mitten zwischen die Kämpfenden. Sie suchte Merendis, suchte Sternauge, ihre Stute. «Lass sie am Leben, Mutter. Bitte lass sie am Leben», flehte Elin.

Sie schlug nach rechts und links, wurde selbst kaum berührt, rannte, kämpfte, floh, hielt immer wieder Ausschau. Einen Teil des Feldes durchquerte sie wie eine Schlafwandlerin, unbehelligt, als gehöre sie einer anderen Welt an. Fast vergaß sie schon, auf ihre Deckung zu achten. Dann kam der Stoß. Sie wurde von den Füßen gefegt, ohne es zu begreifen. Ein unerträgliches Gewicht stürzte auf sie, nahm ihr die Luft, drohte sie zu zermalmen. Die Kämpfenden beachteten sie nicht, mit allen Sinnen beschäftigt, einander das Leben aus dem Leib zu reißen, wälzten sie umher. Elin spuckte Staub aus und schrie, drängte mit beiden Händen gegen den fremden Rücken und krümmte sich. Das Schwert wurde ihr aus der Hand gedreht; schmerzhaft drückte es sich in ihren Leib, ehe sie es endlich losließ. Einen Moment tasteten ihre Finger suchend umher. Dann krallten sie sich um einen Stein. Elin schloss die Augen, als sie zuschlug, einmal und noch einmal. Sie würde das Geräusch nie vergessen. Als sie die Augen wieder öffnete, blickte sie in das Gesicht von Skelt.

77.

Er streckte die Hand aus und zog sie hoch. «Skelt.» Mehr brachte Elin nicht heraus. Der Schmied blutete aus einer Wunde an der Schulter, seine Wange war aufgerissen, sein Haar steif von Blut. Mit offenem Mund starrte er sie einen Moment lang an. Dann gab er dem Toten zwischen ihnen einen Tritt.

«Skelt, wo ist Merendis?»

Es dauerte, bis der Schmied den ganzen Sinn ihrer Frage erfasste. Nichtverstehen, Ahnung, Unglauben zogen über sein Gesicht. Schließlich senkte Elin die Augen. Er griff nach ihrem kurzen Haar. «In ihrer Hütte. Dachte ich», stieß er hervor.

Er spuckte aus. Dann wandte er sich ab. «Merendis!», brüllte er, während er über das Feld stürmte. In seiner Stimme lag das Elend eines verwundeten Tieres. Elin folgte ihm und stimmte in seine Rufe ein.

Es wäre ein Wunder gewesen, wenn Merendis sie gehört hätte. Aber Sternauge vernahm die Stimme ihrer Herrin, in all dem Getöse, dem schrecklichen Geruch nach Blut und der Panik vernahm sie die Laute, denen sie am meisten auf der Welt vertraute. Sie stellte die Ohren und den Schweif auf, wieherte und warf sich so plötzlich herum, dass Merendis sich nur noch an ihrer Mähne festhalten konnte. Der Hieb des Schlangenkriegers ging ins Leere, er stolperte. Auf den Knien liegend, blickte er verblüfft dem fliehenden Pferd nach, das seine Reiterin herumschüttelte, die schützend die Arme vor das Gesicht hob, als sie unter den niedrig hängenden Zweigen eines Birnbaumes hindurchpreschten. Ihr Haar verfing sich darin und blieb zurück wie ein geschlagenes Feldzeichen.

«Sternauge!», rief Elin erleichtert. Mit einem Satz schwang sie sich hinter Merendis auf. Sie schaute sich nach Skelt um, aber er war bereits wieder verschwunden. Aus der Leiche eines Mannes zog Elin einen Speer und reckte ihn wie ein Siegeszeichen.

«Du lebst», stammelte Merendis und klammerte sich an Sternauges Hals.

Elin legte den Kopf zurück. «Leben!», brüllte sie. Was gab es sonst?

«Aber sie hat gesagt, ins Dorf», wagte Wanek einzuwenden.

Bela schüttelte den Kopf. Seine Linke blieb ausgestreckt. «Mein Schwert», verlangte er zum wiederholten Mal. «Du hast es doch?»

Widerstrebend hob der Bergmann die Waffe, die er für den Freund in Verwahrung genommen hatte, und drückte sie ihm in die Hand. Bela umfasste sie zufrieden. Skelt hatte ihm diese Klinge geschaffen, seine Kraft lag darin, sein Glaube an ihn. Und er selbst hatte all seine Hoffnungen in ihren Guss gelegt, seine Liebe und seinen Hass. Jetzt war alles gut. Bela öffnete die Augen. «Horach!», brüllte er über das Feld.

Der Anführer der Gehörnten Schlange hörte ihn. Er hob den Kopf und wandte ihm das Gesicht zu, das der Helm zu einer grotesken Maske machte. Bedrohlich hungrig ragten die Zähne neben seinen Wangenknochen hervor und schienen nach seinen Gegnern schnappen zu wollen. Horach grinste, als er sah, wer auf ihn zukam, hinkend, aber entschlossen. Nicht einen Augenblick schien er verwundert, dass der Mann, der eben noch sein Gefangener gewesen war, ihm nun mit einer Waffe in der Hand gegenüberstand. Er umfasste sein Schwert und grüßte seinen Gegner ironisch mit dem Stumpf.

Bela erwiderte die Geste durch ein vages Schlenkern seines nutzlos gewordenen Arms.

Horach nickte. «Nur fair, schätze ich», gab er zu.

«Diesmal werde ich dir den Kopf abschlagen», knurrte Bela.

Horach schnalzte missbilligend mit der Zunge. Sein Blick aber blieb konzentriert, als er sich vorneigte. «Und ich», sagte er leise und fletschte seine Zähne, «werde mein Versprechen wahr machen und dich Stück für Stück verspeisen.»

Ausdruckslos schaute Bela ihn an.

Wanek zuckte heftig zusammen, als die beiden Klingen aufeinanderklirrten. Er hatte die Bewegung nicht kommen sehen. Die beiden Gegner starrten einander in die Augen, ihre Arme zitterten vor Anstrengung. Bela gab als Erster nach und trat einen Schritt zurück, was Horach ein Grinsen auf das Gesicht zauberte. Sofort drängte er nach und suchte seinem Gegner den Schwertgriff ins Gesicht zu rammen. Aber Bela wich aus und zielte nach seiner ungeschützten Flanke. Er hatte nicht ausholen können, und die Klinge schnitt nur oberflächlich durch das Lederhemd ins Fleisch.

Horach lachte. Erneut hob er sein Schwert. Eine Weile kreuzten sie die Waffen ohne Ergebnis, dann verließ Bela für einen Moment die Kraft. Horachs Klinge rutschte ab und traf ihn an der Wade. Mit einem Stöhnen ging Bela in die

Knie. Er schaffte es noch, Horachs Handgelenk zu umklammern, um seinen Feind mit sich zu ziehen. Dadurch geriet auch Horach, der schon triumphierend aufgeschrien hatte, aus dem Gleichgewicht. Zuckend wälzten sie sich über den Boden.

Bela kam oben zu liegen, doch er hatte sein Schwert verloren. Mit seinem ganzen Gewicht versuchte er verzweifelt, den Schlangenkrieger niederzuhalten. Seine freie Hand krallte sich um Horachs, der nach seiner Waffe tastete, während er ihm den Stumpf gegen die Kehle drückte. Bela würgte und hustete; es wurde ihm schwarz vor Augen.

Er ließ Horach los und stieß den Stumpf beiseite, ehe er ohnmächtig wurde. Dann bog er den Kopf zurück und tat in seiner Verzweiflung das Letzte, was ihm noch möglich war: Er hieb seinen Kopf mit voller Wucht gegen Horachs Nase. Der schrie auf und ließ das Schwert wieder fallen, das er soeben, seine Chance nutzend, ergriffen und gegen Bela gehoben hatte. Es fiel auf seine Brust.

Bela, am Ende seiner Kräfte, stemmte seine Knie gegen die Klinge, während er mit Horach rang. Stück für Stück rutschte es auf die Kehle des Schlangenkriegers zu. Doch der gab nicht auf. Seine Augen fixierten Bela, sein Leib bäumte sich unter ihm. Sein freier Arm stemmte sich gegen Belas, der Zentimeter für Zentimeter nachgab. Schon bleckte Horach die Zähne, seine Augen funkelten in siegesgewissem Hass zwischen den scharlachroten Streifen von Blut, die sein Gesicht überzogen. «Ich werde dich …», stieß er heiser hervor.

Da fraß sich die Bronze in seinen Hals. Bela bäumte sich ein letztes Mal auf. Er verbiss sich den Schmerz, als die Klinge in seine Schenkel fuhr. Er ließ nicht ab. Horachs Arm begann zu zittern, seine Lippen verzerrten sich. Das Blut schoss bereits über seine Lippen, als ein Zittern ihn durchlief, doch sein Blick ließ Bela nicht los. Er starrte ihn noch an, als dieser aufstand, sich mühsam bückte, die Klinge hob und mit ihrem ganzen Gewicht noch einmal auf den Hals seines besiegten Gegners herabsausen ließ. Ein einziger Schlag trennte Horachs Kopf vom Rumpf.

Mit einem irren Triumphschrei stürzte Wanek vor, packte den Schädel an den Haaren und riss ihn hoch, um ihn den Kämpfenden zu zeigen. Neue Kraft durchströmte die Bergleute, als sie sich wieder ins Getümmel warfen. Der abgeschlagene Kopf der Gehörnten Schlange tanzte ihnen voran und versetzte ihre Feinde in Schrecken.

Bela blieb neben dem Rumpf zurück, der blutig, nichtssagend und still geworden war. Orin, dachte er, Vater. Er schloss die Augen. Horachs Gesicht war noch da, mit diesem Blick, starr und wild, blutig und unversöhnt. Er leuchtete aus der weißrot gestreiften Maske wie Edelsteine im Antlitz eines Götzen, ehe er ferner wurde und blasser und schließlich in der Dunkelheit versank. «Bergmann, ans Licht», murmelte Bela. Und er begann, auf das Dorf zuzuhumpeln.

78.

Am Abend war alles vorbei. Ein paar von Idris' Männern hatten es bis zum Dorf geschafft und eine Hütte in Brand gesteckt. Es qualmte schwarz in den Abendhimmel, Kühe lagen verreckt auf dem Hof, ein kleiner Junge hockte weinend neben der Leiche eines Kalbes und streichelte sein lockiges, verklebtes Fell.

Die Leute vom Zeigerberg hatten ihre Toten aufgebahrt. Selas Mann hockte mit hängendem Kopf neben den Leichen von vier seiner Nachbarn. Ein fünfter legte ihm begütigend die Hand auf die Schulter, seine Frau drängte sich an ihn. Aber Hons blieb untröstlich. Er wusste nicht, wie er das den Witwen beibringen sollte.

Auch die Verbündeten hatten sich um ihre Gefallenen geschart, manche klagten, andere beteten. Die Menschen vom Weidendorf waren still. Ihr junger Anführer hielt die Hand eines älteren Mannes, die kalt und schlaff in seinem Griff hing.

Elin trat zu ihm. «Ihr wart heute sehr tapfer», sagte sie. «Sehr tapfer.» Sie nickte ihm zu. In der Tat hatten die Männer gekämpft wie Berserker, mit einer Entschlossenheit und einem Mut, die niemand in den schlichten Bauern vermutet hätte. Der junge Mann richtete sich kerzengerade auf. «Wir sind keine Hungerleider mehr», sagte er voller Trotz, «keine ewigen Bittsteller.» Tränen traten ihm in die Augen, als er das friedliche Gesicht des Toten betrachtete, der diese stolzen Worte nun nicht mehr hören konnte. «Ab heute kann das niemand mehr von uns sagen.»

«Es hat nie jemand gesagt», erwiderte Elin sanft. «Und es wird nie jemand etwas anderes behaupten, als dass die Männer des Weidendorfes tapfer sind und treu. Ich danke euch.» Er senkte den Kopf. Elin setzte ihre Runde fort, grüßte ihre Verbündeten, dankte und tröstete, entließ diejenigen, die es nach Hause zog, gab Versprechen ab, erneuerte Bündnisse, machte Geschenke. Sie verweilte bei den Menschen und bei dem toten Pferd, das wie einer der Ihren auf einer Decke lag und mit Blumen bedeckt war. Kinder hockten trauernd neben seinem Kopf. Elin fand auch für sie ein paar Worte.

Lange blieb sie bei den Bergleuten, die sich um Bela geschart hatten und müde vor sich hin starrten. Noch gelang es ihnen nicht, die Zukunft zu sehen. Sie sahen Hamar vor sich und Ogden und die Toten von heute, die vor ihnen lagen, schmutzbedeckt, als wären ihre Leichen einem stürzenden Berg entrissen worden. Nicht einmal Wanek gelang es, sich seines berauschenden Tanzes am nächtlichen Feuer zu erinnern. Als Elin herantrat, stand er auf und grüßte sie mit der Ehrerbietung, die er Halev abgeschaut hatte. Sie bemühte sich, Bela nicht anzusehen, während sie den anderen vom Tod ihres Anführers berichtete. Auch ihr legte sich die Traurigkeit auf die Brust. Sie tröstete auch sich selbst mit dem Versprechen, die Grotte zu versiegeln und in ein unverletzbares Grab zu verwandeln. Ihre Stimme wurde wieder fester. Mit wachsender Zuversicht leistete sie ihre Eide und gab den Verbündeten, was ihnen Bela zugesichert hatte. Sie galten nun als eigenständige Siedlung unter dem Schutz des Zeigerberges. Sie hatten das Recht, zu schürfen und Handel zu treiben. Nur eine jährliche Abgabe würde an das Orakel gehen, die nach den Erträgen zu verhandeln war und Skelt ausgehändigt werden würde. Bela wäre ihr Sprecher beim Orakel in allen Belangen.

Bei diesen Worten schaute sie Bela zum ersten Mal in die Augen und nickte leicht. Ja, signalisierte sie ihm, der Schmied lebte, sein Freund Skelt weilte noch unter ihnen. Sie sah die stille Freude, die bei dieser Nachricht in ihm aufstieg.

Lange schaute Bela ihr nach, als sie den Platz verließ, während rings um ihn die erschöpften, schmutzigen Männer einander in die Arme fielen, lachend und weinend. Und er dachte daran, dass sie, die dort ging, die dies alles geschaffen hatte, ihm gehörte, ihm allein. Es war beinahe mehr, als er begreifen konnte. Hier, inmitten all dieser Menschen, die sich um sie drängten und sich bemühten, wenigstens einen kurzen Blick, ein Wort von ihr zu erhalten, ihre Kleider oder ihre Hand zu berühren, kam ihm das noch unwirklicher vor als in der Knochenhöhle, aus deren Schoß sie beide wieder in das Licht des Tages zurückgekrochen waren mit dem Versprechen, einander zu gehören. Sie war eine Priesterin, sie war die Herrin vieler Menschen. All das hatte sie zurückgelassen, um in die Burg zu kommen und ihn zu retten. Und hatte doch alles dabei gewonnen. Er bewunderte sie für das eine wie für das andere. Und er liebte sie.

Bela trat einen Schritt beiseite, um sie länger im Blick behalten zu können. Dort stand sie, mit ihrem Sohn. Hieß er nicht Ban? Sie ließ ihn von ihrem Arm und diskutierte mit den Menschen dieses Dorfes. Richtig, er erinnerte sich, sie hatte ihnen den Knaben als neues Oberhaupt versprochen. Der alte Herr vom Hügel war ja sein Vater. In diesem Moment klickte etwas in Belas Kopf. Der Herr des Hügels, das war der, der sie vergewaltigt hatte, vor ihm war sie in die Höhle geflüchtet, in der er sie gefunden hatte. Dort aber hatte sie kein Kind gehabt. Bela fluchte verdattert und begann zu rechnen.

«Ist es dir auch schon aufgefallen?», fragte Merendis, die leise an seine Seite getreten war und gemeinsam mit ihm zusah, wie Elin den Dörflern klarzumachen versuchte, dass künftig sie alle, das ganze Dorf, auf dem Hügel und in der Sicherheit seiner Palisaden leben sollten. Sie selbst wären künftig die Menschen vom Hügel. Kein Herr würde über ihnen thronen, bis Ban, wenn er alt genug wäre, käme, wenn sie ihn riefen. Es gab viele Fragen, viel Unglauben. Elin ereiferte sich und gestikulierte. Ban an ihrer Seite wurde es bald langweilig, er begann, sich umzuschauen. Bela zuckte zusammen, als er den Blick des Jungen auf sich fühlte.

«Ja, allerdings», bestätigte Merendis, die seinem Blick folgte. «Er hat grüne Augen.»

Erschüttert von seiner Entdeckung, wandte Bela sich ihr zu. Seine Lippen arbeiteten in dem Versuch, das Ausmaß dieser neuen Erkenntnis zu erfassen. Es dauerte lange, bis er seine frühere Geliebte wirklich wahrnahm. «Ich», begann er und schwieg, als er ihre schwarzen, traurigen Augen sah.

So vieles ging ihm durch den Kopf, all das, was zwischen ihnen geschehen und nie ausgesprochen worden war. Bela biss sich auf die Lippen. Endlich bemerkte er, dass sich ihre Hände um einen Fetzen Tuch verkrampften. Wieder und wieder wand sie es, als wolle sie es auswringen. Und ihr Blick wanderte unstet über die Lager der Verwundeten, so als wüsste sie schon, dass sie nicht finden würde, was sie suchte. Richtig, da fiel es ihm ein: Pau war nicht zu ihnen zurückgekehrt. Der Anblick ihrer Qual tat ihm weh. Er kannte Merendis nicht anders als still und beherrscht. Schließlich brachte er heraus: «Es tut mir leid.»

Sie senkte den Kopf. Bela zögerte einen Moment, dann legte er ihr den Finger unter das Kinn, das vom Saum ihrer kurzen, sich um den Kopf bauschenden Locken umspielt wurde. Er zupfte freundschaftlich daran, und sie bemühte sich, die Geste mit einem Lächeln zu erwidern. «So kurz, tja.» Sie zuckte entschuldigend mit den Schultern. «Es war ja für einen guten Zweck.»

Bela nickte. «Sie haben ihn nicht gefunden?», fragte er dann unvermittelt.

Merendis erstarrte für einen Moment. Dann nahm sie seine Hand fort und schüttelte den Kopf. «Moan sucht noch immer das Pferd», sagte sie. Ihr Mund verzog sich, und aus ihren Augen schossen Tränen. «Kinder», brachte sie mit zitternder Stimme heraus.

«Mama, Mama!» Sie hob den Kopf, als sie die Stimme ihres Sohnes vernahm. «Mama!» Moan rannte über den Platz, so schnell ihn seine Beine trugen. Hätte Bela ihn nicht aufgefangen, wie bei ihrer ersten Begegnung, er hätte sie beide umgerannt. «Mama, ich habe Lichtfell gefunden!»

«Das ist schön.» Merendis bemühte sich um Beherrschung, musste sich aber abwenden, damit er ihr verweintes Gesicht nicht sah.

Moan wurde ungeduldig und zupfte an ihrem Kleid. «Aber Mama, Pau hängt dran.»

«Was hast du da gesagt?» Sie fuhr herum, ging in die Knie und packte den Jungen so fest bei den Armen, dass er erschrocken die Augen aufriss.

«Er», begann er stammelnd, «er hängt so mit dem Fuß im Zügel fest, weißt du. Ich hab's nicht abgekriegt.» Der Ausdruck stolzer Freude in seinem Gesicht erlosch. Jetzt begann seine Unterlippe zu zittern.

Merendis drückte ihn an sich und verbarg ihr Gesicht in seinen Haaren. «Es ist gut», murmelte sie. «Es ist ja gut, du kannst nichts dafür.» Mit aller Kraft kämpfte sie gegen den Schrei an, der aus ihrer Brust steigen wollte. Sie richtete sich auf und strich ihr Kleid glatt.

Bela hielt sie am Arm fest. «Nicht», bat er. «Du weißt nicht, was für ein Anblick es sein wird.»

Sie schaute stolz zu ihm auf. «Ich bin eine Heilerin», sagte sie. «Ich habe schon viele Verwundete gesehen. Und auch Tote.» Sie schluckte. «Du hättest dich damals sehen sollen», setzte sie um einen Scherz bemüht hinzu.

Bela verzog mitleidig das Gesicht. «Bitte», wiederholte er. «Tu dir das nicht an.»

«Mama?» Wieder war es Moan, der an ihrem Kleid zog. «Kannst du dich beeilen, bitte? Er hat gesagt, wenn ich nicht schnell jemanden hole, dann versohlt er mir den Hintern.»

Ein Leuchten brach durch Merendis' Augen. Sie schrie auf, hob ihren verwirrten Sohn hoch, wirbelte ihn herum und rannte dann, ihn an der Hand hinter sich herziehend, in die Richtung, aus der er gekommen war.

«Wo will sie hin?», fragte Elin. Sie hatte ihre Runde beendet und war zu ihm zurückgekehrt. Eine Menge Arbeit lag noch vor ihnen, und sie war müde. Müde, aber glücklich, trotz all der Traurigkeit ringsum. Und sie wusste, den anderen ging es ebenso. Denn sie standen vor einem neuen Anfang. Und sie konnten ihn gestalten. Der Gedanke ließ ihr Herz schneller schlagen. Schüchtern, weil es noch so ungewohnt war, schob sie ihre Hand um Belas Hüften. Bei allem, was sie miteinander schon erlebt hatten, hatte selbstverständliche Vertrautheit nicht dazugehört.

Zu ihrer Erleichterung und ihrem Entzücken zog er sie an sich. Mit dem Kinn wies er auf die forteilende Merendis. «Sie geht nach Hause», sagte er.

«Nach Hause.» Sie seufzte. «Ein schöner Gedanke.»

In diesem Moment ließ Bela sie los und ging in die Knie. Er nahm den Jungen, der neben ihnen stand, bei den Schultern und schaute ihm lange ins Gesicht. «Und du bist also Ban», sagte er.

«Ja», antwortete Elin leise an seiner Stelle. «Das ist Ban.» Die Tränen liefen ihr über die Wangen, als er sie anschaute, sie konnte sie nicht zurückhalten. Aber sie lächelte. Vielleicht niemals zuvor in ihrem Leben war sie so glücklich gewesen.

VI.

Das Flüstern des Abendsterns

79.

Die Gruppe der Kinder, die am Fuß des Zeigerberges um einen älteren Mann herum lagerte, war ganz in ihr Spiel vertieft. Sie hatte keinen Blick für das schöne Sterben des Tageslichts, das sich golden über die Wiesen ergoss und ihr Grün beinahe unwirklich leuchten ließ. Sie bemerkten nichts vom hohen Flug der Schwalben, auf deren schlanken Körpern ein Hauch des Abendrotes sich rosig spiegelte, während sie schon die Nacht unter den Flügeln trugen. Sie wandten den Rauchsäulen, die von den Herdfeuern des Dorfes heimelig aufstiegen, ebenso den Rücken zu wie dem Felsenband, das seine Schattenlinie über die Ebene schob und den ersten blassen Stern auf sich trug wie den Stein in einer Krone.

Auch den vom Golddunst des Augenblicks geisterhaft umwobenen Pferdegestalten der großen, still zwischen Licht und Dunkel ziehenden Herde schenkten sie keine Beachtung. Nicht ihrer Schönheit, nicht ihrem Frieden. Ihr Hufschlag vermengte sich mit dem Zirpen der Grillen zur sanften Musik dieses Abends, den sie auf ihren geschwungenen Rücken trugen.

«Schnitz jetzt den Wagen, Großvater», verlangte Moan ungeduldig.

Skelt, den seine übergeschlagenen Beine zu schmerzen begannen, ächzte protestierend und ließ seine Knochen knacken, aber er gehorchte. Und er lächelte dabei.

«Nein, nicht so», berichtigte Moan ihn. «Mit nur zwei Rädern und einer anderen Deichsel, schau.» Er erklärte dem Schmied und seinen Kameraden, was er meinte. Als ein schwarzes Fohlen neugierig herbeikam, schlang er ihm den Arm um den Hals und machte auch ihm wortreich klar, wie er sich die Sache gedacht hatte. Das Fohlen schüttelte den Kopf und spielte mit den Ohren.

Ysan drehte an ihren rotblonden Haaren und sagte nichts. Ban hing an ihrer Seite seinen Gedanken nach. «Du solltest die Reifen beschlagen», warf er schließlich ein.

«Womit?», erkundigte Skelt sich interessiert anstelle seines Enkels. Er hatte schon festgestellt, dass der Junge einen Kopf hatte für Dinge, die einen Schmied interessierten. Möglich, dass etwas in ihm steckte, etwas Großes. Er hatte bereits mit Bela gesprochen, und der schien nicht abgeneigt, seinen Sohn die Narben tragen zu lassen. Schon jetzt bedauerte Skelt den Zeitpunkt, da sein kleiner Gehilfe ihn verlassen würde, um auf den Hügel zu Elins Leuten zu ziehen, und er erwog im Stillen, mit ihm zu gehen, wenn es so weit wäre. Einen guten Schmied würden sie dort immer gebrauchen können. Und auch den Minen wäre er dann näher. Sicher, sich von Merendis zu trennen würde ihm schwerfallen. Aber sie war glücklich an Paus Seite und ging ganz in ihrer Beschäftigung als Heilerin auf. Sie brauchte ihn nicht mehr. Skelt dachte an vergangene Zeiten und seufzte. Vielleicht würde er es tun. Wenn er dann nicht ein alter Mann wäre und sich um solche Dinge nicht mehr scherte.

Er nickte versonnen vor sich hin. Da bemerkte er Pau, der über die Weiden näher kam und bereits die Hand hob, um ihm zu winken.

«Vater», begrüßte der Priester den Schmied und fügte ohne Umschweife hinzu: «Die Abordnung mit dem Erz ist da.»

In Skelt kam Leben. Er erhob sich und reckte seine Glieder. «Gut, gut. Dann werden wir mal sehen, was der alte Wanek uns dieses Jahr zu bieten hat.» Erwartungsvoll schaute er zum Dorf hinüber. «Letztes Jahr hat er meine Erwartungen übertroffen.» Und er erging sich in Ausführungen über die Qualität des Kupfers, zu denen Pau von Zeit zu Zeit höflich den Kopf neigte. Er schien konzentriert, aber nach einer Weile blinzelte er den wartenden Kindern zu. Er wusste, dies hier würde noch lange nicht enden.

«Na gut», meinte Moan resigniert an seine Mitspieler gewandt, «dann schnitze ich eben weiter.» Er schob das zudringliche Pferd, das er bisher liebkost hatte, bedauernd weg und schaute sich um. «Wo ist das Messer? Ach, verdammt.»

«Hier», erwiderte Ban, ohne hinzusehen. Gedankenverloren, wie es schien, fuhr er mit der Hand über das hohe Gras. Irgendwann hielt er inne und griff hinein. Und tatsächlich lag das Messer auf seiner Handfläche.

«Wie hast du das gemacht?», fragte Pau verblüfft.

«Habt ihr es denn nicht gesehen?» Ban runzelte verwirrt die Stirn.

«Spinnst du?», fragte Moan. «Es war doch völlig versteckt.»

«Ja, aber, das Beben …» Ban suchte nach den richtigen Worten.

«Beben?» Pau, der Skelt nur mit halbem Ohr gefolgt war und den Vorgang aus den Augenwinkeln beobachtet hatte, ignorierte den Redefluss des Schmiedes und ging vor Ban in die Knie. «Du hast ein Beben gesehen?»

«Vielleicht ist es auch eher ein Klang», meinte Ban, unsicher geworden. «Könnt ihr das denn nicht hören? Ich meine, jedes Erz hat doch seine Stimme. Das eine brummt, das andere surrt, manche singen so seltsam hoch, dass man es in den Fingerspitzen fühlen kann.» Nachdenklich rieb er sich über die erwähnte Stelle. «Manche sind leise, andere ganz laut. Ich kann sie unter meinen Füßen fühlen, wenn ich gehe, überall.» Er schaute sich erst um, dann wies er auf Skelt. «In seinem Lager gibt das manchmal einen ganz schön vielstimmigen Lärm.» Er lächelte entschuldigend.

«Hmm.» Nachdenklich richtete Pau sich auf. Er würde mit der Herrin über das hier reden.

Skelt legte ihm die Hand auf die Schulter. «Wir müssen los», sagte er.

«Lärm», äffte Moan Ban nach, als die beiden Männer sich ein wenig entfernt hatten, «in einer Schmiede. Und mit so etwas versuchst du anzugeben?» Er schüttelte seine Locken und grinste. Ban nahm es nicht übel, und bald waren die drei Kinder wieder in ihr gemeinsames Spiel vertieft, diskutierten, planten und bauten an ihrer Skulptur. Ban hob erst wieder den Kopf, als er die Stimme seiner Mutter hörte.

«Oje», stöhnte er, «jetzt soll ich bestimmt wieder auf die Nervensäge aufpassen.»

Tatsächlich hatte Elin, die an Belas Seite herangeschlendert kam, seinen kleine Bruder auf der Hüfte sitzen. «Ich möchte, dass du dich ein wenig um ihn kümmerst», sagte sie und wies seinen Protest energisch zurück. «Dein Vater und ich wollen eine Weile allein sein.»

Ban lenkte ein. «Na schön. Komm her, Halev», sagte er nicht unfreundlich zu dem Kleinen, der freudig gurrend die Arme nach ihm ausstreckte. «Aber mach uns nichts kaputt.»

Bela hockte sich hin, um das Kunstwerk der Kinder zu bewundern. Mit wachsendem Erstaunen sah er ein Pferd, dass einen zweirädrigen, leichten – man sollte meinen, viel zu leichten – Wagen zog. Darauf standen zwei Männer, einer hielt die Zügel, dem anderen bemühte Moan sich eben, ein Schwert zu schnitzen. Nachdenklich betrachtete Bela die Figur.

«Ich habe schon gesagt, ein Bogen wäre besser», warf Ban ein und versuchte, Halevs neugierige, zerstörerische Händchen fernzuhalten.

«Wir nennen es Streitwagen.» Das war Ysans klare Stimme, die wie immer keinen Zweifel daran ließ, dass es war, wie sie sagte.

«Streitwagen», wiederholte Bela nachdenklich. «Interessant.»

Elin war zu den Pferden gegangen. Sie begrüßte Sternauge, die freudig herangetrabt kam, und liebkoste die Stute, an deren Seite ein kleiner Hengst tänzelte. «Na?», fragte Elin zärtlich und zog einen Apfel hervor. «Hängt er immer noch wie eine Klette an dir? Heh, du», wandte sie sich an Sternauges Sprössling, der vorwitzig seinen Kopf zwischen sie schob und an die Frucht zu kommen versuchte. «Das ist für deine Mutter, verstehst du?» Sie spannte ihn noch eine Weile auf die Folter, indem sie ihm seine Beute immer wieder spielerisch entzog, was ihn zu aufgeregtem Mähnenschütteln und Stampfen veranlasste, dann überließ sie sie ihm lachend. «Hier, Sternauge.» Sie reichte ihr einen zweiten Apfel, den sie vorsorglich mitgebracht hatte. «Der ist für dich. Wir Mütter müssen auch sehen, wo wir bleiben.» Elin sah ihr eine Weile zu, wie sie das feste Fruchtfleisch zerknackte und mit weichen Lippen die Reste aus dem Gras fischte. Dann ging sie zu den anderen zurück und schlang Bela von hinten ihre Arme um die Hüften. «Kommst du?», fragte sie.

Als er sich zu ihr umwandte und sie seinen leuchtenden Blick auf sich ruhen fühlte, spürte sie ein kleines Flattern im Bauch, ein erwartungsvolles Ziehen, eine prickelnde Woge, die ihren ganzen Körper mit Wärme füllte. Wahrhaftig, er hatte noch immer diese Anziehungskraft auf sie. Er war schön, trotz der Narben, die Horach in seinem Gesicht hinterlassen hatte. Narben konnten das Leben in seinen Zügen nicht beeinträchtigen. Dies war ihr Geliebter, ihr Mann! Noch immer erfüllte sie dieser Gedanke mit fassungsloser Freude. Sie umschlang seinen Hals und gab ihm einen hungrigen Kuss.

Befriedigt spürte sie, wie sein Körper reagierte. Aber er schob sie zurück. «Nicht hier», flüsterte er heiß in ihr Ohr und knabberte noch ein wenig daran, ehe er, sie an der Hand mit sich ziehend, aufbrach. Den Kindern winkte er einen lässigen Gruß zu.

Ban schaute ihnen nach, wie sie eng aneinandergeschmiegt fortgingen. «Wo wollt ihr denn hin?», rief er ihnen nach.

Lachend warf Elin den Kopf zurück. «Nach Hause», gab sie zurück.

Ban schüttelte den Kopf. Nach Hause, dabei war es offensichtlich, dass sie vom Dorf fortgingen. Erwachsene!

Als sie den Aufstieg in die Höhle geschafft hatten, machte Elin sich daran, die kleinen Öllampen zu entzünden und ein Feuer zu entfachen. Sie warf ein paar duftende Kräuter hinein und ging dann, nach einem Blick auf Belas schlanke, lässige Silhouette, hinüber zu dem Lager, um die Decken zurückzuschlagen.

Er hatte sich während dieser Verrichtungen abgewandt mit der respektvollen Scheu, die er noch immer diesem Ort und ihrer Tätigkeit als Priesterin entgegenbrachte. Lange betrachtete er das zerklüftete Felsenband, in dessen Schründen ein sehnsuchtsvolles Abendrot lag. Der Himmel darüber war von einem satten Grün und stieg an zu einer durchsichtigen blauen Kuppel. Der erste Stern war erschienen, hell schon, obwohl es noch Tageslicht gab. Bela dachte an die Geschichte, die Elin ihm erzählt hatte, dass die Sterne Herdfeuer der Verstorbenen seien, und er hoffte, wie so oft, dies wäre das Feuer seines Dorfes und der Menschen, die er einst geliebt hatte. Im Stillen grüßte er den Stern. «Sie sprechen mit dir, nicht wahr?» Mit dieser Frage wandte er sich an Elin, die mit ihren Vorbereitungen fertig war und herüberkam. Ihre Augen, dachte er und spürte den Schlag der Schmetterlinge in seinem Bauch. Sie leuchten wie Bernstein.

«Ja», bestätigte sie und lehnte sich an ihn. «Nicht, wie Menschen es tun, aber – ja. Noch häufiger aber schweigen sie mit mir.» Sie ergriff seine Hand.

«Und dann?», fragte er. Sie gingen hinüber zum Bett, vorbei an dem Kristall im Boden, dessen Feuer wie stets unter einem reichgestickten Tuch verborgen war. Nur einmal im Jahr erblickte er das Licht und entflammte unter einem

Strahl der Sonne, der nur für ihn bestimmt war. Ein Wunder, nannten es die Dörfler. Für Bela lag das Wunder in dem Glanz, der an diesem Tag in Elins Augen spielte.

«Dann weiß ich», murmelte Elin. Es war nicht leicht, unter seinen Küssen zu sprechen.

«Was weißt du?», fragte er flüsternd. Er bettete sie auf die Decken und Felle und neigte sich über sie.

Elins Antwort war ein langer, zärtlicher Blick. Sie streckte die Arme nach ihm aus.

Ihrer beider Atem begann schneller zu gehen. Mit geübten Fingern machte sich Bela daran, die Schnürung ihres Kleides aufzunesteln. Aufseufzend legte sie den Kopf in den Nacken, als seine Lippen die nackte Haut ihrer Schultern fanden. Seine Hände umfassten ihren Hals und liebkosten ihr üppig gelocktes Haar, das bereits wieder bis auf ihren Rücken herabhing, den er nun Stück für Stück aus ihrem Gewand befreite, während sie sich an ihn presste.

«Nach Hause», murmelte er, ihre Worte an die Kinder wiederholend. Seine Stimme klang neckend, dabei zugleich heiser vor Begehren. «Ist das der richtige Ausdruck hierfür?» Seine Hände glitten über zarte, schimmernde Haut, zeichneten die sinnlichen Schwünge ihres Fleisches nach, die grazile Gravur ihrer Knochen, glitten ihre Lenden hinab und umschlossen fest ihre Pobacken.

Elin stöhnte auf. «Kennst du einen besseren Namen?», fragte sie und fuhr mit allen zehn Fingern in seine Locken, um ihn für einen Kuss zu sich herabzuziehen.

Bela gab nach, dann riss er sich los. Sie verschlang ihn mit den Augen, während er sich auszog.

«Ja», sagte er endlich, als er sich auf sie sinken ließ, ihren Körper mit dem seinen bedeckte und ihr Gesicht aus dem wirren Haar befreite, um es in seinen Händen zu halten. «Deinen.»

Marina Fiorato
Die Glasbläserin von Murano

Venezianisches Glas: kostbar wie Gold. Um sein Geheimnis zu wahren, wurden die Glasbläser auf die Insel Murano verbannt. Fast vierhundert Jahre später stößt die junge Leonora Manin auf das Erbe ihrer Familie. Sie ahnt nicht, wie eng die Vergangenheit mit ihrer eigenen Zukunft verknüpft ist ...
rororo 24400

Historische Romane
Jahrhunderte der Liebe und Romantik

Cornelia Kempf
Die Gladiatorin

Die germanische Sklavin Anea wird zur Gladiatorin ausbildet und muss in der Arena gegen Männer und Löwen kämpfen. Sie überrascht alle durch ihre Stärke und Unerschrockenheit – doch sie ahnt nicht, dass der härteste Kampf ihr noch bevorsteht ...
rororo 24470

Susannah Kells
Die dunklen Engel

England im 18. Jahrhundert: Der Geheimbund der «Dunklen Engel» strebt nach Revolution. Toby Lazenders französische Frau wurde bereits ermordet. Er selbst befindet sich auf dem Kontinent, um sie zu rächen. Zurück bleibt Schwester Campion. Ihr Tod ist beschlossene Sache. Dann taucht ein Zigeuner auf, in den sie sich verliebt ... rororo 24669

Weitere Informationen in der Rowohlt Revue *oder unter* www.rororo.de

Marina Fiorato

Die Madonna von Saronno

Saronno, 1525: Als ihr geliebter Ehemann aus einer blutigen Schlacht nicht wiederkehrt, droht die junge Adelige Simonetta di Saronno an ihrer Trauer zu zerbrechen. Da die zahllosen Kriegszüge das Vermögen des Paares aufgebraucht haben, nimmt sie widerstrebend ein Angebot des Malers Bernardino Luini an ... rororo 24399

ro
ro
ro

Liebe und Tod in vergangenen Zeiten
Historische Romane bei rororo

Sabine Wassermann

Die Teufelsmalerin

Mainz 1631: Seit dreizehn Jahren wütet der Krieg, Hexenfurcht geht um, und in Mainz wird der Malerstochter Henrietta Güntelein bei Todesstrafe verboten, den Pinsel zu führen. Doch ihr Vater ist schwerkrank, und sein Meisterwerk wartet auf die Vollendung. Da besetzen die Schweden die Stadt. Mit ihnen kommt ein Maler, der fasziniert ist von der begabten, ehrgeizigen jungen Frau ... rororo 24491

Susannah Kells

Das Hexen-Amulett

England im 17. Jahrhundert: Die junge Dorcas wächst in einem strengen Elternhaus auf. Als sie heimlich nackt im Fluss badet, wird sie von dem jungen Toby überrascht. Als Dorcas verheiratet werden soll, flieht sie. Im Studierzimmer des Vaters hat sie zuvor ein seltsames Amulett gefunden ... rororo 24650

BW 155/1

Weitere Informationen in der Rowohlt Revue *oder unter* www.rororo.de